U0421215

中国当代文学批评史料编年

第七卷 1993—1995

本卷主编 周述波

总主编 吴俊

总校阅 黄静 肖进 李丹

华东师范大学出版社

本书为国家出版基金资助项目
国家“双一流”拟建设学科“南京大学中国语言文学艺术”资助项目
江苏高校优势学科建设工程“南京大学中国语言文学”资助项目
江苏省2011协同创新中心“中国文学与东亚文明”资助项目
南京大学中国新文学研究中心资助项目

编纂说明

文学批评史尤其是中国古代文学批评史，本是文学研究中的大宗。但从20世纪90年代开始，批评史退出了学科设置体系，由此对相关的教学和研究都有影响。较之于古代文学批评史，现当代文学批评史显然薄弱，或可说当代文学批评堪称发达，而当代文学批评史的研究却最弱。这从学术上看倒也是正常现象。只是所谓当代的时间范畴一直在无限扩展，恍惚间已达到了六十年，是一般概念中的现代文学时间的两倍。其他不谈，如果现代文学史、现代文学批评史方面的学术成果足以令人惊艳的话，当代文学批评的历史及内涵体量应该也完全能够支持当代文学批评史的研究开展。

或许受到20世纪80年代早期我在复旦大学读书时上过的现代文学文论课的影响，90年代末期我在华东师范大学开设过当代文学文论、当代文学批评史专题之类的课程，大概算是较早的同类课程教学和研究。调南京大学工作后，当代文学批评史方向的研究，我也一直在继续。2010、2011年间，我任首席专家的"中国当代文学批评史"项目竞标成功，立项为教育部重大课题攻关项目。这促使我必须在近年完成至少两项任务：一是结项项目专著《中国当代文学批评史》的撰写，二是原定计划中包括正在进行的《中国当代文学批评史料编年》等的文献整理及研究课题。在我看来，当代文学批评史的研究开展及其学术保障，必须依赖并建立在后者之类的专业史料和文献研究的基础之上。这可以说就是我从事这项具体工作的初衷。

感谢我的合作者多年来的精诚团结，终于完成了这套丛书的编纂。付梓之际，既感欣喜和放松，但也不乏遗憾和不安。毕竟凡事总不能做到尽善尽美。我视这套书为中国当代文学批评的历史图标集成，它应该是将历史的散点集合而成的一种逻辑系统。所以准确性和系统性是它的基本要求，也是它的基本特点，它对专业研究的学术价值也将视此而定。这套书的收录对象主要是狭义的文学批评史料，但也有与文学批评相关的一般当代文学理论史料，甚至包括了一些古代文学研究、外国文学研究等方面的史料；之所以如此，从宏观上简单说是因为中国当代文学批评的开展和理论建设往往与"古为今用，洋为中用"的思想指导相关，在古今、中外研究中，互相间的影响和互动互渗是一种历史的常态。这其实也就给这套书的编纂带来了显见的困难，如何取舍既难轻断，且常易断错。另一方面，失之疏漏、错失的地方又几乎在所难免。尤其是在定稿成书之后，诚惶诚恐就是我现在的真实心理。不管怎样，作为总主编我须为这套书的质量和水平负责。希望学界同道不吝赐教。

感谢丁帆教授慨赐墨宝为本书作书名题签。这套书除了已经署名的主编者、校阅者之外，还有我的研究生吴倩、郭静静参与了资料补充、核查工作，谨表感谢。对于华东师范大学出版社王焰女士、庞坚先生诸位多年来的宽容和照应，特别是他们为这套书的出版所付出的劳动，再次深表由衷的感谢。

吴　俊
2017 年 8 月 8 日
写于南京东郊仙林和园

目录

1993年

1993年

1月

1日，《光明日报》发表杨志清的《从不穿西装的王朔》。

《南方周末》发表田林光一的《今年荧屏谁独步?》；陈微尘的《千呼万唤始出来——来自〈大潮〉的内幕》；权延赤的《四个秀才一台戏——周扬、康生、陈伯达和胡昭衡在“文革”前夕》(连载，至3月19日续完)。

《电视电影文学》第1期发表毛时安的《惊险片的结构与规则》。

《电影故事》第1期发表倪筱荣的《人间悲剧与宗教喜剧》。

《山东文学》第1期发表苗得雨的《画不出的写出——读赵镇琬的诗》。

《山西文学》第1期发表杜学文的《生命的伤感——评蒋韵的几部中篇近作》。

《四川文学》第1期发表樊星的《关于“粗俗风”》。

《作家》第1期发表刘心武的《话说“沉甸甸”》；季红真的《由瞬间走向永恒》。

《青春》第1期发表王朔的《过把瘾就死》。

《解放军文艺》第1期发表刘兆林的《军营一遭不白走——读〈军营走一遭〉等三篇小说》。

《海燕》第1期发表曲圣文的《他从大山深处走来——〈古堡〉编后》；邓刚的《给一个人写小说——漫谈新写实小说的创作心态》；刘树元的《改革大潮中的“坐地户”——读赵清田的小说〈坐地户〉》。

2日，《人民日报》发表朱向前的《“下海”的另一面》。

《文艺报》第1期发表本报讯《突出主旋律　发展多样化——“文学艺术与社会主旋律”座谈会在京举行》；同期，发表钱绍武的《促成“炎黄艺术之旅”的实现》；任伍的《〈人民文学〉今年扩充纪实文学版面》；本报编辑部的《〈中国作家〉’92“中原—奇安特”杯中篇小说评奖揭晓》(八篇作品获优秀奖)；王建的《敢教日月换新天——读杨守松的长篇报告文学〈苏州“老乡”〉》；阎昌明的《掏出心来写人生——读燕治国〈人生小景〉》；黄国柱的《在军人的情感世界中选择——读乔林生的纪实文学作品》；朱辉军的《对“恶”的道德评价、审美判断和历史审视》，彭洋的《双轴探寻中的文学视野——读林建华〈茶与咖啡〉论集》；于勇的《杨骚学术讨论会在福建漳州举行》;江晓天的《陈登科：农民·战士·小说家》;丘峰的《洋溢着生命的激情——读戴木胜的散文集〈望深圳　望香港〉》;鲁原的《无声的滋润——诗集〈雪落黄河〉》;李子的《熔史料性、学术性和可读性于一炉——读〈中国新诗诗话〉》;廉正祥的《哭艾老》。

3日,《中国文化报》第2期发表王斌的《真实的雕像——由〈秋菊打官司〉兼及"第五代"的电影观念》。

4日,《文汇报》发表肖云儒的《文学的"边地"与"圈外"现象》。

5日,《人民日报》发表束沛德的《我心目中的沙汀——致官晋东》;田未的《新的一年：石油文学随想》。

《羊城晚报》发表连文光的《张艺谋的"影像电影"》。

《山花》第1期发表李裴的《作家的主体性与文学的当代意识》;帕尼的《贵州文学之我见》;吴思敬的《营建诗歌的意象大厦——读〈意象符号与情感空间〉》。

《当代文坛》第1期发表吴野的《呼之欲出的新世纪文学》;陈厚诚的《现代主义在中国的历史命运》;钟本康的《一种独立而强劲的文体——读近几年的报告文学》;张毅的《困境中的寻求与发展——出国生活题材作品述评》;燎原的《边地苦难中的灵与肉——杨牧诗歌片论》;夏文的《孙新建和他的散文诗创作》;山杉的《波浪上的舞蹈——小说〈激情月光〉主题漫谈》;石天河的《桂冠幻影下的芸芸众生——侃评〈作家忏悔录〉》;李星的《道德·理性、文化和人——也谈李天芳的散文小说创作》;范昌灼的《新时期宗璞散文的艺术特色》;侯永毅的《告别的旅行——读余秋雨〈文化苦旅〉》;谭元亨的《书与人,历史性的存在——重评周健明的〈湖边〉与〈柳林前传〉》;应光耀的《张洁的跨度——〈爱,是不能忘记的〉与〈日子〉的比较》;罗良仰的《〈辉煌,不只在一瞬间〉序》;罗强烈的《我与散文》;伊娃的《飞翔的鸣禽——台湾女诗人张香华诗歌创作简论》;白烨的《现实主义理论指导下的文学批评——读缪俊杰的〈小说大趋势〉》;黄淮的《永不消逝的微笑——青年诗人胡建雄和他的诗》;郭履刚的《饱蘸激情写将军——评舒德淳的〈名将轶事〉》;巴禾的《别一种人生透视——邹国义小说印象》;金章的《〈时光序列〉中的白连春》;冯学全的《童心春晖入诗来——郁奉〈爆米花〉解读》;银甲的《追踪时代发展　抒写改革风云——"李林樱作品讨论会"侧记》。

《湖南文学》第1期发表慕贤的《人性的升华——读翁新华〈终极〉、〈日曝〉》。

《莽原》第1期发表邓克敏的《一幅人与命运抗争的生活画卷——评中篇小

说新作〈黑色舞蹈〉》;于黑丁的《一个无愧于时代的人民作家——在刘知侠作品研讨会上的发言》;黄侠的《出走后的风景——张斌近期小说阅读笔记》。

6日,《中国文化报》第3期发表楚昆的《不畏浮云遮望眼——读〈文心与文变〉》;陈骏涛、林白的《面对世纪的消逝与日出》;曾卓的《跋池莉〈太阳出世〉》。

《羊城晚报》发表陈心宇、彭丹凝的《八十年代起出现的一种文化现象,"追星热"引发大堆"?"》。

《当代电视》第1期发表胡金兆的《精彩受看　且有遗憾——杂议〈皇城根儿〉》;张永经的《繁荣电视剧也需要换脑筋》;解玺璋的《理想冲突与精神放逐——〈擎天柱〉释读》;一木的《空间和时间的艺术——〈历史的瞬间〉观后》。

《台港文学选刊》第1期发表楼肇明的《缪斯的延长——谈余光中的散文》;陈烨的《至情与至美——白先勇夜访余秋雨》。

《电影创作》第1期发表赵绍义的《导演二度创作乱弹》;王迪的《面向21世纪的电影创作——从影片〈两个人说起〉》;徐飞的《谈武打片的喜剧美》;郭小橹的《相同的亲情,不同的叙述风格——读〈轮椅上的母亲〉和〈我的父亲〉》;马建光的《有悬念,亦有哲理——影片〈痴情女子〉》。

7日,《文汇报》发表张新颖的《近年来中国文化讨论中一门显学"现代新儒家"返归本土》。

《文学报》发表杨凡的《吉林的文艺理论家聚会,研讨市场经济与文艺繁荣的关系》;丁雨雨的《在商品经济大潮中搏斗,海南文学创作升温》;谷泥的《且说文坛前景》;庄钟庆的《力度与意趣——评洪泓的散文集〈这里播种金子〉》。

《大众电视》第1期发表林毅的《也谈电视剧制作和播出的体制改革》。

《天津文学》第1期发表木弓的《知识分子与平民小说》;张圣康的《青春情结的创作表现》。

8日,《人民日报》发表马力的《文学的风骨》。

《南方周末》发表游尊明等口述、马耀明整理的《曼哈顿的中国女人:书,造成轰动;人,引起争议》。

9日,《文艺报》第2期发表周建平的《文坛"穗军"在悄然奋起》;大鹏、小宁的《14城市文联负责人谈体制改革:抓好思想观念、管理体制和活动方式的转变》;曾镇南的《应时代和人民的呼唤——谈曾平长篇报告文学〈喀斯特的呼唤〉》;王他一的《女性自尊的悲哀——评毕淑敏的小说〈女人之约〉》;叶文玲的《一同追梦——读钱国丹小说〈闺中女友〉》;谢先云的《在蓝天播种——读李奋程诗集〈女兵情结〉》;河田的《以真诚　以激情——读谢春池报告文学〈惠东女人〉》;杨凡的《吉林省文艺界专家、学者座谈讨论：市场经济与文艺繁荣》;亮伊的《广西首届青年文艺评论奖揭晓》;《"陈修龄文学创作研讨会"在邕召开》;于烈的《文化部第二届"群星奖"评奖揭晓》;忆竹的《扣人心弦　发人深省——话剧〈老宅〉研讨会综述》;亨一的《大山里的崇高美——话剧〈大山里〉观后》;吴继路的《话说少年文学》;彭见明的《文学的职业化走向》。

《文汇报》发表刘修明的《学术讨论会要讨论学术》。

10日,《文汇报》发表《性,一个严肃的话题》。

《中国文化报》第5期发表亦平的《四川作协召开缅怀沙汀艾芜座谈会》;本报记者熊元义、张玉鲁的《留学生文学研讨会综述》。

《小说林》第1期发表李福亮的《沙场秋点兵——说说〈小说林〉"黑龙江部分作者作品小辑"》;张政文的《理性的释读——"黑龙江部分作者作品小辑"》;张一的《小说之道亦在妙悟——读〈小说林〉"黑龙江部分作者作品小辑"有省》。

《花城》第1期发表王宁的《后现代主义：从北美走向世界》。

《写作》第1期发表魏星的《〈都市风流〉的审美品格》;马相武的《营造气氛　见出细微——评〈分鱼〉》;中复的《生活的感悟——读凌鼎年的〈拖鞋〉》;黄益庸的《真挚感人的诗篇——喜读〈钥匙和锁〉》。

《电影艺术》第1期发表肖尹宪的《历史的经验值得注意——"现实题材"的困惑和"现实主义"的魅力》;应雄的《〈小城之春〉与"东方电影"(上)》;蔡师勇的《看〈秋菊打官司〉随笔——兼及〈菊豆〉、〈大红灯笼高高挂〉》;葛德的《〈秋菊打官司〉画面造型的纪实风格》;钱学格的《秋菊向我们走来》;张宗刚的《〈菊豆〉中的张艺谋》;周绍强的《〈菊豆〉的失误》;陈振岳的《〈菊豆〉宣扬因果报应》。

《江海学刊》第1期发表陈辽的《市场经济下的社会主义文艺问题》。

《阅读与写作》第1期发表鲁非的《贴切的意象　动人的旋律——余光中乡愁诗赏析》。

《当代文学研究资料与信息》第1期发表蔡江珍的《近期两岸女性散文比较》;古远清的《台湾文学定义探讨》。

《诗刊》第1期发表晏明的《诗风淡雅,诗情浓郁——读老诗人苏金伞的组诗〈野火与柔情〉》;张永健的《通往域外的桥梁——当代国际题材诗歌创作扫描》;

陈良运的《感情·哲理·意境——读李春林诗集〈盈盈的爱〉》;熊国华的《讴歌改革开放的新时代——读野曼的三组诗》。

《读书》第1期发表汪曾祺的《又读〈边城〉》;王蒙的《躲避崇高》;陈乐民的《坐视世界如恒沙——谈黄仁宇的"大历史"观念》;刘一伟的《与其相濡以沫　不如相忘于江湖》;雷颐的《文人还会被尊敬么?》;罗厚立、葛佳渊的《万里长城的历史与迷思》(讨论林霨〔Arthur Waldron〕的《长城:从历史到迷思》)。

《理论与创作》第1期发表黄力之的《马克思主义文艺学的现代启示录——论卢卡契现象》;龙长吟的《湖南历史文化与当代小说的发展》;涂光群的《读万卷书　行万里路——我学写散文的经过》;林为进的《超越的努力与无形的拘禁——读〈桥〉》;刘强的《合理的继承发展是历史辩证法的美色——评潘吉光长篇小说〈黑色家族〉》;罗敏中的《他的目光注视着窑山人的生活和命运——读姜贻斌的窑山风情小说》;王树槐的《试论何立伟小说的语言艺术》;何向阳的《匆匆赶路的血液或火中取栗的手——申爱萍爱情诗心象速写》;刘士杰的《天涯骆驼客　彩笔绘西域——评东虹诗集〈奔驰的灵魂〉》;赵纯兴的《论审美情象》;彭珍的《浅谈文艺与人民群众的审美情趣》;李建敏的《诗的心理变异论——现代绘画对诗的启示》;鹤翔的《诗从生活中来》;唐宜荣、曾激波的《道德烛照下的人生世态——漫谈林锦先生小说集〈我不要胜利〉》。

11日,《光明日报》发表颜炳罡、李翔海的《现代新儒学研究的新探索——"牟宗三与当代新儒家学术思想研讨会"侧记》;张炯的《悼念沙汀同志》;晓雪的《怀念艾芜同志》。

12日,《中流》第1期发表林默涵、魏巍的《高奏时代的"主旋律"》;郭一村的《中华民族之魂——读〈生命禁区里的中国军人〉》;晨宏的《炽热的诗情　坦荡的人生——伊丹才让诗集〈雪狮集〉散论》。

中国青年出版社、昆明宏达实业公司在京举办王朝柱纪实文学作品讨论会。

13日,《光明日报》发表敏泽的《就〈他乡明月〉致柯岩》。

《中国文化报》第6期发表本报记者熊元义的《智欲圆而行欲方——王先霈教授访谈录》。

14日,《文学报》发表谢海阳的《何以悲天悯人　勇敢迎接挑战》;本报记者的《要想卖好,先要写好》、《文坛官司增多引人瞩目》;金晨的《报告文学〈苏州"老乡"〉引起反响》;肖牧樵的《人民革命战争的颂歌——读陈沂的长篇小说〈白山黑水〉》；邓贤的《我写〈中国知青梦〉》。

《光明日报》发表梁光玉的《企业文学不能变成吹捧文学》。

15日，《文汇报》发表张立行、陈晓黎的《上海大众传媒形成新格局》。

《光明日报》发表刚建、郭晓红的《〈曼哈顿的中国女人〉在争议中》。

《南方周末》发表田林光一的《何类剧目将走红》；以"《曼哈顿的中国女人》风波骤起"为总题，发表晨冰的《周励愤然辩诬，准备诉讼》，周励的《我控诉——曾经沧海难为水，我还是我》，何思白的《文坛不是醋坛》。

《上海文学》发表张炜的近作《融入野地》；顾城、高利克的对话录《"浮士德"·"红楼梦"·女儿性》；蒋璞的《何处是归程——谈娜拉、子君和乔安娜》。

《文艺争鸣》第1期发表赵毅衡的《拜金文学——关于〈曼哈顿的中国女人〉》；郑敏的《评论之评论：谈朱大可的"迷津"》；王逢振的《弗雷德里克·詹姆逊与中国文化》；童庆炳的《寻找文学理论建设的突破口——谈顾祖钊的"艺术至境论"》；季红真的《男性心灵的隐秘激情——读贾平凹的〈五魁〉》；王双龙的《市场经济了，文艺怎么办?》；王斌的《第五代电影：衰落与再生》；陈晓明的《王朔现象与当代民间社会》；张德祥的《视点下移之后——王朔的文学观念透视》；孙津的《"过瘾"是有瘾的——我读王朔》；王朔的《王朔自白》。

《文学评论》第1期发表洪远的《解放思想，实事求是，繁荣文学研究》；何向阳的《文学：人格的投影——文学研究的一个思路》；杨曾宪的《从恶的评价两难轮及历史尺度与道德尺度》；金元浦的《全国中外文学理论学术讨论会纪要》；王先霈的《中国文学批评的解码方式》；牛玉秋的《近年中篇小说的四大主题》；秦晋的《新散文现象和散文新观念》；陆天明的《荒原的震脱：针对零度无奈——兼谈〈桑那高地的太阳〉和〈泥日〉》；蒋守谦的《生命的火焰正在炽烈地燃烧——读〈曼哈顿的中国女人〉》；艾妮、白云的《当代中国的历史发展与文学变革——92年中国当代文学国际学术研讨会综述》；罗成琰的《20世纪中国文学与区域文化学术研讨会述要》。

《艺术广角》第1期发表谢有顺的《寓言话语与先锋小说深度空间的阐释》；邵建、潘新宁的《再现·表现·显现——新时期小说叙述的三种形态》。

《求是学刊》第1期发表竞禅的《论世纪之交的文化整合》；王慎之的《文化和生产力——生产力发展背景的宏观描述》。

《电视剧》第1期发表金开诚的《谈剧随录》；文辛的《缘分·天赋·勤奋》。

《当代电影》第1期发表尹鸿、陈航的《进入90年代的中国电影》；陈播等的《用历史的尺度反思历史——影片〈刘少奇的四十四天〉座谈纪要》；张今标的《影片〈刘少奇的四十四天〉导演创作琐谈》；陈宝光的《寻找心灵——读〈四十不惑〉》；章明的《论电影导演构思（上）》；张卫的《探索片的导演机制与观众》；梁天明的《史·人·诗——陈家林历史剧阐释》。

《社会科学研究》第1期发表廖全京的《论文学批评的世界文学意识——关于学习马克思恩格斯一个重要论断的札记》。

《学术论坛》第1期发表宋生贵的《文学的现实性品格与实用功利辨析》。

《钟山》第1期"'后现代'笔谈"栏发表王宁的《重建后现代主义概念：中国的例子》，盛宁的《"后现代主义文学是不可摹仿的"》，孙津的《失去天真的人们》，王斌的《世纪末的梦想》，蒋原伦的《异己的话语》，张颐武的《后现代与汉语文化》，陈晓明的《后现代主义：文化未亡人的挽歌》；同期，发表陈骏涛的《两种中国人形象及其艺术比较——读〈一个地主的死〉和〈柏林的跳蚤〉》；吴方的《一夕读一夕谈》；申泰岳的《雾气散尽，是一片明朗的天——读〈碎瓦〉》；熊瀚的《分裂的世界——读林白的〈往事隐现〉》；陈升、蔡宁的《人生悲剧——读〈西府山中〉》；陈晓明的《主体与幻想之物——"新时期"文学的意识形态再生产》。

《中州学刊》第1期发表李宗桂的《现代新型文化体系的模式和特征》；吴维平的《论战争文学的审美特质》。

《民族文学》第1期发表何颖的《追求民族美质的瑶族作家文学》。

16日，《光明日报》发表唐若霆的《我的父亲唐弢》；李南的《第三届宋庆龄儿童文学奖颁奖》。

《文艺报》第3期发表白的《刘忠德撰文强调：要集中力量进行调查研究　深化对社会主义文化市场问题的理论探讨》；梁祥霖的《福建专业作家下基层挂职锻炼制度化》；南里石的《河南出版我国第一部文学编辑家评传》；风的《〈中国风〉在京举行企业文化研讨会》；刘金祥的《和社会共进　与时代同行——贾宏图近年报告文学创作览析》；林祖基的《〈青春絮语〉序》；姚学礼的《〈带刺的幽默〉读后》；沙林的《青春、哲理、诗意——读刘烨园的散文集〈途中的根〉》；沈小兰的《长的是磨难　短的是人生——读〈张爱玲文集〉》；王淑秧的《尤今创作纵横谈》；胡晓鹏的《第二届湖北省"屈原文艺创作奖""金风青年文艺奖"揭晓》；余三定的《〈唐太宗与魏征〉的深层意蕴》；薛若邻的《深刻的蕴涵，新奇的形象——江西省京剧团演出〈贵人遗香〉观后》。

《文汇报》发表李庆西的《百无聊赖的“后批评”——也谈“后新时期文学”》；陈村的《为贫乏的写作（创作谈）》；吴俊的《烦人的小说》（论陈村）；戴翊的《呼唤高贵的人性——读长篇小说〈陪读夫人〉（上）》。

《作家报》发表《上海剧作家提出剧本的最低稿酬标准》。

17日，《中国文化报》第8期发表荀凤栖的《努力实现文学冀军的崛起》；李毅的《矿区风景线的精彩描绘——谈刘庆邦笔下的煤矿文化氛围》。

《作品与争鸣》第1期发表吴秉杰的《深知身在情常在——读〈好梦难圆〉》；朱洪的《麻将的启示——读中篇小说〈白板〉》；火水的《猜一猜：白板是怎样摸来的？——中篇小说〈白板〉读后联想》；周易的《枷锁下幽闭的灵魂——评中篇小说〈滴血的墓碑〉》；梅笛的《一曲并不和谐的弹唱——读中篇小说〈滴血的墓碑〉》；李正祥的《必须实事求是地评价文学作品——也评〈内当家之死〉》。

18日，《羊城晚报》发表南江的《影片“似乎从天而降”，〈秋菊打官司〉打“官司”》；潘凯雄的《有没有“中间文学”?》；白烨的《新写实小说——“后新时期”小说走向之一》；温波的《朗笑声中讲述的故事——读陈庆祥〈孖女〉》；徐学的《坐看云起时——80年代后台湾散文纵观（上）》。

《中国戏剧》第1期发表杨运泰的《在稳定中繁荣艺术》；康洪兴的《黑土风情录——话剧〈北京往北是北大荒〉、〈女大十八变〉观感》；薛若邻的《粗犷豪放的黑土戏剧——黑龙江省评剧院演出〈大山里〉、〈金兀术〉观后》；周桓的《演情唱情的张选》；晓耕的《马惠民——文精武妙的优秀小生》；李建明的《以情写事　以意传神——漫瀚剧〈契丹女〉浅评》；吴同宾的《继承而不拘泥——谈孙毓敏的〈玉堂春〉》；杨奇的《声情激荡溢纯青——看张宝英的〈寻儿记〉》；刘连群的《〈大红灯笼高高挂〉与京剧》；刘乃崇的《关于话剧〈钗头凤〉》。

19日，《羊城晚报》发表叶延滨的《到底是谁养活了谁？——杂议“文人经商”及其它之一》。

20日，《小说评论》第1期发表陈剑晖的《心灵世界的探索——论柯振中的小说创作》；姚维荣的《谈海峡两岸留学生文学的交汇与融合》。

《河北学刊》第1期发表贾焕亭的《理论的超越与创作的深度——评林非的散文研究与写作》；张曙的《文学创作活动的审美阐释——杜书瀛创作美学思想述评》；赖大仁的《论马克思恩格斯的文艺价值观》；石海田的《文学阅读活动对故

事的期待心理》。

《学术月刊》第1期发表韩庆祥的《深化主体性问题研究的方法和途径》;以"当代美学研究放谈"为总题,发表林同华的《美学的跨文化研究》,姚文放的《寻找美学在经济大潮中的位置》,陶东风的《后现代:一个过早地游荡在中国大地上的幽灵》,马驰的《中国美学走向现代化的前提条件》,潘立勇的《中国当代美学研究的主体症结》,蒋述卓的《古典美学研究应与当代美学研究相沟通》。

《南开学报(哲学社会科学版)》第1期发表周新建的《徐志摩余光中诗歌意象比较》。

《暨南学报(哲学社会科学版)》第1期发表王贻凡的《美学研究再度崛起的响箭——"文化变革与90年代中国美学"学术讨论会综述》。

21日,《文学报》发表谷泥的《话说"报刊与市场接轨"》;田中禾的《走出"窄巷"》;谢冕的《跨出历史误区》;成一的《寻求传统与创新的契合——评高岸长篇新作〈世界正年轻〉》;杨剑龙的《还原历史真实——评长篇纪实文学〈中国知青梦〉》。

《光明日报》发表尹鸿的《雅与俗的裂痕——从〈爱你没商量〉的观众反应谈起》;周大鹏的《市场文化和文化市场》。

《文艺研究》第1期发表徐宏力的《艺术也是生产力因素》;邢煦寰的《艺术掌握方式的特殊辩证内涵》;张静的《对"艺术掌握世界的方式"的一点理解》;黄南珊的《"丽":对艺术形式美规律的自觉探索》;王一川的《当今中国文坛的泛现代文学现象》;张颐武的《后现代性与"后新时期"》;王岳川的《后现代主义文化与价值反思》;陈晓明的《中国文化的双重语境》;王宁的《如何看待和考察后现代主义》;王德胜的《坚守理性阵地与大众对话趋向》;陶东风的《后现代主义与中国传统文化》;秦弓的《论中国启蒙文学传统》;陈方竞的《论〈故事新编〉的深层意蕴》;蓝棣之的《从女人的品行,写历史的转捩——长篇小说〈死水微澜〉的深度模式》;文放的《文化变革与90年代中国美学学术讨论会综述》。

22日,《中国文化报》第10期发表旦旦的《〈曼〉书是一本不值得吹捧的书》(评《曼哈顿的中国女人》);梁溪虹的《王朔:你侃得不要太邪乎》;王寿武的《对不起:"不爱,没商量"》。

24日,《文艺理论与批评》第1期专栏"认真学习贯彻党的十四大精神"发表朱子奇的《中国作家新的光荣使命——几点学习体会》,李希凡的《"物质文明和精神文明都搞好，才是有中国特色的社会主义”——学习江泽民同志报告的一点体会》，管桦的《使命》，刘绍棠的《完整地准确地理解》；同期，发表王凤胜的《论周恩来的中外文化交流思想》；宏甲的《创作反省——给我的朋友宫魁斌》；李润新的《评〈“柳青现象”的启示〉》；黄力之的《“意识形态论”和“不平衡关系”没有同一性吗？——对〈友好探讨〉一文的回答》；戴阿宝的《超然与入世——王朔小说的远点透视》；韩日新的《浅论田汉的戏剧创作》；石英的《炽热昂扬与深沉绵密的和谐统一》（讨论江波的散文）；潘亚暾的《儒商风采——喜读〈林健民文集〉》；山城客的《学习十四大报告三题》；卢季野的《从火到云　亦剑亦箫——〈萧军传〉编余琐掇》。

25日，《羊城晚报》发表谭元亨的《经商即非文人——换一个视角试试》（读柳嘉的《文人经商》一文有感）。

《山西师大学报（社会科学版）》第1期发表傅书华的《实用与超越——论文学的两种审美属性及其对山西作家群流变的影响》。

《甘肃社会科学》第1期发表海飞的《中国特色社会主义电视的基本特性初探》。

《文艺理论研究》第1期发表许杰的《深化“五四”精神》；钱谷融的《郭老的才能为何未能充分发挥——在纪念郭沫若一百周年诞辰国际学术研讨会上的发言》；蒋孔阳的《文学应当描写生活中普遍令人关心的问题》；罗洛的《解放思想，贵在实践》；周来祥的《冲破“左”的思想束缚，尊重文艺的客观规律》；王向峰的《现实主义杂谈》；王纪人的《提高文学的文化品位》；梅朵的《文化领域也主要是防“左”》；林焕平的《“左”的实质》；谷斯范的《为“人情味”召灵——想起巴人和赵丹》；田仲济的《对具体问题要进行具体分析》；劳承万的《什么是马克思主义文艺理论研究中的范畴概念》；王元化的《就当前文化工作问题答记者问》；钱中文的《文学理论：回顾与展望》；李衍柱的《解放思想与文艺学建设》；朱贻渊的《感悟：审美认识的本质形式——兼论美学—艺术理论的认识论模式》；王明居的《审美判断的四大契机》；王岳川的《后现代主义诗学品格》；金国华的《新时期都市长篇小说的艺术创造》。

《东岳论丛》第1期发表王光东的《智者的深刻与眼光——读孔范今著〈悖论与选择〉》。

《当代作家评论》第1期发表罗强烈的《汪曾祺的民间意义》；汪曾祺的《当代

散文大系总序》；胡河清的《汪曾祺论》；韩毓海的《“历史”·“意识形态”与被冷落了的传统——读《蒲桥集》琐记》；许谋清的《我感觉到的汪曾祺》；李洁非的《十年烟云过眼——小说潮流亲历录》；贾平凹、韩鲁华的《关于小说创作的答问》；《文学批评信息》；李咏吟的《生命体验：张承志与凡高的艺术关系》；程麻的《〈九月寓言〉解读》；王彬彬的《悲悯与慨叹——重读〈古船〉与初读〈九月寓言〉》；王光东的《还原与激情——读张炜的〈九月寓言〉》；张炜的《关于〈九月寓言〉答记者问》；晓华、汪政的《传统与现代之间——〈老岸〉谈片》；周可的《海南的大陆人：困境与无望的拯救——读南翔“海南的大陆人”系列中篇》；杜学文的《对理念倾向的超越——评高岸长篇小说〈世界正年轻〉》；李晓峰的《重复的局限与意味——谈〈陈奂生战术〉与〈陈奂生出国〉》；钟本康的《吴越“文化人格”的探寻——陈军“吴越风情系列”的艺术轨迹》；张同吾的《情感投入方式的自觉——雷抒雁诗作散论》；雷抒雁的《写意人生》；南帆的《好作家，或者重要的作家》；刁斗的《一位女士的画像》；钱谷融的《纯真的爱心　清新的文字——尤今其人其作》。

《浙江学刊》第1期发表吴仪的《1986—1990年浙江杂文创作概观》；盛子潮等的《吴越风情小说笔谈》。

27日，《光明日报》发表吴秉杰的《深知身在情常在——读邓友梅的〈好梦难圆〉》；刘友宾的《轻松的沉重——〈团圆〉解读》。

《中国文化报》第12期发表曹纪祖的《艺术魅力刍议》；朱国梁的《〈皇城根儿〉：〈渴望〉+〈顽主〉》。

28日，《四海·台港澳海外华文文学》第1期发表林有钿的《动心移神的艺术境界——从〈寸草心〉看梦莉散文的艺术美》；徐永龄的《论黄维樑的文学批评方法和评论风格》；杜国清的《宋诗与台湾现代诗》。

《文学报》发表李连泰的《“报刊大战”烽烟四起　文艺报刊何去何从》；徐春萍的《北大、清华、人大研究生会发起研讨——知识分子如何面对市场经济?》；张新颖的《过眼烟云说王朔》；李运抟的《历史的复活与人生的沉思——读长篇小说〈狱霸〉》；程德培的《张艺谋看中余华》。

《光明日报》发表彭加瑾的《让生活来检验——看〈爱你没商量〉有感》；孙勇猛的《走向市场是繁荣文化的根本出路》。

《上海戏剧》第1期发表黄佐临的《从传统·创新·政治看中国与全世界各地华人的话剧情况》；佐临、刘厚生、董健、蒋星煜、吴乾浩、徐城北、叶长海、林克欢等的《面向21世纪——对当代中国戏剧的新思考名家答问录》；洪兆惠的《戏剧在当代的文化角色》；蒋孔阳的《戏要有"戏"》；朱小如的《戏剧：面对改革的浪潮——'92华东戏剧创作年会简述》。

29日，《光明日报》发表张素华、边彦军、吴晓敏的《毛泽东与丁玲——陈明访谈录》（至2月3日续完）。

《南方周末》发表于文涛的《"一支笔当三千毛瑟枪"——周而复及其新作〈长城万里图〉》。

下旬，《文艺报》在京召开座谈会，就加强社会主义精神文明建设，充分发挥文艺的教育功能问题展开讨论。

30日，《人民日报》发表孙焕英的《〈长征组歌〉的另一版本》。

《文艺报》第4期发表本报编辑部的《要充分发挥文艺的教育功能：本报日前召开座谈会》；冯牧的《情真意切蕴含深——序张传生小说集〈苦涩人生〉》；王巨才的《〈路遥在最后的日子〉小引》；陈明的《丁玲新时期的散文》；张国民的《论文艺和商品的同异》；涂途的《大潮涌动中的文艺使命》；杨天喜的《更上一层楼——谈主旋律的深切意义》；邵剑武的《〈老宅〉叫响剧团》；本报编辑部的《王朝柱作品讨论会在京召开》；邹红的《悲剧英雄与英雄悲剧》；孙达佑的《说说〈皇城根儿〉的玩深沉》；高鑫的《小天地里的大世界——评电视剧〈金色轮船〉》；龚曙光的《雏凤之声——专题片〈土家人〉、〈最后的村庄〉观后》；曹永明的《声乐美　表演美　戏曲美——谈小香玉的演唱艺术》；张生筠的《生活真实的艺术再现——评话剧〈女大十八变〉》；高平的《忆沙汀——50年代在成都和重庆》。

《光明日报》发表唐庆忠的《浙江师大涌现作家群》。

《羊城晚报》发表王海轩的《从〈曼哈顿的中国女人〉侃文学的轰动效应》。

31日，《中国文化报》第14期发表记者王洪波的《梁晓声新著〈浮城〉，新时期第一部荒诞现实体小说引起反响》；包泉万的《社会主义市场经济与文艺创作（上）》。

本月，《小说月报》第1期发表尤凤伟的《关于〈石门夜话〉》（创作谈）；刘明银的《整合机制："新写实"之后的小说走向》；鞠帆的《人性的深沉展示　文体的自觉追求——尤凤伟小说近作讨论会综述》；张宗刚的《无奈而美丽的奏鸣》。

《中国广播影视》第1期发表刘扬体的《谁在擎天——看电视连续剧〈擎天柱〉》；王炜琨的《风流天子的历史评说》；田本相的《真实　朴素　淳厚——电视

剧〈开天人〉观后》。

《作品》第1期发表杨克的《从虚幻的历史返归诗之思》；周政保的《散文创作散谈(之一)》；徐列的《跳出“轻浅”走向“沉实”——论邹月照的小说创作》；陈晓武、周翠玲的《富于艺术个性的改革者形象——评何锹长篇小说〈重负〉》。

《剧本》第1期发表林瑞武的《并非无奈的悲歌——关于戏曲在当代“大众文化”围困下生存价值的自我辨析》。

《青年文学家》第1期发表肖英俊的《探求人生的真谛——浅谈黄秋实的创作》。

《博览群书》第1期发表民民的《来自“丝绸之路”的报告——读金涌〈中国西域的诱惑〉》；毛鹏的《在那波涛汹涌的南海之滨——读〈深圳的斯芬克思之谜〉》；吉文明的《及时准确地摄下改革开放的壮丽画卷——评〈'92中国潮〉》；白克明的《评〈钱钟书传〉》；卢季野的《从火到云　亦剑亦箫——〈萧军传〉编余琐掇》；宴迟的《金狗是人——读〈浮躁〉小记》。

《萌芽》第1期发表李其纲的《对城市作一种俯视的姿态——〈都市里的欲望〉读后》；沈刚的《孤独的远行者——〈躁动的陕北〉编后感》。

广西文学界召开陈修龄文学创作讨论会。

黑龙江省作协、哈尔滨市文联联合在哈尔滨召开黑龙江省报告文学座谈会。

本月，北京大学出版社出版张京媛主编的《新历史主义与文学批评》。

花城出版社出版广东省作家协会编的《文海风涛：陈残云作品研讨文集》。

北京十月文艺出版社出版杨义、张环等编的《路翎研究资料》。

武汉大学出版社出版唐荣昆的《鲁迅信中的诚和爱》。

中国戏剧出版社出版赖伯疆的《东南亚华文戏剧概观》。

海峡文艺出版社出版刘登翰等主编的《台湾文学史(下卷)》。

2月

1日，《人民日报》发表阿童的《作家“下海”一瞥》。

《文汇报》发表霍达的《亦文亦史　以史为文》。

《山西文学》第2期发表宋建英的《驱穷大流水——读谭文峰的〈窝头故事〉》；侯文宜的《别开生面的现实写照——谭文峰小说创作简论》。

《四川文学》第2期发表樊星的《闲聊“幽默潮”》。

《作家》第2期发表刘恒的《警察与文学(创作谈)》；刘震云的《狭隘与无知(创作谈)》；刘庆邦的《关于女孩子(创作谈)》；王必胜的《“三刘”小说(作家印象记)》；韩毓海的《“科学态度”对于存在的遗忘》。

《电影故事》第2期专栏“我看张艺谋”发表丁持平的《不同于嬉皮士的狂放》，杨致武的《关注人生“母题”》，张红兵的《恰当反映现实的复杂性》、《“无技巧”的技巧》，周发国的《落重笔》；同期，发表张琛的《〈新龙门客栈〉为何受宠?》。

《海燕》第2期发表王桂芝的《永恒的印象》；徐铎的《再一次投入，为了文学》；赵振江的《创作与悟道：一种被遗忘了的心理能力》。

《解放军文艺》第2期发表余立平的《“插柳”与“栽花”》。

许地山先生诞辰100周年纪念会在南京召开。

2日，《人民日报》发表易凯的《歌剧〈鸣凤〉在惠州》。

3日，《中国文化报》第15期发表亦晨的《余秋雨〈文化苦旅〉在台获奖》(台湾1992年“读书人最佳奖”)；包泉万的《社会主义市场经济与文艺创作(下)》。

4日，《人民日报》发表张晓林的《文化发展与市场机制》；林为进的《在探索中创新——一九九二年长篇小说追求可读，接近大众，走向通俗》；李硕儒的《他，闯进史文学的大野——王朝柱其人其作》；杨佑田的《散文，走向文化》。

《文学报》发表未央的《“王朔现象”果真是“一只色彩斑斓的毒蜘蛛”?》；孙见喜的《身裹羊皮袄　屋点蜡烛灯——贾平凹“隐居”写〈废都〉》；蓝翎的《万金也难计——当代杂文史钩沉》。

《羊城晚报》发表徐学的《女性的天空——八十年代后台湾散文纵观(下)》；白烨的《新市井小说——“后新时期”小说走向之二》；吉乔的《思的诗——读林贤治诗集〈梦想或忧伤〉随想》。

《光明日报》发表许柏林的《文化市场范畴三题》。

5日，《人民日报》发表郑峰的《白羽同志谈散文创作》。

《中国文化报》第16期发表温金海的《让我告诉你：文人怎样面对版权官司》；石荫的《朱晓平：不灭你灭谁?》。

《北方文学》第 2 期发表贾宏图的《世界・报告文学和我——关于文学和报告的随想》;孙民乐的《捕捉生活活体　透视发展进向——兼谈黑龙江省报告文学创作》。

《山花》第 2 期发表洪治纲的《自由直接引语与自由间接引语——小说叙述技巧漫谈之七》;马立鞭的《当代诗歌的虚实剖析》。

《朔方》第 2 期发表发表吴舍的《"华文诗歌趋向研讨会"在深圳召开》。

《湖南文学》第 2 期发表未央的《熟悉而陌生——读聂新森新作》;韩抗的《忧生之嗟》。

6 日,《文汇报》发表方克强的《商品性: 文学理论的更新》;张新颖的《直面真相的耐性——读〈潜流与漩涡〉》。

《文艺报》第 2 期发表张炯的《迎向九十年代的中国文学研究》;古远清的《评台湾文艺界对"台湾文学"的探讨》。

《当代电视》第 2 期发表钟艺兵的《国门卫士礼赞》;蔡骧的《说"梦"》;王书云的《〈半边楼〉三味》;高鑫、吴昊的《镜头指向社会生活层面》;镡凤岐的《关于"制片人"的一些思考》;宇丹的《电视在现代生活中的作用》;唐亮的《港台影视片与观众效应》。

《台港文学选刊》第 2 期发表孙绍振的《颜纯钩笔下的情欲主题》。

7 日,《中国文化报》第 17 期发表本报记者千子的《面临历史性转折——一九九二年电影创作生产回顾》。

《大众电视》第 2 期发表耕伐的《人品,可悲的倾斜——影视界某些现象令人堪忧》;余三定的《挑剔: 电视艺术所面对的接受者》;韦德锐的《寻找感情的宣泄口——也谈港台电视剧收视率高的原因》。

《天津文学》第 2 期发表刘大枫的《语言本体论的哲学探索》;王力平的《语言的线性与语言的艺术》。

8 日,《光明日报》发表高扬的《〈凤凰琴〉的悲哀》(刘醒龙的小说);张承志的《重写一个金牧场——写在〈荒芜英雄路〉一书出版之前》。

《羊城晚报》发表叶延滨的《海在何方? ——杂议"文人经商"及其它之二》。

9 日,《人民文学》杂志社、江苏省作协、江苏文艺出版社联合在京召开杨守松报告文学《苏州老乡》讨论会暨单行本首发式。

6—10 日,《文汇读书报》连载发表陈子善的《台静农佚文六篇》。

10日,《人民日报》发表孙豹隐的《作家,爱惜自己吧》;吕信伟的《责任感何能强些》;思思的《文学的“围城”与失落》;李玉铭的《小说要争取读者》。

《中国文化报》第18期发表刘耀仑的《致贾平凹的一封信》;刘建的《文坛的悲哀》。

《光明日报》发表李宪生的《积极推进文艺体制的改革》;王久辛的《作家创作了张艺谋》。

《羊城晚报》发表记者陈小琪的《南国文艺界频吹“知青风”——一批影视、文学作品相继出笼》。

《北京文学》第2期发表陈雷的《重视生活的质量——评小说〈问天〉·〈乡景〉》。

《江淮论坛》第1期发表贾文昭的《文艺的脚步与时代的脚步》。

《诗刊》第2期发表梅绍静的《灵象、创造、探索》;公木的《关于“第三自然界”》;江长胜的《立一席之地　播万里春光——读王恩宇的两部诗集》;吴舍的《南国诗桥——〈现代诗报〉匆览》。

《写作》第2期发表涂怀章的《乡情的美学力量——彭学明散文艺术随谈》;任遂虎的《关于“写作价值论”研究的构想》;傅宗洪的《一部通中求变的诗学论著——读吕进新著〈中国现代诗学〉》;胡平的《小说结构的形式美》;凌鼎年的《优势与局限——小小说创作随想》;峻冰的《刘绍棠乡土小说的结构艺术》;程光炜的《诗歌的语言空地——读洛夫的〈窗下〉》;艾咀华的《情节要为人物性格服务——读小说〈病魔〉》;昌切的《两样情愫　各有春秋——评〈犁耙飘香〉、〈成熟〉》。

《读书》第2期发表南帆的《语言·审美·现实》;傅铿的《超越道德评判》;王蒙的《概念——效用与陷阱》;孙津的《重新命名?再谈后什么现代》。

《中国作家》等三单位联合在京举行方敏生命系列小说座谈会。

12日,《中流》第2期发表林默涵的《文艺要引导人民弘扬爱国主义、社会主义和集体主义——在文学艺术与社会“主旋律”座谈会上的开场白》;李希凡的《理直气壮地高奏时代主旋律——在文学艺术与社会“主旋律”座谈会上的发言》。

13日,《文艺报》第6期发表本报编辑部的《巴金问:没有知识和文化,经济能搞得上去吗?》;邵都邦的《中国作协第二届(1986—1991)全国儿童文学评奖揭晓在即：评委评选的最后结果将于近日产生》；中宣部文艺界课题组的《关于社会主义市场经济条件下文艺领域面临的新问题》；胡德培的《宏伟而真实的抗日战争画卷——读周而复的〈长城万里图〉》；张俊彪的《情真意切　深沉厚重——读林祖基散文集〈海边絮语〉》；小秋的《走笔香江写“龙种”——夏萍与〈李嘉诚传〉》；本报编辑部的《报告文学〈苏州“老乡”〉讨论会暨单行本首发式在京召开》；苏善、牛也的《关于〈爱你没商量〉的对话》；闻逸的《众说纷纭　瑕不掩瑜——〈爱你没商量〉座谈综述》；张锦贻的《谈梅子涵儿童小说创作》。

《文论报》发表王淑秧的《加强台港文学的研究》。

14日，《中国文化报》第20期发表向云驹的《文化人与文化》；陈晓明的《一种文化的困窘——兼评〈曼哈顿的中国女人〉》。

中国作协第二届(1986—1991)全国优秀儿童文学奖在京揭晓，共有29部作品获奖。

15日，《广东社会科学》第1期发表何慧的《楂建英、也斯、周腓力旅美题材小说比较》。

《山西大学学报(哲学社会科学版)》第1期发表王巧凤的《揉碎彩虹后的漫溯——叶兆言小说论》。

《上海文学》第2期发表《编者的话》；薛毅的《寓言的诞生》；王宁的《作为国际性文学运动的后现代主义》。

《民族文学》第2期发表梁昭的《苍凉悲壮的大松山二重奏——评青年瑶族作家唐克雪的小说创作》；王珂的《游子的恋歌——读木斧诗集〈乡思乡情乡恋〉》；高晓声的《读方纲小说》。

《民族文学研究》第1期发表傅光宇的《民族精神的赞歌——读杨世光的“寻根”散文》；晴川的《喧闹世界的静谧一角——满族诗人路地诗歌艺术风格》；尚正宏的《哈尼族作家文学的势头》；朱睿的《关于九十年代朝鲜族文学“后继无人”问题的思考》；关纪新的《雪域歌扬民族魂——读伊丹才让两部新出版的诗集》；伊澈的《浇铸民族的回音壁——伊丹才让作品讨论会综述》。

《江汉论坛》第2期发表杨烽的《论当前文学商业化的倾向》。

《戏曲艺术》第1期发表王世勋的《戏曲要改革　形式要多样——漫谈发展戏曲艺术的途径》；陈幼韩的《戏曲表演艺术的心灵外化——“剖象”(上)》；董军的《论程式与假定性的辩证关系》；朱行言、朱维英的《交加悲愤入声腔——谈章兰的唱腔艺术》;梁枫、永明的《一种美的追求——话说小香玉的演唱艺术》;周伟的《谈谈演员代尽导演职能的利与弊》;于少非的《〈张协状元〉导演构想》;金桐的《京剧〈宝莲灯〉导演散记》;张永和的《秋雨凄凄五丈原——杂谈川剧〈夕照祁山〉》;陈培仲的《洁白与罪恶——闽剧〈丹青魂〉观感》;巴仁的《再现宋金舞台风貌　重谱南音古韵乐章——首都戏曲界座谈〈张协状元〉学术演出》;孙浩元的《舞台空间造型的中性处理》;于仁德的《略论戏曲剧本的综合性》。

《社会科学》第2期发表赵建中的《论文化市场经营管理的方针和策略》;夏中义的《文学: 作家的生存方式》。

16日,《人民日报》发表仲呈祥的《关于"张艺谋热"的冷思考》;元明的《闲侃作家玩电脑》。

17日,《中国文化报》第21期发表杜永道的《〈语文建设〉讨论文学语言规范问题,语言学家作家文学评论家各抒己见: 能否"扭断语法的脖子"?》。

《作品与争鸣》第2期发表午晨的《实事求是与崇高人格的力量——读报告文学〈东方的道路〉》;陈先义的《写出人物的性格美——〈谭震林外传〉品读》;吴光华的《来自生活的沃土——中篇小说〈男户长〉读后》;周易的《喜剧和喜剧的人物》——读中篇小说〈男户长〉有感》;张炯的《社会主义文艺要有自己的价值标准》;刘庆福的《必须坚持人民群众的观点》,陆贵山的《要加强文学价值论研究》;程代熙的《不要把反映论与价值论对立起来》;李正忠的《要肯定文学价值的客观性》;刘润为的《应当确认文艺作品的商品性》;涂途的《完整地理解文艺价值论》。

18日,《文学报》发表未央的《面对市场经济,作家怎么办? ——首都十位知名作家各抒己见》;傅庆萱的《文学果真"悲哀"?》;本报编辑部的《如何看待"王朔现象"》;胡宗建的《说不尽的"新写实"》;董大中的《由评论到创作》;麦可的《呼唤朴实的诗歌》;朱珩青的《走向独特的天地——致赵玫》。

《光明日报》发表岳东的《报刊出版发行工作的现状该改一改了》;古楠的《文化消费热下的冷思索》。

《羊城晚报》发表黄心武的《文星与财星——再换一个视角试试》。

《中国戏剧》第2期发表刘忠德的《抓紧理论研究,加快改革步伐,建设有中国特色的社会主义文化市场》;虎翼的《来自文化市场的呼唤——1992年全国文化市场理论研讨会侧记》;蔡宛柳的《行程一万里　誉满晋豫冀——章兰和她的剧团怎样占领文化市场》；曹韵清的《更上一层楼——记中国京剧院陈淑芳》；艾知的《“演戏要三分生”——看关静兰演出〈会审〉、〈状元媒〉》；张志高的《谈朱宝光的两出拿手戏》；徐城北的《青年京剧与京剧青年——兼谈“全国青年京剧会演”在津举行》；田川的《丝路繁花又一枝——观歌剧〈张骞〉》；林毓熙的《京剧〈宋庆龄〉创作谈》；沈达人、田志平的《〈梁山恨〉观后漫议》；李庆成的《珍惜生命　热爱生活——〈潇洒女孩〉观后》；安葵的《京剧〈七彩环〉——苦涩味的喜剧》；杜嘉夫的《细节的真实掩盖整体的不真实——谈〈皇城根儿〉在人物塑造上的失误》；易凯的《室内剧面临新挑战——对〈爱你没商量〉社会效应的反思》；王蕴明的《戏曲文学创作的滞后现象——津门观剧漫笔》；殷晓晖的《戏曲剧名摭谈》；曲六乙的《偏爱与偏见》。

《昆仑》编辑部在上海召开费爱能、马福才、景胜海的报告文学《海纳百川》讨论会。

19日，《人民日报》发表柯原的《散文诗正年轻》。

《中国文化报》第22期发表伊夫的《王朔再练两年让地盘，英达打抱不平为丹丹》；江心、刘恒的《高论热门话题　了却秋菊官司》(对话录)。

《南方周末》发表谢冕的《两栖的文体》(散文体)。

中国通俗文艺研究会首届优秀作品颁奖大会在京举行，《山帅》等三部作品获一等奖。

20日，《文艺报》第7期发表一凡的《贴近现实　贴近孩子：29部作品获全国优秀儿童文学奖》；阿康的《歌唱祖国——永恒的主旋律》；本报编辑部的《安徽省文艺界的政协委员呼吁：保护和发展严肃艺术》；中宣部文艺局课题组的《深化文艺体制改革是解放和发展艺术生产力的必由之路》；冯英子的《秦似，你应当含笑九泉——读〈秦似文集〉》；郭风的《序〈雪和雕梅〉》；雷达的《勤奋多思　广纳博收——读孙晶岩长篇报告文学〈服装交响曲〉》；王怀让的《卞卡散文的散乱美与散漫美》；高海寿的《文学的“势力范围”——评阿城〈胡天胡地风骚〉》；雍文华的《“新历史小说”的历史观念》；袁济喜的《审美错位的背后》；马龙潜的《对文学主体性研究的历史性反思——评董学文的〈两种文学主体观〉》；邵的《筹建中的中国西部影视城吸引艺术家和投资者：贾平凹、张贤亮的作品将在此拍摄》；李忠民的《挥如画之笔　绘时代风云——〈都市之梦〉出版座谈会在济举行》(长篇报告文学)；丁毅的《歌剧〈张骞〉观后》；吕有志的《求索·创新——湘剧〈白兔记〉观后》;延长珂的《招安的悲剧——看京剧〈梁山恨〉》。

《文汇报》发表陈骏涛的《纯文学并没有消亡》;王得后的《文学危机和文人的救穷》。

《光明日报》发表梁若冰的《首届通俗文艺优秀作品在京颁奖》。

《当代》第1期发表谢永旺的《别开生面——评〈战争和人〉》;曹毓生的《崇高·真实·朴素——评报告文学〈天地人心〉》;肖建章的《要有一颗伟大的心》。

《羊城晚报》发表李宏荣的《毛泽东热的传感——读〈毛泽东之子毛岸龙〉》。

《学术月刊》第2期发表嵇山的《逻辑·历史·"自己运动"——关于马克思主义文艺美学当代建设的一点探讨》。

《福建论坛》第1期发表易明善的《香港文学历史分期论纲》。

中旬,国内第一所专藏中国当代作家代表作的文学资料馆和现代化多功能特种图书馆在武汉开馆,展出了200位当代作家签名的赠书400余部。

刘玉民、郭廊的长篇报告文学《都市之梦》出版座谈会在济南举行。

21日,《文汇报》发表程德培、谷梁的《文学走向市场的对话》。

《羊城晚报》发表李汝伦的《文学的按质议价杂议》。

22日,《人民日报》发表张铭清的《文化经济面面观——文化事业"以文补文"活动述评》。

《羊城晚报》发表赵丽宏的《诗意论》;卢瑞华的《把反映改革开放视为作家的天职——程贤章人物专访集〈我看广东〉序》。

中国作协副主席、著名现代作家、诗人、学者、德语文学专家冯至因病在京逝世,享年87岁。

23日,《光明日报》发表谌强的《李铁映在全国文化厅局长会议上指出:文化艺术繁荣的根本出路在于改革》。

24日,《光明日报》发表严昭柱的《文艺是情感教育的利器》;张炯的《史诗性的可贵努力——读周而复的〈长城万里图〉》;阎纲的《尹西农和他的"考古报告文学"》。

《中流》杂志社在京举行创刊三十周年座谈会。

24—26日,宁夏回族自治区文联第四次代表大会在银川召开,张贤亮当选为区文联主席。

25日,《文学报》发表本报编辑部的《如何看待"王朔现象"(讨论之二)》;杨闻宇的《古雅的"小夜曲"——读文和同志的散文》。

《学术研究》第1期发表何梓焜的《对"社会心理是文艺与社会存在的中间环节"的一些理解》；张绰的《梁凤仪小说中的财经风云》。

少年儿童出版社、海军榆林基地联合在海南三亚举办项小米长篇小说《小轮和海》讨论会。

26日，《中国作家》杂志社等单位在京举行亚细亚杯优秀报告文学奖和"中原—奇安特杯"优秀中篇小说奖颁奖大会，共有18部作品获奖。

27日，《文艺报》第8期发表本报编辑部的《全国文化厅局长会议在京召开：李铁映在会上强调，要深化体制改革，形成以国家办文化为主，社会各界共同办文化的新体制》；本报编辑部的《中国作协副主席、著名作家、学者冯至逝世》；张的《国家统计公报表明：我国文化事业呈持续发展可喜形势》；钱华飞、景胜海的《〈海纳百川〉作品研讨会在沪举行》（报告文学）；王兰英的《陕西表彰"五个一工程"优秀作品》；郑茂泉的《心底有人民　情怀系家乡——缅怀人民作家、革命前辈沙汀同志》；岑桑的《文章以真为上乘——读张梅散文随想》；吴义勤的《人生困境的探寻——评储福金中篇小说〈裸野〉》；刘备耕的《探求历史的真实——〈彭总为《小二黑结婚》题词的前前后后〉一文读后感》；余忠荣的《价值阐释与文学价值论》；本报编辑部的《首届通俗文艺优秀作品奖颁奖大会在京举行》；业的《武汉有了当代作家作品陈列馆：首批展出200位作家签名赠书400余部》；陈斌善的《中国戏曲的美学原理》；《文人墨客下海忙》（文摘版）；竹韵的《版权官司的背后》；本报编辑部的《本报邀请在京儿童文学评委座谈：进一步促进儿童文学创作繁荣》。

《光明日报》发表肖海鹰的《文化的"热"与"盲"——访文化学家庞朴》；荒煤的《把作家推向什么市场》。

28日，《中国文化报》第26期发表张德祥的《不可或缺的时代记录——"域外题材"文学潮观想》；金惠敏的《旅外传记体小说刍议》；景山的《我读梁凤仪》。

《戏剧》第1期发表钮心慈的《当代儿童剧特性、特色及其导演素质与修养之探析》；蔡体良的《〈马兰花〉的嬗变——谈陈颙的导演艺术》；林克欢的《癫狂：无法还原成理性的神秘》；童道明的《超常的"灵感一发"——〈罗慕路斯大帝〉观后》；陈幼韩的《表演艺术的异曲同工——论戏曲表演体验创作的写意化》；袁嘉的《喜剧表演中的体态语》；方明的《舞美设计应把演员纳入设计思维中——兼论舞台调度与舞台画面的构图》;钟友循的《试论“戏剧性”在电影中的艺术地位》;邓同德的《豫剧与祭祀——戏剧探源》;洪忠煌的《意象比较:〈冬天的故事〉与〈牡丹亭〉》。

下旬,《名作欣赏》第1期发表汪政、晓华的《生存的感悟——史铁生〈我与地坛〉读解》;解正德的《余光中文章引起反响》;宫未明的《文艺批评应坚持知人论世:初评余光中〈评戴望舒的诗〉》;李尚才的《余光中:古典诗人》;刘德喜的《不该如此“求疵”:简论余光中〈论朱自清的散文〉》;纪骅的《一个中学生的来信:余光中〈论朱自清的散文〉》;古远清的《余光中对变革散文的呼唤》。

花城出版社、《北京日报》、《中国作家》等单位联合在京召开张聂尔《中国第一人毛泽东》研讨会。

本月,《小说家》第1期发表何向阳的《张宇论》。

《文艺评论》第1期发表陈虹的《市井的狂欢——王朔的故事和精英文化的窘境》;王彬彬的《小说的世俗描写与超越意蕴》;旻乐的《走向“大众文学”》;张景超的《文学只能是一种有限的存在》;樊星的《叩问宗教——试论当代中国作家的宗教观》;徐剑艺的《生死黄泉——中国当代乡村小说的文化人类学研究之三》;马风的《风景这边亦好——哈尔滨近期中短篇小说概论》;梁南的《论方行的诗》;陶尔夫的《读方行的〈泪的花环〉》;董克岩的《平凡凝重　悠远激荡——〈硝烟散后〉漫谈》;李庆西的《午夜话题》;迟慧的《我与诗》;陈晓云的《电影中的性:观念的拓展与表现的惶惑》。

《求索》第1期发表欧阳哲生的《“知识分子”释义》;李春青的《论创作冲动的心理构成》。

《齐鲁学刊》第1期发表吴秀明的《论历史真实与读者的主体意识》。

《学习与探索》第1期发表王岳川的《后现代文化语境中的女权主义批评》;李运抟的《论当代小说对市民生态的情理投注》。

《小说界》第1期“作家访谈录”栏发表《王蒙访谈录》;“我看小说”栏发表冯牧的《小说的魅力》,张抗抗的《不看小说》,赵丽宏的《不要浮躁》,冯苓植的《蛰居呓语》,陆天明的《入静:我对我自己的劝戒》;同期,“新人创作谈”发表须兰的《古典的阳光》。

《小说月报》第2期发表王周生的《重要的是心灵的沟通——关于〈陪读夫

人〉》;黄国柱的《军旅:永恒的挑战——阎欣宁小说赏评》。

《中国广播影视》第2期发表肖禾的《跨越四十年的改革——电影界对影片发行改革的反响强烈》;贾磊磊的《建构在传统习俗上的荧屏故事》;李德文的《被打碎的陶塑——评台湾电视连续剧〈梧桐夜雨〉》。

《当代作家》第1期发表陈辉平的编辑手记《投入:产出什么》(评房光的中篇小说《北路梆子》);李运抟的《道是有情也无情——读长篇小说〈三个女人三个梦〉》。

《当代小说》第2期发表王珊珊、张光芒的《那一片虔诚的天空——简论张开镰的小说世界》。

《电视研究》第1期发表刘效礼、冷冶夫的《纪录片:真实的背后是纪实》;黄望南的《凝固的史诗——〈历史的瞬间〉印象》;仲呈祥的《九十年代中国电视剧创作概观》;周金华的《纪实性电视剧的美学追求》;胡恩的《电视文艺随笔五章》。

《作品》第2期发表邵燕祥的《诗内诗外谈》;游焜炳的《文艺界也应主要防“左”》;周政保的《散文创作散谈(之二)》;申家仁的《公仆意识与喜剧品格——评韩英小品文集〈送君一束刺玫瑰〉》。

《萌芽》第2期发表杨波的《生活的戏剧和诗情》(评该期王月瑞的军旅新作《绿洲》);陈思和的《王朔的变化》。

《博览群书》第2期发表金平的《鬼斧神工　太白境界——介绍贾平凹小说新作集〈太白〉》;程实的《博取众长　独出新意——评〈文化批判与文化重构——中国文化出路探讨〉》;殷世江的《生命的价值在于开采——散文集〈你不来我也等〉读后》;俞果的《黎焕颐和他的诗》;祝勇的《与心情对话——读涂静怡散文集〈我心深处〉》;谭宗远的《只身壮游走天涯——读〈远去的天〉》。

本月,花山文艺出版社出版黄伟宗的《欧阳山评传》。

山西人民出版社出版申双鱼等编的《且说山药蛋派》。

中国社会科学出版社出版张德祥、金惠敏的《王朔批判》。

学林出版社出版程乃珊、周清霖编的《上海人眼中的梁凤仪:梁凤仪作品评论集》。

四川文艺出版社出版刘元树的《郭沫若创作得失论》。

三联书店出版柳苏的《香港文坛剪影》。

3月

1日,《大众电影》第3期发表姗姗的《礼赞从悲剧中醒来的女性——评新片〈香魂女〉》;国还的《心灵的感应——〈蒋筑英〉观后》;张扬的《迟到爱情的欢笑——看〈初吻〉》。

《山西文学》第3期发表邵振国的《漫谈文学与经济》;杜学文的《突破: 山西诗人的阵痛——〈诗刊·娘子关诗会〉漫评》。

《作家》第3期发表叶延滨的《我与文学的几点说明》(创作论);陈晓明的《破裂与见证: 新情感危机的变迁或危机》。

《时代文学》第2期发表剑汀的《"齐鲁诗人精短诗大展"漫评》。

《海燕》第3期发表王生田的《女孩的梦》。

《解放军文艺》第3期发表范咏戈的《一个戏剧评委的手记——漫议1992年部队戏剧》。

2日,《人民日报》发表晓徐的《'93文学期刊大动作》。

《小说评论》第1期发表陈剑晖的《心灵世界的探索——论柯振中的小说创作》。

《厦门大学学报(哲学社会科学版)》第1期发表朱水涌的《特区小说创作的文化视野》;林兴宅的《文学评论: 寻求沟通艺术与科学的桥梁》。

2—5日,陕西省文联第三次会员代表大会在西安举行,李若冰当选为省文联主席。

3日,《中国文化报》第27期发表倪培耕的《1992·世界文坛回顾专号(1)》。

人民文学出版社、中国社科院文学所联合在京召开梁凤仪作品研讨会。

4日,《文艺报》邀请在京的全国优秀儿童文学奖(2月14日在京揭晓)的部分评委举行座谈会。

《文学报》发表本报编辑部的《李铁映最近强调: 繁荣文艺的根本出路在于改革》;王兰英的《陕西表彰"五个一工程"优秀作品》;朱金晨的《"沉思斋"里的沉思——记著名作家叶永烈》;航宇的《远村印象》。

《光明日报》发表夏斐的《走下政坛　登上文坛——访〈新战争与和平〉的作

者李尔重》；刘玉珠的《文化市场的作用》。

5日，《中国文化报》第28期发表蒋原伦的《挖坑的王朔把自个埋了》。

《人文杂志》第2期发表张颐武的《后新时期文学：宁静与喧哗》。

《山花》第3期发表晓愉的《熟读你脸上的卷帙——唐亚平和她的诗》；张建建的《诗性的爱——唐亚平爱情诗二首赏析》；李运抟的《回归人间烟火处——论知识分子形象的模式问题及其变化》。

《当代文坛》第2期发表高佳俊的《在优雅的语体中飞翔——读新生代散文集〈上升〉》；胡彦的《策略与归途——评张长的"平民系列"散文》；傅书华的《论"晋军"作家塑造典型的成型方式——山西作家群流变论之一》；朱安玉的《论当代文学批评的历史化潮流》；王仲生的《东方文化和贾平凹的意象世界——评贾平凹的小说近作》；刘明银的《"新写实"之后：杨争光小说的意义》；杨晓明的《我们只有一个地球——读王治安新著〈啊！国土——忧患的警钟〉》；肖阳的《历史瞬间的艺术重建——评长篇纪实小说〈成都残梦〉》；杨远宏的《吉狄马加诗歌创作论》；曹纪祖的《生活的礼赞——读徐康新著〈永远的初恋〉》；绿雪的《"青春无悔"与"知青情结"——〈中国知青梦〉读后》；梁晓声的《关于知青文学的断想——兼评〈中国知青梦〉》；丁晓原的《大开放：关于新时期报告文学发展态势的描述》，白航的《纯情的枫叶及其它》；尔龄的《简评〈极乐之门〉》；银甲的《〈当代文坛〉召开文学新人莫然作品讨论会》等。

《湖南文学》第3期发表刘演林的《故事、意义与叙事的河流——漫说〈逝川之石〉》。

《莽原》第2期发表李少华的《面对伦理道德的悖论——简评中篇小说〈断魂草〉》；耿占春的《诗中的语言》；岳洪治的《人民精神滋养的鲜花——牛汉诗歌试论》。

6日，《文艺报》第9期发表英的《〈中国作家〉颁发报告文学和中篇小说双奖》；梁长森、朱依山的《为时代精神雕像——评报告文学集〈江淮大地的脊梁〉》；北凡的《王家达和他的长篇新作》(长篇纪实小说《铁流西进》)；丁道希的《瑰丽清雅自成一家——读方敏的生物圈系列小说》；谭谈的《寻回那份真诚——记周长明和他的〈血泪真诚〉》；钟文的《〈中国第一人毛泽东〉研讨会在京召开》；土的《长篇小说〈小轮和海〉讨论会在海军榆林基地召开》；黄毓璜的《角色的多面性和形象的整体观——杨旭长篇新作〈半个冒险家〉读后》；李佩的《多重色彩的诗人——读陈昊苏诗集〈走向新世纪〉》;谢春池的《“看海”的魅力——评陈元麟散文集〈我们看海去〉》;贾焕亭的《旅游文学随想》,邢小群的《学者的散文——读〈文化苦旅〉》。

《文汇报》发表徐中玉、王晓明等的《严肃文艺往何处去?》。

《光明日报》发表史美圣的《上海人的冷暖困惑被搬上舞台,〈OK,股票〉拨人心弦》。

《台港文学选刊》第3期发表安兴本的《商战下的性灵虚脱与寻找自我的新挑战》;陈瑞琳的《撞击与超越》。

《电影创作》第2期发表王迪的《大陆电影与“文化”——从台湾影片〈推手〉说起》;肖沉的《重新研究娱乐片》;高一言的《坚持要个“说法”不对吗?——关于〈秋菊打官司〉的主题》;韦德锐的《最后的纪念碑》;剑心的《“名气”与生活》。

《当代电视》第3期发表徐宏的《曼陀罗的感受》;叶小霖的《一部真正的孩子戏》。

7日,《中国文化报》第29期发表本报记者向云驹的《中国文化的命运与前途——马勇访谈录》;陈宝光的《一个大写的人——看影片〈蒋筑英〉》。

《大众电视》第3期发表苏子龙的《小市场 多渠道——也谈建设中国式的节目市场》。

《天津文学》第3期发表张德林的《三种文艺共存互渗》;毛志成的《“中国式”探源》;张颐武的《后新时期小说:转型时刻的表征》。

10日,《中国文化报》第30期发表刘忠德的《加快改革步伐 繁荣文化艺术——在全国文化厅局长会议上的讲话》;记者王洪波、林白的《梁凤仪作品研讨会在京举行》;蒋子丹的《方方印象》。

《光明日报》发表陈俊山的《文艺批评与诉诸公堂》。

《小说林》第2期发表王丽华的《〈月亮的悲歌〉人物札记》;安伊的《空谷纳万境——读葛均义小说札记》。

《中国社会科学》第2期发表王一川的《二十世纪西方美学中的语言本质观》。

《当代文学研究资料与信息》第2期发表《“留学生文学”暨“域外题材”作品研讨会纪要》。

《花城》第2期发表陈晓明的《历史转型与后现代主义的兴起》。

《写作》第3期发表刘素琴的《小说·散文·抒情诗——读汪曾祺的〈珠子灯〉》；王锐军的《“散文美”的要素》；张厚明的《架起“两岸”诗论之桥——评古远清新著〈海峡两岸诗论新潮〉》；董小玉的《文学语言形象美的成因》；天帆的《“言辞突出”及其它——读万稼祥的〈获奖〉》；丁冬的《透过“窗口”看人心——评〈最好的解脱〉和〈真是要命〉》；欧阳明的《不动声色的辛辣——评〈两盒君子兰〉》。

《北京文学》第3期发表谢泳的《要么王朔　要么张承志——文化消费与作家的选择》；赵大年的《小侃“中间文学”》；魏胜利的《玩世不恭与文学》。

《电影艺术》第2期发表戴锦华、郑洞天、倪震、黄建新的《谁要站直啰，别趴下！——一部影片　一次评析　一通感慨》；王得后的《“我是一个星座，我不是候鸟”——看〈蒋筑英〉断想》；未泯的《生的抗争：艺术家献给历史的激情——浅析〈走出地平线〉的母题、人物和镜头语言特色》；陈育新的《且喜且悲的都市情怀——看〈大撒把〉》；何志云的《追忆〈找乐〉》；赵葆华、张万晨、曾雪强的《拥抱时代与拥抱市场——从影片〈远山情〉谈起》；王兴东的《我写〈蒋筑英〉——编剧札记》；陆天明的《从怕字说起：关于〈走出地平线〉》；潘若简的《进入90年代的中国电影——五代和后五代的电影现象》；应雄的《〈小城之春〉与“东方电影”（下）》；林洪桐的《银幕剪辑与节奏的艺术力量》；杨田村的《论影视关系——兼与郑雪来、张瑶均同志商榷》；宋江波的《生死不息的年轮——〈蒋筑英〉导演创作回想》；狄翟的《〈决裂〉：纪事与分析》。

《江海学刊》第2期发表张辉的《沉默的“第四人称”——试论咏物小说的艺术特征和美学意义》；黄毓璜的《新时期小说生态的整体观照——评南京大学“新时期小说研究”书系》。

《河南师范大学学报（哲学社会科学版）》第2期发表彭功治、马治军的《毛泽东文艺思想的当代意义——纪念〈在延安文艺座谈会上的讲话〉》。

《语文月刊》第3期发表何火任的《一位东方女性的心灵搏斗史——读周励的长篇小说〈曼哈顿的中国女人〉》；史燮之的《写出自己的乡情乡思——读〈鄱阳湖遐思〉》。

《诗刊》第3期发表雪泯的《追寻时代的足音——读赵日升诗集〈岁月之窗〉》；侗肄的《情势走向与铺情成篇》（讨论诗歌创作与情感问题）。

《读书》第3期发表李公明的《为什么我们会同受煎熬》；冯克利的《打了折扣的民主》；王干的《“爱妻型”与男性话语中心》。

《理论与创作》第2期发表汤龙发的《毛泽东文艺思想与其文化思想的关系》；伍振戈的《潮汐和船——经济体制变革中的文学艺术之路》；李万武的《文坛诉讼：社会对"纪实文学"的拷问》；曾慧的《王朔：后父亲时代的儿子》；傅憎享的《难得糊涂——小说抽象性抽绎》；蒋静的《略谈长篇小说〈曾国藩〉》；李盾的《复杂环境中的复杂性格——评长篇历史小说〈曾国藩〉》；樊星的《"新儒林外史"与"新京味小说"——评刘心武长篇新作〈风过耳〉》；黎跃进的《博采众长　卓然一家——评〈中西宗教与文学〉》；王耻富的《"中国雄魂"铸诗魂——喜读〈风萧萧兮易水寒〉》；海顺的《湘军雄风今犹在》；龚政文的《走出城市——读1992年湖南省青年文学奖得主王开林》；董石桂的《张艺谋累获成功之我见——浅谈张艺谋影片的民俗基因》；谢海泉的《"文化造型"初论》；张鹄的《关于赏析文章的写作——答一位文学爱好者》。

上旬，《文艺报》在上海召开严肃文艺座谈会，就严肃文艺的生存状况，它在危机与挑战中的出路以及由此变化带来的深远影响等问题交流了意见。

11日，《人民日报》发表王德颖的《文化市场的挑战与对策——社会主义文化市场座谈会综述》；胡平的《经济大潮中的小说创作——1992年短篇小说新作掠影》；徐世丕的《积极推进文化体制改革》。

《文学报》发表本报编辑部的《王蒙说："文明大国，不能没有一流作家》、《如何看待"王朔现象"（讨论之三）》；崔伟的《〈香魂女〉出世记——访著名作家周大新》。

《光明日报》发表黄晓、周林的《版税、版权与文人官司》。

《羊城晚报》发表白烨的《新历史小说——"后新时期"小说走向之三》；周翠玲、陈晓武的《感悟生存——读雷铎长篇小说〈子民们〉》；李钟声的《读一位老新闻工作者作品的启示——张琮作品集〈大地走笔〉序》。

12日，《南方周末》发表任芙康的《文人与广告》。

湖南省委宣传部、省剧协、省艺术研究所在长沙举行田汉学术研讨会。

12—13日，北京大学、中国社科院文学所、中国比较文学学会后现代研究中心、歌德学院北京分院等单位联合在京举办后现代文化与中国当代文学国际研讨会，对后现代主义在中国的研究及其影响进行了探讨。

13日，《文艺报》第10期发表本报编辑部的《梁光弟说："让我们集中精力为繁荣文艺而奋斗》、《张锲说，文艺体制改革必将带来文艺事业更大的繁荣》；绍的

《〈文汇报〉邀请上海部分文艺家座谈严肃文艺向何处去?》;陈国凯的《有感于文坛》;张燕玲的《朴素的北方情采——金哲的诗集〈七月雪〉读后》;魏崇武的《"一方真正的风景"——评周易诗集〈风里飘逝鸟群〉》、《文艺与企业的双重奏——湖南省企业文联的成功之路》;本报编辑部的《梁凤仪称：她的作品要为香港回归做沟通：北京文学界讨论"梁凤仪现象"》;张同吾的《多种可能与殊途同归——1992年诗歌走向》;程文的《珍尔的诗歌创作——诗集〈飘零岁月〉等读后》;赵小鸣的《告别青春——读李挺拔的诗集》;柯蓝的《为散文诗的繁荣》。

《诗刊》第3期发表熊国华、程光炜的《话说"左右开弓"：评杨光治新著〈从席慕蓉、汪国真到洛湃〉》。

14日,《中国文化报》第32期发表李铁映的《繁荣·改革·团结——在全国文化厅局长会议上的讲话》。

15日,《上海文学》第3期发表《编者的话》(重点推荐李锐的《黑白》,认为体现90年代对知青生活反思的水平);南帆的《语言现实主义》;巢亮的《一幅世情变迁图》("读者评论",读范小青的《王桃》)。

《文学评论》第2期发表刘思谦的《关于中国女性文学》;蒋子龙的《文坛警梦》;陈晓明的《反抗危机：论"新写实"》;周而复的《谈〈长城万里图〉的创作》;凌燕的《旅外文学研讨会述略》;胡培德的《周而复〈长城万里图〉研讨会纪实》。

《文艺争鸣》第2期发表公木的《世纪印象——文学与政治》;冯牧的《新世纪对文学的呼唤——〈世纪印象〉引发的一些感想》;梅朵的《让我们毫无愧色迈向新世纪》;张颐武的《论"后乌托邦"话语——九十年代中国文学的一种趋向》;以"一本书：《文化大革命中的地下文学》(杨健著　朝华出版社),话题：研究文革文学"为总题,发表谢冕的《误解的"空白"》,曹文轩的《死亡与存活》,赵毅衡的《自由与文学》,易毅的《被激活的记忆》,程文超的《"空白"的回音》;同期,发表赵小鸣的《现实之眼：被放大的物象世界——读张艺谋电影》;姚晓蒙的《两岸新电影：一种社会学比较及分析》;徐兆淮的《死亡的诱惑与超越——叶兆言近作阅读随想》;邵建的《最后的小说　叶兆言及其〈关于厕所〉》;刘介民的《当代台湾文学中的情色主题》;潘凯雄的《一种文学批评文体类型：意象总龟型》。

《长城》第2期发表陈冲的《燕赵文化与保定作家群》;张东焱的《"倒悬不死树盘筋"——"燕赵文学"散论》;封秋昌的《来自"神龙架"的启示——评梅洁近作〈走进神农架〉》。

《中州学刊》第2期发表赖大仁的《关于文学文本论的思考》；杨劼的《论小说的内部研究：文体与逻辑》。

《艺术广角》第2期发表陶东风的《也谈"文学是语言的艺术"——兼论文学的所谓"真实性"》；金元浦的《我国当代文艺学的总体指向：语言与本体研究》；根源的《西方"语言论转向"与中国当代美学形态》；马达康的《文学语言研究之我见》；张法的《如果中国美学也会有一个语言论转向》；慧敏的《潜语言的文学性》，邢小群的《文学中的性——从〈白涡〉谈起》；张振忠的《小说效应的眩惑与凝定》。

《民族文学》第3期发表龙长吟的《人性弱点与民族弱点的悲剧——评小说〈苗山悲歌〉》；伊斯哈格·马彦虎的《葬礼为谁举行?! ——评〈穆斯林的葬礼〉》；王鸿儒的《复调：历史与现实的对位——评武略小说〈四季莲花落〉》。

《电视剧》第2期发表石侠的《略谈影视艺术中的自我意识》；权海帆的《电视小品断想》；田永明的《当代中国知识分子心态的准确反映——观〈半边楼〉有感》。

《当代电影》第2期发表周斌、姚国华的《中国电影的第一次飞跃——论左翼电影运动的生发和贡献》；钱海毅的《沈浮电影初论》；卫小林的《沈西苓电影的语言特色》；刘果生的《试论柯灵的电影剧作观》；高维进的《几点深刻的感受——记荒煤对新闻记录影片的论述》；马德波、戴光晰的《陈荒煤在"十七年"——兼评"专家派"与"左"派的路线之争》；奚姗姗的《荒煤与电影理论建设工作》；刘桂清的《时代呼唤喜剧——喜剧电影学术研讨会综述》；王一川等的《〈悲烈排帮〉笔谈》；黄军的《〈悲烈排帮〉导演阐述》；章明的《论电影导演构思(下)》。

《江汉论坛》第3期发表邓剑秋、王凤鹤的《试论商品文化》；黄忠顺的《中国现代长篇小说后劲不足问题——〈活动变人形〉个案分析》。

《江南》第2期专栏"纪实文学七人谈"发表冯立三的《布满鲜花与荆棘丛生的道路》，秦晋的《纪实效应》，刘茵的《"纪实"的魅力》，张胜友的《报告文学：生命辉煌的背后》，雷达的《由书摊引发的思考——纪实文学的现状和未来》，李鸣生的《报告文学：性格的文学——关于报告文学的酒后醉话》，卢跃刚的《报告文学面临新的问题》。

《求是学刊》第2期发表黄盛华的《信仰缺失：世纪之交无法挥去的一种迷茫》；王岳川的《后工业社会的文化与美学》。

《社会科学》第3期发表方克强的《小说家与现代神话——评柯云路的"人

体——宇宙学"三部曲》。

《学术论坛》第2期发表邢小群的《论中国50—70年代文学中的性意识》；黄伟林的《知青作家与70年代后中国文学思潮》。

《钟山》第2期发表徐生民的《评两篇小说》；盛子潮的《小说的人称与性别——评〈第一人称〉和〈冬至〉》；陆菁菁的《读不懂残雪——读残雪的〈在纯净的气流中蜕化〉》；葛文军的《谈谈两篇小说的人物塑造——读〈一个地主的死〉和〈柏林的跳蚤〉》。

《徐州师范学院学报(哲学社会科学版)》第1期发表丁帆的《中国当代乡土小说的转型》；夏扬的《郭保林和他的散文世界》。

《重庆师院学报(哲学社会科学版)》第1期发表张荣翼的《女性文学批评与女权主义文学批评》；刘晓文的《新时期小说的文本策略》。

17日，《作品与争鸣》第3期发表张炯的《游记文学的一次丰富展现》；西龙的《生活·情感·理智——谈中篇小说〈热在三伏〉》；胡静波的《对生活原色原味的再现——读〈热在三伏〉》。

18日，《人民日报》发表刘忠德的《解放思想　加快文化体制改革步伐》；蒋子龙的《文学流和情绪流》；牛玉秋的《一九九二：创作个性的张扬》；王力军的《1978年开始的新时期十年文学取得了辉煌的成就，如何评估进入90年代的文学，请看——关于"后新时期文学"的讨论》。

《文学报》发表凉一的《艺术需要"加盟军"》；本报编辑部的《蒋子龙谈文学精神的崩溃》；陈辽的《既不是"狼来了"，也不是"馅饼来了"——谈市场经济与文艺发展》；王周生的《完稿后的思索》；王怡的《忠实于自己的人生体验——长篇小说〈陪读夫人〉座谈纪要》；艾以的《"卖文是一种'商行为'"——夏丏尊谈文学与商品》。

《中国戏剧》第3期专栏"《爱你没商量》纵横谈"发表冯宪珍的《自然、生活，我的艺术追求》，王奎荣的《平等、合作、认真，我成功的秘诀》，童道明的《从另一个角度看宋丹丹》，谢玺璋的《准确：是过分的要求吗?》，张仁里的《表演的误区》，高慧彬的《深入生活的深层》，杨胜生的《〈爱〉剧的调侃与本色》；同期，发表宣明的《坚持正确方向，把握时代机遇》；程式如的《童话剧的新收获》；乾浩的《巾帼英主的适度描绘——京剧〈承天太后〉观感》；陈建秋的《读来不费功夫——看陈亚先的〈唐太宗与魏征〉》；孙沥青的《满族戏〈铁血女真〉表导演风格的探索》；谭志湘的《有感于孙爱珍闯世界——兼谈〈玉堂春〉表演》;周桓的《漫谈发掘"玩笑戏"》。

《北京文学》、作家出版社联合在京召开鲍柯扬作品研讨会。

19日,《人民日报》发表李鸿烈的《略论市场经济的本质规定》。

《光明日报》发表李默然、冯骥才、魏明伦的《文人怎样言利》。

《羊城晚报》发表杨群的《文人"下海"的希望》。

《南方周末》发表王蒙的《作家从政》。

20日,《文艺报》第11期发表本报编辑部的《文艺界政协委员讨论李鹏总理政府工作报告》、《中宣部和新闻出版署在京召开加强书报刊市场管理工作研讨会》;陈朝红的《他呼唤彭老总的精魂——丁隆炎近作漫评》;一宁的《小说仍在发展——读〈九一中国小说精粹〉》;本报编辑部的《后现代文化与中国当代文学国际研讨会在京举行》;明照的《报告文学〈跨向二十一世纪的内蒙古〉研讨会在呼和浩特召开》。

《文汇报》发表王干的《"新写实"与新时期文学的终结》;北汉的《衔海吞江意未尽——读〈宝钢・世纪之谜〉》;张炜的《抵抗的习惯》。

《小说评论》第2期发表王淑秧的《黄春明及其讽刺小说》。

《台湾研究集刊》第1期发表朱双一的《八十年代台湾政治文学的发展》;徐学的《郑明俐散文批评初探》;黎湘萍的《陈映真与三代台湾作家(下)》。

《长江》第2期发表蔚蓝的《方方近作印象——读〈祖父在我心中〉、〈一波三折〉》;胡青坡的《民族解放战争的艺术殿堂——又论〈新战争与和平〉》;龚正荣的《这一簇淳朴多情的绿——读〈母亲河〉》。

《北京师范大学学报(社会科学版)》第2期发表尹鸿的《精神分析学说与新时期小说创作》。

《河北学刊》第2期发表衣俊卿的《中国文化的转型与日常生活的批评重建——百年现代化的深层思考》。

《学术月刊》第3期发表林兴宅的《象征理论及其审美意义》;马大康的《召唤性与文学潜能》。

中旬,内蒙古自治区党委宣传部、自治区文联在呼和浩特召开报告文学《跨向二十一世纪的内蒙古》研讨会。

21日,《人民日报》发表本报短评《净化文化市场》。

《文艺研究》第2期发表荆学民的《论审美文化的客体形态》;吕明志的《美产生于社会文化场》;阎国忠的《努力建构有中国特色的美学理论体系》;于茀的《关于文艺学美学领域的本体论问题》;张政文的《试论马克思主义文艺主体性理论》;汪政、晓华的《新写实与小说的民族化》;周政保的《无可奈何的感叹及传达——新写实小说的别一种判断》;丁帆、徐兆淮的《新写实主义小说对西方美学观念和方法的借鉴》;洪忠煌的《审美意象的戏剧表现》;吴文科的《略论曲艺文学的美学品格》;王岳川的《后现代文化现象研究——后现代知识与美学话语转型问题》;秦弓的《〈一个批评家的心路历程〉》;杜湖湘的《〈现代艺术学导论〉》;王坤的《〈意义的瞬间生成〉与〈审美体验论〉》;晋仲的《〈生命美学〉》;张照进的《〈比较文学与中国当代文学〉》。

安徽省文联、省作协等单位联合在合肥召开周军小说《无冕非王》讨论会。

22日,《吉林大学社会科学学报》第2期发表庐湘的《论李克异的长篇小说创作》。

23日,《光明日报》发表高占祥、黄亚洲、马兰的《文化:怎样面对市场的冲击》。

24日,《中国文化报》第36期发表景怀童的《专家研讨当代文学中的爱情问题》;胡东朋的《〈走向明天〉:全面报告"希望工程"》。

《文史哲》第2期发表刘京西的《社会主义标准论》。

《文艺理论与批评》第2期发表严昭柱的《关于文艺主旋律的价值观思考》;石英的《爱国主义,充满激情的主旋律》;董学文的《"表现使生活走向社会主义的东西"》;陆梅林的《马克思主义美学探微——从逻辑起点谈开去》;陈金泉的《毛泽东文艺思想与毛泽东诗词》;曹毓生的《毛泽东创作论解说》;魏家骏的《作为文体家的毛泽东》;杨柄的《我们的文艺要塑造四化建设的创业者——评〈中流〉的报告文学作品》;刘文斌的《一束燃烧的火——读尹军的诗集〈星星河〉》;郭仁怀的《论田间诗歌的时代和社会属性》;胡良桂、胡师正的《忠诚于人民 真诚于艺术——谭谈论》;吴维的《〈菊豆〉与〈俄狄浦斯王〉》;陈映真的《台湾现当代文学思潮之演变》。

《思想战线》第2期发表盛作斌的《马克思文艺思想中的现实主义再探讨》。

25日,《文学报》发表本报记者的《树立市场意识、竞争意识、精品意识》;本报编辑部的《文学前景之我见(讨论之一)》。

《艺术家》第2期发表阿梁的《徐克：香港影坛标新立异的“大蔓儿”》。

《羊城晚报》发表杨光治的《〈从纤纤地瘦〉到〈纤纤的秀〉——读小叶秀子的诗》。

《上海师范大学学报(哲学社会科学版)》第1期发表李任中的《与“小家子气”的决绝——评贾平凹的散文新变》；吴禹星的《道德虚无主义的视角——王朔小说一瞥》；费文群的《撕裂的灵魂——试论方方的小说》；苏晓的《通俗文学阅读过程中的受容与受阻》；高爱琴的《新写实小说的语言变异》。

《文艺理论研究》第2期发表程千帆、张宏生的《文学批评要重视对作品本身的理论发掘》；孙玉石的《历史已经预言了未来》；沙叶新的《文艺呀，你为什么?》；王臻中的《满足读者　繁荣文学》；黄海澄的《文艺理论需要观念更新》；邱明正的《破除文艺批评中“左”的思维模式》；王飏的《这种“新的理论”符合马克思主义基本原理吗？——对陈涌〈毛泽东与文艺〉一文的评议》；张光年的《主要问题是创造典型人物》；何西来的《观念更新和多元意识》；孙绍振、谢有顺的《只有创造的文学，才是有价值的文学》；朱立元的《关注当代文学中的“后现代”现象》；徐挥的《艺术创造中的“内化”与“个性化”》；白烨的《王蒙文学批评之批评》。

《甘肃社会科学》第2期发表郭宝宏的《试论大胆地吸收和借鉴资本主义国家的文明成果》；董小玉的《似是而非的真实世界——论艺术变形的类型》。

《当代作家评论》第2期发表宋遂良的《美好的东西为什么总是这样脆弱——读王蒙的长篇新作〈恋爱的季节〉》；潘凯雄的《出现在“恋爱的季节”中的……》；杨劼的《“五十年代”的悲喜剧——谈王蒙近作〈恋爱的季节〉》；张宇的《关于王蒙的弯弯绕》；万千的《莫言：一个物化时代的感伤诗人——读莫言的几个近作》；李洁非的《回到寓言——论莫言及其近作》；周英雄的《酒国的虚实——试看莫言叙述的策略》；莫言的《我的故乡与我的小说》；胡河清的《杨绛论》；倪华强的《余秋雨散文散论》；谢有顺的《绝望审判与家园中心的冥想——再论〈呼喊与细雨〉中的生存进向》；彭基博的《价值·立场·策略——苏童文本论》；许振强的《历史生活的文学记录——辽宁报告文学管窥》；李震的《转型与救渡：九十年代的汉语文学》；林为进的《新写实小说，平民艺术的追求》；戴翊的《论陈村小说创作中的人道主义》；刘洪涛的《陈村小说的叙述问题》；陈村的《少年夫妻老来伴》(创作论)；焦桐的《王朔：一无所有的尴尬》；孙郁的《王英琦：遗失中的寻找者》；刘海燕的《生命和诗的错过——蒋韵小说的一种解读》；樊星的《“苏味小说”

之韵——陆文夫、范小青比较论》；徐学、王金城的《生命之根　文学之源——论李昂鹿城小说及其意义》、《文学批评信息》。

《河北大学学报(哲学社会科学版)》第1期发表沈斯亨的《论鲁彦小说的现实主义》；田建民的《再论钱钟书比喻的特点》。

《海南师院学报》第1期发表韩江的《泰华文学二题》；杜孝义的《亚热带人生风景线——韦晕小说创作漫评》。

《贵州师范大学学报(社会科学版)》第1期发表杨思民的《一位老作家的心声——读杨绛的散文》；丁峻的《审美系统的"本体符号"论》。

《通俗文学评论》第1期发表程光炜的《台港小品文的历史嬗变》；清风的《亦舒和亦舒的长篇小说〈喜宝〉》。

《浙江学刊》第2期发表林川的《范式的转换与观念的更新——评徐岱〈艺术文化论〉》。

25—28日，中国文联、中国作协、中国社科院文学所、中国丁玲研究会、常德市人民政府联合在湖南省常德市举办丁玲文学创作国际研讨会，就丁玲文学创作的道路及其历史意义、现实意义和国际意义展开讨论。

26日，《光明日报》发表黄克剑的《挣扎中的儒学》；张文彦的《梁凤仪和她的财经小说》。

《中国文化报》第37期发表《"海马"杀出一员女将：池莉状告电影厂大获全胜》。

《小说》第2期发表舒信波的《千树万树梨花开——江西新时期小说新人新作巡礼》。

27日，《文艺报》第12期发表常文昌的《好诗不厌百回读——读高平的〈心摇集〉》；蔡其矫的《海洋诗人汤养宗》；宗毅、博核(蒙古族)的《探索：中西融合　雅俗合流——评蒙古族作家孙书林的长篇小说〈血恋〉》；傅腾霄的《生活的魅力与艺术的魅力共存——谈洪三泰的传记文学新著〈魅力在东方——贝兆汉传〉》；余未人的《写〈滴血青春〉有感》；杨柄的《文艺和美学战略学》；张炯的《关于文学的教育作用》；杨莉的《小圈子中的长篇小说》；本报编辑部的《人大代表批评领袖题材纪实作品太多太滥》；艾蓝天的《"当代文学中的爱情问题"学术研讨会在京举行》；李青的《鲍柯扬作品研讨会在京举行》；陈静的《情感・理智・技术——略谈中国戏曲表演的体验性质》；《王朔现象众说不一》。

《羊城晚报》发表李宏荣的《"梁凤仪旋风"与勤十缘》。

《华中师范大学学报(哲学社会科学版)》第2期发表黄济华的《关于新时期文学中现代主义思潮的断想》;屈文锋的《论新写实小说的世俗化人物形象》。

28日,《中国文化报》第38期发表侯敏泽的《文化艺术要突出高格调》。

《四海—台港澳海外华文文学》第2期发表古远清的《海峡两岸当代文学理论批评的比较》。

《上海戏剧》第2期发表胡芝风的《戏曲革命三议》;翁思再的《昆剧,记住你历史上的"亮点"》;刘邦厚的《雅俗共赏:戏剧走向市场的关键》;舒羽的《戏曲"创新"有感》;金芝的《别样的结局》;李建平的《重建剧场——关于戏剧振兴路子的一点思考》;刘连群的《创新与萎缩》;薛允璜的《越剧现代戏创作的思考——〈祥林嫂〉艺术经验的几点启示》;曹小磊的《小剧场:金蝉脱壳》;姚扣根的《从电视剧〈天梦〉谈科技工业题材的剧本创作》;荣广润的《一个人的世界也精彩——评话剧〈大西洋电话〉》;左弦缇的《看梁谷音演〈寻梦〉》;史学东的《OK!〈OK股票〉》,黄文锡的《川剧的帮腔美》;涂玲慧的《以情带技　以技传情——我演〈送饭斩娥〉》;叶蕾的《他的眼中有一条奔流不息的艺术之河——吴伯英导演风格纪略》。

30日,《光明日报》发表金兆钧的《文化的商品化和商品化不了的文化》。

《中国文学研究》第1期发表李志明、周坤的《论〈围城〉对新时期知识分子题材小说创作的影响》;邓赛君的《意识流的中国化——兼谈中国意识流与现实主义的关系》;长吟的《朴素的真理——文学创作源泉谭》;王攸欣的《作家主体式小说史的杰作——略评杨义〈中国现代小说史〉》。

31日,《光明日报》发表高文升的《文艺主潮与基本国情——一个不可硬套的文艺程序论公式》。

《河南大学学报(社会科学版)》第2期发表吴秀亮的《谈林非散文的文化意蕴》;赵国栋的《探索小说三论》。

下旬,《黄淮学刊》第1期发表杨雅芝的《论报告文学的三性》(新闻性、文学性、政论性)。

中国艺术研究院当代文学研究室等单位联合在京召开当代文学中的爱情问题学术讨论会,围绕着刘绍棠、刘颖南、方昉、文平等作家的爱情题材的文学作品的社会价值和审美价值,以及爱情小说的叙述方式等问题交换了意见。

北京出版社、漳州市文联等单位联合在漳州召开江山长篇小说《转折》研讨会。

安徽省文联、《诗歌报月刊》编辑部在合肥举行青年诗人王明韵作品讨论会，就诗歌如何更好地反映现实生活，更好地为社会主义、为人民服务等问题展开讨论。

作家出版社在京举行王灵书长篇报告文学《失落的小太阳》座谈会，肯定了作者的社会责任感和作家出版社在抓报告文学题材上的敏锐眼光。

本月，《小说月报》第3期发表雷达的《从生存相到生活化——九十年代初期的小说潮流》。

《剧本》第3期发表齐建华的《文化转型期中的戏曲艺术》；郭汉城、谭志湘的《假作真时真亦假——评京剧〈贵人遗香〉》；温大勇的《直面人生后的困惑——有关话剧〈老宅〉的一段对话》；胡安娜的《让崇高的悲剧精神重返舞台——花鼓戏〈将军谣〉》。

《中国广播影视》第3期发表雪村的《浓情于意蕴之中——评黄梅戏曲片〈挑花女〉》。

《台声》第3期发表古远清的《台湾当代文学理论批评面临的危机》。

《中山大学研究生学刊》第1期发表叶真的《人情世态话香港——评香港作家陈浩泉的〈香港小姐〉》。

《作品》第3期发表钟晓毅的《文坛杂话——也算一种商榷与预想》；韦丘的《市场经济与文学的联想？乱想？》；张绰的《黄秋耘的散文世界》。

《花城》第2期发表陈晓明的《历史转型与后现代主义的兴起》。

《青年文学家》第3期发表王长军的《诗歌现象与生命现象——兼论李玲诗的艺术底蕴》。

《萌芽》第3期发表曹阳的《文学需要献身精神》；郜元宝的《母题的展开与颠覆——漫议吉成的小说及其他》。

《博览群书》第3期发表黄集伟的《写给成熟男人的成熟爱情小说》；邹韶军的《沧海横流　甘苦自知——〈文化巨人郭沫若〉读后》；黎焕颐的《独立市桥人不识》；路遥的《撞线时刻——〈平凡的世界〉完成的最后一天》。

《新文学研究》第1期发表苏光文的《战时台港新文学》；黄万华的《“辐射”和“延续”——从横、纵影响的角度对“孤岛”文学价值的历史把握》；陈青生的《“孤岛”时期上海通俗文学的新风采》；章绍嗣的《东北作家群与武汉抗战文艺》；华济时的《湖南的抗战文艺运动》；阎振开的《畸形人生：老舍小说中的女性形象》；杨国华的《愤怒的控诉 真实的写照——〈一生〉、〈为奴隶的母亲〉、〈生人妻〉比较谈》；邓世忠的《正视历史的清醒反思——简评〈中国知青梦〉》；肖阳的《施放的思考：经济变革与人——从〈无冕之王〉到〈人之为人〉》；曹纪祖的《论叶延滨诗歌的价值取向——兼对"先锋"诗潮作一点批评性审视》；张建锋的《戴望舒诗歌的意象语言分析》；许止林的《试论巴金的宗教人道主义》；徐其超的《新时期四川散文扫描》。

《文艺报》在沪召开关于"严肃文艺"的座谈会。

本季，《文学自由谈》第1期发表王蒙的《理想和务实》；李国文的《要么闭嘴，要么回家》；阿成的《'92——文学之旅》；邓刚的《写小说的时代》；冯骥才的《二十一世纪：东方文化复兴的时代》；贺星寒的《文学与市场》；毛志成的《"农业文明"的嬗变与困惑》；叶延滨的《关于诗歌的严肃思考》；赵毅衡、虹影的《诗与诗学的对话》；谧亚的《文学的绘画质感》；王聚敏的《"大散文"的联想》；李建军的《〈习惯死亡〉：粗鄙肤浅的文本》；龚明德的《"存目"小议》；绿雪的《从〈深圳的斯芬克斯之谜〉说开去》；郭宗明的《妄谈王朔》；吴亮、谷梁的《我只想提出些问题》；李志卿的《王安忆与读者的对话》；李锐的《纯净的眼睛，纯粹的语言》；谢冕的《文学批评的回望》；李明泉的《寻找意义：批评的消解与增长》；王德胜的《"学院派批评"二疑》；李达凡的《评黄一鸾的散文创作》；胡德培的《邓贤的〈中国知青梦〉》；季红真的《恋乡与怨乡的双重情结》；哲明的《〈五彩河〉的艺术特色》。

本月，黑龙江教育出版社出版刘延年的《当代中国文学丛论》。

华夏出版社出版张毅主编的《侃侃王朔》。

湖北人民出版社出版江河、卓果编的《周励在起诉？——〈曼哈顿的中国女人〉怎么了》。

江苏文艺出版社出版潘旭澜主编的《新中国文学词典》。

山东大学出版社出版李新宇的《中国当代诗歌潮流》。

上海文艺出版社出版胡尹强的《小说艺术：品性与历史》。

中央民族学院出版社出版刘新风、陈墨等主编的《中国现代武侠小说鉴赏辞典》。

社会科学文献出版社出版中国社会科学院外国文学研究所《世界文论》编辑委员会编的《文艺学和新历史主义》。

青岛出版社出版江边的《20世纪中国文学流派》。

暨南大学出版社出版潘亚暾的《世界华文女作家素描》。

漓江出版社出版雷锐等编著的《三毛幽默散文赏析》，雷锐、黄伟村编著的《李敖幽默散文赏析》。

广西教育出版社出版汪文顶、萧全兴的《梁实秋散文欣赏》。

书海出版社出版高巍主编的《世界华人诗歌鉴赏大辞典》。

海峡文艺出版社出版广东省社会科学院文学研究所编的《台湾香港澳门暨海外华文文学论文选》。

4月

1日，《人民日报》发表孟晓阳的《我国文化市场发展现状扫描》。

《文学报》发表本报编辑部的《著名学者蒋和森提出：文学奖须力戒“四气”》（市侩气、江湖气、官气、学究气）；路远的《在那片处女地上——记内蒙古文学新人梁存喜》；徐中玉的《不能忽视精神生产》；花建的《变革与文人心态》；陈思和的《“下海”与知识分子的责任》。

《羊城晚报》发表黄树森、金岱的《经济文化时代——一个没有高喊“史无前例”的史无前例的时代（上）》；曾祥铣的《留下了历史的真实面目——陈昕散文扫描》；郑启谦的《不卑不亢自追求——读韩英诗集〈一颗热心在胸膛〉》。

《大众电影》第4期发表杨国华的《秋菊，你无权打这个官司》；川江的《眼泪有什么不好》。

《当代》杂志社、中国青少年发展基金会、海军政治部文化部联合在京举行报告文学《“希望工程”纪实》研讨会。

《山东文学》第4期发表耿建华的《红烛·山·海——牟迅诗歌的意象艺术》。

《山西文学》第4期发表吕新的《回顾与眺望》；席扬、杜克俭的《变奏于历史风尘中的沉郁与隽永》。

《四川文学》第4期发表樊星的《文学的三个热点》。

《作家》第4期发表韩东、朱文的《古闸笔谈》；潘凯雄的《92文坛回眸》。

《解放军文艺》第4期发表秋野的《一方水土　一种韵味》。

2日，《信阳师范学院学报(哲学社会科学版)》第1期发表陈永禹的《论台湾大学者李敖及其犀利笔锋》。

《戏剧艺术》第1期发表左弦的《评弹与戏剧》；汪灏的《走向新的综合——戏曲电视化初探》；葛朗的《艺术在培养理想人格过程中的功能》；袁国兴的《外来影响与中国近代戏剧变革模式的演进——兼谈改良戏曲与话剧的关系》；吴双艺的《浅谈滑稽戏的表演特征》；蒋星煜的《〈西厢记〉的喜剧效果》；田子馥的《戏剧空间意识的觉醒——吕也厚舞美设计研讨会述要》。

《华文文学》第1期发表犁青的《塞尔维亚的雪与火——第28届世界作家会议之旅》；陈贤茂的《展示菲华文学的风采——读施颖洲编〈菲华文艺〉》；吴奕锜的《柔密欧·郑诗歌简论》；胡凌芝的《泰华文学的积极推进者——论李少儒的诗歌与评论》；连俊经的《郑宝娟小说中的爱情悲剧漫评》；赵顺宏的《吕大明散文评析》；徐学的《论台湾作家的散文创作观》；樊星的《话说"台港文艺热"》；周新建的《生命的悸动——论郭枫的诗》；邵德怀的《辉煌的序曲——评忠扬的〈昨日梦华中〉》；黄孟文的《〈微型小说季刊〉发刊词》；潘亚暾的《〈施颖洲文选〉序》；吴岸的《坎坷悲壮的生活之旅——李寿章著〈生活之旅〉后记》；周文彬的《赵淑侠谈文学和人生》；方北方的《韩萌的创作历程及近况》；黄东平的《环境与心境——略述我两本短篇集的时代背景》。

《华侨大学学报(哲学社会科学版)》第1期发表陈旋波的《古典文化的乌托邦：〈奇岛〉的阐释》；施建伟的《把握林语堂中西溶合观的特殊性和阶段性——从〈林语堂在海外〉谈起》。

3日，《文艺报》第13期发表本报编辑部的《国家兴盛与文学繁荣的希望：文学界人士热烈拥护新一界国家领导人》、《中国现当代文学史上一颗耀眼的巨星：丁玲文学创作国际研讨会在桃花源召开》；艾斐的《颂湖区改革　画湘中人物——读周健明〈柳林前传〉》；潘凯雄的《"财气"与文气——读〈广州文艺〉1993年部分作品》；秦斧的《她的翅膀是超越的——读顾艳诗集〈西子荷〉有感》；罗强烈的《回忆与想象——读许桂林中短篇小说集〈野村〉》；邹琦新的《中国作家的

“当代意识”试析》；本报编辑部的《〈失落的小太阳〉在社会上引起反响》、《长篇小说〈转折〉研讨会在漳州举行》、《北京人艺公演话剧〈鸟人〉》；老木、李莉的《安徽召开周军作品讨论会》；薛胜利的《简约质朴　隽永清新——读江波散文新著〈回声集〉》；杨书案的《对历史小说的一点想法》；夏扬的《淋漓尽致地倾泻真情——读〈郭保林抒情散文选〉》；叶橹的《艰难而可喜的迈步——简评刘季的诗》；俞大翔的《第三只眼睛里的诗歌世界——读赵国泰诗论集〈语言岛上〉》；章国锋的《“给我狭窄的心，一个大的宇宙”——纪念我的老师冯至先生》。

4 日，《文汇报》发表本报编辑部的《一个值得探索的文学现象——留学生文学笔谈》。

5 日，《山花》第 4 期发表可佳的《图式说与现代诗读解》；张灯的《以苦为乐的航行》（创作谈）；蹇泽勋的《生活怎样回答文学的呼唤——赵剑平小说〈小镇无街灯〉主体意象》。

《湖南文学》第 4 期发表田中阳的《蜕变期的躁动》。

湖南省作协在长沙举行王开林散文研讨会。

6 日，《光明日报》发表苏华的《汪曾祺：最后一个“士大夫”》。

《羊城晚报》发表谭元亨的《算一笔明账——再换一个视角试试》。

《当代电视》第 4 期发表曲建平的《电视剧靠什么走入市场》；童道明的《“一村之长”赵本山》；彭俐的《有求无解是上品——谈〈看不懂啦，女人们〉》；王啸文的《返璞归真　新美如画——评电视剧〈乡村警察〉》；王心语的《说悬念》；毛志成的《“创新”和“翻新”——电视艺术杂侃之一》；何鲤的《调侃取代了情节——谈〈爱你没商量〉》；张永经的《一次大胆的尝试——关于〈北京人在纽约〉的一些情况》；杜云萍的《坚持艺术美的追求——〈华西村的故事〉导演创作札记》。

《台港文学选刊》第 4 期发表陈同实的《席慕蓉的人生喻言》。

7 日，《人民日报》发表李准的《要重视对文化市场的理论研究》；李炳银的《报告文学：真实的悬浮》。

《中国文化报》第 42 期发表仲呈祥的《谱写中国当代农民的改革“心史”——长篇电视连续剧〈古船・女人和网〉笔记》；丁亚平的《倾诉的真诚——韩小蕙散文印象》。

《天津文学》第 4 期发表陈辽的《社会主义市场经济的文学价值》；潘凯雄的《没顶的文学批评》；张涛的《零落成泥碾作尘——谈现代派小说的本土化》。

8日,《文学报》发表谢海阳的《湖北省作协主席鄢国培认为：文艺匆忙走向市场会导致衰落和混乱》;本报编辑部的《文学前景之我见(讨论之二)》;张锲的《亦庄亦谐　亦雅亦俗——致范小青》。

9日,《光明日报》发表史美圣的《上海作家话"下海"》。

《羊城晚报》发表黄树森、金岱的《经济文化时代——一个没有高喊"史无前例"的史无前例的时代(下)》;周建平整理的《城市的浮躁需要滋润——余秋雨谈都市文化与伊妮创作》;周敏的《风骨卓特——〈吴有恒诗集〉编后语》。

10日,《文艺报》第14期发表王林的《田汉学术研讨会在湘举行》;王兰英的《陕西研讨长篇小说〈白鹿原〉：论者称其为一部比较完美的现代史诗》;嘉瑾的《萧军名作〈过去的年代〉被搬上荧屏》;鲁彦周的《读周军〈无冕非王〉》;杨大中、庄若江的《于风情中呈现时代之美——读丁一的散文》;纪众的《价值主体性与劳动价值论对文学价值论的意义》;王永敬的《要明确"文学价值"的内涵》;安葵的《面对社会变革的92戏曲创作》;"儿童文学评论"专版发表束沛德的《新收获　新特色——作协第二届儿童文学奖述评》,柯岩的《任重道远》,任大霖的《为低幼儿童文学的繁荣而鼓吹》,陈子君的《满意和不满意的》,葛翠琳的《未来的儿童文学面临新挑战》,浦漫汀的《喜人的收获》,萧平的《对儿童文学特点的思考》,王一地的《读获奖作品想到的》,钱光培的《近几年中国儿童文学发展态势与走向》,高洪波的《缺憾与不足》,李楚城的《但愿这是杞人忧天》,邵平的《出新及其它》。

《文汇报》发表本报编辑部的《市场经济与文学创作》;天华的《理论美学要耐得住寂寞》。

《北京文学》第4期发表张颐武的《"后新时期"文化的表征》。

《写作》第4期发表颜纯钧的《写作学的空间观念》;古耜的《等闲拈出便超然——梅绍静散文艺术品析》;林为进的《方方——城市贫民人生世相的绘像者》;马立鞭的《语言的诗话》;何宗文的《记游写景与表现人物融为一体——谈游记〈夜宿庐山别墅村〉的写人艺术》;金健人的《神话模式》;张彦加的《雅俗共赏的文学报告——读王慧骐等著〈女人的归宿〉》;邱飞廉的《反差对应的艺术——谈谈〈蒲香〉的表现手法》;汪剑钊的《〈小屋的雨〉和〈漂泊在雨季〉读后》;古远清的《群贤并举,割据称雄：台湾诗歌写作理论一瞥》。

《江淮论坛》第2期发表叶纪彬的《论邓刚中短篇小说创作特色》。

《苏州大学学报(哲学社会科学版)》第2期发表范伯群、张凉的《独特的艺术世界——评〈小说家们〉》；文钰的《批评中的灵性——〈多维视野中的文学景观〉》。

《语文月刊》第4期发表王元的《感觉·故事·美——读〈罗兰散文〉》；鞠九斌的《文选作品中“白描”艺术透视》；樊发稼的《蔼然长者的一片深情——读冰心〈别踩了这朵花〉》；蒋守谦的《从悖论中发现生活的真谛——读严文井的〈启示〉》；方遒的《眼前之象到笔下之象的变形》。

《诗刊》第4期发表杨匡汉的《以内在尺度把握世界》；虹影的《夜语的孩子——读李元胜的诗》；蓝海文的《新古典主义诗观》；梁南的《论方行的诗》；陈少松的《心灵的燃烧——评柯蓝散文诗新作〈踏着星光远行〉》；盛海耕的《与余光中先生论戴望舒诗书》。

《读书》第4期发表孙郁的《未完成的雕像——评唐弢的〈鲁迅传〉》；彭定安的《文化：遥远之水》；齐焕文的《“打”出一个“文化场”》；王杰的《高高挂起的欲望》；周武的《市民社会生活审视》；文楚安的《文学批评的开放性》；吴岳添的《作家与电视》。

上旬，陕西省委宣传部、省作协联合在西安召开陈忠实长篇小说《白鹿原》研讨会。

11日，《文汇报》发表高低的《呼唤文艺“精品”》。

《中国文化报》第44期发表吕信伟的《文艺是不是商品?》；楚昆的《“后现代主义”文化讨论综述》；倪培耕的《1992·世界文坛回顾(2)》。

11—25日，以玛拉沁夫为团长的中国作家代表团一行4人赴日本访问。

12日，《羊城晚报》发表赵志明的《把握生活　厚积薄发——记“津味小说”作家林希》。

12—13日，中国文联、中国作协、中国艺术研究院等12个单位联合在京举办林默涵从事文艺活动六十周年研讨会。

14日，《光明日报》发表马文瑞的《我对文艺工作的一些意见》；艺研的《作家评论家聚会研讨当代文学中的爱情问题》。

《中国文化报》第45期发表罗一民的《真实性是现实主义的核心问题——重温恩格斯致哈克奈斯的信(上)》。

15日，《人民日报》发表王必胜的《市场经济和文化发展——“企业改革与企业文化”研讨会纪要》；张同吾的《诗的选择与实现——1992年诗歌谈片》。

《文学报》发表申未的《长篇小说〈白鹿原〉引人注目》；谢海阳的《多一点尊重，多一点宽容——池莉谈她的两起诉讼纠纷》；刘金的《文学不仅仅是商品》。

《羊城晚报》发表于风的《说“下海”，道“下海”》。

《上海文学》第4期发表刘纳的《高贵的天鹅和冷凝的玫瑰——读西川诗的感想》；王晓明的《一份杂志和一个“社团”——重评“五四”文学传统》。

《民族文学》第4期发表马宇桢的《穿越往事：静泊与自渎——对马知遥小说〈幺叔〉的一种解读》。

《江汉论坛》第4期发表张元忠的《文化市场管理原则略论》；李欧的《通俗文学的心理治疗功能》。

《社会科学》第4期发表金惠敏的《无意的革命——旅外小说对文学传统的挑战》；曹维功的《商战背后的女性情结——评梁凤仪的财经小说》。

16日，《中国文化报》第46期发表二妞的《王朔：这下你可被逮着了！》。

17日，《文艺报》第15期发表曲志红、王黎的《出版领袖作品须严肃：国家有关部门对滥出领导人作品进行全面检查》；闻毅的《抓精品　抓规划：促进深圳文艺全面繁荣》；中宣部文艺局课题组的《关于深圳文化体制改革的调查》；金梅的《〈云斋小说〉琐谈》；北汉的《衔海吞江意未尽——读〈宝钢，世纪之谜〉》；赵丽宏的《一盏路灯——读桂兴华的散文诗》；高少锋的《传奇性与趣味性相融的艺术画卷》；朱君的《读曹明海的〈文体鉴赏艺术论〉》；龙长吟的《湖南省作协举行王开林散文研讨会》；舒乙的《我眼中的作家梁凤仪》。

《作品与争鸣》第4期发表东方亮的《事实胜于雄辩读〈宝钢，世纪之谜〉》；哲生的《情真意挚感人心——评刘晓庆的〈我在毛泽东时代〉》；董学文的《答〈告地状〉的作者》。

18日，《中国文化报》第47期发表罗一民的《真实性是现实主义的核心问题——重温恩格斯致哈克奈斯的信(下)》。

《中国戏剧》第4期发表黄光新的《巴蜀风情的生动画卷——评川剧〈刘氏四娘〉》；罗云的《越调〈七擒孟获〉的当代审美视角》；周传家的《探得风雅无穷意　谱就氍毹绝妙词——浅谈昆曲本〈琵琶记〉的改编》；程式如的《镜鉴——观〈来自滹沱河的报告〉有感》；廖一梅的《令人耳目一新的实验戏剧——〈思凡〉观后》；郭汉城的《评论的巨大热情与严肃态度——〈李振玉戏剧评论集〉序》；张永和的《情真曲美耳目新——电视艺术片〈八珍汤〉观后》；张仁里的《〈戏说乾隆〉启示录》；

钟艺兵的《怎样看郝运来的“嘎咕点子”——谈电视连续剧〈一村之长〉》；王功桓的《田汉评说京剧〈乾元山〉》；厉慧娘的《〈截江夺斗〉》。

《台港文学选刊》编辑部、香港《文学世界》社、《香港文学报》编辑部联合在香港举行“’93文学讨论会”，就香港闽籍作家的小说、诗歌、散文及龙香文学社诗歌创作等问题进行研讨。

19日，《人民日报》发表肖复兴的《不被流行色淹没》。

20日，《羊城晚报》发表王杏元的《别开生面的小说——读钟泳天的〈爱神与死神〉》。

《学术月刊》第4期发表黄健的《中国文学忧患意识的文化审美阐释》。

《福建论坛》第2期发表朱双一的《近年台湾小说艺术模式的变革》。

《郑州大学学报(哲学社会科学版)》第2期发表郑巍的《海峡两岸新写实小说比较研究》。

中旬，《人民文学》杂志社、宝钢总厂共同在上海主办报告文学《宝钢，世纪之谜》讨论会，就作品的现实意义及社会主义文学如何更好地关注当前社会经济生活的深刻变革，更加高扬爱国主义、社会主义、集体主义的主旋律等问题展开研讨。

21日，《中国文化报》第48期发表熊元义的《春潮带雨晚来急——读〈陈昌本小说选〉》。

中国社会主义文艺学会在京成立，陈涌当选为会长，在随后举行的理论研讨会上，就如何繁荣社会主义文艺创作、文艺批评，如何看待文化市场，如何继承革命文艺传统，如何批判地吸取世界各国文化新成果等问题进行讨论。

台湾“两岸文艺交流访问团”中的作家、评论家与大陆同行齐聚文采阁，就当前中国文学发展状况和两岸文学交流等具体问题进行座谈。

22日，《人民日报》发表张志忠的《文学评论与生意经》；马烽的《坎坷的经历光辉的精神——丁玲及其作品的魅力》；王灏的《揭示文艺欣赏的秘密》。

《文学报》发表蔡辉、陈杭的《西北军旅作家群崛起　创作成果令人瞩目》；谢海阳的《历史并不遥远——李尔重与他的〈新战争与和平〉》；梁红英的《文人下商海明星上文坛，“明星文学”在逐渐形成》。

台湾“两岸文艺交流访问团”一行来到中国社科院文学所，同该所的一些专家学者就两岸文学的比较研究等问题座谈。

《哲学研究》第4期发表鲍宗豪的《试论评价人权的方法论原则及标准》。

人民文学出版社在京召开竹林长篇小说《女巫》作品研讨会。

23日，《人民日报》发表李辉的《大潮中的诗意——惠州西湖诗会散论》。

24日，《文艺报》第16期发表本报编辑部的《上海运用经济政策促文化事业繁荣发展》、《马文瑞撰文发表对当前文艺工作的意见：关键是要在文艺家中正风、正气、正方向》；于烈的《文化部第三届新剧目文华奖评选揭晓》；崔道怡的《〈彼岸〉之美——徐卓人精短篇携秀》；李炳银的《梦的解析——评刘元举〈中国钢琴梦〉》；黄桂元的《穿越雨季的吟哦——蕾棣诗集〈啼血的独吟〉读后》；马蓥伯的《多么需要这样的人品和文品——有感于林默涵同志从事文艺工作60周年》；余一的《文艺家与企业家合作可以把事情做得更好》。

《光明日报》发表谢冕的《散文的精髓是自由》；余秋雨的《说散文》；阎纲的《关于〈塬上的雪〉》；雷达的《散文面临的大转折》；苏叶的《我写散文很难》；周涛的《我对散文的态度》；柯灵的《散文这一族》。

25日，《文汇报》发表本报编辑部的《大上海：性格即命运——俞天白新著讨论纪要》；张新颖的《言不及义：关于〈故乡相处流传〉》。

《山西师大学报(社会科学版)》第2期发表杜书瀛的《论文艺理论家何其芳》；程栋的《试论多向度文学批评标准》。

《学术研究》第2期发表本刊编辑部的《“文学与市场经济”会议文摘》；钦鸿的《略谈中国大陆对马华文学的研究》；王剑丛的《市场经济下的香港文学》；李以庄的《香港畅销小说家梁凤仪的卖点》。

《贵州大学学报(社会科学版)》第2期发表《长篇小说〈盛唐遗恨〉讨论会述要》。

28日，《十月》杂志社、郑州商城大厦联合在京举办曹岩、邢军纪的报告文学《商战在郑州》作品研讨会，就严肃文学如何为当前经济建设服务等问题进行探讨。

29日，《文学报》发表许渊明的《“文学广告”怪状一瞥——“拿钱来，让你出书，让你获奖”》。

下旬，《名作欣赏》第2期发表曹明海的《透视文体营构的艺术秩序——论文学鉴赏中的文序分析》；徐金葵的《绚烂之极后的悄然回归——读蔡根林的〈根〉》；伍立杨的《美丽的凄怆——读红云的〈木兰舟〉》。

本月，《小说家》第2期发表苏童、叶兆言、王干、闻树国的《文学的自信与可能——开始在南京的对话》。

《剧本》第4期发表康洪兴的《把握好话剧“转型”的历史舵盘——对话剧“现代化”的宏观思考》;戈明的《泛说京剧唱词——兼评戏曲电视剧〈曹雪芹〉》;范晓宁的《幽默通俗的风格　严肃深刻的主题——〈贵人遗香〉编后》;温大勇的《别乘一辆车——剧评有感之一》。

《小说界》第2期“我看小说”栏发表从维熙的《疯、茶、痴、傻的产儿》,张承志的《彼岸的故事》,邓友梅的《看小说　写小说》,邵燕祥的《我看小说》。

《文艺评论》第2期发表赵淑媛的《文化市场与文学价值》;张景超、孙民乐的《新时期小说的三种文化视角——一次回顾性阅读》;王彬彬的《在功利与唯美之间》;李运抟的《权力欲:抽掉了责任感的怪胎——当代小说平民形象论之十二》;徐剑艺的《生死黄泉——中国当代乡村小说的文化人类学研究之三　下篇:魂归乡土》;秦道红、陈胜乐的《论文化散文》;马风的《论贾宏图报告文学的社会效应》;邢海珍、魏氓的《梁南诗歌的荒原心理》;陈思和的《塞外箫声》;代迅的《旧话重提说“真实”》;丁宁的《会饮于世纪之交——当代美术断想》。

《小说月报》第4期发表须兰的《古典的阳光》。

《中国广播影视》第4期发表欧阳松的《OK〈女人不是月亮〉!》;顾景发的《影视合流　势在必行》;孟繁树的《〈乡村警察〉感人至深》;徐敏的《提炼生活与伪造生活——从〈一村之长〉说到其他》;东明的《在历史与现实之间——写在〈新中国第一大案〉公映之前》。

《中国作家》第2期发表周涛、张占辉的《散文的前景:万类霜天竞自由——冬天的一次北方式的对话》。

《作品》第4期发表戴厚英的《文学是我生命的呐喊——对韩国读者说些话》;陈辽的《市场经济下,文艺往何处去?》;王林书的《经济大潮中的文化思考》;游焜炳的《自审:必要的和可贵的》;熊国华的《富有当代意识的史论集:评杨光治新著〈从席慕蓉、汪国真到洛拜〉》。

《电视研究》第2期发表叶子的《电视纪录片的深层开拓》;高鑫、徐昊的《忧思·见闻·启示——宋是鲁“社会三部曲”创作特色》;李近朱的《行业性电视纪录片的创作探索》;韩志晨的《对人物艺术专题片创作的几点思考》;黄望南的、杨帆的《意蕴全自“笑”中来——评电视剧〈一村之长〉》;颜治强的《关于〈爱你没商量〉的思考》;张群力的《〈爱你没商量〉悲耶喜耶?》。

《百花洲》第2期发表胡辛的《市井·民俗·小说家》;陈先义的《深深植根于自己的那片沃土——读阎连科的〈情感狱〉》。

《当代作家》第2期“编辑手记”栏发表张正平的《人应该有点“义气”》(评欧阳玉澄的《安家溪》);同期,发表於可训的《个中滋味细品尝——〈当代作家〉第四届全国小小说大奖赛评后感想》。

《学习与探索》第2期发表赖大仁的《论文学接受系统》;叶平、韩刚森的《生态哲学理论的建构及其意义——兼评余谋昌著〈生态学哲学〉》。

《青年文学家》第4期发表奚佩秋的《妻妾们的悲剧——漫谈〈大红灯笼高高挂〉中的女人》。

《萌芽》第4期发表胡玮莳的《期待来自语言的耀眼光束》;胡河清的《贾平凹、李锐、刘恒:土包子旋风》。

《博览群书》第4期发表李远的《独具特色的〈茅盾传〉》;汪文风的《敢傲严寒战霜雪——读〈陶铸传〉》。

《十月》编辑部在京召开梅洁长篇报告文学《山苍苍水茫茫》研讨会。

济南军区文化部、《文学世界》编辑部联合在济南召开蔡桂林文学评论座谈会。

本月,中国文史出版社出版陈新华等主编的《〈红岩〉中的“徐鹏飞”》。

宁夏人民出版社出版秦克温的《秦克温文学论评集》。

湖北人民出版社出版袁千正的《论闻一多及其他》。

百花文艺出版社出版张慧珠的《巴金随想论》。

漓江出版社出版广西文艺评论学会编的《文艺新视野:李建平、杨长勋、黄伟林、王杰文艺评论选》,李咏梅的《三毛言情散文赏析》。

5月

1日,《文艺报》第17期发表本报编辑部的《中国社会主义文艺学会成立并在京举行理论研讨会》、《迅速反映改革开放风貌：首都文学界座谈〈商战在郑州〉》；晓春、小舟的《作家应为人民雪中送炭：〈十月〉组织讨论报告文学〈山苍苍水茫茫〉》；晖的《人民文学出版社召开〈女巫〉研讨会》；英的《胡编乱造者戒：〈毛泽东之子毛岸龙〉被查封》；常振家的《一个民族的历史画卷——读陈忠实长篇小说〈白鹿原〉》；尹昌龙的《体悟人生　关怀生命——王德麟小说简评》；黄培亮的《生活的歌者——评廖红蕾散文集〈热土流苏〉》；栾昌大的《电视与艺术》；董小玉的《论文艺创作中想象的特征及类型》；佳的《第三届〈青年文学〉奖揭晓》；周士君的《话说文艺与金钱之缘》；林为进的《梅花香自苦寒来——读〈赵丹传〉、〈白杨传〉》；李静的《热土洞箫情切切——读黄先荣的几本作品有感》；陶里的《澳门"杂家"李鹏翥》。

《小说评论》第2期发表王淑秧的《黄春明及其讽刺小说》。

《安徽大学学报(哲学社会科学版)》第2期发表李金荣的《琼瑶小说的魅力》，王宗法的《哲理的光芒——郭枫散文艺术片论》。

《光明日报》发表吴福辉的《作家的自助自救》。

《大众电影》第5期发表晓辛的《处理好"两个效益"的关系》。

《山西文学》第5期发表杨矗的《"山药蛋派"：中国现当代文坛的实践形态的接受美学》。

《作家》第5期发表陈思和的《殊途同归终有别——记贾芝与贾植芳二先生》；汪政、晓华的《观念与方式——关于叶兆言》。

《郑州大学学报(哲学社会科学版)》第2期发表陈巍的《海峡两岸新写实小说比较研究》。

《海燕》第5期发表绿雪的《〈诱惑〉的魅力》；毛志成的《走出混混沌沌的小农文明——兼谈商品经济与文学更新》。

2日，《中国文化报》第53期发表樊发稼的《期望有更多儿童文学精品问世》；蔡运福的《尴尬的"超前评论"》。

3日，《光明日报》发表庄电一的《农村改革上荧屏，〈黄河风月〉撼人心》。

5日，《人民日报》发表方延明的《端正价值观念取向　不忘国家民族利益：南京大学师生开展"重塑理想"讨论》；康式昭、王能宪的《关于文化经纪人问题的思考》；丁亚平的《文学表达与文化意味》。

《中国文化报》第54期发表记者蒋力的《在京评论家在座谈〈商战在郑州〉》。

《山花》第5期发表陆廷伟、任和昕的《〈省城轶事〉创作谈——龙志毅答记者问》;洪治纲的《叙述模式论——小说叙述技巧漫谈之八》;[英]克里斯·威登著,林树明译的《女性主义与后结构主义》;路茫的《诗,应该有一种精神——与夜访者对话》。

《当代文坛》第3期发表李明泉的《沉寂中的跃动——1992短篇小说述评》;何向阳的《怀旧:新时期小说情绪主题》;陈旭光的《诗歌语言:困境、生机和反省》;何锐、翟大炳的《"图示"与现代诗解读》;仲夏梦的《当前我国电视室内剧创作的几个问题》;王成军、王炎的《传记文学这一家——当代传记作家散论之一》;红帆的《走出文学选择的误区——储福金新近小说读后》;安泰的《酒·散文·诗——小说家从维熙新作刍议之四》;尹安贵的《痛快与轻快——余薇野讽刺诗散论》;阿耶的《'92以来中国文坛两大热点争鸣一瞥》;冯源的《援瑟拨筝声声诉——读张晓琳〈轻轻地走进你〉》;张兆前的《选择的尴尬——〈季节深处〉主题解读》;张卫的《一幅鲜红的青春"祭幛"——读〈红土热血〉有感》;东吴的《一组小诗和一个诗人》;刘火的《乐观的执著——读庄剑的散文诗》。

《湖南文学》第5期发表萧元的《对残雪的诗意解读》;龚政文的《无处着陆——读少鸿的两篇新作》;弘征的《时代在召唤经济文学——读曾祥彪作品随感》。

《莽原》第3期发表郎毛的《反女权主义的青春忏悔——中篇小说〈我想有个家〉阅读札记》;洪治纲的《穿越历史的长廊——论陈源斌近作〈北撤河东〉及其它》。

中国文联出版公司在京举行孙伦作品研讨会。

6日,《文学报》发表陈至立的《振奋精神,繁荣文学艺术创作,推进社会主义精神文明建设》。

《台港文学选刊》第5期发表朱双一的《社会变迁中的病态心灵显像——王幼华论》;俞兆平的《台湾八十年代诗学理论》

《电影创作》第3期发表奚姗姗的《"京味电影"的进展与开拓》;陈玉通的《模糊性与电影创作及审美》;曹翠芬的《并非老生常谈——略论生活与角色气质的关系》;陈晓光的《造就一代艺术儒商》;王传中的《超越模式》。

《当代电视》第5期发表石学的《端正创作思想　再上新的台阶》;毛志成的《说"假"——电视艺术杂侃之二》;言非的《窘境:"好运来"的两面性——电视剧

〈一村之长〉随想》;曲静的《一杯清茶的飘香——电视剧〈小爽的一家〉的观后》;彭家瑾的《荧屏又见"正气歌"——看电视剧〈山后那个秋〉》;李兴叶的《永恒的人生追求——〈苏雅的故事〉观后》;陈志昂的《筑起新时期的磐石——看电视系列片〈磐石〉》;陈雨田的《〈古船·女人和网〉的认识价值和审美价值》;李瑞清的《〈山后那个秋〉导演的话》;饶朔光、肖渥拉的《〈大青椒、红苹果〉导演自弹》;木子的《捕捉时代信息　描绘商界风云——记电视剧〈中国商人〉》。

7日,《羊城晚报》发表董乐山的《也谈文人下海》。

《天津文学》第5期发表李哲良的《我观"禅文学"》;程德培的《为铁凝的短篇叫好》。

8日,《文艺报》第18期发表梁瑞郴的《坦诚面对人生　真情流溢天地——读谭谈长篇传记〈人生路弯弯〉》;高松年的《陈军吴越小说的文化内涵》;何镇邦的《为了更好地开掘生活——读蒋启倩的小说近作》;郭风的《京味很浓的散文——读肖复兴的〈大院琐记〉》;流风的《一方耐读的风景——读蔡永武诗集〈蓝色风景线〉》;黄立之的《"文化工业"的乌托邦忧思录——一个关于后现代主义的话题》;张清华的《面对"后现代",守住那最后的家园》;张晓颖的《找准时代位置　发掘改革题材:青海召开报告文学〈世界屋脊:猛士建造辉煌〉》;《儿童文学评论》(专版)。

《文汇报》发表本报编辑部的《改革:繁荣国产影视剧的出路》。

10日,《文汇报》发表本报编辑部的《中国当代文学中的"后现代"现象一说》。

《光明日报》发表冯健男的《风展红旗如画——读〈一个小说家的自述〉》。

《小说林》第3期发表刘子成的《小说创作谈》。

《中国社会科学》第3期发表冯奇的《近两年中国现代作家作品研究综述》。

《当代文学研究资料与信息》第3期发表王淑秧的《梁凤仪作品在大陆"旋风效应"综述》;潘亚暾的《台湾文学研究的新开拓:〈台湾与大陆小说比较论〉评价》。

《写作》第5期发表魏家骏的《对文体形式规则的成功探索——评钱仓水著〈文体分类学〉》;韦器闳的《散文:迷误与出路(上)》;赵振汉的《巧合:要义与类型》;潘大华的《"谈话":诗的一种表达方式》;李继曾的《横向思维与杂文创作》;冯道常的《杂文标题的反常艺术》;夏华安的《文章主题升华八法》;周代的《读刘富道〈于氏社会力学〉有感——兼谈报告文学人物描写》;孙营的《语言的表层信

息与潜在信息》;李家容的《从心底流淌出的时代颂歌——读〈七月的回眸〉》;子干的《孤爷的孤与不孤——〈孤爷〉读后》;言川的《平淡滋味——读〈乘凉趣话〉与〈妻〉》;邹建军的《台湾向阳"十行诗"欣赏》。

《电影艺术》第3期发表荒煤的《但愿这个小小的期望不是梦》(回顾从影经历);周斌的《论荒煤的电影文学评论》;少舟的《荒煤论》;李一鸣的《游戏规则——娱乐电影的定位》;贾磊磊的《中国武侠电影:源流论》;陈晓云的《论中国当代电影中的循环怪圈》;吴文科的《商业片的一种范式——试论〈新龙门客栈〉的审美构成》;秦裕权的《绿洲·乐园——寄语90年代的儿童电影》;黄军的《在娱乐与艺术之间——拍〈忠烈排帮〉回顾》;马德波的《在沙漠中寻求浪漫——评影片〈离婚〉》;关纪新的《"神韵"的追寻——〈离婚〉观后絮语》;李约拿的《刻意追求　质朴无华——评〈刘少奇的44天〉的摄影成就》。

《河南师范大学学报(哲学社会科学版)》第3期发表洪珉的《散文观念的误区与回归》。

《诗刊》第5期发表吕进的《虚实相生》;叶橹的《爱与美:生命的主题——再论晓雪的诗》;贾漫的《〈珠江美人〉何以为美?——韩笑诗集读后》;古远清的《情也洁白　诗也透明——谈校园诗的创作》;丁芒的《"两栖诗人"——"五四"以来的特殊文学现象》;修客的《贵族诗与平民诗人》。

《读书》第5期发表葛兆光的《最是文人不自由》(讨论《陈寅恪诗集》);朱晓进的《文学时代与个体心态》(讨论夏晓虹的《觉世与传世》);刘纳的《文学与文化的扭结》(讨论龙泉明的《在历史与现实的交合点上——中国现代作家文化心理分析》);李公明的《批评的沉沦——兼谈"梁凤仪热"》;陈平原的《学者的人间情怀》。

《阅读与写作》第5期发表古远清的《充满古典情趣的现代诗——谈台湾诗人杨平的诗集〈空山灵雨〉》。

《理论与创作》第3期发表汤龙发的《毛泽东文艺思想与其文化思想的关系(续)》;熊元义的《探索　开掘　建设——陆梅林学术思想片论》;古远清的《努力提高当代文学的研究水平——兼评王庆生主编的〈中国当代文学〉(三卷本)》;孙自筠的《世纪末现代派文学猜想》;罗田的《论湖南当代作家的思想气质》;董小玉的《论文学创作中的自发性与自觉性》;白岛的《冷说热话题——也谈〈曼哈顿的中国女人〉之争》;刘强的《评李瑛〈山草青青〉的艺术精神》;常山的《论谢璞小说

创作新的超越——写在〈海哥和“狐狸精”〉重印之后》；李元洛的《秋水诗文不染尘——读刘剑桦的诗与散文》；陈敢的《落笔于婚姻爱情　发思于社会人生——读聂鑫森的长篇小说〈夫人党〉有感》；吴开晋的《生命意识与冷抒情的统一——评新生代诗人周瑟瑟诗集〈缪斯的情人〉》；瑞雪的《小议冯蓉的散文》；石生的《文学往何处去?》；王福湘的《创造新型的通俗军旅文字——评柳炳仁的小说兼谈现代军事题材的拓展与深化》；陈果安的《令人瞩目的“景观”——评〈伊甸园景观：性爱与文学创作〉》；龙长吟的《人性弱点与民族弱点的悲剧——评小说〈苗山悲歌〉》；毕震钧的《在历史和现实的契合点上把握领袖人物的精髓——谈〈刘少奇的44天〉中领袖形象的塑造》；许新民的《美——在生活与艺术的交叉点闪光》。

上旬，中国现代文学研究会、中国解放区文学研究会等18家单位联合在济南举办田仲济杂文研讨会。

青海省文联、省作协等单位联合在西宁召开刘恩龙报告文学《世界屋脊：猛士建造辉煌》讨论会。

11日，《人民日报》发表江北的《潮涨潮涌十数年——“领袖题材热”备忘录》。

《羊城晚报》发表郭小东的《无烟的焚烧——序谢望新散文报告文学集〈未来的领袖们〉》；谭桂贤的《一部感人的长篇小说——读〈魂系水乡〉》。

陕西省作协、中国赵树理研究会联合在太原举办《小二黑结婚》创作50周年纪念座谈会。

12日，《文汇报》发表唐大卫的《悄悄崛起的大陆独立制片人》。

《中国文化报》第57期发表徐山林的《时代呼唤文艺的新繁荣》。

《光明日报》发表柳荫成的《市场经济与商品经济关系研究综述》。

《中流》第5期发表赤史子的《从“文革语言”谈起——读〈防“左”备忘录〉札记之三》；肖辅之的《读〈防“左”备忘录〉有感》；钟国仁的《不能走那条路——〈奇谈备忘录〉之一》。

13日，《文学报》发表梁红英的《影视界看好当代小说，“改编热”显露文坛生机》。

14日，苏金伞文学生涯68年研讨会在郑州举行。

15日，《文艺报》第19期发表鲁文的《田仲济杂文研讨会在济召开》；吴修、刘雅洁的《折射时代风云的一面镜子——读梁斌〈一个作家的自述〉》；古耜的《在生活的迷宫里寻幽探奥——读石英的长篇新著〈妙悟人生〉》；吕景云的《京西山乡的时代画卷》；张达的《时代精神　乡土气息——读飞雪〈草思集〉》；吴岳添的《于细微处看世界》；刘兆林的《刘兆林谈文学与"下海"》；潘亚暾的《奇奇幻幻，别致惊人——读台湾青年作家东平的长篇小说〈模范市民〉》；吴秀亮、杨光治《今年诗评掠影：评〈从席慕蓉、汪国真到洛湃：论热潮诗及其他〉》。

《文汇报》发表蒋星煜的《是天堂，也是地狱——〈北京人在纽约〉观后》。

《上海文学》第5期发表《编者的话》；韩石山的《一种写法》；谭新的《王霄夫没有走神》。

《文学评论》第3期发表郑敏的《世纪末的回顾：汉语语言变革与中国新诗创作》；南帆的《再叙事：先锋小说的境地》；王火的《〈战争和人〉三部曲创作手记》；金乐敏的《龙彼德的诗歌创作》；庄锡华的《现实主义：历史的选择——马克思恩格斯现实主义理论重识》；凌燕的《旅外文学研讨会述略》。

《文艺争鸣》第3期发表车书栋的《文艺与时代一起前进——纪念〈在延安文艺座谈会上的讲话〉发表51周年》；吴福辉的《背负历史记忆而流离的中国人——白先勇小说新论》；曾煜的《现代中国的留学生文学及其精神走向》；黄凯锋的《家园与出海的困惑——新时期留学生文学与文化选择》；蒲河的《什么是当代文学?》；张玞的《当代文学：生存之地》；孟繁华的《当代文学：终结与起点》；赵毅衡的《读陈染，兼论先锋小说第二波》；张颐武的《话语的辩证中的"后浪漫"——陈染的小说》；王干的《寻找叙事的缝隙——陈染小说谈片》；季羡林的《在跨越世纪以前》。

《长城》第3期发表冯健男的《临窗随笔》。

《艺术广角》第3期发表陈晓明的《文化溃败时代的馈赠——先锋派与当代文化的多边关系》；王德胜的《走向大众对话时代的艺术——关于艺术大众化的思考》；宁湘伟的《书摊的繁荣：文化开进消费的时代》；张暄的《黄健中散论》；王长安的《民俗与戏剧精神》。

《安徽大学学报(哲学社会科学版)》第2期发表方维保的《新时期文化小说价值心态透视》。

《电视剧》第3期发表张新江的《全国电视剧创作题材规划会议在西安召开》。

《社会科学》第4期发表曹维劲的《商战背后的女性情结：评梁凤仪的财经小说》。

《民族文学研究》第2期发表高丙中的《文本和生活：民俗研究的两种学术取向》；白崇人的《推开历史之门——少数民族小说创作的一种取向》；杨继国的《认同与超越——回族长篇小说发展论》；周鉴铭的《从"客卿文学"到"本土文学"——对云南当代民族文学和地域文学发展的一种宏观把握》；黄绍清的《主脉和灵魂：本土人事 民族情思》；宗毅、博核的《评蒙古族青年作家孙书林的长篇小说〈血恋〉》；周毅然的《他拥抱北国大地——评回族青年诗人贾羽的诗》。

《当代电影》第3期专栏"张艺谋现象研究"发表张颐武的《全球性后殖民语境中的张艺谋》，王一川的《面对生存的语言性——浅谈秋菊式错觉》，陈墨的《张艺谋电影世界管窥》，托拉克的《〈秋菊打官司〉与"新写实品格"》，未泯的《张艺谋：电影及其文化》，孟宪励的《胜利者的癫狂到失败者的绝望——张艺谋历史影片的叙事读解》，张建珍的《张艺谋影片叙事分析》，肖锋等的《〈来吧！用脚说话〉座谈纪要》；同期，发表《评委对'92国产影片的总体评语》。

《戏曲艺术》第2期发表陈幼韩的《戏曲表演艺术的心灵外化——"剖象"（下）》；方展荣的《谈潮剧丑角艺术》；裴福林的《试论董福先生在〈访白袍〉中的表演艺术》；魏子晨的《创建"卫派"京剧的历史依据与现实价值（上）》；马明捷的《梅兰芳与近代京剧改良》；于文青的《刘喜奎与时装新戏》；章诒和的《马少波和他的〈十五贯〉》；周桓的《推陈出新的力作——看战友京剧团的〈清风亭〉》；张维扬的《谈中国戏曲艺术中的模糊性》；郝昭庆的《漫议戏曲节奏——澄清一个被搞混乱的概念》。

《社会科学研究》第3期发表曹廷华的《论变革时期文学的历史要求和美学标志》；惠吉星的《百年文化历程的回顾与前瞻——评〈文化批判与文化重构〉》。

《钟山》第3期发表张未民的《小的是美好的》；李晶的《非偶然阅读》；王丽娟的《困惑无边——读〈第一人称〉和〈冬至〉》；葛文军的《"麦圈杯"读者评论来搞综述》；张旗的《孤芳自赏——读〈孤独的炮手〉和〈香坊〉》；张敏的《读〈第一人称〉、〈冬至〉两部小说》；南帆的《第一人称：叙述者与角色》；岳建一、肖嘉的《新时期长篇小说巡礼》。

北京市杂文学会在京举行胡昭衡杂文作品研讨会。

《中州学刊》第3期发表姜树培的《简论文化转型的机制》。

16日，《人民日报》发表《北京青年看文化》。

《文汇报》发表许纪霖的《解构圣王情结——〈梁漱溟传〉》；王晓明的《精神的

创伤——〈鲁迅传〉》;郭齐勇的《无所依傍　孤冷独往——〈熊十力传〉》;张文江的《理解传统　适应时代——〈钱钟书传〉》。

《中国文化报》第59期发表李启青的《话说“短腿现象”》。

《中国人民大学学报》第3期发表张学昕的《论张承志的小说创作》。

17日,《人民日报》发表李仁臣、周庆的《经济潮唤起文化潮》。

《作品与争鸣》第5期发表胡静波的《她从迷失中找回自己——我看〈陪读夫人〉》;黄薇的《异域回望中的文化蕴涵——〈陪读夫人〉读后》;董晓宇的《颓废:既是一种表现,更是一种批判——〈寻找故事〉中颓废表现的意义》;宋强的《故事,向何处寻找?——评中篇小说〈寻找故事〉》;杜元明的《春蚕到死丝方尽　鬼神有知亦感泣——〈傅雷的婚恋生活〉读札》;仲呈祥的《关于“张艺谋热”的“冷”思考》。

18日,《人民日报》发表孙见喜的《〈白鹿原〉50年关中史》。

《文汇报》发表茹志鹃的《关于〈剪辑错了的故事〉——创作杂谈》;赵丽宏的《真情和哲理》。

《中国戏剧》第5期发表李默然的《文艺规律　需要尊重》;王铁成的《戏剧非改革不可》;李维康的《京剧应大力宣传》;田桂兰的《观念一变天地宽》;任跟心的《我迫切希望演新戏》;燕客的《黄新德:“下海”现象与戏剧改革》;《彭丽媛:唯有民族的才是世界的》;晓耕的《茅威涛:我筹划建立小百花越剧基金会》;章诒和的《我不面向21世纪,我只面向现实——对当代中国戏剧的新思考》;丁栋人的《京剧的“信仰”危机》;孙明山的《深化改革,探索剧团的新模式》;柯文辉的《我看〈鸟人〉》;沈毅的《三位剧作家　一曲爱国颂——潮剧〈岳银瓶〉的问世》;高扬的《棋道·鸟道·戏道——记〈鸟人〉作者过士行》;王晓鹰的《让〈雷雨〉进入一个新的世界》;纪言的《师承前人　立志创新——“厉家班”名小生朱福侠首次进京》。

中国作协在京召开青年诗人绿风散文诗丛《世纪之恋》讨论会。

湖北省文艺研究中心在武汉召开晓苏作品讨论会。

20日,《人民日报》发表梁衡的《谈谈建立和完善报纸市场》;滕云的《顺应与反推》;吴秉杰的《主题的跃进——近期小说谈片》;王世德的《新的时代,新的感情——重读〈讲话〉的启示》。

《文学报》发表王怡的《各地专家学者聚会富阳,研讨中国新时期文学走向》;李星的《世纪末的回眸——〈白鹿原〉初论》;王彬彬的《该不该与能不能——也谈作家“下海”问题》。

《长江》第3期发表尼吟的《诗与科学的交响曲——读兰帆科学诗集〈绿色的旋律〉》;岳恒涛的《曹曦体育小说赏析》;丁帆的《湖北有个刘醒龙——读〈凤凰琴〉所想起的》。

《北京大学学报(哲学社会科学版)》第3期发表蒋朗朗的《台湾文学乡愁母题及其嬗变》。

《西北大学学报(哲学社会科学版)》第2期发表赵俊贤的《中国当代文学的整体性反思》;陈学超的《马列文论基本范畴的开放性——兼谈“典型”》。

《河北学刊》第3期发表周显志的《消费流行初探》。

《学术月刊》第5期发表陈炎的《试论“积淀说”与“突破说”》;朱辉军的《美学新领域：变态美》。

《学语文》第3期发表祖芳宏的《读贾平凹的新作〈晚雨〉》;黄兴团的《人生的紧迫与逍遥——读宗璞散文〈报秋〉》;陈文忠的《论文选主题的三种形态》。

《南开学报(哲学社会科学版)》第3期发表柳景瑞的《鲍昌小说创作论》。

《复旦学报(社会科学版)》第3期发表顾晓鸣的《论文化与经济的互渗——社会主义初级阶段根本性的文化特征》。

作家出版社、陕西省作协等单位联合在京召开高建群长篇小说《最后一个匈奴》讨论会。

1992年中国电影政府奖在北京揭晓,《蒋筑英》获最佳故事片奖,《阙里人家》等4部影片获优秀故事片奖。

中旬,上海社科院文学所、上海交通大学艺术所联合在富阳举办“中国新时期文学走向”学术研讨会。

辽宁省作协等单位联合在沈阳举行王充闾散文集《清风白水》研讨会。

21日,《文汇报》发表陈伯海的《文化的二重性及其他》;贾平凹的《海风山骨气势裹挟——读雷达的抒情散文》;朱红的《期刊改革之我见》;本报编辑部的《“中国新时期文学走向”学术研讨会日前举行》。

《文艺研究》第3期发表代迅的《审美反映就是审美创造》;夏之放的《审美观照本来就有模糊性——评模糊美学》;王宝增的《试论情象模式》;陈本益的《艺术直觉与感知、灵感、科学直觉的区别》;谢飞的《影片〈香魂女〉导演的话》;贾磊磊的《影像语言的感性形式与表述机制——张艺谋影片中的视觉/心理意义》;周宪的《西方现代美学的几个发展趋向》；徐贲的《新历史主义批评和文艺复兴文学研究》；彭立勋的《第12届国际美学会议述评》；斯义宁的《后现代文化与中国当代文学国际研讨会综述》；丁忆帆的《当代文学中的爱情问题学术讨论会综述》；昂智慧的《拟故事：当代西方小说的新形态》；肖静的《〈后现代主义文化研究〉》；亦方的《〈文学批评学〉》。

中国文联在京召开纪念《讲话》发表51周年座谈会，就如何在市场经济新形势下，坚持《讲话》指引的文艺方向，繁荣文艺创作等问题进行了讨论。

22日，《文艺报》第20期发表召关的《陕西作家群体扎根黄土高原不断推出力作：高建群的〈最后一个匈奴〉在京受好评》；董德兴的《"中国新时期文学走向学术研讨会"在富阳举行：纯文学最大的失误在于作家责任感的丧失》；本报编辑部的《跳出风花雪月　开拓题材领域：散文诗丛〈世纪之恋〉讨论会在京进行》；段崇轩的《理想的追寻——评成一、李锐的几部知青题材小说》；刘锡诚的《文章不是无情物——田仲济杂文谈片》；贾漫的《〈珠江美人〉形神并美——韩笑新诗集读后》；昭然的《理论的生机在于满足时代需要》；艾克恩的《毛主席〈讲话〉的闪光印记——"五・二三"丛书编后感言》；兵整理的《诗人要关注人民的命运——魏巍、李瑛、纪鹏、元辉四人谈》；绍俊的《诗神与时代并驾齐驱——读张万舒的诗》；林雨纯的《岭南文学新枝叶》；张俊彪的《新时期文学理论的新成果——读〈新时期小说人物论〉》；王一兵的《我听见青春悄悄低语——读木木诗集〈青春日记〉》；李华章的《二十年写诗不寻常——读〈拾暇〉》；公木的《毛泽东文艺思想和有中国特色的社会主义文艺》；汤龙发的《毛泽东论艺术典型》；王兰英的《陕西召开朱鸿散文讨论会》；瓜田的《作家是"包"出来的?》。

乐山市委宣传部、市文化局等单位联合在乐山市举办周纲长篇报告文学《我，回答共和国》讨论会。

23日，《中国文化报》第62期发表《加强文艺与人民和时代的联系——纪念〈在延安文艺座谈会上的讲话〉发表五十一周年》(社论)；记者徐晓的《联系实际　畅谈改革——中国文联党组召开纪念〈讲话〉座谈会》；肖宇的《历史的备忘录——董学文〈两种文学主体观〉读后》；严毕路的《他心里想着农民——赵树理和他的创作》；蔡宛柳的《面对文化市场：趋势与对策》。

《羊城晚报》发表张锲的《直挂云帆济沧海——致张贤亮同志　谈文人下海》。

中国作协在北戴河召开全国作协工作会议，讨论在社会主义市场经济体制新形势下，如何繁荣文学创作，如何改革文学体制。

24日，《人民日报》发表朱幼棣、张洋波的《发扬延安精神　繁荣文艺事业：首都集会纪念〈讲话〉发表51周年"鲁艺"创立55周年》。

《文艺理论与批评》第3期发表傅迪的《论"躲避崇高"不可行》；左迁的《王顾左右而言他》；王元骧的《关于文艺理论研究的方法问题》；冯宪光的《建构社会主义文学的价值意识》；赵威重的《董学文新著：〈两种文学主体观〉》；古继堂的《台湾文学中坚持进步的民族主义文学理论的两大柱石——论尉天骢与颜元叔》；陈映真的《台湾现当代文学思潮之演变(续)》。

25日，《光明日报》发表韩小蕙的《文坛盛赞——陕军东征》。

《羊城晚报》发表杨光治的《钟永华山水诗的思想美——读诗集〈梦笔生花〉》；张振金的《生命的礼赞和闪光——读紫风的〈花神与雷神〉》；关振东的《在诗林中寻珍觅宝——读赖海宴的随笔集〈花鸟诗缘〉》；李经纶的《新旧杂交　耳目一新——评肖宁新体诗》。

《文艺理论研究》第3期发表郭风的《关于散文观念的更新》；方克强的《文学的商品性》；林兴宅的《运用象征范畴，重建文艺学体系》；南帆的《呼吁的重复》；花建的《读者心态和文学优势》；郑松生的《更新观念，搞好文艺创作》；马大康的《文学策略与文学的教育功能》；胡河清的《中国全息现实主义的诞生》；陈慧忠的《一种文化困扰：都市与乡村》；梅朵的《进入九十年代的中国电影》；公刘的《烧给浪漫主义的纸钱——从彭燕郊〈亮亮谈诗〉一书说起》。

《当代作家评论》第3期发表贾平凹的《孙犁论》；杨劼的《论世、论事和论文——晚年的孙犁》；刘慧英的《"荷花淀"的清香和人生的劫难——"芸斋小说"浅读》；潘凯雄的《热热闹闹背后的长长短短——关于"新移民文学"的再思考》；刘建的《当代小说的挑战者》；何志云的《你到底要什么》；黄国柱的《改革：永恒的激情——〈汴京风骚〉的主题与精神风度》；胡世宗的《关于〈汴京风骚〉的通信》；颜廷瑞的《创作"杂思"三则》；李洁非的《储福金及其《新十二钗》》；张德明的《人生颖悟与女性情结——王小鹰创作论》；李扬的《亵渎与逍遥：小说境况一种——王朔小说剖析》；张德祥的《王朔的小说方式及其他》；春温的《"亚文化散文"小议》；春温的《当代散文的弊病》；[美]本杰明·L·李卜曼作、董之林译的《权威与王朔小说的话语》；丁亚平的《文化散文论》；王连生的《论反讽在中国近年小说中的呈现》；吴俊的《激情和理性　幻想和现实——刘元举纪实作品论》；王中才的《张正隆其人》；崔道怡、韩作荣的《“远方的河”序与跋》；周佩红的《迷夜·光斑·人生观望——金宇澄小说漫评》；陈辽的《我国早期资本主义的历史画卷——论〈半个冒险家〉》；《文学批评信息》。

《晋阳学刊》第3期发表王世杰的《台湾女性文学中“新女性”形象概观》。

《哲学研究》第5期发表刘福森的《价值、主体性与历史唯物主义》。

《浙江学刊》第3期发表徐岱的《论批评的当代形态》；陈剑晖的《陈若曦小说论》。

《通俗文学评论》第2期发表古继堂的《商战中异军突起　文学中新旅夺冠——评梁凤仪小说闲谈杂侃之二》；周玉波的《〈射雕英雄传〉二题》；李国标的《读金庸札记二则》。

《湖北大学学报(哲学社会科学版)》第3期发表刘蜀鄂、唐兵的《论中国新时期文学对〈百年孤独〉的接受》；程世洲的《变异与迷失——“十七年”农村题材小说的反思》。

26日，《光明日报》发表周鸿声、熊元义的《正确地引导文化消费》；赖大仁的《文人下海与价值选择》；程光炜的《生命中应该有一个审美空间——评罗先霖散文集〈心弦叮咚〉》。

《中国文化报》第63期发表记者徐晓的《食指作品研讨会在京召开》；杨志学的《人民需要普及，也需要提高——当前俗文艺和雅文艺探析》。

中国社科院文学所在京举行建所40周年庆祝会。

27日，《光明日报》发表刘绍棠的《一个有风格的作家》(评孙犁)。

《文学报》发表寇宝刚的《描绘世象与人性的风景——访著名作家田中禾》；王怡的《〈心动如水〉引人瞩目，上海文学界人士座谈陈丹燕的长篇新作》；何世世的《闲话“纯、俗”文学之冷然》；胥亚军整理的《记住人民，表现人民——路遥答文学爱好者问》；周斌的《质朴的乡土气息——读范继平的小说集〈危墙〉》。

28日，《上海戏剧》第3期发表李洁非的《不以心损道，不以人助天——〈死与美〉续篇》；蓝凡的《中国戏曲向何处去？——为〈死与美〉的戏曲观念号脉》；王小盾的《戏剧艺术家的使命——兼评〈死与美〉》；周传家的《且慢致最后的注目礼——与李洁非同志商榷》；纪言的《荣与衰：京剧命运备忘录》；傅谨的《倒读戏曲》。

《四海·台港澳海外华文文学》第3期发表王淑秧的《浅谈尤今创作的艺术风格》；古继堂的《运用西方文学批评型的台湾小说女性理论家》。

29日，《文艺报》第21期发表木木、郑闻的《各地纪念〈讲话〉发表51周年》；一凡的《紧紧抓住繁荣社会主义文学创作这个中心环节：中国作协召开全国作协工作会议》；本报编辑部的《评奖·导向·繁荣》、《精神文明重在建设："五个一工程"表彰大会在京举行》；袁贞的《一部具有独特文化品位的现实主义力作——竹林长篇小说〈女巫〉研讨会综述》；江晓天的《读〈失踪的情侣〉》；陆建华的《歌浩然正气　吟生活真谛——读王鸿诗集〈山川吟〉》；刘锡庆的《叶梦，结束与开始的标志——读《月亮·生命·创造》；成善的《年轻的诗人　凝重的诗篇——读厉克的散文集》；民的《上海座谈陈丹燕的长篇〈心动如水〉》；常俊杰的《河南省作协研讨长篇小说〈血染的芳草〉》；力行的《湖北讨论晓苏作品》；阎纲的《兴商建县　多难固邦——读〈玉观音〉》；邹荻帆的《继续远行——读〈陈剑文诗选〉》；潘凯雄的《生命的礼赞——读曾明了的中篇新作〈风暴眼〉》；叶延滨的《诗歌是渗入生命的母语——读耿翔诗集〈母语〉》；阿琪的《四十不惑的贾平凹——访谈印象记》；陈跃红的《文学已死过几回——严肃文学与市场问题乱弹》；陈出新的《凌云自有生花笔——读香港文丛〈丝韦卷〉》。

《社会科学辑刊》第3期发表刘明德的《"人情世态"小说与通俗文学》。

30日，《文汇报》发表应红的《三十岁的风景——散文集〈我眼中的风景〉自序》。

《台湾研究集刊》第2期发表何笑梅的《新女性主义和台湾女性文学》；王金城的《现实主义：寓言与神话的锻造——李昂〈迷园〉散论》。

《联合报》发表《王朔访谈录》。

《中国文化报》第65期发表赵敏的《图书出版热中的"领袖题材热"》。

《戏剧》第2期发表谭霈生的《危境与生机——引出一个热点话题》；张仁里的《〈过年〉导演阐述》；孔谦的《论中国戏曲形式的新起源》；杜建华的《目连戏舞台美术初探——以川剧目连戏为例》；骆正的《汤显祖的想象与梅兰芳的矛盾表演——昆剧〈游园〉的心理分析》；蔺永钧的《电影情节的多元读解与意味》；陈士联的《导演构思与剧本架构的对峙》。

31日，《光明日报》发表孟宪忠、宋冬林、孙刚的《经济文化一体论》。

下旬，河南省作协在河南林县召开崔夏生长篇小说《血染的芳草》研讨会。

上海文艺出版社在上海召开陈丹燕长篇小说《心动如水》座谈会。

《中国作家》编辑部、《地火》编辑部等单位联合在京举行石油工人作家周绍义作品讨论会。

中国少年儿童出版社、四川少年儿童出版社联合在京召开李国伟"少年自我历险小说"讨论会。

百花文艺出版社、《天津日报》、天津市作协等单位联合在天津举办孙犁文学创作50年研讨会。

本月,《十月》第三期发表张承志的《以笔为旗》。

《剧本》第5期发表温大勇的《立论——剧评有感之二》;俞耀庭的《戏从情出——〈契丹女〉编后》。

《小说月报》第5期发表关仁山的《雪莲湾的诉说》;王怡的《忠实于自己的人生体验——长篇小说〈陪读夫人〉座谈纪要》。

《中国广播影视》第5期发表杨子云的《〈戏说乾隆〉和〈新白娘子传奇〉》。

《作品》第5期发表何楚熊的《对文学价值与本质问题之再思考》;韦丘的《〈崛头巷风情〉读后——兼议广东文坛近话》。

《青年文学家》第5期发表奚佩秋的《女英雄显露风采的画卷——读报告文学集〈大荒女儿〉。

《萌芽》第5期发表傅星的《高于虚构的存在——〈你好,校长〉编后感》。

《博览群书》第5期发表金兆钧的《流行音乐是一种文化吗》;刘兰芳的《读〈社会主义文艺论集〉》。

中国新诗讲习所在京举行刘立中诗歌作品研讨会。

中华美学学会在京举行"美学与现代艺术"学术讨论会。

人民文学出版社在京举行骆毓龙长篇小说《玉观音》研讨会。

5—6月,时代文艺出版社出版谢冕、李杨主编的《二十世纪中国文学丛书》,共10种(钱理群的《丰富的痛苦:"堂吉诃德"与"哈姆雷特"的东移》,陈晓明的《无边的挑战:中国先锋文学的后现代性》,张颐武的《在边缘处追索:第三世界文化与当代中国文学》,韩毓海的《锁链上的花环:启蒙主义文学在中国》,王富仁的《灵魂的挣扎:文化的变迁与文学的变迁》,王光明的《艰难的指向:"新诗潮"与二十世纪中国现代诗》,李书磊的《都市的迁徙:现代小说与城市文化》,谢冕的《新世纪的太阳:二十世纪中国诗潮》,程文超的《意义的诱惑:中国文学批评话语的当代转型》,李杨的《抗争宿命之路:“社会主义现实主义”(1942—1976)研究》)。

本月,上海译文出版社出版[英]戴维·洛奇编、葛林等译的《二十世纪文学评论(下册)》。

辽宁大学出版社出版杜元明编的《台湾名家散文选评》。

花城出版社出版谢望新的《历史会记住这些名字》。

云南人民出版社出版陈九彬的《艺文思辨录》。

西南师范大学出版社出版曹廷华、胡国强主编的《中华当代文学新编》。

漓江出版社出版黄伟林主编的《席慕蓉言情散文赏析》。

上海文艺出版社出版陆毅编的《作家谈艺录》。

广西人民出版社出版过伟的《侗族民间叙事文学》。

云南大学出版社出版杨启云的《艺海拾珠:杨启云文学评论选集》。

中国青年出版社出版金开诚的《谈艺综录》。

6月

1日,《山东文学》第6期发表耿林莽的《尤凤伟近期小说中的诗意美》。

《山西文学》第6期发表董大中的《艰难人生的艺术体味——读燕治国〈人生小景〉》;王愚的《实用与性情——序乔忠延散文集〈豆蔻岁月〉》;王祥夫的《读沈琨散文纪》。

《四川文学》第6期发表袁基亮的《抓好“沃野”征文,促进农村题材创作——农村题材小说座谈会记要》。

《作家》第6期发表史铁生、何志云的《散文:从“逃避”到“突围”》;王彬彬的《说说格非》;董燃的《大侠孙津》,韩毓海的《写作与生存的勇气——为新文学的“理想主义”一辩》。

《青春》第6期发表徐江的《值得研究的“作家的家”》。

《海燕》第 6 期发表王传珍的《〈灯误〉编余赘语》；代一的《从营区迈出的艺术脚步——评吴戈平的小说创作》；沙里途的《湍湍涡流淘沙——读〈永远的菩提〉》。

《解放军文艺》第 6 期发表黄献国的《追寻美的足音——评黄恩诚架线兵系列短篇小说》；蒋登科的《迎接跨世纪的挑战——论〈前夜〉及朱增泉的诗》；王瑛的《问你遥远的风情》。

2—6 日，贵州省第四次文代会在贵阳召开，胡维汉当选为省文联主席。

3 日，《光明日报》发表黄永涛的《既要通俗又要有健康的情趣——首都文艺界聚会研讨通俗剧》。

《文学报》发表程乃珊的《再谈梁凤仪》。

3—5 日，《文学自由谈》在天津举办台湾旅美作家简宛作品研讨会。

4 日，《中国文化报》第 67 期发表本报实习生于红梅、于晓平、汝华、杜军玲的《长篇小说出版陷入困境，下世纪的人们还能否读到小说?》。

5 日，《人民日报》发表小闵的《商品，何不多一点文化味?》。

《文艺报》第 22 期发表本报编辑部的《天津为老作家孙犁举办研讨活动》；王秀芳的《苏金伞文学生涯 68 年研讨会在郑州举行》；乐京的《展现时代精神的长卷：周纲长篇报告文学〈我，回答共和国〉讨论会在乐山举行》；南里的《李默然说：文艺界有“三多”“三少”》；韩瑞亭的《接引飞泉入汪洋——读报告文学〈海纳百川〉》；马少波的《写不尽的征程风雨——〈银河集〉、〈回声集〉读后》；杨匡汉的《惠风播乡土——从〈逝去的彩云〉谈起》；阿槐的《思亲怀乡情结与商品大潮勃起——读散文集〈老树的事〉随想》；王岳川的《后现代主义与后殖民主义》；陈继会的《文学——文化批评的视界》；凯雄的《花城连续推出一批长篇小说引起舆论反响》；彭家瑾的《1992 现实题材电影述评》；施勇祥的《新编历史剧〈甲申祭〉的主题》；《儿童文学批评》(专版)；冯健男的《从母体观照支脉——读〈台湾与大陆小说比较论〉》。

《文汇报》发表柯平的《应该保留更多的灵气——读〈纪实与虚构〉》；李念的《语言的魅力——读〈纪实与虚构〉》；张业松的《关怀现实的主义》。

《光明日报》发表于国华的《转变图书出版观念与出版社改革》。

《山花》第 6 期发表本刊记者的《电视剧〈省城轶事〉座谈摘要》。

5—11 日，中国现代文学馆、北京图书馆等单位联合在京举行“胡风生平与文学道路展览”会。

6日，《中国文化报》第68期发表无言的《城市与水的寓言——梁平和他的〈拒绝温柔〉》（诗集）；高洞平的《心的形式——斯妤散文浅谈》。

《当代电视》第6期发表祁月、大勤的《为了明天的太阳——记儿童剧导演金萍》；郑方南的《一部“兵味”十足的电视剧——〈少年特工〉导演阐述》；王书云的《淡淡妆，天然样——谈电视剧〈小爽的一家〉》；松子的《让孩子们在美的陶冶中成长——〈冰冰、泡泡、棒棒〉漫评》；贾磊磊的《洗尽铅华魂自真——评电视剧〈黑槐树〉》；李胜泉的《〈擎天柱〉随笔两则》；白志群的《求索》（讨论电视舞蹈艺术片《梦》）；郑泉宝的《写在〈男户长李三贵〉播出之后》。

《台港文学选刊》第6期发表俞兆平的《台湾八十年代诗学理论（续）》；叶恩忠的《忧郁的风景》。

7日，《大众电视》第6期发表吴联庆的《希望与阴影并存的电视录像——上海录像市场透视》；李树杰的《剧名的变迁》。

《天津文学》第6期发表杜元明的《艺术通感与变觉描写——谈审美感觉的想象性及其在创作中的运用》。

中国共产党党员、马克思主义文艺战士、中国新文化运动的先驱者、文艺界领导人阳翰笙因病在京逝世，享年91岁。

8—10日，陕西省主席作协第四次会员代表大会在西安召开，陈忠实当选为省作协主席。

9日，《光明日报》发表蔡毅的《小说不能没有故事》。

《中国文化报》第68期发表孙铭有的《要正确把握经济建设与文化建设的辩证关系》。

李祝尧长篇小说《村夫情》、《枝叶情》研讨会在河北省衡水市举行。

鲁迅文学院、《民族文学》杂志社联合在京举办吴秀春长篇小说《半路夫妻》研讨会。

10日，《文学报》发表江振新的《文学之路怎么走？——中文系学生对当代文学及文学前景之看法》；李连泰的《研讨刘玉堂小说创作》；王兰英的《展现庄重苍凉的陕北大地——高建群和他的〈最后一个匈奴〉》；无尘的《也谈文人下海》；周松林的《在平静中执著——〈萌芽〉“上海青年作家创作研讨会”侧记》；黄毓璜的《文人的位置》；张锲的《在弯弯曲曲的人生路上——致谭谈》；谭庭浩的《都市良心——广州女作家伊妮》;江迅的《金钱有价　文学无价——听江苏作家庞瑞垠谈文学》。

《北京文学》第6期发表张德明的《真实审美的叙述——毕淑敏〈束脩〉简评》。

《写作》第6期发表常文昌的《豪华落尽见真淳——读臧克家的〈放歌新岁月〉》;洪烛的《头戴金草帽的诗人——王慧骐的风度》;李运抟的《诗情细墨写风流——说说汪洋的〈楚天风流谱〉》;汪洋的《报告和文学——关于〈楚天风流谱〉》;涂怀章的《春天的一道新垄沟——评张杰的〈后创作论〉》;杜福磊的《论散文创作的审美感知力》;韦器闳的《散文:迷误与出路(下)》;谢锡文的《具象·心理·小说审美》;张剑的《比喻过渡技法例谈》;于成鲲的《悬念与疑问》;孙世英的《看似离轨却合道——闲侃〈海〉剧中狗的作用》;程光炜的《诗在于倾听——评短诗〈忆〉和〈倾听〉》;邱细魁的《娓娓道来　情思绵绵——读〈我心中的灯〉》;彭基博、刘柳的《于无声处——读〈调动〉》;古远清的《使人"迷惘幽思"的诗篇:澳门高戈诗作赏析》。

《诗刊》第6期发表贺敬之的《〈贺敬之诗书集〉自序》;忆明珠的《关于散文诗》;邹荻帆的《关于〈始祖鸟〉的通信》;陈卫的《读韦其麟的〈梦的森林〉》;朱先树的《对自然社会人生的感悟与歌吟——读〈第三根琴弦〉》。

《语文月刊》第6期发表郭小东的《无烟的焚烧——我感知中的谢望新》;蒋守谦的《抒情:个人和群体的统一——读雷加的〈小岛深情〉》;王辉的《"文化苦旅"话衷情——余秋雨〈皋兰山月〉赏析》。

《读书》第6期发表郁之的《关于"两个配合"》;张汝伦的《理想就是理想》,孙歌的《第三种文学?——从日本的向田邦子说起》。

上旬,《天津日报》文艺部等单位在蓟县召开"工人文学的历史与未来"研讨会。

刘振长篇小说《黑土地》研讨会在复旦大学召开。

炉峰学会、香港中文大学新亚书院联合在香港举行两岸暨港澳文学交流研讨会,就80年代以来的文学交流情况、当代港澳台及大陆地区文学作品的评论等问题展开讨论。

11日,《人民日报》发表袁雪芬的《正确认识精神生产的价值》;雷达的《传记文学的魅力——从〈赵丹传〉、〈白杨传〉谈起》;陆文夫的《散文的文采》。

12日，《人民日报》发表樊伟东、刘延东的《文化生活正在走进时代的天地》。

《文艺报》第23期发表本报编辑部的《忠诚的马克思主义文艺战士、中国新文化运动的先驱者之一阳翰笙同志逝世》、《"胡风生平与文学道路展览"在京举行》、《刘振长篇小说〈黑土地上〉研讨会在复旦大学举行》；石草的《一部震撼人心的当代正气歌：长篇纪实小说〈天网〉引起强烈反响》；林的《天津举行"工人文学的历史与未来"研讨会》；朱珩青的《实实在在的地上的革命——读〈最后一个匈奴〉》；南丁的《长不大的苏金伞》；杨子的《呼唤女性的自立和尊严——读哈斯乌拉小说随想》；叶伯泉的《风雨兼程话人生——读巴波散文集〈风雨兼程〉》；林丹娅的《人物：值得玩味的文化现象——读长篇小说〈怪味嬉皮士〉》；南里的《从应接不暇的社交活动中解脱出来》；亦闻的《"两岸暨港澳文学交流研讨会"在香港举行》；李梅的《力图改变海外文学选题的盲目性：天津〈文学自由谈〉举办台湾旅美作家简宛作品研讨会》；王兰英的《陕西讨论文化经济学》。

《光明日报》发表邴先福的《知识分子最需要什么——全总宣教部关于发挥知识分子作用状况的调查》；李勇的《八位作家联手　欲争影坛天下》（陕西八位作家成立长安影视创作中心）；叶延滨的《作家是坐冷板凳的职业》。

《中流》第6期发表吴大勇的《披肝沥胆唱中华——柯原近年诗作的特色》；黄立之的《"文革"遗风今犹在——读〈防"左"备忘录〉一得》。

13日，《文汇报》发表何清的《"重写"的尝试》。

《中国文化报》第71期发表古耜的《油海沧桑的艺术浓缩——从行业文化的角度看〈大漠无神灵〉》。

14日，《羊城晚报》发表张德昌的《市场经济下的文学发展》；陈衡的《改革文学的几个阶段》；平频的《开启另外的门——读饶芃子〈艺术的心境〉》。

15日，《广东社会科学》第3期发表张绰的《梁凤仪笔下的财经巨子雄风》。

《江汉论坛》第6期发表武腾的《厚实・创意・开放——评〈现实主义反思与探索〉》；张仲良的《研究文化市场现状　提出文化市场管理对策——评〈文化市场管理〉》。

《上海文学》第6期重开专栏"批评家俱乐部"，并发表王晓明、张宏、徐麟、张柠、崔宜明等人的会谈记录《旷野上的废墟——文学和人文精神的危机》；同期，发表《编者的话》（推荐了探讨中国社会转型过程中重大政治经济问题的杨泥的小说《香水》、刘成思的小说《市风初弄》、阎欣宁的小说《迷惘》）；虹影、赵毅衡的

《诗与诗学的对话》。

《作家天地》第 3 期发表蓝海文的《新古典主义诗观》。

《民族文学》第 6 期发表王珂的《现代的纯粹的民族女诗人——论蒙古族女诗人葛根图娅的诗》。

《社会科学》第 6 期发表王文英的《谁解其中味？——品王周生的〈陪读夫人〉》。

《徐州师范学院学报(哲学社会科学版)》第 2 期发表陈中复的《当代小说心态描写的审美趋向》;张北鸿的《台湾当代乡土派诗论》。

16 日,《羊城晚报》发表新华社记者叶俊东的《在“别人的城市”追求人生理想,脚步潇洒而又沉重——打工世界崛起打工文学》;思忖的《文艺观的悲哀——由〈女大学生之死〉谈一种文艺观》。

17 日,《文学报》发表谭湘的《劲头不减: 队伍不散,方寸不乱,河北小说创作呈上升态势》;南帆的《对话: 文学与市场》。

《光明日报》发表肖海鹰的《商潮搅乱文人梦——中国作家心态实录(上)》;杜长胜的《文化事业发展资源的配置》。

《作品与争鸣》第 6 期发表徐世丕的《一篇值得注意的力作——读徐刚新作〈梦巴黎〉》;王周生的《穿越心灵的旅程》。

18 日,《文汇报》发表徐俊西的《社会主义市场经济与文艺的审美导向》;张森的《是梦,又不是梦——试评〈阴阳关的阴阳梦〉》。

《中国戏剧》第 6 期发表苏国荣的《褪褪与竞争》;钮骠的《戏曲不会死去——对戏曲命运的刍见》;蔡正仁的《在发展中求生存》;赵寻的《“狮城地方戏曲展’93”献词》;田本相的《〈雷雨〉演出的“新剧目”》;邓继泉的《加强艺术表演团体在社会主义市场经济中的竞争意识》;王鸿的《一出戏救活了一个剧团——写在淮剧〈难咽的苦果〉演出一千场以后》;陈韩星的《“潮剧热”探视》;郭任民的《与刘连群同志商榷》。

19 日,《文艺报》第 24 期“文化工作理论研讨会发言摘录”专版发表梁光弟的《市场经济与文化属性》,徐俊西的《社会主义市场经济与文艺的审美导向》,谢铁骊的《关于电影体制改革的思考》,王颖婕的《迫切需要加强对文化市场的管理》;同期,发表杨品的《矢志于文学事业的人应甘于寂寞——山西作协研讨市场经济与文学创作的关系》;本报编辑部的《农民女作家吴秀春的长篇小说〈半路夫妻〉研讨会在京举行》；蓝犁的《必须有属于自己的——与碧野对话》；胡德培的《"金子即使在沙漠里也闪闪发光"——读张长弓新著〈追踪金的黎明〉》；叶培昌的《人生主题的新开掘——关于少鸿的几篇小说近作》；杨晓敏的《河南有个孙方友》；程代熙的《L·阿尔都塞和他的意识形态理论》；张子帆的《商业性影片中的意识形态》；尚伟的《在文化历史中沉思——周振天创作初探》(影视创作)；王尔龄的《杜悬先生的散文世界》；陈慧瑛的《随缘是福——散文新集〈随缘〉自序》。

《光明日报》发表肖海鹰的《出路：只能是文学——中国作家心态实录(下)》。

《当代》、《中国作家》等单位联合在京举行曹谦作品研讨会。

20日，《当代》第3期发表雷达的《一代心史——略论〈中国知青梦〉》。

《学术月刊》第6期发表何国瑞的《文艺学方法论续谈——答朱立元同志》。

中旬，《上海文学》、山东省作协、《作家报》社等单位联合在临沂举办刘玉堂作品讨论会。

河北文学院、《人民文学》、《小说月报》等单位联合在石家庄举行河北小说态势暨关仁山作品讨论会。

《台湾研究》第2期发表安兴本的《从厘清历史到考量现实的警醒——台湾当代政治文学论》。

《福建论坛》第3期发表黄万华的《消费的文学和文学的消费：对近20年来香港文学的一种考察》。

22日，《光明日报》发表苗家生的《话剧：危机与出路》。

23日，著名诗人、诗评家丁力因病在京逝世，享年73岁。

23—24日，"华文文学研究机构联席会议"在暨南大学召开。

24日，《人民日报》发表李希凡的《文艺应当弘扬爱国主义传统》；仲呈祥的《电视剧与文化市场》；荒煤的《〈都市之梦〉随想》(报告文学)。

《文学报》发表李连泰的《回答疑惑和挑战——访著名青年作家张炜》；徐春萍的《十年辛苦不寻常——记竹林及其新作〈女巫〉》。

25日，河南大学出版社在京召开李频《龙世辉的编辑生涯》座谈会。

《上海师范大学学报(哲学社会科学版)》第2期发表张明权的《公刘人生道路述略》。

《学术研究》第3期发表吴奕锜的《二战以后菲华散文的历史发展》。

《哲学研究》第6期发表李德顺的《毛泽东的价值观：人民主体论初探——纪念毛泽东同志诞辰100周年》；佘正荣的《生态发展：争取人和生物圈的协调进化》；高清海的《人是哲学的奥秘——我对哲学如是说》；赵汀阳的《哲学的元性质》。

26日，《文艺报》第25期发表本报编辑部的《陆文夫认为小说和散文大可不必分家》、《衡水召开李祝尧长篇小说研讨会》；致远的《尚思为国戍轮台——评刘绍棠新作〈孤村〉》；半夏的《评论：面向大众》；沙汀的《事实终归是事实——关于〈红岩〉》；张颐武的《当代西方文学批评中的"意识形态"概念》；赫景秀的《文化市场需要精品》；高少锋的《不是文献胜似文献——读长篇小说〈转折〉》；白崇人的《白山小说释谈》；颜廷奎的《一簇无花的牧草——读鄢家发诗集〈边地雪笛〉》；玛拉沁夫的《也谈"下海"》；张放的《菲华文学一朵奇葩——评林婷婷〈推车的异乡人〉》。

《文学报》发表石一宁的《一本学术性的传记：读王晋民〈白先勇传〉》。

《光明日报》发表刘梦溪的《文化传统的流失与重建》。

27日，《文汇报》发表梅朵的《他们是谁——读〈我与胡风〉》。

《华中师范大学学报(哲学社会科学版)》第4期发表汪民安的《解构主义与中国当代文学批评》。

28日，中国作协、中国文学基金会文学部、华夏出版社联合在京举办史光柱诗歌讨论会。

上海文艺出版社、浙江省作协等单位联合在上海举行夏真的长篇报告文学《父老兄弟》研讨会。

29日，《文汇报》发表萧乾的《我读〈丝路三千里〉》。

《社会科学辑刊》第4期发表王世同的《对文化与市场经济现状的思考》；吴秀明的《论历史文学创作方法的变革趋势》。

30日，《人民日报》发表王力军的《历史真实与电视剧艺术——电视连续剧〈唐明皇〉座谈纪要》；李宁宁的《"随笔"与我们这个时代》。

《中国文化报》第78期发表《社会主义市场经济条件下的文化(讨论之一)》。

《中国文学研究》第2期发表周鉴铭的《当代小说——合力的产物》；李晖旭的《妙悟的禅意——浅论贾平凹散文集〈月迹〉》。

《北京大学学报(哲学社会科学版)》第3期发表蒋朗朗的《台湾文学乡愁母

题及其嬗变》。

《厦门大学学报(哲学社会科学版)》第3期发表冯寿农的《中国新时期文学对西方荒诞派文学的吸收和消融》。

下旬,《名作欣赏》第3期发表吴毓生的《在历史与未来之间——读铁凝〈孕妇和牛〉》;马树国的《白璧何以有瑕——读老舍的散文〈猫〉》;崔卫平的《真理的祭献——读海子〈黑夜的献诗〉》;李兴民的《巴金〈随想录〉的人格力量》;张斌的《我读〈丑人贾平凹〉》;吴周文的《结构:有意味的形式——郭枫散文结构欣赏探奥》。

《黄淮学刊》第2期发表曲本陆的《文学价值与商品价值——兼同〈文学价值论〉一文商榷》。

本月,《小说界》第3期"我看小说"栏发表王安忆的《我们所说的小说是什么?》,张炜的《抵抗的习惯》,白桦的《故事并没讲完》,李子云的《我看小说》。

《小说月报》第6期发表胡平的《深远纯净的艺术境界——1992年短篇小说创作概观》。

《中国广播影视》第6期发表仲呈祥的《时代精神·商界风云·人生况味——评电视剧〈中国商人〉》;江川的《影视圈,奢靡之风不可吹》。

《学习与探索》第3期发表程麻的《文学通俗化潮流再探讨》;常勤毅的《女性描写:继承与批判的双刃剑——兼论中西作家的女性审美观》。

《作品》第6期发表杨羽仪的《恬淡中见深沉——读商河的一组散文〈回忆故园〉》;罗宏的《我思南北文学》;李运抟的《道是无情也有情——略论文学与市场经济》;司徒杰的《略论岭南诗坛的雄直风格——兼评朱光天的诗歌创作》。

《文艺评论》第3期发表张荣翼的《文学史研究二题》;金健人的《叙事方法的游戏功能》;樊星的《这一代人的牺牲意识——"当代思想史"片断》;赵佩琤的《用母语叙说——新时期留学生文学漫评》;潘新宁、邵建的《人物品藻与以诗画为小说——"术一道"小说研究》;李运抟的《愚民:专制文化的法宝——当代小说平民形象论之十三》;张景超的《生存理想的陨落——池莉人生三部曲的问题研究》;刘树声的《关沫南小说集〈流逝的恋情〉评识》;包临轩的《自省精神:艺术的内在活力——诗人陆伟然的创作历程及其启示(对话录)》;刘邦厚、任永恒的《思索的梦　梦的思索——对电视剧〈拉住梦的手〉的几点印象》;叶伯泉的《长话短说:文艺创作的三个"没有"》;康洪兴的《立足本土　放眼全国——关于提高黑龙江省话剧艺术水平的几点看法》。

《齐鲁学刊》第3期发表李新宇的《"文革"诗歌略论》；吴承业、吴良训的《魔幻现实主义与近几年的戏曲创作》；邓牛顿的《审美距离论》。

《当代作家》第3期"编辑手记"栏发表李正武的《似梦非梦的秋天》(评黄灿的《匪徒之歌》；陈辉平的《说说过去　谈谈现在》(讨论王锦秋的《大水》)；周百义的《健笔纵横写春秋》(评二月河的《雕弓天狼》)；腾云的《超越老子》(评书案的近作《孔子》、新作《老子》)。

《当代小说》第6期发表张多彦的《提倡现实主义与浪漫主义相结合的创作方法》。

《电视研究》第3期发表朱羽君的《电视画面》；任远的《电视纪录片的呼唤》；王桂华的《电视纪录片创作三题》；大勤的《童心的真诚——金萍和她的儿童剧初论》；秦安强的《电视音乐片的审美取向及其分类的初探》。

《芙蓉》第3期发表王蒙的《新时期文学面面观》。

《萌芽》第6期发表张业松的《感怀种种谈"幼稚"——胡旭华〈没有鸽哨的黄昏〉简评》；周佩红的《沉浸和抵达——刘烨园散文简评》。

《博览群书》第6期发表金平的《贾平凹的美文观》；张大明《十年耕耘有收获——序〈沙汀评传〉》；高信的《〈风景这边〉序》；谢璐丹的《"下海"潮中的读书人》。

山西作协在太原举行"市场经济与文学创作"研讨会。

《新文学研究》第2期发表吴野的《文学价值的振荡与择定——毛泽东文艺思想与市场经济条件下的文学》；苏光文的《战时台湾抗日新文学创作》；黄万华的《沦陷区文学的背景和分期》；傅光明的《一个生命的梦想》；陶镕的《在恋爱中涅槃——苏曼殊其诗其人》；文天行的《挡不住的围墙》；尹鸿禄的《读大后方杂文札记》；张效民的《流离中的思索——谈艾芜抗战时期的散文创作》；蔡廷华的《论陈百尘的戏剧创作》；蔡定国的《新发现的欧阳予倩歌剧本事稿》；凡嘉的《胡适白话文学革命的哲学价值取向》。

《现当代文学研究》第6期发表刘俊的《中国现代心理分析小说的两种形态——施蛰存、欧阳子比较论》。

《当代》、《中华文学选刊》联合在京举办李鸣生长篇报告文学《澳星风险发射》座谈会。

中国工人出版社、陕西省作协联合在京举办莫伸长篇纪实文学《中国第一路》研讨会。

本季,《文学自由谈》第2期发表张抗抗的《玩的不是文学》;戴厚英的《怕读小说》;陈映实的《旗号与王朔》;贺星寒的《求真之路》、《有得必有失》;林希的《学会言情》、《攀登通俗》;陈晓明的《终止逃避》;李震的《散文的时代》;谢有顺的《危险的写作》;张梦阳的《荒谬而必要的比较》;刘东南的《拒绝媚俗》;陈旭光的《刘震云与新写实小说的终结》;焦桐的《别硬写,行不?》;尚国顺的《下海文人一瞥》;王耀东的《"少众文学"值得重视》;王利芬的《林、梁、周散文热点透视》;冯牧的《书生本色　诗人襟怀——读〈清风白水〉》;汪曾祺的《推荐〈孕妇和牛〉》;桂向明的《"理想使痛苦生辉"》;施战军的《感伤的渊薮》;冯育楠的《读〈特监轶事〉》;黄桂元的《追踪工业足迹的诗束》;李炳银的《读〈人生无模式〉》;艾晓明的〈都市人心的观察者——读林荫的短篇小说》;伍立扬的《真知赤心沉郁气——读张承志〈心灵史〉》;叶砺华的《咀嚼平淡》;朱建国的《用自己的眼睛看台湾》;李建军的《小言中国当代文学批评》。

本月,广西师范大学出版社出版游有基的《中国现代诗潮与诗派》。

漓江出版社出版黄伟林的《桂海论列:广西作家、桂版图书评论汇编》。

时代文艺出版社出版段更新的《生活·情感·艺术》。

陕西人民出版社出版权海帆的《文坛呐喊录》。

人民文学出版社出版舒芜的《周作人的是非功过》。

中国社会科学出版社出版[美]拉尔夫·科恩主编、程锡麟等译的《文学理论的未来》。

南京大学出版社出版李伟的《曹聚仁传》。

春风文艺出版社出版古继堂的《台湾新文学理论批评史》。

复旦大学出版社出版陆士清的《台湾文学新论》。

暨南大学出版社出版谢常青的《日出东方永向前——香港澳门文学研究论文集》。

社会科学文献出版社出版中国社会科学院外国文学研究所《世界文论》编辑委员会编的《后现代主义》。

海峡文艺出版社出版盛子潮的《小说形态学》。

7月

1日，《文学报》发表耿庸、谷梁的《张中晓和他的〈无梦楼随笔〉》；蒋巍的《贾平凹这个兵马俑》。

《山东文学》第7期发表王万森的《民族灵魂的深切关注——读〈田仲济杂文集〉心得》；马启代的《写不醒的梦——吴辛诗作浅探》；刘明银的《灵魂的歌唱——谭延桐诗歌漫评》。

《山西文学》第7期发表于建军的《在语言的背后——试论张枚同、程琪小说中的心理预设》；韩石山的《自序两篇》。

《四川文学》第7期发表张德明的《乡土，另一种审己取向——对农村题材小说的一种印象兼评〈春风化雨〉》。

《作家》第7期发表赵毅衡、张颐武、张未民的《市场社会中的知识分子与文学》；张新颖的《世纪末的尴尬——一个关于知识分子的话题》；邵建的《复调：小说创作新的流向》。

《海燕》第7期发表曲圣文的《李寿良和他的小小说》；林丹的《关于文学的自白》。

《散文》第7期发表黑瑛的《心声》。

《解放军文艺》第7期发表汪守德的《生活，军旅文学的五味瓶》。

2日，《中国文化报》第81期发表《社会主义市场经济条件下的文化(讨论之二)；湘子的《永明举行农民李阳刚作品讨论会》。

《华侨大学学报(哲学社会科学版)》第2期发表陈旋波的《寻找家园的"野生植物"——论菲律宾华人小说的主题意蕴》；施建伟的《林语堂和幽默》；朱立立的《置身于苦难与阳光之间——非马诗歌的意象世界》。

《戏剧艺术》第2期发表夏写时的《评近年戏剧创作》；徐晶的《滇剧的文化背景和艺术特征》；董健的《论北京人艺的文化生态》；王长安的《明清民歌时调与黄梅戏剧本文学》；黄爱华的《春柳社研究札记》；陈加林的《导演情境论》；谢涌涛的《浙江地方戏曲舞台美术略述》；沈定卢的《越剧布景发展概述》；王伯男的《论当代电影中"畸形人"形象的审丑价值》；滕咸惠的《王国维评传》。

《南方周末》发表刘心武的《心理冲凉之后》；斯妤的《盘旋路——〈斯妤散文精选〉自序》；萧草的《“后学大师”》。

3日，《文艺报》第26期发表中宣部文艺局的《抓住新的机遇　迎接新的挑战——“文化工作理论研讨会”侧记》；乐京的《谁能擎起辉煌——读周纲长篇报告文学〈我，回答共和国〉》；刘永濂的《塑造努尔哈赤艺术形象的〈神鹰〉——读长篇历史小说〈神鹰〉》；高红十的《散文醒了》；江兴的《程贤章与他的〈我看广东〉》；李保初的《略论冰心的创作观》；袁济喜的《评文艺批评的商业广告化》；恩宁的《长篇纪实文学〈中国第一路〉研讨会在京举行》；贺达的《不能埋没编辑家的功绩——首都部分编辑、出版、文艺界人士座谈〈龙世辉的编辑生涯〉》。

《文汇报》发表董之林的《现代背景下的乡土小说——刘玉堂和他的创作》（作家论）；丘峰的《转型期农民企业家的形象——读朱崇山报告文学〈明天的早晨〉》；刘玉堂的《永恒的朋友》（创作谈）。

《华文文学》第2期发表郑择魁的《读江天的〈鲁迅赞〉》；吴奕锜的《七十年来泰华文学历史发展概要》；朱婵清的《人生、人性的艺术“解剖刀”——浅评郑宝娟的小说》；杨嘉的《现实主义的文学之花——新加坡独立25年小说选编读后》；钦鸿的《真善之美——读芊华的散文集〈绿的希望〉》；易水寒、李建华的《台湾乡愁散文漫议》；杨振昆的《精心营造的美丽天地——〈林焕彰儿童诗选〉读后》；王剑丛的《戴天的诗略观》；王振科的《写出“天下世间罕见的一类人”——读柯振中小说集〈龙伤〉》；李园的《画影留像　丰富多彩——试析梁凤仪小说中的女强人形象》；夏德勇的《梁凤仪为何走红大陆》；王一桃的《有朋自远方来——“两岸暨港澳文学交流研讨会”侧记》；柯振中的《“香港作家”之思》。

安徽省文联、省作协等单位联合在合肥举办鲁彦周小说《阴阳关的阴阳梦》讨论会。

群众出版社在京举办凌一鸣长篇纪实文学《茫茫东欧路》讨论会。

4日，《中国教育报》发表刘媛文的《作家不写干什么——近访蒋子龙》。

5日，《北方文学》第7期发表王静玲的《发思古之幽情　激建国之壮志——报告文学〈大鲜卑山，大鲜卑山〉读后》。

《当代文坛》第4期发表冒忻、庄汉新的《中国当代散文的回顾与展望》；李志明、周堃的《〈围城〉与新时期文学》；曹家治的《日神之真与酒神之真》；周冠群的《散文味臆说》；彭兆荣的《文学·人类学解析》；叶潮的《远古梦寻：诗歌与神话》；

张跃生的《探索小说与传统叙事结构》；周荷初的《汪曾祺散文创作管窥》；林舟的《女性生存的悲歌——苏童的三篇女性视角小说解读》；李夏的《莫然与梁凤仪——试析大陆与香港两位女作家创作之异同》；姜建国的《森林之恋——喜读田明书诗集〈林区的太阳〉》；廖全京的《冷冷暖暖浓浓淡淡——林文询、金平散文的两般情采》；蒲卫宁的《邓贤和他的读者》；严力强的《明明白白我的心——裘山山的"女人心情"》；万龙生的《读余德庄的三部小说》；田心禾的《化腐朽为神奇——评魏继新的新笔记小说》；李达凡的《诗情激荡在灵魂深处——读廖忆林的诗》；半夏、秦彤的《娱乐与载道——中西方电影观念与文艺传统的关系之比较》；高力的《苦涩反省：重提电影批评的无效性》；谈志林的《大山里的真情》；吴树伦的《激昂慷慨的长歌》。

《湖南文学》第7期发表孟泽的《隐喻的此在之思——何立伟和他的小说〈老何去理发〉、〈宋朝的村庄〉》。

《莽原》第4期发表张俊山的《苏金伞诗歌：言语机制与诗意生成》。

6日，《电影创作》第4期发表许玉杰、郑会文的《电影旅游——一项大有希望大有前途的事业》；姚青的《中国电影界九三生死存亡大搏斗》。

《当代电视》第7期发表李爽君的《众说纷纭〈唐明皇〉》；非儿的《他们独有一份爱——谢飞、钱学格、黄式宪谈〈"杀人街"的故事〉》；解玺璋的《藏书的悲喜剧——看〈藏书人家〉》；尹鸿的《应运而生的"当代英雄"——评〈大青椒、红苹果〉》；毛志成的《明星的陨落和艺术的起飞》。

《台港文学选刊》第7期发表季仲的《香港闽派小说的成就与期待》；本刊编委会的《〈台湾文学史〉后记》；刘登翰的《中国文学的分流与整合》；余禺的《从早期诗看犁青诗情与诗艺的基点》；孙绍振的《智者的情趣和学者的幽默》。

7日，《大众电视》第7期发表鲍凤霞的《〈唐明皇〉——历史剧中的上乘之作》；鲍学谦的《也说〈唐明皇〉的历史真实性》；西风的《明星不是北斗星》。

《天津文学》第7期发表李运抟的《时代价值与小说故事——对当代小说现状与走向的评估》；刘海燕的《回忆：音乐与命运——重读田中禾》。

8日，《人民日报》发表吴文科的《面对市场的选择》；曾镇南的《忠实而热诚的歌——读〈虔诚者的遗嘱〉》。

《文学报》发表许渊明的《文坛耆宿冰心、夏衍、施蛰存、柯灵等，谈论当今文学创作与文化现状》；徐春萍的《上海作家坚守创作园地潜心笔耕，近一年来，十多部长篇小说纷纷问世》；祈懂来的《穷山沟冒出个小作家》；丘岳的《文学青年需要扶持》。

9日，《羊城晚报》发表华生的《童话大王："文豪"与"富豪"》。

10日，《文艺报》第27期发表文宛的《广东文学院花大气力抓长篇创作》；高缨的《彝族诗魂的双向辐射——评介〈吉狄马加诗选〉》；陈朝红的《农村改革中的阵痛与沉浮——评葛广建的长篇小说〈荒魅的土地〉》；刘润为的《心灵的一片净土——读胡玥的三首诗》；王元骧的《也谈美学的和历史的批评》；王淑秧的《血浓于水故乡情》；李夏的《莫然与梁凤仪》；杜嘉夫的《戏剧，在商品大潮中奋力拼搏——第三届全国戏剧节综述》；余光中的《评戴望舒的诗》。

《文汇报》发表本报编辑部的《市场经济与文化建设》(座谈纪要)。

《小说林》第4期发表刘树声的《一部映现城市历史风貌的小说——读长篇小说〈哈尔滨保卫战〉手记》。

《写作》第7期发表杨远新、陈双娥的《文学需要真诚——写在长篇小说〈险走洞庭湖〉出版时》；刘玉宝的《写景散文中人物描写的作用》；思蜀的《写人写景不宜多用成语》；盖绍普的《文笔生动与巧用动词》；厚明的《漫评微型小说〈冬暮〉》；晓晓的《析〈丝瓜架下〉》；彭基博的《清新与凝重——评〈民歌〉和〈中国，坐等分娩〉》。

《电影艺术》第4期发表梅朵的《进入90年代的中国电影》；沈芸的《90年代的世纪末情绪——中国(海峡两岸暨香港)电影初探》；冉平的《盲人骑马——电影的叙事与表意》；郑向红的《电影：一种文化仪式》；吕晓明的《拥抱青春——看〈女大学生之死〉兼议青春片》；白石等的《这就是中国人的精神——对影片〈中国人〉的评论》；李昭栋的《对生命价值的呼唤——〈昼夜节律〉三题》；白烨的《真诚·真切·真率——评钟惦棐的电影理论批评》；刘建中的《隐喻画面在科教片的运用》。

《江海学刊》第4期发表徐采石的《改革文学的主人公》。

《花城》第4期发表南帆的《横看成岭侧成峰——1992年度〈花城〉小说漫评》。

《苏州大学学报(哲学社会科学版)》第3期发表吴福刚的《论张抗抗散文的艺术个性》。

《阵地》杂志社在京举行"时代精神与民族风格"问题座谈会，对社会主义文艺创作中的时代精神和民族风格问题进行探讨。

《诗刊》第7期发表彭放的《献给创世纪的先行者——读〈礼物〉》；杨光治的《诗歌往何处去?》；姜耕玉的《抽象的美丽幻像》；吴思敬的《一颗烧不烂的头颅——读龙彼德诗集〈铜奔马〉》。

《读书》第7期发表李文的《东方人的现代化理论》；汪政、晓华的《试说史铁生》；王蒙的《苏联文学的光明梦》；郁之的《关于历次文艺批判》；王宏昌的《社会主义与市场经济》；史唯的《崇高无需躲避》；张弓的《超越道德的忧虑》。

《理论与创作》第4期发表郎保东的《建设有中国特色文艺学的宝贵经验——论毛泽东文艺学的形成特点》；艾斐的《社会浇漓与文化评判下的"生命"母题》；胡良桂的《多重性格的深度把握——新时期长篇小说的典型观》；郭光华的《平民化：新写实得失论》；毛翰、翟大炳的《略述女性爱情诗的戏剧性特征》；李星的《〈白鹿原〉：民族灵魂的秘史》；罗守让的《多视角多侧面把握和表现生活——评邓友梅的〈好梦难圆〉》；冯放的《历史与现实——读任光椿〈历史与传说系列小说二题〉有感》；乔德文的《评刘鸣泰的戏剧创作》；朱珩青的《分裂人格之精神内核——谈翁新华〈终极〉的人物塑造》；杜方智的《雅俗共享　健康有益——读胡英的〈初恋日记〉》；潘雄飞的《用大气吹响的生命号音——读石万能的中篇小说〈牛角号〉》；刘文华的《梦游欧罗巴——读阎纯德的域外散文》；何若云的《富有人生哲理的爱情之歌——读〈飘洒的花雨〉》；吴慧颖的《毛泽东的一次新诗试验》。

上旬，《黄河》杂志社、《小说月刊》编辑部联合在太原召开钟道新小说作品讨论会。

黑龙江省作协在郎乡林业局文学基地召开全省散文创作研讨会，对"北大荒"散文的地域风格进行讨论。

10—12日，内蒙古《草原》文学杂志、包钢文协、包头文联等单位联合在白云鄂博铁矿举办工人作家王炬作品讨论会。

11日，《文汇报》发表成东方的《摄影文学：一个亟待开发的新领域》；王文英的《此处有真意——读〈我的气功记实〉》。

12日，《中流》第7期发表宋垒的《千锤百炼　满眼辉煌——毛主席对〈词六首〉的改定》；韩笑的《终身奋斗无愧　一生歌唱无悔——长诗〈毛泽东颂〉后记》；张长弓的《李欣杂文赞》。

12日,《光明日报》发表方松华的《世纪之交的中国哲学与文化》;黄集伟的《文人:非一猛子扎下去不可么?》。

13—14日,中国社会主义文艺学会、河北省文联在白洋淀举行孙犁文学活动60周年学术研讨会。

14日,《中国文化报》第84期发表张珂的《陕西作家爱文学没商量——“陕军东征”现象引起文坛注目》;林白的《出版界与作家探讨“文学与市场接轨”》;栾俊林的《作为散文家的王充闾》。

15日,《文学报》发表徐春萍的《小剧场话剧前景看好》;王兰英的《陕西文艺界和经济界共同研讨——市场经济中的文化现象》;张振远的《雅俗之争与文学发展》;施蛰存的《纯文学　严肃文学　垃圾文学　痞子文学》;戴翊的《回顾和期望——对新时期文学走向的一点看法》;丘岳的《呼唤扛鼎之作》;陈朝红的《在故乡沃土上默默耕耘——青年作家傅恒小说创作扫描》;黄俭的《“豪华落尽见真淳”——读史中兴散文新著〈缤纷人生〉》。

《光明日报》发表陈宇飞的《文化消费形态与市场》。

《山西大学学报(哲学社会科学版)》第3期发表何乃英的《悲哀美的颂歌》。

《上海文学》第7期发表“批评家俱乐部”栏发表陈思和、郜元宝、严锋、王宏图、张新颖的《当代知识分子的价值规范》;同期,发表张业松的《新写实:回到文学本身》。

《文学评论》第4期发表许明的《人文视野中的当代中国精神走向》;刘纳的《无奈的现实和无奈的小说——也谈新写实》;吴秉杰的《储福金小说艺术论》;於可训的《论方方近作的艺术》;丁临一的《阎连科小说创作散论》;李星的《杨争光其人其文》;张健的《精神的伊甸园和失败者温婉的歌——试论林语堂的幽默思想》;杨义的《刘以鬯小说艺术综论》。

《文艺争鸣》第4期发表张炯的《也谈当代文学研究的“危机”》;王一川的《文艺理论的批评化》;张海明的《走向比较诗学——中华文论的自审与重建》;顾祖钊的《超越“苏式文论”模式——“世界眼光”与中国文论建设》;马大康的《走向新的综合——西方文论的趋向与我们》;金元浦的《当代文艺学的历史语境和未来走势》;郜元宝的《张炜论》;张业松的《张炜论:硬汉及其遭遇》;蔡翔的《“示者”與“看者”》;季红真的《短评两篇》(《存在失落于符号的迷宫中——读〈鲜血梅花〉》;《被拆解的名节神话——读〈追月楼〉》)。

《艺术广角》第4期发表王岳川的《新历史主义：文化诗学新维度》；陈炎的《美学研究的市场化与世界化》；傅谨的《现代艺术与解释的危机》；肖鹰的《反叛的消解：转型时代的中国艺术》；沈合的《"文化散文"杂说》；王晓峰的《人类现存境遇中的两难心绪——新时期文学的城市意识》；张洪的《诗神的跃动——朦胧诗后的一种描述》；李后基的《浅探影视观众的审美心理》。

《长城》第4期发表肖复兴的《大味必淡》；梅洁的《我读〈文化苦旅〉——致余秋雨先生》；蔡江珍的《以女性情怀诉求人生——梅洁散文论》。

《内蒙古大学学报(哲学社会科学版)》第3期发表策·杰尔噶拉的《当代蒙古族小说鸟瞰》。

《电视剧》第4期发表陈汉元的《给观众制作好看的电视剧》；李茹建、孙建业的《画面本身·画面长度·画面印象》；陈小鹏的《商业片和影视市场》。

《当代电影》第4期专栏"喜剧电影"发表王为一的《由笑而想到的一些问题——在杭州喜剧电影学术研讨会上的发言》，范志忠的《现代人的喜剧精神》，陈一辉的《中国喜剧电影的文化定位与艺术品格》，周政保的《喜剧电影：现代娱乐方式的一种》，马军骧的《忧郁的人的喜剧》，葛菲的《喜剧：今天所面临的世界》，贾磊磊的《喜剧电影与电影中的喜剧性》，张东的《喜剧：类型的桎梏与超越》，柴红兵的《喜剧片的"间离"原则》，孙庆的《缺乏灵魂的喜剧电影——浅谈当今喜剧电影创作的几个误区》；同期，发表罗艺军等的《〈无人喝彩〉笔谈》；王得后等的《〈上一当〉笔谈》；祈志勇的《市场经济与电影进出口》；肖尔斯的《近来国产片为何不受观众欢迎?》；胡克的《设计与读解——〈打工女郎〉评析》。

《华东师范大学学报(哲学社会科学版)》第4期发表王圣思的《1949—1976：中国当代诗歌与前苏联诗歌的关系》。

《江汉论坛》第7期发表袁西伏的《冲击过后的思考——〈冲击与思考——西方思潮在中国〉读后》。

《求是学刊》第4期发表杨春时的《走向本体论的深层研究》；南丽君、尹树广的《本体论的过去和现在——存在问题研究》；姜国的《经济发展与文化动因》；陈屏的《诗歌语言的明晰性和模糊性》。

《钟山》第4期发表林白的《室内的镜子》；陈晓明的《欲望如水：性别的神话——林白小说论略》；鲁羊的《天机不可泄露》；王干的《枪毙小说——鲁羊存在的可能》；金山水的《"后现代文化与中国当代文学"国际研讨会在京召开》。

16日,《人民日报》发表玛拉沁夫的《文化市场的繁荣与引导》。

《南方周末》发表刘爽的《"〈废都〉热"与"百万稿酬"》;章明的《"广告文学"的广告》。

人民文学出版社、陕西省委宣传部、陕西省作协等单位联合在京举行陈忠实长篇小说《白鹿原》研讨会。

17日,《文艺报》第28期发表荒煤的《去耕耘一片净土——读焦祖尧的小说近作》;艾青的《〈伊甸园〉序》,江晓天的《光环失色　内核裂变——读长篇小说〈家族之谜〉》;韩钟昆的《农村变革的心灵探寻——评吴秀春的〈半路夫妻〉》;张昆华的《谈谈〈多情的远山〉》(散文);康士昭的《抓住机遇　迎接挑战——"文化与市场"丛谈之一》;潘凯雄的《文学如何与市场经济接轨》;古远清的《人人争着下海去,我自甘心耕荒原——访〈香港文学报〉主编张诗剑先生》。

《光明日报》发表马也的《小议"文人下海"及"文稿竞价"》;贾平凹的《安妥我灵魂的这本书——〈废都〉后记》;江迅的《邓贤好梦》。

《作品与争鸣》第7期发表王万举的《明天,送混沌远行——读〈明天开庭〉》;子干的《〈女人之约〉的启示》;熊元义的《一个小人物的精神》;盛雷的《如梦似醒巴黎城》;王六儿的《王朔、王蒙谈"王朔"》;傅迪的《论"躲避崇高"不可行》。

《河北师范大学学报(社会科学版)》第3期发表刘西普、武秀兰的《世俗功利理性批判——简论陆星儿中篇小说〈太阳太红了〉的主题》。

群众出版社、《啄木鸟》杂志社共同在京举行张平长篇纪实文学《天网》、《法撼汾西》研讨会。

18日,《中国文化报》第86期发表王能宪的《高雅文化的出路》。

《中国戏剧》第7期发表钟艺兵的《生命的光华——评话剧〈李大钊〉》,孙豹隐的《美哉!〈张骞〉》;冯婷的《〈玉蜻蜓〉重展新颜》;徐和德的《喜听老戏谱新曲——浅述越剧〈玉蜻蜓〉唱腔的艺术魅力》;林瑞武的《风貌洒脱　神采独异——闽剧〈拜石记〉观后》;华永建的《就是奔着"雅俗共赏"去的!——粤剧〈顺治与董鄂妃〉的成功》;罗怀臻的《我看沪剧〈风雨同龄人〉》;地力的《无愧于热腾腾的时代与生活——锡剧〈巧云〉座谈撷英》;吴晓飞、陶远藻的《开拓演出市场与剧团体制改革并进——成都市文化局搞活剧团有新举措》;曲六乙的《中国戏曲与北欧风情的审美融合——评华剧〈真的,真的〉》;张永和的《一部有缺憾的优秀长篇历史连续剧〈唐明皇〉》;胡导、袁雪芬的《和袁雪芬谈"袁雪芬戏剧观"》;王舒的《戏曲的"趣"》;林荫宇的《千磨万击还坚劲　任尔东西南北风——谈王培导演特色》;刘秀荣、张春孝的《京剧〈马嵬香销〉的导演构想》。

19日,《文汇报》发表刘翔的《五光十色的"文学效应"》。

《羊城晚报》以"女作家作品评论专页"为总题,发表吉乔的《生活在内心——读筱敏散文近作》,伊童的《生命中的精灵——读张梅散文集〈千面人生〉》,司徒杰的《现代知识女性的一种寻觅——郑玲诗六首漫说》。

20日,《辽宁师范大学学报(社会科学版)》第4期发表李逸英的《寻求诗情与哲理的艺术表现——论小说〈白海参〉的结尾》。

《河北学刊》第4期发表陶东风的《结构转化与文体演变》;杨立民的《意境:典型现代重构的参照》。

《昆仑》第4期发表张志忠、黄献国、峭岩的《生活之树常绿——'解放军艺术学院文学性第四届学员海南笔会"作品漫议》;袁忠岳的《生命、历史和美——评李瑛的两本诗集》。

《学术月刊》第7期发表姚文放的《文艺心理社会学方法论》。

《暨南学报(哲学社会科学版)》第3期潘亚暾的《论香港文学的发展及其特性》;费勇的《简政珍论》。

21日,《人民日报》发表周庆的《文化人该端哪碗饭》。

《光明日报》发表傅庚辰的《文艺要为伟大的创业时代放声歌唱》;蔡葵的《〈最后一个匈奴〉:陕北的史魂》;牛云清的《新的太阳照耀下——谈马宁及其创作》;本报编辑部的《山西作协研讨市场经济与文学创作关系》。

《文艺研究》第4期发表陶伯华的《美学的人类学与本体论定位问题——兼与蒋培坤、翟墨商榷》;张天曦的《关于美学理论建构基础的一点认识》;叶知秋的《审美即"知音"》;江春的《审美与娱乐异同论》;邱宗敏的《谈美感分类》;叶廷芳的《论怪诞之美》;马大康的《陌生化与文学功能结构》;陈培仲的《思想与艺术交相辉映——读〈马少波戏剧代表作〉》;周宁的《剧本与剧场:戏剧及其研究的观念与方法》;杜建华的《论川剧目连戏演出的规制和习俗》;曲春景的《神话思维与艺术》;弋才伟、柳柯的《从"神话复兴"看现代艺术的原型与象征》;朱志荣的《〈模糊美学〉》;李继凯的《〈中国现代作家审美意识论〉》;张利群的《〈佛教与中国文艺美学〉》。

22日,《人民日报》发表刘忠德的《关于文化面临的若干理论和实践问题的思考》。

《文学报》发表本报编辑部的《张贤亮出访新加坡、马来西亚时说，从商——丰富生活的手段，写作——是我终身的追求》(他认为文人纷纷"下海"不见得会造成中国文化的迷失，也不会危及文化建设)；韩小蕙的《散文观潮》。

《光明日报》发表韩小蕙的《社会需要严肃文学力作，〈白鹿原〉在京受赞誉》。

23日，《文汇报》发表陈至立的《在上海市第四次文代会开幕式上的祝辞》。

24日，《文艺报》第29期发表晓石的《孙犁文学活动60周年学术研讨会在白洋淀举行》；芳群的《直面现实的勇气与胆识——长篇纪实文学〈天网〉、〈法撼汾西〉研讨会在京进行》；云德的《人间自有公理在——评长篇纪实小说〈天网〉》；古远清的《祖国大好河山的澄澈投影——读李瑛的桂林山水诗》；肖复兴的《不被流行色淹没——读刘建春散文集〈烟雨情〉》；张来民的《关于马克思艺术生产思想研究的综述》；刘强的《诗和诗人的超拔》。

《文汇报》发表本报编辑部的《向大地弯下腰去》；林兴宅的《文人的"独善其身"》；孙见喜的《〈白鹿原〉阅读随笔》；姚丹的《听从新的召唤——记斯妤》。

《文史哲》第4期发表何中华的《对社会主义市场经济的几点哲学思考》；刘光裕的《文化艺术产品需要市场交换》；贺立华的《历史的进步：把文艺家推向市场》；蒋茂礼的《呼吁：文艺家品格不能为金钱而失落》；田川流的《匡正文艺审美娱乐功能的名份》；王杰的《关于马克思主义文学理论的中国特色问题》。

《文艺理论与批评》第4期专栏"中国社会主义文艺学会成立"发表闻礼萍的《中国社会主义文艺学会成立并召开建设有中国特色的社会主义文艺理论研讨会》，朱子奇的《万丈光芒在前方——祝贺中国社会主义文艺学会成立》，欧阳山、刘绍棠等的贺信，郭志刚的书面发言；同期，发表李希凡的《在林默涵同志从事文艺活动60年研讨会上的讲话》；程代熙的《我们的祝贺——在林默涵同志从事文艺活动60年研讨会上的发言》；杨子敏的《人格精神——诗之魂——读默涵同志的九首旧体诗》；曾镇南的《追思与夜读——怀念冯至先生并温习他的遗教》；马蓥伯的《浅谈艺术的生产　消费　分配　交换——学习马克思〈《政治经济学批判》导言〉》；仲呈祥的《试论电视剧生产运作机制的改革》；黄源的《描写伟人小说中的一朵鲜花——与〈险境千里〉作者朱苇的对话》；朱柳根的《渴望太阳，呼唤火的生命涌动——应乃尔抒情诗创作简论》；伊云的《历史的纪录　心灵的回响——读〈知青档案〉》；于逢的《〈金沙洲〉遭遇记》；舒敏的《以画入文以文入画——读丁玲的〈曼哈顿街头夜景〉》；周可的《丁玲新时期散文在当代中国文学中的独特价值初探》；陈朝红的《关注时代　直面人生——论高缨新时期小说的审美追求》；罗阿海的《近年来关于社会主义文艺主旋律问题讨论的综述》；潘亚暾的《一个把自己献给文学事业的人——记印尼华文作家黄裕荣先生》。

上海市第四次文代会在上海举行，朱践耳当选为市文联主席。

25 日，《光明日报》发表韩小蕙的《〈废都〉签名售书记》。

《羊城晚报》发表唐渝的《文艺产品与商品》。

《山西师大学报（社会科学版）》第 3 期发表张名玺的《对"左"倾危害的再认识》。

《文艺理论研究》第 4 期发表荒煤的《关键还在于把人写活》；樊骏的《"表现人生的真善美"——试论荒煤晚年的散文》；王春元的《论荒煤早期小说中的忧患意识》；王纪人的《新时期文学的走向》；袁进的《试论文学的商品化》；朱桦的《关于当代文化艺术产业化趋向的思考》；吴炫的《美学建设：超越中西方的双重局限》；祁志祥的《现代科学思想的拓展与美学新变》；李平的《座谈漫记：文艺学研究的现状与出路》。

《当代作家评论》第 4 期发表白烨的《史志意蕴·史诗风格——评陈忠实的长篇小说〈白鹿原〉》；畅广元、屈雅军、李凌泽的《负重的民族秘史——〈白鹿原〉对话》；洪水的《第三种真实》；陈忠实的《〈白鹿原〉创作漫谈》；王岳川的《后现代文化艺术话语转型与写作定位》；王利芬的《1976——1992：宗教与文学——从一个角度对近年文学的回顾》；丁亚平的《自然和人：精神的岁月——王充闾游记创作漫论》；胡河清的《冰雕银钩绘南天——王充闾游记读后》；王必胜、潘凯雄的《关于"反串"的"反串"——〈小说名家散文百题〉编选琐记》；李洁非的《废墟上的铭文——李锐长篇小说〈旧址〉的主题分析》；钟本康的《历史陈迹的魅力——评廉声的历史题材小说》；王绯的《魔幻与荒诞：攥在扎西达娃手心儿里的西藏》；徐国俊的《农民情结：难圆的梦——阎连科小说漫评》；汪政、晓华的《古典境界——鲁羊的写作姿态》；胡平的《通俗文学三年回顾》；樊星的《"酒神精神"高扬之后——当代文化思潮史一页》；张德祥的《一个文学"教徒"的心灵轨迹——读段崇轩的〈生命的河流〉》；余禺的《文化解构与诗的重建——两岸诗坛后现代主义倾向比较》;《文学批评信息》;《当代名人邵友保先生》。

《晋阳学刊》第 4 期发表程志民的《"文化转型理论"评述》。

《海峡》第 4 期发表晓刚的《人鬼参半的格子世界——读呼啸长篇小说新作〈死亡弥撒〉》。

《浙江学刊》第 4 期发表张亚昕的《抒情诗的神韵》;张黛芬的《论台湾当代文学民族化沿革的历史进程》。

《哲学研究》第 7 期发表方觉浅的《也谈文化的主流与非主流、幸与不幸——〈"站直啰,别趴下"〉别议》;胡杨的《文化的"雅"与"俗"》;王葆玹的《在台北召开的"传统中国文化与未来文化发展"学术研讨会综述》。

26 日,《光明日报》发表王俊人的《整体把握社会转型期的价值取向》。

27 日,《光明日报》发表雷电的《陈忠实和他的〈白鹿原〉》。

《文学自由谈》第 3 期发表叔君的《台湾旅美作家简宛作品研讨会在津举行》;郑木的《台湾旅美作家简宛作品研讨会纪要》;曾文娟的《问渠哪得清如许——记简宛》。

28 日,《人民日报》发表卢瑞华的《把反映改革视为作家天职》;焦祖尧的《经济人:新的文学命题——读钟道新小说》。

《中国文化报》第 90 期发表刘忠德的《关于文化工作面临的若干理论和实践问题的思考》。

《四海·台港澳海外华文文学》第 4 期发表《香港著名女作家严沁作品研讨会纪要》;亦闻的《香港召开"两岸暨港澳文学交流研讨会"》。

《上海戏剧》第 4 期发表尚溪的《批评是分析,不是褒贬——评章诒和的〈我不面向 21 世纪,我只面向现实〉》;刘祯的《永远的缪斯——作为古典艺术的中国戏曲》;朱曦的《世纪末,话剧的路》;谢柏梁的《中国戏剧百年繁荣的十大标志》;一明的《时代呼唤沪剧新的代表人物——陈瑜表演艺术研讨会综述》;薛允璜的《西施美,美在心痛时》;梁伟平的《从"风雅小生"到"变态太监"》;郭苏华的《传统艺术的都市气派》;沈善增的《少一点"瓷"气,多一点"陶"气》;丁罗男的《新松恨不高千丈——写在第三届新剧本朗读会之后》。

29 日,《文学报》发表袁永庆的《永远的谜》;王干的《"晚饭花"、"野茉莉",夫子自喻?——我看汪曾祺》。

30 日,《中国文化报》第 91 期发表赵忱的《11 位作家联手塑造〈中国模特〉;

贾平凹说：写完这个剧，我再死。》。

《南方周末》发表郝永勃的《他们期待〈活着〉》。

《南京大学学报（哲学人文社会科学版）》第3期发表苏必扬的《张艺谋的艺术追求——我看〈大红灯笼高高挂〉》。

《文化研究》第3期发表楚昆的《“后现代主义”文化讨论综述》。

31日，《文艺报》第30期发表孙豹隐的《展现关中的历史和现实——评长篇小说〈白鹿原〉》；李相敏、殷伟的《唯有创造　才是快乐——访著名作家鲁彦周》；张同吾的《贵在金丹换骨时——张承信近作漫评》；张彦加的《形式的沿袭与寻找——读邹岳汉的散文诗集〈启明星〉》；李万武、杨利辰的《文艺的意识形态策略和力量》；京文的《北京市文联召开联席会议：探讨文联工作如何适应社会主义市场经济》。

本月，《十月》第4期发表贾平凹的长篇小说《废都》，引起争议。

《剧本》第7期发表郭月亮的《话剧小品结构初探》；刘云程的《关于〈西施〉》；范晓宁的《弱女　美女　浣纱女——〈西施〉编后》。

《中国广播影视》第7期发表马建光的《催人泪下与激人奋发——浅谈影片〈蒋筑英〉的悲剧色彩》；李稚田的《室内剧的“移位”》。

《作品》第7期发表公刘的《〈痴梦录〉牟言》；苏予的《逃亡者的壮歌——读阿垅的两首词》；周政保的《散文创作散谈（之三）》；胡德培的《情节的雅与俗——艺术规律探微》。

《萌芽》第7期发表孙甘露、郜元宝的《我把我的一生看作是一次长假》。

《博览群书》第7期发表李广宇的《半生湖海未了情》；陈骏涛的《我看“梁旋风”》；刘兰芳的《挥如画之笔　绘时代风云——〈都市之梦〉简介》；林四端的《爱，是不能忘记的——读诗集〈厦门情愫〉》；徐怀中的《赛珍珠　真实而丰富的女人——读〈中国的恋情〉》；刘文华的《艺术与人格的尊严——读金介甫先生的〈沈从文传〉》；潘颂德的《“四十年磨一剑”——读唐湜〈新意度集〉》。

内蒙古作协、《民族文艺报》联合在呼和浩特市举办哈斯乌拉作品研讨会。

江苏省作协在南京召开文学创作研讨会，就当前及世纪末的文学走向和前景、江苏文学的现状、作家的生活责任感、作家个性的张扬等问题进行探讨。

河北省委宣传部、省文联、省作协联合在北戴河召开河北省散文态势暨张力勤、郭淑敏散文作品讨论会。

本月，河南大学出版社出版张俊山的《文学的失落与拯救》。

北京师范大学出版社出版刘庆福的《马克思主义文艺社会学问题》。

人民文学出版社出版陈涌编著的《在新时期面前》。

厦门大学出版社出版吴刚乾的《万象艺术录》。

吉林教育出版社出版刘柏青等主编的《日本学者中国文学研究译丛　第六辑：新时期文学专辑》。

时代文艺出版社出版谷长春的《文学的阵痛》。

学林出版社出版王润华的《鲁迅小说新论》。

吉林大学出版社出版［日］片山智行著、李冬木译的《鲁迅〈野草〉全释》。

广西师范大学出版社出版陆卓宁的《当代中国文学·摇曳多姿的台港小说》，陆卓宁的《当代中国文学·重峦叠翠，落英缤纷的台港散文》。

河南人民出版社出版程光炜编著的《台港小品文精品鉴赏》。

8月

1日，《中国文化报》第92期发表阮润学的《转型期的文化透视》（8月4日续完）；马美宏的《戏剧面临挑战与机遇——社会主义市场经济与戏剧艺术研讨述要》；秋禾的《献给新时期文坛的花环——〈中国新时期文学词典〉评介》；陈永光的《吴越文化熏陶出来的学者——青年评论家高建平印象》；黄伟林的《高屋建瓴话文坛——评〈王蒙王干对话录〉》。

《羊城晚报》发表《沸沸扬扬炒〈废都〉》。

《山西文学》第8期发表段崇轩的《现实·道德·事故——杜曙波小说论》。

《电影故事》第8期发表季兴根的《刀光剑影·英雄美人·柔情侠骨——港台电影中的武侠世界》。

《作家》第8期发表刘绍铭的《入了世界文学的版图——莫言著作、葛浩文译文印象及其它》；马力的《古梅一枝春——遥祭郑逸梅先生》；陈晓明、孙津、金元浦、陶东风的《后文化现象与知识分子两栖心态》；王彬彬的《回顾与前瞻——关于中国当代文学批评》。

《海燕》第8期发表陆文采的《在现实主义创作的广阔道路上——去谛视人生的命运与探究人的灵魂》。

《解放军文艺》第8期发表丁临一的《说长论短》。

《散文》第8期发表徐城淼的《当代散文断想》。

3日，肖海鹰的《全国作家挂职深入生活座谈会，对作家深入生活提出新观点》。

4日，《中国文化报》第93期发表阮润学的《转型期的文化透视》；李煜良的《背负石油人的魂魄——周绍义及其小说印象》；秦岭的《大音希声——刘庆邦和〈走窑汉〉》。

《光明日报》发表余湛邦的《谈谈文艺的舆论导向问题》；周良沛的《也谈"主旋律"》；扎拉噶胡的《时代精神与地方特色的融合——读哈斯乌拉的〈虔诚者的遗嘱〉》。

5日，《文学报》发表阮文的《浙江作家潜心创作成果喜人》；瑙蒂的《两个世界的汇合——读〈艺品〉致赵丽宏》。

《光明日报》发表高占祥的《在改革开放中培育发展文化市场》；盛一平的《不能让人民币当总编辑——访花城出版社总编辑范汉生》。

《羊城晚报》发表记者刘刚的《11位严肃作家"入俗"，共同编创通俗系列电视剧〈中国模特〉》。

《广西文学》第8期发表隆恩教的《徘徊在季节的交替处——一九九二年〈广西文学〉综述》。

《湖南文学》第8期发表黄立之的《向往"大云山"》。

6日，《中国文化报》第94期发表孙小宁的《通俗文学怎么了?》；萧萧的《勤＋缘：女人梁凤仪所要告诉你的》；赵世民的《〈废都〉》。

《当代电视》第8期专栏"《过去的年代》笔谈"发表王德芬的《写在播映之时》，蔡骧的《值得称道的成就》，王啸文的《再现名著的神韵和风采》，朱汉生的《生动的历史教材》，刘扬体的《忠于原著的改编》，唐逊的《一部具有史诗性的力作》；同期，发表贾磊磊的《革命影视作品的表达方式和观赏机制——〈喊魂〉的启示》；尤小刚的《实现电视剧的社会效益与经济效益的良性循环》；文首的《由"舞伴歌"谈起》;毛志成的《成名往往苦乐参半》;陈志昂的《历史电视剧中常见错误》;张辛勇的《探索专题片创作的新路》;康柯的《影视演员应讲究语言艺术》。

《台港文学选刊》第 8 期发表徐学的《诗人史笔》;杨际岚的《台湾当代杂文扫描》。

6—11 日,"罗门、蓉子的文学世界学术研讨会"在海南大学召开。

7 日,《文艺报》第 31 期发表广心的《中国作协在北戴河召开挂职作家深入生活座谈会》;正禾的《把文学当"生意"来做是最可怕的:江苏作协对文学创作现状进行研讨》;章的《文艺图书出版要靠文艺评论发挥积极的作用》;叶梅珂的《凝重和飘逸的合一——读〈王剑章中篇小说选〉》;赵剑平的《读〈迢迢红楼〉》;张迪的《驶向爱河的一叶小舟——读于宗信〈云也淡淡,梦也淡淡〉》;丁振海的《在新的实践中学习和研究马克思的"艺术生产"理论》;张伯海的《通俗文艺漫议》。

《文汇报》发表杨春时的《也谈文艺的两重性》;洁泯的《女性眼中的女作家》,田珍颖的《简说〈废都〉》;程庸的《返回平庸》。

《大众电视》第 8 期发表应为的《古人怎么说话?》;孙鳞祥的《角色·艺德·责任》。

《天津文学》第 8 期发表段崇轩的《文学应该扮演什么角色》。

《诗刊》第 8 期发表王燕生的《高悬于一切之上的母性象征》;魏巍的《金伞的诗》;吴晓的《从现实之境到幻象之境——诗歌造境活动中的表象处理》。

《人民公安报》、内蒙古自治区文联等单位联合在呼和浩特举办孙丽萌公安文学作品研讨会。

8 日,《中国文化报》第 95 期以"文化市场问题(笔谈之一)"为总题,发表严昭柱的《谈文化市场的几个问题》,熊元义的《既要适应　也要引导》,周寿康的《地方文化产业调整的重点》;同期,发表赵玫的《海的诗篇》(评黄康俊的中短篇小说《海蚀崖》)。

10 日,《江淮论坛》第 4 期发表曹为的《略论市场经济氛围中儿童文学发展的思维走向》;郑纲的《对少儿文学的呼吁:出新出奇　走向未来》。

《写作》第 8 期发表黎汝清的《文学功能及其他》;洪望云的《论写作中悟性思维的特征》;华蕾的《诗歌半岛上的流连——读普丽华〈现代诗歌艺术论〉》;刘江滨的《纵横捭阖　大声镗嗒——散文〈兵马俑前的沉思〉读后》;黄奕谋的《情感升

华之美——林懋义散文简论》；邓嗣明的《潜喻：诗语的审美化形态》；赵振汉的《"蒙太奇"在写作中的效应》；冯树鉴的《写作辩证法小札(续)》；欧阳明的《刘醒龙的农子视角小说》；峻冰的《电影导演剧作的美学功能——兼论张艺谋的几部影片》；孙世英的《影片〈菊豆〉戏眼小议》；杨守松的《贴近生活，与改革共命运——创作〈苏州"老乡"〉的一点感想》；黄益庸的《一往情深的友谊之歌——微型小说〈鼓瑟吹笙〉读后》；达流的《从自然中领悟人生的意蕴——读〈过小孤山〉》；乔新生的《诗歌中的距离》。

《语文学刊》第8期发表刘述康的《谈新时期发轫期小说语言的不足》。

《读书》第8期发表吕澎的《最是文人有自由》；钱理群的《真的人和真的杂文——读〈田仲济杂文集〉所引起的思考》；文白的《解析大众之梦》；赵一凡的《话语理论的诞生》；冯世则的《"不言论"的自由》；黄仁宇的《现在中国在世界上的地位》。

10—25日，"海峡两岸少数民族文学界首次交流"会议在北京、新疆等地召开。

11日，《中国文化报》第96期以"文化市场问题(笔谈之二)"为总题，发表刘祯的《尊重读者接受的主体性》，语冰的《读者与大众文化时代》，熊元义的《发展中的摄影文学》，庹祖海的《文学的市场与市场的文学》。

12日，《人民日报》发表郑伯农的《文艺体制改革的几点思考》；王闻的《期刊要更好地为建设有中国特色社会主义服务》；王向峰的《一片沉重的白云——读〈萧军传〉》；赖大仁、李广生的《议文艺"按质论价"》。

《文学报》发表梁红英的《谢晋——恒通公司将改编〈白鹿原〉，陈忠实表示非常高兴能同谢晋这样的大导演合作》；本报编辑部的《〈废都〉的性描写引起争议》；梁红英的《坚持梦想　争取辉煌——张贤亮谈〈老汉与狗〉及其它》；王兰英的《评论与创作两翼齐飞——陕西充分发挥评论队伍的参与导向作用》；高洪波的《迅跑的寻觅者——秦文玉与他的〈寻觅太阳城〉》；戈多的《香港作家的思考——文学的危机和出路》；韩小蕙的《"陕军东征"火爆京城》。

《光明日报》发表陈建强的《作者，可别"大撒把"》。

《中流》第8期发表陈志昂的《1992：中国电视剧一瞥》；秦林的《只见"帽子"的〈后记〉》。

13日，《羊城晚报》发表《废都》责任编辑田珍颖的《〈废都〉创作之秘——贾平凹答编辑问》。

《南方周末》发表杨子的《〈废都〉热里访平凹》；刘思谦的《女性文学和我》。

14日，《人民日报》发表周庆的《文化产业在崛起——深圳特区文化建设速写（上篇）》；沙林的《苏方桂和通俗小说》。

《光明日报》发表马国馨的《关于建筑与文学》。

《文艺报》第32期发表民的《第四届全国少数民族文学创作评奖揭晓》；王兰英的《评论与创作两翼齐飞》；艾知生的《努力争取电视文艺有较大的改观——在第七届“星光奖”颁奖暨全国电视文艺座谈会上的讲话（摘要）》；张平的《文学、现实及其它——兼〈天网〉创作谈》；东旭升的《新时期保定小说作家群》；杨晓敏的《浑然天成　大巧若拙——读王奎山的小小说》；李运抟的《磨难中的闪烁——周翼南散文创作管见》；严昭柱的《对文艺价值论有关问题的思考》；康洪兴的《“戏剧与市场”问题管窥》。

《羊城晚报》发表本报记者刘刚的《有人说：这是一部为当代文坛抖擞精神的力作——〈废都〉，热灼京城》。

著名作家、中国作协理事、浙江文艺出版社总编辑、编审温小钰因病在杭州逝世，享年55岁。

15日，《上海文学》第8期发表《编者的话》（推荐王安忆的中篇小说《香港的情与爱》）；“批评家俱乐部”栏发表谢冕、程文超、张颐武、周晓风、尹昌龙、孟繁华、祈述裕等人的《理想的文学史框架》。

《民族文学》第8期发表特·赛音巴雅尔的《中国少数民族当代文学——〈中国少数民族当代文学史〉导言》。

《民族文学研究》第3期发表赵慧的《当代回族女作家马瑞芳创作简论》；贾羽的《八方有道各鸣钟——宁夏当代回族作家创作心态刍议》；杨云才的《如水之流——论木斧的短篇小说〈鬼婆〉》；王锋的《读张承志的〈心灵史〉》；伊扬的《简评长篇小说〈大梁沟传奇〉》；导夫的《丁鹤年诗歌的辨证艺术》；杨万仁的《简论回族民间故事的民俗价值》；穆萨的《深入的开拓　不懈的追求——评杨继国的〈回族文学与回族文化〉》。

《戏曲艺术》第3期发表崔伟的《论京剧“玩笑戏”》；齐建昌的《历史的机遇在于选择——谈“叫座剧目”的主客观因素》；朱文相的《功夫·体验·文化》；王可愚的《论戏曲表演特殊的情感体验》；张克勤的《在三重把握之中不断创造出新

(上)——论张树勇的导演艺术》;吕育忠的《谈秦忠英与他的剧作》;许俊的《谈谈戏曲舞台美术专业的中国画教学》;陈培仲的《浅议几种新编目连戏》;周传家的《锡剧之光——薛明笔下的姚澄》;肇明的《调腔目连戏浅探》;魏子晨的《创建"卫派"京剧的历史依据与现实价值(下)》;晓蔚的《艺术创作要注重市场意识》;吴楚东的《在戏曲特点上下功夫　争取赢得市场》。

16日,《人民日报》发表毕全忠的《国学,在燕园又悄然兴起》。

17日,《作品与争鸣》第8期发表高扬的《〈凤凰琴〉的悲哀》;欧阳明的《〈石门夜话〉强盗的"文"功》;李万武的《二爷:消解善恶对立的符号》;雷达的《写在四部小说的边上》;启森的《背离生活真实的虚幻梦境》;铁珠的《历史轮回,人性依旧》;雪原的《文艺创作要正确地表现毛泽东形象和毛泽东思想》;丁尔纲的《"误区"辩——评〈内当家〉、〈内当家之死〉、〈老宅〉及其论争》。

18日,《中国文化报》第99期以"征文,还是征钱"为总题,发表王晓峰的《要关注"征文"》,贵术忠的《不能如此发现培养文学人才》;同期,发表郭正元的《社会主义市场经济与文艺的意识形态特性》;郑伯农的《序〈为文学寻找家园〉》。

《光明日报》发表武士统的《现代文学,爱国主义教育的宝库》;曾镇南的《铁路建设者的艺术浮雕——读〈天下第一路〉》;许多的《散文创作的一些新见解》。

《中国戏剧》第8期发表汪丽亚的《改革激活了江汉平原的演唱市场——仙桃、潜江、石首剧团情况调查》;王自力的《戏剧的出路在市场》;陈玲玲的《这一阵的戏剧盛事——看青艺演出〈双飞蝶〉》;丁洪哲的《雄浑与婉约之美——评〈双飞蝶〉的演出》;刘永来的《OK!〈OK,股票〉——从通俗戏剧〈OK,股票〉的成功所想到的》;童道明的《在更高的阶梯上再现儿童真实——看〈月亮草〉、〈陈小虎〉》;陈迎宪的《美酒飘香山歌扬——海门山歌剧〈青龙角〉观后》;周云娟的《"用心演戏"——我演越剧现代戏〈巧凤〉的点滴体会》;周志华的《年轻的剧种　年轻的心态——福州观漫瀚剧有感》;崔伟的《"念白"的价值与贬值》。

中国社科院文学所、中国文联出版公司联合在京召开"中国当代文学史观"研讨会。

19日,《文学报》发表郑闻的《湖南省文艺界学习江泽民同志对文艺问题的重要批示:注重社会效益　繁荣文艺创作》;徐春萍的《文化经纪人从"地下"走到"地上"》;许多的《京、津、冀、豫作家、评论家开展争鸣,散文态势研讨有新见地》;张振远的《关于"新写实主义"》;吴中杰的《摆脱世俗诱惑,才是潇洒——

致广东作家安文江》；赵大年的《文学——你怎么啦？》；叶延滨的《且看电影如何下海》；朱立元的《文学批评的多元选择》；肖复兴的《抒写心灵——读〈斯妤散文精选〉》；栾保俊的《文学与××》；皇甫智英的《诗缘情而绮靡——顾艳诗作印象》。

20日，《中国文化报》第100期发表赵光的《杂文的新作坊新做法》。

《当代》第4期发表黄国柱的《〈白鹿原〉：给历史注入生命和灵魂》；汪曾祺的《生命的极致——读曾明了的小说〈风暴眼〉》；飞舟的《写出真正属于自己的东西——记曾明了(曾英)作品研讨会》。

《学术月刊》第8期发表成立的《现代文艺的极化运动》。

《福建论坛》第4期发表包恒新的《内心隐微的坦露与灵魂形象的建立——七等生小说新论》。

中旬，《哲学研究》第8期发表张一兵的《当代生态学视界与科学历史观的深层逻辑——关于人与自然、技术与社会发展关系的哲学辨识》；王友洛的《不能以"人的全貌发展"代替"个人全面而自由的发展"》；郑家栋的《理性与理想：中国现代人文主义哲学的基本精神》。

北京文联、作协在京召开张宝玺作品讨论会。

吉林省作协召开的乔迈报告文学研讨会在长春举行。

21日，《文艺报》第33期发表本报编辑部的《不容腐朽思想败坏社会主义文艺的声誉》、《张宝玺作品讨论会在京举行》；郑闻的《反对拜金主义　繁荣文艺创作》；温金海的《红土地上盛开的鲜花——闽西文艺创作掠影》；郭风的《他在作品中提出一个哲学问题——读庄东贤的短篇小说》；赫容、含影的《一个作家的执着追求——读苏方桂通俗小说》；半岛的《既已出发——读蔚江中篇小说〈初到深圳〉》；马式孙的《土气要保持——秦克温诗歌创作和文艺评论的特点之一》；周可的《政治激流中的文学命运》；马识途的《我只得站出来说话了》(关于《红岩》)；杨益言的《关于〈红岩〉的一封信》；杨剑龙的《善于讲故事——读王晓玉的长篇小说〈紫藤花园〉》。

《文汇报》发表本报编辑部的《寄希望于文学与电影的共同繁荣》(发言记录)。

22日，《中国文化报》第101期发表张绵厘的《实践呼唤文化经济学》；刘建强的《艺术巧合刍议》。

《新文学史料》第 3 期发表袁良骏的《台港作家心目中的鲁迅》。

23 日，《人民日报》发表冯牧的《对黄土高原真挚的爱——陕北的散文及其作者》。

24 日，《人民日报》发表朽木的《雅士俗文》。

25 日，《人民日报》发表焦祝平、范宁生的《加强文化市场管理队伍建设》；陆云的《从实际出发，建设社会主义企业文化》。

《学术研究》第 4 期发表张荣翼的《文学批评中的他律、自律和互律》。

《通俗文学评论》第 3 期发表陈墨的《“金学”引论》；罗立群的《金庸小说“武功”透视》；杨文洪的《武林至尊，倚天屠龙》；吴正南的《形而上的思考》。

《语文学刊》第 4 期发表卢斯飞的《论洛夫的创作历程》。

26 日，《文学报》发表江振新的《文稿拍卖的问号》；王整的《纪实文学〈中国第一路〉引起强烈反响》；耿林莽的《文学 · 市场 · 知音》；王兰英的《冷静地表现人性和命运——杨争光谈小说创作》；邹荻帆的《前面的景色很美丽——致业余作者朱凤鸣》。

陕西省委宣传部、省文联、省作协联合举办纪念胡采同志从事文学活动 60 年暨学术研讨会。

27 日，《南方周末》发表朱向前的《悲呼“勇夫”——也谈一种“下海文人”》。

28 日，《文艺报》发表张黛芬的《台湾乡土文学的民族化态势》。

《中国文化报》第 104 期发表李庆成的《关于儿童剧创作的几个问题》；吴文科的《小说评论与思想漫笔——读〈民族灵魂的重铸〉》(评雷达的小说评论集)；张广保的《开拓文化研究新领域》。

《厦门大学学报(哲学社会科学版)》第 4 期发表杨聪凤的《“欲治其诗，先治其心”：学习毛泽东关于文艺工作者世界观改造的理论》；张春吉的《“文艺批评是个复杂的问题”论析》。

25—28 日，由南昌大学主办的“第六届世界华文文学国际研讨会”在江西庐山召开，会上第一次使用了“世界华文文学”这一概念。

29 日，《文汇报》发表熊月之的《论近代上海文化中心的形成》。

30 日，《台湾研究集刊》第 3 期发表徐学的《台湾当代散文中的意象与寓言》。

《戏剧》第 3 期发表谭霈生的《简评李云龙的剧本〈荒原与人〉》；徐晓钟的《〈洒满月光的荒原〉导演阐述》；李云龙的《人 · 大自然 · 命运 · 戏剧文学——

〈荒原与人〉创作余墨》；王小鹰、刘明厚等的《〈荒原与人〉话剧座谈会纪要及组稿》；李云龙的《我与我的文献》。

31日，《文汇报》发表苗得雨的《"诗满为患"》。

下旬，《名作欣赏》第4期发表彭程的《笔端凝情写父爱——〈父亲〉赏析》；高巍的《审美的空间与距离——读覃子豪的〈追求〉与〈距离〉》。

本月，《小说界》第4期"作家访谈录"栏发表冰心、宫玺的《冰心访谈录》；"我看小说"栏发表吴亮的《对九个问题的简单回答》，王小鹰的《我和小说》。

《小说月报》第8期发表曾明了的《向读者交个心——关于〈风暴眼〉的写作及其它》。

《中国广播影视》第8期发表江川的《莫让金钱毁灵魂》。

《剧本》第8期发表梁燕的《历史剧的哲理品格——漫论〈桃花扇〉及其改编的哲理性》；姚远的《关于〈李大钊〉》；贝甸的《创造条件　培育精品》。

《作品》第8期发表丘超祥的《一方风情漫品尝——张颖和她的〈梦有千千〉》；刘海涛的《机制的单一、参与和突变——本期微型小说作品漫谈》；杨文丰的《散文形神论》；申家仁的《凭借内心的视力》；陈晓武的《拯救灵魂　重建家园——伊妮创作简论》。

《当代作家》第4期以"'跨世纪文丛'序跋选登"为总题，发表张洁的《〈来点儿葱，来点儿蒜，来点儿胡椒盐〉跋：清新·穿透与"永恒的单纯"》，张承志的《〈黑骏马〉跋》，陈村的《孙甘露〈访问梦境〉跋：为孙甘露跋》，李锐的《吕新〈夜晚的顺序〉跋：纯洁的眼睛，纯粹的语言》，陈思和、王安忆的《王安忆〈荒山之恋〉跋：关于"性文学"的对话》，王绯的《魔幻与荒诞：攥在扎西达娃手心儿里的西藏——〈西藏，隐秘岁月〉跋》；同期，发表刘青的《〈徐迟文集〉〈碧野文集〉〈长江三部曲〉出版座谈会纪要》。

《当代小说》第8期发表任孚先的《并非闲话》；袁忠岳的《"义"、"利"新解》；吴辛的《闲话"师道"》；王光东的《漂泊灵魂》(谈文学的本性)；赵鹤翔的《从艺术家笔下的圣母玛丽娅说开》。

《文艺评论》第4期发表王秀清的《文化消费引导刍议》；刘少文的《权威的丧失与文学的多元——与张景超、旻乐二位先生商榷》；黄毓璜的《关于"新写实"的断想》；洪治纲的《生命末日的体验——论后新潮小说死亡描写的文学特征及其意义》；吴义勤的《"历史"的误读——对于1989年以来一种文学现象的阐释》；方卫平的《论成人读者与儿童文学》；张同吾的《诗的态势与诗的选择》；王敬文的《追踪时代生活的新脚印——新时期报告文学的基本走向》；鲁微的《森林文学大兴安岭》；李清文的《哲思与诗美的整合——黄秋实散文诗集〈人生风景线〉印象》；张生筠的《生活真实的艺术再现——评话剧〈女大十八变〉》；常晓华的《熠熠生辉的悲剧人物形象——黑龙江近期戏剧创作散论之二》。

《电视研究》第4期发表杨伟光的《电视纪录片创作的新突破——〈望长城〉序》；陈志昂的《响亮的"豹尾"》；张群力的《〈唐明皇〉的案头制作——走访监制、编剧和编审》；杨帆的《让青春自己评说——〈青春追踪〉漫议》；高立民的《写给1993年的〈走西口〉》；徐敏的《张成田和他的〈走西口〉》。

《江南大学学报(社会科学版)》第8卷第三期发表庄若江、杨大中的《诗意流转，文采斐然：张秀亚散文简论》；庄若江的《秀外慧中，雅洁素净的中国风味：琦君散文创作论》。

《萌芽》第8期发表汪政、储福金的《夏天的问答》。

《齐鲁学刊》第4期发表马大康的《审美抽象与文学的审美本性》；王凤胜的《论周恩来的文艺价值观》。

《求索》第4期发表李新家的《市场经济与市场文化》；张荣翼的《批评活动的美学定位》；聂荣华的《论精神接受》。

《博览群书》第8期发表阿敏古的《严肃文学失宠的反响》；柏舟的《美是不会忘记的——〈忘却的美〉跋》；黎焕颐的《三千白发为谁长——记〈中国当代诗丛〉的出版》；刘晓春的《我最喜欢的一本书——读林语堂的〈中国人〉》；严麟书的《"爱尔克的灯光"——巴老为〈巴金小说精编〉写后记》。

湖南省委宣传部在长沙召开文艺工作座谈会，就在社会主义市场经济条件下如何进一步繁荣文艺，为人民群众提供更多更好的精神食粮进行讨论。

广东省委宣传部、省文联、省作协联合在广州召开"社会主义市场经济与广东文艺改革"研讨会，就在新的历史阶段下文艺自身如何改革等一系列问题展开讨论。

本月，杭州大学出版社出版何寅泰的《中国当代作家论》。

辽宁教育出版社出版韩毓海的《新文学的本体形式》。

内蒙古人民出版社出版刘英建的《文艺论文集》。

苏州大学出版社出版吴义勤的《漂泊的都市之魂——徐訏论》。

9月

1日，《光明日报》发表路侃的《如何达到两个效益的统一?》；贾漫的《烈士暮年，壮心不已——贺敬之〈富春江散歌〉读后》；王愚的《对自身价值的一种审视——读长篇小说〈热爱命运〉》；古远清的《评台湾对大陆新时期文学的研究》。

《山东文学》第9期发表郝永勃的《单向对话——阅读张炜》；邢广域的《苦涩的泪珠　晶莹的诗行——读诗集〈根叶之恋〉。

《山西文学》第9期发表刘锋杰的《〈禅变〉的凝重》；薄子涛的《诗歌合为事而作——〈吕日周诗歌歌选〉漫评》；张同吾的《翰墨情缘　当代意识——评郭新民的诗》。

《海燕》第9期发表何西来的《趋同与求异》；卢全利的《文美情美的报告——读〈仙浴湾写意〉有感》。

《解放军文艺》第9期发表朱向前的《新军旅作家“三剑客”——莫言、周涛、朱苏进平行比较论稿》。

《散文》第9期发表马良田的《读〈秋凉偶记〉有感》。

2日，《文学报》发表阎志林的《秦巴赤子——记陕西作家王蓬》；斐林的《致梅洁》；冰夫的《驰骋在空灵与充实之间——读谢聪诗集〈城市的自由〉》。

3日，《中国文化报》第106期发表达陆的《北京作家拉开“包装”大战》。

4日，《文汇报》发表竹子的《文坛“炒”风不可长》。

5日，《文汇报》发表杨匡汉的《中国诗坛的金三角》；晓雷的《〈白鹿原〉的艺术个性》。

《山花》第9期发表姜澄清的《玄门心解——道家文艺思想探微》；吴晓的《从禅悟到诗悟》；张建建的《为文艺生命而忧伤——潘年英(帕尼)的小说》。

《当代文坛》第5期发表张清华的《困境与契——新时期诗歌文化意向变延的描述与分析》；丁芒的《论新旧诗的接轨工程》；古远清的《成绩与问题：大陆的台湾新诗研究》；独木的《爱情、历史与“五十年代情结”——读王蒙〈恋爱的季节〉》；袁仁标的《感动是不容易的——铁凝近作解读》；余峥的《女性意识的周延与定位——毕淑敏小说侧论》；何开四的《〈管锥编〉循环阐释论探微》；吕信伟的

《后现代主义写作理论透视》;陈旭光的《视角区分与心态转换——王朔小说叙事学批评》;王珂的《议建构文学多元格局》;李跃红的《当代荧屏中的“农村女性现象”》;万勤的《影视艺术差异论》;吴秉杰的《“作家过剩”论》;王跃的《玩文学玩电影玩生活》;吴克让的《经济领域的“文化旋风”——文化经济热一瞥》;夏玲的《深挚稠秾　清新怡人——廉正祥散文艺术札记》;孙建军的《一簇潜意识的玫瑰——读〈初欢〉》;肖涌的《文学创作与耗散结构关系的再认识》;半夏的《文学评论的多维视野——代编后记》;潘亚暾的《海外奇观——东南亚华文文学比较》;杨匡汉的《时空的共享:关于海峡两岸诗歌整合性研究的思考》;古远清的《成绩与问题:大陆的台湾新诗研究》。

《湖南文学》第9期发表吴康的《咀嚼“王平”》。

《莽原》第5期发表张笋的《“生——爱——死”的纠结——读〈欢乐冬季〉》。

中国新诗研究所在渝举行’93年华文诗歌国际学术研讨会,就华文诗歌在中国和世界各国的历史、现状与发展展开讨论。

6日,《当代电视》第9期发表毛志成的《“反神圣”倾向的走俏与衰落》;王世德的《〈唐明皇〉的成功基础》。

《台港文学选刊》第9期发表蔡江珍的《香港闽籍作家散文创作初析》;楚楚的《少女情怀总是诗》;秦岭雪的《天下文名曾子固》;王一桃的《曾敏之传奇录》;公仲的《独特的感悟与性灵》。

7日,《大众电视》第9期发表老平的《还能不能做好人》;邓玉萍的《如此“紧跟”要不得》。

《天津文学》第9期发表岳洪治的《坚持民族化、大众化的正确方向——兼论张志民的新诗创作》;毛至诚的《神圣的解体与重建——〈文艺卡拉OK〉之二》。

8日,《中国文化报》第108期发表司达的《社会化:艺术体制改革的基本思路》。

中国青年出版社在京召开召开陈世旭长篇小说《裸体问题》座谈会。

9日,《人民日报》发表徐怀中的《雪域的神秘探寻》;仲呈祥的《高奏主旋律　追求多样化——第13届全国电视剧“飞天奖”获奖剧目漫评》;李存葆的《散文的随意与法度》;张玉来的《投身改革生活热潮——吉林召开乔迈报告文学研讨会》。

《文学报》发表陆行良的《第六届世界华文文学国际研讨会在庐山举行》。

中共党员、著名报告文学家、剧作家黄钢因病在京逝世，享年76岁。

10日，《中国文化报》第109期发表周玉宁的《潇洒不成　沉重亦难——文人的两难处境》。

《小说林》第5期发表旻乐的《掠过荒原——何凯旋小说印象与随想》。

《写作》第9期发表田秉锷的《当代小小说的艺术觉醒——兼评凌鼎年小小说集〈再年轻一次〉》；孙振保的《以小见大：短篇小说的规律和标志》；吴周文的《美的发现与真的感悟——郭枫散文〈独坐夕阳里〉赏析》；林飞的《论旅游文学的本质特征》；赵振汉的《谈"杂文味"》；张贵贤的《夸张与幽默文学》；李运抟的《历史的报告与文化的呈现——论新时期报告文学写作的一个重要变革》；黄益庸的《文似看山不喜平——兼评微型小说〈成功秘诀〉和〈胡老大进城〉》；洪烛的《故事框架：美学上的平衡——评微型小说〈卖书〉、〈党员〉》；欧阳明的《非个人化艺术表达的诗作——读〈乡场上的老人〉》。

《电影艺术》第5期发表郑洞天的《大陆电影工业机制及其改革前景》；七月的《放谈电影改革》；李亦明的《娱乐片：文化转型和市场经济的必然产物(上)》；罗艺军的《电影文化与西湖》；厉震林的《冲出历史的围城——论新时期电影的历史品格》；丁林的《关于文学名著影视化的思考》；孟宪励的《〈大撒把〉：权威话语的重复及其断裂》；何志云的《走出梦境——〈青春作证〉观后随感》。

《江海学刊》第5期发表王志清的《诗歌的现实情绪在传统积淀上的叠印——〈丁芒诗论〉特色之透视》。

《花城》第5期发表赵毅衡的《先锋派在中国的必要性》。

《阅读与写作》第9期发表古远清的《散文研究在台湾》。

《当代文学研究资料与信息》第5期发表焦慧兰的《海峡两岸小说论评》。

《读书》第9期发表张宽的《欧美人眼中的"非我族类"——从"东方主义"到"西方主义"》；潘少梅的《一种新的批评倾向》；李长莉的《学术的趋向：世界性》；林斤澜的《〈茶馆〉前后》；葛兆光的《文化史：在体验与实证之间》；唐小兵的《蝶魂花影惜分飞——漫话"现代性"》；王蒙的《长篇小说与短篇小说》。

《诗刊》第9期发表尹在勤的《李瑛近作谈片》；陈显荣的《谈讽刺诗的写作——〈陈显荣讽刺诗选〉》；张根树的《诗的以实写虚》。

《理论与创作》第5期发表杨正午的《投身火热生活　讴歌伟大时代》；涂途的《历史辩证法的创造性运用——毛泽东论"古为今用"、"推陈出新"》；谢明德的

《毛泽东美学思维的基本特征》；梁安全的《社会心理体验和储备的坦途——从社会心理学角度谈当代文艺家和群众相结合》；皮元珍的《略论茹志鹃小说艺术风格的发展变化》；刘清华、江堤的《时代将使每一个人绝处逢生——读梁晓声的〈同代人赋〉》；江晓天的《气势恢宏　璀璨夺目——读〈战争和人〉琐谈》；郑闻的《清风梦谷中的黑夜之灵——叶梦印象》；杨远新、陈双娥的《文学需要真诚，需要拥抱——写在长篇小说〈险走洞庭湖〉出版时》；盛英的《大陆新时期女作家的崛起和女性文学的发展》；杨经建的《论当代散文创作不景气的传播学成因》；孙景阳的《缅怀先烈　告慰英灵——读毛泽东〈七律·答友人〉》；林凡的《浪漫主义迷宫中的精神遨游——读罗成琰〈现代中国的浪漫文学思潮〉》；陈辉辉的《〈人生旋律〉品读》；胡德培的《纪实文学与小说艺术》；吴帼屏的《戏剧审美中的心理厌倦》。

人民文学出版社在京召开麦天枢、王光明的长篇历史报告文学《昨天——中英鸦片战争纪实》研讨会。

上旬，北京市作协、《北京日报》文艺报、《青年文学》杂志社联合在京举办凸凹、张振乾散文作品讨论会。

11日，《文艺报》第36期发表亦伟的《第十三届全国电视剧"飞天奖"评选揭晓，讴歌改革开放和现代化建设的作品占较大比例》；《担忧：精神文明的纯洁性》；张绰的《岭南文艺创作的优劣势》；石一宁的《读广西青年作家四篇新作》；白沙的《"老戏新唱"兴味无穷——介绍长篇小说〈落英缤纷——"五四"四女性肖像〉》；程继田的《略谈马作揖的诗》；黄力之的《后现代主义：一种精神文明的消解》；周翼南的《生非生兮死非死——读〈我与胡风〉》；东尧的《〈京都纪事〉——窘迫的生活神话与文化神话》；仲呈祥的《第十三届"飞天奖"获奖作品述评》。

全国回族作家笔会在银川市举行。

12日，《中国文化报》第110期发表杜长胜的《文化市场运作中的市场行为与社会目标取向》。

14日，《光明日报》发表路清枝的《故事片〈凤凰琴〉在京津受好评》。

15日，《中国文化报》第111期发表李万武的《关于通俗文学市场优势的思考》。

《光明日报》发表艾斐的《电影创作的美学价值取向》；张炯的《文学批评：走向哲学层次——评〈非理性主义文艺思潮〉》；施修华、苏浩峰的《时代呼唤新世纪文学——浅析王朔作品的伦理价值与道德缺憾》；扎拉噶胡的《蒙古族的文学骄子——写在〈特·达木林文集〉出版之际》。

《上海文学》第9期“批评家俱乐部”栏发表陈平原、钱理群、吴福辉、赵园等人的《人文学者的命运及选择》；同期，发表李念的《寻找：弱者的不屈与抗争——读韩少功〈鞋癖〉》。

《文学评论》第5期发表程文超的《对“需要修补的世界”的独特言说——八十年代文学批评中现代主义话语回顾》；宋遂良的《评几部“新写实”长篇小说》；陈继会的《永恒的诱惑：李佩甫小说与乡土情结》；彭韵倩的《从迷的追寻到人的写真——评刘醒龙的小说创作》；陈墨的《卑琐与苍凉：南翔小说中的人生》；王岳川的《后现代文学：价值平面上的语言游戏》。

《文艺争鸣》第5期发表陈晓明的《文化拼贴的时代对当代文化的一种读解和批判》；张颐武的《闲适文化潮批判——从周作人到贾平凹》；崔卫平的《当代女性主义诗歌》；易毅的《〈废都〉：皇帝的新衣》；张法的《〈废都〉：多滋味的成败》；朱晶的《乔迈：壮歌中的警策》；王肯的《文章背后的文章》；郭铁城的《乔迈报告文学的伦理精神》；杨凡的《把最好的精神食粮奉献给人民——乔迈报告文学印象》；乔迈的《一个期待》；林树明的《女性主义批评与马克思主义及现实主义诗学》；周乐诗的《换装：在边缘和中心之间——女性写作传统和女性主义文学批评策略》。

《长城》第5期发表崔志远的《近年乡土小说人物形象透视》。

《民族文学》第9期发表王科的《在传统的小说创造中幅射当代意识——评满族女作家吴秀春的小说创作》；鲁民的《农村精神文明建设的天使——吴秀春长篇小说〈半路夫妻〉研讨会纪实》；雪燕的《人生离不开梦——从庄稼院走出的女作家》(吴秀春)。

《当代电影》第5期发表彭家瑾的《中国电影：面向现实的1992》；刘桂清的《新时期电影中的现实主义》；师艺的《大学生与电影：来自校园的反馈》；陈向春的《高校围墙里“侃”电影——东北师范大学中文系师生座谈会纪要》；林达·哈琴的《电影、小说及其它艺术形式中的后现代再现》。

《电视剧》第5期发表解玺璋的《大众文化的误读》。

《华东师范大学学报(哲学社会科学版)》第5期发表范希平的《市场文化刍论》。

《河北师院学报(社会科学版)》第3期发表冯健男的《佛心、爱国心、诗心和谐入妙——赵朴初和他的诗歌艺术》。

《社会科学》第9期发表黄江平、王恩重的《开创文学繁荣的新局面——“中国新时期文学走向”研讨会综述》。

《社会科学研究》第5期发表王世达、陶亚舒的《论新诗的社会文化特性》。

《钟山》第5期发表周忠陵的《关于小说》;史铁生的《新的角度心的角度——谈周忠陵小说》;朱伟的《张承志记》。

《徐州师范学院学报(哲学社会科学版)》第3期发表方忠的《“赵树理方向”的历史评价》;张卫中的《论后新潮小说的陌生化特点》;吴周文、刘小中的《〈中国当代散文英华〉评析》。

《学术论坛》第5期发表李明生的《文学的象征思维及其阐释》。

《重庆师院学报(哲学社会科学版)》第3期发表韩健敏的《新时期女性散文的美学风貌》。

深圳市作协、中国作协、《文艺报》社联合在京举行夏萍传记文学《李嘉诚传》研讨会。

山西省作协、上海文艺出版社联合在太原举行座谈会,探讨高岸、成一、李锐等人长篇新作。

16日,《光明日报》发表韩小蕙的《〈昨天〉受到首都文学界史学界称赞》。

《文学报》发表石英的《熟悉与新鲜》;戴云的《酸甜苦辣说创作》;冰夫的《土地与爱情的恋歌——读张辛的诗》;江曾培的《话说审美的鼻子》;舒生的《“真实”与“帅选”乱弹》;丘峰的《有独特文化品位的小说——读竹林的长篇小说〈女巫〉》。

《中国人民大学学报》第6期发表陈剑夫的《后现代主义创作倾向评析》。

16—18日,广东省委宣传部、省作协联合在广州举行广东省首届青年作家代表大会。

17日,《光明日报》发表王建辉的《名家说书评》;南山的《大散文的世界》。

《作品与争鸣》第9期发表刘世锦的《女人不是金丝雀》;戴毅的《暴露是为了疗救》;施谭的《当代女性的新误区——读〈悠闲的女人〉》;张玉荣的《不能回避的现实》;马宝珠的《扭曲人格的官场变形记》;周易的《找不回的平衡》;刘希全的《人生的失控状态》;刘友宾的《苍白无力的道德叹息——〈风过耳〉之我见》;张凤

珠的《风过来耳》。

18日,《文艺报》第37期发表本报编辑部的《本报召开艺术生产问题研讨会》;熊晓萍的《第六届世界华文文学国际研讨会在庐山举行》;苏中的《求新求异求变——读〈阴阳关的阴阳梦〉随感》;肖云儒的《读京夫的〈八里情仇〉》;曾镇南的《典型概括的力量和美——读陈建功的三篇近作》;傅书华的《赵树理与“山药旦派”》;凯雄的《陈世旭长篇新作引起关注》;张炯的《闽东风情人物谱——读孔屏小说集〈姐妹寮〉》;杨远宏的《王志杰的〈高原〉的精神境界》;穆芝的《读散文集〈垦荒路上〉》;李师东的《诗意的辉煌与沉思——评程海的长篇小说〈热爱命运〉》。

《文汇报》发表丘峰、朱永平的《现实主义的魅力——致竹林兼评〈女巫〉》;陶东风的《市场经济与文学》。

《光明日报》发表张胜友的《书房与“宾馆作家”》;刘巨德的《抽象的真实》。

《中国戏剧》第9期发表安葵的《理论的价值何在?——读〈死与美〉及其续篇》;阮润学的《戏曲的阵痛和振兴》;齐灏的《要在青年中开拓京剧市场》;王豫仙的《从流行歌曲想到京剧和民族文化》;梁大鹏的《面对现实　迫不及待——如何振兴戏剧?》;姜步瀛的《通俗化是赵德平剧作的基本品格》;史玮的《刘文治,情到深处》;晓濛的《累了李媛媛》;晓宇的《从“太平公主”到画家杨芊——记北京人艺演员严敏求》;张树红的《在人生的拐弯处——徐萌和她的〈红粉男儿〉》;胡世铎的《智能人格与权势人格的冲撞——京剧〈击鼓骂曹〉赏析》。

《中国作家》杂志社、《山野》杂志社等单位联合在京举办登山题材报告文学作品座谈会,对张健的《辉煌的悲怆》、刘文彪的《梅里雪山祭》进行讨论。

20日,《小说评论》第5期发表汤学智的《撩开心灵的帷幕——评欧阳子的小说创作》。

《河北学刊》第5期发表邢小群的《新时期文学性意识的觉醒历程》。

《昆仑》第5期发表朱向前的《我为什么反对“下海”——关于当前文人·文学·军旅文学的答问》;殷实的《结束或者开始》。

《学术月刊》第9期发表姚文放的《重建美学和现代艺术的话语系统——“美学与现代艺术”学术讨论会综述》。

《学语文》第5期发表孙守让的《豪华落尽见真淳——读巴金〈怀念萧珊〉》;曾令麟的《一线贯穿　旨远情深——〈井冈翠竹〉浅析》;黄建成的《关于“叙述人

称”的再认识(上)》。

《清明》第5期发表唐跃的《魔幻笔法与现实精神——摭谈鲁彦周〈阴阳关的阴阳梦〉》;杨慧生的《夜是宏观的心　心是微观的夜——读郭翠华散文〈紫色的夜〉》。

21日,《文艺研究》第5期发表杜卫的《论现代美育学的理论构架》;乾若的《美学的思维方式》;潘立勇的《美学在科学领域中的作用》;邹广文的《当代美学建构的文化背景》;邱紫华的《论东方审美“同情观”》;嘉川的《东方审美思维和艺术表现的原始形态性特征》;方伟的《试论当代“娱乐片”的价值取向》;颜纯钧的《中断和连续——论电影美学中的一对范畴》;姜耕玉的《诗的意味:艺术抽象的强度——兼论当代诗歌形式的嬗变》;张颐武的《母语的召唤与任洪渊的诗歌写作——“后新时期”诗歌的一种走向》;潘新宁的《叙事·摹物·造境——“术—道”小说三品》;徐城北的《大度与小气——谈京剧架子花的美学》;章俊弟的《中国戏剧中人神恋神话原型研究》;陶钧的《“美学与现代艺术”学术讨论会综述》;汪介之的《复调小说理论研究》。

22日,《中国文化报》第114期发表记者宁静、傅铎的《民间文学艺术法律保护研讨会在京召开》。

23日,《文学报》发表陆行良的《她对大陆严肃文学很乐观——访著名美国华文女作家陈若曦》;斯妤的《抗争与呼唤——两岸女性散文巡礼》;叶君健的《病中杂记:陈毅谈文学——一段回忆》。

《四川大学学报(哲学社会科学版)》第3期发表邓清源的《中国现当代诗话小说的审美形式》。

24日,《中国文化报》第115期发表胡沙岸的《名流创名流——方方和她的一九九三年》;牧扬主持的《严肃文学的困境及其出路》。

《文艺理论与批评》第5期专栏“纪念毛泽东诞辰100周年”发表刘白羽的《激流勇进——刘白羽答记者问》,郑伯农的《毛泽东文艺思想与革命功利主义》;同期,发表本刊编辑部的《生活是文学的源泉　思想是文学的灵魂——祝贺孙犁同志文学创作六十周年》;周申明、徐亚平的《略论一位大作家的诞生——孙犁文学道路的基本特征》;黄国柱的《写不尽平凡人生——评石英长篇小说〈奇人行踪〉》;王佑江的《从〈铁魂〉到《枭雄吴佩孚〉——刘章仪小说艺术发展论》;伊云的《平路小说漫评》;刘兰松的《真实　真挚　真情——读魏巍同志〈母亲〉有感》;梁长森的《文艺评论二题》;严昭柱的《要注重理论思考》;艾斐的《战士情怀壮　村闾泥香浓——论西戎的创作道路与艺术追求》;陈明刚的《“易世而不能重复”的艺术力作——〈在田野上,前进!〉新论》;刘金的《史迹与心迹交相辉映——沈虎根〈大街小巷〉读后》。

25日,《文艺报》第38期发表李梅的《广东省首届青年作家代表大会在穗召开:为跨世纪的文学“击鼓呼号”》;凯的《“晋军”再度引起文坛关注》;刘金祥的《敢向大潮觅涛声——评刘子成报告文学创作》;程树榛的《共和国,有这片热土——序报告文学集〈金翅膀〉》;蔡子谔的《人生与文化交错的山里世界——读陈映实的〈山里的世界〉》;杨光治的《深圳是一个未来——读客人诗集〈深圳不相信眼泪〉》;石城的《’93华文诗歌国际学术研讨会在渝举行》;清汶的《〈青岛文学〉为振兴严肃文学推出新举措》;陈新增的《登山题材报告文学作品座谈会召开》。

《文艺理论研究》第5期发表苏冰的《现代性主题文学的繁荣原因及文化影响》;王铁仙的《谈新时期的纪实文学——〈新时期纪实文学丛书〉序》;殷国明的《艺术思维活动的自由度》;吴晓东的《当代文学的话语和秩序》;王岳川的《在平面上生产“深度”——后现代文学意识话语与写作尺度》;程文超的《创建自己的“新话语”》。

《甘肃社会科学》第5期发表王新兰、梁胜明的《正确处理社会主义市场经济条件下文艺领域的几个关系问题》;刘俐俐的《关于文化形态小说的话题——柏原小说新论》。

《东岳论丛》第5期发表冒昕、庄汉新的《中国当代散文的回顾与展望》;石岱的《〈巴金小说人物论〉评介》。

《当代作家评论》第5期发表李洁非的《王安忆的新神话——一个理论探讨》;张新颖的《坚硬的河岸流动的水——〈纪实与虚构〉与王安忆写作的理想》;陈思和、王安忆、郜元宝、张新颖、严锋的《当前文学创作中的“轻”与“重”——文学对话录》;刘庆邦的《记王安忆》,王安忆的《可惜不是弄潮人》;报文的《辽宁省首届报告文学评论奖揭晓》;南帆的《沉沦与救赎——读北村〈施洗的河〉》;谢有顺的《先锋性的萎缩与深度重建——兼谈北村〈施洗的河〉》;玛莎·琼、田中阳的《论韩少功的探索型小说》;应为众的《贾平凹近期散文臆说》;丁亚平的《文学虚构与历史本文——谈长篇小说〈女巫〉》;丘峰的《自己的天空:〈挚爱在人间〉——致竹林》;洪峰的《开始——写小说的刁斗和刁斗写的小说》;姚一风的《荒原创作轨迹析》；焦桐的《眺望彼岸的风景——李犁诗歌创作述评》；胡河清的《阿成的“怪味豆”》；束沛德的《在“自我”与“历险”上做文章——简评李国伟的儿童文学创作》；张颐武的《最后的寓言——刘恒的〈苍河白日梦〉读解》；董之林的《回到本文：刘震云小说的“双声话语”及其它》；吴义勤的《末日图景与超越之梦——吕新长篇小说〈抚摸〉解读》；何柱的《历史与现实的双重视野——读潘吉光的长篇小说〈黑色家族〉》；杨匡汉的《朦胧与后朦胧的诗与思——新时期诗歌潮流观察之一》；贺奕的《不幸的类比："后现代主义"理论的中国市场》；《文学批评信息》。

《海峡》第5期发表林承璜的《浅议陈若曦的散文随笔》；钱光培的《一颗独特的星——犁青〈台湾诗情〉论》。

《外国文学研究》第3期发表何祖健的《同踏东西文化　各著风骚文章——托尔斯泰与林语堂之比较》。

《贵州师范大学学报(社会科学版)》第3期发表汤国铣的《散文的写景艺术》；鲁立的《想象是一种思维形态》；颜钊的《当代文学教材的新建树——〈新中国文学〉读后》。

《晋阳学刊》第5期发表王世达的《文化研究方法论解构》；艾斐的《众殊归一流　同派出异格——文学流派的“共性”与艺术风格的“个性”的美学特质与相互关系》。

《湖北大学学报(哲学社会科学版)》第5期发表冯黎明、李俊国、聂运伟、刘川鄂的《新写实小说论析》。

《浙江学刊》第5期发表阮忆的《文学接受和主体意识》；钟太康的《潜心于文学本位的理论探索》。

26日，《中国文化报》第116期发表李建平的《南方的声音——梅帅元小说随想》(小说集《流浪的情感》)。

《小说》第5期发表王维玲的《三十年反响不寻常——祝贺长篇历史小说〈李自成〉出版30周年》；冯牧等的《王朝柱作品讨论会纪要》。

27日，《人民日报》发表臧克家的《我与散文》。

28日，《上海戏剧》第5期发表李洁非的《陌生的戏曲批评界——商榷诸文读后》；郑涵的《复古：一种值得选择的戏曲观念》；郭小男、张马力的《写意戏剧：一场世纪之交的对话》；戴平的《当今剧坛导演的希望之星》；苏乐慈的《情有独钟》(讨论青年导演郭小男)；岳美缇、徐城北的《舞台第三“性”——漫话女小生》；夏写时的

《英雄美人的美学况味——台湾现代版〈霸王虞姬〉》;姚育明的《戏与人生》。

《四海·港台海外华文文学》第5期发表晓帆的《遥寄江天——读〈土地的呐喊〉》;许以祺的《"高学"的开始——记高阳小说作品研讨会及其他》;石英的长篇小说《妙悟人生》讨论会在京举行。

29日,《中国文化报》第117期发表周祖元的《小话增强"创作"意识》;李克的《略议商品的文化意蕴》。

30日,《人民日报》发表孟晓驷的《建设文化市场的几点思考》;李炳银的《真实性与严肃性——读报告文学纪实文学有感》;王彬彬的《〈新中国文学词典〉读后》。

《文学报》发表本报记者徐春萍的《将生活史诗化为艺术史诗,作家艺术家责无旁贷》;本报记者周松林的《有意味的形式——须兰及其小说印象》;赵晓玲的《值得欣赏的一种存在——记学者型青年作家易丹》。

《中国文学研究》第3期发表赵炎秋的《对文学作品倾向性的再思考》;彭一心的《"永远永远的爱是——地平线"——略论三毛人道主义的特色》;田中阳的《论区域文化对当代小说艺术个性形成的影响》;谭旭的《跨世纪的文学奇葩——金融文学》。

《河南大学学报(社会科学版)》第5期发表张剑华的《论〈浮躁〉的文化涵蕴》;姬建敏的《王朔热一面观——试析王朔热的原因》。

本月,《十月》第5期发表荒煤的《打开商战的一页新史——莫然"商海言情系列小说"序》。

《小说月报》第9期发表杨泥的《关于〈香水〉的题外话》。

《作品》第9期发表谢有顺的《误读的时代》;申家仁的《"随意"的品味》;王林书的《让诗心永远年轻——五月诗社诗评之二》。

《当代小说》第9期发表赵慧的《一位穆斯林女性的追求与探索——山东回族女作家陈玉霞的小说创作散论》。

《青年文学家》第9期发表江平的《郭子善其人之我见》;三子的《无奈枝上"自在"啼——浅议〈爱的一页〉中郭子善的形象内涵》;梁汉尤的《心情并不轻松——郭子善变态心里剖析》。

《萌芽》第9期发表胡河清的《瓜园古渡话格非》。

《博览群书》第9期发表尹秀华的《女人不应该那样——读〈男人无味〉》;潇潇的《〈后朦胧诗全集〉选编作者序》。

吉林省作协、省委宣传部、《吉林日报》联合在长春召开“严肃文学的发展与作家的历史责任”专题讨论会。

秋季，《文学自由谈》第3期发表冯骥才的《一个时代结束了》（论“新时期文学”）；蓝翎的《先解放谁?》（讨论“解放文艺生产力”）；柯云路的《空灵，艺术创作的高品格》；邓刚的《中国特色的文坛》；池莉的《掩不住的新现实》；秦美慧的《“美学与现代艺术”学术讨论会在京召开》；李锐的《从几本知青回忆录想到的》；潘凯雄的《先锋的艰难前行》；陈晓明的《重返乌托邦》；王安忆的《我们在做什么》；毕光明的《王蒙、张贤亮：在政治与文学之间》；胡培德的《作品的“亮相”》；赵毅衡的《孤独的事业——我的批评之路》；古远清的《海外评论家的自由与不自由》；张云鹏的《创作之缘由》；孙绍振的《探索小说形式的潜在可能性》；汪曾祺的《推荐〈秋天的钟〉》；叶楠的《骚动不安的灵魂》；冯立三的《殊堪玩味的唐人街风情——读纪实文学〈中国教授闯纽约〉》；朱珩青的《革命和那方土地——读〈最后一个匈奴〉》；陈辽的《读〈中国乡土小说史论〉》；王家斌的《唐云富和〈远方的潮声〉》，山鸿的《人类良知与智性的光辉》；吴梦话的《〈习惯死亡〉：“轻浮”形式下的严肃内容》；王艳凤的《留在古老河床上的足迹——读哈斯乌拉的小说》；阿航的《为余华喝彩》；安黎的《文坛综合症》；陈旭光的《王朔小说的“言语肥胖症”》；高潜的《救救散文诗》；一之的《致冯骥才先生书》；刘济昆的《杨益言访谈录》。

本月，重庆出版社出版周葱秀的《叶紫评传》。

青岛出版社出版陈昌本的《陈昌本文艺创作论集》。

青海人民出版社出版李震的《中国当代西部诗潮论》。

人民文学出版社出版庞冠编的《梁凤仪现象》。

河南人民出版社出版客人编著的《台港抒情散文精品鉴赏》。

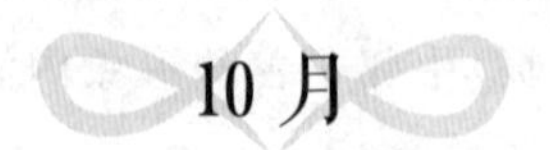

10月

1日，《中国文化报》第118期发表本报记者张作民的《给作家一个好机会，中国青年出版社"购买"作家周洪新闻透视》;赵忱主持的《作家生存状态三人谈》(杨争光、朱晓平、吴滨);潘渊之的《雅何必附俗》。

《山东文学》第10期发表耿林莽的《诗意散文的新开拓——读刘烨园的〈途中的根〉》。

《山西文学》第10期发表席扬的《散文的风流》;杨文彬的《彩色的梦幻——读李再新诗集〈彩色的黄河湾〉》;王祥夫的《聂还贵诗歌印象》。

《四川文学》第10期发表马识途的《我只得站出来说话了》。

《作家》第10期发表南帆的《作家与信徒——北村印象》;李虹的《走过二十世纪八十年代——我观大陆女性散文》;谢冕的《序韩毓海的〈新文学的本体与形式〉》、《流动的生命树——序马莉诗集〈神秘树〉》。

《戏剧艺术》第3期发表王安祈的《论〈单刀会〉与祀神活动之关系》;汪澜的《谈文化人之"换脑筋"》;杜冶秋的《当代导演要塑造自我形象》;李家耀的《建立创造者之间的"情感同构"》;张军豪的《也谈"上海电视剧怎么啦"?》;苏乐慈的《导演的困惑》;张泉俤的《漫谈戏剧市场》;陈世雄的《论戏剧中的情节借用》;张冲的《当代西方文论对戏剧理论的影响》;卢昂的《舞台行动假定性之构成》;刘杏林的《舞台设计中具象因素的变异》;蒋锡武的《"转移"——走向过程的审美活动》。

《华侨大学学报(哲学社会科学版)》第3期发表岳玉杰的《地域文化差异:台湾文学研究中一个值得探索的因素》;朱立立的《当代都市女性的文化困境:论香港女作家钟晓阳的近期小说》。

《烟台大学学报》(哲学社会科学版)第3期发表滕岳的《台湾现代诗文化抉择的困惑》。

《海燕》第10期发表何西来的《做在脚上的文章》;宿聚生的《宰家、玩家与作家》;赵振江的《作家创作心理的智能活动》。

《解放军文艺》第10期发表薛胜利的《凝重的潇洒　悲壮的忠诚——评长篇报告文学〈血情〉》;陈先义的《满腔热情地为当代士兵雕像——读〈弹道无痕〉和〈第一列兵〉》。

2日,《文艺报》第39期发表杨凡的《严肃文学的发展与作家的历史责任》;黄钢的《与美国学者谈报告文学问题》;伊妮的《时代呼唤文学》;何继青的《改革是一种非常可贵的生活》;夏萍的《写〈李嘉诚传〉》;杨雪萍的《感谢南国沸腾的生活》；张波的《乱弹琴》；张梅的《走向内心》；涂途的《把握"艺术生产"的特殊规律》；邵一峿的《"艺术生产"理论研究与当代文学理论的发展趋势》；陈旭光的《〈诗探索〉组织中国现代诗学讨论》。

《文汇报》发表甲乙丙的《严肃艺术的呼唤》；李洁非的《文学能为社会做什么？》；李锐的《生命的歌哭》（创作谈）；杜学文的《走向多元的山西文学——兼评几部长篇近作》；冯英子的《读〈秋日品梦〉》。

3日，《文汇报》以"《收获》四人谈"为总题，发表黄宗英的《〈收获〉与人文环境》，冯亦代的《砥柱中流》，萧乾的《我的摇篮》，程德培的《从"寻找〈收获〉"谈起》。

《文艺报》发表黄维樑的《余光中的〈三生石〉的读者反应：兼述宋淇对此诗及中国诗的看法》。

3—6日，第五届汗腾格里文学奖颁奖会暨首届新时期维吾尔文学创作研讨会在京举行。

5日，《人民日报》发表本报评论员的《进一步丰富和繁荣群众文化生活》。

《山花》第10期发表尔建的《叙述二型：从再现到显现》；王刚的《不景气的文学与贵州文学的不景气》；蒋登科的《敲"冷门"的诗人》（评诗人罗邵书）。

《湖南文学》第10期发表龙长吟的《他走进了通往哲学人类学的间门——读林家品〈狗头〉、〈大放血〉》；杜方智的《闲情、豪情与哲理——读务俊瑶同志的散文》。

《台港文学选刊》第10期发表刘登翰的《历史环境、人物命运和性格》；张炯等的《世界华文文学研究现状七人谈》；汪毅夫的《窗口随想录》。

6日，《台港文学选刊》发表王一桃的《香港作家之路》。

6—8日，解放军出版社在京举办革命历史题材报告文学讨论会。

7日，《文学报》发表许道明的《沉重的灵焚》；叶辛的《长篇小说：上海作家的新收获》。

《光明日报》发表杨少莆的《重评〈红色娘子军〉》（芭蕾舞剧）。

《大众电视》第10期发表周来宏的《老片何以风光依旧？》。

《天津文学》第10期发表陈旭光的《"朦胧诗后"诗歌的"后现代"转型》。

《诗刊》第10期发表梁南的《谈诗的音乐方式》；吴开晋的《中国影人的真挚心声——读〈中国影人诗选〉》。

8日,《中国文化报》第121期发表朱小平的《〈走向混沌〉后的从维熙》。

《光明日报》发表沈卫星的《评论界研讨吴因易历史题材作品》。

9日,《文艺报》第40期发表本报编辑部的《严肃艺术在上海理直气壮》;涂怀章的《论美与美文创作》;沙林的《"一部爱憎分明、感情强烈的现实主义作品"——长篇小说〈妙悟人生〉讨论会在京召开》;阎学萍的《〈红尘〉将搬上屏幕》。

《文汇报》发表《好一部〈北京人在纽约〉》。

10日,《中国文化报》第122期发表吴岳的《文化经济政策要体现扶雅抑俗原则》。

《写作》第10期发表许行的《让生命和追求永不分开——谈谈我的小小说创作》;洪烛的《花朵与果实之间的缪斯——阮晓星的爱情诗》;金道行的《文学写作心理(一)——文学写作的"心理空间"》;马立鞭的《寻常景物的非寻常化——诗艺随笔》;魏星的《革命战争小说的厚重基石——评刘白羽的长篇小说〈第二个太阳〉》;许兆真、袁士迎的《谈散文的情趣美》;沈世豪的《心灵的放飞——谈散文中意境的创造》;徐敏的《提炼时代精华　展示历史哲理——漫论公安题材报告文学的质量》;冯树鉴的《写作辩证法小札(续)》;黄河浪的《醮亲情之墨,写时代之变——读〈照相〉》;古远清的《散文研究在台湾(续)》。

《读书》第10期发表萧琛的《法与市场》;何志云的《"海"边的"城堡"》;陈思和的《另一片风景》;张承志的《时代的召唤与时代的限制》;范浦的《躲避假冒的崇高》;刘洪涛的《防"左"通鉴》。

12日,以马识途为团长的中国作家代表团一行5人赴意大利访问。

13日,《中国文化报》第123期发表马蓥伯的《艺术生产与艺术消费》。

《光明日报》发表赵克谦的《关于文艺产品的商品属性》;刘锡诚的《资料翔实　释文客观——读〈新中国文学词典〉》;王瀛的《人生的解剖刀——评论家眼中的〈妙悟人生〉》;高建群的《张虹和她的诗》。

14日,《人民日报》发表崔道怡的《毛主席与〈人民文学〉》;潘凯雄的《文学的包装》;熊元义的《开发和培育新的文化市场》;杜元明的《反腐除弊　一身正气——读纪实文学〈天网〉、〈法撼汾西〉》。

《文学报》发表本报记者江振新的《纪实文学莫忘真与美》(潘旭澜教授谈纪实文学);本报记者的《出版社"购买"作家——当否,作家甘沦"包身工"——值否》;耿林莽的《雅文学:孤岛灯塔》。

15日,《人民日报》发表白烨的《悦性情　启心智——读〈漫说文化丛书〉》。

《中国文化报》第124期发表刘洪涛、王晓晖的《中国文化"雅""俗"战犹酣》。

《南方周末》发表点点的《中国电影新景观》。

《上海文学》第10期"批评家俱乐部"栏发表江苏作家沈乔生、苏童、叶兆言、储福金、鲁羊、朱君的对话录《文学和它所处的时代》;同期,发表陈思和的《民间的温馨——刘玉堂的沂蒙的系列》;林宋瑜的《文本的语言构成与语境》。

《作家天地》第5期发表段儒东的《王胜龙和她的〈梦之湖〉》;张庆满的《语言·情节·性格及其它——评陈章永的几部中篇小说》。

《民族文学》第10期发表赵海忠的《主题:触动古老的规矩——谈〈麻山通婚考〉与〈魔林〉》;黄伟林的《告别虚饰,返归真实——评黄佩华小说〈远风俗〉》。

福建省新闻出版局、海峡文艺出版社联合在京举行《台湾文学史》出版座谈会,认为该作是一部开拓性著作,填补了我国还没有通史性质的台湾文学史的空白。

著名作家秦瘦鸥因病在上海逝世,享年85岁。

16日,《文艺报》第41期发表本报编辑部的《中宣部副部长龚心瀚谈到期刊工作时指出:要努力弘扬主旋律》;朱子奇的《驮着21世纪往前走的诗人——读魏巍的〈红叶集〉》;史一帆的《从荷尔德林与诗的本质谈起——兼评峭岩的散文诗》;张同吾的《梦是诗的锦绣——漫议张庆和的诗》;姚永标的《热点透视:中国报告文学的一支异军》;荒煤的《为报告文学开拓了新天地——在〈中国革命斗争报告文学丛书〉讨论会上的发言》;姜宇清的《大起　大奇　大气——读〈尧山壁抒情诗选〉》;张锦贻的《扎拉嘎胡散文的美学追求——散文集〈黎明变奏曲〉论评》。

《光明日报》发表唐湘岳的《一出反腐败教育的好戏,祁剧〈甲申祭〉轰动剧坛》。

17日,《文汇报》发表李洁非的《文学能为社会做什么?》(续前);生民的《攀升之中见得失——读〈北京人在纽约〉》。

《作品与争鸣》第10期发表午晨的《青山遮不住,毕竟东流去》;田恬的《读〈月桂　月桂〉》;画今的《"待字闺中"另有说》;梁秀辰的《〈关于未婚先孕〉的喜与忧》;张魁星的《笼罩在现代文明中的阴影》;艾斐的《〈老宅〉引发的思想风波与社会感应》;盛雷的《〈村支书〉、〈内当家之死〉、〈白板〉仍在争论中》。

18日，《光明日报》发表程丹梅的《反映企业改革的佳作，〈大潮汐〉涌进中央电视台》。

19日，《光明日报》发表俞月亭的《了不起的马宁——一个被遗忘的“左联”作家》。

19—22日，中国社科院、新疆社科院、新疆哲社联共同在京举办《福乐智慧》国际学术讨论会。

20日，《光明日报》发表肖海鹰的《中国文化的“围城”现象》。

《中山大学学报(社会科学版)》第4期发表潘翠菁的《毛泽东文艺思想与当代文艺学》。

《当代》第5期发表林为进的《朴素自然　内蕴丰实——读〈白鹿原〉》；朱向前的《超越失败：〈澳星风险发射〉》。

《学术月刊》第10期发表卢冀宁的《真理标准问题讨论的开展及其深远意义——纪念真理标准问题讨论15周年》。

《暨南学报(哲学社会科学版)》第4期发表王俞琳的《澄明的省思——评饶芃子教授文学批评论文集〈艺术的心镜〉》；翁光宇的《试论美国华文新诗》；殷国明的《历史的追寻　记忆的重建——评美籍华人作家谭恩美的小说创作》。

21日，《文学报》发表陈冀的《社会纪实的文学追求》；张蜀君的《人世沧桑话真情——记南国诗人关振东》；王纪人的《文化二题》；胡德培的《推出新的作家》；叶永烈的《海峡两岸：最初的对峙》。

22日，《中国文化报》第127期发表万方的《“反腐倡廉”，文艺何为?》。

《南方周末》发表刘志武的《顾城魂断奥克兰》；徐列的《自个儿成全自个儿——〈霸王别姬〉解读》。

22—24日，中国社会主义文艺学会等单位联合在京召开毛泽东与中国现当代文艺研讨会。

23日，《人民日报》发表袁晞的《出版趋势多样化》。

《文艺报》第42期发表王耻富的《新时代的大风歌——浅谈〈我，回答共和国〉的诗美特色》；雪文的《〈美文〉的新追求》；刘元举的《火车头的性格——田永元和他的创作》；木弓的《文艺的“意识形态论”与“生产论”》；刘志红的《怎样看待“艺术生产论”》；叶君健的《〈周恩来和他的世纪〉读后》。

24日，《羊城晚报》发表《绝唱新西兰——“朦胧诗人”顾城杀妻自缢前后》。

25日,《文汇报》发表王晓玉的《直面人生的行吟者——致诗人宁宇》。

《山西师大学报(社会科学版)》第4期发表宋生贵的《"读者意识"与审美发现——文艺活动审美发现过程论》;赵忠山的《文学审美和创作中的空白意识》;徐志啸的《台湾香港比较文学研究述评》。

《学术研究》第5期发表柯汉林的《文学创作的主体、主体性及其它》;林高的《新华小说的渊源与发展——兼谈中新微型小说的特色》。

26日,《羊城晚报》发表樊克宁的《面对沸沸扬扬的文稿竞投——作家们担心什么?》。

27日,《光明日报》发表高建进的《福建文艺界人士呼吁:请为子孙留下剧场》;沈卫星的《〈北京人在纽约〉:跨文化的启示》。

28日,《人民日报》发表董学文的《语言·形式·幻想——学习毛泽东关于文学中的艺术问题理论》;彭荆风的《于限制中运用巧思——我看散文与小说》。

《文学报》发表方竟成的《力拓新境的交响——青年作者陈觉晗小记》。

中国现代文学馆、冰心研究会等单位在福州举行"冰心生平与创作展览"。

30日,《文艺报》第43期发表柱的《纪念毛泽东诞辰一百周年:毛泽东与中国现当代文艺研讨会在京举行》;李明光的《首都文艺界人士称赞〈北京人在纽约〉》;李华(整理)的《涉笔世界经济风云 再现龙的传人精神——〈李嘉诚传〉研讨会发言摘要》;林为进的《对知识分子的一份真挚情感——简评陈世旭的长篇小说〈裸体问题〉》;蔡测海的《忧伤的湖畔诗人——读胡拥军的〈终极的旅游〉》;朱辉军的《从商品生产角度看艺术的生产特点》;刘启宇的《艺术生产与马克思主义文艺理论体系》;申启武的《许辉作品研讨会在合肥举行》;本报编辑部的《武汉作协举办李道林作品研讨会》(诗歌)。

《文汇报》发表蒋恒的《文人的格调——读〈五色石文丛〉》。

31日,《文汇报》发表季季的《顾城找不到他的城——海外友人看顾城的毁灭情结》;闻戈尔的《今日文化界何去何从?》。

《中国文化报》第131期发表阎纲的《文化与赚钱——〈李嘉诚传〉的联想》。

下旬,《名作欣赏》第5期发表陈旭光、冯冀的《读者阅读接受:阐释与探奥》;姜宇清的《凝重而又飘逸——张立勤散文艺术品鉴》。

黑龙江作协、哈尔滨市文化局等20多个单位联合在呼兰河畔召开国际萧红学术研讨会。

安徽文艺发展基金会、安徽省作协等单位联合在合肥举行许辉作品研讨会。

武汉作协在武汉举办李道林作品研讨会。

本月，《小说家》第5期（原刊月份标示有误）发表田中禾、陈韧的《作品的定位和文学的三个领域——创作通信》。

《小说界》第5期“作家访谈录”栏发表施蛰存、谷苇、钱红林的《施蛰存访谈录》。

《剧本》第10期发表许一纬的《经济大潮中的戏剧文化》；戴晓彤的《道是无情却有情——我写〈啄木鸟〉》；杨雪英的《梦破情灭恨悠悠——〈金陵残梦〉编后》；杨华的《“悲歌一曲喻后人”——谈楚剧〈养命的儿子〉》。

《求索》第5期发表蒋志衡的《逃离土地：新时期乡土文学中的高加林情结》。

《齐鲁学刊》第5期发表冯国荣的《中国文学：千年之末的反思与展望》；夏雪的《论当代批评的当代实践性》。

《学习与探索》第5期发表韩德民的《当代美学四派理论视角的考察》；张弼的《转折迂回中的艰难选择——近年来美的本质探索一瞥》。

《东方》，创刊，第一期发表季羡林的《“天人合一”方能拯救人类》；刘东的《中国能否走通“东亚道路”》；陈平原的《当代中国人文学者的命运及其选择》，王力雄的《走出绿色象牙塔》；陈来的《二十世纪文化运动中的激进主义》；何怀宏的《什么时候我们有了一个“海”?》；陈思和的《写完〈随想录〉的巴金》；杭间的《在历史急流的“现场”——关于中国新纪录片》；祝华新的《当代中国文化生态环境透视》。

《电视研究》第5期发表王纪言、刘春的《星光闪烁中的启示与困惑——关于文艺专题片创作的思索》；蔡骧的《电视呼唤喜剧》。

《文艺评论》第5期发表吴炫的《艺术史何以成为可能》；叶砺华的《文学：“市场化”的前提与路径》；傅翔的《文学：信仰失落之后》；王彬彬的《重提小说的认识价值——米兰·昆德拉对中国当代小说的启示》；谢有顺的《缅怀先锋小说》；樊星的《重新发现历史——当代中国作家的历史观研究》；舟群的《心灵的炼狱——女性文学另一种解读方式的企图》；李家兴的《这是一片光明的世界——吕中山作品读后》；宋歌的《立象以尽意——范震威诗集〈梦幻之船〉小评》；张孝军的《诗集短评二则》；郜元宝的《请保留一点简单和天真——向技术时代的批评进一言》；代迅的《电视广告与幸福乌托邦》；陆蔚青的《穿越前廊——走向成熟的黑龙江戏剧》。

《当代作家》第5期“编辑手记”栏发表吴双的《海的子孙与海的悲歌》，闻钟的《爱情岂能被偷换》(评詹政伟的《漏网之鱼与猝然》),陈辉平的《返祖:精神的寻根》(评童天一的《返祖》);"当代著名小说家论散文"栏发表冰心的《最方便最自由的文学形式》,巴金的《我所认为的散文》,孙犁的《重真情实感》,王蒙的《我与散文》,王安忆的《重大的心灵情节》,王中才的《最容易与最困难的》,方方的《随意表白》,邓刚的《散文的形式变革》,史铁生的《最难卖弄主义》,叶楠的《晶莹的露珠》,叶兆言的《我的散文观》,冯骥才的《说散文》,刘心武的《"全凭缘份"》,刘恒的《难见辣笔》,刘震云的《我对散文有些发怵》,刘庆邦的《逃不过散文》,刘兆林的《散文贵在真》,朱苏进的《自语》,汪曾祺的《散文应是精品》,李国文的《"韵味天然"》,李存葆的《散文的随意与法度》,苏童的《闲适而美好》,肖复兴的《"含情量"最高的文体》,何士光的《如是观》,何立伟的《家常风味》,余华的《散文和小说是一样的》,陆文夫的《要有点文采》,陈建功的《"风格"这个害人精》,陈村的《我的短文》,陈世旭的《交流与独白》,张承志的《迟疑与矛盾的中间物》,张炜的《散文感言》,张洁的《理论家的事》,张抗抗的《我的散文》,张宇的《涂抹自己的心灵》,迟子建的《倾入最单纯直率的情感》,阿成的《公开的书信》,宗璞的《希望多有些议论文》,金河的《散文擂台》,周大新的《给人一点实在》,赵玫的《一本我自己打开的书》,高晓声的《散文之"散"》,梁晓声的《散文断想》,贾平凹的《难得一颗平常心》,莫言的《一矫揉就完了蛋》,格非的《智慧的折射》,铁凝的《心灵的牧场》,谌容的《我看散文》,苗长水的《散文的喜悦》,蒋子龙的《真美合一》,韩少功的《不敢随便动笔》,叶文玲的《心灵的抚慰》,张贤亮的《无"观"之观》。

《作品》第 10 期发表边心华的《小说的创新与接受——从情节与性格谈起》;陈永光的《孤独者的悲悯——筱敏散文艺术札记》。

《芙蓉》第 5 期发表[美]寒哲的《文学得失谈》。

《萌芽》第 10 期发表曹阳的《短些,短些,再短些》;王彬彬的《很味道的李森祥》。

《博览群书》第 10 期发表郭文亮的《世纪末的悲剧　世纪性的工程——读冯骥才〈100 人的 10 年〉随想》;韩峰海的《梁斌研究的新掘进——简议〈梁斌评传〉》。

《中华散文》在京举行创刊座谈会,就散文的变革等问题进行讨论。

南京大学、江苏台港与海外华文文学研究中心、中国妇女出版社联合在南京举行马来西亚女作家戴小华作品研讨会。

中国通俗文艺研究会、公安部、最高检察院、最高法院宣传部联合在天津举行第一届全国法制文艺创作研讨会。

黑龙江省作协在哈尔滨召开企事业业余文学座谈会。

本月，上海文艺出版社出版张光年的《惜春文谈》。

重庆出版社出版陈早春、万家骥的《冯雪峰评传》。

北京大学出版社出版温儒敏的《中国现代文学批评史》。

中国文联出版公司出版李树声的《人的颖悟与梦的追寻：对历史与文学的思考》。

新华出版社出版安葵的《新时期戏曲创作论》。

湖北教育出版社出版乔以钢的《中国女性的文学世界》。

11 月

1 日，《文汇报》发表陈保平的《再说"寻根"》。

《山西文学》第 11—12 期合刊（山西青年小说家专号）发表段崇轩的《"安泰"之魂——山西青年小说家论》。

《书与人》创刊号发表萧乾的《我和〈尤利西斯〉的姻缘》；《武侠小说三人谈——醉里挑灯看剑》。

《四川文学》第 11 期发表江晓天的《早该还历史真面目》；王耻富的《一曲震颤心灵的人生悲叹调——谈高缨短篇新作〈淡紫色窗帘〉》；赵正平的《我读〈帮忙〉》。

《作家》第 11 期发表蔡翔的《小说与日常世界》。

《青年作家》第 6 期发表吴野的《微型小说的美学特质》；宋丹的《一篇具有反讽意味的小说——读〈九金嘴〉》。

《海燕》第 11 期发表王桂芝的《一曲感人的生命之歌》。

《解放军文艺》第 11 期发表王中才的《倒嚼——关于军人性格的某些旧话》。

2 日，栾人学长篇小说《士兵今年十八九》讨论会在长春举行。

3日,《中国文化报》第132期发表凌耘的《把握军旅文学的脉搏——评叶鹏评论集〈切割艺术空间〉》。

4日,《人民日报》发表黄式宪的《文化剖析与叙事深度——〈一路黄昏〉的艺术启示》。

《文汇报》发表本报编辑部的《加强对文化市场的宏观调控》。

《文学报》发表本报记者刘金的《近百位专家学者在京集会研讨毛泽东与中国现当代文艺》;本报记者王兰英的《陕西省现代文学学会研讨毛泽东文艺思想与实践》;本报记者李连泰的《〈热爱命运〉耐人寻味,京、沪、陕等地五十余位评论家座谈讨论〈热爱命运〉,认为这是一部内容丰富,经得起思考的作品》;本报编辑部的《三位文学博士说——怎么了,上海的小说创作?》;山佳的《流动的文学聚会——九三年张炜文学周侧记》;木青的《"文艺市场效应"说》;吴励生的《潇洒的散淡人生——女作家刘霄印象》。

以张贤亮为团长的中国作家代表团一行4人赴以色列访问。

5日,《光明日报》发表芳华的《何以冷淡文稿竞价》。

《山花》第11期发表黎正光的《世纪的前景与新的时序》;文晓村的《气象万千争辉映——谈两岸诗歌交流的大势》;王光明的《危机与契机》;王鸿儒的《历史文学:科研与创作的对接——写在〈盛唐遗恨〉出版之后》。

《长江文艺》第11期发表古远清的《"饱孕着生命汁液的绿色小草"——评洪洋的散文诗》。

《当代文坛》第6期发表李益荪的《卓越的理论建树——毛泽东对马克思主义创作理论的发展》;吴野的《他伴随我们走向未来——为纪念毛泽东同志百年诞辰作》;吴奔星的《毛泽东诗论的基本内容和导向作用》;金汉的《中国乡土小说的艺术新变——新乡土小说论》;曾艳兵的《二十一世纪门槛前的思考——论后现代主义与后新时期文学》;丁晓原的《历史与现实的对话——论新时期历史报告文学》;杨匡汉的《时空的共享——关于海峡两岸诗歌整合性研究的思考》;胡德培的《纪实类创作趋势》;孙静轩的《关于吉狄马加的诗》;刘光荣的《从自然透视生活——读〈梁上泉诗选〉》;曾葭的《凝重悠杳的峨眉诗魂》;廖全京的《精神的追求与探询——读郭彦中篇小说笔记》;吴周文的《赤裸的生命与忧伤的清芬——论苏叶的散文》;邵德怀的《李晓小说印象》;古耜的《多味人生的从容咀嚼——姜滇散文漫论》;范昌灼的《离合悲欢情似海——略评田野的散文》;庄学

君的《两个女人在美国——〈曼哈顿的中国女人〉与〈陪读夫人〉比较谈》；韩健敏的《宇宙人生的潜在沟通——读女性散文随想》；傅德岷的《散文，迎接市场经济的挑战》；曾杰的《古朴与现代的冲突——关于文学与市场经济的随想》；邓宾善的《作家的位置和文学的前途》；张放的《心智的浪漫——郑逸梅〈蓄书以娱老〉咀华》；张放的《兀鹰盘桓下的悲哀——梁文蔷〈鹰派〉外说》；程宝林的《酒与桔的行吟——读元刚诗集〈瓶装的火〉》；张贺琴的《女性文学的大胆尝试——评长篇小说〈心动如水〉》。

《湖南文学》第11期发表孟泽的《蛮荒与锦绣》。

《莽原》第6期发表宗树洁的《典范——为毛泽东诞辰一百周年而作》。

6日，《文艺报》第44期发表本报编辑部的《李铁映在全国文化市场工作会议上强调：通过深化改革繁荣文化市场》；李庚香的《全国宣传部文艺处长会议强调："五个一工程"必须从创作抓起》；木弓的《于天命和他的长篇小说〈红色间谍〉》；余林的《向远处延伸着的心路历程——读沈大力新作〈夜空流星〉》；周崇峰的《横看成岭侧成峰——兼评〈无名氏——超人2000〉》；盛子潮的《浅谈吴越风情小说》；黄海的《警惕：文学"本土"的丧失》；晔原的《着意于心灵的解放——读赖亚生〈神秘的鬼魂世界〉》；吴洋锦的《最高的奖赏——路遥逝世以后的点点滴滴》；王兴国、朱希和的《文学期刊必须以读者为"上帝"吗？》；丁尔纲的《不断爆发的现实主义艺术生命力——论代路话剧创作方法》。

《台港文学选刊》第11期发表洛夫的《超现实主义的诗与禅》；熊国华的《"诗魔"洛夫》；朱双一的《吉陵和海东：堕落世界的合影》；张直的《一九九三，华文诗歌交流与发展》。

《羊城晚报》发表林贤治的《文人下海别谈——文坛琐话之三》。

《当代小说》第11期发表孔范今的《文学的价钱》；宋遂良的《"小说原来可以这么写"》；张炜的《文学是忧虑的，不通俗的》；胡鹏的《性》。

《电影创作》第6期发表张琢的《当今中国大陆文化走向》；宋严的《围绕吴晗所发生的斗争——电视剧〈吴晗〉创作后的再思考》。

《当代电视》第11期发表樊人的《世纪末的梦寻——评电视剧〈北京人在纽约〉》；王书云的《大雪小雪话沧桑——评电视剧〈大雪小雪又一年〉》；朱实的《华语电视发展学术研讨会在广州举行》；梁昭的《〈京都纪事〉得失谈》；巴特尔的《〈儒商〉导演的话》；张今标的《电视连续剧〈解放云南〉导演阐述》。

中国当代文学研究会、中国当代少数民族文学研究会、广西文联等六家单位共同主办的第五届中国当代少数民族文学学术讨论会暨第二届当代少数民族文学研究奖颁奖大会在南宁举行。

7日，《大众电视》第11期发表尹力的《揭开〈中国结〉的结——电视剧〈中国结〉摄制前前后后所想到的》。

《天津文学》第11期发表卢今的《两性世界的艺术探索——谈婚恋题材小说札记》。

9日，《人民日报》发表苏生的《文人"换笔"面面观》。

10日，《人民日报》发表曹建国的《文化与格调》。

《中国文化报》第135期发表孙明的《眷眷的深情——读宋安娜散文集〈海之吻〉》。

《小说林》第6期发表戴洪龄的《无形无相〈女真地〉》。

《北京文学》第11期发表高玉昆的《读〈两个人的风景〉》。

《电影艺术》第6期发表于敏的《非凡与平凡》；朱国梁的《外型·业绩·情感——毛泽东银幕形象的魅力》；托拉克的《银幕毛泽东形象的意义》；张治中的《努力开拓更富艺术光辉的伟人——谈毛泽东形象塑造的成功与不足》；孟犁野的《〈中国当代电影艺术史〉(1949—1966)引论——试论中国当代前期电影的社会文化氛围与美学特征》；潘若简的《十七年新中国电影的辉煌与惨淡》；李少白的《做点电影思维学的研究》；张广崑的《中国男导演眼中的女性形象——谢晋、凌子风、白沉、张艺谋创作比较谈》；李亦明的《娱乐片：文化转型和市场经济的必然产物(下)》；李天济的《质朴·淡雅·沉郁——谈魏鹤龄的表演》。

《写作》第11期发表马识途的《说"泡沫文章"》；张是的《文章表达方式间的互借互融现象——兼谈直接抒情》；金道行的《文学写作心理(二)——文学写作的"心理时间"》；王耻富的《一曲震颤心灵的悲歌——读高缨短篇新作〈淡紫色窗帘〉》；赵师军的《变革社会中的浮躁人生——简评贾平凹〈废都〉中的庄之蝶》；郭冬的《禁锢中的寻求——评报告文学〈梦寻者的生活流〉》；张海的《游记美学特征管窥》；郭济访的《平淡激烈两由之——〈人家的丈夫〉与〈那天，太阳很亮〉表现手法比较谈》；彭基博的《角度与传达——评两篇散文》。

《江海学刊》第6期发表秦向阳、彭坤明的《消费文化：一个亟待研究的新课题——从消费行为扭曲的深层原因谈起》；叶公宽的《试论老舍短篇小说的风格》。

《花城》第6期发表蔡翔的《日常生活的诗性消解》。

《语文月刊》第11期发表刘伟林的《略谈文学的圆形批评——以〈文学批评与比较文学〉为例》;王福河的《谎言为何能美丽——小小说〈美丽的谎言〉构思谈》;赵振汉的《标题制作的技巧》。

《诗刊》第11期发表蒋维扬的《诗歌出路与诗集出版——也谈诗歌往何处去》;丁芒的《再谈诗歌的"两栖"现象》;单复的《难得的真挚——董俊生〈曾经有过〉读后》;木斧的《诗说家常——张新泉诗集〈人生在世〉读后》;杨匡汉的《仅仅是一种生命的需要——序东川诗集〈打开九十几种可能〉》;刘爱民的《对人说的体味与超越——读〈心灵的雨丝〉》。

《理论与创作》第6期发表熊元义的《走和人民群众相结合的道路——纪念毛泽东同志诞辰百周年》;艾斐的《论创作方法的"西方化"与中国特色》;天秀的《永远与人民保持血肉联系——再说〈回延安〉》;陈再生的《一曲颂歌　情文并茂——〈茶花赋〉赏析》;韩抗的《一个永恒的主题——关于〈鸟巢下的风景〉》;罗公元、罗先霖的《文学艺术家应该走的路》;孙子威的《文学——"庄严的谎话"(续)》;鲁德俊、许霆的《严谨、规范、精美、纯熟——屠岸十四行诗概论》;莫少云的《揭示女性心灵的奥秘——我写"女性文学"的体会》;侯书良的《他在爱的伊甸园中耕耘——评孙瑞情诗集〈三月情思〉》;唐宜荣的《人间有真情——读曾敏之先生的散文〈师生情〉》;梁向东的《真情从细节说起——浅评影片〈蒋筑英〉的细节艺术》。

《读书》第11期发表董乐山的《主义二题》;雷颐的《从"文化中国"到"市场中国"——近代欧洲"中国观"的历史性转变》;宋则的《市场:个人自主能力的充分发挥》;孙津的《合时宜否》(评王宁的《深层心理学与文学批评》);陈乐民的《历史的观念——释"历史的长期合理性"》;盛宁的《道与逻各斯的对话》(评钱钟书的《管锥编》);冯亦代的《张戎的〈鸿:中国的三个女儿〉》。

上旬,深圳市第四次文代会在深圳召开,张俊彪当选为市文联主席。

武汉大学、中国艺术研究院、湖北省作协、省文联等单位联合在武汉举行曹禺国际学术研讨会,围绕曹禺与中外文化的关系展开讨论。

中国解放区文学研究会第六届学术研讨会在江西星子县举行,就新的条件下如何发展毛泽东文艺思想等问题进行讨论。

11日,《人民日报》发表会的《毛泽东与中国现当代文艺研讨会举行》。

《文汇报》发表陈祝平的《寻找目标市场——严肃文化如何进入市场》。

《文学报》发表本报编辑部的《文人,你在想什么?》;戴翊的《真与爱的奉献——致竹林》;本报编辑部的《中肯坦诚　不失热情——〈小说界〉邀请作家和评论家讨论须兰作品》;赵荣发的《冷凝的是一片激情——评梁志伟诗集〈觉醒〉》。

12日,《中流》第11期发表马文瑞的《延安精神与改革开放——在一次理论研讨会上的讲话》。

中国社科院文学所、中国文联出版公司、作家报社联合在京召开马瑞芳长篇小说《蓝眼睛·黑眼睛》研讨会。

13日,《文艺报》第45期发表深文的《真抓实干　繁荣创作——深圳市文联召开第四次代表大会》;许文郁的《乡土,超越乡土——甘肃近年乡土小说探察》;吴泰昌的《换一副笔墨写人生——关于黄国柱和他的散文集〈苦海的帆〉》;向云驹的《穿透历史的表象——评石英长篇小说〈妙悟人生〉》;曾凡华的《为散文风景线添彩增色》;陶东风的《艺术:创作还是生产?——兼论二十世纪反个性化思潮》;杨乃乔的《在两种理论冲突的表象背后》;张法的《一点商榷》;容翼的《差别之中见同一》;李春青的《文学艺术史复合体》;王德胜的《寻求现实文化价值》;陶水平的《文化消费与意识形态》;谭谈的《文学湘军的一次检阅》;赵忠范、刘立伟的《带兵人写的长篇小说〈士兵今年十八九〉受好评》;贾磊磊的《"生存第一":是真理还是谎言——兼论电视剧〈北京人在纽约〉的双重语境》;戴翼的《时代主旋律的一曲高歌——读高云〈这儿是片芳草地〉》;曾镇南的《读丁一的散文琐记》;日复的《热流在皑皑白雪下涌动——读林家品的长篇小说〈热雪〉》;李元洛的《俊采星驰——王开林和他的散文》。

《文汇报》发表邹平的《价值取向与文学的责任》;许纪霖的《误读之后的价值暗示——再说〈北京人在纽约〉》;朱苏进的《微醺与隐痛》;张新颖的《闲言碎语〈醉太平〉》;邵建的《心,永远美丽》。

《光明日报》发表沈卫星的《三位分裂:一场不该发生的大战——电影、电视剧、录像三位一体备忘录之一(附编者按)》。

《深圳特区报》发表古远清的《内容厚实　栽培精心:读澳门黄晓峰的诗评》。

14日,《文汇报》发表梅朵的《一片枫叶——我读竹林的〈女巫〉》。

《光明日报》发表沈卫星的《关键一体：电视剧走向市场——电影、电视剧、录像三位一体备忘录之二》。

《文学报》发表张蕾的《“ABC”作家走俏美国文坛：记华裔作家谭恩美》。

15日，《山西大学学报(哲学社会科学版)》第4期发表邢小群的《论80年代中期以来文学中的性意识》。

《上海文学》第11期“批评家俱乐部”栏发表殷国明、陈志红、陈实、朱子庆、何龙、费勇、文能的《话说正统文学的消解》；同期，发表李洁非的《物的挤压——我们的文学现实》；韩毓海的《杰姆逊的企图——评杰姆逊的“后现代主义”及“第三世界”文化理论》。

《文学评论》第6期发表董学文的《论毛泽东在文艺理论方面的贡献——纪念毛泽东诞辰一百周年》；张炯的《毛泽东诗论与新中国诗歌——纪念毛泽东诞辰一百周年》；严家炎的《二十世纪中国小说研究之回顾与展望》；雷达的《废墟上的精魂——〈白鹿原〉论》；唐浩明的《〈曾国藩〉创作琐谈》；秦立德的《叙述的转型——对“后新潮小说”一种写作动机的考察》；刘新华的《历史暮霭中的人与世——林希近年小说漫评》；王爱松的《整体扫描与深层透视——评〈中国乡土小说史论〉》。

《文艺争鸣》第6期发表公木的《毛泽东与现代中国文艺之路——纪念毛泽东诞辰100周年》；陶东风的《新“十批判书”之三——欲望与沉沦——当代大众文化批判》；王干的《融入幻境——朱苏进神话》；储福金的《智者之作》(讨论朱苏进的创作)；王彬彬的《醉与笑》(讨论朱苏进的创作)；张颐武的《〈白鹿原〉：断裂的挣扎》；朱伟的《〈白鹿原〉：史诗的空洞》；孟繁华的《〈白鹿原〉：隐秘岁月的消闲之旅》；吴亮的《城镇、文人和旧小说——关于贾平凹的〈废都〉》；程文超的《晚近批评中的后现代主义话语欲望》。

《中州学刊》第6期发表宋伟的《从学术上的多元并存到理论上的综合超越——多视角全方位及马克思主义文学理论的发展》；韩庆祥的《能力本位论——简论社会主义市场经济的文化建设》。

《民族文学》第11期发表刘付靖的《M大陆的艺术世界——张承志的创作与蒙古族文化的关系述评之三》。

《长城》第6期发表赵朕的《当代心态的主体观照与理性思考——论王立新的报告文学创作》。

《北方论丛》第6期发表王寿春的《论市场经济的文化环境》;文立祥的《论文学形象塑造的自律性》。

《文艺理论与批评》第6期发表陶德宗的《论日据时期的台湾新文学的现代意识》。

《电视剧》第6期发表荀良的《抓好一剧之本——创作〈半边楼〉的点滴体会》。

《当代电影》第6期发表王稼钧的《模式论与电影》;李显杰、修倜的《论电影叙事中的时间畸变》;陈晓云的《中国电影叙事模式的转变》;郦苏元的《中国早期电影的叙事模式》;谭春发的《本是同根生　主仆两处分——影片〈姊妹花〉赏析》;胡菊彬的《〈小城之春〉的叙事特色》;尹鸿的《经典文本〈青春之歌〉与1949年后的中国电影》;刘怀舜的《面对光色闪现的时空——关于电影文学人物的寻思》;陈航的《在挑战中寻求新的生机和出路——"中国电影与当代社会"研讨会综述》;邓烨的《中国电影前景之我见》;祈海的《"张良现象"的启示》。

《戏曲艺术》第4期发表龚义江的《郑法祥和他的"悟空戏"(上)》;曲咏春的《谈京剧〈八大锤〉武打的改革》;李文才的《谈戏曲龙套艺术(上)》;周企旭的《川剧舞台的十年动向及特点》;蔡运长的《戏曲的本色与文采——漫谈剧曲的特点之一》;张克勤的《在三重把握之中不断创造出新(下)——论张树勇的导演艺术》;孔祥芸的《京剧服装中的"三衣"(上)》。

《社会科学》第11期发表张荣翼的《电视文学对文学的观念再构》。

《学术论坛》第6期发表李林的《审美与伦理的文化学思考》;周慧超的《文艺审美变形论》。

《钟山》第6期发表北村的《爱能遮掩许多的罪》;吴俊的《寻找一种绝对或上帝——北村近作读后》;毕飞宇的《关于小说的姑妄言之》;黄毓璜的《春意阑珊半山腰——略谈毕飞宇小说》;陈晓明、张颐武、戴锦华、朱伟的《精神颓败者的狂舞》;吴炫的《小说的可能性与本体性否定》,李洁非的《传统小说和传统内容》。

16日,《文汇报》发表本报编辑部的《小剧场戏剧在京"会师"——中国小剧场戏剧暨国际研讨会在昨举行》。

《羊城晚报》发表杨羽仪的《岭南散文创作三题》;尚海的《中国农村社会的历史长卷——读竹林的长篇小说〈女巫〉》。

17日，《作品与争鸣》第11期发表杜元明的《当代共产党人的正气歌》；范易弘的《流动的人生风景》；田力的《过后不思量》；向云驹的《危险何在?》；楚昆的《金钱毁灭的不仅是肉体》；何满子的《文化危言》。

18日，《文学报》发表本报编辑部的《反思“文化偏食”现象》（谈话录）；本报记者江振新的《徐中玉教授指出——关心社会　造就大作》；石言的《“下海”与“出洋”》；张韧的《历史生存本色的勘探——再论近年历史小说》；毛时安的《批评的瘫痪》。

《光明日报》发表沈卫星的《三位一体：建立中国“大电影”体制——电影、电视剧、录像三位一体备忘录之三》。

19日，《人民日报》发表刘锡庆的《当代人生的多彩描绘》（评斯好散文）。

20日，《人民日报》发表安地的《曹桂林做不醒的文学梦?》。

《光明日报》发表杜丽的《自己的屋子——记青年女作家陈染》；张良皋的《文学中的建筑信息》；曾绍义的《秦牧与〈中国散文百家谭〉》。

《北京师范大学学报（社会科学版）》第6期发表童庆炳的《毛泽东文学批评的社会历史维度》。

《西北大学学报（哲学社会科学版）》第4期发表采诗的《试论当代散文的特色与不足》。

《河北学刊》第6期发表赵建国的《电视——第二大文化载体》。

《学术月刊》第11期发表陈引驰的《文化的现实选择与美学的意识形态性》；孟稷的《超感性：审美鉴赏的本质》。

《小说评论》第6期发表邵德怀的《依时而变　应时而进——评云里风的小说创作》。

《南开学报（哲学社会科学版）》第6期发表冷铨清的《关于“双百”方针的思考：兼论邓小平对“双百”方针的贡献》；乔以钢的《中国女性现代精神的高扬——面向自身与社会的新时期妇女文学（之一）》。

《清明》第6期发表程欣欣的《喧闹中的沉静——“辽宁青年小说家专辑”读后》。

21日，《光明日报》发表韩小蕙的《北京召开马瑞芳作品讨论会》。

《文艺研究》第5期发表张国民的《坚持和发展马克思主义文艺理论的典范——纪念毛泽东诞辰一百周年》；蔡子谔的《试论毛泽东独具个性的美学追

求》;田军亭的《意境:审美经验的高度凝练及其沟通与融合》;孙维城的《对王国维"隔"与"不隔"的美学认识》;吴秀明的《论近年领袖传记文学的创作》;钱林森的《卢梭与中国二题》;谢柏梁的《中国戏剧发展的地域性特征》;陈世雄的《哲学思维对现代戏剧思维的影响》;陈跃红的《中国比较文学学会第四届年会暨国际学术讨论会侧记》;邵建的《〈中国乡土小说史〉》;王坤的《〈图腾美学与现代人类〉》。

23日,《光明日报》发表杭天勇的《京剧的多米诺骨牌现象》。

第十三届"金鸡奖"评选揭晓,《秋菊打官司》获最佳故事片奖。

24日,《文汇报》发表沈吉庆的《两位文坛老人的挚情——萧乾给巴金祝寿侧记》。

《中国文化报》第141期发表解玺璋的《主旋律中的大众话语——评电视剧〈太阳〉》;熊元义的《艺术不能失掉尊严》;常公的《价值观念的冲突与重铸——电视剧〈北京人在纽约〉观后》。

《文艺理论与批评》第6期专栏"纪念毛泽东诞辰100周年"发表本刊编辑部的《全心全意为人民服务——纪念毛泽东诞辰100周年》,草明的《我是怎样形成科学的文艺观的——为纪念毛泽东诞辰100周年而作》,马少波的《毛泽东文艺思想催发了戏曲的蓬勃生机》,董学文等的《关于"毛泽东热"的思考与探讨——北京大学部分师生座谈会发言》;同期,发表杨柄的《江山·历史·诗情——读贺敬之同志组诗〈富春江散歌〉》;荀春荣的《一个知识分子的英雄形象——我看影片〈蒋筑英〉》;潘亚暾的《陈映真及其高论——兼评〈台湾现当代文学思潮之演变〉》;刘润为的《评长篇小说〈习惯死亡〉》;张永权的《石英散文近作漫议》;文熙的《从"白毛女"新解说到革命的权利》;钟华叟的《作家,你怎么会这样想?》;王仲生的《人与历史 历史与人——再评陈忠实的〈白鹿原〉》;傅迪的《试析〈白鹿原〉及其评论》;康式昭的《面对挑战的决策选择——"文化与市场"丛谈之二》;盛宁的《美国新左派和新马克思主义的文学批评刍议》;何成的《对文艺功能的若干理解(上)》。

25日,《文汇报》发表汪澜的《迎接新世纪戏剧的曙光——与郭小男、叶长海谈〈金龙与蜉蝣〉》。

《文学报》发表张德祥的《中国当代文学研究室第八届年会在苏州召开:研讨90年代文学 呼唤使命意识》;叶延滨的《制造伊甸园的诗人》;刘绪源的《赵丽宏

和〈岛人笔记〉》。

《光明日报》发表电一的《如此“文坛擂台赛”》。

《文艺理论研究》第6期发表张德林的《性格·场面·叙述语言——长篇小说〈紫藤花园〉的艺术特色》;刘挺生、陈福民、张闳、金勇的《当前文学批评的商业化倾向与双重贫困》。

《东岳论丛》第6期发表施友佃的《兼收并蓄　大胆尝试——论新时期杂文题材的多种取向》。

《当代作家评论》第6期发表张炯的《毛泽东与新中国诗歌》;胡河清的《贾平凹论》;雷达的《心灵的挣扎——〈废都〉辨析》;李洁非的《〈废都〉的失败》;陈骏涛、白烨、王绯的《说不尽的〈废都〉》;钟本康的《世纪末:生存的焦虑——〈废都〉的主题意识》;韩鲁华的《世纪末情结与东方艺术精神——〈废都〉题意解读》;蔡翔的《诘问和怀疑》;洪治纲的《追踪神秘——近期小说审美动向》;林林的《谢冕谈〈新文学的本体与形式〉》;李锐的《关于〈旧址〉的问答——笔答梁丽芳教授》;郜元宝的《保护大地——〈九月寓言〉的本源哲学》;黄裳裳的《无尽的追问——读刘心武长篇新作〈四牌楼〉》;李咏吟的《存在的勇气:杨绛与宗璞的散文精神》;奚密的《海子〈亚洲铜〉探析》;张清华的《莫言文体多重结构中传统美学因素的再审视》;刘恩波、洪立敬的《董桥的散文及其他》;李炳银的《陕西的作家与文学创作辨析》。

《晋阳学刊》第6期发表陶水平的《西方马克思主义文艺学的历史地位与现实意义——兼谈建设有中国特色的马克思主义文艺学》;傅书华的《论“山药蛋派”作家塑造典型的成型方式》。

《通俗文学评论》第4期发表陈墨的《金庸小说主人公的人格模式及其演变》;瞿湘的《大师金庸》;古远清的《求真·求知·求文——论(香港)梁锡华的杂文》。

安徽省文联、作协等单位联合召开王英琦散文作品研讨会。

26日,《光明日报》发表刘洪波的《文坛的“亨”气》。

《小说》第5期发表王维玲的《三十年反响不寻常——祝贺长篇历史小说〈李自成〉出版三十周年》。

陕西省作协等单位联合在西安召开朱鸿散文作品研讨会。

27日,《文汇报》发表王干的《“平面人”与精神侏儒》;生民的《未必“平面”,未必“侏儒”》。

《文学自由谈》第4期发表艾晓明的《香港，作为小说的主人公》；林承璜的《洋溢新气象、大气象的作品》；王璞的《香港文学三人谈》；张新颖的《诗人何为?》；王一桃的《与时代同流的“诗论”——古远清〈海峡两岸诗论新潮〉评介》；钱红林的《留学生文学座谈会纪要》；吴小如的《夏志清及其〈鸡窗集〉》。

28日，《文汇报》发表王蒙的《关于文体学》；肖复兴的《放逐与回归——致洪亮》；周佩红的《为了明天的记忆——读赵丽宏〈岛人笔记〉》(散文集)；林文询的《大波身后事》。

《中国文化报》第143期发表曲润海的《谈戏剧创作的几个问题》。

《小说评论》第11期发表汤学智的《撩开心灵的帷幕——评欧阳子的小说创作》。

《上海戏剧》第6期发表李洁非的《回眸戏班制》；王宏图的《期盼新世纪的辉煌》；蒋锡武的《戏曲美学意识的形成过去与中兴》；蒋星煜的《越剧发展史的辩证法》；朱小如的《越剧〈乔少爷造桥〉散议》；刘明厚的《〈伽利略传〉在中古诞生记》；凌羽的《精心泼墨写〈西厢〉》。

《四海·港台海外华文文学》第6期发表袁良骏的《〈香港大学生〉与〈围城〉》；郭名凤的《华文文学在欧洲的发展》；吴崇兰的《美国华文文学的走向》；蒋朗朗的《略论当代的台湾乡愁文学》；郑树森的《王祯和遗作〈两地相思〉》；梁锡华的《沙田出文学——香港文学史料一则》。

29日，《光明日报》发表唐湘岳的《刘先和又回来——电视剧〈秋之魂〉观后》。

29日，《社会科学辑刊》第6期发表牟岱的《试论毛泽东文化观的特点》。

30日，《戏剧》第4期发表谭霈生的《中国当代历史剧与史剧观》；冯刚的《关于毛泽东戏剧形象的塑造问题》；罗锦鳞的《用中国的传统戏曲表演古希腊悲剧——在第七届国际古希腊戏剧节上的学术报告》；张仁里的《论焦菊隐的〈心象学说〉》；田文的《新时期演出造型艺术发展述评》；丁涛的《艺术之真(上)——情感生命之意义》；邹元江的《个体意志和丑角意识——戏剧丑角美学特征的文化基因》。

《台湾研究集刊》第4期发表徐学的《诉说与独白——当代台湾散文中的两种叙述方式》；朱双一的《八十年代以来的台湾文学理论批评》。

以束沛德为团长的中国作家代表团一行8人赴泰国访问。

下旬，北京文艺学会在京召开曾克散文近作研讨会。

北京市作协在京举办方旭散文作品研讨会。

本月，《十月》第6期发表张承志的《撕名片的方法》。

《小说月报》第11期发表路远的《却道天凉好个秋》。

《中国广播影视》第11期发表靳晟的《不幸的北京人》。

《剧本》第11期发表谭霈生的《应运而生　锋芒初试——从〈情感操练〉及其剧社所想到的》；周明的《历史剧创作的新收获——简谈高甲戏〈大河谣〉的人物塑造》。

《作品》第11期发表殷国明的《重建和解构的双重可能性——关于韩东的〈本朝流水〉》；胡德培的《回顾过去与面对现实——艺术规律探微》。

《中外电视》第11期发表陈飞宝的《琼瑶电视剧的情爱世界》。

《作品》第11期发表张永枚的《姐妹星：评澳门女子散文〈七星集〉》。

《萌芽》第11期发表姜龙飞的《女性·世故·爱——论陆萍的诗》。

《博览群书》第11期发表严麟书的《巴金散文：真实情感的流淌》；祝兆平的《潇洒地写一部文化的历史——读〈文化苦旅〉》；张羽的《梁凤仪小说之我见》；古耜的《在生活的迷宫里寻幽探奥》。

《新文学研究》第3、4期合刊发表肖阳的《文艺：直面市场经济，注重精神价值——纪念毛泽东诞辰一百周年》；何宋文的《新时期刘白羽的散文观》；尹鸿禄的《读大后方杂文札记(续一)》；沈玲的《浅评田仲济抗战时期的杂文创作》；卢今的《一个觉醒女性的感伤情怀——庐隐散文论札》；陶镕的《〈野草〉与〈爱之路〉》；林锦鸿的《整幅画面的象征——茅盾〈雷雨前〉的启示》；苏光文的《香港抗战文学运动》；郭仁怀的《血祭中华——谈抗战诗歌中死的主题》；文天行的《“五四”写实思潮》；张家钊的《论胡适的文艺思想》；李建秋的《沙汀、路翎创作特色比较论——兼谈现实主义观念的发展和嬗变》；李夏的《论白先勇与现代主义》；李伟民的《抗日战争时期莎士比亚在中国》；陈贤楷的《该为子孙留下什么遗产？——读〈啊，国土——忧患的警钟〉》；张效民的《沙汀研究的新贡献——读官晋东〈跋涉与寻觅——沙汀评传〉》。

广西作协、《上海文学》等单位共同举办的’93大桂山文学笔会在梧州举行，就如何繁荣广西文学创作等问题交换了意见。

上海作协等单位在上海举行竹林长篇小说《女巫》讨论会。

《地火》编辑部等单位联合在京举办瘦谷散文研讨会。

第三届五特区文学研讨会在珠海召开，就特区文学如何在市场经济大潮中坚持“二为”方向、“双百”方针召开讨论。

12月

1日，《四川文学》第12期发表何世平、邓贤、易丹、裘山山的《十字路口，我们造一座象牙塔——关于文学创作现状的四人谈》。

《作家》第12期发表彭荆风的《张光年1981年的云南之行》；陈忠义的《第三代与朦胧诗之比较》。

《海燕》第12期发表陈炳熙的《短篇小说的拍案惊奇效果》；杨振东的《〈今宵酒〉不醉人》。

以蒋子龙为团长的中国作家代表团一行5人赴缅甸访问。

2日，《文学报》发表车晓勤的《安徽省文联、作协等单位研讨王英琦散文创作》；柏峰的《关中风云眼底收——漫谈杨玉坤的〈洛水三千〉》；楼肇明的《萌萌细雨的生命情结——读汪逸芳的散文》。

3日，《人民日报》发表汪曾祺的《散文的辉煌前景》；林为进的《选择的主动》。

4日，《文艺报》第48期发表文言的《适应市场经济体制　研究特区文化建设》；刘忠德的《搞特区文化　不搞“文化特区”》；民的《忠诚于社会主义文学　潜心于培养文学新人》；梵杨的《人民的心声——介绍长诗〈毛泽东颂〉》；漠生的《时代的强音　时代的歌者》；本报编辑部的《一些文章批评传媒在报道顾城之死时的态度》。

《文汇报》发表忠民的《〈武训传〉问题的关键究竟在哪里?》。

5日，《中国文化报》第146期发表本报记者黄悦的《长篇小说散文随笔为热点　严肃文学出路仍不能乐观——’93中国文学现状一瞥》；王贵刚的《经济学家与作家的对话——冯玉忠、蒋子龙谈经济与文化》；张梦阳的《在散文星空里徜徉——〈中国散文精品分类鉴赏辞典〉品鉴录》。

《湖南文学》第12期发表韩抗的《日常生活有深意——读〈邻居〉、〈名人〉》。

6日，《光明日报》发表韩小蕙的《〈东方神话〉研讨会在京召开》。

《台港文学选刊》第12期发表钱虹的《知感交融、才情并茂的“副产品”》。

《羊城晚报》发表孙珉的《岭南奇气挟春来——谈〈吴有恒文选〉》；司马玉常的《直面人生的思考》；章明的《〈绿宝石〉的奇、趣、真、美》。

《当代电视》第12期发表高春丽的《把我们的心声编进剧里》；朱斌如的《来源于生活，得益于观众》；张静斌的《艺术感染力来自真情》；闫建刚的《〈擎天柱〉的导演基点》；黄宗洛的《不重复别人，也不重复自己，要有新鲜味儿》；韩善绪的《累点，我也要演好他》；田成仁的《我这样塑造孙大年的》；李连义的《小角色也轻视不得》；马献廷的《女性对理解的呼唤——电视连续剧〈风雨丽人〉管窥》；黄泽新的《两代人：辉映与互补》；秦耕的《夜来“风雨”声，情泪知多少——电视连续剧〈风雨丽人〉的艺术魅力》；吴同宾的《纯情赞歌》；张春生的《“天柱”启示——电视剧〈擎天柱〉小议》；邑弓的《展开的魅力——评〈杨三姐告状〉》；赵德明的《〈杨三姐告状〉中的真人真事》；夏康达的《大处落笔——评电视剧〈擎天柱〉及其人物塑造》；宋希东、张晓丽的《人物专题片中两个关系的把握》。

7日，《大众电视》第12期发表周易的《男明星的魅力：朴实与潇洒》。

8日，《中国文化报》第147期发表高占祥的《在改革开放中发展文化产业》。

《光明日报》发表于友先的《齐鲁风骨源远流长——读中篇小说集〈劫持孔子后裔阴谋〉》；姜铮的《自成一家的梁衡散文》。

9日，《文学报》发表罗岗、江振新的《一些学者指出——学术危机：丧失人文精神》；马开元的《李瑛谈诗歌创作》；兰妮的《默默写作的赵玫》。

中国作协理事、黑龙江省作协副主席、著名作家林予因病逝世，享年63岁。

人民文学出版社在京举办吴正作品研讨会。

10日，《羊城晚报》发表文的《首都文艺界知名人士谈当前文学期刊的出路》。

《北京文学》第12期发表孙津的《无奈纯情偏世故》。

《写作》第12期发表金道行的《文学写作心理(三)——文学写作的“心理逻辑”》；刘中国、陈开元的《羊犟散文诗印象》；刘海涛的《微型小说写作规律论》；李孝华的《散文的“神”》；张海的《游记写作技法举隅》；何足道的《读诗随感——谈谈〈打工汉〉与〈校园的那条小路〉》；刘海涛的《故事意蕴的挖掘与体验——凌鼎年微型小说〈牛二〉小议》。

《语文月刊》第12期发表伍华仁的《略谈王蒙创作思想的发展及艺术表现形式的变化——以五十年和新时期的创作为例》；孙春旻的《建构意象——文学创作的基本功》。

《读书》第12期发表刘心武的《你只能面对》；陆建德的《OED·腐败·市场及其他》；扎西多的《正襟危坐说〈废都〉》；许纪霖的《虚妄的都市批判》；刘剑君的《文化的政治困境》；张颐武的《跨出"新时期"的思索》；王宁的《整合与克服拜金主义》；谢泳的《不是责备文人的时候》；马成化的《放松岂能由自己》；易符原的《改善生态　平衡心态》；杨玉熹的《不自由处有自由》；张久兴的《教师固穷》，杨风的《我终于发现》。

《诗刊》第12期发表劭静、雷霆的《树与树紧紧地拥抱——1993年"青春诗会"侧记》。

上旬，湖南省作协、作家出版社联合在京举行武俊瑶散文艺术研讨会。

谢春池、何永先、刘少雄的长篇报告文学《才溪世纪梦》研讨会在福建上杭县举行。

11日，《文艺报》第49期发表胡经之的《特区犹有情义在——王向同报告文学谈》；胡采、刘建军的《秦川牛和他的诗》；谢泳的《凡俗与真情——评韩石山的散文》；陈朝红的《探索一片新的生活天地——读佳云近年中篇新作》；孙豹隐的《新时期文艺批评的核心》；杨桂欣的《周良沛的〈丁玲传〉》；车晓勤的《安徽举行王英琦散文作品研讨会》；金海的《长篇报告文学〈才溪世纪梦〉研讨会在闽举行》；胡可的《毛泽东文艺思想与中国话剧——纪念毛泽东同志诞辰一百周年》；蔡子谔的《审美情感和理性思辨相交融的美质——评梅洁的〈山苍苍，水茫茫——鄂西北论〉》；王志清的《颜加散文诗研究现象散论》；刘士杰的《自然之子对人生的吟咏——读姜耕玉的诗》；瑙蒂的《留给过去和未来的情感珍藏——肖复兴和他的〈情丝小语〉》；董大中的《小城：两种文化交错的地带——读周同馨诗集〈小城故事〉》；木弓的《有属于自己的故事吗？——金梅〈傅雷传〉及其他》。

《文汇报》发表本报编辑部的《批评的失落与重建》；沈敏特的《谈文人的致富》；黄源的《孤岛时期的一个插曲——读〈孤岛少年〉》。

《光明日报》发表张中良的《文化岂敢无经典》。

12日,《文汇报》发表张培恒的《重视侠文化的研究》;周清霖的《武侠小说与还珠楼主》;曹正文的《新武侠的艺术特色》。

《中国文化报》第149期发表陈荒煤的《当代新儒林外史》;王颖婕的《立足市场发展　规范运作行为——当前文化市场发展进程中的问题评述》。

12—18日,中国鲁迅研究会主办、广东鲁迅研究学会协办的"鲁迅研究的新路向"学术研讨会在广州召开。

13日,第六届庄重文文学奖颁奖大会在京举行,共有华北与东北地区的31位青年作家获奖。

14日,《羊城晚报》发表周彦文、王治安的《关于〈下海人潇洒〉的对话》;梁羽生的《武侠小说的"三结合"》。

15日,《光明日报》发表本报编辑部的《爱国主义:永恒的主旋律》。

《上海文学》第12期发表陈福民的《谁是今日之"拾垃圾者"》;季红真的《短论二题——重读〈冈底斯的诱惑〉和〈爸爸爸〉》;王家骏的《当代情爱原生态》。

《民族文学》第12期发表贾羽、胡亦斌的《心灵的血线——评长篇纪实文学《血线——滇缅公路纪实》;肖远新的《山民的追求——谈岑隆业的〈山缘〉系列小说》。

《民族文学研究》第4期发表谭德清的《壮族抒情悲歌群的构成及其价值》;李学智的《一部满族文学故事的背景——〈尼山萨满传〉》;王珂的《走出自己的迷宫——评匡文留〈第二性迷宫〉》;王科的《韩汝诚:出色的蒙古族小说家》;夏雪芬的《构建成人与儿童相谐相爱的理想世界》。

《广东社会科学》第6期发表熊国华的《在时间之上旋舞:评台湾诗人张默的长诗〈时间,我缱绻你〉》。

《徐州师范学院学报(哲学社会科学版)》第4期发表田秉锷的《〈废都〉与当代文学精神滑坡》;方明的《"创造性的研究巨著"——试评杨义〈中国现代小说史〉》。

16日,《文学报》发表本报记者的《上海市委领导与文艺界人士恳谈:抓住机遇,进一步繁荣文艺事业》;本报编辑部的《浙江文艺理论工作者聚会研讨:如何塑造文艺作品中的毛泽东形象》;玉文的《河南省作协把文学新人小说创造的水准,放到全国创作大格局中衡量》;本报编辑部的《既须坚守阵地　更需写出大作——话说上海小说》;银笙的《从世纪深处走来——记传记文学白黎》;何国瑞的《艺术性:文艺的质的规定性——纪念毛泽东诞生一百周年》;罗马的《这不是我所期待的——〈热爱命运〉简评》；阎纲的《死去活来的爱——再谈〈热爱命运〉》。

17日，《中国文化报》第151期发表齐言的《天津作协等出面掩护作家创作权益》；赵忱主持的《艺术化的历史课——百部爱国题材影片三人谈》（滕进贤、谢添、阎晓明）。

《羊城晚报》发表张曙光的《“神童作家”“神”仍存——近访刘绍棠》。

《作品与争鸣》第12期专栏“反腐败与文学研讨会”发表马文瑞的《致“反腐败与文学”研讨会的贺信》，李希凡、刘玉山、荀春荣等的《“反腐败与文学”短论》，郑茗的《文化艺术出版社、作品与争鸣杂志社举办“反腐败与文学”研讨会》；同期，发表胡德培的《特定情态下的女性形象》；孙兴民的《一幅色彩斑驳的特区风情画》；王世德的《宠物热的奇闻和讽喻》；周治杰的《毕现市民心态的〈狗运〉》；筱吾的《一肉一灵一蝶》；吴探林等的《众说纷纭话〈废都〉》；蔡昕的《众说纷纭话〈京都纪事〉》。

《郑州大学学报（哲学社会科学版）》第6期发表温斌的《试论白先勇短篇小说的悲剧意识》。

18日，《文艺报》第50期发表本报编辑部的《三十一位青年作家获第六届庄重文文学奖》、《陕西省委副书记批评文学界不敢批评放弃批评》、《上海一批作家批评家呼吁：文学批评不要被舆论和世俗所左右》、《人民文学出版社举办吴正作品研讨会》、《大众审美文化引起理论界关注》；丁临一的《开掘高品位的精神矿藏——评王宗仁的〈青藏风景线〉》；陆士华的《坦诚的笔记——刘绍棠与〈如是我人〉》；秦克温的《为中华英才树碑立传的人——读晓音的军事传记文学》；子矜的《瘦杆高挑的大节——读李云鹏诗集〈三行〉》断想》；张燕玲的《从心底里唱出来的歌——读蒋濮小说集〈极乐门〉》。

《光明日报》“儿童文学专版”发表肖复兴的《儿童文学质疑》；金波的《让儿童文学中多一些阳刚之美》。

《羊城晚报》发表陆基民的《文人“以文吃文”，是否可成为当代生意场中的新格言？文人下海仍从文》。

《中国戏剧》第12期发表杨小青的《赋予古典名剧现代美——导演越剧〈西厢记〉札记》；罗志摩的《二度创作中的〈西厢记〉设计》；顾达昌、胡梦桥的《戏曲音乐的深层开掘——越剧〈西厢记〉作曲断想》；刘厚生的《越剧的辉煌大作——小论〈西厢记〉编导艺术》;徐晓钟的《诗情袅袅 画意悠悠——“小百花”〈西厢记〉的美质》;曲六乙的《茅威涛的审美追求和张珙的美学意蕴》;叶长海的《走向新世纪的戏曲》;薛若邻的《独特的改编 精彩的表演——谈越剧〈西厢记〉》;周传家的《格调高雅意深沉——越剧〈西厢记〉成功原因初探》;童道明的《〈西厢记〉的喜剧意蕴》;安葵的《健全的艺术思维》;龚和德的《青春优势与艺术优势》;安然、青萍的《戏曲的命运与电影的沉沦:兼谈〈霸王别姬〉》;杜家福的《年年难过年年过——漫议话剧〈疯狂过年车〉》;高扬的《话剧能否卡拉OK》;路玉玲的《用英语唱秦腔——谈英语唱念的戏曲化》。

《中国作家》“江轧杯”优秀短篇小说颁奖仪式在京举行,汪曾祺、铁凝等12位作家的新作获奖。

19日,《中国文化报》第151期发表李铁映的《深化改革,加强管理,促进社会主义文化市场繁荣健康发展》;本报记者千子的《借鉴经验 再续新篇——“百部优秀影视片”四人谈》;王世德的《审美与思想倾向性的结合》;记者孙燕的《周颖南作品研讨会在京举行》;记者黄悦的《美籍华人女作家汤婷婷作品座谈会在京召开》。

20日,《学术月刊》第12期发表冯俊的《保罗·利科的人学理论》。

《福建论坛》第6期发表刘登翰的《〈过番歌〉的产生和流播——〈过番歌〉研究之二》。

中旬,中国文联、中国作协在京举办新加坡著名作家周颖南从事文学创作40年作品研讨会。

22日,《中国文化报》第153期发表记者何懋绩、张福的《丁关根在云南调查研究时强调:精神文明重在建设贵在坚持,用高格调精神产品繁荣文化市场》;刘忠德的《加强管理 促进繁荣 建设有中国特色的社会主义文化市场——在全国文化市场工作会议上的讲话》。

《光明日报》发表冯宪光的《毛泽东文艺思想的世界意义》;奎曾的《龙彼德:中国式现代诗的探索者》。

23日,中国文联在京举行纪念毛泽东同志诞辰一百周年座谈会,就在社会主义改革开放历史的新时期如何深入学习马列主义、毛泽东思想和邓小平建设有中国特色社会主义的理论以做好文艺工作,如何使文艺为经济建设服务等问题进行座谈。

24日,《文汇报》发表宋贵仑的《邓小平文艺理论对毛泽东文艺思想的新发展》;欧家斤的《〈白山黑水〉浅析》。

《光明日报》发表韩小蕙的《当代华夏文学研讨会召开》;《柯兴报告文学在京研讨》。

25日,《文艺报》第51期发表晓明的《走向博大恢弘之境——〈刘芳绿色散文选〉的启示》;夏青的《评周以纯诗集〈冶炼太阳〉》;罗源文的《深入生活创作好作品》;江平的《南京讨论沈乔生小说作品》;刘厚生的《"百花齐放,推陈出新"是戏曲的生命——纪念毛泽东同志诞辰100周年》。

《上海师范大学学报(哲学社会科学版)》第4期发表赵全龙的《"后知青文学"的新写实趋向》。

《学术研究》第6期发表陆一帆的《关于文艺批评标准的思考提纲》;余福智的《对〈关于文艺批评标准的思考提纲〉的思考》;王晋民的《美国华文小说概论》。

《海南师院学报》第4期开辟"罗门蓉子研究专辑",发表张健的《论罗门诗的两大特色》,王一桃的《论罗门的城市诗》,黄孟文的《谈王蓉子的〈童话城〉》,杜丽秋的《罗门与蓉子诗歌之比较》,徐学的《罗门诗论的主体性》。

26日,《中国文化报》第155期发表马蓥伯的《深谙文艺特点的伟人——学习毛泽东关于文艺论述的一点感受》;宋晓萍的《要重视文学欣赏的"最近接受区"——重读〈讲话〉的一点想法》。

27日,《羊城晚报》发表游焜炳的《重温"双百"》;任孚先的《"老树著花无丑枝"——读韩笑诗集〈珠江美人〉》;柯蓝的《橄榄绿色的天空》(评李炳天的散文集《云、星、霞》)。

28日,《文汇报》发表周明的《毛泽东与〈人民文学〉》。

29日,《光明日报》发表蔡毅的《文化部艺术家联谊会在京成立》。

《杭州大学学报(哲学社会科学版)》第4期发表杭文的《上方重阁晚　百里见秋毫——新时期浙江当代文学研究鸟瞰》;竺天文的《现实在文学中》。

上海同济大学海外华文文学暨台港澳文学研究所在上海成立。

30日,《人民日报》发表刘忠德的《高扬主旋律　繁荣社会社会主义文艺——学习〈邓小平文选〉,对文艺创作问题的思考》。

《文学报》发表本报记者谢海阳的《山西作家说——不为农民说话,当作家干什么?》;徐春萍、陈丽的《肩负道义责任　坚守文学信仰》。

《中国文学研究》第 4 期发表杨经建的《花儿与少年——当代中学生题材小说一瞥》。

31 日，《台港与海外华文文学评论和研究》第 2 期发表潘亚暾的《砂砾见大千——尤今小品赏读》；秦家琪的《略谈苏清强的佛教散文》；王盛的《许地山笔下的东南亚风情》；刘红林的《爱薇其人》；吴奕锜的《印尼华文文学历史发展概述》；王振科的《割不断的历史渊源——从〈菲华文艺〉看中国现代小说对菲华小说创作的影响》；白崇义的《传统伦理道德与现代金融意识相交织——谈梁凤仪的创作》；陈辽的《"豪门""花魁""醉红尘"——评〈豪门惊梦〉、〈花魁劫〉、〈醉红尘〉》；陆士清的《时兴包装下的严肃思考——梁凤仪小说现象透视》；公仲的《独特的感悟和灵性——读梁凤仪系列小说》；易明善的《略谈梁凤仪财经小说对香港商界的描写》；思水的《"梁凤仪现象"断想》；钦鸿的《略谈中国大陆对马华文学的研究》；曹惠民的《实验性散文：现代散文的再出发》；梦花的《文学病了，但别开错了药！》；方忠的《从乡愁文学到探亲文学——台湾当代散文走向管窥》；张文彦的《台湾话剧的演变历程及其特点》；杨大中、庄若江的《人生爱情的探索　深情理性的结晶——陈幸蕙散文简论》；张典姊的《钱钟书的幽默中寓深意》；应凤凰的《作家定义之难》；陆文采的《探寻小说美的内蕴——谈赵朕的《台湾与大陆小说比较论》；雨萌的《学者、文化事业家吴敢》。

《戏剧艺术》第 4 期发表朱国庆的《市场经济与戏剧观念》；陈泗海的《戏剧市场略论》；曹树钧的《科学的艺术管理——剧团走向文化市场的必由之路》；姚练的《堂会戏曲复苏的动因与效应》；余秋雨的《文化视野中的越剧》；龚和德的《越剧演剧风格的重新建构》；张鹰的《新时期社会剧的总体流向》；胡星亮的《论新剧革命》；陈方的《中国早期女作家戏曲创作论》；陈芳英的《团圆与收编之间——以关汉卿剧作为例》；叶长海的《关汉卿剧作评价检讨》；吴毓华的《"情"的观念在晚明的异变》。

《海南大学学报(社会科学版)》第 4 期发表周伟民的《罗门、蓉子的文学世界对世界文学的启示》。

《汕头大学学报(人文社会科学版)》第 4 期发表翁奕波的《试论台湾新诗发展的双轨运行现象》。

《镇江师专学报(社会科学版)》第 4 期发表徐光萍的《在传统与现代中寻找自己的座标：论余光中散文的艺术特色》。

下旬，《名作欣赏》第 6 期发表应为众的《荒野·月夜·人生——散文〈荒野地〉赏析》；吴毓生的《人：历史中的个体——读短篇小说〈王满堂〉》；孙祖娟的《山地悲剧与山地文化——〈商州〉悲剧意识谈》；沈光明的《生道合一的人生世相——漫议贾平凹的〈瘪家沟〉》。

本月，《小说月报》第 12 期发表阿成的《记录生活》（创作谈）；《评奖絮语》。

《当代作家》第 6 期"编辑手记"栏发表张正平的《上帝的玩笑》（评张翅的《疯狂的音符》），李正武的《十万：无处藏身时出卖"斯文"的标价》（评肖亮的《你无处藏身》）；同期，发表丁帆、齐红的《"困境"的建构：作为一种手段——论老城的小说》。

《芙蓉》第 6 期发表钱晟的长诗《太阳之歌——谨以此诗献给毛泽东主席 100 周年诞辰》。

《萌芽》第 12 期发表方克强的《调解的失败及其困惑》（评该期池莉的小说《城市包装》）。

《小说界》第 6 期"作家访谈录"栏发表刘心武、修晓林的《刘心武访谈录》；"我看小说"栏发表王渝的《心灵的窗口》，小楂的《此行何去》，叶兆言的《我的傻想法》，丹晨的《好玩》，吴若增的《小说是梦》，何西来的《小说不过是小说》，刘大任的《小说的力量》，蒋濮的《写了再说》，严力的《关于小说》，张德林的《虚实渗透》。

《剧本》第 12 期发表李志高的《尊重艺术规律　努力繁荣创作》；梁仲艺的《期待已久的聚会——第二届全国戏剧创作信息交流会综述》；陈斌善的《现代戏曲的美学建构》；程式如的《火光与灯光——代路剧作的走向》；倪国桢的《编剧妄谈市场》；李晓青的《贴近生活　刻意创新》；崔伟的《顺应时代趋势　满足群众需求》；崔浩、国成的《红花虽好众手浇——写作〈关公与貂蝉〉》。

《中国广播影视》第 12 期发表吴喜华的《电视剧人为拉长为哪般？——兼评〈京都纪事〉》。

《文艺评论》第 6 期发表叶砺华的《"新时代文学"与作家的当前任务》；樊星的《这一代人的分化——"当代思想史"片断》；谢有顺的《绝望：存在的深渊处境——先锋文学中的一个现代主义主题研究》；李咏吟的《风俗文学与生命的阐释》；张景超的《一种误读：后现代对新写实》；杨春时的《"新写实"的困顿和"世纪末文学"的突起》；李家兴的《漫漫征途　悠悠岁月——读巴波

〈风雨兼程〉》;常晴的《永远热爱生活——屈广文散文集〈绿色旋律〉读后》;张孝军的《走马观花掠芳馨——齐齐哈尔近期诗歌创作管窥》;宋歌的《绚烂之极　归于平淡——略评王野的散文诗》;陆伟然的《方行诗歌艺术》;裴毅然的《电影的文学性及当代电影的困惑》;高云雷、李啸鹤的《李文歧的黑土风格浅探》。

《民族文学》杂志社在京举办满族诗人华舒作品讨论会。

《作家天地》第6期发表梁长森的《一个评论家的自述》。

《作品》第12期发表李运抟的《跳出局限与摆脱嘲弄——对当代文学历史意识的检讨与设想》;沈奇的《无核之云——现代新诗断想小辑之二》。

《博览群书》第12期发表何平的《学会炒书——"梁凤仪热"引起的思考》;郭天和的《镜头里的风云世界——读〈红墙里的瞬间〉》;梅忆的《旧中国学徒的遭遇——读〈儿童文学作品选〉》;秋禾的《星星点灯照文程——凌鼎年作品印象》。

《求索》第6期发表邓新华、刘月新的《文学阅读的心理时间》;李树槐的《论长篇历史小说〈李自成〉的结构艺术》。

《学习与探索》第6期发表张韧的《寻找文学之根与追求精神的皈依——寻根文学得失谈》;李计谋的《"萧红现象"阐释》。

《齐鲁学刊》第6期发表刘恒健的《审美态度三题》;刘新生的《艰难的跋涉——新时期改革英雄悲剧形象简论》;谭贻楚的《"情绪渲泄与理智启悟的双向对流":台港现代情爱小说艺术观初探》。

江苏省作协等单位在南京举行沈乔生小说作品讨论会。

《人民文学》"中国脊梁"(攀钢杯)优秀报告文学征文评奖揭晓,徐迟、郭启祥、陈雅妮等16位作家的报告文学作品获奖。

冬季,《文学自由谈》第4期发表陶洁的《市场经济与文学魅力》;温儒敏的《文学走向死亡?》;贺星寒的《早已有之的新》;王安忆的《我们在做什么(续)》;李逊、裴宜理的《革命的粗野——文革语言浅议》;曹家治的《日神之真与酒神之真》;张中行的《临渊而不羡鱼》;刘心武的《"地下"来了》;冯骥才的《鸦巢都在高处》;何立伟的《关于何顿》;严建滨的《邢小利与〈坐看云起〉》;王从学的《王群生印象》;谧亚的《阿红的风景》;王彬彬的《当一个作家或者不当》;徐兆淮的《话说作家的潇洒》;吴鸿的《乱弹当今"文学梦"》;洪钧的《重读张恨水》;莫非的《为严力短篇小说集而作》;吴越的《首都评论家盛赞〈白鹿原〉——讨论会纪要》;钱红林、谷梁的《留学生文学座谈会纪要》;龙昶吟的《历史的诱惑与创造的乐趣——读〈楚傩巴猜想〉》;曹增渝的《在人们心灵中播撒芳馨》;柏铭久的《大气磅礴的〈现代九歌〉》;张柱林的《读〈迈出时间的门槛〉》。

本月,文化艺术出版社出版李希凡的《毛泽东文艺思想的贡献》。

青岛出版社出版丁尔纲的《茅盾的艺术世界》。

上海文艺出版社出版刘思谦的《"娜拉"言说:中国现代女作家心路纪程》。

海南出版社出版丁亚平的《浪漫的执着:萧乾评论》。

中国人民大学出版社出版陈传才、周忠厚主编的《文坛西北风过耳:"陕军东征"文学现象透视与解读》。

鹭江出版社出版杜明聪主编的《厦门优秀文学作品选:文学评论卷:1980—1993》,陈贤茂主编的《海外华文文学史初编》。

北京十月文艺出版社出版彭小苓、韩霭丽选编的《阿Q70年》。

云南大学出版社出版蒙树宏的《鲁迅论丛》。

群言出版社出版孙郁的《20世纪中国最优患的灵魂》。

暨南大学出版社出版汕头大学台港及海外华文文学研究中心编的《世界潮人作家研究论文集》。

中山大学出版社出版张学栋编著的《台湾散文名篇赏析》。

福建教育出版社出版吕良弼、汪毅夫的《台湾文化概观》。

北京出版社出版王震亚的《台湾小说二十家》。

北京师范大学出版社出版杜元明编的《母亲的新婚:台湾散文名作赏析》。

本年

《文教资料》双月刊第2期发表贺锡翔的《台湾作家笔名考录(一)》。

《文教资料》双月刊第3期发表贺锡翔的《台湾作家笔名考录(二)》。

《烟台大学学报(哲学社会科学版)》第 3 期发表腾岳的《台湾现代诗文化抉择的困惑》。

《信阳师范学院学报(哲学社会科学版)》第 1 期发表陈永禹的《论台湾大学者李敖及其犀利笔锋》。

1994年

1994年

1月

1日，《文艺报》第1期发表刘晓江的《努力繁荣军队文艺，大力弘扬时代主旋律》；马玉田《应解决的一个思想问题》；刘斯奋的《满怀信心开创社会主义市场经济体制下的文化新格局》；徐俊西的《尊重规律　繁荣文艺》；王巨才的《事业方殷　奋力进取》；李若冰的《敞怀唱大风——读肖复华〈和中国西部之西的对话〉》；桂兴华的《倾注真挚的情感——关于〈跨世纪的毛泽东〉》；游焜炳的《透视军旅　超越军旅——谈张波的中篇创作》；王鹏的《是什么在诗人灵魂中颤动——读王一兵组诗〈军人·祖国·土地〉随感》；路远的《人生意义的哲理感悟——读袁志发的〈我看人生〉》；马蓥伯的《繁荣社会主义文艺的伟大指针》；孔耕蕻的《艺术·理想·金钱》；《中国当代文学研究会探讨九十年代文学现状与走向》；叶泽南的《"批评"种种》；《华艺出版社为长篇小说〈裸雪〉举办研讨会》；杨泽明、汪顺华的《长篇报告文学〈黄传贵——"黄家医圈"八代传人〉作品研讨会在成都召开》；沈太惠、张厚余的《厚爱结硕果——读杨文斌的小说〈无需表白的爱〉》；吴舍的《弄潮者的心声——读晨声抒情诗〈海潮〉》；顾艳的《读赵玫的〈以爱心以沉静〉札记》；叶公觉的《民俗·历史·自然——读凌渡的散文》；张承恩的《让追逐铺一条多彩的路——记献身西藏文艺事业的作家李佳俊》。

《书与人》第1期发表周琳等的《谁持彩练当空舞——武侠小说三人谈(续)》；牧惠的《宗岱和我》；黄希坚的《推理小说的魅力》。

《山西文学》第1期发表蔡润田的《散文散论》；马永宏等的《山西省散文创作研讨会侧记》。

《今日名流》创刊号发表峻里的《"白鹿原"上陈忠实——1989·夏·陈忠实创作〈白鹿原〉生活侧记》；何之洲等的《诗人与死亡——怀念顾城们》。

《作家》第1期发表王干、王彬彬、丁帆的《平面的歧途》；李子云的《女性话语的消失和复归》。

《青年作家》第1期发表高缨的《彝族诗魂的双向辐射——评介〈吉狄马加诗选〉》；陈朝红的《都市人生的新景观——喜读佳云中篇新作〈蝉蜕〉》。

《海燕》第1期发表从维熙的《才情论——作家主体特征探源之一》。

《冀东学刊》第1期发表钦鸿的《委婉曲折　舒展自如——孟沙小说〈灯火阑珊处〉的艺术特色》。

《解放军文艺》第1期发表丁临一的《一花一世界——"军旅精短小说"新作漫谈》。

2日,《文汇报》发表记者张新颖的《一批纯文学期刊保品位扶新人,新春文坛佳作纷呈》;[美]王渝的《历史的乡愁——浅谈须兰》。

《中国文化报》第1期发表王德颖的《直面现实人生的艺术开拓——评石英的长篇小说创作》。

3日,《人民日报》发表众望的《为纪念毛泽东诞辰100周年,中国神剑文学艺术学会在湖南召开了理论研讨会》;车晓勤的《由安徽省文联、作协等单位联合筹办的王英琦散文作品讨论会在合肥举行》。

4日,《人民日报》发表阿童的《〈天涯路〉里觅知音》。

5日,《人民日报》发表李正南的《祁剧〈甲申祭〉的思索》。

《山花》第1期发表李裴、杨明建的《小说开头的含蕴略论》;徐新建的《在庄严与孤寂之间——〈贵州文学丛书〉初读》;唐流德的《省城各界人士座谈〈贵州文学丛书〉出版》;袁燕的《真心真意写人生——读姚晓英小说集〈来自这个世界〉》;周颖的《贵州文学研讨会》。

《中国文化报》第2期发表陈发仁的《精神文明建设非抓好不可——谈谈在发展社会主义市场经济中加强文化建设》;许柏林的《文化人如何走出心理误区》;周翼虎、傅小北的《商业主义大潮中的"文化裸体"》。

《当代文坛》第1期发表麦可的《语言的自觉——从车前子的〈怀旧〉说开去》;邹建军的《冷峻怪诞　底蕴深厚——评栗原小荻的抒情诗》;马小朝的《论文学形式的创作论意义》;邓经武的《"新风骨杂文"论》;艾斐的《在寻找和审视自我中寻找和审视社会——新时期女作家小说创作的思维变迁》;张毓书的《〈白鹿原〉论》;吴义勤的《穿行于写实和虚构之间——潘军长篇小说〈风〉解读》;廖全京的《两重文化悖论中的灵魂挣扎——电视剧《北京人在纽约》的意蕴》;朱亚辉的《艺术与商品的不和谐变奏——中国娱乐电影的文化透视》;毛毛的《角色写作与二度写作——台港小说的两种后现代现象》;严肃的《共享诗的盛筵——序〈飘歌的大巴山〉》;陈朝红的《一部有价值的作家研究论集——评介〈王火《战争和人》论集〉》;杨远宏的《慷慨悲歌　洞察人生——读〈白航诗选〉中的"老年篇"与"物

我篇”》;曹纪祖的《诗歌现实中的又一种存在——张大成〈躲藏的浪花〉读后》;马安信的《“有物无序”亦奇花——读〈谢世祥诗意书画展览〉有感》;肖涌、向荣的《笔底真情写人生——读肖体高的小说》;钟鸣的《一部苍凉的家族衰败史——读赵本夫的〈碎瓦〉》;银甲的《王治安〈啊,国土〉讨论会在成都召开》。

《莽原》第1期发表林舟的《苍凉悠远的情思与深沉冷峻的审视——论〈黄昏放牛〉及其他》。

6日,《文学报》发表张俊山的《文艺创作也要抓强项、创一流》;本报编辑部的《呼唤“文学意识”的回归——剧作家关于戏剧文学的南北对话》;王苏红的《无言的苍凉——〈大势中原〉采访随笔》、《斧子·罂粟花·诗人之死》。

《台港文学选刊》第1期发表李子云的《海外女作家小说中的恋乡情结》。

7日,《天津文学》第1期发表张彦哲的《小说叙述节奏》;王宁的《论后新时期文学:模仿与内容》。

8日,《文艺报》第2期发表《繁荣文艺就需要高扬主旋律,文化部长刘忠德撰文谈文艺创作》;田树德的《将系统科学用于文学的佳作——评任光椿的“时代三部曲”》;高洪波的《一颗棋子的感悟——读严文井〈赵树理在北京胡同里〉》;郭风的《读〈秋天的伤感〉》;林道立的《〈散文十二家〉读后》;洪治纲的《咀嚼苦涩人生 寻觅生命真谛——蒋启倩近作读后》;记者石一宁的《广西为六位青年作家举行作品研讨会》。

《羊城晚报》发表曹志前的《老三届的梦——北京知青餐厅采访录》。

9日,《文汇报》发表张承志的《永不背叛——〈荒芜英雄路〉》;韩少功的《让语言在地狱与天国之间流浪——〈夜行者梦话〉》;张抗抗的《为了不虚度——〈你对命运说:不!〉》;蒋子龙的《由情感达到思想——〈净火〉》;刘心武的《人生中的一份幸论——〈仰望苍天〉》;柯灵的《谈随笔——为〈当代中国作家随笔〉丛书而作》;王国伟的《我们结伴而行》;思晴的《雅俗答问录》;元宝的《谈文学的救渡——刘震云、余华、张炜作品比较》;王国荣的《树立文学的“金牌”意识》。

《中国文化报》第4期发表张俊山的《河北再颁文艺振兴奖》;陶东风的《从“失语症”谈文化重建》;本报记者林白的《消费文化的多元趋势——陈晓明博士访谈录》。

10日,《北京文学》第1期发表罗小东的《叙事策略的选择与主题意象的传达——关于吕晓明的小说》。

《电影艺术》第1期发表艾知生的《继承和发扬左翼电影运动光荣传统繁荣社会主义电影事业——在左翼电影运动六十周年纪念会上的讲话》；钟大丰的《中国电影的历史及其根源(上)——再论"影戏"》；张东林的《科幻电影：在幻象与本体之间》；鲁良的《论歌舞片》；谢铁骊的《电影的近况和改革》；白安丹的《电影机制改革思考一二三》；南德山的《从影院的角度看电影改革》；戴锦华的《本文的策略：电影叙事研究》；李迅的《中国电影：多重视点中的叙事分析》；贾磊磊的《第三电影：对影像的颠覆与重构》；葛德的《电影中的选景》；严蓉仙的《画外空间的魅力》。

《花城》第1期发表王鸿生的《无神的庙宇——20世纪神话诗学问题》。

《诗刊》第1期发表常文昌的《一代诗人的足迹——高平抒情诗的哲理性》；袁忠岳、吴秀亮的《又见家园——评曹宇翔近年来新乡土诗》；秦岭的《读厉克的两部散文诗新作》。

《读书》第1期发表朱健的《呼唤崇高》；冯亦代的《暴露女人弱点的〈余生〉》；李长声的《文学里的歧视》。

10—13日，全军文艺工作会议在北京举行。

11日，中国著名现代作家、学者和教育家吴组缃因病在京逝世，享年86岁。

《青年文学》第1期发表齐枫的《诗心的陨落》；刘伏初的《难得潇洒的"游戏"》；蒋林的《一首新唐诗》；杨朝楼的《人格的解剖》；孔见的《三言两语》。

12日，《人民日报》发表丁峤的《感谢生活——观电视剧〈这世界不会寂寞〉有感》。

《中国文化报》第5期发表何懿的《扶持高雅文化艺术　力争雅俗共存共赏》；黄华英的《路在何方——广东高雅艺术发展考察》；黄爱东西的《广州正在崛起的流行文化制造中心？——1993年广州文化市场一瞥》；田子馥的《文化，并不是消极的悬浮物》。

《中流》第1期发表林默涵、魏巍的《扶正祛邪　继续高扬主旋律》。

应台湾"中国作家艺术家联盟"会长尹雪曼先生的邀请，由朱子奇、邓友梅率领的作家访问团一行12人经香港赴台进行文学交流和参观访问。

13日，《光明日报》发表程丹梅的《电影市场为何不火》。

《文学报》发表本报记者徐春萍的《高雅艺术理应走出象牙塔》；文章的《文学：商海中不沉的绿岛——海南省作家协会举行小说创作研讨会》；段华的《〈裸

雪〉研讨会咋京举行》；从讯的《〈士兵今年十八九〉获好评》；本报编辑部的《关于先锋文学与通俗文学》。

14日，《人民日报》发表《西藏成立“珠穆朗玛”文学艺术基金会》。

《光明日报》发表彭程的《〈北京文学〉发起“新体验小说”创作活动》。

《羊城晚报》发表区鉷的《权威的淡化——通俗化问题刍议》；姚玳玖的《城市：文学王国里尴尬角色》。

15日，《人民日报》发表王志根的《黄梅戏剧团澳门演出受欢迎》；闻伟的《“这是一出很好的戏”——记毛主席观看话剧〈霓虹灯下的哨兵〉》。

《文艺报》第3期发表傅立、罗玉文的《江泽民鼓励文艺工作者：大胆创作，多出高质量作品》；晋文的《山西作协培养青年作家的三部曲——关怀　组织　引导》；犁青的《诗人之死留给人们的思索——顾城的崩溃与毁灭》；王弋丁的《“双百”方针谫议》；《武俊瑶散文艺术研讨会发言选登》。

《上海文学》第1期“批评家俱乐部”栏发表发表雷达、白烨、吴秉杰、王必胜、潘凯雄的《九十年代的小说潮流》，陈思和的《民间的浮沉》。

《文艺争鸣》第1期发表张法的《九十年代中国文艺境遇三题议》；陈骏涛的《从“问题小说家”到人性的探秘者——关于刘心武的笔记》；贺桂梅的《新话语的诞生——重读〈班主任〉》；张颐武的《刘心武：面对未来的抉择——当代中国文化转型的例证》；刘心武的《穿越八十年代》；白烨的《真爱成梦幻的自白　自遣与自省—〈英儿〉随感录》；吴思敬的《〈英儿〉与顾城之死》；蒋华的《〈英儿〉、〈英儿〉，顾城最后的呼唤》；洁泯的《人性与兽性》（讨论顾城之死）；蒲河的《奇书的产生》；陈思和的《民间的还原——文革后文学史某种走向的解释》；王干的《新“十批判书”之五——一个幽灵：自省或批判——新潮文艺中的“文革”阴影》；刘绪源的《新“十批判书”之六——人生是一台怎样的戏——港台文化潮批判》。

《文学评论》第1期发表金元浦的《论我国当代文艺学范式的转换》；孔耕蕻的《论理论的批评化》；张德厚的《在历史转换中生成着的“诗本体”理论话语——80年代诗学理论研究》；唐金海、张晓云的《论柯灵的散文》；邵燕君的《从交流经验到经验叙述——对马原所引发的“小说叙述革命”的再评估》；潘凯雄的《“自觉”为他带来了什么？——读李锐近作》；李晓晔的《面对生与死的沉思——方敏小说漫评》；楼肇明的《张晓风散文论》。

《长城》第1期发表刘建勋的《论作家心理素质》。

《中国图书评论》第 1 期发表段齐的《受骗之后说〈废都〉——来稿摘编》;杨建民的《又见路遥——〈路遥中篇小说代表作〉读后》;文大会的《撩开军事院校神秘的面纱——读〈女将军与水仙花〉》;张锦贻的《抒情的格调　传奇的色彩——评儿童小说集〈求学遇险记〉》;张宗刚的《炼狱里飞出的火鸟——读陈明远诗集〈劫后诗存〉》。

《齐鲁学刊》第 1 期发表魏绍馨的《关于"问题与主义"之争及其评价的历史反思》;胡授昌的《论曹禺对中国话剧艺术的贡献——纪念曹禺戏剧创作 60 周年》。

《民族文学》第 1 期发表柯尤慕·图尔迪的《为繁荣维吾尔文学创作而努力奋斗——在"第五届汗腾格里文学奖"颁奖大会暨"首届新时期维吾尔文学学士研讨会"上的祝辞》;凌喻非的《在生活的海洋里淘金——创作札记》;绍俊的《以善良的批判眼光看现实——读石一宁的两篇小说》;刘安海的《评〈小雨中的回忆〉——兼谈散文创作中的真实问题》。

《当代电影》第 1 期发表贾磊磊的《电影的生存、生产及其审查》;章柏青的《电影:寻求与观众的沟通》;陈育新的《理解的寓言——对电影批评的理解》。

《当代作家》第 1 期发表《稿约》(宣布《当代作家》一九九四年将由单一的小说双月刊改为大型综合文学双月刊)。

《江汉论坛》第 1 期发表余凯的《绝望中诞生——论新时期现实主义文学对现代主义的消解》。

《西藏文学》第 1 期发表唐晋中的《黑色的变奏——读央珍的〈庄园〉》。

《求是学刊》第 1 期发表李中一的《马克思恩格斯广义艺术生产过程论》。

《社会科学》第 1 期发表丘峰的《变异中的凸现典型——谈〈女巫〉的人物性格》。

《钟山》第 1 期发表虹影的《虹影谈小说》;晓华、汪政的《虹影二题——谈虹影小说》;"新'十批判书'"栏发表陈晓明、张颐武、戴锦华、朱伟的《东方主义和后殖民主义》,周慧的《激情浮动——第六代影人群像》。

16 日,《文汇报》发表武克全的《近代学术社团的兴起及其意义》;蒋孔阳的《开拓文艺社会学研究新思路》。

《中国文化报》第 7 期发表凌焕新的《当代性:现实主义的生命力——评陆涛声中篇集〈庆生伢的财运〉》。

《中国人民大学学报》第1期发表石杰的《史铁生小说中的宗教精神》。

17日，《作品与争鸣》第1期发表李万五的《“公仆”们遇到了新问题》；刘玉山的《秋天里的求索》；白玄的《有意味的困惑》；刘恒志的《后现代主义的沉入与实验》；陈永康的《一种令人不安的思想倾向》。

18日，《中国戏剧》第1期发表林克欢、郭启宏、黄在敏、朱文相的《戏曲创新的多种可能性——谈淮剧〈金龙与蜉蝣〉》；晓方的《海派戏剧轰动京城——记’93上海戏剧展演》；范新宇的《戏曲现代戏走向何处——中国戏曲现代戏研究会第11届年会综述》；黄宗江的《小百花兮盛放西厢》；陈恭敏的《为新编传奇京剧〈扈三娘与王英〉叫好！》；沈尧的《他带着满身伤痕离去——闽剧〈御前侍医〉观后》；郝国忱的《吉剧〈一夜皇妃〉的艺术价值》；洪家尧的《关于市场与戏剧的思考》；范正明的《湖南民间剧团考察报告》。

19日，《人民日报》发表朱羽君的《爱国主义的华彩乐章——看电视片〈黄河神韵〉》；刘诗峥的《人民赞赏崇高的感情——看〈山歌情〉有感》。

《文汇报》发表潘益大、奚千里的《让高雅艺术走向民间》。

《中国文化报》第8期发表达央的《西藏文学创作硕果累累》。

20日，《文学报》发表本报编辑部的《切莫拔苗助长——谈谈校园文学的现状》；冯育楠的《俗中有雅自凌霄》；王愚、王兰英的《引导时代的审美风尚——关于文艺批评的对话》；吴慧颖的《不神化　不俗化——读韩笑的长诗〈毛泽东颂〉》；边人的《北大荒知青“地下文学”揭秘》。

《光明日报》发表《王久辛作品研讨会召开》。

《羊城晚报》发表陈晓武的《商业精神与现代文明的主题及变奏——评电视连续剧〈情满珠江〉》。

《小说评论》第1期发表陈旭光的《“新写实小说”的终结——兼及“后现代主义”在中国文学中的命运》；雷达的《小说见闻录之一：〈则天大帝〉中的武则天》；白烨的《观潮手记之二：如潮的性爱描写背后》；石月的《文坛风景之一：“后”的泛滥与贫困》；蔡翔的《旧时王谢堂前燕——关于王朔及王朔现象》；陈孝英的《邹志安：一个永不安分的灵魂——与邹志安、陈瑞琳的对话》；陈朝红的《格调高雅　诗意浓郁——论〈战争和人〉中的女性形象》；周承华的《在现代理性和传统情感之间——论〈平凡的世界〉的审美特征》；韩梅村的《〈水葬〉：告别昨天的歌》；江流的《一部非同凡响的爱情小说——程海〈热爱命运〉研讨会纪实》；刘俐俐的《崇高与悲壮的艺术世界——读张驰长篇小说〈汗血马〉》;黄蕴洲、昌切的《余华小说的核心语码》;吴义勤的《切碎了的生命故事——余华长篇小说〈呼喊与细雨〉论评》;邵建的《〈形而上学〉絮语》,四海的《作家下海又一说》;五湖的《也炒"陕军东征"》;水天戈的《他对自己的"颠覆"》;吴文薇的《当代小说中的反讽》;黄建国的《短篇小说结构的凝聚点》;吴然的《责任感·"责任"意识·文学观念——关于黄国柱的三部文学评论集》;董炳月的《历史风俗画与心态备忘录——郑清文小说感言》。

《辽宁师范大学学报(社会科学版)》第1期发表耿宝石的《中国当代散文三大家创作风格比较》。

《昆仑》第1期发表陈先义的《军旅文学雅俗谈》。

《暨南学报(哲学社会科学版)》第1期发表邹华的《"美学与现代艺术"学术讨论会综述》。

21日,《中国文化报》第9期发表福海、谢力的《玄小佛笔耕得失寸心知》。

《光明日报》发表史美圣的《传统戏曲获新生,〈牡丹亭〉又绽奇葩》;《今年文化体制将作重大改革　艺术表演团体是改革的重中之重——刘忠德部长答记者问》。

《文艺研究》第1期专栏"'93当代审美文化研究"发表李希凡的《祝贺与期望》,夏之放的《如何把握审美文化的"当代性"》,阎国忠的《当代审美文化研究的几个基本论题》,童庆炳的《隐忧与人文关怀》,蒋培坤的《中国当代审美文化的迷失》,聂振斌的《雅俗之辨与文艺家的责任》,滕守尧的《当代审美文化与"对话意识"》,王一川的《民族寓言与超寓言战略》,张法的《现实:一种读解九十年代中国审美文化的途径》,王德胜的《当代审美文化中"技术本体化"趋势应引起重视》,罗筠筠的《对当前理论研究方法论的思考》,蔚蓝的《文艺研究要跟上时代步伐》;同期,发表陈涌的《关于毛泽东文艺思想》;陈晓明的《填平鸿沟,划清界限——"精英"与"大众"殊途同归的当代潮流》;肖鹰的《在文化更新的时代——当代审美文化三题》;陈刚的《历史与当下——中国当代的两种文化》;邵建的《现象学叙述——关于叙述的又一种可能》;傅修延的《移位的叙述》;周荣胜的《"反美学":美在后现代社会中的命运》;悠悠的《第四届全国美学会议综述》。

22日,《文艺报》第5期(原报有误,应为第4期)以"文学刊物新年新举动"为总题,发表凯雄的《〈青年文学〉:关注60年代出生作家作品》,金海的《〈北京文学〉：推出反映普通民众的新体验小说》，本报编辑部的《〈大家〉：边陲云南推出大型文学刊物》，本报编辑部的《〈特区文学〉：以“新都市文学”营造文学新都市》；同期，发表李瑛的《人间最美是真情——〈桑恒昌怀亲诗〉读后》；霍松林的《情感的提纯和思想的闪光——读增纲的诗文》；张同吾的《他借椰风唱海韵——陈晶文和他的爱情诗》；半岛的《拥有一片蔚蓝——读杨子散文诗集〈云之歌〉》；赵大民的《做一做“减法”如何》。

《文汇报》发表《漫说高雅艺术》；陈卡、唐大卫的《六日恍惚〈风过耳〉——刘心武与唐果再度合作的一部力作》；甄瑕的《走入寻常百姓家——看〈人生急转弯〉》。

23日，《文汇报》发表王成章的《摄影文学——双璧交辉的艺术载体》。

《中国文化报》第10期发表练达的《积极倡导和支持高雅艺术的发展》；本报记者赫景秀的《1993凸现时代精神的中国戏剧》；朱国梁的《电视剧何以缺乏精品》；流沙的《诗心与哲思》。

《羊城晚报》发表丁东风的《读“毛泽东”时的思考》。

24日，《文史哲》第1期发表姚文放的《中国的后现代艺术倾向及其意义》；蔡世连的《新时期形式主义小说思潮概说》；谭好哲的《新时期现实主义小说的精神风貌》；杨政的《山东省当代文学学术讨论会综述》。

《文艺理论与批评》第1期发表闻礼萍的《毛泽东与中国现当代文艺研讨会在京举行》；刘金的《革命功利主义和革命英雄主义——毛泽东文艺思想的价值取向》；杨润身的《农民的企盼及其他——在毛泽东与中国现当代文艺研讨会上的发言》；黄源的《毛泽东思想救活了昆曲——为毛主席一百年诞辰纪念而作》；陈敦源的《昭示审美与历史结合的必由之路——毛泽东〈讲话〉的美学贡献》；墨人的《文化观与文学观》；陈良运、陈卫的《“老去诗篇浑漫与”——韩笑近作漫评》；张锦贻的《扎拉嘎胡散文的艺术境界》；杨正润的《主体的定位与协合功能——评新历史主义的理论基础》；何成的《对文艺功能的若干理解(下)》。

全国宣传思想工作会议在京召开，江泽民总书记作了重要讲话，强调以科学的理论武装人，以正确的舆论引导人，以高尚的精神塑造人，以优秀的作品鼓舞人。

25日，《光明日报》发表苗家生的《〈潇洒女孩〉深受中学生喜爱》。

《人民日报》发表刘杰、王启明的《安徽戏剧创作带动文艺繁荣，山西扶持文学新人初见成效》。

《山西师大学报》第1期发表曲本陆的《文学价值与商品“价值”》。

《文艺理论研究》第1期发表孔耕蕻的《论理论的批评化——对文学研究中唯逻辑规范主义的批判》；郭宏安的《走向自由的批评》、《上海作家们对当前某些文学批评的看法》、《当代文坛上的“非正统”文学》；童庆炳的《苏联文论与中国当代文论建设》；梅朵的《八十年代的文论回顾》；王宇根的《广场意识与岗位意识》；陈福民、张闳的《重振人文精神　深化理论研究——中国文艺理论学会第六届学术研讨会讨论综述》。

《艺术家》第1期发表江迅的《不读名著的民族是可悲的》；楚人的《港台女作家“围攻”大陆》。

《当代作家评论》第1期发表陈燕谷、刘慧英的《余光中的“中国情结”》。

《甘肃社会科学》第1期发表杨钧的《“逼真”与“露迹”——小说叙述模式的两种选择》。

《海峡》第1期发表高少锋的《生与死的无情展示——读谌容的长篇新作〈死河〉》；叶萌的《令人瞩目的首部台湾文学通史——〈台湾文学史〉出版座谈会发言纪要》。

《华南师范大学学报(社会科学版)》第1期发表林为民的《史论结合　以论带史——评陈其光教授主编的〈中国当代文学史〉》。

26日，《人民日报》发表徐晓钟的《诗情袅袅　画意悠悠——“小百花”〈西厢记〉的美质》；阿利的《难忘的“文化市长”》；老狄的《延伸的战场》。

《文汇报》发表本报倪国和、韩国强的《上海青年知识分子价值取向出现分化》。

《小说》第1期专栏“首都文学评论家谈长篇小说《裸体问题》”发表唐达成的《杂说〈裸体问题〉》，何西来的《〈裸体问题〉，“裸”在何处?》，张炯的《〈裸体问题〉摭谈》，李洁非的《关于说〈裸体问题〉》。

27日，《华中师范大学学报(哲学社会科学版)》第1期发表樊星的《“汉味小说”风格论——方方、池莉合论》；张晓东的《荒诞·性·禅——贾平凹〈太白〉简论》。

《文学自由谈》第1期发表吴小如的《龙应台和〈龙应台评小说〉》；张杨的《记台湾“桂冠诗人”范光陵》。

28日，《光明日报》发表谢军的《从金融入手解剖大上海——访小说家俞天白》。

《人民日报》发表《〈绿叶〉文学杂志社与“首都企业家、记者、出版家联谊会”举办的“李武魁创作40周年作品研讨会”在北京召开》。

《四海·台港澳海外华文文学》第1期发表杨义的《创造东方诗化意识流艺术——刘以鬯的小说艺术论》；以“在京部分专家笔谈‘世界华文文学’的概念与定义”为总题，发表白少帆的《先定位，再正名——“泛华文学”与“世界华文文学”》，杜国清的《我对“世界华文文学”的看法》，汪景寿的《关键在海外》，杨匡汉《合理的包容与延伸》，张炯的《关于世界华文文学》。

《名作欣赏》第1期发表奚密的《从朦胧到朦胧后诗潮——比较两首悼亡诗》；熊秉明的《为诗的世界带来新的感受——论一首朦胧诗》；陈仲义的《从幻象到微型结构——顾城四首诗导读》；朱邦国的《智者的美——读周国平的〈自我二重奏〉》；梁归智的《〈青春之歌〉的版本学及其他》。

《兰州大学学报(社会科学版)》第1期发表徐肖楠的《两种小说真实的倾向——新写实小说与新潮小说的比较》。

《厦门大学学报(哲学社会科学版)》第1期发表林丹娅的《通俗文学在当代的困惑》。

29日，《文艺报》第5期发表《强化体制改革　繁荣文艺创作》；韶华的《时代·哲理·艺术——读徐光荣报告文学集〈美神的召唤〉》；洪治纲的《穿越历史的长廊——读陈源斌近作〈北撤河东〉》；丁宁的《人间真情——为〈歌泣集〉序》；陈德宏的《源自同一母体的两岸文学》；刘静生的《美，在陈永昌诗中》；刘鸿渝的《文学价值的失落》；彭修银的《新时期文艺的审美特征与作品哲学的确立》；叶纪彬的《为一本有感而发的书的出版击掌——李万武〈当文学寻找家园〉读后》；查结联的《执著的追求——梁长森作品讨论会纪要》；吾忱的《结实而真正的文学批评——读蔡运桂的〈文学探索与争鸣〉》；林为进的《百年世事从头说——谈贾英华的创作》。

30日，《文汇报》发表容榕的《十三部作品获大众文学奖，四篇佳作社会反响强烈》；夏乃儒的《二十一世纪儒学的命运》。

《中国文化报》第13期发表李明泉的《寂寞与浮躁》；思忖的《说不尽的毛泽东——’93毛泽东银幕形象巡礼》。

31日，《光明日报》发表沈卫星的《放映队在流散——农民看电影难调查报告之一》。

《河南大学学报(社会科学版)》第1期发表刘思谦的《新时期浪漫主义文学思潮描述》。

本月,《青年文学家》第1期发表赵宪臣的《论企业家报告文学——评〈瞧,大企业里年轻厂长的风采〉》。

《博览群书》第1期发表周邵馨的《一个思想家的沉思录——读陈世旭长篇小说〈裸体问题〉》;应为众的《寻找精神的憩园——读张承志〈心灵史〉》;洪烛的〈独特的视角　多样的表现手法——读杨子的散文集〈云之歌〉》。

《作品》第1期发表黄伟宗的《穿越"传统"与"现代"的文化与艺术——读罗门、蓉子诗精选〈太阳与月亮〉》;钟晓毅的《论香港女作家笔下的爱情模式》。

《萌芽》第1期发表傅星的《漫谈阿来》;孙文昌的《〈水泡无颜色〉编后语》;朱苏进、王彬彬的《一路同行》。

本月,太白文艺出版社出版王永生等的《贾平凹的语言世界》。

中国社会科学出版社出版江流等主编的《1993—1994年:中国社会形势分析与预测》,张志忠主编的《中国当代文学艺术主潮》。

民族出版社出版张燕玲的《大草原:玛拉沁夫论》。

三联书店上海分店出版张慧珠的《老舍创作论》。

陕西人民出版社出版李星的《读书漫笔》。

上海社会科学出版社出版武振平的《冲开的闸门:当代文学题材发展问题》。

北京大学出版社出版乔默主编的《中国二十世纪文学研究论著提要》。

中央民族学院出版社出版明清、秦人主编的《台港小说鉴赏辞典》。

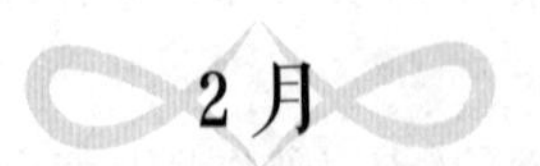

2月

1日,《人民日报》发表秦立德的《文化与经济应同步》。

《光明日报》发表《陕北农民张效友写出小说〈青天泪〉》;《闽西土楼文化进入

影视》。

《山西文学》第2期发表杨品的《面对市场经济的文学》;安裴智的《人类命运的神圣忧思——哲夫长篇小说〈毒吻〉、〈黑雪〉的主题分析》。

《今日名流》第2期发表汪曾祺的《人怕出名》;徐鲁的《徐迟　20世纪的一部情感的老书》;陈建功的《"不惑"之言》。

《作家》第2期发表王晓明、陈金海、罗岗、李念、毛尖、倪伟的《精神废墟的标记——漫谈"〈废都〉现象"》;郜元宝的《戏弄和谋杀:追忆乌托邦的一种语言策略——诡论王蒙》。

《海燕》第2期发表赵振江的《撕破无价值的东西——短篇小说〈明天割麦〉解读》。

《解放军文艺》第2期发表陈志红的《此梦古难全——张波及其小说印象》;丁临一的《话说"散淡的"人——评刘卫兵小说三题》。

2日,《光明日报》发表《京剧电视剧〈玉堂春〉拍摄出新》。

《人民日报》发表吴松亭的《艰苦奋斗　锐意进取——电视连续剧〈天缘〉断想》。

3日,《人民日报》发表于友先的《坚持"两手抓"的理论,进一步繁荣新闻出版事业》;李洁非的《批评的"主权"》;一闻的《中国武侠文学学会在京成立》。

《文汇报》发表陈鹏举的《不是风流是泪流——读〈大风集〉》。

《文学报》发表徐春萍的《倡导高雅艺术　繁荣文艺事业》;江迅的《〈青年文学〉提出文坛新群体——六十年代出生的作家群》、《勇于躬行实践　表现民众生活——〈北京文学〉倡导"新体验小说"》;本报编辑部的《海上文化人武侠小说圆桌会》。

《光明日报》发表沈卫星的《中国电影形象今年有望改观,现实题材影片成为主体,打杀片比例缩小》。

4日,《光明日报》发表沈卫星的《换脑筋,喜盈门——农民看电影难调查报告之二》。

《南方周末》发表周昌义的《杀人的顾城与自杀的文人》。

5日,《文艺报》第6期发表《参与建设社会主义精神文明的社会实践——人大师生讨论"陕军东征"热点文学现象》;《变的是艺术手法,不变的是作家的责任感——梁晓声的新作〈浮城〉受好评》;小叶秀子的《"女人情怀总是诗"——访冰心》;彭荆风的《艰难的短——序张彦国小小说集〈天机〉》;杨刚的《"掏出心来"的写作——读张春明散文、杂文集〈让人生充满爱心〉》;黄毓璜的《吴地咏唱又一格——徐卓人近期小说印象》;熊元义的《简论艺术生产关系》;徐岱的《作为一种美学视角的艺术生产论》;旷新年的《批评的道路——读温儒敏著〈中国现代文学批评史〉》;《周嘉俊文学创作40年研讨会在沪举行》;杨佃青的《用意深远的拓荒——读方卫平的〈中国儿童文学理论批评史〉》。

《文汇报》发表艾卫的《通俗是伸向高雅的桥梁》。

《光明日报》发表苗家生的《沈阳艺术团革新体制闯市场》。

6日,《人民日报》发表本报评论员的《以优秀的作品鼓舞人》。

《文汇报》发表《'94新挑战——影视文学和文艺机制转换座谈纪要》;潘凯雄的《文学批评不是什么?》。

《台港文学选刊》第2期发表徐学的《台湾作家散文史观一瞥》。

7日,《天津文学》第2期发表萧燕熊的《文化:文学和商品》。

著名女作家白朗因病在京逝世,享年81岁。

8日,《光明日报》发表蔡闯的《人艺演红〈阮玲玉〉》。

9日,《人民日报》发表贾春峰的《市场经济与文化发展散论》;程程的《英雄形象在孩子们的心中:"带我去看嘎子哥的家"》。

10日,《文学报》发表韩小蕙的《梁晓声〈浮城〉在京研讨》;本报编辑部的《一"长"一"短"各有长短——话说文坛繁荣的两个热点》;布或的《晓剑:走自己的路》。

《北京文学》第2期专栏"新体验小说笔谈"发表陈建功的《少说为佳》,赵大年的《几点想法》,许谋清的《我的"新体验小说"构想》。

《诗刊》第2期发表沙鸥的《关于写诗》;刘征的《"情动绳墨外,笔端起波澜——读贺敬之〈富春江散歌〉》;于之的《冰夫的梦——读〈梦语非梦〉》;丁芒的《求新、求精与意象营造——〈逝去的彩云〉读后》。

《读书》第2期发表叶秀山的《没有时尚的时代?——论"后现代"思潮》;张抗抗的《商品大潮与文化沙滩》。

11日,《青年文学》第2期发表崔涛的《宛如平常一首歌》;欧阳明的《刘庆邦:请走出〈家属房〉》;欧阳维的《高雅的格调　深沉的底蕴》;唐志远的《围城的意义》。

12日，《中流》第2期发表杨柄的《社会主义社会中的社会主义文艺与非社会主义文艺》；李若冰的《啊，察尔汗盐湖——读李南山〈铸盐魂〉》。

中国作家协会理事、中国戏剧家协会会员路翎因病在京逝世，享年71岁。

14日，《人民日报》发表朱羽君的《有意义又好看》；张华山的《精品创作与竞争意识》。

15日，《人民日报》发表本报记者祝华新、卢新宁的《当代“清明上河图”——市井文化的兴盛与危机》。

《广东社会科学》第1期发表谭丽娟的《心的天国——许地山小说论》。

《上海文学》第2期发表宗仁发、纪众、曾煜、郦正、朱晶的《历史意识与文学创作》；张新颖的《大地守夜人——张炜论》；周毅的《生活与神》。

《北京广播学院学报》第1期发表王岳川的《传媒与沟通：对后现代文化交流的透视》；孙曾田的《心灵的真实纪录——〈最后的山神〉创作谈》。

《台声》第2期发表何标的《张我军与“新野社”》。

《戏剧艺术》第1期发表胡妙胜的《小剧场与剧场小》；徐晓钟的《“置于死地而后生”的创造性格》；童道明的《小剧场戏剧心理深入的可能性》；董健的《小剧场 大希望》；黄会林的《交融、特写——我观小剧场戏剧》；荣广润的《转型期戏剧的定位与魅力》；安葵的《略论当代戏曲批评》；蓝凡的《市场经济与文化生存》；朱大可的《禹：中国民族精神的话语起源》；王云的《电视艺术的构成》。

《西南师范大学学报(哲学社会科学版)》第1期发表王泉根的《80年代以来海峡两岸儿童文学的交流》。

《羊城晚报》发表单世联的《散文何其多》；王西彦、黄伟经的《关于文学批评的思考——对翻译屠格涅夫〈贵族之家〉一些意见的思考》。

《民族文学》第2期发表张灯的《荒诞未必与现实相悖——读〈南门涨水〉随感》；王佑夫、艾光辉的《歌唱民族大团结——新疆当代诗歌创作中的民族团结主题管窥》。

《民族文学研究》第1期发表白崇人的《对少数民族文学创作应注重“分解研究”》；晨宏的《优势与局限——云南少数民族当代文学民族语创作散论》。

《安徽师大学报(哲学社会科学版)》第1期发表李天军的《海明威与中国新时期小说》。

《江汉论坛》第2期发表黄南珊的《略论电视剧的艺术定位》。

16日，《人民日报》发表季羡林的《国学漫谈》；舒张的《留得青山在——话剧〈大青山〉观后》。

《中国文化报》第19期发表刘忠德的《在全国文化厅局长会议上的讲话》。

17日，《文汇报》发表刘芫的《摄影小说的叙事语言》。

《文学报》发表宇钟的《女作家张玲的作品在海外获好评》；瑞华的《〈特区文学〉刊发署名文章，对文学批评商化现象提出批评》；本报编辑部的《纯文学刊物：出路在哪里？——〈钟山〉四人谈》；张德林的《艺术手法得失谈——兼谈格非的长篇新作〈边缘〉》；范培松的《"苏州土著"的风俗小品——读吴凤珍的〈古城遗珠〉》。

《作品与争鸣》第2期发表陈俊山的《风俗画里写壮美》；王世德的《对男女情爱的新写法》；周易的《爱情、阴谋与背叛》；丘超祥的《一方风情漫品尝》；马宝珠的《踏着时代的脚步走来》；孙珉的《幻象的游戏》；朱铁志的《谣言止于巫术》；卢志容的《婚外恋者何其多——文学、影视走向误区》。

18日，《光明日报》发表李春利的《〈凤凰琴〉摄制组情系希望工程，捧出心血之作，捐献万元酬金》。

《中国戏剧》第2期发表杜高的《思想解放·时代性·走向现代——有感于上海戏剧展演轰动北京》；安志强的《振兴京剧：跨世纪的新举措——记中国京剧之星推荐演出》；张庚的《导演与文学》；安志强、李庆成、思缕的《老区创作题材的新视角——谈赣南采茶戏〈山歌情〉》；余思的《引起轩然大波的"迎春晚会"真相——访李超同志为历史沉冤"迎春晚会事件"辩诬》；东方明的《海派昆剧〈上灵山〉引起热烈争鸣》；谭霈生的《评'93小剧场戏剧展》；莫宣的《喜看筱派有传人——观秦雪玲专场演出有感》；江北的《有一片沃土——活跃的南京大学校园戏剧》。

19日，《人民日报》发表科闻的《电视剧〈走出黄土地〉反响强烈》。

《文艺报》第7期发表郑明标的《高小莉和她的〈天劫〉》；贺凤阳的《散文天地间激越的大风歌——评曾克近年散文选粹〈水晶般的心〉》；王巧凤的《灵魂的尴尬——读焦祖尧近作〈归去〉》；季仲的《潇洒而沉重的艺术——读庄东贤中短篇小说集〈情到深处〉》；洪治纲的《地域风情与小说意蕴的深化》；王宁的《大众文化与文化研究》；钟本康的《浙江近年当代文学研究一瞥》；王达敏的《评〈楚天凤凰不死鸟〉》；张布琼的《读〈跋涉与寻觅——沙汀评传〉》；钟青的《陆棣的长篇小说

〈与百万富翁同行〉研讨会在京举行》；涂普生的《我的艺术情结是乡下和乡下人给的——关于刘醒龙的札记》。

《中国少数民族当代文学史》首发式暨研讨会在京举行。

个体户作家陆棣的长篇小说《与百万富翁同行》研讨会在京举行。

19—23 日，全国文联工作会议在京召开，会议传达贯彻全国宣传思想工作会议精神，交流文联工作经验，研究在建立社会主义市场经济体制的情况下如何改进和加强文联工作，进一步繁荣社会主义文艺。

20 日，《文汇报》发表王彬彬的《报告文学的文学性》；孙甘露的《〈呼吸〉附笔》；郜元宝的《奢繁的言辞与简省的叙事——评〈呼吸〉》；何楚熊的《〈魅力在东方〉之魅力》。

《光明日报》发表高建进的《〈太阳城〉牵动两岸学子心》。

《学术月刊》第 2 期发表陶东风的《转型时期的文化战略与中国知识分子的使命》；王岳川的《后现代知识转型与知识分子危机》。

《福建论坛》第 1 期发表袁良骏的《台湾文学研究的旅程碑——评闽版的〈台湾文学史〉》。

中旬，'93 中国改革潮全国报告文学大奖赛在京揭晓，梁晓声、从维熙、陈祖芬等人获奖。

22 日，《新文学史料》第 1 期发表叶圣陶的《一九七六年日记(一)》；周而复的《往事回首录(九)》。

部队青年作家刘书良长篇纪实文学《人生的答卷——中国保尔吴运铎》讨论会在京召开。

23 日，《人民日报》发表赵杰的《市场经济条件下思想文化建设研讨会概述》；顾骧的《美的毁灭的思考——多场次悲剧〈阮玲玉〉观后》。

《中国文化报》第 22 期发表敏泽的《市场经济与文化建设》。

《光明日报》发表黄永涛的《电影界人士决心投身生活，拍出与伟大时代相称的优秀影片》。

24 日，《人民日报》发表孙占国的《论市场经济大潮中的严肃文艺》；王浩洪的《强化文学的理想品格》；硕儒的《上海作家陆棣，以自己“下海”多年的亲身经历创作的长篇纪实小说〈与百万富翁同行〉研讨会，日前在北京举行》；何的《〈中华文学选刊〉、花城出版社在北京举行梁晓声长篇小说〈浮城〉讨论会》。

《文学报》发表本报编辑部的《新闻媒体与文学热点》；吴立昌的《传记写作琐议》。

25日，《人民日报》发表崔胜洪的《出版，本是一种艺术》；王子野的《传记文学的传统》；白烨的《给读者最好的》；本报记者高海浩、孙健、刘士安的《'94报刊发行之战》。

《中国文化报》第23期发表赵光的《夏衍谈文学创作》。

《光明日报》发表《蒲剧〈关公与貂蝉〉在京演出受好评》。

《学术研究》第1期发表张炯《走向世纪之交的世界华文文学》。

26日，《文艺报》第8期发表《全国文联工作会议在京召开》；冯健男的《梁斌创作的历史地位和现实意义》；张守仁的《鄂西无处不是情——关于叶梅的小说》；蔚蓝的《收获于燕赵大地——论老城的小说》；稽伟的《古典的阳光——读须兰的言情小说》；金宏达的《文学上的沟通——编〈二十世纪台港及海外华人文学经典〉》；董大中的《加强艺术生产力的研究》；张来民的《国外贵族保护下的艺术生产》；阿过的《追求雅俗共赏　着意引导提高——〈小说月刊〉召开征求意见恳谈会》。

27日，《光明日报》发表葛宗渔的《本报作品版邀请部分中青年作家座谈报告文学创作态势》。

《中国文化报》第24期发表邹明山的《高奏时代主旋律　弘扬民族优秀传统文化——湖北省文艺创作获丰收》。

28日，《今日中国(中文版)》第2期发表晓燕的《访台湾著名诗人叶维廉》。

《戏剧》第1期发表一峰的《试谈“境”与戏曲创作中的问题》；雨天的《交流与促进——记'93中国小剧场戏剧展暨国际研讨会》；姜涛的《看'93小剧场戏剧展演剧目的导演美学问题浅议》。

《上饶师专学报(社会科学版)》第1期发表汪义生、潘亚暾的《海外华文文学发展趋向管窥》。

30日，《南京大学学报(哲学·人文科学·社会科学版)》第1期发表张健的《来自德语文化的启示：林语堂幽默思想片论》。

本月，《东方》第1期(总第2期)发表张岱年的《论重新估定一切价值》；秦晖的《“离土不离乡”：中国现代化的独特模式？——也谈“乡土中国重建”的问题》；陈晓明的《反激进与当代知识分子的历史境遇》；王力雄的《渴望堕落——

谈知识分子的“痞子化”倾向》;邝杨的《变动中的世界图景》;冯绍雷的《失之偏颇的预测》;林甦的《〈文明的冲突〉告诉我们什么?》;刘索拉的《文化不可“交流”》;江晓原的《图书市场上的“性书”》;张玞的《空穴来风——〈废都〉的象征及其横向增值》;葛乃福的《文学批评家不可没有历史观点——施蛰存教授谈戴望舒的诗》。

《文艺评论》第1期发表郜元宝的《作品消失的时代》;董丽敏的《走出意义与走向意义——新时代小说的基本线索》;樊星的《当代神秘潮——当代中国作家的人生观研究》;陈旭光的《“新写实小说”的终结——兼及“后现代主义”在中国文学中的命运》;林为进的《个个诗家各筑坛——变化中的长篇小说》;黎可的《血与火的礼赞——论吴越的诗歌创作》;戴洪龄的《形式的强化——孙少山近作有感》;孙文波的《我读张曙光》;王为华的《对人生的体味与感悟——张郁民小说创作印象》;王长军的《关于流行诗的不流行诗论》;邢海珍的《诗歌理性精神的自觉建构》;张葆成的《亦悲亦喜状人生——评杨利民新作《危情夫妻》》。

《小说界》第1期发表李子云、陈思和、陈村、孙颙、谷梁、吴俊的《须兰小说六人谈》;[美]王渝的《历史的乡愁——浅谈须兰》。

《海南师范学院学报(社会科学版)》第1期发表宋剑华的《聂华苓:放逐者的心灵悲歌》。

《作品》第2期发表游焜炳的《形而上的提升——读田瑛的〈独立生涯〉》;金岱的《论个人本位文学——兼谈广东文学的优势究在何方》。

《求索》第1期发表柳如勇的《文学抽象变形美学规律初探》;金春峰的《“阿Q”性格新论》;陆文綪的《李金发与戴望舒:起步与超越》。

《青年文学家》第2期发表张同吾的《梦是诗的锦彩——漫议张庆和的诗》。

《萌芽》第2期发表谢有顺的《北村,技术时代的异乡人》(评北村的《施洗的河》、《张生的婚姻》)。

本月,山东大学出版社出版王延晞的《老舍论稿》。

中共中央党校出版社出版本校文史教研部语文教研室编的《当代文艺思潮研究》。

北京大学出版社出版赵祖谟主编的《中国后现代文学丛书》、张国义编选的《生存游戏的水圈:理论批评选》。

首都师范大学出版社出版蒋孔阳的《文艺与人生》。

海天出版社出版李小甘的《思想树》。

明天出版社出版蔡桂林的《蔡桂林文学评论选》。

海峡文艺出版社出版林承璜的《台湾香港文学评论集》。

广西人民出版社、广西教育出版社出版王晋民的《台湾当代文学史》。

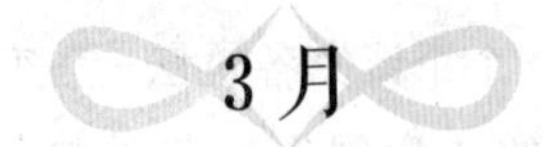

3月

1日,《书与人》第2期发表李荣德等的《为伊消得人憔悴——武侠小说三人谈(续二)》。

《山东文学》第3期发表邱勋的《山野群儒的画卷》。

《山西文学》第3期发表韩石山的《寒舍谈艺(三则)》;陈辽的《思辨与艺术的结晶——读长篇小说〈世界正年轻〉》。

《今日名流》第3期发表治玲的《贾平凹: 苦海无边,我不渡谁渡! ——贾平凹病中采访记》。

《电视·电影·文学》第1期发表严歌苓的《写作〈海那边〉之后》。

《时代文学》第2期发表田仲济的《对当前文学的两点看法》。

《阴山学刊》第1期发表睢力、张铁敏的《新派武侠小说的中兴——论古龙的武侠小说》。

《作家》第3期发表潘凯雄、朱晖、李洁非、王必胜的《对话录: 批评号脉》;吴亮的《回顾先锋文学——兼论八十年代的写作环境和文革记忆》。

《青年作家》第2期发表陈朝红的《斑斓多姿的微缩景观——〈青年作家〉首届袖珍小说全国大奖赛获奖作品漫评》。

《海燕》第3期发表赵威重的《作家的声明与小说的虚构》;韦虹的《独特的截取视角——读李铁的〈死亡指标〉》。

《解放军文艺》第3期发表王一兵的《回归生活的真实——王宗仁〈青藏风景

线〉断想》;黎汝清的《铁马冰河入梦来——读甘耀稷〈寄朝鲜〉有感》。

2日,《人民日报》发表非也的《闲话电影市场》。

《中国文化报》第25期发表记者千子的《抓住机遇　深化改革——全国文联工作会议在京召开》、《娱乐片呼唤评论家》。

3日,《文汇报》发表余开伟的《文人的蜕变》。

《文学报》发表本报编辑部的《萧乾在京接受采访时表示:文学还是要为人生》;阿刚的《迎合的悲哀　世俗的胜利——也说"新体验小说"》;裘山山的《不是为了文学》;王绯的《女小说家的文学开朗与帅气》;王仕陆的《梦也成真　魂也可觅——闲话作家邓贤》;本报编辑部的《大俗大雅,孰胜孰汰?——文化进入市场之后》。

4日,《中国文化报》第26期发表牧扬、王范武、杨光的《'94文化人笔下留神》;魏人的《别让文学失望》。

《光明日报》发表陈文东的《沉思的灵魂的话语——读〈途中的根〉》;孙绍振的《抓住了石狮人的文化性格——读郭碧良〈石狮:中国民办特区〉》;张文彦的《香港文坛的一颗新星》(评陈少华的散文)。

现代著名作家、山西省文联名誉主席李束为因病在太原逝世,享年75岁。

5日,《人文杂志》第2期发表孙豹隐的《批评的武器一定不能丢——学习邓小平同志关于文艺批评的论述》。

《山花》第3期发表何士光的《〈路与缘〉读后》;王黔的《失落的子夜与新写实——读戴冰〈光阴的故事〉》。

《文艺报》第9期发表蔡清富的《满贮诗意的佳作——读〈臧克家散文〉》;陈昌本的《建构雅俗共赏的桥梁》;段崇轩的《土地情结——山西青年小说家论》;汪民安的《文学批评与大众接受》;季红真的《回荡在自然、历史、灵魂中的钟声——序杨扶堃诗集〈无题的奉献〉》;彭龄的《为了千秋万代——记张羽》;高洪波的《诺贝尔情结》。

《北方文学》第3期发表罗维扬的《怎样对付电视》。

《当代文坛》第2期发表张韧的《转型期的文学》;曹家治的《九三年,散文出征》;张毅的《呼唤作家的精品意识》;曹书文的《浅析贾平凹散文的"小说化"倾向》;刘江滨的《人生圈套与叙事机智——热马小说臆评》;陈广录的《略论刘震云的两大系列小说创作》;唐云的《离析与解构——〈故乡相处流传〉叙述研究》;蒋登科的《说是那寂寞的心的嘱托——培贵诗歌创作漫议》;王光明的《面对世界与自我的深渊——读田家鹏的〈孤魂〉》;傅书华的《散文创作断想》;姚咏絮的《旅游散文散论》;尹鸿的《走出误区:1993 电视剧印象》;陈辽的《谈市场经济下文艺发展的三种模式》;胡宗健的《文化艺术与商品经济》;唐跃民的《在劫难逃的艰难——读中篇小说〈装烟〉》;陈岚的《从小舞台透视大世界——读〈北京"面的"1818〉》;延建明、汪顺华的《长篇小说〈路兰〉作品讨论会在成都举行》;杨泽明、汪顺华的《展现时代丰采　讴歌英雄业绩——长篇报告文学〈黄传贵——"黄家医圈"八代传人〉作品研讨会在成都隆重召开》;张炯的《评王一桃的〈香港诗辑〉》。

《华侨大学学报(哲学社会科学版)》第 1 期发表华文东的《"世界华文文学"及其"走向"——差别:强势或弱势文化的反弹》;陈旋波的《林语堂的文化思想与维特根斯坦的语言哲学》。

《莽原》第 2 期发表张文彬的《继承、发展毛泽东文艺思想,繁荣社会主义文艺》;葛纪谦的《唱响主旋律、讴歌新时代》;古继堂的《并非一次化妆术的失败:读台湾小说〈大婚〉》。

6 日,《文汇报》发表《呼吁文学作品反映时代,反映新上海——长篇小说〈大上海漂浮〉座谈纪要》;何西来的《美文探求者的心迹——梁衡〈只求新去处〉读后》。

《中国文化报》第 27 期发表钟立飞的《文化的包装与包装的文化》;杨长勋的《心灵的归宿——青年作家黄佩华和他的小说》。

《台港文学选刊》第 3 期发表杨匡汉的《旅雁上云归紫塞》;林承璜的《论台湾旅外作家群文学创作的变貌》。

《当代小说》第 3 期发表陈子善、季桂保、王为松、倪文尖的《顾城之死四人谈》。

7 日,《羊城晚报》发表文易的《路,就在脚下——"广东文艺改革回顾与前瞻"座谈会记述》。

《天津文学》第 3 期发表李运抟的《论当代小说著名人物形象的生成》;木弓的《散文杂谈》。

8 日,《人民日报》发表李德润的《弘扬主旋律　提倡多样化——社会呼唤优秀影片》。

《光明日报》发表黄继晔的《北京妇女理论研究的发展与成就》。

9日,《人民日报》发表章云的《为京剧叫好》;鲁尔平的《再现隐蔽战线的辉煌——电视剧〈代号4991〉观后》。

《中国文化报》第28期发表刘玉山的《弘扬主旋律　提倡多样化》;本报记者熊元义的《着眼于文化关切——〈中国知识分子丛书〉主编许明博士访谈录》。

10日,《人民日报》发表楚昆的《"艺术生产论"讨论综述》;张魁星的《佳作伴随着时代的脉搏诞生》。

《光明日报》发表田本相的《清宫戏的新收获——谈电视连续剧〈康熙大帝〉》;黄宗江的《我看〈阮玲玉〉》。

《文学报》发表江上风的《在批评的新境遇面前——关于重塑文学批评断议》。

《小说林》第2期发表旻乐的《黑龙江小说创作略评》。

《中国作家》第2期发表张承志的《岁末的总结》。

《中国社会科学》第2期发表刘康的《一种转型期的文化理论——论巴赫金对话主义在当代文论中的命运》。

《北京文学》第3期专栏"新体验小说笔谈"发表毕淑敏的《炼蜜为丸》。

《电影艺术》第2期发表罗艺军的《中国电影文化之走向》;钟大丰的《中国电影的历史及其根源(下)再论"影戏"》;于敏、尹鸿、邵牧君、王得后、周思源、童道明、贾磊磊的《〈凤凰琴〉座谈》;郑惠、章百家的《又一部成功的革命历史巨片——〈重庆谈判〉观后》;秦裕权的《我看〈老人与狗〉》;程式如的《愉快的震惊——〈三毛从军记〉的幽默》;张东的《现实题材军事片三题》;陈晓云的《期待视野与视野融合影视欣赏心理散论》;盘剑的《中国当代喜剧电影心理契机与叙事模式》;杨妮的《电影(电视)剧作原理》。

《花城》第2期发表张志扬的《拯救专名的荣誉——重申"个人真实性及缺席的权利"》;程文超的《放逐"谜底"之后——1993年度〈花城〉小说综述》。

《诗刊》第3期发表耿林莽的《轻柔舒展的旋律——读〈刘辉考诗选〉》。

《读书》第3期发表张汝伦、王晓明、朱学勤、陈思和的《人文精神寻思录之一——人文精神:是否可能和如何可能》;程映红的《另一种自由》。

上旬,任光椿的长篇历史小说《时代三部曲》研讨会在京举行。

11日,《人民日报》发表冯牧的《军事文学的实绩》。

《中国文化报》第29期发表赵忱、康士昭、高鸿鹄、彭俐的《如何塑造荧屏上的帝王形象?》;全丁的《多让观众“过把瘾”》(评王朔的电视剧)。

《光明日报》发表孟祥林的《1993年畅销书分析》。

《南方周末》发表周晓洁的《艺术:谁扶你进市场》;伊夫的《电视剧是否有希望? 七作家联手——〈爱谁是谁〉》。

《青年文学》第3期新辟专栏“六十年代出生作家作品联展”,发表陶纯的《西瓜园》,李洁非的《防盗门》;同期,发表李竞宏的《〈风流峡谷〉中的风流人物》;张横的《热闹世界中的独行客》;陈荣的《中国农民与树》。

12日,《文艺报》第10期发表张同吾的《遥望的忧伤与灿烂——1993年诗歌景观》;准准的《写不完的北大荒——〈北大荒移民录〉阅读随想》;陈朝红的《这里是一片热土——细读〈攀枝花钢城赋〉》;李万武的《坦荡胸襟最有诗——读高深的〈苦歌〉有感》;罗守让的《关于散文的审视、评估和反思》;王海燕的《作家的生命情调与人生格调》;洪治纲的《统摄与超越——读胡尹强的〈小说艺术:品性和历史〉》;曾永诚的《读〈艺术的教育功用〉》;孙炜的《作家霍达访谈录》。

《光明日报》发表韩小蕙的《给张洁作序》。

14日,《光明日报》发表《甘肃文坛崛起女作家群》。

《羊城晚报》发表《主旋律与可视性结合的成功实践——电视连续剧〈情满珠江〉北京研讨会纪要》;唐渝、黎之彦的《真实可信、还本归真的伟人形象——评电视剧〈中国出了个毛泽东〉》;翟编的《“打工仔文学”新成果》。

15日,《人民日报》发表胡忠仁的《道德·文化及其它》。

《文学评论》第2期发表昌切的《先锋小说一解》;张德祥的《“新写实”的艺术精神》;陈顺馨的《论史铁生创作的精神历程》;杨书案的《历史小说创作回顾》;赵明的《沉思后的觉醒——读〈第三自然界概说〉感言》。

《文艺争鸣》第2期发表孙占国的《关于市场经济大潮中的严肃文艺》;张法、张颐武、王一川的《从“现代性”到“中华性”——新知识型的探寻》;郑敏的《中华文化传统的继承:一个老问题的新状况》;陈晓明的《“后东方”视点:穿越表象与错觉》;王宇根的《“世纪末”的文化境遇与我们的出路——北京大学比较文学研究所中西文化“平行研究”与“话语建构”讨论会纪要》;《后殖民主义语境下的中国文化——北京师范大学中文系部分师生座谈会纪要》;陈思和的《关于乌托邦语言的一点感想——致部元宝，谈王蒙小说的特色》；王干的《寓言之瓮与状态之流——王蒙近作走向谈片》；王蒙的《杂感》；王干的《话本的兴起与先锋话语的转型》；吴炫的《先锋的面具》；王彬彬的《一份备忘录——为未来的文学史家而作》；宗仁发的《铁凝带着〈无雨之城〉走进市场》；张目、向东、宝贵的《从《苦界》看当代畅销书》。

《上海文学》第3期发表陈晓明、张颐武、刘康、王一川、孙津的《后现代：文化的扩张与错位》；格非的《故事的内核与走向》；丁东、谢泳的《关于中国文革中的地下文学》。

《长城》第2期发表方明光的《历史的回声——评陶明国的中篇小说〈逝〉》；杨金平的《"文学现状与走向"座谈会纪要》。

《中国图书评论》第2期发表赵柏田的《太阳下的闲话——〈负暄琐话〉读后》；张宗刚的《纯美的莲花　深埋的苦根——读诗集〈无价的爱情〉》。

《民族文学》第3期发表罗义群的《苗族风情的时代变奏——杨明渊散文初论》；李一萍的《真情大意藏诗中——读〈阳关在前〉》；张锦贻的《谈石·础伦巴干的儿童文学创作》。

《江汉论坛》第3期发表袁孟宁的《略论当代小说创作的"内向"化趋势》。

《北方论丛》第2期发表关沫南的《栩栩如生的女作家——铁峰著〈萧红传〉读后》。

《安徽大学学报(哲学社会科学版)》第1期发表吴文薇的《论池莉小说的叙述话语》；汪景寿的《镂金刻玉　幽趣纤妙——论杜国清诗的意象》。

《创世纪》第1期发表吴开晋的《中国当代诗歌与东方神秘主义》；简政珍的《诗学断想》；章亚昕的《深渊里的存在者——我读〈痖弦诗集〉》；洪春音的《读许悔之诗作〈圣者的快感〉》；于坚的《棕皮手记》；赵毅衡、虹影的《诗与诗学再次对话》。

《当代电影》第2期发表陈墨的《电影商业化与国民文化心态》；尹鸿的《告别了普罗米修斯之后——后现代语境中的中国电影》；孟宪励的《论后现代语境下中国电影的写作》；饶曙光的《后现代主义文化与当代中国电影电视》。

《齐鲁学刊》第2期发表张全之的《论鲁迅与梁启超的启蒙主义思想》；卜召林的《"五四"时期话剧创作简论》；吴培显的《陌生化程序与语言的张力》。

《社会科学研究》第2期发表张小路的《社会转型中的知识分子问题——"知

识分子与市场经济座谈会”综述》。

《钟山》第2期发表袁幼鸣的《诗人何为——93中国“21世纪新空间”文化研讨会综述》;陈晓明、张颐武、戴锦华、朱伟的《文化控制与文化大众》。

《徐州师范学院学报(哲学社会科学版)》第1期发表张卫中的《中国传统思维方式与新时期小说》;石杰的《贾平凹及其创作的佛教色彩》;周鸿铸的《从〈孽债〉谈文学作品中的性描写》。

16日,《人民日报》发表文一的《电影界讨论“新都市电影”》;孟繁树的《我看〈康熙大帝〉》;陈维伟的《江泽民李鹏等观看话剧〈旮旯胡同〉,希望创作更多现实题材的作品》;田本相的《严肃的玩笑——简评〈灵魂出窍〉》。

《中国文化报》第31期发表沱浪的《戏剧舞台艺术繁荣的一次重要检阅——全国地方戏曲交流演出的成功与启示》。

《光明日报》发表荒煤的《真实地反映当代女性的命运》;罗大冈的《告别象牙之塔》;毕淑敏的《炼蜜为丸》。

湖北省作协、省文联、湖北大学中文系等联合召开“罗维扬作品研讨会”。

17日,《文汇报》发表记者张新颖的《本市文学、史学界专家学者研讨〈白门柳〉》。

《文学报》发表本报编辑部的《“重建”的误区》;施建伟的《从地域观念到文化本位——漫谈世界华文文学的文化内涵》;王爱琴的《写散文的韩石山》;王文英的《文学的消费与消费的文学》;柳盛元的《难能可贵的胆识——阎连科新军旅小说漫评》。

《光明日报》发表高军的《喜剧外壳与悲剧内蕴——〈股疯〉断想》;育葵的《〈旮旯胡同〉:定向戏的新探索》。

《作品与争鸣》第3期发表屈文锋的《农民致富之路》;晓田的《刘震云小说的情感索隐》;话津的《像新闻,不像小说》;殷非的《历史反思的新视角》;徐倩的《回望青春岂能只见到性》;唐达成、雷达等的《〈裸体问题〉短论六则》;王参武的《围绕〈北京人在纽约〉》;章里的《如何评价反映农业合作社运动的作品》。

18日,《中国文化报》第32期发表胡文杰的《生存的证明——记刘震云》;李培阳的《他是一首凝重的诗——京城访艾青》。

《中国戏剧》第3期发表本刊记者的《在戏剧舞台上奏响主旋律　用优秀作品鼓舞广大观众》;高扬的《话剧在民间——新时期以来民间自发演剧面面观》;

罗松的《中国京剧院引进市场竞争机制——访中国京剧院院长苏移》;王仁杰等的《面对当前文化市场　戏剧家心态面面观》;纪丁的《四个"情感区": 王晓萍〈烤火〉表演赏析》;傅谨的《面对一种"不可修补的存在"——对改编古典戏曲名著的非议》;安葵的《梁冰和他的绿色理论》;张国兴的《源于生活　推陈出新——江阴市锡剧团出人出戏出效益》;薛仲良的《繁荣基层文化事业》;毛德一、张左一等的《首部戏剧界座谈锡剧〈天涯情仇〉》;陆凤仪的《走进市场觅知音》。

19日,《文艺报》第11期发表李石的《文艺界也要继续反腐败》;记者闻采的《描绘波澜壮阔的近现代历史长卷,任光椿长篇历史小说〈时代三部曲〉研讨会在京举行》;蔡葵的《救赎与重塑——评长篇历史小说〈曾国藩〉》;杨兴福的《历史在这里沉思——读胡正言新作〈难得不糊涂〉》(小说);胡德培的《"一切都会好的"——读曾应枫的〈装修〉琐记》);李建平的《对当代中国小说的历史思考——评鲁原的〈当代小说美学〉》;苏子龙的《奏响主旋律　多出好作品》;周顺生的《精品意识与电视剧生产》;周申明的《电视文艺要高扬时代主旋律》。

20日,《人民日报》发表本报记者李勤的《"要有开放的心态"——文艺界委员话文化市场》。

《文汇报》发表徐迺翔的《文艺的雅俗及其他》;戴翊的《突破自己——评长篇小说〈欲是不灭的〉》(评阮海彪第二部自传体长篇小说)。

《光明日报》发表《陈源斌小说集〈一案九罪〉举行研讨会》。

《小说评论》第2期发表李洁非的《长篇小说热的艺术评析》;梁丽芳的《觉醒一代的声音——与陈骏涛先生谈知青作家和知青小说》;陈辽的《'93中短篇小说的格局和走向》;韩瑞亭、蔡葵的《长篇的辉煌——茅盾文学奖获奖作品佳评精选序言》;杨鼎川的《由诗意写实到散文写实——孙犁〈芸斋小说〉研究之一》;曾镇南的《尘缘深处意难平——读〈尘缘〉》;吴炫、张衍的《存在: 倾听的与表现的——鲁羊小说的哲学观照》;段建军的《〈热爱命运〉的小说哲学》;刘伟馨的《作品的构造——高晓声陆文夫小说比较研究之二》;韩子勇的《畸零的男神——〈放马天山〉阅读手记》;张德明的《沙漠图腾素描——屯垦作家韩明人创作散论》;独木的《且说〈清白〉》;王仲生的《"宗教情结"绽放的一簇新绿——评小说集〈望月婆罗门〉》;谷仓的《寻觅精神家园——叶广芩小说漫议》;韩鲁华的《历史把握与审美建构——读〈文化层〉和〈八里情仇〉》;方越的《文化的冲突与选择——〈八里情仇〉的审美判断》;白烨的《无聊: 近期小说的新话题》;柯振中的《小说的语言文字——短篇小说集〈龙伤〉代序》;水天戈的《说说那"薄荷味儿"的意味》;石实的《沉寂与喧嚣》;郝志诚、王慎方的《沉雄悲慨　超妙奇瑰——关于〈残阳如血〉的审美学特征》;林舟的《活史,作为一种策略——评〈中国乡土小说史论〉》;鲁枢元的《〈采英集〉序》。

《台湾研究集刊》第1期发表朱双一的《"反共文艺"的鼓噪与衰败——兼论50—60年代国民党的文艺政策》;徐学、孔多的《论马森独幕剧的观念核心与形式独创》。

《阴山学刊》第1期发表睢力、张轶敏的《新派武侠小说的中兴——论古龙的武侠小说》。

《昆仑》第2期发表周涛、张占辉的《〈游牧长城〉答问》。

21日,《光明日报》发表李春利的《广电部电影局召开座谈会提出——加强宣传优秀国产片》。

《文艺研究》第2期发表许明的《审美风尚学:一种新的历史观照》;王明居的《模糊美学与美学的模糊——与夏之放先生商榷》;叶廷芳的《小剧场:戏剧的重建——'93中国小剧场戏剧展演浅评》;张先的《商业戏剧和实验戏剧片谈》;陈福民的《中国文艺理论学会第六届学术研讨会综述》。

22日,《人民日报》发表闻力的《京城举行老舍诞辰95周年座谈会》。

23日,《人民日报》发表岸柳的《东风夜放花千树——一九九四年电视剧生产展望》;刘玉山的《虽九死其犹未悔——电视连续剧〈大地缘〉观后》。

《中国文化报》第34期发表张来民的《金钱与艺术:市场中的欧美作家》。

《武汉大学学报(哲学社会科学版)》第2期发表曾庆元的《现代主义文艺与非理性哲学》。

24日,《人民日报》发表刘忠德的《学习邓小平有中国特色的社会主义文艺理论,指导繁荣我国社会主义文艺事业的崭新实践》;钟卓的《任光椿历史小说讨论会举行》;湘宣的《〈中国农村大写意〉研讨会召开》。

《文学报》发表子厦的《王蒙接受本报特约记者采访——纵谈经济大潮下的文坛现状》;《是文学实验还是商业行为?——再谈"新体验小说"》;邢小利的《眺望与怀想——朱鸿及其〈白原〉印象》。

《羊城晚报》发表饶芃子的《海外华文文坛的"女儿国"》;黄树森、金岱的《经济文化时代(续一)——在雅俗之争的背后》;《在历史、时代和审美之间——谢望新文学评论集〈历史会记住这些名字〉读后》；唐栋的《出书的好兆》(严肃文学作品丛书，如“中国西部文学丛书”)。

《文史哲》第2期发表孙基林的《中国第三代诗歌后现代倾向的观察》；张学军的《寻根小说的美学追求》。

《文艺理论与批评》第2期发表姜耕玉的《拓展诗歌艺术的新天地——评李瑛〈多梦的西高原〉》；崔志远的《刘绍棠“运河文学”的语言风格》；栾保俊的《不值得评价的评价——〈废都〉读后感》；赵国泰、普丽华的《最高的花朵——评周良沛〈丁玲传〉并谨以此献给丁玲90诞辰》；张永权的《读周良沛的〈丁玲传〉》；巩之的《一本视界宏阔、论述切实的著作——评〈非理性主义文艺思潮〉》；盛宁的《后结构主义的批评：“文本”的解构》；王逢振的《什么是“Discourse”？——一个不可说而又要说的问题》；康洪兴的《大有可为的“课本剧”运动》；闻礼萍的《中国社会主义文艺学会举行新春茶话会》；陈映真的《回顾乡土文学论战》。

25日，《光明日报》发表王茂林的《〈“人梯”第一步〉序》。

《山西师大学报(社会科学版)》第2期发表刘定恒的《论长篇纪实文学〈天网〉》。

《文艺理论研究》第2期发表徐中玉的《文学散论》；孔耕蕻的《论批评的理论化——对文学研究中纯经验描述主义的批判》；劳承万的《回顾与总结文艺理论进展的“前提批判”》；周宪的《大众文化的时代与想象力的衰落》；金元浦的《试论当代的“文化工业”》；《改革开放后，敢提“人性”了》；李平的《一次“雅俗文化与我们的时代”讨论侧记》。

《艺术家》第2期发表弘石的《大陆电影：死去，抑或活着?》；袁玉兰的《〈炮打双灯〉从小说到电影——与导演何平畅谈》；郭启宏的《好人一生平安——话剧〈李白〉的戏中戏》。

《河北大学学报(哲学社会科学版)》第1期发表刘荣兴的《当前文化现象的美学思考》。

《学术研究》第2期发表戈云的《文学“下海”及其他：与陈若曦笔谈》；朱双的《略论台湾“文学文化化”的趋向》。

《甘肃社会科学》第2期发表许文郁的《西北乡土小说的精神内涵》；刘珙的《采撷生活中的诗——甘肃1993年报告文学获奖作品述评》；张立国的《对报告文学真实性的再认识》。

《贵州师范大学学报(社会科学版)》第1期发表杨淑媛的《论新时期小说的反顾意识》。

《海峡》第2期发表王金城的《是批判不是"美化"——再论〈迷园〉兼与吕正惠先生商榷》;吕正惠的《〈迷园〉的两性关系与台湾企业主的真貌》。

《海南师院学报》第1期发表徐永龄的《黄维梁散文的主体意识》;宋剑华的《聂华苓:放逐者的心灵悲歌》;王振科的《论柯振中的〈龙伤——港人素颜〉》。

26日,《文艺报》第12期发表《眼睛向下　情趣向上,大教授关心通俗文艺》;民的《陈源斌小说集〈一案九罪〉在京获好评》;凡的《著名作家李束为逝世》;张韧的《走出地平线的经济小说》;峭岩的《生与死,都是一种境界——读小叶秀子新作〈生命组曲〉》;阎延文的《平凡人生的理性之光——评鲍柯杨新作〈拥抱〉》;耿林莽的《散文诗:新的风景线——读王剑冰〈在你的风景里〉》;孟繁树的《〈三国演义〉——从小说到电视剧》。

《小说》第2期发表孙见喜的《鬼才灵迹录——贾平凹侧影》。

27日,《光明日报》发表梁若冰的《"北京作家文稿库"成立》;肖海鹰的《任光椿长篇历史小说研讨会举行》;盛祖宏的《电视剧〈大进攻序曲〉受好评》。

《羊城晚报》发表张汉乐的《踱步在〈天狼星下〉》(评杨牧的自传纪实文学)。

美国华文文艺界协会在旧金山成立,纪弦担任会长,谢冰莹任名誉会长。

28日,《光明日报》发表朱文华的《重视"口述历史"》。

《四海·台港澳海外华文文学》第2期以"在京部分作家笔谈《台湾文学史》"为总题,发表古继堂的《一部宏大的论著》,杜元明的《〈台湾文学史〉的五大特色》,袁良骏的《台湾文学研究的重大突破》,杨匡汉的《史论兼备的梳理》。

《名作欣赏》第2期发表孙绍振的《作品分析的还原法》;朱邦国的《爱的差错——读〈感伤季节〉》;汪政、晓华的《苦涩的文化探寻——余秋雨〈西湖梦〉评赏》;王一桃的《新颖·巧妙·完美·自然——台湾著名诗人余光中近作〈私语〉赏析》;徐望云的《悠悠飞越太平洋的愁予风:郑愁予诗风初探》。

29日,《光明日报》发表王再承的《资本在向艺术逼近》。

《社会科学辑刊》第2期发表秦岭的《市场经济与当代中国知识分子的历史使命》。

百花文艺出版社主办的军旅作家王宗仁的长篇报告文学《周冠五与首钢》研

讨会在京举行。

30日,《中国文化报》第37期发表记者韩棕树、欧阳军的《湖南省第五次作家代表大会达成共识:作家只有深入生活才能出好作品》;记者千子的《拓展途径　更新方法——陕西文艺工作者深入生活形成制度》;陈先义的《应拿起文艺批评的武器》;许柏林的《执“两”用“中”——读高占祥〈社会文化论〉》。

《光明日报》“关于严肃文学的思考”专版发表刘心武的《话说“严雅纯”》;潘凯雄的《估失衡》;秦晋的《吃饭与文学》。

《中国文学研究》第1期发表余三定的《描摹人情世态　展现“庸常”之美——评姜贻斌的小说》。

《渝州大学学报(哲学·社会科学版)》第1期发表严莉群的《论琼瑶小说与中国传统优秀文学的关系》。

《漳州师院学报(哲学社会科学版)》第1期发表许建生等的《闽南文化与台湾乡土文学》。

中国报告文学学会、《新生界》编辑部、陕西省委宣传部、陕西省科委联合举办的陕西作家常扬的报告文学《重塑黄土高原》研讨会在京召开。

31日,《人民日报》发表刘军的《鼓励为青少年创作更多优秀读物,上海设立创作奖励基金》。

《文学报》发表江上风的《重建还是重振?》;蒋星煜的《南明小朝廷的工笔画——读刘斯奋〈白门柳〉第二部〈秋露危城〉》;王仲生的《评田长山的散文创作》;唐吉夫的《论“后三点式批评”》;赵丽宏的《散文使文学亲近了生活》。

《河南大学学报(社会科学版)》第2期发表姚晓雷的《从〈动物凶猛〉看顽主之“来历”》。

下旬,公安部群众出版社、《文学自由谈》杂志社联合主办的陈源斌小说集《一案九罪》研讨会在京举行。

北京作家协会主办的“陈模儿童文学作品研讨会”在京召开。

本月,《作品》第3期发表傅翔的《喧哗与骚动——神圣失落后的忧思》。

《萌芽》第3期发表张兵的《力求真诚——蒋璞印象》;吴炫、鲁羊的《关于“先锋作家”及其它》(对话)。

《博览群书》第3期发表周一、傅小北的《商品经济大潮中的文化裸体——评〈裸体问题〉》;田诚的《宝塔般的白杨　滚雷般的钟声——〈最后一个匈奴〉

评介》。

本季,《文学自由谈》第1期发表谢友鄞的《一个辽西人的说三道四》;陆星儿的《英雄末路》;陈荒煤的《且不忙给新时期文学划句号》;吕信伟的《汉文学的焦虑》;王一川的《杂语的时代?》;赵毅衡的《小议先锋文学》;陈旭光的《当代散文:文体的"革命"》;王干的《重构的必要》;榛子的《谁写得过谁?》;曹志培的《文艺功能乱弹》;桑逢康的《文人"下海"难》;余开伟的《文人的蜕变》;嵇亦工的《诗人与写诗的人》;蒋原伦的《巫术与艺术》;陈炳良的《从〈英儿〉看顾城》;刘文中的《文化失重与失重文化》;贺星寒的《媚俗之歌》;何启治的《别有奇葩逞风流》;林希的《平视人生的肖克凡》;瑙蒂的《写在"人生与艺术丛书"出版之际》;李明泉的《对人生的精神拥有》;雪龙的《你为什么不走进〈蓝城〉?》;孙明的《读〈海之吻〉》;高岸的《往事未忘　多可入诗》;潘凯雄的《各领风骚　尽显风流——读高岸、李锐、成一的长篇新作》。

《中外诗歌研究》第1期发表熊国华的《论痖弦的诗》;叶维廉的《婉转深曲:与辛笛谈诗和语言的艺术(上)》。

《新文学研究》第1期发表苏振元的《三毛散文的魅力》;赵英、王渡生、长友的《在社会主义市场经济新形势下如何更好地发挥文艺的思想教育功能》;曹纪祖的《评当今诗歌创作的几种流向》;肖阳的《在超越与困扰中跋涉——施放印象》。

本月,河南人民出版社出版陈继会的《文化视界中的文学》。

安徽文艺出版社出版该社编的《米舒其人其书:曹正文作品研究评论集》。

山东文艺出版社出版蔡桂林的《冲浪:在军事文学的海面:中国军事文学走向深化的理论构想》。

北京十月文艺出版社出版赵毅衡的《苦恼的叙事者:中国小说的叙述形式与中国文化》。

上海教育出版社出版孙正荃主编、《文艺评论》编写组编的《文艺评论》。

吉林教育出版社出版吴秀明的《文学中的历史世界:历史文学论》。

陕西人民出版社出版畅广元主编的《中国文学的人文精神》,白烨的《文学新潮与文学新人》。

浙江少年儿童出版社出版该社编的《金近纪念文集》。

4月

1日,《中国文化报》第38期发表赵忱、张锲的《榜样的力量——张锲和中华文学基金会带来的思考,周末茶座》;孙小宁的《给人希望给人美——毕淑敏访谈录》。

《山西文学》第4期发表王剑冰的《新时期散文的变革与发展》。

《今日名流》第4期发表徐迟的《徐迟自述:爱情罗曼江南镇》。

《作家》第4期发表张炜的《文学是生命的呼吸——与大学生对话》;陈思和、李振声、郜元宝、张新颖的《余华:中国小说的先锋性究竟能走多远——关于世纪末小说的多种可能性对话之一》;张颐武的《新空间:实用精神的崛起——"后新时期"价值的转换》。

《海燕》第4期发表陆文采的《在历史和现实的交点上塑造人的灵魂——读〈迷魂沟〉》;叶景华的《有感于作家的价值取向》。

《散文》第4期发表黄桂元的《波光万点的"自新"河流——第二届中华精短散文大赛阅读印象》;奚学瑶的《走向散文的辉煌——爬过朱自清、杨朔两道坡》。

《冀东学刊》第2期发表袁良骏的《台港澳文学与"五四"传统》;丁子人的《一心中国梦　万古下泉诗——漫说海外华文文学中的"文化乡愁"》。

1—5日,《文学遗产》编辑部、上海社科院、《江海学刊》编辑部等单位联合举办的'94文学史观与文学史学研讨会在福建漳州市召开。

2日,《文艺报》第13期发表刘甫田的《何申创作的启示》;吾忱的《从清纯而深沉——浅议程贤章小说创作》;周溶泉的《站在感情的立交桥上——评于强的〈异国未了情〉》;王凤胜的《论周恩来文艺思想的历史地位》;王巨才的《肩起崇高的使命》;竹韵的《邱炳皓和他的温馨创作》。

天津市孙犁研究会正式成立,文艺评论家滕云任会长。

3日,《文汇报》发表《历史激发联想——长篇小说〈白门柳〉座谈纪要》;徐开磊的《〈随想录〉的先声——论巴金一九五六年的杂感和一九六二年上海文代会上的发言》。

《中国文化报》第39期发表童道明的《文学品味与人文力量是戏曲之魂》;邹

世毅的《戏剧的抉择》；吴秀明的《让历史告诉我们——“领袖传记文艺热”掠影》；张颐武的《中国文化：面对21世纪》。

《光明日报》发表戴燕的《丁庆友、第广龙诗歌研讨会举行》。

《羊城晚报》发表张波的《作为一种活法的文学》（高尚而浪漫的活法）。

4日，《人民日报》发表汪波的《长影坚持拍好主旋律影片》；赵相如的《浙江电视剧创作量多质好》；杨子敏的《喜听老凤发新声——读〈富春江散歌〉》。

《光明日报》发表肖海鹰的《石家庄举行作品研讨会》。

5日，《羊城晚报》发表陈若曦的《中国电影里的美国神话——美国华裔作家看〈北京人在纽约〉》。

6日，《人民日报》发表陆棨的《真实感人的历史画卷——〈大进攻序曲〉观后》；闵中王的《有感于“文化人缺文化”》。

《台港文学选刊》第4期发表徐学的《台湾作家散文本体观》。

《羊城晚报》发表黄永祥的《钱与文的较量》。

《当代小说》第4期发表刘心武的《关于小说的若干想法》；何西来的《从“老残茶馆”扯到“白妞说书”》；张达的《传言巴金曾下海》。

7日，《人民日报》发表何开四的《深刻的意蕴　有益的启示——读杨牧〈天狼星下〉》；王纪言、刘春的《当代生活的诱惑与回响——九十年代中国电视纪录片创作漫述》。

《文学报》发表刘春贤的《而今重写“曾文公”——访长篇历史小说〈曾国藩〉作者唐浩明》。

《天津文学》第4期发表张韧的《环境文学与思维的变革》。

9日，《文艺报》第14期发表闻逸的《石家庄市老中青作家作品研讨会在获鹿举行》；《深圳作家决心提高综合素质突破长篇创作》；本报记者绍俊的《现代文学的“双星座”依旧灿烂夺目——记“沙汀、艾芜生平与创作展览”及其座谈会》；林为进的《英雄创造辉煌——读〈为了中华不输掉未来〉》；黄国柱的《一代军人的心灵历程——长篇小说〈戎马英豪〉》；白崇人的《惩恶扬善　振聋发聩——读凌喻非的小说集》；潘凯雄的《为了人类的生存和发展——读哲夫的长篇新著〈天猎〉》；蔚蓝的《北方海的文化意蕴——关仁山“雪莲湾风情”系列小说谈片》；李万武的《审美与功利的纠缠》；刘从成的《论灵感的触发机制》；王茂林的《愿文学“湘军”再展昔日雄风——序〈“人梯”第一步〉》；江岳的《湖北召开罗维扬作品研讨会》;陆炜的《比较艺术史的重大收获——评〈中国现代比较戏剧史〉》;《犁青评论顾城引起强烈反响(摘要)》;江曾培的《勾画了“微型小说学”的雏形》;李子玉的《人与自然的关系——一个永恒的主题 绿色文化和动物小说发轫兴起小析》;李福亮的《青春觉醒:常新港的一个母题——评长篇小说〈夏天的受难〉》;董洪川的《文化大“炒古”》;高林的《给醒龙提个醒》。

10日,《北京文学》第4期发表毋国政的《回避“深刻”》;桂青山的《大内容自在“信史”中——读〈活泉〉随感》。

《读书》第4期发表高瑞泉、袁进、张汝伦、李天纲的《人文精神寻思录之二——人文精神寻踪》。

《诗刊》第4期发表梁南的《谈诗人的思维版图》;吴奔星的《诗的“散文美”应该发扬和发展》;止庵的《读沙鸥的〈寻人记〉》;吴开晋的《对心灵和诗美的双重开掘——读吴钧陶的诗》;陈良运的《“政治关怀”与缪斯红线——评刘国藏诗集〈春花秋月〉》。

11日,《青年文学》第4期专栏“六十年代出生作家作品联展”发表石钟山的《有个女孩叫朱美》,天宝的《马德中校在夏天到来之际》;同期,发表卞海峰的《传统与现实的冲突》;宋建英的《毁灭与救赎》;彭晶的《孤独的琴音》;屈广法的《我们的一生就是一次狩猎》。

12日,《中流》第4期发表郭一村的《红松精神万岁——读〈壮哉,红松精神〉》。

《羊城晚报》发表张磊的《忠心耿耿 铁骨铮铮——喜读贺郎新著〈吴有恒传〉》。

13日,《人民日报》发表黄宗江的《历史·战争·英雄——观〈豫东之战〉》。

《光明日报》发表吴秉杰的《转型期的文学——谈当代中、短篇小说创作》;从维熙的《知彼者言——关于张沪的〈女囚〉系列小说》;朱向前的《好读耐读的〈无雨之城〉》;毕淑敏的《文学的数学》;白烨的《顾城事件引起的反响》。

14日,《文汇报》发表萧乾的《更重大的贡献——巴金与二十世纪》。

《文学报》发表本报编辑部的《张贤亮给本报发来致王蒙的公开信——也谈文人“下海”和作家心态》;本报记者徐春萍的《她,文如其人——梁凤仪谈创作和人生感伤》;本报编辑部的《荧屏银幕的“帝王效应”》;吴海发的《连接友谊的飘带——读张锲〈寻找星球的结合点〉》。

《羊城晚报》发表小农的《女作家"下海"记》。

中国人民大学中文系成立华人文化研究所，金戈任所长，叶君远任副所长。

14—17日，中国作家协会、中华文学基金会、中国社科院研究生院、人民文学出版社、云南玉溪卷烟厂联合主办的"巴金与二十世纪学术研讨会"在京举行，来自海内外50余位巴金研究者和200余位文化界人士与会。中宣部部长刘忠德、作协副主席张光年、冯牧等高度评价了巴金的文学成就。

15日，《上海文学》第4期发表白烨、王朔、吴滨、杨争光的《选择的自由与文化态势》；钱谷融的《性情之作——〈南京姑娘〉序》。

《中国文化报》第44期发表孙永猛的《雅与俗：中国文化的困境和出路》；王安的《王蒙谈诺贝尔文学奖》。

《光明日报》发表陶铠的《文化的"正餐""快餐"》；王保平的《新写实小说研讨会在京举行》；伍立杨的《水流花放好文章——读〈家园的味道〉》。

《作家天地》第2期发表曹玉模的《话儒商灵光与转型期》。

《台港与海外华文文学评论和研究》第1期发表庆华的《作为故事家的徐訏：从〈鬼恋〉到〈风萧萧〉》；林之果的《叙述、故事、情节和戏剧性：梁凤仪小说艺术散议》；徐学的《香港访朱秀娟》；戴小华的《海外华文女作家协会在世界华文文学发展中的角色》；金钦俊的《基本主题之一：文化乡愁——读江天〈土地的呐喊〉》；刘秋得的《谈黄东平〈短稿二集〉的艺术特色》；刘红林的《文质相符：张秀亚的散文论》。

《北京广播学院学报(人文社会科学版)》第2期发表苗棣的《电视剧的自然化技巧》。

《张家口师专学报(社会科学版)》第2期发表澹台惠敏的《台湾女性文学的新突破——简评"百万小说征文"首奖作品〈失声画眉〉》。

《民族文学》第4期发表李建彪的《塞上风情与豪放情感的诗美创造——评回族诗人贾羽的诗集〈北国草〉》；苗林的《草原女性的素描——读哈斯乌拉中篇小说〈两匹马的草原〉》；晨宏的《云南少数民族作家文学群体现象漫议》；李阳喜的《星星的轨迹——读壮族诗人瑙尼诗集〈黄昏星〉》。

《当代电影》第3期发表黑丁、封洪的《在多元发展的格局中走向新世纪——90年代中国电影发展态势研讨会综述》；虞吉的《第二代码："阐释学插叙短语"分析——经典文本第二代码阅读》；古建的《语言的冲突与整合——论何平影像表述体系的形态变化》;李光嵘的《〈包身工〉的电影文学特色》;张海明、邹红的《舞台与银幕的融合——试论夏衍电影实践对其话剧创作的影响》。

《冀东学刊》第2期发表丁子人的《一心中国梦　万古下泉诗——漫说海外华文文学中的“文化乡愁”》。

《中外文化交流》第2期发表潘亚暾的《万紫千红的南洋华文文学——漫话海外华文文学(上)》。

16日,《文艺报》第15期发表《与世纪同行,与读者同在,“巴金与二十世纪学术研讨会”在京隆重举行》;胡采的《高原的锤炼——序〈秋声集〉》;金森的《读张弛长篇新作〈汗血马〉》;红孩的《一本不可不读的好书——读刘书良长篇报告文学〈人生的答卷〉》;柯蓝的《意境开阔　情绪深远——序杨锦散文诗集〈漂泊〉》;符葵阳的《重要的,却被遗忘——关于'93作家“下海”热门话题小议》;特·赛音巴雅尔的《团结进步　繁荣少数民族文学创作》;杨长勋的《传记文学的选择——关于接力出版社的〈八桂俊杰丛书〉》;陆扬的《解构主义死了?——德里达近影》;余光中的《〈被叛卖的遗嘱〉——米兰·昆德拉的小说观》。

17日,《中国文化报》第45期发表熊元义的《艺术生产要重视质量》。

《光明日报》发表刘虹的《写真·良知·正气,七位文化人谈巴金》;庄电一的《影视帝王后妃热何时降温?》。

《羊城晚报》发表何玉麟的《方兴未艾的“电脑变通小说”》。

《作品与争鸣》第4期发表盛雷的《当代农民的最新塑像》;周玉宁的《文学参与意识的复归》;刘祯的《金苹果之梦》;杨利辰的《呓语未必真迷茫》;柳万的《论尤凤伟们的勉强》;彭悦的《大写人生的赞歌——读力作〈好人倒下了〉随笔》;张燕的《怎样评价〈废都〉?》;

《光明日报》发表本报记者包霄林的《社会转型期的文化关怀——访北京大学陈来教授》。

《中国戏剧》第4期发表章诒和的《蓦然回首——为迎接21世纪戏剧新曙光而思考》;陈慧敏的《古老的昆曲面对着崭新的市场——与北昆院长土缊明一席谈》;丁扬忠的《〈灵魂出窍〉观后》;华永建的《雅俗共赏的客家山歌剧〈啼笑冤家〉》;一得的《使外行爱看　让内行过瘾——小议京剧电视剧〈玉堂春〉》;曹明的《台湾剧作家姚一苇新作〈重新开始〉》。

梁斌文学研究会、解放军文学研究会等五家单位共同主办的梁斌作品研讨会在津举行，近200位文艺界人士与会。

中旬，北京市文联研究部、《北京文学》编辑部联合召开“新体验小说”研讨会。

中国当代诗史写作研讨会暨《诗探索》新刊座谈会在京举行，会上就洪子诚、刘登翰新著《中国当代新诗史》及新刊《诗探索》1994年第一辑进行了探讨。

19日，《光明日报》发表许祖华的《〈讲真话，把心交给读者——巴金〉图片展举办》。

20日，《人民日报》发表杨梢的《改革年代的上海市民风俗图——看电视剧〈大上海出租车〉》。

《中国文化报》第46期发表吴若增的《文学是孤寂者的梦》。

《当代》第2期发表王强的《城市文明中的现代女性——简评〈闯特区的女人〉》；本刊记者的《〈天有病，人知否〉研讨会在京举行》、《〈当代〉九三广西作品研讨会在南宁举行》。

《郑州大学学报(哲学社会科学版)》第2期发表薛传芝的《报告文学中议论的美学品格》。

《暨南学报(哲学社会科学版)》第2期发表连文光的《张艺谋电影艺术论》；饶芃子的《关于海外华文文学研究的思考》；王列耀的《中国文学与菲律宾华文文学》。

《福建论坛》第2期发表万平近的《评林语堂〈苏东坡传〉》。

河北省唐山市文联、省作协、《文艺报》联合主办的王立新报告文学作品研讨会在石家庄召开。

21日，《文汇报》发表记者施宣圆的《二十余位专家学者昨聚会本报，研讨传统文化与现代化》；刘湛秋的《黎明前的诉说——关于〈英儿〉和李英(麦琪)》。

《文学报》发表陈志强的《认识巴金，总结中国文学的历史经验——“巴金与二十世纪”研讨会在京隆重举行》；本报记者谢海阳的《写作，是他们的生命——与苏童、叶兆言一席谈》，程新国的《蕴辉煌于平淡——读沈扬散文集〈花繁七色〉》；邹平的《走出迷惘——九十年代文学的一个主题》；蒋国忠的《“新”、“旧”与“美的尺度”》。

《光明日报》发表戴燕的《平原三部曲树丰碑，梁斌文艺活动六十周年研讨会举行》。

22日,《人民日报》发表刘忠德的《弘扬民族文化,鼓励高雅艺术》;於可训的《漫议市场与文化》;刘金祥的《“文学人才学”探新》;楚昆的《“文学价值论”讨论述要》;集立的《〈北京文学〉讨论“新体验小说”》。

《中国文化报》第47期发表赵忱、李巍、冯牧、谢冕的《〈大家〉:纯文学期刊的“白雪公主”》。

《羊城晚报》发表文雅、文易的《“同谋”与对话:广东文学策略一窥》。

《南方周末》发表郭向星的《〈潮起潮落〉终有声》。

23日,《文艺报》第16期发表《梁斌作品研讨会在津举行》;《民间诗歌报刊迅速蜂起,〈诗刊〉召开全国首届民间诗歌报刊负责人联席会》;贺敬之的《序〈每一滴水里都有你的影子〉》;刘雪梅的《文学的“包装艺术”和艺术地包装文学——〈汪曾祺文集〉断议》;岑桑的《难以名状的生活美——读莲子〈女人书简〉》;翟大炳、张尔和的《发现与故事重建——评〈爱情变奏曲〉》;云德的《加强市场管理,促进文化繁荣》;雷加的《左联大旗下的双星座——记沙汀和艾芜》;《〈北京文学〉为新推出的“新体验小说”组织研讨》;陈旭光的《“中国当代诗史写作”研讨会暨〈诗探索〉新刊座谈会在京举行》;白冰、南春堂的《文坛崛起二月河》。

《光明日报》发表本报记者盛祖宏的《话剧有困难,更有希望——访表演艺术家石维坚》。

江苏省台港暨海外华文文学研究会在南京成立,陈辽任会长,汤淑敏、秦家琪、冯亦同、王盛任副会长。

24日,《中国文化报》第48期发表向云驹的《文化记者:用好你的双刃剑——对一种“新批评”的批评》。

《羊城晚报》发表王若谷的《〈英儿〉:一朵美丽的罂粟花》。

25日,《南京师大学报(社会科学版)》第2期发表张曙的《当代性:现实主义的活力所在——论陆涛声小说创作的艺术特色》。

《贵州大学学报(社会科学版)》第2期发表林树明的《女性主义文学批评与后结构主义》;石杰的《史铁生小说的佛教色彩》。

“纪念赖和诞辰100周年纪念会”在北京召开。

26日,《羊城晚报》发表岑桑的《生活·深情·思辨——读罗沙抒情诗集〈紫丁香〉》。

27日，《人民日报》发表刘扬体的《为了明天——〈上海大风暴〉观后》。

《文汇报》发表本报记者张新颖的《〈上海文学〉关心历史进程中的强者与弱者，倡导“文化关怀”小说，把握时代脉搏跳动》。

《光明日报》发表戴燕的《社会主义文艺学会等座谈五四精神》；单三娅的《大表演观念，大舞台气魄——中央实验话剧院赴沪演出启示录》；韩小蕙的《文学理论的“新状态”》；邵燕祥的《纪实之实》；王宁的《后现代主义理论与思潮》。

《文学自由谈》第2期发表吴小如的《张爱玲和於梨华》。

28日，《文学报》发表本报编辑部的《喂奶，还是抽血?》；刘心武的《我们自己的批评语境》。

《光明日报》发表肖海鹰的《“以优秀作品鼓舞人座谈会”举行》。

《兰州大学学报(社会科学版)》第2期发表王喜绒的《一个独特的文化审美视角——从沈从文到张承志》。

《厦门大学学报(哲学社会科学版)》第2期发表朱双一的《文化冲突：从伦理到政经——旅美华人“留学生文学”比较论》；俞兆平的《台湾现代诗学中“知性”概念之我见》；徐学的《台湾当代散文中的色彩与节奏》。

29日，《中国文化报》第50期发表刘顿的《专栏作家悄然风行》；马占校的《找准“感觉”》；米依的《文坛不会寂寞》。

30日，《文艺报》第17期发表石的《上海女作家林景怡的〈人生密码〉系列作品引起注目》；黄国柱的《〈周冠五与首钢〉：中国改革的奇迹》；顾祖钊的《以邻为鉴　可以正得失——读〈中国女教授在芝加哥〉》；李儒翥的《脉脉含情妙手传——读林中英的〈人生大笑能几回〉》；莫未农的《孺子牛精神与带头羊风范——读吴兴的〈女部长传奇〉》；程远山的《寓史学眼光于文学创造——〈未穿的红嫁衣〉中李言形象的塑造》；黄力之的《追求与幻灭：资产阶级意识形态的双重变奏》；金宏宇的《历史就是关联——评〈中国现代文学历史比较分析〉》；李如鸾的《略论方旭散文的“味”》；王鹏的《心灵深处的激情》(评诗人冷燕虎)；安京的《异域文化的浏览与思考——读李成汉的游记散文〈放眼集〉》。

《南京大学学报(哲学·人文科学·社会科学版)》第2期发表徐绍峰的《颠

覆与重写——新时期小说中母亲形象的变异原因及意义》。

本月,《二十一世纪》4月号发表刘康的《批评理论与中国当代文化思潮》。

《小说家》第2期发表张东炎的《在敞开与遮掩之间——评〈对面〉》。

《文艺评论》第2期发表叶砺华的《世纪之交：中国文学的背景与精神》;江冰的《价值的失落与寻找——对文学现状的几点分析》;刘鸿模的《艺术商品化与批评家的角色》;沉风的《精神的围城与超越——作品角色蕴含着的宗教意义研究》;何向阳的《家族与乡土——二十世纪中国文学潜文化景观透视》;谢有顺的《救赎时代——北村与先锋小说》;董之林的《神谕中的历史轮回——论〈白鹿原〉》;马风的《围绕长篇小说的杂感——从〈浮与沉〉说到黑龙江长篇小说现状》;高砚的《追索美的诗弦——简评范震威的诗集〈秋音〉》;宋歌的《乱头粗服总倾城——李风清诗作略评》;梁南的《文学商品市场》;王东复的《"模糊语言"与文学》;赵勇的《散文繁荣：喜耶？忧耶?》;朱国庆的《艺术是灵魂的体操》;潘洗尘的《关于POP文化在中国演进过程的一个简单概述》。

《东方》第2期发表张颐武的《"分裂"与"转移"——中国"后新时期"文化转型的现实图景》;郭宏安的《文学家何以进退失据》;钱理群的《鲁迅与九十年代北大学生》;雷颐的《为传统与现代接榫——蔡元培思想透视》;《促膝谈"五·四"——本刊总编访夏衍》;贾新民的《又说"五·四"》;许纪霖的《俗世中的时尚》;郑宁的《谁是知识分子》;尤西林的《守护理想与消解权威》;石涛的《二十世纪末知识分子的世界性困境》;[美]费正清的《〈没有鬼的世界〉序言》;张彦的《美国人想知道中国人怎样看美国》;葛兆光的《闲话容与忍》;张承志的《〈热什哈尔〉：一本绝无仅有的奇书》。

《求索》第2期发表王恒的《周作人理性精神初探》。

《青春》第4期发表包忠文的《从"地摊文学"说开去》;郤耕的《写作是一种默契》。

《萌芽》第4期发表汪政、晓华的《仿效与互文——叶兆言的写作策略》。

江西省作协、文联联办的杨佩瑾长篇小说《黑眼睛天使》作品讨论会在南昌召开。

陕西作协、《小说评论》编辑部、《陕西日报》召开王宝成作品讨论会。

"学院派"作家相南翔的小说《海南的大陆女人》座谈会在南昌大学当代文学

研究所举行。

本月，宁夏人民出版社出版倪宝元、张宗正的《改笔生花：郭沫若语言修改艺术》。

陕西人民教育出版社出版胡征的《诗情录及其他》。

武汉大学出版社出版昌切的《思之思：20世纪中国文艺思潮论》。

广东人民出版社吴宏聪主编的《岭南文论》。

5月

1日，《文汇报》发表方克强的《通向历史诗学的小说》；王宁的《走向多元共生的时代——九十年代西方文学理论与思潮》；贾植芳的《征服者的悲哀——谈长篇小说〈海王〉》。

《书与人》第3期发表李克因的《两个赵子龙》；周鸿铸的《性描写的“虚”与“实”》。

《中国文化报》第51期发表《当代人文学者的使命——民族文化建设五人谈》。

《青年作家》第3期发表吴野的《嚼出别一种滋味——读〈西江村赶潮〉》。

《山西文学》第5期发表李锐的《生命的歌哭》；王剑冰的《新时期散文的变革与发展(续完)》。

《四川文学》第5期发表陈朝红的《透视改革大潮中的人生百态——评佳云的中篇新作〈风之尘〉》；刘中桥的《烟雨迷离说斯文》。

《作家》第5期发表雷体沛的《在解构中回望——东西小说文本策略中的纠结》；程德培的《十年与五年——商品消费大潮冲击下的新时期文学分期》。

《散文》第5期发表徐成森的《散文本体论》；夏康达的《圣洁温馨的精神家园——读第二届中华精短散文大赛佳作》。

《海燕》第5期发表代一的《笔底潮涌浪淘沙》；张祖立的《清风拂面　摇曳多

姿——读〈海燕〉的几篇散文》。

3日，《光明日报》发表谢军的《龚学平就企业赞助文艺发表意见，企业可以慷慨，演员不可变懒》。

3—6日，中国现代文学研究会第二届年会在西安召开，会议以"回顾与展望——中国现代文学研究15年暨陕甘宁文艺与西部文学"为主题展开讨论。

4日，《人民日报》发表张晓林的《文化的反差：富足与贫弱》；文一的《青年作家南翔的反映海南特区生活的新著近日在京受到评论界关注》；戴翊的《追随时代的步伐——评长篇小说〈大上海漂浮〉》；北原的《常扬的报告文学〈重塑黄土高原〉最近由陕西省委宣传部、〈新生界〉杂志社等单位在北京联合召开了作品讨论会》；木弓的《小说的格调》。

《中国文化报》第52期发表记者傅铎的《继承"五四"传统　弘扬爱国精神——文化界人士座谈"五四"精神》；严昭柱的《"主题"论：繁荣社会主义文艺创作的指南》；熊元义的《回避选择的AB选择剧》；萧佩华的《魅力源自独有的文化情致——读罗维扬散文札记》。

《光明日报》发表鲁勇的《跨世纪青年与中国传统文化》；张春雷的《大力弘扬时代精神主旋律》。

5日，《人民日报》发表向兵的《冲出困境　再造辉煌——写在中国电影改革行业机制一周年》。

《文学报》发表本刊编辑部的《"先锋"的潮涨潮落》；《〈特区文学〉亮出"新都市文学"》；王安忆的《小说到底是什么？（上）》。

《广西文学》第5期发表隆恩教的《〈寒堂〉的价值指向》。

《山花》第5期发表陈超的《精神大势与有方向的写作——艺术断想之四》；洪治纲的《论小说中的地域风情》。

《北方文学》第5期发表止庵的《樗下丛谈》；王彬彬的《无耻者有时也近勇》；汪政、晓华的《文人回家》。

《当代文坛》第3期发表川涛的《弘扬主旋律，以优秀的作品鼓舞人》；廖全京的《平实中的深邃——1993年短篇小说管见》；龙克的《苍茫世界与悲剧精神的寻求——浅论当代西部诗的自然价值取向》；何休的《一位辛勤耕耘者的足迹——沙鸥诗歌艺术的嬗变与探索》；蔡江珍的《寻绎于民族精神之林——余秋雨散文论》；李明泉的《对人生的自觉精神拥有——读贺兴安散文集〈非竹的印痕〉》；冯学全、资建民的《“散步”的境界——伍松乔散文集〈姓甚名谁〉印象》；席扬的《传统范畴与小说新潮——关于近年来小说审美主潮的一种分析》；吴文薇的《论当代小说的反讽叙述》；黄昌林的《小说趣味泛论》；胡艺珊的《论小说意蕴的情绪化追求》；胡化的《〈北回归线〉：性文化的彻底异端》；刘春水的《自我·情缘·闲谈——台湾当代文学三大主题》；何开四的《杨剑冰和他的〈爱情雪〉》；麦可的《我所理解的顾城和他的文学》；赵保富的《诗人的命运——我读〈英儿〉》；张放的《大侠的眼泪——金庸〈《侠客行》后记〉读感》；高旭帆的《没有结果的游戏》；徐国俊的《浮躁情绪与文学失语症》；毛毛的《诗到灵魂为止》；易光的《未有终结的诱惑——第代着冬创作论》；王志杰的《浓荫里的迷泉——读〈夏天，葡萄的浓荫里〉给青年女诗人陈小蘩》；夏一鸣的《寻找：〈园艺〉的中心话题》；吴平的《雪域的吟唱——读杨剑冰诗集〈高原，蓝色的雪风〉》。

《莽原》第3期发表张文彬的《开拓繁荣文艺的新途径》。

著名诗人韩笑因病在广州逝世，享年65岁。

6日，《光明日报》发表李书磊的《文人之心》；秦晋的《新现象散文》。

《当代小说》第5期发表刘烨园的《那只文学的手》；吴辛的《文学界能否杀出支“马家军”》。

《台港文学选刊》第5期发表毛毛的《言情模式：女性作家的抒情误区》；陈金国的《回归与反叛：余光中·洛夫诗歌创作的相互疏异》；陈仲义的《青衫不管露痕迹，直入乱花深处来》。

7日，《文艺报》第18期发表《高举爱国主义、集体主义、社会主义旗帜，“继承发扬五四革命文化传统”座谈会日前举行》；沈太慧的《驳杂斑斓的生活的显现——1993年短篇小说评述》；舒家骅的《散文文化积累的新贡献——评〈中国散文百家谭〉》；黄光云的《超越：一壁阴凉的生命风景——读白心诗集〈心草〉》；钟永华的《诗人的使命——写在诗集〈花样的青春〉出版时》；以“弘扬五四精神，建设精神文明”为总题，发表吴戈的《“五四”对文艺批评的启示》，王志刚的《唯物史观与五四精神》，胡军的《五四精神与人的塑造》，张阳升的《用集体主义克服个人主义》，杨英杰的《当代文学呼唤五四精神的回归》，张珊珍的《停止精神流浪》，於华文的《五四精神·市场经济·精神文明》；同期，发表江卓迅的《长篇小说〈黑眼睛天使〉作品讨论会在南昌召开》；王兰英的《陕西召开王宝成作品研讨会》；《江西为“学院派”作家群体鼓劲》；王灵书的《激流岛血案之谜——顾城与谢烨的悲剧新解》(摘自《啄木鸟》94.2);麦琪的《命运的劫难——致〈英儿〉的读者》;刘湛秋的《黎明前的诉说——关于〈英儿〉和李英(麦琪)》。

《文汇报》发表《呼唤戏剧的精品艺术》。

《天津文学》第5期发表郭栋的《闲话说诗》。

8日,《人民日报》发表郭嘉、刘程的《神剑文艺轻骑兵佳作不绝》。

《文汇报》发表黄昌勇的《陈鸣树与二十世纪中国文学研究》。

《中国文化报》第54期发表楚昆的《为优秀的作品鼓与呼——"以优秀的作品鼓舞人"座谈会述要》;李庆成的《我主张影、视、剧"三者并举"》;张炯的《略论巴金的文学创作》;王缓平的《美从阳刚来——漫话徐剑的散文集〈岁月之河〉》;刘彦生的《那份动人的清纯——我读〈裸雪〉》;季水河的《文学审美的深层探索——评李万武〈为文学寻找家园〉》。

10日,《人民日报》发表刘梦岚的《豪气文章红旗谱,乡情书画白洋淀》;李泓冰的《〈回首黄土地〉漫笔,苦难和光荣》。

《小说林》第3期发表张一的《漫话当今小说中的性行为描写》。

《中国作家》第3期发表陈晓明、徐小斌的《当代神话:生命之轻如何托起生命之重——关于〈敦煌遗梦〉的对谈》。

《北京文学》第5期发表刘晓川的《对生活的审视和感悟——柴福善、郑播仑散文漫议》。

《中国文化研究》夏之卷发表杨匡汉的《分合之缘:兼论海峡两岸诗歌的整体动态平衡》;杨正犁、汪景寿的《论杜国清的诗观》。

《电影艺术》第3期发表思忖的《直面现实与弘扬主旋律——略论90年代现实题材影片的进步与不足》;王陶瑞的《电影文学创作必须面向社会主义文化市场》;胡晓平的《论当代电影摄影艺术的进步(一)》;狄翟的《〈海霞〉事件本末(上)》;马德波的《〈海霞〉散文化的"民兵列传"》;连文光的《中国"第五代"与法国新浪潮电影比较论》。

《花城》第3期发表谢有顺的《重返伊甸园与反乌托邦——转型期的先锋小说》;周佩红的《真实:无底的深渊》。

《读书》第5期发表车槿山的《别了,浪漫主义》;许纪霖、陈思和、蔡翔、郜元宝的《人文精神寻思录之三——道统学统与政统》;吴甲丰的《后现代主义与"时尚"》;沈必晟的《"后现代"补证》。

11日，《人民日报》发表晓鸥的《天在哪里——观话剧〈摸天〉》。

《中国文化报》第55期发表康士昭的《灵魂塑造者的灵魂》；陈辽的《谈"文化快餐"》；呢喃的《新诗的语言迷失》。

《光明日报》发表贾键、尹莉、张树英的《关于著作权纠纷中文艺作品的鉴定》；刘忠德的《邓小平有中国特色的社会主义文艺理论是对毛泽东文艺思想的坚持和发展》；徐城北的《近看梅兰芳》；刘锡诚的《田兵与诗》。

《诗刊》杂志社、锦州市文联、作协联合举办易仁寰诗歌创作研讨会。

《青年文学》第5期专栏"六十年代出生作家作品联展"发表迟子建的中篇《洋铁铺叮当响》，胡荣锦的短篇《野模》；同期，发表立春的《西藏民俗与生活的窗口》；天歌的《无端的伤害比丑陋更可怕》；刘晓春的《漂流与土地》；陈波的《质朴清新的人物素描》；赖思平的《"乐园"的坍塌》。

12日，《文学报》发表施建伟的《华文文学文化传统的多元性》。

《中流》第5期发表来华强的《论孙犁新时期的散文艺术》；李钧的《黑色的灵魂及其他——关于顾城杀人、自杀一事所闻所想》。

13日，《中国文化报》第56期发表赵忱、张学颜、赵宝晨、苏越的《难以说清的文化经纪人》；刘心武的《也应扫暴》。

14日，《文艺报》第19期发表《中宣部"五个一工程"又推新举措，全国将举办推荐文艺作品展映展播展演活动》；林为进的《富有生命质感的鲜活历史——读近两年的长篇历史小说》；花建的《诗人的情怀——桂兴华新作印象》；金绍任的《写爱，掘到了腐败的深根——评长篇小说〈永远错过的爱〉》；尧山壁的《青年诗人刘向东给我们的启示》；《传统与现代性——〈文学评论〉开展"传统和现代"的学术讨论》；以"现代格律诗专辑"为总题，发表公木的《读丁元〈音乐喷泉〉联想》，《百家笔谈中国现代格律诗》；同期，发表孙立峰的《对明星之死的理性思考——看多场次悲剧〈阮玲玉〉》；司马白的《分化与流变——两部电视系列剧的比较》(《海马歌舞厅》、《针眼儿警官》)；司马炎的《最是平常见真情——评廿集电视系列剧〈针眼儿警官〉》；霍凤鸣的《哀兵必胜——看影片〈炮兵少校〉》；尹鸿的《超越行业性的探索——评电视连续剧〈乡间多少情〉》；如如的《铁凝和她的小说》；何玉茹的《史铁生印象》、《我的朋友尹慧》；叶舟的《永远的张承志》；叶延滨的《胡鹏》；黄毓璜的《文坛的风景》。

女作家于劲的长篇报告文学《上海：1949——大崩溃》座谈会在上海召开。

15日,《文汇报》发表李洁非的《小说：伟大而处于困境的艺术》;杨昱的《在乡土中"刨食"》(评刘浩歌的创作);金乐敏的《柔情世界中的阳刚之歌》(评成莫愁的诗歌)。

《山西大学学报(哲学社会科学版)》第2期发表傅书华的《论丁玲艺术个性转换的原因及其在现当代文学中的意义》。

《上海文学》第5期发表南帆、王光明、俞兆平、华孚、朱水涌、北村、谢有顺的《人文环境与知识分子》。

《上海师范大学学报(哲学社会科学版)》第2期发表李延的《抗战文学研究在台湾》。

《长江文艺》第3期发表张洁的《始信万籁俱缘生——〈混沌初开〉序言》。

《安徽大学学报(哲学社会科学版)》第2期专栏"《白鹿原》笔谈"发表沈培新的《从〈白鹿原〉说开去》,苏中的《〈白鹿原〉随想》,治芳的《略谈〈白鹿原〉的魔幻色彩》,郭因的《〈白鹿原〉与朱先生》,杨忻葆的《两种"活法"的较量》,王达敏的《一朵凄艳的"恶之花"》,唐跃的《三点思索》,吕美生的《〈白鹿原〉的性文化意蕴》;同期,发表谢冕的《转型期的情绪记忆——中国当代诗的"归来"主题》。

《汕头大学学报(人文社会科学版)》第2期发表吴奕锜的《泰国、菲律宾、印尼华文小说比较论略》。

《民族文学研究》第2期发表古继堂的《发自台湾社会底层的呐喊：评高山族青年诗人盲诗人莫那能的诗》;朝戈金的《民族文学中的审美意识问题》;廖开顺、石佳能的《侗族"月亮文化"的语言诠释——评张泽忠小说集《山乡笔记》》;毕光明的《民族心史的检视——读〈海南民族文学作品选析〉》。

《中国文化报》第57期发表《推出优秀影视戏剧作品　丰富人民群众文化生活——中宣部举办"五个一工程"推荐作品展映展播展演》;记者赫景秀的《创作优秀作品　推动艺术繁荣——全国文艺创作会议召开》;刘忠德的《学习邓小平有中国特色的社会主义文艺理论,指导繁荣我国社会主义文艺事业的崭新实践》;张常信的《雅俗放谈——从二人转的"俗"说起》;叶兆言、黄小初、范小天、费振中、毕飞宇、鲁羊、子川的《守护精神家园——读书七人谈》;王钟鸣的《文学：迎接"新状态"》。

《文学评论》第3期发表谢有顺的《终止游戏与继续生存——先锋长篇小说论》;丁帆的《乡土小说的多元与无序格局》;郜元宝的《余华创作中的苦难

意识》。

《文艺争鸣》第3期发表《文学：迎接"新状态"——新状态文学缘起》；王干、张颐武、张未民的《"新状态文学"三人谈》；王干的《优美地告别——"新状态"文学漫论之一》；张颐武的《论"新状态"文学——90年代文学新取向》；孙利天的《新"十批判书"之七：形上的渴望与迷茫——当代中国神秘文化批判》；蔡翔的《新"十批判书"之八——文人传统的复活——当代中国知识分子的一个批判》；朱寨的《评〈白鹿原〉》；王培元的《〈昨天〉告诉我们什么》；孙津的《文学的堕落与堕落的文学》；龙协涛的《精神消费与文学的魅力》；张玉秋的《邓友梅小说的语言——读〈那五〉》；大仙的《抵达"后朦胧"——〈后朦胧诗全集〉》。

《长城》第3期发表杨振喜的《晚之所钟——孙犁之于创作心理》；胡蓉的《做一回旁观者》。

《民族文学》第5期发表王珂的《心灵之歌——评藏族青年女诗人完玛央金的抒情诗》；贾羽、胡亦斌的《心灵的血线——评长篇纪实文学〈血线——滇面公路纪实〉》；沙音的《火州的佼佼者》。

《江汉论坛》第5期发表许苏民的《知性主体精神与中国文化的现代化》；张宝明的《从文化维度看"五四"人物的价值取向》；黄昌意的《中国文化价值体系的现代化转换——五四文化精神的反省与重建》。

《求是学刊》第3期发表杨春时的《论中国文化转型》；何国瑞的《关于当代文艺学理论生长点的思考(上篇)》。

《社会科学研究》第3期发表李明泉的《剪不断的文化脐带——四川现代作家给当代青年作家的启示》。

《钟山》第3期发表孟晖的《孟晖谈小说》；朱伟的《孤独的恍惚——孟晖小说浅谈》；郜元宝的《告别丑陋的父亲们——从一种不可能性看小说的可能性》；王彬彬的《当代文学中两种价值的对立与互补》。

中旬，总政文化部在广州召开剧本研讨会，对比较有代表的戏剧新作进行了阅读、观摩与讨论。

中国作协、台湾民主自治同盟等单位联合举办台湾作家赖和诞辰100周年纪念会，学习和弘扬他的爱国主义精神及民主统一意识。

中国作协、中国报告文学学会联办的胡平报告文学《陈天生状态》研讨会在京召开，围绕"当代中国知识分子在当前经济改革中所应承载的任务"议题展开了讨论。

河北省文联、作协在沧州市召开郑熙亭长篇历史小说《汴京梦断》研讨会。

16日，《中国人民大学学报》第3期专栏“大众审美文化”发表张法的《大众审美文化的界定》，成复旺的《呼唤失落的人文精神》，袁济喜的《加强对策的宏观研究》，王旭晓的《大众审美文化生命力探源》，吴琼的《俄狄浦斯/反俄狄浦斯情结——对一个大众文本的话语解读》。

《光明日报》发表路一的《说说梁斌》。

17日，《作品与争鸣》第5期发表王瀛的《流去的是岁月》；张辉的《太阳的礼赞，土地的悲歌》；叶申的《一曲粗浅的人生歌唱》；屈文锋的《陌生的作者与熟悉的生活》；刘辉的《小说创作并不仅仅是讲故事》；赵光的《审美还是审丑?》；朱铁志的《直面人性的精彩之作》；张燕的《〈白鹿原〉评论面面观》。

18日，《人民日报》发表李西岳的《当代军人的慷慨之歌——电影〈炮兵少校〉》。

《中国文化报》第58期发表熊荧摘录的《当代文学要弘扬五四精神》(摘自1994年5月7日《文艺报》)。

《光明日报》发表徐迪的《把走私片赶出影院大门，福建电影公司组织放映优秀国产故事片》。

《中国戏剧》第5期发表林子的《北方剧坛上空腾起的“鹰”——大型音乐剧〈鹰〉观后》；李九玲、胡伟光的《一曲新时期的颂歌——〈那一年在夏天〉观后》；刘厚生的《同莎士比亚开了一次亲善的“玩笑”——看锦上添花的新〈第十二夜〉演出》；蒋星煜的《亦文亦武　亦生亦丑——谈〈金龙与蜉蝣〉中梁伟平的表演》；唐斯复的《黄浦江的反响——我所见到的中央实验话剧院’94访沪演出的成功》；陈迎宪的《课本剧——中国话剧艺术的“希望工程”》；何纪华的《话说戏剧的表演与抒情》。

19日，《文学报》发表葛如江的《淡泊从容汪曾祺》；王晓玉的《皇帝的新衣在文坛》；夸父的《安子和她的“新作”》；王安忆的《小说到底是什么？(下)》；曹毓生的《再现与表现的对立统一——毛泽东创作论片谈》；临风、马灵的《质朴而又浪漫的艺术品格——读张炜〈九月寓言〉》。

《光明日报》发表黄永涛的《中宣部卫生部召开座谈会，各界人士称赞〈一个医生的故事〉》；朱晶的《演员：光彩与阴影》；李硕儒的《魂在情与理——〈京都纪事〉观后》。

20日,《人民日报》发表吴秀明、陈广录的《时代精神的寻找——谈近年来的领袖传记文学创作》;王必胜的《"若无新变,不能代雄"》;潘凯雄的《市场经济·文化类型·运作方式文化》;钱竞的《文学理论建设的实绩》;赵凤云的《由河北省作协、中国青年出版社、百花文艺出版等单位联合主办的乔再芳作品研讨会,近日在河北省廊坊市召开》;雍文华的《任光椿和他的〈时代三部曲〉》;刘的《由河北省文艺理论指导小组、河北省文联、河北省作家协会等单位联合召开的长篇历史小说〈汴京梦断〉(第一部)研讨会最近在古城沧州召开》。

《中国文化报》第59期发表俞鸣、徐鸿伟的《文学标准与商业价值——写在浙江省首届影视剧本交易会之后》;陆虹的《常人般的诗人臧克家》。

《小说评论》第3期发表孙绍振的《小说内外之一——小说与现实》;石月的《文坛风景之二——"主义"的狂欢与陷阱》;白烨的《观潮手记之三——乱了方寸的批评》;雷达的《小说见闻录之二——〈战争和人〉随感录》;李运抟的《话到深处便惶惑——论当代小说道德观的演变》;张清华的《野地神话与家园之梦——论张炜近作的农业文化策略》;王干的《重写的可能与意义——关于王蒙的〈恋爱的季节〉》;谢有顺的《我们时代的心灵史——关于北村〈施洗的河〉的阐释》;权海帆的《漫说〈绿血〉》;刘春的《困顿中的挣扎和思考——关于戴厚英的长篇新作〈脑裂〉》;邹忠民的《红土地印象——熊正良创作论》;陈映实的《深刻传神的生命写真——评铁凝新作〈孕妇和牛〉与〈对面〉》;刘乐群的《出神入化的生命显现——谈关汝松的小小说》;王巧凤的《"两栖"者的文化心态——读焦祖尧近作〈归去〉》;马钧的《从苦难走向高贵——读杨志军的〈你根本不存在〉》;刁鸣琦的《〈孽海情〉的历史观念与写人艺术——穆陶历史小说略论》;谢冕、祁述裕、伊昌龙、陈顺馨、尹国均、史成芳、马基迪、阿明、任一鸣、余峥、徐德峰、陈慧敏的《绝笔的反思——关于顾城和他的〈英儿〉》;洪治纲的《走向整合的小说理论——评胡尹强〈小说艺术:品性和历史〉》;郁思的《"假戏做成象真"》;赵琳的《小说"定音法"一种》;斯杭的《不会过时的心灵牧歌》;梁新俊的《丰富多彩的西部乐章——钱佩衡短篇小说集〈雪线下〉印象》。

《光明日报》发表《民族团结的一曲颂歌,藏戏〈藏王的使者〉座谈会发言摘录》。

《西北大学学报(哲学社会科学版)》第2期发表张孝评的《邓小平文艺思想

是一种人民本位主义文艺思想——学习邓小平文艺思想的体会》；刘秀兰的《再论异化、人性、人道主义与文学艺术》。

《河北学刊》第3期发表关懿珉的《论余华》。

《昆仑》第3期发表孙武臣的《参天大树为什么要深深扎根——读陈道阔的报告文学〈余秋里和中国石油〉》。

《南方周末》发表李尔葳的《张艺谋说〈活着〉》。

《复旦学报(社会科学版)》第3期发表俞吾金的《评文化研究中的三种倾向》；张汝伦的《论大众文化》；程恩富的《论文化与市场经济的共生互动效应》；勇赴的《谢晋与意大利新现实主义电影——兼论新时期初中国电影的崛起》。

《清明》第3期发表余昌谷的《评石楠传记小说》；吴怀美的《文化人的口令："站直罗！别趴下"——姚琦小说〈残碑〉及其它》。

《学术月刊》第5期发表杨春时的《走向"后实践美学"》。

《福建论坛》第3期发表闻毅的《在求新求变中不断拓展文学空间》。

《贵州社会科学》第3期发表古远清的《活泼鲜妍的文学心灵——评黄继持的文学评论》。

21日，《人民日报》发表汪俊的《重说小剧场》。

《文艺报》第20期发表温金海、刘树元的《一掬拳心唱大风，易仁寰诗歌创作研讨会在锦州举行》；记者绍俊的《"新桂军"大有逐鹿中原之势，广西文学创作出现好势头》；朱莲的《弘扬主旋律　开掘黑土文化——黑龙江召开散文创作座谈会》；《〈中国青年〉开辟"文化观象台"对种种文学现象的批评不留情面》；李希凡的《序〈文艺批评漫笔〉》；卞卡的《气势磅礴　朴实自然——读胡家模长篇传记文学〈当代奇帅〉》；野禾的《打工文学的新篇章——读何启治的纪实文学〈中国教授闯纽约〉》；田树德的《全方位描述国民党抗日战场的佳作——评黄济人的新作〈哀军——国民党正面战场纪实〉》；管桦的《关于文人"下海"》；刘永明的《我们有理由期待》；《报告文学〈陈天生状态〉引起在京知识界人士关注》；记者闻逸的《河北召开长篇小说〈汴京梦断〉研讨会》。

《文艺研究》第3期发表刘忠德的《学习邓小平有中国特色的社会主义文艺理论指导我国社会主义文艺事业的崭新发展》；崔光祖的《关于繁荣文艺创作的若干理论思考》；周来祥的《崇高・丑・荒诞——西方近、现代美学和艺术发展的三部曲》；金连富的《同一本质上的二元共生——也谈悲剧与喜剧》；马小朝的《中西喜剧意识的美学特征之比较》;杨慧林的《二十世纪西方文学的神学倾向》。

22 日,《人民日报》发表赵葆华的《立足草原　独树一帜——塞夫、麦丽丝和他们的〈东归英雄传〉》。

《中国文化报》第 60 期发表本报评论员的《文艺要与新的时代相结合》;李德润的《弘扬主旋律,更需艺术魅力》;王浩洪的《重商与重文》;余林的《说说〈京都纪事〉的中篇》。

《新文学史料》第 2 期发表叶圣陶的《一九七六年日记(二)》;贾植芳的《在这个复杂的世界里——生活回忆录》;黎之的《回忆与思索——初进中南海》;周而复的《往事回首录(十)》;彭荆风的《我记忆中的荒煤》;唐湜的《我的诗艺探索历程》。

23 日,《人民日报》发表易凯的《从生活源泉中崛起——记电视剧〈神禾塬〉的创作》。

《光明日报》发表贺敬之的《关于诗歌创作的一封信》。

《武汉大学学报(哲学社会科学版)》第 3 期发表昌切的《文艺的商品性初论》;徐挥的《作家双重人格及其成因探析》。

24 日,《人民日报》发表王学孝的《天津高雅艺术渐趋繁荣》。

《文艺理论与批评》第 3 期发表杨汉池的《关于文化市场问题的思考》;陈播的《电影艺术创作如何面对电影市场》;苏宏斌的《应该怎样对待形式主义的理论》;吴秀明的《当代视野中的历史文学走向及其艺术反思》;普生的《〈凤凰琴〉的美学追求》;李润新的《碧波千顷澄如练——简论季羡林散文的语言艺术》;王锡渭的《传媒应给青少年更多更好的精神食粮》;古继堂的《台湾新文学的支流和逆流》;古远清的《颜元叔与台湾"新批评"流派》;麦穗的《浅谈台湾诗刊的现状及其风格》;陈天助的《中国现代文学与东南亚华文文学之交——简评〈东南亚华文文学与中国现代文学〉》。

《文史哲》第 3 期发表张岱年的《如何研究国学》;张世英的《传统与现代》;萧兵的《"新国学"的悬想》;叶舒宪的《国学方法论的现代变革》。

《思想战线》第 3 期发表杨静的《电影与电视:未来发展的问题思考》;孙少文的《谈文化产品的二重属性》。

25 日,《人民日报》发表《精神生产"五个一工程"》;谢夏雨的《社会呼唤真善美——看电视剧〈一个医生的故事〉》;李庆成的《既有内涵　又很好看——儿童剧〈不要烦恼〉观后感》。

《光明日报》发表发表洁泯的《世相与文学》；张同吾的《诗的格局与趋向》；成善一的《我看〈帮套〉》；张少生的《延永东现身说法，写出长篇小说〈一个偷儿的命运〉》。

《文艺理论研究》第3期发表南帆的《叙事话语：影响与转换》；谭运长的《文学话语风格简论》；孙先科的《话语转换与话语渗透——近期小说创作形势分析》；吴炫的《文学中的"人"新论》；《一个侧重于整合的文学发展时代将会来到》；王干的《反思：理性与非理性共生——论朦胧诗的哲学背景》；蔡良骥的《论诗的体型》；李祥年的《略论传记文学的伦理学因素》；梅朵的《陈凯歌艺术的文化精神》；廖子馨的《澳门现代女性文学论》。

《艺术家》第3期发表李雅民的《〈三国演义〉：读来容易再现难》。

《东岳论丛》第3期发表季桂起的《论冯牧的文学批评》；杨政的《情系沂蒙大地——刘玉堂论》。

《当代作家评论》第3期发表王宏图的《危险的幽会·沸腾的夜·幸存者——虹影诗歌小札》。

《海峡》第3期发表古继堂的《比较不为高下，鉴衡只为汲取——评赵朕〈台湾与大陆小说比较论〉》。

《通俗文学评论》第2期发表李克的《琼瑶作品漫议》；张凉的《张恨水琼瑶言情小说比较研究》；古远清的《台湾对"琼瑶公害"的批判和对"三毛式伪善"的批评》；陈墨的《金庸小说中的爱情景观》；郭俊奇《超越温情：析梁凤仪复仇小说三种》；黄立华的《金庸小说中的围棋》。

《社会科学战线》第3期发表应风凰的《五十年代台湾女性作家——兼比较海峡两岸文学史书的不同注释观点》。

《浙江学刊》第3期发表肖鹰的《文化的审美时代》。

《农民日报》、中国农业出版社、山东省淄博市政府联合举办的农民诗人王贵珠诗集《游子吟》座谈会在京召开。

26日，《人民日报》发表祝华新的《首都文化界人士在纪念〈讲话〉座谈会上说，历尽沧桑初衷依然不改，优秀作品使人受益终身》；郭兴旺的《文化发展与体制改革》；沈鹏的《呼唤"崇高"（评蒋兆和的画《流民图》）；王闻的《中国比较文学的最新走向》；滕进贤的《电影：为时代精神而歌》；宁宗一的《成人的童话——关于武侠小说的思考》;木子的《“明清艳情小说热”应该降温》。

《文学报》发表本报记者李连泰的《面对即将到来的新世纪,作家应做些什么?》;张振远的《雅俗共存与文学开放》;本报记者江振新的《文学伊甸园的守护者》;左家雄的《上帝与诗人在同一个舞台——评〈徐芳诗选〉》。

《小说》第3期发表张炯、张韧等的《不寻常的开拓——〈与百万富翁同行〉作品研讨会发言摘要》。

四川省作协、重庆市文联等九家单位联合主办的“祝贺方敬诗歌60周年”座谈会在重庆召开。

中国作协、人民邮电报社、江西省作协联合召开青年作家傅太平中篇小说研讨会。

27日,《人民日报》发表王一兵的《心灵的飞翔》(评峭岩的散文诗集)。

《中国文化报》第62期发表罗维扬的《艺术需要安静》。

《羊城晚报》发表熊育群的《文坛“银”光闪耀　文章“财”思敏捷——文人“商战”技不凡》。

中国报告文学学会举行解思忠长篇报告文学《盛世危言——民风求庇录》研讨会。

28日,《人民日报》发表陈的《贾芝文艺活动60周年》。

《文艺报》第21期发表石浩的《“说唱文艺与农村”研讨会在邹城举行》;冯牧的《读郭保林的散文新作》;韩梅村的《关于何抒玉小说的一点思考》;石英的《大海中动人的浪花——〈下定家人〉读后》;苏育生的《从心灵流出的歌——读安黎的散文》;毕四海的《爬上岸来话商海》;火白的《陕西新作〈超脱〉引起评论界关注》;晖的《乔再芳作品讨论会在廊坊举行》,《〈潮起潮落〉笔谈》;吴岳添的《法国文学的回顾与展望——兼论高雅文学和通俗文学的关系》;李庚辰的《激浊扬清的正气歌——读孙波杂文〈谓谓集〉随感》;郭风的《许淇小说印象》;阿蕾的《杜修仁的诗》;王春林的《对民族文化心理的深层透视——读石周短篇近作〈老地〉》。

《光明日报》发表伍立杨的《在尘世中酿造诗意》。

《名作欣赏》第3期发表范昌灼的《最是爱鸟动人情——梁实秋散文〈鸟〉品赏》;董小玉的、冉启东的《秋天的江水汩汩地流——论乡愁在梁实秋的〈雅舍谈吃——火腿〉中》;曹明海的《妙绪纷披的爱的心画:读张晓风〈地毯的那一端〉》;

徐望云的《充满历史情怀的边愁——〈残堡〉〈野店〉〈牧羊女〉〈黄昏来客〉赏析》；傅桦的《凝望人生：席慕蓉和迪金森评述》。

著名剧作家陈白尘因病在南京逝世，享年86岁。

29日，《人民日报》发表张世英的《“说唱文艺与农村”研讨会举行》。

《文汇报》发表《今年花红胜去年——上海第二届中长篇小说评奖感言》。

《中国文化报》第63期发表刘树元的《与时代同步和人民同心——“易仁寰诗歌创作研讨会”侧记》。

《社会科学辑刊》第3期发表张德厚的《给新诗以现代化激励的“泛后现代主义”——80年代“后崛起”诗潮透视》。

30日，《光明日报》发表周立文的《从乞丐到诗人，农民王贵珠作品研讨会举行》。

《台湾研究集刊》第2期发表朱双一的《光复时期海峡两岸的文学汇流》。

《羊城晚报》发表陈若曦的《没有女儿国，只有悲剧——顾城谢烨加州之旅揭秘》。

福建作协、石狮政府、福建师大中文系举办“郭风作品研讨会”，回顾和总结了作者的散文、散文诗和儿童文学的创作。

《戏剧》第2期发表徐翔的《都市空间的戏剧性——戏剧空间造型艺术领域的拓展》；郦子柏的《革新中求前进　创造中求发展——新时期戏曲导演之我见》；苏民的《戏剧审美活动》；顾威的《关于导演的几点思考》。

31日，《光明日报》发表唐彩萍的《〈牛二宝经商记〉在京受欢迎》。

本月，《青春》第5期发表卞祖芳的《写作门外谈》。

《萌芽》第5期发表《一九九三年度萌芽文学奖获奖作者及作品》；叶辛、方克强的《获奖作品短评》；张新颖的《不绝长流》。

《博览群书》第5期发表费锡强的《霜叶红于二月花——孙犁和〈如云集〉》。

廖俊德长篇小说《超脱》座谈会在京举行。

《当代》编辑部召开张雅文的报告文学《为了揭开人类抗衰老之谜》讨论会。

广东省作协、湛江市作协、中国文联出版公司分别召开孙仑的小镇三部曲《盛世佳人》研讨会。

江苏省作协、苏州大学举行“沈培松散文论著研讨会”。

本月，云南人民出版社出版蒋原伦、潘凯雄的《历史描述与逻辑演绎：文学批评文体论》。

广州出版社出版罗源文的《坚持韧性战斗：欧阳山文论学习札记》。

海南国际新闻出版中心出版王春昱、周廷婉的《透过灵魂的窗户》。

接力出版社出版杨长勋的《艺术的群落》。

春风文艺出版社出版古继堂主编的《台港澳暨海外华文新诗大辞典》。

6 月

1日，《人民日报》发表徐远和的《“中国传统文化与经济生活发展研讨会”述评》。

《文汇报》发表记者张新颖的《当代文学词典中一部高质量高品位著作，〈新中国文学词典〉交口赞誉》。

《中国文汇报》第64期发表木青的《铮铮铁汉大文豪——读张毓茂著〈萧军传〉》。

《山西文学》第6期发表雷加的《短论小辑》。

《作家》第6期发表陈思和、李振声、郜元宝、张新颖的《张炜：民间的天地给当代小说带来了什么？——关于世纪末小说的多种可能性对话之二》；王宁、刘康声的《后新时期文学的批评——当代文化转型的一个方面》；汪政、晓华的《习惯孤独——陈染小说主题谈解》。

《海燕》第6期发表毕淑敏的《写作是一种命运》；周祥的《文坛现状的断想》。

2日，《人民日报》发表邓兆祥的《我看〈潮起潮落〉》；胡可的《观“潮”有感》，刘志艳的《塑造当代军人的魂魄》；丁临一的《〈潮起潮落〉的启示》；张东的《优美壮观的蓝色交响曲》。

《文学报》发表文宪的《’94全国文学批评学研讨会在襄樊召开》；陈启兵的《蒋子龙给文学青年讲课——纵谈当前文坛种种》；王安忆的《心灵世界的最初形态——处女作》；南妮的《90年代的文学爱好者》。

《光明日报》发表思忖的《从三部影片看毛泽东形象的塑造》(《秋收起义》《井冈山》《重庆谈判》)。

3日,《人民日报》发表白烨的《市场经济下的图书出版取向》;吴文科的《毛泽东文艺思想的历史考察》;王醒的《编辑学研究探新》;李勤的《〈旮旯胡同〉演出百场引起轰动,中宣部召开座谈会指出文艺要反映时代和群众声音》。

3—7日,由香港岭南学院现代中文文学研究中心与苏州大学中文系联合主办的"当代华文散文国际研讨会"在苏州大学召开。

4日,《文艺报》第22期发表文的《著名剧作家陈白尘逝世》;杜的《王贵珠〈游子吟〉座谈会在京举行》;岳家妍的《广东现代革命作家研究会在穗成立》;蒋守谦的《精神误区里的血泪警示——读〈尘缘〉》;陈映实的《魅力无穷的青春相思树——乔再芳小说的意蕴与风采》;韩英的《我为何热衷于写小品文》;崔振椿的《寓言·生存·文化——新历史小说的几种概念》;张华的《"文艺-社会"中介论——谈姚文放〈现代文艺社会学〉》;白桦的《别开生面的小说批评——〈神秘黑箱的窥视〉读后》;闻彩的《一部反腐败的活教材——解思忠长篇报告文学〈盛世危言〉研讨会在京举行》。

5日,《广西文学》第6期发表彭洋的《海与岸——评广西"下海"作家作品专号》。

《山花》第6期发表王干的《作者死了,读者也死了》;邵建的《小说叙述的新空间——"现象学叙述"说略》;刘心武的《关于小说若干想法》;李国文的《小说之我见》;叶文玲的《我看小说》。

《北方文学》第6期发表韩子勇的《难言的〈心灵史〉》。

《陕西师大学报(哲学社会科学版)》第2期发表张国俊的《论当代散文概念的重新界定》。

6日,《人民日报》发表文一的《〈诗刊〉杂志社、锦州市文联、作协联合举办"易仁寰诗歌创作研讨会"》。

《光明日报》发表耘禾的《蔡桂林文学评论讨论会召开》。

《当代小说》第6期发表宋遂良的《淳朴的土地淳朴的作家——李良森小说印象》;于艾香的《当代悖论中人:郇世夏》;陈宝云的《关于〈月圆月缺〉的一封信》。

8日,《中国文化报》第67期发表记者王洪波的《有关专家指出:文学创作莫把癖味当京味》;达流的《选择与定位》。

《光明日报》发表张白山的《〈苦涩的梦〉题记》;必胜的《生机所在》;陈骏涛的《话说“雅”“俗”》;丁国成的《真幻虚实之间》(评诗人王耀东)。

9日,《人民日报》发表郑杭生的《关于当前文化发展模式的几点思考》。

《文学报》发表本报编辑部的《今日散文何处去》;杜宣的《雪夜故人情——读黎先耀作〈天之骄子〉随笔》;刘顿的《报纸新景观——专栏作家走红》;肖复兴的《活着和写着》;刘学江的《庄户人 庄户情——青年作家休祥明印象》;周大新的《新拳法——行者小说阅读随感》;周介人的《文学:摆脱“老年斑”的困扰》;张德林的《“简洁是天才的姐妹”——中篇小说也应写得精粹些》。

10日,《南方周末》发表肖尔斯的《光芒从哪里泯灭——小议“谢晋电影”的新失败》;左森的《文学题材的商品化》。

《北京文学》第6期发表本刊的《“新体验小说”研讨会纪要》。

《江淮论坛》第3期发表黄开发的《悄悄的行动——80年代中期以来女性小说的性爱意识》。

《诗刊》第6期发表本刊记者的《血光影照中的顾城形象——有关“顾城之死”的部分文章述评》;蒋登科的《人格裂变的悲剧——关于顾城事件的思考》;子张的《吕剑的乡土抒情诗》。

《读书》第6期发表吴炫、王干、费振钟、王彬彬的《人文精神寻思录之四——我们需要怎样的人文精神》;伏生雪的《想起了朦胧诗》;孔庆东的《析顾城》;胡冰的《刘心武的宽容》。

《黄淮学刊》第2期发表宋立民的《莽莽苍苍的群山之中走着两个瞎子——史铁生〈命若琴弦〉的再阐释》;金一飞的《人物行动须服从人物性格——浅论乔运典的〈问天〉的结尾》。

上旬,上海市文联、作协举办“宁宇诗歌创作研讨会”。

中国比较文学学会、广东省比较文学研究会在暨南大学举行“中西比较诗学方法论问题”研讨会。

安徽文艺发展基金会、省作协、安庆市文联等单位联合召开石楠作品研讨会。

11日,《人民日报》发表李勤的《中宣部召开座谈会,京剧〈程长康〉获好评》。

《文艺报》第23期发表作闻的《散淡中见风骨 潇洒中见深沉——“郭风作

品研讨会”在福建举行》；张云平的《一手握锄，一手把笔——农民作家张茂田引起文坛关注》；达央的《西藏作家研讨文学与市场经济的关系》；鲁彦周的《民子的诗》；江晓天的《读〈古镇新客〉》；李伦整理的《文化市场纵横谈》；郑达的《作家下海，如水往低处流般正常》；邬和镒的《简评〈新编中国当代文学〉》。

《光明日报》发表《贴近生活，反映时代，北京人艺话剧〈旮旯胡同〉演出百场座谈会发言选登》。

《青年文学》第6期专栏“六十年代出生作家作品联展”发表刁斗的《组合方式》，韩东的《烟火》；同期，发表向建军的《〈褪色片段〉的城市情怀》；陈会明的《让生命美丽》；赖思平的《石破天惊的悲剧》。

12日，《文汇报》发表成志伟的《千方百计繁荣戏剧艺术》；孙甘露的《夜不能寐》；风华的《文学：迎接新状态——新状态文学缘起》。

《中国文化报》第69期发表玉良的《自救·自信·自力》；许建平的《锐意探求　独辟学径——读王钟陵〈文学史新方法论〉》。

14—19日，鲁迅研究会、吉林大学中国现当代文学研究中心等单位共同举办的“世界文学中的鲁迅”国际学术研讨会在镜泊湖召开，与会者就世界文学和文化对鲁迅的影响、鲁迅精神与文学的世界性意义、海外鲁迅研究之评述等三个论题进行了讨论。

浙江省作协、《江南》及《雨花》杂志等单位共同举办的钱国丹“郑家湾系列小说”研讨会在浙江召开，探讨了作品的地域特色、文化内涵、叙述方式和语言风格等问题。

辽宁省散文学会、《芒种》杂志社召开散文理论研讨会。

15日，《人民日报》发表孙豹隐的《描绘农村改革生活的新视角——评电视连续剧〈神禾塬〉》；秦晓鹰的《平实的激情——电视片〈中国农民〉观后》；童雪、鸿星的《京都街头谈〈京都〉——〈京都纪事〉街头采访摘记》。

《中国文化报》第70期发表陈昌本的《关于当前繁荣舞台创作的几个问题——在全国艺术创作会议上的讲话》；寒江雪的《文化散文的气派——读余秋雨先生的〈文化苦旅〉》；丘文桥的《南国文坛的黑马——青年作家潘大林素描》。

《民族文学》第6期发表过伟的《实践中的理论思考》；农作非的《寻找家园——才旦小说〈关于兄弟以及其它的故事〉、〈闹死〉读后》；余雨的《读覃信刚的〈在神秘的地方〉》。

《戏剧艺术》第2期发表春森的《论戏剧批评工作程序》;董健的《论中国现代戏剧"两度西潮"的同与异》;佟瑞敏的《影视表演理论的几点思索》。

《创世纪》第2期发表陈东东的《要怀着希望》;孟浪的《可疑的诗人》;李汉荣的《语言的奇迹》;张默的《放手同语言一搏》;陈启佑的《如何教学生写新诗》;毛峰的《诗:摆荡于生死边缘的瞬间——论简政珍的诗》。

《社会科学》第6期发表邱明正的《佳作如林大作匮乏——1992—1993年上海中长篇小说巡礼》;陈思和的《从评奖看上海地区的文学创作》。

《冀东学刊》第3期发表潘亚暾的《体大思精的文汇——评菲律宾华文文学的汇粹〈菲华文艺〉》。

《中外文化交流》第3期发表潘亚暾《独领风骚的欧美华文文学——漫话海外华文文学(中)》。

《徐州师范学院学报(哲学社会科学版)》第2期发表陈颖的《试论田仲济杂文的文化意旨》;孙敦修的《勇于探索女性情爱的奥秘——读邢维〈女性情爱的文学观照〉有感》;王家伦的《评方方的小说创作》。

16日,《人民日报》发表李勤的《中宣部文化部联合召开座谈会认为,话剧〈那一年在夏天〉贴近生活》。

17日,《人民日报》发表韩瑞亭的《推引文学前行的舟橹——文学与市场经济杂感》;崔振春的《理性的审视》(评陆贵山的《非理性主义文艺思潮》)。

《光明日报》发表艺的《通俗文艺中短篇作品颁奖大会举行》。

《作品与争鸣》第6期发表喻季欣的《如果人生真是一出戏》;刘荣林的《倾斜的性爱哲学》;蔚蓝的《小说内涵的多向度空间》;杨立元的《生存的困顿》;徐国强的《鼓声,在海天间呼唤》;阎刑生的《生活,不仅仅是庸碌》;李文河的《庸碌人生:有意味的"诱惑"》;萨仁尔娃的《"新体验小说"引起争鸣》。

18日,《文艺报》第24期发表云德的《战地黄花分外香——评长篇小说〈战地黄花〉》;孙津的《童真·爱心·艺术——读〈风华少年〉》;徐非光的《"文化例外":精神产品不等于牙刷——西欧、法国与美国开展的一场"文化大战"》;张晓军的《1993年的艺术市场》;《安徽举办石楠作品研讨会》;朱晶平的《慷慨悲歌　回肠荡气——田渭法的三部长篇小说》。

《中国戏剧》第6期发表石维坚的《以新思维和执著的追求,再塑一个更具时代特征的青艺》;杨宝琛的《苦难中的高贵》;兆兆的《一部高度诗化了的现实主义话剧——〈大江弯弯〉座谈会综述》；高惠彬的《扮演即辩护——寻找曹操》；著祖的《张扬人格力量的力作——话剧〈捉刀人〉座谈会纪要》；张奇虹的《小剧场的神秘感》；许正廷的《梦牵魂绕方寸地——〈灵魂出窍〉中林浪角色创造》；西宣的《李默然宝刀不老 〈夕照〉轰动江南》；程式如的《历史和今天的对话——观〈英雄壮志少年郎〉有感》。

19日，《中国文化报》第72期发表赫景秀的《严阵煤矿题材报告文学受到关注》；李万武的《唱给田野的歌——读宋海泉的诗集〈乡情，淡蓝淡蓝〉〈含露的玫瑰〉》；刘叔成的《"杂"——当代审美文化的一个特点》。

《光明日报》发表唐湘岳的《戏剧的希望——"映山红"发展启示录》。

20日，《光明日报》发表苏丽萍的《文化艺术总公司捐赠百万，设立文艺事业改革启动金》；肖海鹰的《散文创作繁荣现象引起关注，专家探讨当代文学新动向》。

《天津师大学报(社会科学版)》第3期发表王如青的《自觉的嬗变与自我的超越——评王安忆的小说创作》。

《台湾研究》第2期发表粟多贵的《明月·沧海·根系华夏——台湾旅美诗人杜国清〈望月集〉片论》。

《当代》第3期发表陈雨帆的《整体大于部分之和》。

《郑州大学学报(哲学社会科学版)》第3期发表刘凤艳的《人民革命战争的诗史——柯岗创作论》。

《学术月刊》第6期发表韩毓海、陶东风、汪晖、孙津、郑敏的《"五四"与20世纪中国文化——纪念"五四"75周年笔谈》。

《福建论坛》第3期专栏"台湾消费社会与文学求新求变精神(笔谈)"发表闻毅的《在求新求变中不断拓展文学空间》，余禺的《文学：没有终点的旅行》，张默芸的《在求新中寻求发展》，叶恩忠的《消费压力与作家的心灵自由》，管宁的《艺术感觉：不可偏离的创作轴心》。

中旬，《钟山》杂志、德国歌德学院北京分院联合举办关于城市文学的学术研讨会，探讨了中国城市文学的发生、现状、发展前景及与外国城市文学的关系等问题。

22日，《人民日报》发表笑眉的《为"剧神"树碑立传——京剧〈程长庚〉创作侧记》；向文的《〈带轱辘的摇篮〉获好评》。

《中国文化报》第73期发表韩振军的《文艺雅俗需定位》；柏玉华的《版权：文艺家的保护伞》；张建华的《主导　多样　鉴别　创新——读钱中文先生新著〈文学理论流派与民族文化精神〉》。

《光明日报》发表《文学：呼唤与社会变革相适应的新道德——首都部分学者、理论家研讨社会转型期的文学与道德问题》。

《求是》杂志社召开现实主义问题座谈会，与会者就现实主义的涵义，现实主义在当代文学中的地位、作用以及丰富、发展等问题展开讨论，呼唤现实主义精神，提倡塑造社会主义新人形象。

23日，《文学报》发表本报记者陈志强的《第二届上海中长篇小说优秀作品大奖揭晓》；本报记者徐春萍的《成功：在抱朴守静之中——记长篇小说一等奖获得者张炜》；廖华歌的《他写清代帝王系列——近访作家二月河》；晓娴的《走出文化消费的误区——文化市场随想》。

《学习与探索》第3期发表张炯的《论90年代我国文学的走向与选择》；钱中文的《面向新世纪的文学理论》。

《光明日报》发表高楠的《久违了的震撼——话剧〈那一年在夏天〉观后》；《反映变革现实，描绘革命历史》。

24日，《人民日报》发表岳家妍的《在纪念毛泽东同志〈在延安文艺座谈会上的讲话〉发表五十二周年之际，广东现代革命作家研究学会在广州宣告成立》。

《中国文化报》第74期发表赵忱、刘绍棠、于友光、季羡林的《写好书　出好书　评好书——"以优秀的作品鼓舞人"的三个环节》；焦国标的《世纪末不末都一样》。

《光明日报》发表杭天勇、刘虹、张军的《谁来托举艺术——社会资助文化现状扫描》；萧鸽的《中外传记文学研究会在京成立》；黄永涛的《文艺界专家称赞〈能人百不成〉是优秀农村戏》。

河北省作协、文联联合举办李文珊作品集《西天佛地》座谈会。

25日，《人民日报》发表元也的《文化市场缺什么？》。

《文艺报》第25期发表《"五个一工程"推荐剧目的展演给戏剧界带来深思：应把现代戏的创作当做戏剧界的"希望工程"》；《首届全国通俗文艺中短篇优秀作品在京颁奖》；记者宴戚的《"热闹"不是繁荣　创作呼唤理论——当代散文理论研讨会在京举行》；李希凡的《梁斌文学创作的时代意义》；周靖波的《一部探索

张天翼艺术个性的力作——读〈张天翼的文学道路〉》;刘宗田的《诗的韵味　美的享受——一位大学教师致作家毛锜的一封信》;赵怡生的《从“新写实”到“新状态”——中篇小说〈开发部的故事〉解读》;程代熙的《如何吸收西方文化》;江卓迅的《杨佩瑾致力于革命历史题材创作的突破,〈黑眼睛天使〉的诗意化得到肯定》;王一桃的《“有了爱便有了一切”——记九十四高龄的著名作家冰心》;周可的《困惑之域与超越之途——南翔长篇新作〈无处归心〉读后》。

《光明日报》发表冯牧的《但求无愧无悔》(有感于《新时期中篇小说名作丛书》获“国家图书奖”);唐达成的《〈时间深处飞孤灯〉序》。

《河北大学学报(哲学社会科学版)》第2期发表刘玉凯的《论鲁迅的民俗学观》。

《学术研究》第3期发表何龙的《广东青年文学批评群落》;赖伯疆的《海外华文文学的多向发展和融汇倾向》。

《哲学研究》第6期发表严昭柱的《谈文化艺术“市场”与“市场化”》。

《海南师院学报》第2期发表赵顺宏的《论张系国的小说创作》;韩江的《年腊梅创作论》。

26日,《文汇报》发表刘小枫的《由学术分化想起》;赵丽宏的《井——〈都市童话〉之一》;王干的《选择读者》;王彬彬的《勿将一帽遮百头》;唐健的《纪实文学也需要打假》;陈昌本的《在雅俗之间搭桥——读蒯天的几部中篇小说》。

《中国文化报》第75期发表吴岳的《首届全国通俗文艺优秀作品颁奖》;熊元义的《文学流派悄然兴起》。

老诗人杨禾因病在成都逝世,享年76岁。

28日,《光明日报》发表程丹梅的《一个新样式的诞生:文学电视》;王彦祺的《文化打工族》。

29日,《中国文化报》第76期发表童庆炳的《当前道德状况与文学的关系》;张来民的《文艺心理学研究的新拓展——评胡山林著〈文艺欣赏心理学〉》。

30日,《文学报》发表本报记者的《文坛标“新”立“后”引起争议》;谢海阳的《面对海内外的热烈反响,张贤亮曾幽默调侃,并非“争吵”,心旨相同,皆为改革》;江迅的《王蒙、张贤亮文章引起台港报纸关注,舆论认为——坦率交锋,心迹毕露,文坛活跃,可见一斑》;徐春萍的《与生活短兵相接——刘心武谈“专栏”写作》;郭晓春的《汪曾祺的“彩儿”》;王安忆的《心灵世界的生存与它的意义(一)》。

《中国文学研究》第2期发表江龙的《论现代主义的现实主义特质》；杨经建的《通俗文学与后现代主义》；谭旭的《新型的作品　新颖的形象——再论金融文学》。

《华文文学》第1期发表陈贤茂的《论泰国潮人作家作品之潮汕文化特征》；戴小华的《海外华文女作家协会在世界华文文学发展中的角色》；周新心的《司马攻文学成就初探》；金钦俊的《基本主题之一：文化乡愁——读江天〈土地的呐喊〉》；张永健的《真情·真理·真诗——评诗集《土地的呐喊》；刘志松的《试析姚紫小说〈窝浪拉里〉的张力结构》；黄东平的《在禁绝华文的地域编印华文文集》；刘秋得的《谈黄东平〈短稿二集〉的艺术特色》；吴岸的《血树的意象及其悲怆意识——序冰谷诗集〈血树〉》、《秋山与大海——序秋山诗集〈大海与我〉》；古远清的《学养的宏博和才情的浩瀚——评梁锡华的文学评论》；潘亚暾、潘铭燊的《二潘笔谈录》；安静的《诗心与多维艺术的载体——杨牧散文片论》；胡凌芝的《梦想与现实：张香华诗歌艺术漫论》；林承璜的《论台湾旅外作家群文学创作的变貌》；芝华的《莫渝诗歌赏析》。

《南昌大学学报(社会科学版)》第2期发表万建中的《试评郑振铎文学研究的成就与不足》；邓曾耀的《谈文学创作中的艺术想象》；曾冬水的《也论巴金在中国民主革命时期思想的主导面》。

下旬，北京市文联、市老舍文艺基金会、市老舍研究会召开老舍文艺思想与当前的文艺创作研讨会。

中外传记文学研讨会在京成立，并在北京大学举行首届学术研讨会。

以浩然为团长、焦祖尧为副团长的中国作家代表团一行9人赴美国访问。

本月，《上海文学》第6期发表钱理群的《昨天的小说与小说观念》。

《小说家》第3期发表张炜的《与大学生的马拉松长谈》。

《小说界》第3期发表柯灵的《小说行中最少年——微型小说漫想》。

《文艺评论》第3期发表张澜的《审美：重建跨世纪文化的基石》；邵建的《艺术的还原与还原的艺术》；李心峰的《艺术功能的独立性与开放性》；张荣翼的《在教育者和探索者的交点上》；傅翔的《世纪末：小说绝望的反抗》；叶砺华的《走出迷津——关于中国文学现状、历史及未来的思考》；常宝国的《论典型之外的另外一种文学永恒》；吴文薇的《当代小说中的反讽》；旻乐的《赝品时代——关于“陕军东征”及当代文化的笔记》；赵佩的《世纪的足音——〈中国报告文学史稿〉评介》;刘金祥的《永远的悖论——蒋巍知青文学社会学解读》;何二元的《"追星族"批判之批判(之一)》;代迅的《一种观念与一种贫乏》。

《求索》第3期发表李建盛的《结构、解构与重构:当代中国美学的逻辑》;田中阳的《当代两个历史时期小说与区域文化关系比较》;杨志勇的《传统的自觉——汪曾祺创作论》。

《中外文化交流》第6期发表阿超的《儒商和国际儒商文学的勃兴》。

《安徽大学学报(哲学社会科学版)》第2期专栏"《白鹿原》笔谈"发表沈培新的《从〈白鹿原〉说开去》,苏中的《〈白鹿原〉随想》,治芳的《略谈〈白鹿原〉的魔幻色彩》,郭因的《〈白鹿原〉与朱先生》,杨忻葆的《两种"活法"的较量》,王达敏的《一朵凄艳的"恶之花"》,唐跃的《三点思索》,吕美生的《〈白鹿原〉的性文化意蕴》;同期,发表谢冕的《转型期的情绪记忆——中国当代诗的"归来"主题》。

《北京广播学院学报(人文社会科学版)》第3期发表张专的《一个作家的生命体验——史铁生访谈录》;《一个记者的文化求索——麦天枢谈话录》。

《东方》第3期发表李慎之的《辨同异　合东西——中国文化前景展望》;陈来的《儒家思想与现代东亚世界》;雷颐的《蹒跚于经济政治间——漫论当前学术困境》;李培林的《"离土不离乡":中国现代化的可行之路——兼与秦晖先生就"乡土中国重建"问题商榷》;王岳川的《知识谱系转换中知识分子的价值选择》;文思的《道德堕落是问题所在吗?》;黄平的《体制规范与话语转换:五十年代的知识分子改造》;王小波的《中国知识分子该不该放弃中古遗风?》;贺奕的《红卫兵时代是否已离我们远去——评纪录片〈1966,我的红卫兵时代〉》;陈晓明的《后现代:精英与大众的混战》;何光沪的《自恋、气功、迷信、宗教及其他》;王逸舟的《族际意识小议》。

《雨花》第6期发表王元华、武维春的《文学是不可替代的——陆文夫访谈录》。

《萌芽》第6期发表宋炳辉的《追忆与冥想的诱惑——魏志远小说札记》。

《博览群书》第6期发表郑骏的《如歌行板的倾诉——读散文集〈铭心〉》。

夏季,《文学自由谈》第2期发表李国文的《没有"永远"》;查舜的《也许只是写给以后》;王英琦的《从文本到人本》;刘孝存的《诗人与爱情》;郜宁校的《对〈中国知青部落〉迟到的反应》;黄国柱的《关于〈警告中国人〉的思索》;子干的《沉静、平实又一年——'93 中短篇小说散视》；宁珍志的《诗的困惑与徘徊》；王宁的《后现代主义与中西方文学对话》；叶砺华的《平民对文学的拒绝与文学的平民时代》；王一川的《理论的边缘化》；冯牧的《谈李钧龙的云南边疆风情小说》；吴小如的《张爱玲和於梨华》；王干的《散文在转型——关于韩小蕙的散文》；王海燕的《血相融　情相通　搏相同——石楠传记小说创作主体逼近描写对象的途径》；汪政、晓华的《为了不再"忘却"的写作》；冯立三的《〈裸雪〉三人谈——再造童年的感觉》；蔡葵的《〈裸雪〉：人生黎明风景线》；何西来的《〈裸雪〉的童趣》；独木的《读〈恋爱的季节〉》；赵宝山的《使命与文学的结晶——读〈热土〉》；洪治纲的《静心写世情——评陈源斌小说集〈一案九罪〉》；史然的《〈女人的故事〉的故事》；陈若曦的《没有女儿国，只有悲剧——顾城谢烨加州之旅揭秘》；朱珩青的《龙世辉的价值》；陈骏涛的《并非"胡编乱造"——关于〈中国知青部落〉的一封信》。

《新文学研究》第 2 期发表肖阳的《文学态势一瞥》；秦川的《市场经济与文学价值》；任晓红的《喧嚣的时代　寂寞的文学》；求索的《文学与调节》；张家钊的《白鹿精魂——评长篇小说〈白鹿原〉》。

本月，四川大学出版社出版李明泉的《爱的慧眼：文学评论集》。

春风文艺出版社出版成志伟的《百花竞放》。

海燕出版社出版刘瑞敏的《避免顶点》。

湖南文艺出版社出版《丁玲文学创作国际研讨会文集》编选小组编的《中国现当代文学一颗耀眼的巨星：丁玲文学创作国际研讨会文集》。

河南大学出版社出版刘思谦的《文学梦寻》。

兰州大学出版社出版胡垲编著的《马列文艺论著研究》。

北方文艺出版社出版庄若江、杨大中的《台湾女作家散文论稿》。

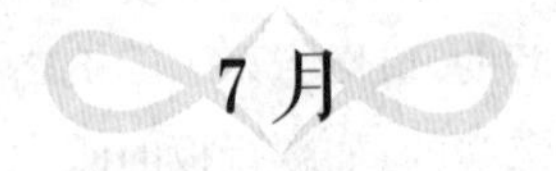

7月

1 日，《人民日报》发表王岳川的《东西方诗学的当代景观》(评《世界诗学大词典》）。

《书与人》第4期发表王琪的《当代中国散文精品的汇总》；祝兆平的《我读〈永玉三记〉》；吴秀亮的《桃源梦幻的破灭——读顾城遗作〈英儿〉随想》；曹惠民的《扫去四十年的湮没尘封——评吴义勤著〈徐訏论〉》。

《中国文化报》第77期发表赵忱、吕长河、田军利的《为文艺体制改革的深层启动助推》。

《光明日报》发表王绪圻的《台湾的小说家朱天文》。

《山西文学》第7期发表星星的《现实的与超然的——谈〈老屋为秋雨所漏歌〉》；张德祥的《面对世纪末的文坛》。

《时代文学》第4期发表冯增田、刘玉英的《浅谈散文的诗化》。

《作家》第7期发表贺兴安的《王蒙的散文》。

《海燕》第7期发表陈金荣的《文学危机的由来——我看文学危机（之一）》；有冷峻的《我怎样做起小说来的》。

《散文》第7期发表滕云的《我的散文观》；姜德明的《"您瞧我的……"》；王开林的《我的散文观》。

《冀东学刊》第3期发表潘亚暾的《体大思精的文汇——评菲律宾华文文学的汇粹〈菲华文艺〉》。

中国现代文学馆第一任馆长、《中国现代文学研究丛刊》主编、作家、编辑家杨犁因病在京逝世，享年71岁。

2日，《文艺报》第26期发表《呼唤现实主义精神　塑造社会主义新人——〈求是〉杂志召开现实主义问题座谈会》；陈辽的《"新体验小说"还是"新纪实小说"?》；李正西的《应感之会　风发胸臆——读雷达散文》；吴昌泰的《江西有个吴海》；石一宁的《生活与智慧的结晶——评喜宏的小说创作》；鲁之洛的《营造洁白无暇的宫殿——简评中篇小说集〈聚散何匆匆〉》；谢德裕的《有人·有史·有戏——评新编历史剧〈程长庚〉》。

3日，《文汇报》发表吴江的《国学小议》；徐洪兴《发挥中华民族的民族主体精神》；张荣明的《民族文化与世界文化的关系》。

《中国文化报》第78期发表侯恩余的《略谈发展文化产业的思路》。

《羊城晚报》发表部宁校的《既无艺术　更不真实——对〈中国知青部落〉迟到的反应》；程文超的《美女与作家身价》。

4日,《人民日报》发表余飘的《以高尚的精神塑造人——读曾克的〈水晶般的心〉》。

《光明日报》发表郑直的《文化点灯》;郑晋鸣的《西北军旅作家作品格调高昂》。

5日,《当代文坛》第4期发表晓华、汪政的《略论新时期散文的家园意识》;赵勇的《老年人与散文,文学格式塔——散文创作的心理学考察之一》;丁茂远的《论小说创作中的交融渗透现象》;王辽南的《徜徉于诗与散文之间的交叉地带——论散文诗的审美特征》;陈子平的《人格障碍——论〈蜘蛛〉〈上火〉〈白云苍狗谣〉》;吴义勤的《罪与罚——长篇小说〈施洗的河〉解读》;古远清的《努力向客观真理迈进——评叶维廉的〈解读现代、后现代〉》;刘明银的《毕淑敏: 在艺术之光的照耀下》;刘乐群的《"死亡是一位透明的老师"——漫议毕淑敏小说中关于死亡的描写》;朱青的《快餐文化、流行文化和应用文化》;蒋登科的《民族精神: 作为母题与参照——论吉狄马加的诗歌创作》;曼如的《送你一朵凝露的栀子花——也为情诗说安信》;廖全京的《我憧憬年青的太阳——〈绿色的家园感——四川青年作家创作现象研究〉跋语》;李欣复的《市场美学问题浅议》;袁基亮的《批评标准与批评者的精神》;吴野的《读〈西江村赶潮〉》;白航的《远距离扫描——刘成东诗集〈黑月亮〉漫议》。

《河北师范大学学报(社会科学版)》第3期发表阎士东、孙秀昌的《探索,抑或逃避? ——由樊星〈贾平凹: 走向神秘〉谈开去》。

《华侨大学学报(哲学社会科学版)》第2期发表黄万华的《"家在吉隆坡"——戴小华的创作论及海外华文文学的前途》;王金城的《破坏与重构——夏宇诗论》。

《莽原》第4期发表鲁枢元、李佩甫的《关于文学与精神生态的对话》;李静宜的《超越的期待——由〈早期教育〉说开去》;张颖的《再现生活——读〈鬼雾〉等中篇小说》。

6日,《中国文化报》第79期发表张宁的《〈千山万壑〉出版座谈会举行》。

《光明日报》发表周伟的《走出文化失衡的困境》;袁可嘉的《拿进来　打出去》;缪俊杰的《愿将春风传千里》(读张光年的《惜春文谈》);蒋鑫富的《〈织美人〉的乡土味》(评王云根小说近作)。

《当代小说》第7期发表赵丽宏的《一个读者》;崔苇的《创作情绪与超越自

我》;王金年的《谁的稿子都可以改》。

7日,《人民日报》发表刘斯奋的《扶持和发展高雅文化》;崔光祖的《根深才能叶茂》;文一的《"中国中外文艺理论学会"成立》。

《文汇报》发表本报记者唐斯复的《荟萃艺术精品,弘扬民族文化——高占祥谈第四届中国艺术节》。

《文学报》发表啸天的《"先锋诗人"今何在?》;本报记者徐春萍的《行吟六十载　追求仍不懈——辛笛诗歌创作研讨会举行》;谢望新的《中年,生命成熟的岁月——读黄国钦散文集〈心路屐痕〉》;叶辛的《长篇小说之我见》。

《台港文学选刊》第7期发表朱双一的《从儿女私语到眷村传奇》。

《天津文学》第7期发表黄泽新、宋安娜的《论悬念的设置及其审美效应》。

8日,《人民日报》发表郭维森的《铜臭与书香》。

《中国文化报》第80期发表孙小宁主持的《时代与文学的使命——〈历史的使命——中国改革大潮报告文学大型丛书〉四人谈》(周明、傅溪鹏、李炳银、刘茵)。

《光明日报》发表凌翔的《从作家到出版家——记未来出版社社长、总编辑侣成军》;越人的《中国历史题材小说走俏日本图书市场》;高明星、张桂芳的《写作技巧研究的新收获》(评《写作技巧词典》)。

"梁凤仪财经小说研讨会"在中国人民大学召开。

9日,《人民日报》发表记者邵建武的《中宣部召开精神文明建设"五个一工程"工作会议,总结经验多出精品》。

《文艺报》第27期发表杨苗燕的《轻叩重门——感受张欣》;吴开晋的《勇于突破自我——读郭廓的抒情诗》;林希的《开放出绚丽的三色花——读诗人张雪彬近作》;柯平凭的《纯文学"炒"不出来》;朱姜楠整理的《时代精神　民族雄风——广东现代革命作家研究学会主旋律和多样化座谈纪要》;洪治纲的《建构现代小说文本新空间——读盛子潮新著〈小说形态学〉》;《内蒙古为十一名青年作家召开作品研讨会》;《金口哨诗歌作品研讨会在襄樊举行》;《"中国中外文艺理论学会"在京成立》;周启超的《新阶段的起点——记在无锡举行的"苏联文学研讨会"》;《关于社会主义现实主义——"苏联文学研讨会"发言摘录》。

《文汇报》发表记者邵建武的《中宣部召开'93精神文明建设"五个一工程"工作会议,把"五个一工程"建设提高到新水平》。

《光明日报》发表记者邵建武的《中宣部精神文明建设"五个一工程"工作会议提出,把五个一工程建设提高到新水平》。

10日,《文汇报》发表《散文的开拓》(访余秋雨);白烨的《撩开城市生活的帷幔——评"布老虎丛书"长篇卷〈无雨之城〉》;张婷婷的《色彩言语:文学家心灵的独白》。

《中国文化报》第81期发表来民的《向学术前沿挺进——评陶东风的〈文学史哲学〉》。

《中国作家》第4期发表王英琦的《无需援助的思想——兼致张承志〈无援的思想〉》。

《开放时代》第4期发表徐南铁的《永不衰变的人生之梦》。

《北京文学》第7期发表李如鸾的《方旭散文的"味"》;包临轩的《"夜空撩开一道雪亮的伤痕"——文乾义载于〈北京文学〉上的诗漫评》。

《电影艺术》第4期发表郑雪来的《关于电影理论问题的几点思考回顾与展望》;霍庄的《电影改革需要新的思路,新的政策》;叶子的《待开发的"冻土地"》,狄翟的《〈海霞〉事件本末(下)》。

《读书》第7期发表盛洪的《知识分子应该做什么》;张汝伦、季桂保、郜元宝、陈引驰的《人文精神寻思录之五——文化世界:解构还是建构》;李欧梵、汪晖的《什么是"文化研究"?》。

《花城》第4期发表蔡翔的《另一种声音》。

《诗刊》第7期发表王幅明的《大巧之朴,浓后之淡》;金石的《诗界的特大诈骗案——鹏鸣,是诗人,还是骗子?》。

上旬,郭沫若研究会、广西师范大学联合举办的"郭沫若与当代文化"学术研讨会在桂林召开。

"中国中外文艺理论学会"在京成立,并召开座谈会,畅谈面向21世纪的中外文艺理论的大趋势。

11日,《人民日报》发表《中宣部召开精神文明建设"五个一工程"座谈会要求,高标准、上水平、出精品、出人才》;高占祥的《法显与〈灵鹫山〉》。

《青年文学》第7期专栏"六十年代出生作家作品联展"发表苏童的短篇《桥边茶馆》、《一个叫板墟的地方》,张继的中篇《流水情节》;同期,发表易勇祥的《生活:也该揭开神秘的面纱》;晨枫的《"忠"字背后的贫穷》;胡蓉的《你别无选择》。

12日,《人民日报》发表李战吉的《内蒙古精心建设“五个一工程”》;本报记者祝华新、曹焕荣的《当代岭南文化的勃兴》——从广东看市井文化建设新思路》。

《文汇报》发表记者张新颖的《一些著名作家、评论家寄语文坛同仁:扎扎实实进行文学创作,拿出新的内容新的实绩》。

《中流》第5期发表余飘的《评〈新战争与和平〉的思想教育、美学和历史价值》;邓斌的《读〈新战争与和平〉有感》;石城子的《关于大众文化——从“廷潘胡同”谈起》。

13日,《人民日报》发表非也的《不可单纯追求娱乐》。

《中国文化报》第82期发表《丁关根在中宣部精神文明建设“五个一工程”座谈会上要求:高标准　上水平　出精品　出人才》;记者邵建武的《中宣部精神文明建设“五个一工程”工作会议提出:把五个一工程建设提高到新水平》;《一九九三年度精神文明建设“五个一工程”组织工作奖和入选作品名单》;陈立群的《启动艺术创新的新杠杆》;刘学强的《雅与俗要互补互动》;韦野的《给后代留下时代足迹——李文珊〈西天佛地〉再版有感》。

14日,《文汇报》发表宗璞的《真情·洞见·美言》(贺《女性散文选萃》)。

《文学报》发表肖复兴的《不被流行色淹没》(谈散文)。

《光明日报》发表辰的《以弘扬传统文化为己任,〈寻根〉杂志创刊》。

15日,《人民日报》发表纪联的《京冀部分作家评论家,在石家庄举行了李文珊所著〈西天佛地〉一书研讨会》;余梓东的《文艺创作与族际关系》。

《上海文学》第7期发表陈美兰、於可训、昌切、彭基博的《文学批评的现状及其发展的可能性》;王安忆的《告别青春的回忆——读殷慧芬小说集〈欲望的舞蹈〉》。

《文学评论》第4期发表黄曼君的《文化溯源与历史重构——评杨书案三部长篇历史小说新作》;李今的《在生命和意识的张力中——谈施叔青的小说创作》;费振钟的《寻梦者恪守的田园——再读李贯通》;李洁非的《作为“仁者”的写作——我看陈世旭其人其作》;南帆的《文类与散文》;张颐武的《重估“现代性”与汉语书面语论争——一个九十年代文学的新命题》;许明的《文化激进主义历史维度——从郑敏、范钦林的争论说开去》;应其的《寻根文学的神话品格》;李兆忠的《全国文学批评家研讨会撮要》。

《文艺争鸣》第4期发表邵建的《东方之误》;之戒的《中国与世界:一个新视

野的寻求——’90年代比较文学发展趋势青年学术研讨会述要》；乐黛云的《文化冲突及其未来——参加突尼斯国际会议的随想》；陈晓明的《走向新状态：当代都市小说的演进》；戴锦华的《“世纪”的终结：重读张洁》；王绯的《张洁对母亲的共生固恋——一种文学之恶的探源》；王一川、张法的《新“十批判书”之九——杂语共生与汉语走向——当前汉语言文化批判》；季红真的《短评两篇》；霍用灵的《无知的作家》。

《中国图书评论》第4期发表伍杰的《托起明天的太阳——评〈跨世纪的丰碑〉》；张宗刚的《孤寂的影子——读许安龙诗集〈梦之絮〉》；房向东的《思想旅行记——读余秋雨的〈文化苦旅〉》；黄书泉的《文化的诗意——余秋雨的〈文化苦旅〉品评》；东海石的《光荣与梦想》（讨论《曼哈顿的中国女人》）。

《中州学刊》第4期发表金勇的《后现代主义与当代文坛》。

《江南》第4期发表葛渭康的《诗外话——谈诗杂谈》。

《民族文学》第7期发表杨长勋的《良知境界与消闲意趣——壮族作家李田芬和他的创作》；彭业忠的《梦中的故土——柳从梦散文浅评》。

《齐鲁学刊》第4期发表高秀芹的《论基督教文化观念对周作人的影响》；阎开振的《论林语堂小说创作的人道精神与爱国情感》；修龙恩的《庐隐和她的散文》；王聚堂的《凌叔华小说中的女性世界》；朱亚夫的《谈鲁迅杂文的标题艺术》。

《当代电影》第4期发表贾磊磊的《电影语言的文化释义与本文辨读》；吴迪的《通俗剧片论——属性·特点·现状·出路》。

《江汉论坛》第7期发表高诚毅的《个人继续社会化的外部环境和条件浅议——关于神秘文化热潮的社会学思考》。

《西藏文学》第4期发表斯城的《死亡：作为生命本体——评翟永明〈死亡的图案〉》；马萧萧的《童年的酿造与酿造的童年——小说〈兵子弟·子弟兵〉读后》。

《求是学刊》第4期发表郇庆治的《文明的绿化：走向21世纪的生态文化学》；姜志军的《新近散文美学追求三题》。

《社会科学》第7期发表部元宝的《“意识形态”与“大地”的二元转化——略说张炜的〈古船〉和〈九月寓言〉》；董丽敏的《写实：从真实到非真实——对当前写实文学走向的思考》。

《社会科学研究》第4期发表王林的《论寻根文学的神话品格》。

《钟山》第4期发表朱苏进的《分享张承志》；王干的《诗性的复活——论“新

状态”》;吴炫的《“新状态”的否定含义》;黄毓璜的《新状态小说呼唤什么》;晓珊的《’94 中国城市文学研讨会在宁召开》。

16 日,《文艺报》第 28 期发表《丁关根在精神文明建设“五个一工程”座谈会上强调:抓“五个一工程”要持之以恒务求实效》;《关注创作现状　担起批评责任——〈昆仑〉与〈解放军报〉文化部召开部队评论家座谈会》;曾镇南的《读杨林勃的散文》;冯立三的《鲁西北的乡情心——序张曰凯小说集〈祭歌〉》;半岛的《岸在何处——陈应松及其“船工小说”》;晓雪的《范平的诗》;张菊欣的《对土地问题的思考》(评李景荣,作家论);陈志红的《投入你的热情——读游雁凌〈来自深圳的报告〉》;刘世杰的《欧阳斌和他的散文》。

《光明日报》发表秦晋的《足球与文学》。

17 日,《中国文化报》第 84 期发表韩卫宏的《首届儒商文学研讨会将在海南召开》。

《作品与争鸣》第 7 期发表杨品的《困惑的生存空间》;葛歆的《思想、艺术的双重失误》;薛晓金的《呼唤现代爱情》;潘燕的《模仿的文字》;余言的《〈假面裸脸〉得失谈》;孙兴民的《好一个活王八》;王寅生的《黑宝:一个断裂的人物》。

18 日,《中国戏剧》第 7 期发表志涛的《中宣部文艺局文化部艺术局为〈那一年在夏天〉召开座谈会》;高扬的《艺术要真实反映人民的要求——〈旮旯胡同〉演出百场座谈会纪要》;何西来的《人格与权力的较量——评青艺新排历史剧〈捉刀人〉》;康洪兴的《营造充满儿童审美情趣的艺术氛围——评儿童剧〈不要烦恼〉的演出》;晓耕的《京剧鼻祖登上首都舞台——京剧〈程长庚〉座谈会纪要》;王若皓的《首届全国昆剧青年演员交流演出大会在京举行》。

18 日、22 日著名旅日华侨作家夏之炎长篇小说《怒海洪涛》讨论会分别在北京、上海举行。

20 日,《人民日报》发表章诒和的《李萍的表演:美与善的结合》。

《中国文化报》第 85 期发表谢小明的《永不褪色的梦——林骥小说散文集〈故乡的梦〉兼评》;张德祥的《一个新的文学主题在觉醒——人与自然的文学审视》。

《光明日报》发表邢小群的《新时期文学批评的宏观考察——评程文超〈意义的诱惑〉》。

《小说评论》第 4 期发表孙绍振的《“小说内外”之二——小说与非小说》；石月的《文坛风景之四——如何不“先锋”》；赵祖谟的《〈白鹿原〉：多重视角下的历史脉动》；张俏静的《一种情怀——读王安忆的〈乌托邦诗篇〉》；张新颖的《乱语讲史 俗眼看世——刘震云〈故乡相处流传〉漫评》；李钦业的《一部剖析知识分子灵魂的长篇力作——〈蓝眼睛·黑眼睛〉漫评》；赵学勇的《“乡下人”的文化意识和审美追求——沈从文与贾平凹创作心理比较》；杨剑龙的《向迷宫宣战——论李晓的中篇小说》；朱青的《毕淑敏思想嬗变的轨迹——从〈昆仑殇〉到〈补天石〉到〈阿里〉》；陈慧的《云海下面的世界——张长小说论》；胡德培的《评吴正的〈上海人〉》；田长山的《关中土地上的生命苦旅——关于王宝成创作的感言》；白烨的《作为文学、文化现象的“陕军东征”》；吴声雷的《论新历史主义小说》；马瑞芳的《就〈蓝眼睛·黑眼睛〉答客问——《蓝眼睛·黑眼睛》书后谈之二》；宾堂的《祁智小说谈片》；于夏的《鼓吹“新体验”》；李满的《文坛的新生态》；王崇寿的《黄土地上的辛勤耕耘者——王宝成作品研讨会纪要》；黄陵的《稚嫩中的清纯和青春气息——关于长篇〈超脱〉的一次讨论》。

《辽宁师范大学学报(社会科学版)》第 4 期发表沈顺辉的《略论文学批评家的几种心理负面效应》。

《暨南学报(哲学社会科学版)》第 3 期发表刘介民的《梁锡华美文的艺术特质》。

21 日，《文汇报》发表夏衍的《〈武训传〉事件始末》。

《文学报》发表本报记者江振新的《上海文艺批评家周介人就纯文学出路提出——面向公众 洗却铅华 再度辉煌》；钟锐的《关于“新××”》；苏晓的《新历史主义：小说的又一写法》；陈朝红的《向生活奉献一片爱心——青年作家裘山山及其〈等待星期六〉》。

《文艺研究》第 4 期发表周宪的《艺术形式新论》；施旭升的《论文艺创作的形式动因》；谭霈生的《谈中国的问题剧与社会剧》；乾武的《中国当代话剧的价值思索》；宋宝珍的《新时期喜剧的生命意识初探》；斯义宁的《20 世纪中外文艺思潮国际研讨会综述》。

《羊城晚报》发表亦闻的《两岸诗评大论战》。

23 日，《武汉大学学报(哲学社会科学版)》第 4 期发表易竹贤、孙振华的《评周作人早期对于我国小说现代化的贡献》。

20—26日，中国老舍研究会、吉林大学等单位联合举办的第六次全国老舍学术研讨会在长春市召开。

中旬，解放军文艺出版社《昆仑》编辑部与《解放军报》联合召开部队文学评论家座谈会，提出“关注创作现状担起批评责任”的主张。

21日，《羊城晚报》发表刘洪涛的《电视剧畅销书文稿拍卖吸引着作家们，中国文学：潮流涌向商业?》；王必胜的《散文好梦》；钟鸣的《“新状态文学”缘起》；亦闻的《两岸诗评大论战》。

青年记者张建伟的报告文学《大清王朝的最后变革》研讨会在京举行。

22日，《光明日报》发表斯好的《“好作品主义”及其他》(评韩少功随笔集《夜行者梦语》。

23日，《文艺报》第29期发表吴奔星的《短章更觉味儿长——喜读臧克家的超短诗〈我〉》；晓钟的《他在建立自己的女儿国——记作家储福金》；陈朝红的《人生沧桑谁解悟——评王火长篇新作〈禅悟〉》；莫未农的《孺子牛精神与带头羊风范——读吴兴的〈女部长传奇〉》；王达敏的《一片浓浓的真情——读王丽萍散文集〈一生总有一次爱〉》；张扬的《文化人该讲究些“文化”》。

24日，《文汇报》发表唐铁海的《文学编辑这一行》；王元化的《对当前文化问题的五点答问》；陈思和的《话剧发展的民间出路》；许纪霖的《海上话剧何去何从》。

《中国文化报》第87期发表本报记者向云驹的《突破旧有文化模式　加快发展文化产业——加快发展文化产业座谈会综述》。

《羊城晚报》发表余光中的《散文的知性与感性》。

《文艺理论与批评》第4期发表陈涌的《梁斌创作的民族特征》；张炯的《论〈红旗谱〉的历史意义——祝贺梁斌同志从事文学活动60周年》；金梅的《重读〈红旗谱〉》；田兴文的《反映时代精神塑造英雄典型——梁斌文学活动60周年研讨会在天津举行》；郑伯农的《谈谈对几个文艺热点问题的看法》；何言哉的《谁是“棍子”？谁在搞“大批判”?》；敏泽的《论文学价值的客体性》；杨子敏的《明月何时有——读〈人比月光更美丽〉》；丁永淮的《一片充满生机的青翠草木——评刘醒龙近年的小说创作》；李兴叶的《当代军人的悲壮颂歌——看影片〈炮兵少校〉》；嘉陵的《〈艳阳天〉重版感言》；《弘扬主旋律发展多样化——厦门大学中文系现当代文学专业研究生、进修生座谈发言》；文理平的《关于市场经济下社会主义文化市场的理论观点综述》。

《文史哲》第4期发表颜炳罡的《现代新儒家研究的省察与展望》。

《思想战线》第4期发表金元浦的《当代文艺学范式的转换与话语重建》;孔耕蕻的《范式转换中批评的作用》。

25日,《文汇报》发表记者张新颖的《文学评论家钱谷融教授呼吁:建设一支通俗文学作家队伍》。

《山西师大学报(社会科学版)》第3期发表杨新敏、郝吉环的《论赵树理小说的戏剧性》。

《文艺理论研究》第4期发表朱桦的《论文学接受与文学传播的社会化》。

《艺术家》第4期发表西门宏子的《轩然大波:关于界定高雅艺术的众说纷纭》。

《贵州大学学报(社会科学版)》第3期发表何士丹的《试论何士光和他的〈苦寒行〉》。

《海峡》第4期发表林侯荣的《倾听阳光下的悠扬——读〈女部长传奇〉》。

《湖北大学学报(哲学社会科学版)》第4期发表刘成友的《略论〈白鹿原〉、〈百年孤独〉的历史观念和文化视野》。

《浙江学刊》第4期发表于泉源的《试论当代文学的世俗化倾向》。

《哲学研究》第7期发表杨文极、李育红的《"后现代主义与当代中国"学术研讨会综述》。

《解放军外语学院学报》第4期发表河洛易的《知识者的心路历程——20世纪中国知识分子小说综述》。

26日,《羊城晚报》发表黄秋耘的《知人论世贵在持平——〈胡适传〉读后》。

27日,《中国文化报》第88期发表陈朝红的《历史蕴涵与乡土气息——评长篇小说〈荒魅的土地〉》。

《文学自由谈》第3期发表张叹凤的《医俗读董桥》。

《华中师范大学学报(哲学社会科学版)》第4期发表王晖的《现当代中国非虚构文学的大众文化品格》。

28日,《人民日报》发表康士昭的《西方文化经济政策一瞥》;沙建孙的《"人比月光更美丽"——读胡乔木的自选新诗》;刘林的《由〈诗探索〉编辑部主办的"白洋淀诗歌群落"寻访活动于5月6日至9日在华北水乡白洋淀举行》;刘的《由中国煤矿文化宣传基金会主办的“严阵煤矿题材报告文学研讨会”近日在京召开》;文一的《由中国人民大学文艺思潮研究所、华人文化研究所联合举行的“梁凤仪财经小说研讨会”近日在京举行》。

《文学报》发表汪秀珍的《故土和乡亲不能忘怀——记青年作家傅太平》;张桐的《走向成熟——读崽崽的小说集〈海口女人〉》;王安忆的《心灵世界的生存与它的意义(二)》。

《今日中国(中文版)》第7期发表冬英《来自曼谷的信息》。

《光明日报》发表仲呈祥的《弘扬主旋律　荧屏更生辉——一九九三年度“五个一工程”入选电视剧漫评》。

《四海·台港澳海外华文文学》第4期发表冯牧的《纪念台湾现代著名作家赖和先生》;陈映真的《赖和先生给予我们的启发》;王晓波的《赖和先生在战后的台湾》;吕正惠的《纪念赖和,最重要的责任是重新恢复他的真面目》。

《名作欣赏》第4期发表郝亦民的《论艺术美的系统构成》;梦阳的《躺在自然的怀抱里——王志杰诗二首赏析》;吴尚华的《逆转与反差:现代人的寻梦悲剧——读鲁彦周短篇小说〈流泉〉》;李靖国的《凌厉健笔写遗嘱——黄苗子〈遗嘱〉赏析》;黄云生的《人生如诗堪咀嚼——读项冰如的“知命”散文》。

《长城》第4期发表刘甫田的《寓庄于谐的美学风格——读何申近作〈村民组长〉》。

29日,《中国文化报》第89期发表牧扬主持的《作家谈消费》(刘心武、牛汉、韩静霆)。

《光明日报》发表《多出精品　多出人才——丁关根同志1994年7月9日在中宣部“五个一工程”座谈会上的讲话(摘要)》;许可、计亚男的《王树梁写出四部长篇小说》;宁宣的《青年人走上革命道路的故事》(评何辛长篇小说《亲与仇》)。

《社会科学辑刊》第4期发表张祖立的《返归自然:新时期小说的新母题》。

30日,《文艺报》第30期发表守塬的《弘扬主旋律　立志出精品　服务到基层——今年来军队文艺工作呈现蓬勃景象》;刘友宾的《〈活泉〉:浩然的新话题》;黄毓璜的《面对土地的沉思——长篇〈忏悔的土地〉读札》;记者鸣雁的《塑造商品经济条件下新军人形象——广州军区推出七部长篇小说》;白崇人的《对民族精神的呼唤与颂扬——读王延辉的〈中国神话〉》;刘建春的《繁星点点耀诗空——

读〈袖珍诗千首〉》;刘杨烈的《格调·色彩·节奏——评冉庄的〈泼水梦〉》;崔光祖的《关于繁荣文艺创作的若干理论思考》;尤林的《别"炒"了——对文艺评论的一点意见》;李伦的《文艺的使命与文艺的未来——近期〈理论与创作〉理论争鸣综述》;《长篇小说〈怒海洪涛〉讨论会分别在京沪举行》;本报特约记者黄国柱的《确定军事文学新的坐标——解放军文艺出版社社长朱亚南访谈录》;张玉华的《"赵德平现象"与文化市场》;祈念曾的《忠实于艺术和人生——作家陈忠实印象》。

《光明日报》发表蔡侗辰的《戏迷在这儿"过瘾"》。

《南京大学学报(哲学·人文科学·社会科学版)》第3期发表陈龙的《女性命运的时代寓言——论白峰溪剧作"女性三部曲"》。

《西北师大学报(社会科学版)》第4期发表党鸿枢的《高阳历史小说综论》。

31日,《文汇报》发表田敬诚的《我看"国学"》;应霁民的《还是称"传统文化"好》。

《中国文化报》第90期发表杨志学的《西方文论教学与研究领域的重要收获——评马新国主编的〈西方文论史〉》。

《河南大学学报(社会科学版)》第4期发表岳耀钦、孙先科的《新时期小说的三种主要叙事模式及其相互关系》。

本月,《青年文学家》第7期发表高云凤的《生存状态的灵动呈示——浅析〈困——一个男人的情感世界〉艺术构思》。

《求索》第4期发表朱红文的《人文科学的地位及其方法论问题的提出》;李春青的《"大众文化"与文学的命运》;谭桂林的《论许地山与佛教文学的关系》。

《萌芽》第7期发表张颖的报告文学《都市打工妹》;王安忆、郜元宝的《我们的时代和我们的小说》。

青海省召开重点文艺创作规划会,对全省94年重点文艺创作项目及3年的重点文艺创作生产进行了规划研究。

本月,华东师范大学出版社出版[美]金介甫的《沈从文笔下的中国社会与文化》。

四川大学出版社出版贵州省中国现当代文学学会编的《现当代文学掘微》。

太白文艺出版社出版孙豹隐的《灯下文谭》。

华南理工大学出版社出版黄树红的《中国当代文学专题研究》。

8月

1日，《光明日报》发表朽木的《“场效应”与文化建设》。

《山东文学》第8期发表栗庆冬的《反叛与寻找——读〈无目的的旅行〉》；光未然的《诗集〈天山月色〉序言》。

《山西文学》第8期发表杨品的《得到的是失落——关于〈白手帕　红手帕〉》；高耀明等的《诗心互见　诗情可掬——马作楫、吕世豪诗歌作品研讨会侧记》。

《作家》第8期发表陈思和、李振声、郜元宝、张新颖的《张承志：作为教徒和作为小说家的内在冲突——关于世纪末小说的多种可能性对话之三》；李锐的《短论四篇》。

《海燕》第8期发表汪淏的《灵魂的宣言》。

《散文》第8期发表冒昕、陈玲的《精神品味　历史风骨——第二届中华精短散文大赛“柳泉杯”征文作品漫议》；黄秋耘的《文章不是无情物》；冯亦代的《洗尽铅华》；黄宗英的《神来之笔》；徐开磊的《诚实是散文的灵魂》。

2日，《人民日报》发表徐城北的《在三种文化间穿行》。

《光明日报》发表谌强的《重庆文艺创作势头喜人》。

3日，《人民日报》发表王啸文的《兵戏兵演情真意淳——电视剧〈我们〉观后》。

《中国文化报》第91期发表《多出精品　多出人才——丁关根同志1994年7月9日在中宣部“五个一工程”座谈会上的讲话（摘要）》；曹广志的《情节生动　形象鲜活——长篇报告文学〈金鱼之歌〉印象》；赵铁信的《市场经济更需要文化建设》；《充实人生　提高人生——艺术在当今社会中的地位和作用五人谈》（罗洪涛、祝东力、李荣启、戴阿宝、李心峰）。

《光明日报》以“传记：当代文学的新热点”为总题，发表乐黛云的《要有人来研究传记文学》，韩兆琦的《中国古代传记的特点》，邹溱的《传记也是文本》，冀良的《讲印数，更要讲社会效益》，张北根的《真实是传记文学的灵魂》，郭富民的《传记文学形态的多元性》，张颐武的《传记是对作者自身语境的选择》，赵白生的《文学体裁中新的超级大国——传记文学》；同期，发表杜元明的《扣紧传主的个性来写——谈〈傅雷传〉兼及传记作品的“文学性”问题》；李书磊的《严肃文学的生长点》；张之沧的《文化人的良知与责任》。

4日，《文学报》发表文讯的《长沙市增加财政投入，改进文学期刊，〈新创作〉由“俗”返“雅”，再创高品位，高格调》；尹昌龙、沈芸芸的《为了未来的记忆——关于张贤亮〈我的菩提树〉的对话》；本报编辑部的《〈论作家〉笔谈会摘编》。

《光明日报》发表黄永涛的《不可重“长”轻“短”》。

6日，《文艺报》第31期发表《部队重视抓文艺创作——“解放军文艺奖”恢复》；沈思的《辛笛诗歌创作60周年研讨会在上海举行》；荒煤的《一部感人的滴血青春史——〈滴血青春〉读后》；扎拉噶胡的《序〈瑞草集〉》；何火任的《寓理于情，融情入理——漫谈汪洋的小说创作》；李洁非的《文章文章文章——夜览〈小说名家散文百题〉》；刘世杰的《诗人的青春永驻——读晏明诗集〈东娥错那梦幻〉》；古继堂的《谈台湾文学中的“孤儿意识”》；古远清的《施淑：具有左翼色彩的台湾女评论家》；王浩的《“室内剧”质疑》。

《当代小说》第8期发表左建明、王光东的《“宽容与激情”的通信》；耿林莽的《海子家园》；谭好哲的《转型期文人的社会角色》。

7日，《文汇报》以“人文精神与文人操守”为总题，发表《诗人，你为什么不愤怒?!》(张承志、张炜、徐中玉、王晓明、张汝伦的谈话录)，《也谈诗人的愤怒》(梅朵、许纪霖的谈话录)。

《天津文学》第8期发表毛峰的《超越现代主义：九十年代中国文学》。

上旬，著名诗人辛笛诗歌创作60年研讨会在上海举行。

10日，《人民日报》发表刘扬体的《真挚地拥抱生活——电视剧〈男儿女儿好看时〉观后》。

《诗刊》第8期发表贾漫的《之江报潮汛　壮怀读贺诗——读〈贺敬之诗书集〉》；王辽生的《生命之光——读张捷诗集〈旋转的命运〉》。

《读书》第8期专栏“寻思的寻思”发表曲卫国的《危机？进步?》，应星的《“寻思”之外》，卢英平的《立法者·解释者·游民》，葛佳渊、罗厚立的《谁的人文精神?》。

《中国文化研究》秋之卷发表古继堂的《论旅美散文家简宛的创作》；古远清的《作为文学评论和研究家的刘以鬯》。

11日，《文学报》发表韩石山的《坎坷的文学旅途——郝发智和他的〈民风报〉》。

《青年文学》第8期专栏“六十年代出生作家作品联展”发表李惊涛的《西窗》，朱文的《关于九零年的月亮》；同期，发表卢英宏的《于平淡处见沉重》；黄圣银的《生存的意义和代价》；孙丽的《无语童心》。

12日，《人民日报》发表王必胜的《小说家的散文》；李建盛的《审美内涵与史诗意识》；放炎的《走进历史的真境界》。

《中国文化报》第95期发表楚昆主持的《批判与重建：当代审美文化的现状与前瞻》；郭世平的《为陕北父老留言——作家史铁生小记》。

《羊城晚报》发表张新颖的《民间的天地与文学的流变——对抗战到九十年代文学的一种新解释》；汤世杰的《走出“自恋情结”》；叶延滨的《轰动难，“平庸”也难》。

《中流》第8期发表张春生的《主旋律断想》；刘诗嵘的《艺术家形象不容歪曲，艺术的历史不能篡改——两部影片的观后感》。

13日，《文艺报》第32期发表祖康的《第二届上海“中长篇小说优秀作品大奖”揭晓》；柯原的《植根于草原的深情——评陈忠干新诗集〈牧歌没有家〉》；沈小兰的《酒阑灯灺之后——读〈张爱玲与苏青〉》；高少锋的《时代的脉流　生命的赞歌——读陈章汉的长篇报告文学〈春秋代序〉》；庄钟庆的《丁玲关于艺术特性的探寻》；潘仁山的《耳目一新的作家学者传记——读周棉著〈冯至传〉》；王浩洪的《懂诗之论——丁永淮〈诗之论〉评介》；《内蒙古召开青年作家王福林作品研讨会》；召的《陕西专业作家称赞业余作者的奋斗，〈一个偷儿的命运〉验证了“生活造就作家”》；鲁航的《江苏召开吕锦华散文作品讨论会》；孙津的《传记与文人——记青年作家朱小平》。

14日，《文汇报》发表张岱年的《漫谈国学》。

《中国文化报》第96期发表肖云儒的《追求史诗和消解史诗》。

《光明日报》发表宏的《青年剧作家陈传敏推出力作，〈开天辟地人之初〉内涵丰富》。

15日，《上海文学》第8期发表南帆的《话语权力与对话》；张颐武的《走向"后寓言"时代》。

《文汇报》发表杨东平的《"京""海"两派的文化冲撞》。

《中外文化交流》第4期发表潘亚暾的《"三军"并起拓新路——漫话海外华文文学(下)》。

《北京广播学院学报》第4期发表张雅欣的《艺术与机械技术——电影与电视给我们带来了什么?》；申家宁的《闭上嘴巴，我们能做什么？——游离语言传播的"死海"》。

《作家天地》第4期发表沈天鸿的《"通俗"与"严肃"》；钱玉亮的《我的文学态度》；季宇的《文学的黄昏》；潘小平的《文学自救刻不容缓》。

《戏剧艺术》第3期发表陈世雄的《原始戏剧思维及其当代变体》；王长安的《从民俗学角度看戏剧形态》；王晓鹰的《小剧场戏剧艺术特质辨析》；朱栋霖的《香港话剧的本土文化特征——论"港派"与"京派"》；[加]唐·鲁宾、任生名的《当代戏剧：与我们自己对话》；田方的《关于电视专题片现状与未来之思考》；王树林的《戏曲现代戏的生命力》；周养德的《谈〈神农颂〉的编导构想》。

《民族文学》第8期发表张燕玲的《天堂的守望者——论青年诗人黄堃》；苑坪玉的《作家应有历史责任——武略访谈录》。

《民族文学研究》第3期发表安尚育的《李乔论》；导夫的《神性的舞蹈与自然的灵光——黄神彪等三位少数民族诗人作品界说》。

《社会科学》第8期发表潘知常的《当代审美文化中的"媚俗"——在解释中理解当代审美文化》；李登贵的《文化市场化反思——"文化与市场"学术座谈会述评》。

《西南师范大学学报(哲学社会科学版)》第3期发表刘扬烈的《卓越的诗才与自觉的选择：罗门诗片论》。

17日，《人民日报》发表彭加瑾的《平民生活　史诗品格——看电视连续剧〈喂，菲亚特〉》；张学军的《为繁荣高雅艺术做贡献》。

《文汇报》发表记者付庆萱的《如何提高文艺作品艺术品格——市委宣传部召开"五个一工程"获奖作品研讨会》。

《中国文化报》第97期发表梁红鹰的《小剧场戏剧的得与失》；李军的《独白、复调、民族寓言》；倪邦文的《诗心·哲心·文心——评〈冯至传〉》。

《光明日报》发表张婷婷的《新时期文学的色彩追求》；何西来的《逝去与回追——〈四牌楼〉论》；见独的《关于"新体验小说"的争鸣》。

《作品与争鸣》第8期发表向云驹的《警惕：诱惑无边》；文翊的《意象的疏失与表现的缺憾》；古耜的《古老而又新鲜的性爱悲剧》；蔚蓝的《矫情的不成熟的文本》；杨健的《"我"是谁?》；徐亚平的《天真的善良》；张魁星的《当代农村"土皇帝"的心态》。

18日，《人民日报》发表张婷婷的《色彩言语的诗意世界》；何崇文的《纪实文学的"实"与"雅"》；《〈额尔古纳森林〉研讨会》；《傅太平作品研讨会》；杨柄的《创造红玛瑙般的散文美——读〈刘白羽散文四集〉》。

《文学报》发表本报记者徐春萍的《让智慧随意地涌动——访青年作家刘震云》；桑戈的《寸笔尺度　妙著春秋——青年作家杨雪萍访谈录》；韩小蕙的《随笔的崛起与新随笔现象》。

《中国戏剧》第8期发表高占祥的《发展少儿京剧的十点意见》；本刊记者的《喜闻乐见　讴歌时代——首都专家座谈〈能人百不成〉》；贾璐的《〈老人与海〉与〈能人百不成〉——〈能人百不成〉意蕴说》；何志云的《理想和现实的桥梁——话剧〈浮士德〉观后》；吴毓华的《对戏曲艺术生命的沉思——〈当代剧坛沉思录〉读后》；安志强的《唤起我美好的记忆——看李萍演〈白蛇传〉》；沈斌的《我们不想等待死亡——记重排〈上灵山〉》；方同德的《并非"金玉其外"　亦非"败絮其中"——谈越剧〈西厢记〉并与蒋星煜先生商榷》；于群言的《豫剧〈金瓶梅〉的社会效益与经济效益——谈〈瞭望〉周刊一篇专题报道有感》。

19日，《人民日报》发表张玉来、余清楚的《抓住"拳头产品"精心组织实施，吉林江西"五个一工程"成果丰硕》。

《南方周末》发表陈朝华的《广东作协向全国"收购"作家》。

20日，《文艺报》第33期发表邹荻帆的《读〈东方的节奏〉》；蔡运桂的《新女性的觉醒——谈高小莉及其小说集〈请别说爱我〉》；李静的《吟古今悲剧人生　歌民族气节之魂——宋小武作品读后》；古风的《中国古代文论研究的当代走向》；雷树高的《在市场经济条件下促进藏族文学繁荣发展》；柳鸣九的《"存在"文学与20世纪文学中的"存在"问题》；盛子潮、洪治纲的《浮华落尽见真淳——评姜琍敏长篇新作〈多伊在中国〉》;葛乃福的《春天里的芬芳——读雷玲的诗》。

《郑州大学学报(哲学社会科学版)》第4期发表常月华、崔应贤的《论何立伟小说语言定居状位的修辞效果》。

《学术月刊》第8期发表胡训珉的《五四精神与现代化——上海社联召开专题学术讨论会》。

《现代台湾研究》第3期发表包恒新的《一幅色彩驳杂的理想蓝图——七等生小说论》;许建生的《〈流星雨〉与闽南移民拓台》。

《福建论坛》第4期发表汪毅夫的《〈台湾诗史〉辨误举隅》;陈辽的《九十年代世界华文文学的格局和走向》。

中旬,江苏作协、苏州市作协联合召开吕锦华散文作品讨论会。

四川省作协举行"杨禾作品座谈会",回顾了诗人的创造生涯及成就。

20—24日,《文学遗产》编辑部、山东曲阜师大等单位联合举办的儒家与文学国际学术研讨会在曲阜举行,与会者围绕儒学与中国古代文学的关系问题展开讨论。

21日,《文汇报》以"人文精神与文人操守"为总题(讨论之二),发表陈村的《赤子之心》,王彬彬的《批判的方式》,陆鲁明的《谈谈文人自省》,戚宇平的《我不是诗人我愤怒》,王铁仙的《不能只是愤怒》。

《光明日报》发表周常林的《"寻根"与中华民族特强的凝聚力》。

22日,《羊城晚报》发表萧乾的《一阕悲怆协奏曲——读〈挚爱在人间〉》。

《新文学史料》第3期发表叶圣陶的《一九七六年日记(三)》;周而复的《往事回首录(十一)》;李之琏的《一场是非颠倒的批判闹剧——1958年中宣部批判处理机关党委几个领导人的经过》。

23日,《文艺报》、山东文艺出版社等单位举办的毕四海长篇小说《东方商人》研讨会在京举行。

《光明日报》发表李春利的《规范化效率化制作电视节目,电视剧弄潮看中北》。

著名老作家、羊城晚报社原党委书记兼总编吴有恒在广州逝世,享年81岁。

24日,《中国文化报》第100期以"巴金与中国文化"为总题,发表萧乾的《巴金与出版》，李存光的《巴金的文学意义》，陈思和的《巴金与知识分子道路》，丹晨的《巴金与奉献精神》，汪应果的《巴金与二十世纪》，荒煤的《“是泥土伟大的地方”》，舒乙的《第十一批礼物》。

25日，《文学报》发表邱江波的《文人下海多“儒”“商”兼容难》；王安忆的《心灵世界的生存及意义(三)》；陈忠实的《鬼魅无形　读者有情——写在邹志安〈爱情探索系列长篇〉出版之时》；楚山孤的《作家四戒》。

《光明日报》发表陈宗立、谌强、马连英的《一曲民族团结的正气歌，〈阿来巴郎〉受赞誉》。

《学术研究》第4期发表魏家骏的《在中国的结构主义批评》。

《语文学刊》第4期发表卢斯飞的《林语堂作品中的幽默》。

《通俗文学评论》第3期发表陈墨的《金庸小说与汉民族的文学批判》；《金庸小说与中国文化的反思》；《金庸小说的武功与文化》。

27日，《文艺报》第34期发表《本报与山东联合举行〈东方商人〉研讨会》；管桦的《源于生活的艺术——谈文坛新人关仁山及创作》；徐志强的《吕锦华散文的地域文化风度——兼评〈何时如梦〉》；杨锦的《梦是唯一的行李——金杰其人其诗略谈》；邹琦新的《情须浓　意应深——新时期文艺创作得失谈》；黄浩的《文学批评在担心什么?》；黄济人的《从记者到作家——刘建春其人其作》；田树德的《“女中丈夫”的深情赠予——寒冰和她的创作》；李元洛的《缘悭一面的遗憾——怀诗人郭小川》。

28日，《文汇报》发表袁济喜的《传统审美文化的价值评估》。

《中国文化报》第102期发表谢彬筹的《弘扬主旋律，以优秀的作品鼓舞人——学习〈邓小平文选〉体会》；泽诚、娇英的《界定·发展·对策——也谈文化产业》。

29日，《羊城晚报》发表韩映山的《孙犁的文学语言》。

30日，《人民日报》发表吴江宗的《金口哨诗歌讨论会在湖北襄樊举行》。

《羊城晚报》发表杨克、莫艳民的《高薪招聘青年作家始末》；蒋子龙的《“雪中送炭”是壮举》；阿槐的《丰收之后的沉思——评叶兆言近况》；张抗抗的《“替天行道”有意味》；何启治的《“摸石过河”要勇气》。

《戏剧》第3期发表王培的《追求与实践——导演艺术札记》；石维坚的《谈演员的评判意识与人物形象的塑造——从塑造刘邦形象想到的》；白峰溪的《从演

戏到写戏》;张健钟的《小剧场戏剧的艺术震撼力》;高惠彬的《表演状态文化气质与形象塑造》;冯福生的《关于表演的思考点滴》;宋洁的《漫话“演戏”》;颜冈的《话剧表演与电视剧表演之异同》;张仁里的《演员的幽默感与喜剧表演》;金登才的《自然戏剧的角色》;周英的《简谈戏剧观众的视觉心理》。

31日,《人民日报》发表岸柳的《弘扬主旋律,更需艺术魅力》;李洋的《边域风土总关情——从电视剧〈雪震〉说开去》。

《中国文化报》第103期发表李程的《文化工作战略观念谈》。

《光明日报》发表子夜的《“萝卜干”与“人参”》;喻季欣的《一个创作群体的追求》;蒋原伦的《小说家散文:心灵的松弛》。

《羊城晚报》发表《〈20世纪中国文学大师文库〉出新意:金庸成为文学大师,列在鲁迅、沈从文、巴金之后,位居第四》。

本月,《小说家》第4期发表《执着的追求——乔再芳作品研讨会纪要》。

《小说界》第4期发表《上海第二届“长中篇小说优秀作品大奖”初评、终评会议纪要》。

《文艺评论》第4期发表史弘的《市场经济下的美学沉思》;潘知常的《文化工业:美学面临着新的挑战——当代文化工业的美学阐释之一》;蔡翔的《历史话语的复活》;樊星的《文学政治之缘》;汪民安的《文学先锋派的当下境况》;王晖的《1978—1993:报告文学的商品化趋向》;李咏吟的《长篇小说的深度模式》;沙光的《从广场到岗位——关于诗歌写作的一次讨论述要》;贾宏图的《耕耘者的新歌——读〈黄秋实报告文学选集〉》;高砚的《悠悠情思写华章——读徐景璋的散文集〈心灵的潮音〉》;何国瑞的《一张邀请柬一部感应曲》;何二元的《“追星族”批判之批判(之二)》;黄秋实的《关于报告文学的断想》;周可的《一点脾气没有——重唱“样板戏”引起的一些文化遐思》;李尚才的《深入现实腹地的诗人》。

《东方》第4期发表何光沪的《中国宗教改革论纲》;刘东的《北大学统与“五·四”传统——历史的另一种可能性》;陶东风的《中心与边缘的位移——中国知识精英内部结构的变迁》;苏文的《当今世界的极端主义:“左”与“右”的大混合》;王逸舟的《杂说“全球化”》;高师宁的《世俗化与宗教热》;方流芳的《名誉权与表达自由》;王小波的《论战与道德》;张颐武的《后现代都市的“新状态”》;张小良的《都市人的欲望——评几部都市题材电视剧的创作》;金兆钧的《“新民

谣”——“光荣与梦想”困扰中的中国流行音乐》；游帆的《说“淡”》（谈“平淡的境界”）；刘心武的《漫论“西方学”》。

《青年文学家》第8期发表董国军的《悼矣，应死了的生活——简论〈甸子·女子·拽子〉》。

湖南省作协举办唐浩明长篇小说《曾国藩》研讨会，与会者认为作者表现了历史人物全人全貌，写出了曾国藩儒雅与血腥的两面性，比较符合历史的真实，并就“曾国藩热”这一现象进行了探讨。

本月，武汉大学出版社出版谢邦华主编的《当代新人优秀作品评析》，

北京十月文艺出版社出版蔡葵、韩瑞亭编的《长篇的辉煌：茅盾文学奖获奖小说评论精选：1977—1988》。

青海人民出版社出版贾平凹、穆涛的《平凹之路：贾平凹精神自传》。

浙江文艺出版社出版蔡翔的《此情谁诉：中国知识分子的历史性格》。

海天出版社出版倪鹤琴的《丛林中的玫瑰》。

江苏文艺出版社出版汪晖的《真实的与乌托邦的》。

武汉出版社出版古远清的《台湾当代文学理论批评史》。

内蒙古人民出版社出版王常新的《台湾诗人作品透视》。

9月

1日，《人民日报》发表黄毓璜的《审美与“审丑”》；文一的《陈涌文艺理论新著座谈会在京举行》；孙玉良、赵国华的《新闻小说研讨会举行》；樊星的《上甘岭之魂——读长篇纪实〈上甘岭大战〉》；程代熙的《陈涌和他的〈在新时期面前〉》；必胜的《〈爱在北京〉讨论会召开》。

《书与人》第5期发表冯亦代的《别有风味的〈驴唇马嘴集〉》；夏矛的《不虚此行——我读〈文化苦旅〉》。

《长江日报》发表古远清的《顾彬，收起你的舌头》。

《文学报》发表本报编辑部的《谁愿下海谁就下无需造太多舆论，不能离开中国的现实谈人文精神——王蒙再谈经济大潮下的文坛现状》；鞠明的《电脑——大步向作家走来》。

《山西文学》第9期发表薄子涛的《矫情：文学品格的堕落》。

《四川文学》第9期发表廖全京的《潮流与抵抗——读〈村庄要远行〉随札》；王耻富的《伟大的工程　伟大的人民——喜读高缨中篇报告文学〈大海的诱惑〉》。

《青年作家》第5期发表王森、李亚东、张心武的《"陕军热"：失落了什么？——〈废都〉、〈白鹿原〉三人谈》；吴秀亮的《我读〈平凡的世界〉》。

《青春》第9期发表吴昆列鸣的《不该冷落这片文化绿洲——尴尬的图书馆和新华书店面面观》。

《散文》第9期发表郭风的《散文手记》；李元洛的《众美并具》；金马的《美在独创》；张士甫的《文平的散文观》。

《海燕》第9期发表陈金荣的《纪实、通俗类文学的崛起于文化生活的多样性——我看文学危机(之二)》。

《解放军文艺》第9期发表周政保的《现时的五位散文家》。

2日，《中国文化报》第104期发表林瑞华的《张贤亮商海弄潮，乐在其中》；李元鸿的《"纯"的困惑》。

3日，《文艺报》第35期发表《做一个坚定的清醒的有作为的马克思主义文艺理论家，陈涌文集〈在新时期面前〉座谈会在京举行》；《〈解放军文艺〉推出报告文学〈爱在北京〉引起反响》；吴奔星的《江山留韵律　日月寄诗魂——贺敬之"新古体诗"印象记》；柯原的《西北军魂曲——读杨锋的诗集〈枪声渐渐远去〉》；古清生的《爱无终极——析艳齐及其爱情诗》；张志忠的《在战争与和平之间——张卫明小说新作漫评》；马蓥伯的《坚定的战士　不老的宝刀——读〈魏巍杂文集〉》；刘全安的《更加纯粹的中国文学队伍》。

深圳市文联、中国青年出版社等单位联合举办的彭名燕长篇小说《世纪贵族》研讨会在深圳举行。

4日，《文汇报》以"人文精神与文人操守"为总题(讨论之三)，发表周国平的《救世与自救》，张炜的《再谈学习鲁迅》，张骅的《诗人息怒》，张新颖的《境遇和心路》。

5日,《人民日报》发表《卜登书作品研讨会日前在北京举行》。

《羊城晚报》为广东青年文学院受聘青年作家开辟专版,发表陈染的《自己的姿势》,余华的《文学与现实》,梁凤莲的《来去路上》,东西的《到入海口看风景》,商河的《文学与雨与绿叶》,韩东的《像释迦摩尼那样行乞》,张旻的《一点儿感想》,杨雪萍的《站到新的起跑线上来》,李尔葳的《张艺谋:为什么拍〈活着〉?》(共4期,至9月8日续完)。

《广西文学》第9期发表江建文的《论作家"下海"的文学意义》;《文学要热切关注并深入反映当前转型期的现实生活——本刊召开"广西'下海'作家作品专号"座谈会》。

《山花》第9期发表陈旭光的《语言的觉醒——"后朦胧诗"转型论之二》。

《当代小说》第9期发表刘晔园的《都市是什么?——关于"新都市小说"的想法》;李夜平的《话说新都市小说》;震博的《要生活,不要生活方式》(评"新都市小说"和"新都市电影")。

《当代文坛》第5期发表半夏的《文坛自来不寂寞——编后感言》;李益荪的《"新体验小说"之我见》;李明泉的《批评的自幻感与漂浮的新状态》;夏志华的《把创造性让给语词本身》;孙静轩的《仅仅有爱是不够的——简评〈夏萍诗集〉》;唐宋元的《时代诗潮的晶莹浪花——评刘立中的诗歌创作》;应光耀的《论海派文学的弄堂文化景观》;毛克强的《回望群山——当代小说中的老一辈形象分析》;刘火的《现存生活图式的诱惑与迷茫——谈两部中篇兼论四川小说创作的优势与不足》;邱景华的《大品:散文嬗变中的新品种》;张应中的《世纪末的回眸——论苏童》;蒋小波的《余华:作为成规的破坏者——余华小说的一种读解》;胡海滨的《梦与现实之间的尴尬——评莫言近作集》;邵建的《请读者猜谜——读格非〈雨季的感觉〉》;徐治平的《帕斯散文的现实与超现实》;范昌灼的《晓风拂身醉人心——张晓风散文集〈晓风吹起〉品赏》;里沙的《电视艺术的第三层次》;胡彦的《拥有一种自己的"说法"》;孔先鸣的《走向大诗的步履——谈现代诗歌的气质兼评十品诗集〈热爱生命〉》;肖阳的《读赵英的散文集〈温情人生〉》;冯源的《一种透视——严泽铣〈东南亚散记〉解读》;张德明的《衣带渐宽终不悔——万龙生〈献给永远的情人〉夜谭》。

《莽原》第5期发表鲁枢元、潘军的《作家的生存境遇》;南丁的《回忆河南文学创作四十年》;陈枫的《漂浮的人生风景》;古继堂的《欲望城中的困扰——读黄子音的小说〈欲望城〉》。

7日,《人民日报》发表杨志今的《敏锐捕捉时代生活的深层脉动——1993年度“五个一工程”入选电视剧(片)漫评》。

《中国文化报》第106期发表郑伯农的《一掬拳心唱大风——读易仁寰诗歌有感》;孙洪的《文化产业发展的应有举措》。

《天津文学》第9期发表古远清的《大陆、台湾、香港当代文学理论批评连环比较》。

8日,《文学报》发表本报编辑部的《弘扬“大散文”——’94西安散文研讨会纪要》;浩放的《收获时节——记青年诗人杨克》,张炜的《再读刘玉堂》。

10日,《文艺报》第36期发表《为文学批评的“疾病”探脉》;唐达军的《才貌与个性——读林杉的〈一代才女林徽因〉》;卢婉清的《一部增强民族凝聚力的力作——读丁羽的新著〈皇帝传奇〉》;袁学骏的《历史文化与生活激情——读李文珊〈西天佛地〉有感》;王耻富的《寺庙敲响了改革的钟声——浅析中篇小说〈暮时课诵〉的艺术表现》;王宁的《后现代主义之后》;余三定的《关于评论卢卡奇》;瑞林的《浩然的〈金光大道〉重新出版》;李习文的《短篇小说向电视艺术的成功转型——评电视剧〈在其香居茶馆里〉、〈一个秋天的晚上〉的改编》。

《光明日报》发表王克锋的《“一支笔当三千毛瑟枪”》(评周而复《长城万里图》)。

《小说林》第5期发表旻乐的《跨越文类边界:“TV小说”参证》;谷启珍的《关于TV小说的断想》。

《中国作家》第5期发表马丽华的《灵魂像风》。

《北京文学》第9期发表夏冠洲、王蒙的《生活·创作·艺术观——王蒙访谈录》。

《电影艺术》第5期发表周传基的《电影电视根本就不是“综合艺术”(上)》;王得后的《〈二嫫〉茁壮与盲目的结晶》;戴锦华的《〈二嫫〉现代寓言空间》;王一川的《如实表演、权力交换与重复——周晓文在〈二嫫〉中的话语历险》;安托阿奈塔的《二嫫与秋菊的对话》;贾磊磊的《中国电影的一种兼容类型“马上动作片”》;白铁国的《于有限中创造无限——〈中国出了个毛泽东〉观感》;童加勃的《面向青年赢得未来——谈“毛泽东”影片的现状和发展》;方圆的《事业·爱情·风情诗——浅谈〈在那遥远的地方〉的音乐特色》;王胜利的《矫情与真情的错位——

浅析〈炮兵少校〉的几场戏》;李显杰的《电影评论的三种类别及其走向》;修倜的《电影批评的三种形态》。

《创世纪》第3期发表叶维廉的《被迫承受文化的错位——中国现代文化、文学、诗生变的思索》;简政珍的《当代诗的当代性省思》;萧萧的《创世纪风格与理论之演变》;孟浪的《台湾现代诗的理论与实际》;游唤的《创世纪与传统》;谢冕的《一见如故的朋友——“创世纪”》;向明的《台湾现代诗发展的特异现象——贺“创世纪”四十周年》;章德益的《我看“创世纪”》;野曼的《历史性的契合与介入——“创世纪”诗群关于“现代与传统融会”理论光芒的辐射》;陈义芝的《在时间之流——“创世纪”印象》;月曲了的《智慧的战场》;费勇的《“创世纪”的坚持》;梅新的《“创世纪”四十年》;章亚昕的《从远处看“创世纪”》;李瑞滕的《观察与期待》;朵思的《创造力战场》;沈奇的《世纪之创:对接与整合》;痖弦的《创世纪的批评性格》;张汉良的《阅读“创世纪”的空间》;李元洛的《繁英在树——读台湾诗人张默〈落叶满阶〉》。

《花城》第5期发表欧阳江河的《89后国内诗歌写作——本土气质、中年特征与知识分子身份》。

《黄淮学刊》第3期发表杨长春、杨剑的《曲波:一代作家的创作动因与文学道路》;魏文的《文学批评学研究的总结、探讨与整合——'94全国文学批评学研讨会综述》。

《诗刊》第10期发表秦兆基的《着意经营,不主故常——散文诗整体营建的原则和取向》;张长弓的《诗,必须在人民中扎根》;王科的《笔端书哲理　浓墨醮诗情——论易仁寰诗歌的哲理美》;张承志等的《诗人,你为什么不愤怒?》。

《读书》第9期发表张宽的《后现代的小时尚——关于“新历史主义”的笔记》。

11日,《中国文化报》第108期发表曹廷华的《雅文化的俗化与俗文化的雅化》。

《作家报》发表王兰英的《人性·命运·文化——杨争光谈小说创作》。

《青年文学》第9期专栏“六十年代出生作家作品联展”发表毕飞宇的中篇《雨天的棉花糖》,蔡秀词的短篇《戏子园》;同期,发表胡扬天的《对个体生存的共同关注》;袁益的《生存的艰难与希望》;夏波光的《鲜活的人物形象》;胡蓉的《一个人就是一部历史》。

著名女作家逯斐因病在京逝世，享年 77 岁。

12 日，《文汇报》发表舒乙的《有关老舍之死的新史料》。

《中流》第 9 期发表张器友的《且说苦涩的庸俗》；张凌的《文艺批评五弊》。

《安徽教育学院学报(哲学社会科学版)》第 3 期发表徐永龄的《咏赞神州风采，尽展域外风情——东瑞游记散文简论》。

13 日，《中国社会科学院研究生院学报》第 5 期发表张来民的《市场经济与文艺观念的变革》；吴元的《论文化产品的文化价值和交换价值》。

14 日，《人民日报》发表梁红鹰的《转型期戏剧的走向与使命——一九九三年度“五个一工程”戏剧入选作品述评》；易凯的《西部艺术在崛起》。

《中国文化报》第 109 期以“当代大众文化的涌动与文化经典”(热点笔谭)为总题，发表陶东风的《消费经典：一个危险的信号》，王岳川的《当代视界中的文化经典》，黄卓越的《经典消费：作为文学性经验》，崔成泉的《大众文化：消解经典?》；同期，发表杜哲的《现实生活的窗口和印迹——读报告文学丛书〈历史的使命〉》。

《光明日报》发表李炳银的《报告：追随生活》；王宁的《后殖民主义理论与思潮》；陈慧的《雅俗结合〈太阳树〉》；《引起文坛关注的商界文学》。

15 日，《文学报》发表本报记者江振新的《〈饥饿的山村〉起死回生》；张桐的《晓剑作品研讨会在京召开》；唐学智的《文学酝酿新生机》；赵德明的《魔幻现实主义》；龙长吟的《认知的历史还原——历史小说〈曾国藩〉创作艺术谈片》；胡德培的《“土洋结合”与独自特色——艺术规律探微》。

《人文杂志》第 5 期发表刘鑫的《走向世纪末的中国诗坛》。

《文学评论》第 5 期发表戴锦华的《真淳者的质询——重读铁凝》；池莉的《写作的意义》；胡平的《神话的复归——周大新盆地小说原型分析》；盛英的《再论柯岩》；朱向前的《乡土中国与农民军人——新时期军旅文学一个重要主题的相关阐释》；杜书瀛、钱竞的《颓落与拯救——论当代中国文学的道德风貌与文学家的人格建设》；若镁的《建设有中国特色马克思主义文学理论学术研讨会综述》。

《文艺争鸣》第 5 期发表雷达的《论世纪眼光与新状态文学》；张炯的《从解构到重构——也谈九十年代文学的“新状态”》；白烨的《“新状态文学”随谈》；张韧的《作家的自我回归与文学的命运》；蒋原伦的《诗化理论——对“新状态”的一种质询》；《新状态：文学如何去言说时代——编后话》；刘心武的《求而不追》；张旻

的《为什么写作》；王一川的《从启蒙到沟通——90代审美文化与人文精神转化论纲》；沈芸的《东方电影：一种世纪末的状态——再谈九十年代电影》；陈晓明的《个人记忆与历史布景——关于韩少功和寻根的断想》；孟繁华的《庸常年代的思想风暴——韩少功九十年代论要》；董之林的《镜子与调色板——重读〈女女女〉》；鲁枢元的《语言学与文学——答伍铁平、孙逊对〈超越语言〉的批评》；刘纪众、宗仁发的《93年吉林青年小说创作琐议》。

《上海文学》第9期发表陈凯歌、王安忆的《问女何所爱——有关电影〈风月〉的创作对话》；王晓明、陈思和、张柠、郜元宝、张闳、杨扬、高恒文、刘洪涛、陈福民、罗岗的《民间文化·知识分子·文学史》；张新颖的《黑暗中的声音》。

《中州学刊》第5期发表王春庭的《关于"重写文学史"》。

《长城》第5期发表李德奎、刘大新的《文学还是应该关注现实》。

《西藏文学》第5期发表阿坚的《不甘心的怀念——谈贺中长诗》。

《民族文学》第9期发表刑莉的《1993年的少数民族文学创作》；黄薇的《关于终极意义与神迹的启示——评孛·额勒斯的中篇小说〈圆形神话〉》。

《当代电影》第5期发表张颐武的《后新时期中国电影：分裂的挑战》；王一川的《"无代期"中国电影》；王晓凌的《收敛与开放——〈背靠背，脸对脸〉与〈秋菊打官司〉之比较》；封洪的《视点与电影叙事——一种叙事学理论的探讨》；李学兵的《"陈凯歌、张艺谋——后殖民语境"论的商榷》。

《求是学刊》第5期发表王德胜的《审美文化批评与美学话语转型》。

《钟山》第5期发表张颐武的《"新状态"的崛起——中国小说的新的可能性》；戴锦华的《镜城一隅》；丁帆的《无状态下的"新状态"呐喊》；王彬彬的《当代文学：在逆境中成熟——论一种文学新状态的可能》；李小山的《致"新状态"提倡者的一封信》；方全林的《提高军事文学的文化品格》；金用的《激战秦淮状元楼——'94中国城市文学国际学术研讨会札记》。

《徐州师范学院学报(哲学社会科学版)》第3期发表陈素琰的《论宗璞的散文》；力量的《从维熙小说语言风格变化之管窥》；田崇雪的《大中华的散文气派：——余秋雨散文从〈文化苦旅〉到〈山居笔记〉印象》。

《重庆师院学报(哲学社会科学版)》第3期发表唐云的《新写实文学态度分析》；张家恕的《通俗文学表现特征论》。

16日，《南方周末》发表丘帆的《如椽巨笔留华章——写在〈秦牧全集〉出版之际》。

《中国人民大学学报》第5期发表崔振椿的《创作主体性的失落》。

17日,《文艺报》第37期发表温金海整理的《跃动着历史的脉搏——〈东方商人〉八人谈》;张俊彪的《在她的诗里,有这样一种情绪——读娜夜〈回味爱情〉》;朱辉军的《关注“大众的梦”——当代大众文艺状况探索》;《内蒙古为五位青年作家举办作品研讨会》;陈跃红的《后殖民之后的境遇与选择——九十年代中西文论漫谈》;徐卓人的《汪曾祺其人其作》;陈国屏的《探索通往读者心灵之路——评流溪散文诗创作及其他》;黄毓璜的《文坛三爷——文坛风景之一》。

《作品与争鸣》第9期发表胡平的《黄金与人心》;章心的《“新体验小说”之佼佼者》;熊元义的《为进步保存美》;蔓芜的《原欲之惑》;黎晨的《悲剧命运的道德观照》;成善一的《我看〈帮套〉》;季余的《命意不高　取舍不当》。

17—28日,以黄宗江为团长的中国作家代表团一行3人在越南访问。

18日,《文汇报》以“人文精神与文人操守”为总题(讨论之四),发表周介人的《争鸣不争吵　共处求共荣》,洁泯的《稍安勿躁为上》,南帆的《知识的价值体系》,宫明亮的《久违了,诗人愤怒的声音》。

《中国戏剧》第9期发表尹莉的《中国文联文学艺术家著作权保护委员会成立大会在京召开》;谭霈生的《关于发展音乐剧的断想——在四季剧团考察音乐剧所感》;谭静波的《追求现代戏的戏曲化——评映山红戏剧节中豫剧〈五福临门〉的导演艺术》;袁润澄的《粤剧的复苏之兆——关于粤剧现代命运的理论思考》;李海燕的《谈“看戏”》。

19日,《人民日报》发表孔繁的《儒学的历史地位和未来价值》;金忠烈的《二十一世纪和东方哲学》;马振铎的《儒学在未来世界文化中的地位》;尹丝淳的《儒教与社会发展》;巴金的《新发现的巴金佚文——〈生与死〉》;周献智、吴海发的《记巴金〈生与死〉一文的发现》。

著名文学理论家王春元因病在京逝世,享年69岁。

中国社会科学院文学研究所当代室召开“1993—1994中国当代文学发展态势纵横谈”座谈会。

20日,《北京大学学报(哲学社会科学版)》第5期发表项仙君的《建设审美的比较诗学话语——从当代文学批评的语境谈起》。

《台湾研究》第3期发表张文彦的《画眉何时再歌唱——读凌烟的〈失声

画眉〉》。

《河北学刊》第5期发表邢跃的《余秋雨散文的人生意识》。

《昆仑》第5期发表张志忠的《"军艺作家群"变奏曲》;本刊记者的《批评的冷漠与写作的迷失——重申军事文学理论与批评相对军事文学创作的地位和作用》;方全林的《确定我们的文化方位》。

《清明》第5期发表刘景龙的《繁荣新时期的文学创作——和我省青年作家朋友谈心》;苏中等的《〈难得的苦闷〉笔谈会》;辛平、姜荷娟的《寻找的徒然——谈〈乡下老师〉的审美发现》;杨华的《耐读的〈欣逢佳节〉》。

20日,《小说评论》第5期发表孙绍振《"小说内外"之三——小说与传统》;石月的《文坛风景之五——"形式"能走多远?》;陈晓明的《守望与越位——一九九三年长篇小说概述》;毛克强的《现代人的困惑与挣脱——九三年短篇小说管窥》;邵建的《小说进行时:从叙事到文体》;闫延文的《新体验小说初探》;李炳银的《无法沉埋的历史与人生命运——论〈世纪末的挽钟〉》;吴非的《莫言小说与"印象派之后"的色彩美学》;陈墨的《"世纪儿"与"忏悔录"——读长篇小说〈晕眩〉》;许文郁的《人情·人性·人生——李镜近年小说思考》;李廷华的《万古几人逍遥游——刘正成〈地狱变相图〉读后》;夏子的《午后之死——冯积岐和他的小说》;黄建国的《短篇小说语言的浓缩性》;李满的《怎样当个小说家》;畅广元的《给历史一个深厚的交待》;刘建军的《走向丰富》;王愚的《文学重镇的风采——本世纪五六十年代陕西文学扫描》;肖云儒的《史诗的追求和史诗的消解——陕西小说历史观追溯》。

《学术月刊》第9期发表李祥年的《略论传记文学的理论建设》;唐云的《简论新写实文本策略》;西风的《20世纪中外文艺思潮学术讨论会综述》。

人民文学出版社在京召开梅斌纪实文学《法兰西漫游》研讨会。

中旬,东南亚华文文学研究会在厦门举行"东南亚当代华文文学暨周颖南创作研讨会"。

北京作协诗歌创作委员会、中国建设文联联合主办的陈容世纪《爱的不等式》研讨会在京举行。

青年作家杨黎光长篇小说《大混沌》研讨会在京召开。

21日,《人民日报》发表刘世昌的《时代呼唤爱国主义精神——观电视剧〈马本斋〉有感》。

《中国文化报》第112期发表孙晶的《新时期文艺家的新使命》。

《光明日报》发表张世英的《传统与现在——兼谈国学研究》。

《文艺研究》第5期发表于弗的《美学与文化二重性问题》;陶东风、金元浦的《从碎片走向建设——中国当代审美文化二人谈》;尤西林的《有别于美学思想史的审美史——兼与许明商榷》;陶金的《视觉审美形象的再创造》;姜耕玉的《中国新诗传统现代化的艺术道路——评李瑛近年来的诗歌创作》;张民权的《抓一把昨日的流沙,壅一片明日的葳蕤——论公刘的后期诗作》;薛若邻的《目连戏的思想内涵与民俗特征》;周政保的《试论张艺谋的艺术观——从小说到电影》;宋生贵的《大众文化与当代美学话语系统学术讨论会综述》;袁影、陈腾澜的《首届全国语言与符号学研讨会综述》。

22日,《人民日报》发表郭沫勤的《繁荣群众文化的几点思考》;王匡的《人格力量的光芒——写于〈秦牧全集〉出版前夕》;黄国柱的《在苦难的土地上飞翔——读长篇小说〈有梦不觉夜长〉》;翟向东的《渠清缘有活水来——读浩然〈活泉〉感言》;陶良华的《长篇小说〈大混沌〉研讨会举行》。

《文汇报》发表武文的《一套严肃的传记文学丛书——〈八桂俊杰丛书〉的印象》。

《文学报》发表本报特约记者韩小蕙的《"赤裸出卖自己"——女性"隐私文学"引起非议》;徐俊西的《电视剧的审美特征与艺术定位——在沪粤现代题材电视剧研讨会上的发言》。

《光明日报》发表闻礼萍的《〈在新时期面前〉座谈会举行》。

《羊城晚报》发表郭松国的《诉讼案内幕大曝光》(共五节,至9月29日续完)。

23日,《光明日报》发表吴开晋的《评〈当代中国文学专题史〉》。

中国作家代表团一行5人在老作家云照光率领下赴意大利访问。

24日,《文艺报》第38期发表王鹏的《艺术的纯粹与生命的真实——读峭岩散文诗集〈悠悠绿地悠悠情〉》;杨晓敏的《土地情结——读幽兰小小说〈八爷〉》;陈残云的《澳洲华人生存景观——序张奥利〈悉尼写真〉》;束沛德的《寻求新的突破——略谈战争题材的儿童文学》;杨希之的《革命文学传统与风格多样化》;《首都文学界部分人士谈文学发展态势》。

《羊城晚报》发表李洁非、吴涛的《把文学还与民众——九十年代文学价值观对话录》;陈思和的《评比"武则天"》;进的《文坛南北聚会广州研讨报告文学(纪实)文学》。

《文史哲》第5期发表王汶成的《新时期文艺论争的回顾与反思》。

《文艺理论与批评》第5期发表山城客的《文艺新潮和新潮理论(上篇)》;冯宪光的《新潮小说的发端》;王郑生的《戏剧近况一席谈》;扎拉嘎胡的《走出小天地,跨进大世界》;何火任的《情与理碰击的艺术火花——论汪洋的小说创作》;华钟的《"文化与市场"讨论纪要》;曲文的《建设有中国特色马克思主义文学理论学术研讨会综述》;《高扬主旋律　提倡多样化》;《市场经济条件下的文艺问题——中国社会主义文艺学会在沪会员举行纪念〈讲话〉发表52周年座谈会》;陈飞龙、梁兆才的《马克思主义文艺学理论基础的讨论综述》;汪景寿、杨正犁的《台湾文学研究的重要一翼——评〈台湾新文学理论批评史〉》;麦穗的《浅谈台湾诗刊的现状及其风格》。

25日,《文艺理论研究》第5期发表王晓明的《沼泽里的奔跑——关于十年来的文学批评》;张闳的《对"后现代"理论的几点质疑》;王卓的《"新××"之类》;《先锋小说的语言游戏说》;吴文薇的《在灵魂失却了栖居之所后——论当代小说中的反讽》;杨扬的《大众时代的大众文化——从比较文化的视野看当代中国的大众文化》;汤学智的《"新写实":现实主义的新天地》;潘知常的《当代审美文化叙事模式的转变——在解释中理解当代审美文化》;赵勇的《回忆与散文》。

《河北大学学报(哲学社会科学版)》第3期发表王庆福的《〈阿Q正传〉和〈子夜〉的哲学类型比较》;何乃英的《日本新感觉派文学评析》。

《艺术家》第5期发表于是之的《作者、演员和观众——焦菊隐〈论民族化(提纲)〉注(节选)》;郑铁生的《拥抱时代和生活的主旋律——谈电视剧〈还是那条街〉》。

《甘肃社会科学》第5期发表吴小美、程堂发的《从"未庄——鲁镇文化"看中国传统文化的隔绝性和承传性——读鲁迅小说引发的一点文化思考》;吴彩霞的《论文学价值及其源泉》。

《社会科学战线》第5期发表古远清的《大陆、台湾、香港当代文论连环比较》。

《海南师院学报》第3期发表翁奕波的《试论近四十年台湾新诗的蜕变及其原因》;王振科的《从现实主义到现代主义——新马现代主义文学扫描》。

《东岳论丛》第5期发表吴三元的《新闻文学文体浅议》。

《周口师范学院学报(社会科学版)》第3期发表王敏的《论亦舒的言情小说》。

《浙江学刊》第5期发表蔡良骥的《诗和电影的形象构成》。

27日,《光明日报》发表本报记者祝晓风的《航鹰:用感情和爱拥抱世界》。

《华中师范大学学报(哲学社会科学版)》第5期发表王先霈的《批评的烦恼与批评的智慧》;王又平的《艺术化与科学化:关于文学批评的两种理想》;许也的《当代批评学的现状与走向——"94'全国文学批评学研讨会"综述》。

第七届"庄重文文学奖"颁奖大会在成都举行。本次有三分之一以上的获奖者是少数民族作家。

28日,《光明日报》发表叶辛的《我写〈孽债〉》;许明的《创造的心态》;韩小蕙的《陈容诗歌研讨会在京举行》。

《名作欣赏》第5期发表凌三的《文化散文:心理结构的寓言——余秋雨散文〈这里真安静〉的营构秩序》;张仁健的《明心见性　但凭写手——庄因散文〈母亲的手〉的写作特色》;王一桃的《论彭邦桢诗六首》。

《羊城晚报》发表一卒的《闻金庸成为文学大师有感》。

29日,《文学报》发表李虹的《一位现代女性的反叛话语》(评斯好及其散文);彭洋的《诗文独树一帜——张燕玲印象》;王安忆的《心灵世界的生存及其意义(四)》;梁川的《〈金魔〉——从"家史"到"小说"》。

30日,《羊城晚报》发表田林光一的《国产电视剧进入"平庸期"》。

《中国文学研究》第3期发表刘起林的《巨人身影与历史理性——论〈曾国藩〉创作思想的偏失》;李军晶的《新时期幽默小说类型特征综论》;田中阳的《论区域风俗对当代小说政治化倾向的消解功能》;赵学勇的《人与文化:"乡下人"的追求——沈从文与贾平凹比较论》。

《台港与海外华文文学评论和研究》第2期发表潘亚暾的《"四热"、"五化"冲向中土——90年代东南亚华文文学新动向》;钦鸿的《新马华文文学及其九十年代的发展》;华文的《同济大学成立海外华文研究所》;朱西宁的《台地近期的小说生态——从八十年代走入九十年代》;朱双一的《九十年以来台湾高山族"山地文学"的发展》;钟晓毅的《九十年代的香港女作家》;包恒新的《一个固执而又虔诚的文学使徒——七等生行为轨迹扫描》;文牛的《叶石涛新著〈展望台湾文学〉简介》;古继堂的《台湾"青年诗人"的界定及研究》;庄若江、杨大中的《在生命热情和人生哲思中获取力度——洪素丽散文艺术简论》；温潘亚的《台湾新女性主义的高扬——谈〈女强人〉中女性意识的特质》；凌君钰的《历史的回味　义行的赞歌——谈高阳一篇有关如皋的小说》；曹惠民的《月光下的多棱镜——梦莉散文的多重二元意蕴及其意义》；文牛的《"金庸热"在大陆历久不衰》；柳易冰的《四方格子里赤裸的自己——子帆：敦厚的为人，敦厚的诗》；萧村的《乘长风破万里浪——我对马华文学的期待》；孙慰川的《华人留学生文学：起源、发展与现状》；张皖春的《寻根者的困境——略论台湾留学生文学》；方忠的《乡梓风情　都市恋歌——论陈少华的散文创作》；姜建的《从心底里流淌出的诗——谈陈少华〈秋花伊人〉〈朝露夕痕〉》；胡凌芝的《饱含真情绘人生——陈少华小说创作漫论》；薛锋的《简评〈台湾新文学辞典〉》；寇立光、张沛泓的《香港电影创作的特点、属性和现状》；乐黛云的《评论者内在的灵慧——梦花著〈海外文坛星辰〉序》；汤淑敏的《我心依旧——〈海外文坛星辰〉前言》；思悠、雨萌的《八十年代以来大陆出版的台港与海外华文文学期刊述评》；刘红林的《弘扬中华文化　架设沟通桥梁——江苏台港与海外华文文学研究中心第五届年会综述》；《台港与海外学者对中国古小说的研究》；王一心的《林语堂与曹聚仁的恩怨是非》；刘济昆的《关于毛泽东词〈念奴娇·鸟儿问答〉》；沈存步的《应该了解外界对大陆文学的观点》。

《台湾研究集刊》第3期发表朱双一的《从老兵悲歌到眷村史乘——有关族群关系的一个议题》；徐学的《孤侠与乡愁——王鼎均短篇小说研析》。

《河南大学学报(社会科学版)》第5期发表刘景荣的《拉开一段历史距离后的重新审视——样板戏今评》；郭萍的《新时期文学中农妇形象的文化探视》。

本月，《作品》第9期专栏"七嘴八舌：与〈恐怖的老乡〉遭遇一回"发表王义军的《虚构的历史真实》，刘卫国的《空缺与重复——〈恐怖的老乡〉之叙述策略》，谈静的《充满反讽的"知青寓言"》，张念的《可以沟通的与无法沟通的》，朱玉凤的《悬念·断裂·主谋》。

《红岩》第5期发表几亮、殷怨、张继楼、廖全京、梁子高、王定天的《对人类自身命运的观照——笔谈〈混血豺白眉儿〉》。

《萌芽》第9期发表叶兆言、费振钟的《作家的尺度》。

安徽文艺发展基金会、安徽作协等单位主办的季宇小说研讨会在合肥召开。

桂林市文联、作协举行纪念著名作家王鲁彦逝世50周年座谈会。

江西省作协在南昌举行熊正良作品研讨会，认为他的红土地系列小说具有历史和社会学价值。

本季，《文学自由谈》第3期发表章仲锷的《不悔》；吴小如的《小议"雅俗共赏"》；邓刚的《文学与生活的不和谐》；刘孝存的《关于作家的话题》；贺星寒的《无法回避的追问》；陈思和的《作家与影视》；王宁的《后新时期与后现代》；王德胜的《最后的理想主义者》；孙慧、安波舜的《关于文学电视》；朱珩青的《归来吧，路翎》；蔡翔的《话语的失落》；庞清明的《诗外谈诗》；刘火的《批评的尴尬》；刘文中的《散文使文学振奋》；安黎的《我看当今"纪实文学"》；徐迅的《〈文化苦旅〉展读（外一则）》；李霞的《殷皓诗歌创作漫议》；刘锡诚的《关于〈雪与雕梅〉》；高占祥的《努力塑造美好的心灵》；韩少功的《平常心，平常文学》；孙绍振的《〈土楼梦游〉序》；李明泉的《抗拒平庸》；李建军的《既小且好的〈市井人物〉》；郭济访的《拔剑四顾心茫然》；龙彼德的《现代与古典的结合——评许淇的〈词牌散文诗〉》；张韧的《法制小说的新写法》；黄桂元的《另一种"以血书者"》；沈善增的《〈陪读夫人〉的突破》；苏杭的《读〈异军骁将〉》；西风整理的《20世纪中外文艺思潮讨论会综述》；马竞雄的《京都评议"布老虎"》。

《新文学研究》第3期发表王琳的《论寻根小说叙事的象征性特征》；任晓红的《文化断裂的标本与重建家园的神话——〈废都〉与〈白鹿原〉的文化意义》；肖阳的《追求文史交融——田闻一和他的历史小说》。

《中外诗歌研究》第3期发表张崇富的《乡愁，来自海峡那边——读纪弦的〈云和月〉》。

本月，海峡文艺出版社出版汪毅夫的《台湾社会与文化》。

暨南大学出版社出版潘亚暾主编的《海外奇葩：海外华文文学论文集》。

云南人民出版社出版尹鸿的《徘徊的幽灵：弗洛伊德主义与中国二十世纪文学》。

百花洲文艺出版社出版[英]艾略特著、李赋宁译的《艾略特文学论文集》。

天津古籍出版社出版宁宗一的《宁宗一小说戏剧研究自选集》。

新华出版社出版[苏]费德林等著的《前苏联学者论中国现代文学》。

南京大学出版社出版叶子铭的《叶子铭文学论文集》。

云南人民出版社出版王干的《南方的文体》。

首都师范大学出版社出版钟敬文的《钟敬文学术自选集》。

10 月

1 日,《文艺报》第 39 期发表《第七届“庄重文文学奖”揭晓,少数民族作家占三分之一以上》;毕馥华的《饱蘸激情写悲壮——读长篇历史小说〈东方风云〉》;苏策的《战地写春秋——夏川和他的〈战地草〉》;白崇人的《读杨苏的〈艾思奇传〉》;张同吾的《多情流水伴人行——读孙大海诗集〈远方的蝴蝶〉》;张炯的《文学前进中的反思——纪念中国人民共和国成立四十五周年》。

《山西文学》第 10 期发表张志忠的《世界是被预言统治的》;聂尔的《“乡政府”的游戏规则——评田澍中中篇小说〈乡长助理〉》。

《四川文学》第 10 期发表张德明的《局部、高品位的整体审美显示——漫评〈四川文学〉几个中篇近作》;邱沛篁的《向生活吸取养料——散文集〈他身后是人潮〉读后》。

《作家》第 10 期发表郜元宝的《低产闲散慢先锋——说说孙甘露》;陈思和、李振声、郜元宝、张新颖的《刘震云:当代小说中的讽刺精神到底能坚持多久——关于世纪末小说的多种可能性对话之四》;吴非的《莫言小说与后期印象派色彩美学》。

《海燕》第 10 期发表陈金荣的《商品大潮与文人下海——我看文学危机(之三)》。

《散文》第 10 期发表杨匡汉的《门外絮语》;黑瑛的《啊,“我”的散文》;徐鲁的《贵在自然》;流水的《我的散文观》;刘新中的《散文是什么》;江郎的《黄酒散文》。

《解放军文艺》第 10 期发表本刊记者的《呼唤英雄　讴歌英雄——〈爱在北京〉作品研讨会纪要》。

2 日,《中国文化报》第 117 期发表《孔子与中国文化》。

4 日,《人民日报》发表杨焕亭的《〈神禾塬〉的文化意蕴》。

《文汇报》发表王纪人的《略输文采　稍逊风骚——谈谈上海文学创作的不足及原因》;钱宏的《乘着海轮探索——读长篇小说〈晕眩〉》。

5 日,《中国文化报》第 118 期发表周江沅的《新时期文艺发展的指针——“邓小平文艺思想研讨会”侧记》;熊元义的《坚定清醒有作为——读陈涌的〈在新时期面前〉》。

《光明日报》发表孙厚才的《知识分子的使命》；盛祖宏的《专家学者座谈提出：杂文要做“清道夫”和“助产婆”》。

《山花》第10期发表张颐武的《后新时期：选择的困惑》。

《北方文学》第10期发表蔡翔的《今天的知识分子》。

6日，《人民日报》发表韩庆祥的《市场经济·文化建设·人的塑造》；张炯的《新的都市风景线》（评彭名燕的《世纪贵族》）；李的《由深圳市文联、深圳特区报和中国青年出版社联合举办的彭名燕描写特区生活的长篇小说〈世纪贵族〉研讨会，最近在深圳举行》、《由广东省文联和广东〈新闻人物报〉联合举办的“纪实文学创作研讨会”最近在广东举行》；卓文的《由文艺报、山东省枣庄市委宣传部联合举办的〈东方商人〉研讨会近日举行》。

《文汇报》发表舒湮的《人文精神的失落》。

《文学报》发表江曾培的《微型小说将走向辉煌——“春兰·世界华文微型小说大赛”评选记感》。

6—10日，中国社会科学院文学所当代室举办的“世纪之交：文学的处境和选择”研讨会在北京举行。

7日，《中国文化报》第119期发表赵忱主持的《时代坐标上的文化问题——两位学者谈东方文化与现代化》（罗荣渠，陈伯海）。

《天津文学》第10期发表张德祥的《写实职能与反讽视境》。

8日，《文艺报》第40期发表《广东省委常委、宣传部长于幼军评价秦牧的创作成就：把个人的文学创作与党和人民的事业密切结合起来》；张韧的《“新闻小说”的主脑在哪里？》；李洁非的《“新闻小说”与文学的社会功能》；吴秉杰的《“新闻小说”的艺术追求》；朱晶的《非虚构性与小说魅力》；高松年的《社会变革中的价值思考——漫说王霄夫和他的〈香君酒家〉》；梦凡的《我观季宇小说》。

《光明日报》发表肖飞的《文化如何搭台？》。

《作家报》发表朱双一的《台湾新世代诗人论札——罗智成论》。

9日，《中国文化报》第120期发表单国雄的《浅论文化产业意识》。

10日，《光明日报》发表记者秦晋、庄建的《秦牧作品研讨会举行》；本报记者李丹的《闹中取静的汪曾祺》；沈卫星的《“刘三姐”带“巧妹子”进京，大型彩调剧〈巧妹子〉在京演出受好评》。

《苏州大学学报(哲学社会科学版)》第4期发表徐景熙的《当代通俗文艺的审美特征和发展趋向》。

《诗刊》第10期发表吴开晋的《艺术思维与现代诗学的新花朵——读公木的〈第三自然界概说〉》;熊大材的《确立当代诗学建设的参照系——读陈良运的〈中国诗学体系论〉》;罗沙的《"四有""三难"提出的前前后后》;叶橹的《清醒与迷狂》;翟生祥的《发展新田园诗　创造新的诗风》。

《读书》第10期发表于奇智的《后"后现代"》。

著名诗人陈芦荻因病逝世,享年82岁。

广东省委宣传部、省文联、作协、人民文学出版社等单位主办的《秦牧全集》首发式在广州举行。

11日,《青年文学》第10期专栏"六十年代出生作家作品联展"发表余华的短篇小说《在桥上》、《炎热的夏天》,于艾香的《没落情感》;同期,发表立春的《〈亲情六处〉的断想》;蔡家园的《扭曲人性的呻吟》;张建的《偶然之中的必然》。

著名文学家、作家、编辑家秦兆阳因病在北京逝世,享年78岁。

纪念丁玲诞辰90周年座谈会在北京举行。

中国作家协会、作家出版社、春风文艺出版社联合举办的王充闾作品研讨会在京召开。与会者认为学者型散文中弥漫着文化传统的厚重和知识的典雅。

12日,《人民日报》发表孟犁野的《情节的奇险性与画面的冲击力——谈影片〈东归英雄传〉的观赏性》。

《中国文化报》第121期发表李荣启整理的《关注思想品位　重视创作质量——艺术创作思想品位六人谈》(李心峰、祝东力、戴阿宝、罗洪涛、熊元义、李荣启)。

《光明日报》发表张德祥的《新文学的爱国主义传统》;李师东的《谁是作家》,张志忠的《此梦古难全——〈有梦不觉夜长〉简评》;张开龙的《闽西红土地文学的创作一瞥》;韩小蕙的《臧克家文学创作生涯展览举办》。

《中流》第10期发表郑伯农的《马克思主义的睿智　共产党人的风范——陈涌和他的〈在新时期面前〉》;刘润为的《中国文艺理论界的坚强战士》。

解放军文艺出版社、总后文化部主办的李志远杂文集《包含香味的玫瑰》作品研讨会在北京举行。

13日,《文学报》发表王德芬的《传记必须真实》。

《光明日报》发表本报记者祝晓风的《邓友梅：文章健旺老更成》；李宏伟的《小叶秀子作品研讨会在京举行》。

14日，《光明日报》发表舒文的《文学出版　弘扬时代主旋律》；沈卫星的《30余名电影界人士在京座谈提出，努力塑造新时期爱国主义群像》。

《中国文化报》第122期发表顾华的《'94国产故事片：艰难中的开拓》；孙小宁、陈荒煤、周而复、李准的《爱国主义：文艺创作永恒的主题》。

作家出版社召开童天长篇小说《返祖》讨论会。

第五届全国回族文学笔会在甘肃临夏市召开。

甘肃省作协、甘南自治州文联等单位联合举行的著名藏族诗人丹真贡布新作研讨会在甘南州首府合作召开。

15日，《上海文学》第10期发表南帆的《特殊的话语》；薛毅、金定海、姜孝瑾、詹丹的《虚无主义或者理想主义》；许子东的《当代小说中的现代史——论〈红旗谱〉、〈灵旗〉、〈大年〉和〈白鹿原〉》。

《文艺报》第41期发表胡晓鹏的《武汉文艺家说——倡导爱国主义是文艺工作的永恒主题》；《北大老学者说——提倡爱国主义必须弘扬优秀文化传统》；箫茜的《在发展中看到危机　在变革中强调责任——一批报告文学作家组织反映现实的"行走者"丛书》；《倡导学者型散文，王充闾作品研讨会在京进行》；《著名文学家秦兆阳逝世》；《黄士杰的《中国作家代表团访意》；王耻富的《紧扣时代的主旋律——浅谈高缨中篇报告文学〈大海的诱惑〉》；张彦加的《在生活的散文中淘出诗的"金"来——谈耿林莽的散文诗》；林非的《王剑冰散文创作漫评》；佟子珍的《视野广阔　尊重史实——读张春宁的〈中国报告文学史稿〉》；刘文艳的《宦况诗怀一样情——记散文作家王充闾》；记者王山的《中国外国文学学会第五届年会在京召开》；李元洛的《老树春深更着花——臧克家印象》；林俊燕的《一个永不知足的人——记汪卫兴和他的作品》；伏琥的《生活哺育了作家——读〈沙汀评传〉》；牟心海的《在诗海中打捞精灵——简析李万庆的〈新诗的艺术〉》。

《北京广播学院学报》第5期发表李兴国的《影像"畸变"效果与观众"猎奇"心理》；张凤铸的《电视艺术的审美特征》。

《光明日报》发表毛志成的《应结束"多余文化"的生产》；袁良骏的《初访金庸》。

《民族文学》第10期发表杨沐的《现代人生的归宿——评苗族作家龙潜城市

小说集〈黄金舞蹈〉》；谭亲荣的《评李阳喜诗中的恋山情结》；哥布的《寓言的流变——陈曦散文集〈怀念远山〉序》；周仲贵的《瑶族诗人辛古》。

《江汉论坛》第10期发表李运抟的《变色龙：既奴又霸的社会相——论当代小说对一种国民性的批判》。

《河北范院学报(社会科学版)》第4期发表石杰的《艺术表现：史铁生小说的智慧》。

《社会科学》第10期发表戴翊的《在时代的潮流中求索——评俞天白的长篇系列〈大上海人〉》。

16日，《文汇报》发表张汝伦的《世纪末的再思考：西方文化之接受与消化》；肖湖的《新鲜而痛苦的感受——读〈无法直面的人生·鲁迅传〉》。

《中国文化报》第123期发表赵大民的《从文学包装想到洛阳纸贵》。

《羊城晚报》发表何玉麟的《金庸列为"文学大师"的冲击》。

16—18日，中华文学基金会、安徽省社科院等24家单位发起和主办的第二次张恨水学术研讨会在潜山县召开。

17日，《光明日报》发表本报记者李丹的《众口评说"散文热"》；张建利的《邓广铭、季羡林、张岱年谈弘扬优秀传统文化》。

《作品与争鸣》第10期发表洛杭的《才气骨气傲古今》；周玉宁的《诗意化的突刺》；阎延文的《人性的异化与复归》；古耜的《它诅咒怎样的性爱》；王绯的《小说的概念游戏》；向云驹的《警惕"新闻批评"的误导》；邵燕君的《张承志谈文坛堕落》；李丹的《众口评说"散文热"》。

18日，《中国戏剧》第10期发表本刊记者的《爱之深　求之切——首都戏剧家座谈京剧〈曹操父子〉》；褚伯承的《艺苑幽兰重芬芳——看茅善玉演〈碧海青天夜夜心〉》。

《十月》杂志社和秦皇岛海洋投资公司举办的张晓武、李忠效的长篇报告文学《我在美国当律师》研讨会在北京召开。

18—20日，中国文联、作协等10余家单位在京召开"臧克家文学创作研讨会"。

18—21日，由华中师范大学、中国社会科学院海外华文文学研究中心等主办的首届赵淑侠作品国际研讨会在华中师范大学召开。

19日，《人民日报》发表张永祎的《时代的涛声——评入选"五个一工程"现代题材的电视剧》。

《中国文化报》第124期发表李德润的《文化部部长刘忠德谈：高扬爱国主义主旋律》；叶延滨的《文化的"参与"与文化的"逃离"》。

北京市作协举办的葛翠林儿童文学创作研讨会在北京召开。

20日，《人民日报》以"文艺要大力弘扬爱国主义精神"为总题，发表周而复的《无愧于时代和人民》，张炯的《激越而高亢的旋律》，郑伯农的《民族自尊心和民族使命感》，黄国柱的《军事文学的神圣使命》，黄式宪的《电影：爱国主义的史诗重构》。

《文学报》发表本报记者贾佳的《长篇小说："热"中有"寒流"》；本报编辑部的《当代故事创作如何发展》；余震琪的《寓文学品味于流行文化中》；王彬彬的《随笔与扯淡》；张韧的《日后将更明亮——傅太平小说集〈小村〉编后琐记》。

《光明日报》发表本报记者夏桂廉、祝晓风的《文学对有些是拒绝的——访作家林斤澜》。

《中山大学学报（哲学社会科学版）》第4期发表李爱华的《以当代意识写历史风云——评〈白门柳〉第一、二部》。

中旬，华夏出版社召开王小波小说集《黄金时代》研讨会。

华艺出版社召开部队女诗人小叶秀子作品研讨会。

中国作协《民族文学》杂志社、内蒙古作协等单位联合主办蒙古族青年作家尹光磊报告文学作品研讨会。

21日，《光明日报》发表许建国的《一部生动的爱国主义教材——写在〈新战争与和平〉出版之际》。

21—28日，中国社会主义文艺学会、《人民日报》文艺部、《文艺报》、《文学评论》、《文艺研究》等22个单位联合举办的文化市场与文化建设问题学术研讨会在云南楚雄召开。

22日，《人民日报》发表吴守峰的《〈凤凰琴〉，梦绕魂萦的诗篇》。

《文艺报》第42期发表《90岁的臧克家诗情不老，首都举办臧克家文学创作研讨会和图片展览》；《四川青年作家群体在崛起，一批长篇小说相继在首都出版》；《一部高扬主旋律的好小说——〈他乡明月〉座谈会纪要》；余三定的《反叛与回归——评沈继安中篇小说〈哑商〉》；何开四的《李林缨：一个理想主义者——读报告文学〈漠风潇潇地火红〉》；孙立峰的《对人和历史深挚明达的沉思——读胡绳〈先贤与故友〉》;曾镇南的《不幸而言中——顾城事件评说》;陈辽的《且说“文学大师”》;郭永明的《尹光磊报告文学作品讨论会在东胜举行》;叶君健的《读“散文”札记》。

23日,《文汇报》发表王蒙的《关于散文》;赵丽宏的《朴素的美丽》(评苏应奎散文诗集〈美丽〉);邓云乡的《国学:过去和未来》;郭齐勇的《国学与国魂》。

《光明日报》发表记者梁若冰的《王小波作品研讨会举行》。

著名作家、作家出版社副总编辑秦文玉遇车祸逝世,享年46岁。

25日,《人民日报》发表费锡强的《“百花”散文走俏的启示——纯文学的潜在市场不可低估》。

《光明日报》发表本报记者祝晓风的《冯骥才状态》。

《人民文学》以五项评奖纪念创刊45周年。五项奖分别是“昌达杯”优秀小说奖、“嘉德杯”小说新人奖、“银磊杯”报告文学奖、“红豆杯”散文奖、“长沙杯”诗歌奖。

26日,《光明日报》发表阿炳整理的《西峰寺报告文学论坛:面向生活　寻求升华》;彭铭燕的《〈世纪贵族〉创作前后》。

《羊城晚报》发表贺绍俊的《文学批评后墙起火》。

著名老作家蹇先艾在贵阳逝世,享年89岁。

27日,《文学报》发表汪秀珍的《写出生命的辉煌——记熊正良和他的“红土地”系列小说》;王安忆的《心灵世界的生存及其意义(五)》;吴欢章的《青山不改,绿水长流——就诗创作和诗评论若干问题答客问》。

28日,《人民日报》发表孙犁的《作家的文化》;山风的《臧克家文学创作研讨会在京举行》。

《羊城晚报》发表汪守德的《南国奇葩又一枝——评赵江的长篇小说〈云泥百合〉》。

《南方周末》发表陈朝华的《是否先锋并不重要——羊城访余华》。

《兰州大学学报(社会科学版)》第4期发表刘俐俐的《近年来小说创作与发展的文艺学思考二题》。

29日,《文艺报》第43期发表白岚、梁中晓的《站在潮头　提高质量——’94广东改革开放与报告(纪实)文学研讨会纪要》;马嘶的《搏动的赤子之心——评奚学瑶散文集〈未名湖之偈〉》;吴秉杰的《长篇的足迹——读〈长篇的辉煌〉、〈大叙事品格论〉》；苏人的《人类与自然应和谐相处——读郭冬的报告文学集〈求和〉》；张颐武的《文化研究：话语的重构》；李万武的《信仰源泉——读姜孟之〈绿色的摇篮〉有感》；《振兴严肃文学　推举跨世纪新人，中国文联出版公司隆重推出"中国文坛黑马丛书"，设立十万元奖励优秀青年作家》；《作家出版社召开长篇小说〈返祖〉讨论会》；章柏青的《〈年轮〉的解说》。

《文汇报》发表尚祝萍的《广场文化与文化广场》。

《光明日报》发表沈苏儒的《也谈"搭台"与"唱戏"》。

30日，《文汇报》以"西方文化之接受与消化"（讨论之二）为总题，发表应霁民的《不要妄自菲薄传统》，张卫的《对西方文化应当宽容》；同期，发表孙琴安的《关于意味隽永的诗——从宁宇的两首诗所想到的》；杨扬的《先锋的困境》；王春林的《反讽的杰作——评王蒙〈失态的季节〉》。

《光明日报》发表方江山的《"对儒学资源的汲取应有迫切性"——访美国哈佛大学教授杜维明》。

《羊城晚报》发表王俊的《〈高玉宝〉伴我读书》。

31日，《光明日报》发表本报记者李丹、夏桂廉的《苦尽甘来刘绍棠》。

北京于夏衍95岁寿辰举行纪念夏衍革命文艺工作65年活动，国务院授予夏衍"国家有杰出贡献的电影艺术家"称号，李铁映代表江泽民、李鹏表示问候。

下旬，浙江省作协、人民文学出版社、中华文学基金会联合在北京举行叶文玲长篇小说《无梦谷》研讨会。

中华美学学会、汕头大学"当代审美文化研究"课题组联合在京举行当代审美文化前瞻学术研讨会。

本月，《小说家》第5期发表李贯通的《文学的"反刍"》。

《东方》第5期（总第6期）发表陆建华的《走向更加开放的社会》；孙立平的《漫谈现代社会中的冲突与控制（上）：李慎之的《全球化时代中国人的使命》；江晓原的《"学术强势"离不开社会经济支持》；许纪霖的《"后殖民文化批评"面面观》；王蒙的《人文精神问题偶感》；王力雄的《"对新奇无休止的迷恋"——我们这个世纪的劫难》；王德胜的《"民间的"学术景观——90年代大陆"学刊现象"》；王小波的《道德保守主义及其他》；李泽厚、王德胜的《关于文化现状、道德重建的对话（上）》；西川的《当代诗人只能独自前行》；陈东东的《诗人们掉进了"写作"》；严力的《母语之根》；臧棣的《顾城：汉语的天真?》；文武的《也谈"痞子化”》。

《文艺评论》第5期发表张利群的《论批评接受》；吴炫的《重新解释“否定”——“否定本体论”写作手记》；刘士林的《道德高于知识——兼及对学术研究的一种沉痛思考》；汪民安的《后文字时代知识分子命运》；黄毓璜的《论矫情》；傅翔的《伊甸园之门——新时期小说的空间透视》；张德祥的《生命之潮的涌动与漫漶》；王彬彬的《“中产阶级气质”批判——关于当代中国知识者精神状态的一份札记》；风子、夏可君的《写作的裂缝——诗艺的贫困和死亡》；张镇的《他为工人阶级高唱赞歌——郭先红作品述析》；托拉克的《小说·电影·张艺谋的艺术观》；陈晓明的《屏幕文化：当代意识烛照中的律动——中国新时期电视剧审美价值取向观照》。

《芙蓉》第5期专栏“名家推荐佳作”发表冰心的《介绍一篇好散文——喜读冯骥才的〈珍珠鸟〉》，王安忆的《关于“死”的文章》(推荐陈村的《回忆滕佳》)。

中国作协散文研讨会在湖南岳阳举行。

本月，中国和平出版社出版吕晴飞等的《刘绍棠和他的乡土文学创作》。

知识出版社出版吴三元、季桂起的《中国当代文学批评概观》。

华中师范大学出版社出版王先霈的《圆形批评论》。

学林出版社出版邹平的《世纪末的文学》。

暨南大学出版社出版潘亚暾编的《潘铭桑作品评论集》。

中国和平出版社出版张丽妩的《北京文学的地域文化魅力》。

首都师范大学出版社出版黄修己编的《中国现代文学研究方法论集》。

江苏教育出版社出版邹午蓉的《现代作家作品论评》。

浙江文艺出版社出版汪晖的《无地彷徨：“五四”及其回声》。

云南人民出版社出版张荣翼的《文学批评学论稿》。

甘肃少年儿童出版社出版班马的《游戏精神与文化基因：班马儿童文学文论》，孙建江的《文化的启蒙与传承：孙建江儿童文学文论》，王泉根的《人学尺度和美学判断：王泉根儿童文学文论》，方卫平的《流浪与梦寻：方卫平儿童文学文论》。

江苏科学技术出版社出版邹午蓉的《丁玲创作论》。

华东师范大学出版社出版徐中玉的《激流中的探索：徐中玉自选集》。

中国社会出版社出版林冠工作室的《侠之大者——金庸评传》。

三联书店出版黎湘萍的《台湾的忧郁：论陈映真的写作与台湾的文学精神》。

中国文联出版公司出版海华编的《茉莉花串——梦莉作品评论集》。

海峡文艺出版社出版徐学的《台湾当代散文综论》。

11月

1日，《光明日报》发表本报记者叶辉、沈国忠的《小百花飘逸芳香——浙江振兴地方戏曲纪略》。

《书与人》第6期发表刘绪源的《赵丽宏和他的〈岛人笔记〉》；汪逸芳的《“文明的悲剧”——读隐地〈翻转的年代〉》。

《山西文学》第11期发表陈坪的《认知界限的哲学思考》；董大中的《一篇很现代派的散文——读卡雅〈在没伞的天空下〉》。

《作家》第11期发表蔡翔的《疏离与对抗》；曾镇南的《论1993年的中篇小说》。

《海燕》第11期发表陈金荣的《新的盲目与倾斜——我看文学危机(之四)》。

《散文》第11期发表夏康达的《人格与文格》；赵丽宏的《我观散文》；曾绍义的《有仁有智即散文》；杨闻宇的《我的散文观》；刘国林的《叫出自己的个性来》。

《解放军文艺》第11期发表喻季欣的《艰难奋进中的军事文学新景观——关于特区军旅文学·军事文学·文学”的札记》；骆冬青的《爱的大旗——中篇报告文学〈爱在北京〉论》；阎启等的《平常人平常事打动平常心——部分读者谈〈爱在北京〉》。

2日，《人民日报》发表彭加瑾的《变革中的人与人的变革》。

《中国文化报》第130期发表记者刘燕的《叶文玲作品研讨会举行》；汪志刚的《文化艺术与娱乐业——也谈文化产业》。

《光明日报》发表《著名作家秦兆阳逝世》；本报记者祝晓风的《与刘恒对谈》；记者程丹梅的《江苏戏剧遍地开花》。

3 日,《人民日报》发表张晓林的《市场经济与群众文化》;许建国的《爱国与和平的主题——〈新战争与和平〉读后》;阎春来的《乡村情感的温馨回忆——谈谈刘醒龙的小说创作》;卓文的《王充闾作品讨论会召开》。

《文学报》发表本报记者贾佳的《叶文玲的长篇力作——〈无梦谷〉引起强烈共鸣》;本报编辑部的《上海研讨余秋雨散文,余秋雨散文写作就此搁笔》。

《光明日报》发表记者马宝珠的《慷慨凝重〈大汉魂〉》。

《羊城晚报》发表孔庆榕的《现代化最终取决于人的现代化——珠海"民族文化素质与现代化"国际学术研讨会综述》。

4 日,《中国文化报》第 131 期发表张宝瑞的《商海冲击下北京作家面面观》。

《光明日报》发表记者谌强的《〈母亲河〉流淌爱国深情》。

5 日,《文艺报》第 44 期发表《一批美学研究者指出：应积极发挥理论在当代审美文化中的引导作用》;《叶文玲长篇新作〈无梦谷〉受好评》;《群策群力加强社会主义精神文明建设——文化市场与文化建设问题学术讨论会日前召开》;荒煤的《泪花融不开雪花——读〈双眼井之恋〉》;张志忠的《无奈而又潇洒的南方故事——何继青近作漫评》;崔志远、龚富忠的《燕赵风骨与"大运河乡土文学体系》;王建中的《真切的人生感悟　执著的艺术探求——评刘文玉的中短篇小说集〈神丑〉》;洪治纲的《文学个性谈》;刘金的《"纪实文学"的歧途——读梅桑榆的〈侵华日军大遣返〉》;何火任的《广阔深邃的理性沉思——读张炯新著〈在巨人的光环下〉》;周玉宁的《质朴、扎实的治学——郭志刚、孙中田主编〈中国现代文学史〉读后》;黄修己的《再接再励　锲而不舍——董大中著〈赵树理评传〉读后》;《山东以科学规划的方式抓文学精品创作》;小张的《中篇小说〈孤雾〉研讨会在济南召开》;《"中国新诗集版本回顾·首届九十年代新诗集展览"在京举行》;陈军君的《第二届地质文学"宝石"奖在京颁发》。

《山花》第 11 期发表晓华、汪政的《古典情怀》;胡宗建的《在劫难逃的"后文化"——文坛现状随想》;王鸿儒的《人生的眺望与思索——读卢惠龙〈独自凭栏〉》。

《当代文坛》第 6 期发表春华的《写在凯歌声里》;何向阳的《后撤：后新时期文学整体策略》;胡宗健的《文章的诞生——关于理论批评》;马小朝的《论文学形式的接受论意义》;古耜的《健朗而睿智的心灵告白——读叶延滨的〈秋天的伤感〉》;王春林的《自我指涉的欲望世界——评长篇小说〈一个人的战争〉》;韦器闳

的《理想主义者的精神长旅——漫评张承志的散文创作》；彭荆风的《动人的战争长卷——评〈最后的"官子"·滇南战役纪实〉》；王一桃的《漫谈高缨的短篇小说》；张叹凤的《好风景永远初恋——梁上泉先生的诗艺》；刘扬烈的《春意葱茏总是情——略论杨山的诗创作》；李鹏的《当前文学创作的一个重要收获——西北师范大学西部文学研究所〈天狼星下〉讨论纪要》；王辽南、荣炯的《新散文：范畴、特性和五品——新散文建设研究之一》；赵勇的《散文：联想的艺术——散文创作的心理学考察之二》；尹鸿的《轻之惑：后现代语境中的中国电影》；李跃红的《悄然走出的男子汉——论中国当代银屏的男性形象》；何开四的《李林樱：一个理想主义者》；贾平凹的《〈爱情卡片〉序言》；范藻的《浪漫主义，当代文坛呼唤着你》；蒋的《灵与肉的折磨——王智量的新作〈饥饿的山村〉出版》；王火的《读徐联的新作〈野岛〉》；吴野的《开拓自己的空间——诗集〈雪杜鹃〉读后》；尔龄的《略谈〈向上的台阶〉的意蕴》。

《莽原》第6期发表赵德明、朱向前的《关于建立当代中国人文精神的对话》；古继堂的《最后门牌的秘密——读赵淑敏散文印象》。

6日，《文汇报》发表唐达成的《生活在哲学里的乐趣》。

《中国文化报》第132期发表司空奇的《纵横挥洒说大潮——读〈大潮新起——邓小平南巡前前后后〉》。

《台港文学选刊》第11期发表周可的《掠过澳门现代诗地平线——浅说澳门现代诗的发展及其情感特征》；陈素琰的《女性的潜隐与实现》。

《当代小说》第11期专栏"新都市小说系列展"发表陶纯的中篇《B市的不眠之夜》，梁晴的短篇《草酸》，老加的中篇《隐秘艳遇》，王金年的短篇《百万明星》；同期，发表苦力的《不用烦恼》；李夜平的《怀念堂·吉诃德》；李永祥、石万鹏的《风雨中的人情与人性——读单小璜、王欣的〈画苑风雨情〉》；冯恩大的《一个不读诗者的感动——〈抒情岁月〉读后》。

7日，《光明日报》发表记者路清枝的《天影厂强化精品意识佳作频出》。

《天津文学》第11期发表朱文华的《适可而止，过犹不及——关于传记作品文学色彩的度》；李运抟的《这里原本非净土——当代军营小说走向沉思录》。

8—12日，由云南大学、云南省对外文化交流协会和玉溪地区行署共同主办的"第七届世界华文文学国际学术讨论会"在云南玉溪召开。

9日，《光明日报》发表张同吾的《走向无涯之海——李瑛近作的意象内涵》；

斯陆的《专家学者谈——世纪之交中国文学的处境和选择》。

《羊城晚报》发表韦聿、梁平的《尽管鸡毛飞上天　刘震云依然故我》。

10日,《文汇报》发表拾风的《杂文与纯情》。

《文学报》发表本报记者江振新的《"中国作家协会散文研讨会"提出——散文创作切忌媚俗》;李向东的《黄金尘土和乡村情感——刘醒龙访谈录》;董丽敏的《阅读的危机》。

《光明日报》发表记者李家杰的《电视剧〈年轮〉受到北京观众欢迎》;宫焕臣的《文坛也应制止"三乱"》。

《中国社会科学》第6期发表孟宪忠的《论社会主义市场经济的文化精神》;杨魁森的《商品意识与人文精神》。

《北京文学》第11期专栏"新体验小说笔谈"发表李建盛的《体验本体的作家转向和意义时空的再度找寻》,石丛的《从"死亡"中预约什么》,蒋原伦的《关于〈家道〉》,胡郁香等的《我读"新体验小说"(三篇)》。

《山西大学学报(社会科学版)》第4期发表高健的《近年来林语堂作品重刊本中的编选、文本及其它问题》。

《河南师范大学学报(哲学社会科学版)》第6期发表王敏的《廖辉英笔下的女性世界》。

《电影艺术》第6期发表周传基的《电影电视根本就不是"综合艺术"(下)》;周思源、齐士龙、罗艺军、邵牧君、于敏、刘杨体、陈丹晨、高鸿鹄的《有震撼　有遗憾——〈痴男怨女和牛〉座谈》;思忖的《〈炮兵少校〉的价值和缺憾》;林洪桐的《电影的现代性与银幕表演(上)》;李俊、狄翟的《〈闪闪的红星〉: 文革故事影片的"样板"》。

《花城》第6期发表陈家琪的《真相与诱惑——一篇读书笔记》;王晓明等的《"戈多"究竟什么时候来?——从后朦胧诗看八十年代来的新诗发展》。

《诗刊》第11期发表刘征的《寓愤于笑,妙趣横生——读〈石河讽刺诗选〉》;朱先树的《忠实于自己的生命感悟——读牟心海诗集〈太阳雨〉》;张长弓的《诗的捷思(外二则)》;王玉树的《不知倦悔的泥土诗人》;高平的《高平诗话(十八则)》。

上旬,天津作协主办鲁藜、袁静文学生涯60年研讨会。

中国文联等单位在北京举办周文纪念暨学术研讨会。

中国作协等单位联合举办的梁衡散文作品研讨会在北京召开。

上海文艺出版社等单位举办的田中禾长篇小说《匪首》研讨会在郑州召开。

刘继明作品研讨会在武汉举行。

11日,《人民日报》发表郁琴的《1994年全国报纸副刊研究年会日前在泰安结束》。

《中国文化报》第134期发表本报记者徐涟的《听金庸侃武侠小说》。

《青年文学》第11期专栏"六十年代出生作家作品联展"发表钱玉亮的《进军城市》,邱华栋的《新美人》;同期,发表许源的《有感于最新的苏童》;高志明的《呼唤远去的同龄人》;姜新华的《"忠骨"与"媚骨"》。

上海作家竹林传记散文《挚爱在人间》讨论会在京召开。

11—14日,浙江省宣传部、省作协联合召开浙江省青年作家代表会议。

12日,《人民日报》发表余林的《〈司法局长〉心灵震颤后的希望》。

《文艺报》第45期发表记者温金海的《中国作家协会散文研讨会在湖南岳阳举行》;洪治纲的《洞穿风情表象　展露世态人生——"吴越风情小说书系"读后》;沈泽宜的《新时期浙江诗坛青年掠影》;高松年的《参与倾诉——浙江青年散文漫评》;黎山峣的《一与多——论时代精神和创作多样化的相互包含的关系》;黄毓璜的《需要诚实——读〈文学思考录〉漫笔》;李广仓的《历史·文化·审美——简评〈史诗特性与审美观照〉》;魏天无的《怀故国志　抒民族情——赵淑侠作品国际研讨会在武汉举行》;《十年"下海"捕捞忙　一部长篇"上网"来——贾万超的〈生命呼啸〉受到好评》;《梁衡散文作品研讨会在京召开》;《田中禾长篇新作〈匪首〉研讨会在郑州举行》;袁毅的《武汉举行刘继明作品讨论会》;闻逸的《再现革命历史的辉煌——重大革命历史题材电视剧创作研讨会综述》;荒煤的《发挥优势　提高艺术质量》;张子清的《东西方神话的移植和变形——美国当代著名华裔小说家马克辛·洪·金斯顿谈她的创作》。

《文汇报》发表本报记者张新颖的《写出一代人的心灵史——作家王蒙谈他的近期创作》。

《光明日报》发表秦弓的《追求中华文化的大家风范——访文学史家杨义教授》;王尧的《永远的散文》(评范培松散文)。

13日,《文汇报》发表张新颖的《反映现实生活,培养文坛新锐,〈上海文学〉奖揭晓,〈最后一个生产队〉等18篇作品获奖》;杨扬的《痴迷与失误——读〈金光大道〉想到的》;苗得雨的《夏衍要我们下生活》;《出于责任和良知的报告——夏真作品座谈会纪要》;以“西方文化之接受与消化”为总题(讨论之三),发表瞿世镜的《科学分析才会有主动权》。

《中国文化报》第135期发表本报记者梁溪虹的《第四届文华奖在京隆重颁奖》;以“儒学·世界·未来”(热点笔谭)为总题,发表杜维明的《儒家伦理与全球社群》,胜雅律的《一个当代西方人眼里的孔子》,赵骏河的《儒学价值观与二十一世纪新人》,沟口熊三的《21世纪经济发展与儒学共生原理》,陈荣照、苏新鋈的《儒家思想与新加坡的安定繁荣》,李瑞智的《追寻儒学世界有生命力的价值观》,费奥克基斯托夫的《作为哲学体系的儒学的发展前景》。

15日,《上海文学》第11期发表韩毓海的《中国当代文学的发生与现代性问题》;孟繁华的《文化溃败时代的幻灭叙事——三部长篇小说中的文化失败性》;王干、鲁羊、朱文、韩东的《小说问题》。

《山西大学学报(哲学社会科学版)》第4期发表禾人的《“文明的冲突”主宰当今世界?》;高健的《近年来林语堂作品重刊本中的编选、文本及其它问题》;梁归智的《从童话诗人到撒旦——顾城悲剧分析》。

《中国图书评论》第6期发表赵成林的《构筑精神的家园——评〈绿色的家园感〉》;王烨的《第三个首创——评古继堂〈台湾新文学理论批评史〉》。

《中州学刊》第6期发表刘慧贞的《一泓永不枯竭的生命之水——论巴金的思想信仰和道德人格》。

《文学评论》第6期发表陈美兰的《“文学新时期”的意味——对行进中的中国文学几个问题的思考》;鲁枢元,王春煜的《韩少功小说的精神性存在》;刘斯奋的《〈白门柳〉的追述及其他》;王一川的《从理性中心到语言中心——20世纪西方语言论诗学的兴起》;沉风、志忠的《跨世纪之交:文学的困惑与选择》。

《文艺争鸣》第6期发表朱晶的《回归与融合:文学的新状态》;王干的《文化断桥之畔的书写——“新状态”文学漫论之二》;晓华、汪政的《智性的写作——韩东的小说方式》;郑敏的《语言符号的滑动与民族无意识》;刘康的《对中国当代文化思潮的几点思考》;兰爱国的《世纪末文学:文化保守主义思潮》;倪进、刘伯高的《论艺术的终结》;毛峰的《后文学时代》;蔡翔的《主体性的衰落》;崔卫平的《海子神话》;王彬彬的《过于聪明的中国作家》;刘纳的《对一种文化时尚的读解——关于“发烧”》。

《戏剧艺术》第4期发表吕效平的《论“新版”〈雷雨〉》;刘祯的《目连形象的象

征意义》；叶长海的《明清戏曲与女性角色》。

《民族文学》第11期发表张炜的《谈不沦为匠》；相达的《哥布初解》；尹志新、李万五的《执着乃是一种勇气——读孙春平小说感言》。

《民族文学研究》第4期发表丁敬祝的《雷恩奇：诗与梦想》；李万庆的《走向天籁——萨仁图娅诗歌创作综论》；贾羽的《方寸的魅力——回族作家沙黾农微型小说管窥》。

《当代电影》第6期发表李显杰、修倜的《论电影叙事中的女性叙述人与女性意识》；戴锦华的《不可见的女性：当代中国电影中的女性与女性的电影》；范志忠的《寻找被逐者的精神家园——试论新时期中国女性电影的文化意蕴》；屈雅君的《"女为悦己者容"——关于男性电影的女性批评》；吴迪的《文化透视：通俗剧的兴盛原因及价值取向》。

《求是学刊》第6期发表尹树广的《自我解构与后现代主义》；曾艳兵的《新时期诗歌艺术形态的转型与变形》。

《中国翻译》第6期发表屠岸的《读叶维廉的中国新诗英译随感》。

《华侨大学学报(哲学社会科学版)》第3期发表陈旋波的《西方典律的瓦解与美国华人文学》；岳玉杰的《台湾原住民族文化心理的生动解析——对台湾原住民文学的一种考察》；朱立立的《回归女性生命的家园——论钟晓阳的〈腐朽与期待〉》；黄万华的《他仍属于河洛这片土地——姚拓创作简论之一》；黄万华的《著名海外华文作家简介——姚拓》。

《复旦学报(社会科学版)》第6期发表徐永龄的《黄维樑散文艺术论》；陆士清的《略论〈现代文学〉杂志》。

《社会科学》第11期发表肖鹰的《中国当代艺术文化的内在困厄》；张新颖的《民间的天地与文学的流变——谈对抗战到九十年代文学的一种新解释》。

《钟山》第6期发表戴锦华的《突围表演：九十年代文化描述之一》；陈染的《超性别意识与我的创作》；郜元宝的《"新状态"：命名的意义》；王晓明、李念、罗岗、陈金海、毛尖、倪伟的《眺望内心深处的日落——当代散文创作纵横谈》；范培松的《京派散文的再度辉煌——论汪曾祺的散文》。

16日，《人民日报》发表斯琴、舒凡的《探寻作品的深度和力度》；洪治纲的《永恒的亲情——影片〈落河镇的兄弟〉》；文白的《人间自有真情在——观延边朝鲜族话剧〈白雪花〉》；王育生的《我与大漠共风流——看空政话剧团演出多场话剧

〈大漠魂〉》。

《光明日报》发表本报记者肖海鹰的《“南阳作家群”崛起的启示》、《本报文艺报等召开梁衡散文作品研讨会》。

《中国文化报》第136期周祖元的《坚持社会主义文艺的正确方向》;朱相梦的《可歌可泣的爱国主义诗篇——董志正的〈东方风云〉读后》。

17日,《人民日报》发表冯牧、袁鹰的《扶携文坛新辈茁壮成长》;杜长胜的《略谈文化建设的宏观调控》;闻一的《〈无梦谷〉研讨会在京举行》;欧家斤的《不屈的归来者——读陈沂〈归来集〉》。

《文学报》发表本报记者江振新的《用良心写作——“面向新世纪的文学”讨论会侧记》;刘绪源的《以见识取胜——读余秋雨的散文》;季红真的《〈返祖〉印象》。

《光明日报》发表戴燕的《全国散文创作研讨会提出,散文创作应高扬民族正气》。

《作品与争鸣》第11期发表刘甫田的《前景灿烂的文学倾向》;季音的《一颗完全被金钱锈蚀了的灵魂》;云德的《难解的人生命题》;李下的《醉翁之意哪在酒?》;朱铁志的《风月,还是艺术?》。

18日,《人民日报》发表周大鹏的《爱国主义的历史回音——革命历史题材影视入选作品述评》。

《南方周末》发表陈微尘的《神秘的〈红粉〉影碟》。

《中国戏剧》第11期发表陈健秋的《难得轻松——评花鼓戏〈乾隆判婚〉》;李玉芙的《略谈〈别姬〉中的劝酒和舞剑》;知言的《寻找戏剧“新大陆”——沈吾惇和湖南省花鼓戏剧院的“内阁们”》;傅谨的《站在文明与野蛮边缘的思考——从浙江昆剧团访台说起》。

19日,《人民日报》发表黄子正的《“市政动迁”成为上海舞台热门题材,滑稽戏〈搬家,好辛苦〉笑中见情》;卫星的《〈情系母亲河〉情深意浓》;巴山雨的《电影市场能承受如此“大片”吗?》。

《文艺报》第46期发表《造就一支跨世纪的宏大的文学创作队伍,浙江省青年作家代表会议在杭举行》;《广东文艺批评家协会在穗成立》;宫岸的《高扬时代主旋律的坚实阵地——〈啄木鸟〉创刊十周年纪念会在京举行》;《甘肃省文联召开“文艺与爱国主义”座谈会》。

《文汇报》发表俞天白的《话说“文化搭台”》。

《光明日报》发表若冰的《叶文玲推出长篇力作〈无梦谷〉》。

20日，《中国文化报》第138期发表张健钟的《呼唤戏剧文化新的跨越——’94全国话剧交流演出述评》。

《小说评论》第6期发表孙绍振的《“小说内外”之四——“后现代”之后》；石月的《文坛风景之六——“回到自己”与“走向世界”》；雷达的《小说见闻录之三——夜读三题》；王春林的《话语、历史与意识形态——评王蒙长篇小说〈失态的季节〉》；钟本康的《汪曾祺小说的文体意识——评系列小说〈菰蒲深处〉》；朱向前的《对农民军人的爱与知——阎连科印象兼跋〈和平寓言〉》；曾镇南的《反映边地战争的力作——读彭荆风的中篇小说〈师长在向士兵敬礼〉》；孙豹隐的《激变年代生活的多彩画卷——评长篇小说〈绿血〉》；郭济访的《对霍达新著〈未穿的红嫁衣〉的三种解读》；宋遂良的《试论〈东方商人〉的成就和不足》；岳衡、梁涛的《飘浮：一个美丽凶险的城市宿命——梁晓声〈浮城〉启示》；韩梅村的《多视点、多体式地思考和表现生活——论贺抒玉近年来的小说创作》；姚维荣的《试论〈风流半边街〉的审美价值》；俞立的《批评消亡了吗?》；高秋的《家族、历史和现实责任——读小说札记》；孙毅安的《事倍功半——浅谈小说之改编》；项滨的《敢于面对当代》；吴然的《〈和平战〉：健康人格与偏狭心理》；马风的《美的叙述的光彩与生命力——重读〈鲁鲁〉和〈心祭〉》；李建军的《行文看结穴》；张虹的《一部真正男人写的书》；赵俊贤的《从壮阔到深刻——新评〈在和平的日子里〉》。

《西北大学学报(哲学社会科学版)》第4期发表郑升旭的《论新时期小说的发展趋势——用现代价值观对当代小说历史和未来的观照》。

《昆仑》第6期发表刘俐俐的《“奇思”的艺术——贺晓风散文》；孟宪实的《都市牧人试论周涛独特的文化传承》；周政保的《从〈黑雪〉到〈血雨〉——叶雨蒙的“出兵朝鲜纪实”的意义》；卢江林的《军营社区与军事文学》。

《学术月刊》第11期发表李泽厚、王德胜的《文化分层、文化重建及后现代问题的对话》。

《清明》第6期发表沈培新等的《笔谈季宇小说》。

中旬，中国寓言文学研究会第四届年会在北京召开，会长仇春霖作了工作报告，并对各类创作上有贡献的61位同志作了评奖。

21日，《羊城晚报》发表蒋子龙的《慈祥的火——秦兆阳》。

《文艺研究》第6期发表林兴宅的《艺术是结构性存在》；李泽厚、王德胜的《关于哲学、美学和审美文化研究的对话》；陶水平的《谈后现代文化在中国兴起的原因》；郭外岑的《意似：中国文艺本质真实观》；戏曲研究所的《传统剧目改编研讨会综述》。

22日，《人民日报》发表刘忠德的《紧握生活脉搏　倾听人民心声》；李建民的《当代意识与历史剧创作——新编历史剧〈大河谣〉的启示》。

《新文学史料》第4期发表叶圣陶的《一九七六年日记(四)》；周而复的《往事回首录(十二)》；夏杏珍的《当代中国文艺史上特殊的一页——一九七五年文艺调整述论》；黎之的《回忆与思考——从"知识分子会议"到"宣传工作会议"》。

22—24日，由厦门市东南亚华文文学研究会主办的"东南亚当代华文文学暨周颖南创作研讨会"在厦门大学召开，此次会议以研究和探讨八十年代以来东南亚国际及地区的华文文学现象和发展前景为中心内容。

23日，《中国文化报》第139期发表古耜的《大地之子的时代咏叹——读卞卡散文集〈大地风流〉》；刘忠超的《发展文化经济　推进文化产业》。

《光明日报》发表朋文的《专家学者研讨当代俗文学创作》；路侃的《经济起飞期的文学走向》；毕四海的《寻找我的世界——关于〈东方商人〉的自白》；韩作荣的《〈爱·心之吻：诞生于磨难中〉》。

《武汉大学学报(哲学社会科学版)》第6期以"纪念闻一多诞辰95周年庆祝新编《闻一多全集》出版"为总题，发表陆耀东的《新时期闻一多研究的回顾与展望》，袁千正、赵慧的《闻一多与中国传统文化》，李尔重的《闻一多颂——纪念新编〈闻一多全集〉出版》，孙党伯的《一项宏大而艰巨的文化工程——新编〈闻一多全集〉整理出版漫论》，唐达晖的《闻一多在武汉大学事迹的几点考辨》。

24日，《文汇报》发表蔚明的《再说苏青》。

《文学报》发表本报特约记者江迅的《中国学术界热点纷繁，面对中国文化进入多元时代，有人欣喜，也有人迷惘》；本报记者徐春萍的《为农民写心灵史——记四川作家克非》；小郭的《老将不减当年勇——记著名作家彭荆风》；本报记者江振新的《张欣：难解的都市情结》；赵德明的《拉丁美洲的"文学爆炸"》；孟皋卿的《我的上邻刘绍棠》。

《光明日报》发表丁步宁的《要坚守文化阵地》。

《文史哲》第6期发表林一民的《商品大潮中的文学艺术》。

《文艺理论与批评》第 6 期发表闻礼萍的《陈涌〈在新时期面前〉座谈会在京举行》；严昭柱的《站在思想文化战线的前列——读陈涌同志〈在新时期面前〉》；马鋆伯的《战斗性与科学性的统一——读陈涌〈在新时期面前〉》；王赋元的《寻求与时代同步的诗的符号和旋律——谈易仁寰的政治抒情诗》；丁永淮的《论蔡其矫的诗》；山城客的《文艺新潮和新潮理论（中篇）》；郝瀚的《文人"下海"与文化危机》；曹云的《"东南亚当代华文文学暨周颖南创作研讨会"在厦门大学举行》；周良沛的《现代派诗人路易士》。

暨南大学台港海外华人文学研究中心举办"梁凤仪现象"研讨会。

25 日，《羊城晚报》发表刘钦伟的《创造与毁灭的都市传奇——长篇小说〈西关女〉读后》。

《文艺理论研究》第 6 期发表周宪的《当前的文化困境与艺术家的角色认同危机》；《"纯"文学小议》；《释义性批评与阐发性批评》；《作家的"边缘化"》；《众口评说"散文热"》；张德林的《历史转型时期的文学变革——试论新时期的现实主义小说》；殷国明的《再论中国新文学中的"现实主义情结"》；格非的《小说和记忆》；鲁枢元的《文学批评的精神层面》；《批评中的"抢占话语权"》；《文坛的"磁化"现象》；李贵生的《文学理论中内证与外证的再反思》。

《艺术家》第 6 期发表桃谷六的《戏剧 · 观众 · 人情——"海峡两岸影视剧艺术家座谈会"发言记录》；于是之的《作者、演员和观众——焦菊隐〈论民族化（提纲）〉注（节选）》；柴俊为的《声色之娱 · 世俗人情 · 非君非圣》。

《当代作家评论》第 6 期发表吴义勤的《商业语境中的生存独白——评陶然长篇小说〈一样的天空〉》。

《海峡》第 6 期发表王耀辉的《老树新花分外香——读林承璜的〈台湾香港文学评论集〉》；张鸿雁的《回眸处乱云翻白波涛千起——论周梦蝶的诗》。

《通俗文学评论》第 4 期发表梁凤仪的《我怎样与写作结缘》；席剑海的《〈鹿鼎记〉解读》。

《甘肃社会科学》第 6 期发表张燕的《略论新闻与文学的异同》。

《浙江学刊》第 6 期发表卢敦基的《时见幽花一树明——1993 年浙江短篇小说一瞥》。

《哲学研究》第 11 期发表赵敦华的《超越后现代性：神圣文化和世俗文化相结合的一种可能性》。

《文艺报》、中国社科院文学所在京召开朱兵、李兰亭报告文学《从四面楚歌到灿烂辉煌》研讨会。

以宋兆霖为团长的中国作家代表团一行 5 人赴哈萨克斯坦访问。

26 日，《文艺报》第 47 期发表凌力的《从历史文学评论走向历史文艺学研究——读吴秀明的〈文学中的历史世界——历史文学论〉和〈历史的诗学〉》；阮章竞的《昭示于历史面前》；张文勋的《注意云南自身的文学——〈落叶集〉读后》；吴奔星的《诗歌界的好主张和好希望——听老诗人臧克家"答谢嘉宾"》；彭荆风的《排排坐吃果果？——也谈"文学大师"》；王文宝的《漫谈"俗文学"》；段宝林的《文艺的高与低——赵树理与现代化》；周荣胜的《关于媚美》；张利群的《努力发掘壮族文学的民族性和现代性——评黄绍清的〈壮族当代文学引论〉》；李淑言的《"后现代主义"？——对"后现代主义"一词的质疑》；牛运清的《半诗半史写人生——〈刘白羽评传·后记〉》。

27 日，《文汇报》发表钱谷融的《真诚自由散漫——散文漫谈》。

《中国文化报》第 141 期发表《加强社会主义市场经济下的文化建设——本报邀请北京市部分区县文化文物局和文化馆负责同志座谈》。

28 日，《四海·台港澳海外华文文学》第 6 期发表冯丽君的《"梁凤仪财经小说研讨会"综述》。

《名作欣赏》第 6 期发表徐望云的《浪子意识的变奏——〈梦斗塔湖荒渡〉赏析》；王一桃的《永恒的主题　新颖的手法——读余光中新作〈抱孙〉》；高巍的《席慕蓉的世界——简评〈青春〉之一、〈我想认你〉和〈晓镜〉》；靳极苍的《对梁锡华的〈鲁迅的《纪念刘和珍君》〉批评的批评》；杨景龙的《爱情的升华与异化——唐欣〈中国最高爱情方式〉》。

29 日，《人民日报》发表安葵的《表现现实生活的真善美——入选"五个一工程"的戏曲现代性简评》。

30 日，《中国文化报》第 142 期发表张绵厘的《文化产业概念的再明确》；斯陆的《文学现状的审视与期望——"世纪之交：文学的处境和选择"研讨会纪要》。

《西北师大学报(社会科学版)》第 6 期发表刘俐俐的《新时期小说人物的社会心理学考察》。

《华文文学》第 2 期发表刘介民的《评梁锡华的〈李商隐哀传〉》；连俊经的《一个心中充满爱的作家——马华作家小黑侧记》；钦鸿的《别出心裁的尝试——读

小黑的小说》；黄信今的《档次不高的〈废都〉》；扎西多的《正襟危坐说〈废都〉》；潘亚暾的《书生自有读书乐——〈潘铭燊作品评论集〉序》；黄耀华的《研究海外华文文学的视角和方法——访饶芃子教授》；赵国泰、黄建中的《故乡诗月　东方花叶——美国华文诗人彭邦桢作品读后》；黄修己的《割不断的情缘　唱不完的歌——江天著〈鲁迅赞〉读后》；王振科的《梦想破灭之后的失落——池莲子小说创作漫议》；黄奕谋的《王一桃诗歌的特色：评〈王一桃香港诗辑〉》；林锦的《亚华作协继续拉紧风帆》；小文的《江苏省台港暨海外华文文学研究会成立》；陈慧桦的《叶维廉第一本英文诗集出版》。

《戏剧》第4期发表李世敏的《导演构思形成与嬗变的规律》；黄树杭的《现代社会剧的主要特征》；王建新的《"圆"——梅兰芳表演艺术谈》。

《河南大学学报(社会科学版)》第6期发表王传斌的《电影、戏剧、小说比较论》；张兵娟的《论新时期女性爱情婚姻小说》。

《台湾研究集刊》第4期发表朱双一的《"乡土文学论战"述评》；徐学、周可的《悲剧与救赎的神话——论张晓风戏剧作品精神内涵的一个重要方面》。

《同济大学学报(人文·社会科学版)》第2期发表石子的《我校海外华文文学研究所举办"沙龙"活动》。

下旬，克非近作暨当前小说研讨会在四川绵阳市召开。

人民文学出版社在京举办旅日作家吴民民长篇小说《世纪末的挽钟》讨论会。

本月，《青年文学家》第11期发表贾宏图的《耕耘者的新歌——读〈黄秋实报告文学选集〉》。

花城出版社、广东作协在北京联合召开梁宜波粤味长篇小说《西关女》讨论会。

本月，宁夏人民出版社出版纪申的《记巴金及其他：感想·印象·回忆》。

百花文艺出版社出版纪众的《文学价值与艺术选择》。

解放军文艺出版社出版韩瑞亭的《躁动与蝉蜕：杨瑞婷文学评论集》。

人民文学出版社出版公仲、江冰主编的《走向新世纪——第六届世界华文文学国际研讨会论文集》。

安徽教育出版社出版王宗法的《台港文学观察》。

海峡文艺出版社出版刘登翰的《文学薪火的传承与变异：台湾文学论集》。

12月

1日，《人民日报》发表孙家正的《关于电视剧创作的三个问题》；张韧的《他拥有一个商人世界》（评毕四海的《东方商人》）。

《文学报》发表本报记者徐春萍的《文学应有益于世道人心》；杨立元的《大海的歌者——记青年作家关仁山》；江曾培的《"哗众"未必能"取宠"》；毛时安的《无愧历史的回答——读陈沂作品选〈脚印〉》；方远的《齐鲁大地的纯情诗人——记著名诗人孙国章》。

《光明日报》发表解文的《中国解放区文学研讨会在琼召开》；吴亚根的《话剧〈张鸣岐〉公演受欢迎》。

《山东文学》第12期发表栗庆冬的《严肃　真实　多彩——漫评〈山东文学〉近两年的小说创作》；王洪岳的《走出规范和权威话语——路也小说略论》。

《山西文学》第12期发表仵埂的《永驻的存在——毛守仁短篇小说略论》；丁芒的《评〈月魂〉兼论叙事诗》。

《四川文学》第12期发表廖辉刚的《一种文学景观》；李克炎的《走向生活内核的小说》。

《作家》第12期发表陈晓明的《彻底的倾诉：在生活的尽头——评林白〈一个人的战争〉及〈青苔与火车的叙事〉》；张颐武的《林白的"新状态"》；蒋原伦的《暗示·体验·创作》；张新颖的《存在的难题：我们如何表达自己》。

《散文》第12期发表冯骥才的《趣说散文》；潘旭澜的《散文思絮》；林希的《只缘身在此山中》；吕纯晖的《我的散文观》；李佩之的《我的散文观》。

《解放军文艺》第12期发表朱水涌的《历史的泼墨和写意——评谢春池的〈喷薄欲出〉、〈东征之旅〉》。

2日，《中国文化报》第143期发表孙小宁主持的《继承与改革——建设当代的人文精神》（周末茶座，汤一介、陈来谈话录）。

3日,《文艺报》第48期发表《〈从四面楚歌到灿烂辉煌〉研讨会札记召开》;陈继会的《南阳作家群的成功及其意义》;刘锡诚的《评苗得雨的诗作》;古耜的《民族与世界的心灵对话——读石英的〈域外游记散文选〉》;邹荻帆的《〈月桂〉诗集小札》;夏杏珍的《当代中国文艺史上特殊的一页——一九七五年文艺调整述论》;记者绿雪的《四川研讨长期扎根农村的作家克非的近作》。

《光明日报》发表周立文、张炳根的《高品位刊物出路何在》。

《羊城晚报》发表丁帆的《世纪末的辉煌会出现吗?》;李洁非的《一种文学调情》;刘卫国、张念、炜白的《文学是一种生活——余华访谈录》。

4日,《中国文化报》第144期发表艾青春的《"弘扬主旋律,提倡多样化"与培养造就跨世纪的艺术人才》;阎纲的《序〈退忧室散稿〉兼及陕西文学》;王能宪的《本世纪文学研究的总检阅——读〈中国二十世纪文学研究论著提要〉》。

5日,《山花》第12期发表洪治纲的《沉沦与超越——中国近期文坛面面观》。

6日,《人民日报》发表徐建融的《谈谈艺术价值与市场价格》;朱景和的《前景美好　任重道远——浅谈戏曲电视剧》;毛志成的《有感于文化品的"绝对值"》;本报记者祝华新、卢新宁、周庆的《传统文化能否再写辉煌——部分老中青学者解析"国学热"》(12月27日续完)。

《当代小说》第12期专栏"新都市小说系列展"发表许辉的中篇《走》,于艾香的中篇《爱情是一场疾病》;同期,发表孟嘉的《安贫乐道吧,书生!》;王茜的《文化:盛和衰的奏鸣》;冯慧君的《呼唤批评》;王耀东的《诗的悟道在哪里》。

以《诗刊》主编杨子敏为团长的中国作家代表团一行4人赴埃及访问。

7日,《人民日报》发表思忖的《把军事片拍得更好看——由〈犬王〉想到的》;郭建光的《把握现状　创造未来——话剧现状与未来研讨会综述》;新凤霞的《团结合作　振兴评剧》;苏国荣的《化作一片霞——看评剧〈秧歌情〉》。

《文艺报》邀请在京部分专家、学者,举行"大众文化"研讨会。

《光明日报》发表林非的《〈只求新去处〉:新构想·新风貌》(评梁衡散文集);汪远平的《古典名著改编的美学思考——从电视剧〈三国演义〉谈起》;叶于的《关于重印〈金光大道〉的"说法"》。

8日,《文学报》发表本报记者谢海阳的《天津作家航鹰接受本报记者采访,表示——人道主义是不变的创作思想》;张韧的《告别与呼唤——'94文坛一瞥》;陈旭光的《诗歌怎样了?——〈诗探索〉编辑部研讨当前诗坛现状》;王安忆的《心灵世界的生存及其意义(六)》。

全国工商联、广东省侨联、省作协联合在北京举办大型传记《庄世平传》首发式。

著名儿童文学家金近陈列室落成暨作品研讨会在浙江上虞举行。

9日,《人民日报》发表徐怀谦的《〈新战争与和平〉研讨会召开》;朱晶的《平面化与沧桑感——谈〈大雪小雪又一年〉》。

《中国文化报》第146期发表熊元义主持的《当代人文学者何为》(周末茶座,许明、陶东风、解玺璋谈话录)。

《羊城晚报》发表湛伟恩的《立意奇崛的佳作——读〈我的三个女主人〉》。

人民文学出版社《中华散文》编辑部在北京召开门瑞瑜散文集《雪国绿》讨论会。

李尔重的8卷本《新战争与和平》专业委员会第二次作品研讨会在北京召开。

10日,《文艺报》第49期发表黄曼君的《弘扬中华文化的历史小说新篇章——杨书案的〈炎黄〉、〈孔子〉、〈老子〉评介》;於可训的《在迭起的新潮中沉稳求变——武汉作家群创作精神述评》;李运抟的《满目葱茏的生命之歌——董宏猷少儿文学创作回顾》;吴艳的《都市人生的执著艺术探索——池莉小说创作的复调与变奏》;樊星的《永远的使命感——关于刘醒龙的随想录》;荀春荣的《试谈舆论在文化市场调控中的作用》;张建华的《文学批评的颓落》;《描写广州市井风情的长篇小说〈西关女〉研讨会在京举行》;胡晓鹏的《湖北省文联抓住楚文化做文章促进文艺创作》;鲁煤的《光明磊落军人魂——关于中短篇小说集〈军魂〉的通信》;王一桃的《走进邹荻帆的精神宝库——一个极其理想的工作室》;梅汝恺的《"耕者知原,渔者知泽"赞——王鸿〈文苑春秋〉读后》;冉庄的《意味深邃的短诗——浅析"中国大地诗系"中的短诗》。

《江淮论坛》第6期发表王海燕的《论小说写实化建构中的寓言介入》。

《诗刊》第12期专栏"臧克家文学创作研讨会"发表本刊记者的《人品与文品的感召——臧克家文学创作研讨会在京召开》,臧克家的《拉车到尽头——在开幕式和闭幕式上的讲话》,刘忠德的《洋溢着火一样激情的诗人》,公木的《现实主义诗美的长虹——祝臧克家同志九十寿辰》,袁忠岳的《臧克家诗歌的乡土味和诗味》,王一桃的《台湾的"臧克家研究"》。

上旬，中国社科院民族文学所、丽江文化局、丽江县政府共同主办的20世纪纳西族文学创作讨论会在云南丽江召开，就纳西族文学创作发展的成就与前景、作家文学与巴东文学、民间文学、中原文学的关系等问题进行探讨。

11日，《文汇报》发表鲁枢元的《希望就在于选择——中国现代化中的文学与精神生态》；梅朵的《不可沉默》；丘峰的《血玫瑰：客家山村奇葩——读廖红球小说集〈血玫瑰〉》。

《中国文化报》第147期发表赵怡生的《开放在扬子江畔的文学之花——社会主义新时期蓬勃发展的武汉文学创作》；彭建新的《坚持正确方向　营造创作氛围——漫议武汉新作家群的崛起》。

《羊城晚报》发表汤雪芹的《谱写现代青春之歌——读〈青春之歌〉有感》。

《青年文学》第12期专栏"六十年代出生作家作品联展"发表关仁山的《中篇红雀东南飞》，康洪伟的短篇《沉浮》；同期，发表雷玉锋的《论偶然性》；孙丽的《谁来主宰》；胡蓉的《文学的位置》。

12日，《人民日报》发表晓红的《艺术对话中的历史性成果——由〈20世纪名家散文200篇〉所想到的》；《"九四金秋散文诗笔会"不久前在青岛举行》。

《光明日报》发表陈祖芬的《成年人的童话——查良镛（金庸）先生北京行》；吴怀祺的《历史·历史剧·历史感》。

13日，《羊城晚报》发表余月的《王朔卖版权》。

14日，《人民日报》发表赵惠平的《深切关注人生——评电视连续剧〈黑土地〉》。

《中国文化报》第148期发表于连荣的《文化工作者要站在时代前列》；山东省泰安市文化局的《继承·发展·服务——文化繁荣的一条必由之路》。

中华全国新闻工作者协会、作家出版社联合召开寒冰长篇小说《女记者》研讨会。

15日，《人民日报》发表王浩洪的《文学：道德的迷惘与回归》；徐彪的《金近作品讨论会举行》；林为进的《历史，文学永远的视域——谈部分清史题材的小说》；王畅的《丽雅巧朴——李文珊小说艺术谈》；京闻的《北京召开"新体验小说"研讨会》；闻理平的《"文化市场与文化建设问题学术讨论会"召开》。

《上海文学》第12期发表蒋孔阳、郜元宝的《当代文学八题议》；李劼的《张旻的〈情戒〉》。

《文汇报》发表郎忆倩的《从“括苍老道”到“电脑大侠”——记作家吴越》。

《文学报》发表宁宁的《让诗歌走向广场》；杜晓英的《心灵的耕耘——朱鸿和他的散文》；袁毅的《湖北举行刘继明的文化关怀小说研讨会》；鲁枢元的《本色》（评周熠散文）；龙彼德的《追逐诗的太阳》；顾骧的《当前文学创作缺少点什么?》；王铁仙的《青山遮不住》；戴翊的《历史的真实与灵魂的拷问——评王智量的长篇小说〈饥饿的山村〉》。

《中外文化交流》第6期发表阿超的《儒商和国际儒商文学的勃兴》。

《北京广播学院学报》第6期发表王宁的《饕餮之美的启示——试论影视文化中的“审丑”》；叶晶的《文学，要不要嫁给电视?》；祝晔的《试论〈夏天里的羡慕〉的意境营造》。

《光明日报》发表闻逸的《沈阳东北电影院辟出专门的放映厅重映革命历史优秀影片，社会效益与经济效益俱佳，为同行昭示了一条大道——银幕频传爱国情》。

《羊城晚报》发表姚青的《梁凤仪12部小说登银幕，上荧屏》。

《民族文学》第12期发表石一宁的《一位中国知识分子悲壮奋斗的写照——读潘荣才传记文学〈现代儒家梁漱溟〉》；赵海忠的《〈黑太阳〉阅读札记》；胥勋和的《一片鲜艳的光亮——黑子和他的诗》。

《徐州师范学院学报(哲学社会科学版)》第4期发表沈玲的《远离海岸——论市场经济对当代文坛的冲击》。

16日，《光明日报》发表记者谌强的《武汉作家群崛起文坛》。

《南方周末》发表谭军波、林离的《“特异”作家柯云路怪招迭出》。

攀钢集团公司、四川文艺出版社、中国作协联合在北京举行报告文学《中国西部热土上的移民程》作品讨论会。

17日，《文艺报》第50期发表《研究新情况新问题　加强精神文明建设——本报日前举行“大众文化”研讨会》；《弘扬爱国主义　振奋民族精神——〈新战争与和平〉第二次研讨会在京举行》；牛冠光的《重现昨日战争的艰辛与辉煌——评王树梁的四部战争小说系列》；黄国柱的《从江河走向海洋——读凌行正长篇纪实散文〈神圣的珊瑚礁〉》；刘英武的《读梁衡的〈只求新去处〉》；王慧敏的《我和〈战地黄花〉——晚发的后记》；王维龙、马连喜的《耕耘诗词咏　追求真善美——读孙毓霜新诗集〈砾石集〉》；朱晶的《社会主义改革与文艺的多重结构》；蒋守谦的《迎接中国文学的新世纪——读黎山峣〈中国20世纪文学思潮论〉记感》。

《光明日报》发表记者韩小蕙的《繁荣文学创作　表现时代主旋律——人民文学大奖在京颁发》。

《作品与争鸣》第12期发表陆荣椿的《“和尚”要富，“庙”不能穷》；雷达的《〈家道〉与朴素现实主义》；楚昆的《历史的进步与道德的进步》；田耒的《亦真亦幻的叙述迷宫》；斯云的《有懈可击的文本实验》；筱吾的《我们怎么了?》；雪原的《文学需要什么样的底蕴?》。

18日，《中国戏剧》第12期发表高扬、范新宇的《“话剧现状与未来”——’94年全国话剧交流演出研讨会纪要》；郭建光的《关于话剧现状的思考——写在’94全国话剧交流演出之后》；杨丽娟的《架起通往观众心灵的热线——浅析小剧场话剧〈热线电话〉》；余林的《京华行家热烈赞扬小剧场话剧〈热线电话〉》；丁扬忠的《南国艺苑的清新气息——粤剧〈伦文叙传奇〉、〈宝莲灯〉观后》；陈有发的《一曲送旧迎新的地母祭歌——重庆市话剧团〈喜丧〉观后》；安葵的《心事悠悠〈大汉魂〉》；本刊记者的《〈离婚了，就别来找我〉难得众口一词》。

19日，《羊城晚报》发表《广东，高扬起文学大旗》。

“第一届国际华文诗人笔会”在深圳召开。

中旬，以梁光弟为团长的中国文联代表团应尼泊尔皇家学院邀请赴尼泊尔访问。

21日，《人民日报》发表仲呈祥的《荧屏奏响主旋律的新鲜经验——评1993年度“五个一工程”入选电视剧》；柳克的《锦州大地塑丰碑——来自〈张鸣岐〉摄制组的报道》。

《中国文化报》第151期发表记者陆虹的《本报与武汉市文联共同主办武汉市作家作品研讨会在京举行》；楚昆的《凝神崇高——读陈昌本的长篇小说〈痴恋〉》。

《光明日报》发表郭富民的《小剧场艺术的当代震荡》；叶文玲的《守梦如斯》，《重排大师座次的争议》。

《羊城晚报》发表郑心伶的《文学“发高烧”》。

22日，《文学报》发表本报编辑部的《传记作品生命在于真实》、《促进文学语言发展——“汉语现实与社会文化”研讨会侧记》；杜书瀛的《关于文坛的“杂语”》；邢小利的《匠心独运的散文——刘成章散文研讨会纪要》；秦文君的《我写

〈甜甜的枣儿〉》；刘心武的《“别他”与“排他”》；张柱国的《小剧场戏剧·大都市文化》；本报编辑部的《先锋意识与人文精神的融合——田中禾谈小说创作》；周岩森整理的《中原作家说〈匪首〉》。

《光明日报》发表本报记者梁枢的《文化：本该属于大众(上)》；艾农的《当代中国的正气歌——电视报告文学〈人间正道〉观后》；记者苏丽萍的《〈曹操父子〉在京演出受欢迎》。

《羊城晚报》发表莫艳民、林晶的《文学“冷板凳”难坐也安坐》(评刘斯奋)。

山东作家报社、淄博市文联举办张宏森长篇小说《狂鸟》研讨会。

23日，《光明日报》发表本报记者梁枢的《雅俗契合：语必关风始动人》(本报记者梁枢分析大众文化现象(中))。

24日，《人民日报》发表李战吉的《一台戏为何能在首都连演百场?》(《托起明天的太阳》)。

《文艺报》第51期发表贝加的《武汉作家群北上求教》；晨军的《〈魂撼大漠〉撼我心——读李培才的长篇报告文学〈魂撼大漠〉》；孙豹隐的《历史情怀与现实审美的融合——肖重声咏史散文一瞥》；石一宁的《民族生活的歌者——读蓝阳春的散文》；孙津的《严肃率真惜文化——读陆涛的〈造化〉》；李兆忠的《少年尽知愁滋味——龙冬与〈王达休教授的远游〉》；谢华的《笔端流淌着北大荒人的痴情——记北大荒残疾青年作家马才锐》；记者午晨的《文学的可贵品格：关注现实——寒冰长篇小说〈女记者〉研讨会在京举行》。

《光明日报》发表本报记者梁枢的《警惕：大众文化中的反大众倾向(下)》；记者苏丽萍的《海派〈狸猫换太子〉京城倾倒戏外人》。

《羊城晚报》发表记者李小骥的《岭南文学家　今天喜收获——广东文学节资助30部长篇作品出版》。

25日，《文汇报》发表郜元宝的《珍惜命名的权利——也谈追“新”逐“后”的批评》；王干的《再论“新状态”》；王彬彬的《通俗文化与大众文化：两个不同的概念》；李喆的《怜悯、淡泊和放风——〈张旻小说集〉》；黄毓璜的《面对土地的沉思——读长篇小说〈忏悔的土地〉》。

《中国文化报》第153期发表记者刘燕的《人民文学奖、〈当代〉文学奖颁奖大会举行》；威重的《毛泽东文学思想研究的新收获——读董学文的〈毛泽东和中国文学〉》。

《河北大学学报(哲学社会科学版)》第4期发表姜敏的《张艺谋电影导演的美学观》。

《海南师院学报(哲学社会科学版)》第4期发表韩江的《马华二诗人论》。

《学术研究》第6期发表王剑丛的《中国现代文学与新时期文学的异质性》。

27日,《人民日报》发表《北京市杂文学会与解放军报文化部、华艺出版社联合举办的李庚辰杂文研讨会12月16日在京举行》。

29日,《人民日报》发表文一的《武汉作家作品研讨会在京举行》;刘梦岚的《以"情"带声　用"心"演戏——记评剧演员宋丽》;刘新风的《爱国主义的时代高歌》;叶廷芳的《古塔之魂——话剧〈古塔街〉观后》。

《文学报》发表符辛的《努力繁荣军事题材长篇小说的创作,全军长篇小说研讨会在京召开》;毛志成的《"名家"文章与"扯淡"》;田长山的《独对心灵的风景——读匡夔的〈无标题散文〉》;杨扬的《他从大山来——记青年诗人李龙年》。

《光明日报》发表高巍的《"电视晋军"又竖起一面旗帜——电视连续剧〈昌晋源票号〉研讨会综述》;沈达人的《现代意味的民间历史剧》。

《羊城晚报》发表谢大光的《笔下环宇　心中南海——读邓文初的〈畅吟异国情〉》。

30日,《中国文化报》第155期发表陆虹主持的《武汉:一块丰饶的文学园地》(冯牧、李准、邓友梅谈话录)。

《光明日报》发表记者苏丽萍的《西部京剧独树一帜,〈夏王悲歌〉情动京华》。

《中国文学研究》第4期发表周玉柳的《关于文艺批评的批评》;刘明华的《从人格崇拜到风格崇拜——"文革"时期"未发表的毛主席诗词"流传现象的美学及文化学透视》;苏振元的《论赵丽宏的散文世界》;田中阳的《论区域风俗在当代小说历史蕴涵形成中的功能》;杨经建、陈亮的《论〈曾国藩〉的历史意蕴》。

《清华大学学报(哲学社会科学版)》第4期发表刘鑫的《文字与语言——论德里达对索绪尔的解构》。

《周口师专学报》第3期发表王敏的《论亦舒的言情小说》。

31日,《文艺报》第52期发表吉米平阶的《留给严肃文学一方沃土——访广西民族出版社社长冯艺》;白烨的《卓有特色　蔚为壮观——欣读〈中国散文诗大系〉》;王必胜的《浪漫诗国里的云雀——〈中国散文诗大系〉读后》;潘凯雄的《新中国散文诗创作的大荟萃》;邹广文的《审美文化研究的新收获——读李西建〈审美文化学〉》;《长篇小说〈林则徐〉即将问世》;一木的《〈丝路摇滚〉引起陕西文坛关注》;《山东研讨张宏森长篇小说〈狂鸟〉》。

本月,《创世纪》第 4 期发表李汉荣的《诗的本质及其当代处境》;王佩琴的《试论冯青诗中的"我"》;林庆文的《现象·阅读·存在》。

《芙蓉》第 6 期专栏"名家推荐佳作"发表叶兆言的《好的小说》(推荐鲁迅的小说《在酒楼上》),苏童的《读〈青黄〉》。

《文艺评论》第 6 期发表南帆的《文学话语的维度》;代迅的《文艺欣赏中的审美间离》;毛峰的《论文学的死亡》;樊星的《从呐喊到冷嘲——当代文化思潮史一页》;邵建的《"精神失语"及其文化批判》;潘天强的《论形势与形式及小说的衰弱》;傅翔的《伊甸园之门——新时期小说的空间透视(续)》;张德祥的《生命之潮的涌动与漫漶(续一)》;庞壮国的《绥化三诗人》;马风的《读"空楼"小记》;黄益庸的《漫谈王梓夫的中短篇小说》;杨丽娟的《苍凉雪谷——评雪墨长篇历史小说〈大雪谷〉》;何二元的《大众批评:我的批评观——〈追星族批判之批判〉补记》;邢海珍的《文学不该冷淡政治》;谷启珍的《影视美学分析——镜头:思想—审美的载体》。

《作品》第 12 期发表易准的《梦幻中的现实世界——读柯岩的长篇小说〈他乡明月〉》。

《博览群书》第 12 期发表古耜的《落红不是无情物——读散文诗集〈纪念叶子〉》。

本季,《文学自由谈》第 4 期发表毛志成的《"高于生活"真伪辨》;王英琦的《异端与信仰》;林希的《"味儿"是一种现实》;王蒙的《官场无政治?——读〈将军浮沉录〉》;王培元的《我们需不需要回忆?》;王必胜的《文学:圣战者的事业》,张守仁的《谛听历史的脚步声》;潘亚暾的《黑白分明领风骚》;张叹凤的《汪曾祺先生的随笔》;古远清的《深沉蕴藉的艺术力量——读〈烟湖更添一段愁〉》;王一川的《我选二十世纪中国小说大师》;韩子勇的《中国文学的苍茫时分》;杨英杰的《抗拒绝望的文人》;查舜的《立体体验》;《小说家》编辑部的《擂台:展示小说涅槃的竞技》;李明泉的《批评自幻感与漂浮的新状态》;李万青的《立不起来的小小说》;叔绥人的《关于"名著"〈金光大道〉再版的对话》;姜忠华的《文学,文学,误我深矣》;吴小如的《谢蔚明先生和他的〈风铃〉》;虞彬的《永恒的朝圣者》;张宇光的《陈染个人化的努力》;刘翔的《我眼睛里的陈超》;陈忠实的《小说最是有情物》,

贺星寒的《方脑壳与〈浪土〉》;季红真的《色彩斑烂的女性世界》。

本月,武汉大学出版社出版陈美兰的《文学思潮与当代小说》。

青岛海洋大学出版社出版冯中一、朱本轩主编,王万森等编的《中国当代文学史论》。

学林出版社出版陈思和的《鸡鸣风雨》,张新颖的《栖居与游牧之地》,胡河清的《灵地的缅想》,蔡翔的《日常生活的诗性消解》,郜元宝的《拯救大地》。

安徽文艺出版社出版白烨的《批评的风采》。

黑龙江教育出版社出版程麻的《悲壮的回归》,丁玉柱的《王蒙的生活和文学道路》。

敦煌文艺出版社出版高平的《文海浅涉》,尚延龄的《胡风文艺思想新论》。

百花洲文艺出版社出版陈墨的《金庸小说艺术论》,傅小北、杨幼生编著的《唐弢研究资料:中国现代文学史资料汇编(乙种)》,陈忠的《苦乐其中:赣北作家作品论》。

复旦大学出版社出版许道明的《京派文学的世界》。

贵州人民出版社出版罗强烈的《罗强烈文学评论选》,武光瑞的《谈文说艺集》。

中山大学出版社出版陈衡的《文海寻踪》。

中国文联出版公司出版张韧的《文学的潮汐:九十年代文学的六大模式》。

南京大学出版社出版张超主编的《台港澳及海外华人作家辞典》。

武汉出版社出版古继堂的《台湾青年诗人论》。

百花文艺出版社出版李秀珊的《台湾新诗与东西方文化精神》。

本年

《文科研究通报》1994 年创刊号发表徐学的《台湾文学在当代大陆的传播与反响》。

《中外诗歌研究》第1期发表熊国华的《论痖弦的诗》;叶维廉的《婉转深曲:与辛笛谈诗和语言的艺术(上)》。

《中外诗歌研究》第2期发表叶维廉的《婉转深曲:与辛笛谈诗和语言的艺术(下)》。

《文教资料》第1期发表古远清的的《台湾文艺界关于开放30年代文艺的争论》。

《文教资料》第2期发表姜力辑录的《"萧红在香港"研究资料》。

《文教资料》第3期发表孙慰川的《华人留学生文学的起源、发展与现状》;秦家琪、刘红林的《80年代以来大陆出版的台港与海外华文文学期刊》;刘红林的《弘扬中华文化　构架沟通桥梁——江苏台港与海外华文文学研究中心第五届年会综述》;汤淑敏的《江苏省台港暨海外华文文学研究会成立》。

《上海师范大学学报(哲学社会科学版)》第2期发表李延的《抗战文学研究在台湾》。

《漳州师院学报(哲学社会科学版)》第8期发表许建生、张伟平的《闽南文化与台湾乡土文学》。

中国人民大学华人文化研究所在北京成立。

1995年

1995年

1月

1日,《中国文化报》第1期发表本报评论员的《团结奋进　繁荣文艺》。

《羊城晚报》发表罗兵的《父教谆谆——读〈傅雷家书〉》;陈骏涛的《街头书摊,情欲毕现》。

《大众电影》第1期发表张清的《展现银幕上的诸多"这一个"》;夏林的《谁是中国男人的象征——电影谋略之三》。

《山西文学》第1期发表杜学文的《意义的消解——九十年代初长篇小说的一个侧面》;金汝平的《拥有黄土的憨厚与朴实——简评李坚毅〈生命的变奏〉》。

《书与人》第1期发表邹荻帆的《〈含泪的紫丁香〉小识》;赵丽宏的《人格渐变的悲剧》。

《四川文学》第1期发表袁基亮的《涪江水长　乡土情深——克非近作暨当前小说创作研讨会综述》。

《百科知识》第1期发表张炯的《新时期文学的多元思潮》。

《求是》第1期发表赵光的《新视点描绘长征　新笔触塑造伟人——评影片〈金沙水拍〉》。

《作家》第1期发表陈思和、李振声、郜元宝、张新颖的《朱苏进:欲望的升华与世俗的羁绊之间——世纪末中国小说的多种可能性对话之五》;萌萌的《一种对话:重读理想》。

《海燕》第1期发表刘心武的《理解的边际》;代一的《反世俗的空幻希望、追求与破灭——评短篇小说〈寻找鸟声〉》。

《解放军文艺》第1期发表张志忠的《参悟人生——赵琪小说论评》;吴然的《努力创造军旅戏剧的再度辉煌——'94全国话剧交流演出军旅戏剧扫描》。

3日,《光明日报》发表胡培德的《抗战文学的新发展》,卢跃刚的《转型期报告文学的遐思》;本报记者蔡闯的《近看池莉》;徐城北的《"正大综艺"与电视文化》。

中国共产党早期党员、著名女作家葛琴因病在北京逝世,享年87岁。

首都文艺界祝贺著名作家、翻译家、编辑家、人民文学出版社《新文学史料》

杂志顾问楼适夷90寿辰。

5日,《人民日报》发表熊家余的《文化"嫁"给谁》。

《文学报》发表柳系舟的《九五文坛最新消息——纯文学刊物订数回升,走出低谷》;刘钦伟的《长篇小说〈西关女〉讨论会举行》;朱向前的《文学应从哪里出发》;王安忆的《小说的情节》。

《文汇报》发表秦琼的《95年度期刊征订揭晓:纯文学刊物——几家欢乐几家愁》。

《山花》第1期发表陈晓明的《晚生代与九十年代的文学流向》;王干、谢春池的《第三次浪潮:解构与拯救——关于世纪末中国当代文学的谈话录》;徐新建的《自己的对话——读〈何士光散文选〉》。

《当代文坛》第1期发表金平的《"长篇小说热"思考》;叶公觉的《九十年代散文面面观》;景秀明的《风景这边独好——新潮散文侧论》;刘乐群的《同流合一难以分辨——从〈预约死亡〉与〈非仇〉的比较看"新体验"与"新状态"》;赵勇的《出走的沉沦——文学中的离家现象一瞥》;叶世祥的《故事:从一个角度透视新时期小说的宏观走向》;张学军的《人的主题的历史演讲——对新时期小说一个侧面的考察》;夏一鸣的《秋天的文学和文学的秋天》;易光的《愤怒之舞——铁凝小说一解》;红拂的《深度生存与游戏空间——论孙甘露的小说(1986—1993)》;张洪德的《阿成的情绪及其小说的情绪氛围营造》;何开四的《艾芦〈李劼人的小说艺术〉序》;里沙的《娱乐性片论》;黄平忠的《灵魂出窍》;赵成林的《构筑精神的家园——评廖全京新著〈绿色的家园感〉》;冯学全的《只有相随无别离——读王德宝的散文诗集〈浮出泥沼〉》;伍立杨的《缤纷洛绎,锦绣有章——余光中文体论》;于万东的《厚实与轻装:读刘以鬯〈岛与半岛〉》。

《湖南文学》第1期发表萧元的《世纪末的孤独守望者——读残雪新作〈断垣残壁里的风景〉》。

6日,《中国文化报》第3期发表赵启全的《为中华诗歌走向世界架桥——范光陵教授倡导新古诗运动》。

《台港文学选刊》第1期发表杨振昆的《团结交流友谊的盛会——第七届世界华文文学国际研讨会综述》。

7日,《文艺报》第1期发表午晨的《人民公仆的本色——曹岩、邢军纪的报告文学〈张鸣岐之死〉读后》;刘强的《诗的嬗变——李士非诗歌艺术的拓展》;陈实的《莲子本色》;胡滨的《来自深圳评论界的收获——读〈思想树〉》;曾文渊的《市场经济条件下的社会主义文艺》;符辛的《共同创造军事题材长篇小说新的繁荣——全军长篇小说研讨会在京召开》。

《天津文学》第1期发表李哲良的《“如是我闻”——“新体验小说”与禅宗体验论的奥秘》。

8日,《中国文化报》第4期发表《1990—1994年中国著作权保护大事记》。

9日,《光明日报》发表沈卫星的《影视艺术互动关系学术讨论会在京举行》。

10日,《人民日报》发表叶于的《重排大师座次的争议》;张韧的《我看〈小村〉》;雷达的《关于〈涌动的潮汐〉》;一文的《〈狂鸟〉讨论会召开》;杨匡满的《散文的潇洒与诗意》;娄靖的《高占祥提出: 造就新的大师,再创京剧辉煌》。

《文汇报》发表秦晾的《也说〈金光大道〉再版》。

《光明日报》发表沙志亮、麦克和的《“二嫫”之父——访作家徐保琦》。

《中国社会科学》第1期专栏“后现代主义与当代中国文学”发表栾栋的《在人类文明的转折点上》,徐友渔的《后现代主义及其对当代中国文化的挑战》,王治河的《作为一种思维方式的后现代哲学》,范进的《哲学——为人类精神寻找“家园”》,王岳川的《走出后现代思潮》。

《电影艺术》第1期发表于敏的《银幕呼唤可爱的艺术形象》;汪晖的《九十年代中国大陆的文化研究与文化批评》;李少白、冯博的《走向市场从中外电影历史看中国电影发展走向》;刘扬体的《电视剧: 审美选择与审美趋向问题断想》;钟艺兵的《商品大潮与电视剧精品》;顾骧的《写实真实平实》;马德波的《好一个王双立观——〈背靠背,脸对脸〉随笔》;钱学格的《沉重的叹息——〈背靠背,脸对脸〉的人物塑造》;林洪桐的《电影的现代性与银幕表演(下)》。

《花城》第1期发表墨哲兰的《性,活着的死亡意象——读电影《本能》的事实陈述》;陈晓明的《超越情感: 欲望化的叙事法则——九十年代文学流向之一》。

《苏州大学学报(哲学社会科学版)》第1期发表吴义勤的《梦魇与激情——洪峰长篇小说〈和平年代〉解读》。

《河南师范大学学报(哲学社会科学版)》第1期发表杨仁忠的《启蒙主义: 马克思学生时代的思想主流》;李建盛的《结构主义语言学与文学批评的转变》。

11日,《文汇报》发表记者张新颖的《“六十年代出生的作家群”冲击文坛》。

《中国文化报》第5期发表边伟的《对文化产业政策的几点思考》。

《羊城晚报》"'当代文学与新人文精神'专题"发表何龙的《人文的指针指向何方》，黄修己的《文艺与民族精神》，殷国明的《抵抗消解——走出"无所谓"》，王列生的《人文重构的背景交代》。

12日，《文学报》发表本报记者江振新的《打破只有大文豪和老作家出文集的惯例，青年作家文集出版趋热》；本报编辑部的《郜元宝致王蒙的信——让世界追求中国文学》、《王蒙回复郜元宝的信——好戏还在后头》；龙彼德的《海洋，是诗歌的摇篮——读何信峰诗集〈在东海之湄〉》。

《文汇报》发表李东的《"火凤凰新批评丛书"自成一说：辟一片文学批评"绿洲"》。

《中流》第1期发表谭志图的《月是故乡明——读柯岩长篇小说〈他乡明月〉》；董学文的《深沉过后的忧虑与焦渴——读丹阳〈友人书简〉》；马启智的《序〈当代诗人咏宁夏〉》；宁松勋的《不倦的追求——杨星火诗集〈送你一串红〉读后》。

14日，《文艺报》第2期发表《国防科技战线文艺创作的新收获——本报等单位组织研讨〈原子弹四部曲〉》；本报特约记者阎延文的《长篇热引起的沉思》；以"《21世纪文学之星丛书》短评三篇"为总题，发表崔道怡的《将一株株柏树栽到稿纸上——读常捍江的〈古代是兵寨〉》，张凤珠的《悠长的文化韵味——读孙华炳的〈秦淮半边月〉》，亚方的《小事不小——读沈嘉禄的〈东边日出西边雨〉》；同期，发表刘云山的《〈昨日情缘〉序》；陈墨的《富有特色的畅销书——读〈我在美国当律师〉》；张雨门的《为青春族的创作唱一支短歌——写在〈青春大写意〉出版之际》；杨干华的《从湘西到岭南——浅谈曾维浩的小说创作》；思忖的《人文精神失落了吗？——影片〈带轱辘的摇篮〉随想》；李蕤的《独树一帜的诗人论诗——〈克家论诗〉读后》；熊元义的《调侃人生和价值判断》。

《作家报》发表老村的《"制作"的意义》。

中国作协、浙江省委宣传部共同在北京举行夏真长篇报告文学《生命之歌》研讨会。

15日，《人民日报》发表文卓的《长篇报告文学〈生命之歌〉引出话题，讴歌时代英雄是文艺工作者"天职"》。

《文汇报》发表特约记者阎思慧的《人数多　品位高　影响大——南阳崛起作家群》。

《中国文化报》第7期发表肖云儒的《被拷问的中国人文精神》;王学海的《建设新理性的呼唤和探索——评〈轻拂那新理性的风〉》。

《光明日报》发表记者苏丽萍的《报告文学〈生命之歌〉在京受好评》。

《人文杂志》第1期发表田刚的《缪斯的挑战——论"朦胧诗"的诗学特征和意义》。

《上海文学》第1期发表李洁非、许明、钱竞、张德祥的《九〇年代的文学价值和策略》;《"新市民小说联展"征文暨评奖启事》。

《文学评论》第1期发表肖鹰的《反叛与拯救:新时期小说十五年》;黄国柱的《接近周涛》;张同吾的《艺术的自觉与灵魂的自由——论李瑛新时期诗歌的美学趋向》;[日]近藤直子的《残雪——黑夜的讲述者》;敏泽的《社会主义市场经济与文学价值论》;周宪的《审美文化的历史形态及其变异——谈高雅文化与大众消费文化》;吴炫的《文学批评学何以成为可能》;白庚胜的《20世纪纳西族文学创作讨论会在云南召开》。

《文艺争鸣》第1期发表李心峰的《开放的艺术》;李心峰的《应答与对话》;陶东风的《当代审美文化的新状态》;罗洪涛的《"无所往"与新状态文化印象》;宗仁发的《述平小说:迷惑与叩问》;邵建的《世纪末的文化偏航——一个关于现代性、中华性的讨论》;王宁的《传统与先锋　现代与后现代——20世纪的艺术精神》;张目的《现代诗学:三维架构的文本世界》;王晓明、费振钟的《传统文人精神的当代意味》;李英姿的《寻找与超越——读〈当代中国大陆文学流变〉》。

《中国图书评论》第1期发表孙郁的《散文家种种——1994年散文创作略识》;周维强的《关于近年散文类图书的一个观察》;吴秀明的《大写的人与大写的历史的再现——评〈我的父亲邓小平〉兼谈领袖传记文学中的自然主义倾向》。

《西藏文学》第1期发表扶木的《顺行与颠覆——西藏新小说的思考》。

《中州学刊》第1期发表汪时进的《汪曾祺论》。

《当代作家》第1期发表曾卓的《重读〈狱中二十年〉》;冯天瑜、王武子的《想起了"鹅湖之会"》。

《当代电影》第1期发表谷时宇的《视像艺术的本体特性与载体演进》。

《社会科学》第1期发表徐成淼的《严肃文学与通俗文学的最后分界》。

《钟山》第1期发表汪政、晓华的《开放的概念——我们对"新状态"的理解》;

谢有顺的《痛苦与呼告：世纪末文学的新状态》；金锋的《漂浮的板块》；管策的《边缘自述》。

《华东师范大学学报(哲学社会科学版)》第1期发表钱虹的《香港人婚恋心态面面观——香港女作家部分婚恋小说的主题分析》。

16日，《人民日报》发表薛若邻的《开掘民族历史题材的时代精神》。

《中国人民大学学报》第1期发表石杰的《和谐：汪曾祺小说的艺术生命》；马相武的《梁凤仪小说与大众文化》。

《求是》第2期发表季余《人民心底的呼唤——评故事影片〈莫忘那段情〉》。

17日，《人民日报》发表高渊的《学者研讨〈饥饿的山村〉》。

《光明日报》发表本报记者苏丽萍的《创新：让京剧更好看——梅兰芳周信芳诞辰100周年纪念演出后的思索(上)》；张锲的《在祖国的大地上植根　和改革的时代同步——〈穿山甲丛书〉总序》；李昕的《通俗文学包装下的严肃思考——读〈"洋行"里的中国雇员〉有感》；以"为二十一世纪文学铺路"为总题，发表白描的《〈花园深处〉编后》，高洪波的《〈黑白人生〉编后》，何志云的《〈深深的大草甸〉编后》。

《羊城晚报》发表杨栋的《又见孙犁》；纪卓如的《真诚，杂文家的灵魂》；郭克逮的《作文与做人——访南阳籍著名作家二月河》；刘舰平的《说说韩少功》。

《作品与争鸣》第1期发表师少横的《"情"、"义"无价》；达瓦卓玛的《〈没戏的日子〉，有戏！》；易柔的《时代更迭中的生活颤音》；张立华的《关于狗，关于人》；豫敏的《一幅官场风俗图的背后》；高洪波的《痞子与文化》。

18日，《中国文化报》第8期发表本报记者刘燕的《'94中国文学健康发展——访中国社会科学院文学研究所所长张炯》。

《光明日报》发表本报记者苏丽萍的《继承：留住国粹神韵——梅兰芳周信芳诞辰100周年纪念演出后的思索(下)》。

《中国戏剧》第1期发表马少波的《正确对待推陈出新　提高演员道德修养》；刘厚生的《京剧要反思》；叶秀山的《京剧要出大演员、大评论家》；龚和德的《站在巨人的肩膀上继续奋斗》；陌默的《富有艺术震撼力的佳作——〈毛泽东在1960〉评析》；安葵的《荡气回肠〈三醉酒〉》；金桐的《戏曲应不断地进行新的综合——谈评剧〈多彩的梦〉》；吴乾浩的《酸甜苦辣〈秧歌情〉》；颜长珂的《讲述老百姓自己的故事——看花鼓戏〈筒车谣〉》。

广东省首届“秦牧散文奖”揭晓，含港澳地区在内的13名作者获得该奖。

19日，《光明日报》发表周进祥的《文学理论建设的可喜成果——评〈文学理论新编〉》。

《文学报》发表本报记者徐春萍的《小小说呼唤精品》；本报编辑部的《’95文学：继续寻找突破?》；熊国华的《真诚的回眸》(评诗人潘键生)；徐军的《清幽的竹林——读竹林及其〈挚爱在人间〉》；董丽敏的《批评的沉默与沉默的批评》；吴立昌的《文学亟需走出困顿——从60年前的“京派”“海派”之争说开去》。

20日，《人民日报》发表张东黎的《皇历、财神及“精神返祖”》。

《中国文化报》第9期发表何西来的《情欲描写的分寸》。

《书刊报》发表云生的《叶永烈纪实新作引起争论》。

《小说评论》第1期发表白烨的《观潮手记之四——文学的分化与调整》；孙绍振的《小说内外之五——小说与结构》；石月的《文坛风景之七——文学：在性与暴力的涡流中》；杜书瀛的《世纪之交感言——文艺理论从哪里突破?》；党圣元的《说“新变”》；张德祥的《文学批评的“思考”职能》；唐云的《觅我所失——论〈白鹿原〉对儒家文化的阐释和留连》；殷国明的《如何阐释“水落石出”?——再读王蒙的〈活动变人形〉》；吴义勤的《“在你的世界里，只有灵魂存在”——评叶文玲的长篇小说〈无梦谷〉》；贺绍俊的《重读〈雪城〉》；谢有顺的《精神困境的寓言——格非〈傻瓜的诗篇〉的意蕴分析》；闫文教的《一个传统的道德评判——就〈尘缘〉致莫伸》；王仲明的《论李言形象的悲剧意义》；何秋声的《田中禾长篇〈匪首〉研讨会纪要》；杜田材的《〈匪首〉：一片新的艺术天地》；何向阳的《感性历史的文化复述——〈匪首〉：一次放逐的体味》；田中禾的《超级玛莉的历险——〈匪首〉创作札记》；今夕的《不要跟着感觉走——由〈金光大道〉的再版所想到的》；小雨的《潮湿的有锈蚀性的夜气——读一些小说有感》；水天戈的《观察得来方为深》；刘春水的《关于“高产”小说家的感想》；董之林的《漂泊者悸动的灵魂——〈桑青与桃红〉浅析》。

《北京大学学报(哲学社会科学版)》第1期发表陈来的《“新理学”的现代化论与“现代性”思维的检讨》。

《昆仑》第1期发表叶长安的《“特区军旅文化”的现实与思考》；汪守德的《对战争与和平生活的拥抱求索——军事文学魅力琐谈》；黄国柱的《寻找失去的魅

力——近年军旅小说掠影》；张志忠的《思维的狭仄与艺术的困窘——关于当前军事文学创作一点思考》；薛胜利的《角色转变的心灵历程——评吴勇中篇小说〈承受与回避〉》。

《学术月刊》第1期发表陈炎的《再论“积淀说”与“突破说”——兼答朱立元、陈引驰先生》；吴新文的《后现代哲学的图景——评〈扑朔迷离的游戏——后现代哲学思潮研究〉》。

《南开学报(哲学社会科学版)》第1期发表张学正的《真诚：孙犁现实主义文学之魂》。

《清明》第1期发表胡德培的《自由的文学并没有自由》；朱青的《人格理想的重塑——谈〈孽缘〉中的邱立人形象》。

21日，《文艺报》第3期发表晓辛的《现代意识　传统精神——程大利作品讨论会在南京举行》；《讴歌时代英雄是文艺工作者的“天职”，长篇报告文学〈生命之歌〉激起强烈社会反响》；以“《原子弹四部曲》五人谈”为总题，发表张炯的《构思恢宏　风格独特》，朱向前的《激情与诗情的产物》，雷达的《不仅仅为了历史》，曾镇南的《写出中华民族的日魂月魂》，丁临一的《英雄儿女的创业史诗》；同期，发表涂途的《“大众文化”呼唤真正“大众化”》；云德的《文化应无恙》；黄卓越的《文学史的构造与理论——读陶东风〈文学史哲学〉》；刘媛的《直面社会的梁晓声》；化生的《曹建勋作品研讨会在武汉举行》。

《文艺研究》第1期发表黄立之的《关于世纪末的中国审美文化的理论思考》；汤龙发的《文艺的商品化问题浅见》；王畅的《市场经济与文学传统》；陈培的《“当代中国审美文化前瞻”学术研讨会综述》。

22日，《光明日报》发表红娟的《茅盾未面世的遗作再现屏幕》。

《文汇报》发表许纪霖的《流行文化的内在尺度》；刘金的《谈文化的“通俗”与“大众”》；未泯的《流行文化：“侏罗纪恐龙”之谜?》。

《中国文化报》第10期发表社论《抓好重点工作　促进文艺繁荣》；罗维扬的《艺术的等级》；熊元义的《追求充满诗意的境界——读毕淑敏的作品》。

《羊城晚报》发表峻青的《儒商情——细读田樱新作〈草屋情〉》；任蒙的《也谈〈金光大道〉再版》。

23日，《光明日报》发表《河南总结“南阳作家群”经验》。

24日，《人民日报》发表孙豹隐的《为文艺创作注入新的观念》；禾艺的《〈原子弹四部曲〉研讨会举行》。

《光明日报》发表本报记者苏丽萍的《"聊斋"故事成新戏,〈续黄粱〉再警世人》。

《羊城晚报》发表刘心武的《"读青"与"观冷"》;何楚雄的《超越形而下的放歌——评〈云彩国〉的艺术探索》。

《文史哲》第1期发表蒋守谦的《对文化冲突和人格取向的审美思考——评长篇小说〈蓝眼睛·黑眼睛〉》。

《文艺理论与批评》第1期发表陆梅林的《"文化市场与文化建设问题学术讨论会"开幕词》;陈涌的《市场经济与文化艺术》;马蓥伯的《文化与市场三题》;闻礼萍的《"文化市场与文化建设问题学术讨论会"在楚雄举行》;陈良运的《中国新诗民族化的典范——漫论臧克家诗的中国味》;吴开晋的《臧克家诗歌艺术风格的演变——论臧克家建国后的诗作》;蒋登科的《臧克家诗歌的人格精神初探》;《一部高扬主旋律的好小说——〈他乡明月〉座谈会纪要》;欧阳山的《〈他乡明月〉座谈会开场白——〈广语丝〉第一百零二》;楼栖的《〈他乡明月〉照灵魂》;梵杨的《具有现实意义的作品——读〈他乡明月〉》;郭正元的《情趣、美感与文学的主旋律——读〈他乡明月〉散记》;李天平的《〈他乡明月〉的真实性和性格美》;山城客的《文艺新潮和新潮理论(下)》;刘志洪的《老革命者的不凡之作——评〈魏巍杂文集〉》;《时代需要英雄　文艺需要英雄——武汉大学文科部分学生的讨论》。

25日,《文汇报》发表记者谢海阳的《文学驮着影视　影视普及文学——两大艺术门类"联姻"成为新趋势》。

《中国文化报》第11期发表高占祥的《再造京剧艺术辉煌》;朽木的《我们还有多大的文化空间——从"阁楼"与"空筐"说起》。

《光明日报》发表龙吟的《'95纪实文学杀出"回马枪"》。

《大家》第1期发表张颐武的《1994:重临起点》;王干的《语言的碎片与状态的洪流——评文浪的〈浮生独白〉》;张闳、胡彦的《面对……的写作——关于当代汉语文学写作的对话》;北村的《活着与写作》。

《文艺理论研究》第1期发表傅杰、王元化的《关于近年的反思答问》;赵小雷的《"曲高和寡"的现代阐释》;《要建立与西方互补的评论体系》;钱理群、吴晓东的《"分离"与"回归"——绘图本〈中国文学史〉(20世纪)的写作构想》;梅朵的《我们需要批判精神——世纪之交展望中国电影》。

《艺术家》第1期发表周岩森的《余秋雨的自白》。

《甘肃社会科学》第1期发表牧惠的《新时期中国杂文鸟瞰》;奚学瑶的《新时期散文的初步繁荣及其发展指向》;董小玉的《诗歌意象结构的审美组合》;张杏莲的《展开想象的翅膀——谈诗作的形象思维》。

《安徽大学学报(哲学社会科学版)》第1期发表张器友的《新时期都市题材文学得失论》。

《华南师范大学学报(社会科学版)》第1期发表潘天群的《后现代主义的背后——论哲学精神》;王天权的《"中西文艺理论体系的特征与文化精神"研讨会综述》。

《南京师大学报(社会科学版)》第1期发表冯羽的《后现代小说的终结》。

26日,《光明日报》发表赵朝的《负面文化:文化研究的新视角》。

《文学报》发表徐如麒的《在市场经济大潮的冲击下悄然崛起,〈小小说选刊〉令人刮目相看》;本报记者李连泰的《"为一群人、一代人立传"——访著名作家袁鹰》;高正东的《投入火热的生活——也谈作家"下海"》。

《羊城晚报》发表《首届"秦牧散文奖"揭晓》。

《小说》第1期发表曾镇南的《〈永恒的梦〉跋》;周大新的《自序》(小说《银饰》)。

27日,《文汇报》发表柴进的《四家刊物"文学联网"携手扶助文坛新人》。

《文学自由谈》第1期发表古远清的《评王一桃的〈香港文学评析〉》;王希华的《也说金庸"登堂"》;姚育明的《遥致林清玄》。

《中国文化报》第12期发表赵忱、陈发仁、于占德的《当一个人选择了文化》。

《光明日报》发表本报记者史美圣的《〈孽债〉牵动知青心,沪上人家泪湿襟》。

《羊城晚报》发表郑杰的《大学回流文化热》。

《华中师范大学学报(哲学社会科学版)》第1期发表江少川的《首届"赵淑侠作品国际研讨会"综述》;黄曼君的《现代民族文化品格的弘扬与铸造——赵淑侠海外华人题材小说论》;朱寨的《一座别具风光的文学岛屿——赵淑侠文学作品简论》;赵淑侠的《魂系祖国母土,做沟通中外文化的桥梁:对20世纪华文文学的几点看法》。

28日,《文艺报》第4期发表盛子潮的《为平凡的英雄树碑立传——读夏真长篇报告文学〈生命之歌〉》;吴然的《评曾凡华、侯建飞的长篇纪实文学〈荡匪大湘西〉》;司徒杰的《在智慧之神的光照下——复〈一个人上路〉作者陈志红》;高万云、王丽云的《真情融至理　美质谐秀言——简谈张美华的散文创作》;雷加的《话〈路〉——读菡子新著〈记忆之珠〉》;王一兵的《高原军人的骄傲——漫评王鹏报告文学集〈死亡效应〉》;陈漱渝的《聚合离分呈百态　嫣红姹紫斗芳菲——中国现代散文发展漫谈》。

《四海·台港澳海外华文文学》第1期发表李鹏翥的《秦牧与澳门文学》;王一桃的《香港才女西西》;凌河的《金秋北飞的孤雁——访台湾小说家雪眸》;江冰的《赤诚热烈中国心——初识赵淑侠》;杨正犁的《女性的策略——戴小华〈火浴〉解读》;古远清的《世界华文文学的丰收季节——第七届世界华文文学国际学术讨论会纪实》。

《兰州大学学报(社会科学版)》第1期发表王喜绒的《论"乡土"与"寻根"小说中的现实主义文学精神》。

《名作欣赏》第1期发表裴毅然的《论文学的终极意义》;汪政、晓华的《澄明之境——读〈云南冬天的树林〉》;王一桃的《春的神韵和绿的色彩:台湾著名女诗人蓉子近作赏析》。

30日,《光明日报》发表夏桂廉的《清代题材文艺暨金易作品研讨会认为,历史题材文艺作品应追求真善美》。

《南京大学学报(哲学·人文科学·社会科学版)》第1期发表丁柏铨、王树桃的《"五四"小说与新时期小说叙事视角比较》。

本月,《小说家》第1期发表子干的《杂语'94小说状态》;张欣的《守我本分》。

《红岩》第1期发表方舟的《双重梦魇中的故乡意象——张者近期小说文本分析》。

《剧本》第1期发表高扬的《把握现状　着眼未来——'94全国话剧交流演出座谈会综述》;朱汉生的《电视时代的戏剧》;李祥林的《电视:戏曲面前的一柄双刃剑》。

《作品》第1期发表张柠的《语言的遭遇》。

深圳市文联举办文艺发展理论研讨会,强调深圳的文艺应该成为中国社会主义文艺的重要窗口,同时在发展中要防止其"香港化"。

以唐达成为团长的中国作家代表团赴印度访问。

本月，山东人民出版社出版王凤胜的《周恩来文艺思想新论》。

2月

1日，《中国文化报》第14期发表本报记者石磊的《1994：中国电影在改革中稳步前行》；陈剑晖的《永恒的朝圣者——读刘见的报告文学集〈绿岛红烛〉》。

《大众电影》第2期发表王永午的《电影：想市场与想象市场》；夏林的《轮回——电影谋略之四》。

《山西文学》第2期发表崇岭的《关于叙事》。

《四川文学》第2期发表刘中桥的《孤舟野旅闯天下——读〈牛魔王的后代〉》。

《作家》第2期发表海男的《秘密的洞察者和局外人（创作谈）》；罗望子的《关于小说的自我问答（创作谈）》；张旻的《一种状态》。

《求是》第3期发表荀春荣的《一部以时代精神烛照历史题材的新作——读长篇小说血火八年》；施殿华的《绚丽的画卷　光彩的形象——看电视剧〈男儿女儿好看时〉》。

《南风窗》第2期发表尤奇的《新“凤凰琴”》。

《海燕》第2期发表周大新的《为了人类日臻完美》。

《解放军文艺》第2期发表王瑛、王伏炎的《对话》。

2日，《文学报》发表王蒙的《我对文学发展持乐观态度》；本报记者徐春萍的《“文学风流属南阳”》；本报编辑部的《“热闹”后的文学忧思》；晓峰的《广州“流浪笔杆群”褒贬不一》；彭新琪的《人间自有真情在——读巴老的〈家书〉所想起的》；雷群明的《好书更需好书评》。

4日，《羊城晚报》发表杨宏海的《文化视角中的深圳文学（上）》。

5日，《羊城晚报》发表杨宏海的《文化视角中的深圳文学（下）》。

《广西文学》第2期发表隆恩教的《于细微处见真情——读林啸小说〈初出

茅庐〉》。

《山花》第2期发表谢有顺《先锋小说再崛起的可能性》;张英的《王蒙访谈录》,毛志成的《有感于文学"场"》。

《湖南文学》第2期发表胡宗健的《读何顿》。

6日,《羊城晚报》发表黄伟宗的《喜看革命史诗添新卷——评余松岩的〈地火侠魂〉》。

中国共产党党员、中国新文化运动的先驱者、革命文艺家、社会活动家、电影艺术家夏衍因病在北京逝世,享年95岁。

7日,《文汇报》发表周甲禄的《坚持直面人生　刻意求新求变——文坛"楚军"独树一帜令人瞩目》。

《羊城晚报》发表何燕屏的《读〈文化苦旅〉之"苦"》。

《天津文学》第2期发表杜元明的《生理快感与艺术美感》。

8日,《中国文化报》第15期发表姚文放的《当代审美文化研究的新一页——"当代中国审美文化前瞻"学术研讨会纪要》;徐试的《加大文化产业发展的力度》;徐冰整理的《重建人文精神三人谈》(党圣元、陶东风、张德祥)。

《光明日报》发表记者曹继军的《〈敦煌遗梦〉天生该触电》。

《羊城晚报》发表徐廷安的《〈黑骏马〉跃上银幕》。

9日,《文汇报》发表《面对商业大潮的冲击,作家——正悄悄疏离纯文学创作》。

《文学报》发表苏育生的《西北风情图——读陈长吟西域行系列散文》;刘锡诚的《直面现实之作——致〈海南风流〉〈海南教父〉作者晓剑》;陈慧方的《为了忘却的故事——读长篇小说〈温州城下〉》。

《羊城晚报》发表林永祥的《影视驮着文学走》,姬建民的《真实未必是艺术》。

10日,《中国文化报》第16期发表晨雨的《'95国内影视市场　梁凤仪独领风骚》;阮若琳的《浅谈电视剧的发展与电视市场》;文芳的《重寸之阴　勤奋耕耘——沂访周而复》;余祥基的《电视剧〈渴望〉轰动越南》。

《羊城晚报》发表虎生的《'95电影新景观》。

《南方周末》发表本报记者陈朝华的《张抗抗:我没浮名之累》;秀军、京民的《"皇后"为"皇帝"争说法——中国第一号著作权案裁决》。

《北京文学》第2期发表孙郁的《"新体验小说"之体验》;卓谐的《与孩子共同

面对严峻的人生——记葛翠林儿童文学创作研讨会》。

《江淮论坛》第1期发表朱来常的《世纪之交话“人文”》;闻继宁的《弘扬人文精神的思考》;钱念孙的《人文精神与知识分子》。

11日,《文艺报》第5期发表《弘扬主旋律,坚持多样化,努力出精品——几部好影片在新年接连推出》;《培养跨世纪文学人才是个诱人的目标,中国作协六家刊物今年各有新招》;高扬的《在矛盾统一关系中凸显美——试析何申小说的审美倾向》;高少锋的《从历史走向未来——读陈澍的长篇报告文学〈凤鸣梧桐〉》;陈辽的《假如沈从文先生还活着》;吴野的《在亲情与理解中写巴金——读李致记叙巴金的散文》;邹琦新的《人物画廊向哪里倾斜——再谈新时期文艺之得失》;书华的《人的生命之谜与艺术生命之谜——评张涵等新著〈艺术与生命〉》;韩丰聚、孙恒杰的《九百年前改革家——评长篇历史小说〈汴京梦断〉第一部中的王安石形象》;蒯天的《缤纷人生——史中兴和他的书》;王剑冰的《南阳散文创作漫谈》;谢昌余的《富于激情的理论探索——读刘俐俐〈理论视野中的著名作家张俊彪〉》;钱光培的《半个世纪的足音——禾波〈抒情叙事诗选〉读后》;准淮的《话说作家的书写方式》。

12日,《文汇报》发表李庆西的《新时期文学的人格文本》;何西来的《美之理趣》。

《中国文化报》第17期发表龙海清的《论邓小平文艺理论的思维品格》;重阳的《电视文化三题》;甘永祥的《培育和发展文化市场》;肖鹰的《文学的哲学建构——读夏之放〈文学意象论〉》。

《羊城晚报》发表常江红的《“散文热”与“过日子”》。

《中流》第2期发表孙友田的《在生活中开采诗歌的矿藏》;艾农的《市侩的反讽》。

13日,《文汇报》发表滕云的《以生命附丽于文学——新春津门访孙犁》。

14日,《人民日报》发表舒敏的《走出地平线——近期散文现象扫描》。

《光明日报》发表冯立三的《论中年评论家》。

15日,《人民日报》发表胡平的《传统文化与商业文化精神》;张永炜的《艺术“TV”与文化品格》。

《中国文化报》第18期发表王笠耘的《刻画唐人街的众生相——评纪实文学〈中国教授闯纽约〉》。

《中国图书评论》第2期发表古继堂的《当今为文之道：精短美鲜——〈与梦相约〉片谈》；杨栋的《文字典雅　韵味浓郁——读〈柯灵散文选集〉》；孙武臣的《"使他们笑，使他们哭，使他们等"——读陆棣的长篇小说〈与百万富翁同行〉》。

《广东社会科学》第1期发表熊国华的《审美视角的世界性拓展——犁青诗作散论》。

《天中学刊》第1期发表王焱的《现代主义与传统文化的璧合——白先勇小说创作概论》。

《戏剧艺术》第1期发表王邦雄的《底与图——文化格式塔》；李祥林的《信息论与戏剧艺术》；冯冀的《论接受美学对电视编剧艺术的影响》；封洪的《对影视艺术真实性问题的文化反思》；卢昂的《戏曲现代戏的新思考》；吴仁援的《"市"与"戏"——试论城市对中国戏剧发展的作用》；吴瑜珑的《戏剧观众问题谈》。

《杭州大学学报(哲学社会科学版)》第1期发表郑幼幼的《西方当代美学与新时期文学创作》。

《西南师范大学学报(哲学社会科学版)》第1期发表王泉根的《当今海峡两岸童话创新现象之比较》。

16日，《文汇报》发表本报记者谢海阳的《公安文学如何再上新台阶》。

17日，《中国文化报》第19期发表仲呈祥的《电视万能?》。

《光明日报》发表杨的《评论理论界推重现实题材的力作，本报等举行〈走向天堂〉、〈凤鸣梧桐〉研讨会》。

《作品与争鸣》第2期发表王力军的《透视生活中的沉重》；霍劲松的《揭出腐败，引起疗救的注意》；龚小凡的《"政治"还是"小说"?》；朱霞的《价值冲突与情感选择》；陈墨的《浪漫过后的古典爱情》；蒋梅的《呼唤独立的女性人格》；刘友宾的《病态男人的性幻想》。

以吴昌泰为团长的中国作家代表团赴斯里兰卡访问。

18日，《文艺报》第6期发表冯牧的《〈中国作家〉十年》；韩作荣的《读乔迈的〈世纪寓言〉》；文畅的《扶正祛邪　净化世风——读安吾的杂文》；张国俊的《唱给黄土地的赞歌——评刘成章散文集》；文理萍的《山城客撰文分析新时期"文艺新潮"》；以"热点聚焦"为总题，发表周玉宁的《后殖民主义理论》、《人文精神讨论》，牛玉秋的《新体验小说》、《"文化关怀"小说》、《新闻小说》。

《文汇报》发表谢海阳、潘志兴的《高雅艺术刊物面临窘境，七家刊物共商解决办法》。

《羊城晚报》发表陈建森、梁玉芳的《当前文学创作特点与走向——温州访王蒙》；黄修己的《文学批评四重奏》；于万东的《强者传奇业已上演——兼析梁凤仪作品》；朱铁志的《杂文散文双向选择》。

《联谊报》发表曹湘渠的《拜金主义者的悲剧》。

《中国戏剧》第2期发表郭汉城的《振兴戏曲要加强基本建设》；薛若邻的《一曲悲壮的爱国主义颂歌——谈烟台市京剧团演出的〈甲午恨〉》；王椿立的《一出催人泪下发人深思的好戏——评现代京剧〈黄荆树〉》；何祚庥的《现代编导制——振兴京剧的必由之路》；柯文辉的《山月映诗魂——评川剧〈峨嵋山月〉》；谭静波的《意境美　节奏美　神韵美——豫剧〈红果，红了〉导演艺术评述》。

19日，《中国文化报》第20期发表王浩的《"经济搭台""文化唱戏"》。

《羊城晚报》发表周林的《张艺谋让"文学驮着电影走"》；董上德的《"历史小说热"透视》；王若谷的《读余秋雨》。

中国共产党党员、中国作协理事、陕西作协名誉主席、著名作家魏钢焰因病在西安逝世，享年73岁。

20日，《人民日报》发表《由中国艺术研究院当代文艺研究室、北京二中校友会等单位联合召开的"清代题材文艺暨金易作品研讨会"日前在北京召开》。

《福建论坛》第1期发表许建生的《从概念化向文学本体的回归——六十年代台湾军中文学的走向》。

21日，《人民日报》发表张同吾的《寻找精神的家园——关于当前诗歌创作》，《长篇小说〈敦煌遗梦〉研讨会》；李希凡的《教育者的心灵的诗篇——〈教师——美好的职业〉获奖作品读后》；昭然的《关于"大众文化"的讨论》。

《文汇报》发表陈丽的《文学：步入市场后的困惑》。

22日，《中国文化报》第21期发表本报记者侯样祥的《儒学与现代化——杨向奎先生访谈录》。

《光明日报》发表记者肖海鹰的《郦道元暨〈三国演义〉学术研讨会提出，别把国学研究变时髦》。

22—24日，全国作协工作会议在北京召开，中宣部副部长、中国作协党组书记翟泰丰出席开幕式，并就作协工作和繁荣文学问题作了重要讲话。

23日，《文学报》发表本报编辑部的《海派影视的语言追求与困惑》。

《学习与探索》第1期发表杨春时的《文化转型中的中国文艺思潮》。

24日,《羊城晚报》发表《〈红粉〉国外获奖国内争议》;陈衡的《为〈文海寻踪〉说几句话》。

《南方周末》发表本报记者谭军波、郝清亮的《审判"海盗"——畅销书作家与"中国版权一号"》;本报记者谭军波的《王朔以狗"养老"》。

25日,《文艺报》第7期发表《推出无愧于时代的优秀作品,全国作协工作会议在京召开》;俊的《陈澍在农村"泡"六年"泡"出两部好作品,文学界妇女界经济界联合举行研讨会》(报告文学《走向天堂》《凤鸣梧桐》);吴秉杰的《九十年代小说现象和文学课题》;周玉宁的《世界原本是美丽的——陈昌本长篇小说〈痴恋〉读后》;胡德培的《"一条神奇之路"——读尤凤伟的中篇小说〈生命通道〉》;许道明的《〈大学恋〉印象》;李中一的《何为艺术生产力》;以"热点聚焦"为总题,发表牛玉秋的《新都市小说》、《新状态小说》,周玉宁的《后新时期文学》,鲁扬的《文艺学改革的新思路——谈狄其骢〈文艺学问题〉》,张泉的《〈重写中文:20世纪中国广义散文作品中的文体与创新〉出版》,谭谈的《伟大与渺小——在一位作家作品讨论会上的发言》,《湖南省作协举行姜贻斌、王开林作品研讨会》,艾蓝天的《金易作品研讨会在京召开》,阿玫的《〈中国作家〉组织座谈长篇小说〈敦煌遗梦〉》,《李亦作品讨论会在济南举行》,怡的《长篇小说〈饥饿的山村〉研讨会在上海举办》,陈墨、贾治龙的《甘肃研讨青年诗人高凯的诗歌创作》,李德恩的《它必将获得新的辉煌——拉美文学在后"文学爆炸"中的发展趋势》,白烨的《文学拥抱着现实——由〈中国文学〉选刊看1994年中短篇小说创作》。

《羊城晚报》发表黄兆存的《首次以院线方式推出国产片,羊城八影院涂〈红粉〉》。

《学术研究》第1期发表陈其光的《世纪之交:当代文学的走向》;王晋民的《中国当代文学的文化内涵》;柯可的《中国当代文学的两种文化倾向》;黄树红的《中国新文学的当代性与承传性》;黄修己的《20世纪中国文学的时代性》;喻季欣的《文学的失魂》;邝邦洪的《新时期文学创作潮流成因》;翁光宇的《当代文学中美与善的进退》;赵士聪的《现实主义仍然有很强的生命力》;温宗军的《中国后现代主义文学特征》;钟晓毅的《当代文学研究中的"新"与"后"》;吴爱萍的《当代文学批评中的"后现代"》;姚玳玫的《当代文学:批评与创作的疏离》;《"梁凤仪现象"研讨会综述》。

《通俗文学评论》第1期发表王兵的《欲望与叙事——关于梁凤仪〈强人泪〉的一种解读》；林青的《镶嵌在梁凤仪小说中的珠宝钻石》；贾耘田的《中国武术文化与金庸小说的武打艺术》。

据《文艺报》报道：作家出版社、《光明日报》社、《中国妇女》杂志社、福建省妇联等单位联合举办陈澍长篇报告文学《走向天堂》、《凤鸣梧桐》研讨会。

26日，《羊城晚报》发表刘震东的《独恋"序跋"》。

27日，《文汇报》发表《新三年新机遇——对上海文化的新思考》。

《光明日报》发表记者陈有仁的《民间故事剧〈凤凰蛋〉在榕受好评》。

28日，《光明日报》发表冯牧的《散文创作需要精品》；范咏戈的《表现崇高：关于军旅话剧的思考》；卫枚整理的《九十年代文学：接轨与拼贴——长篇小说〈敦煌遗梦〉研讨会纪要》。

《江海学刊》第1期发表邓星雨的《当代散文创作与研究》。

《戏剧》第1期发表谭霈生的《中国当代历史剧与史剧观(中)》；焦尚志的《"五四"新文化运动与现代戏剧观念的确立》。

本月，《二十一世纪》2月号发表徐贲的《"第三世界批评"在当今中国的处境》；赵毅衡的《"后学"与中国新保守主义》。

《文艺评论》第1期发表黄秋实的《市场与精品"两难"选择刍议》；汪民安的《话语的冲动抑制与权力之争》；马少华的《英雄感的历史发展——一种文学经验的条理与解析》；兰爱国的《"历史情结"：后殖民话语的"传统"悖论》；樊星的《新生代的崛起——"当代思想史"片断》；吴义勤的《先锋的还原——九十年代文化转型的一个例证》；王巧凤的《一种不经意的揉搓——由叶兆言小说反观新时期小说走向》；张春宁的《报告文学怎么了？——关于报告文学现状和前景的一些认识》；王晖的《思维模式的转换和文化现象的重构——对近年来报告文学的一种解读》；张德祥的《生命之潮的涌动与漫漶(续二)》；张景超的《一种病态文化人格的演示——我看〈陪读夫人〉》；刘树声的《赵淑侠散文创作评识》；徐成淼的《人文精神的奋力张扬——读许淇〈疯了的太阳〉》；李庆西的《作家的排座次》；黄毓璜的《文坛过眼》；《文学与军事用语》；李尚才的《读者意识强化的意义》。

《作品》第2期发表大傻的《这也是浅薄》。

《读书》第2期发表剑平的《文学批评的非欧几何学》。

《影视文学》第1期发表岳力的《少些火爆　多些独创——影视现象谈》。

湖南作协举行姜贻斌、王开林作品研讨会。

上海市作协、漓江出版社在上海联合召开王智量纪实风格长篇小说《饥饿的山村》研讨会。

山东省作协、山东省文联、山东文学杂志社等单位联合在济南举办李亦(本名李传敬)作品讨论会。

中国艺术研究院当代文艺研究等单位联合主办的清代题材文艺暨金易《宫女谈往录》作品研讨会在北京召开。

陕西省委宣传部、陕西作协、《小说评论》编辑部联合在西安召开文兰长篇小说《丝路摇滚》研讨会。

本月,鹭江出版社出版傅光明、孙伟华编著的《萧乾文学生涯六十年》。

北京十月文艺出版社出版张慧珠的《曹禺评传》。

3月

1日,《人民日报》发表陈斌善的《小剧场大气魄——女剧作家沈虹光速写》。

《中国文化报》第24期发表杨渝生、刘仲文的《问题与对策——文化产业发展管见》;石雨的《寻找理论的视角——吉林省文艺现状与发展理论研讨会综述》。

《羊城晚报》发表四央的《电影"小年"刚过去,事后诸葛道短长》。

《山西文学》第3期发表奚可的《理解探索——近期七部中短篇探索小说漫评》;何西来的《〈冷月无声〉序》。

《大众电影》第3期发表伊夫的《电影,你真的见"鬼"了吗?》。

《作家》第3期发表邵建的《现代性与寓言化——关于后新时期的两个话题》。

《南风窗》第3期发表伊妮的《我为什么要写许氏家族?》。

2日,《光明日报》发表徐友渔的《关于后现代思潮的一种哲学评论》。

《文学报》发表夏长的《〈湖南文学〉推出“湘军展示”系列，为“重振湘军雄风”擂战鼓》；本报记者李连泰的《“写出自己的人生体验”——访作家张抗抗》；李怀中整理的《以宽阔的胸襟　对待文学现象——冯牧访谈录》；张记书的《新兴的文化快餐——小小说》；沈栖的《“车站小说”的启示》；以“一个充满现代意味的诱惑——作家谈电脑与写作”为总题，发表赵长天的《追求尽善尽美的诱惑》，晓剑的《电脑在消灭作家》，陆星儿的《经不起考验的保证》，陈村的《为电脑发烧》，赵丽宏的《积习之变》；同期，发表王国伟的《秋雨人生》；张浩文的《把真诚交给心灵——和谷散文讨论会综述》；巴毅的《一位燃烧自己的诗人——记著名诗人、作家流沙河》。

3 日，《中国文化报》第 25 期发表赵忱、黄宗汉的《京都文丐却是文化富翁》；李承祥的《港人评说〈红色娘子军〉》。

《光明日报》发表《’94 中国改革潮全国报告文学大奖赛获奖篇目》。

《南方周末》发表赵明的《“炒卖”作家没商量》。

4 日，《文艺报》第 8 期发表记者闻逸的《〈被告山杠爷〉：可望成为’94 中国电影的扛鼎之作》；薛胜利的《导弹筑巢者的铁骨忠魂——读〈大山作证〉、〈青山垂虹〉》；乔再芳的《愿世人一照此镜——读高占祥同志〈人生宝鉴〉随感》；郑恩波的《〈宫女谈往录〉的价值何在?》；刘英武的《北国之春的诱惑——评〈俄罗斯姑娘在哈尔滨〉》；曾镇南的《文学创作的目标感》；南文的《思・语・诗——“语言学转向与文学批评”研讨会综述》；本报记者石一宁的《将文学完全推向市场是不行的——河南省作协主席张一弓访谈录》；刘媛的《篇无新意不出手——记梁衡的散文创作》；秦渭的《陕西召开文兰长篇小说〈丝路摇滚〉研讨会》；安葵的《期待由热闹走向繁荣——1994 戏曲创作、演出的回顾及展望》；于守山的《电视专题片应走类型与风格之路——兼评 16 集专题片〈大路朝天〉》。

《文汇报》发表记者张新颖的《巴金新作〈再思录〉付梓，该书收录了〈随想录〉以来九年的各类文章》；陈丽的《是只能服从的“上帝”，还是有“心灵之约”的朋友——上海作家侃“读者”》。

《羊城晚报》发表游焜炳的《现代意识观照下的历史巨制——我读刘斯奋的〈秋露危城〉》。

5 日，《中国文化报》第 26 期发表以“消遣：不应成为文艺创作审视历史题材的基点——谈大众文化中的‘历史消费现象’”为总题，发表郭宝亮的《在“历史热”的背后》，冯冀的《历史作为文化消费》，陈太胜的《非历史的形象消费》；同期，发表石雨的《一个富有开拓性的举措》；张毅的《第三种眼光：重视信息文化产业的开发》。

《广西文学》第3期发表韦露的《女性自我的跌落与超飞——我看苏萍散文》。

《山花》第3期发表陈仲义的《他们提供了什么“范式”》；陈旭光的《新潮散文：文体革命与艺术思维的新变》；张英的《安顿自己的灵魂——访著名女作家戴厚英》。

《当代文坛》第2期发表边言的《抓住机遇　迎接挑战》；廖全京的《跳荡与飞动——1994年部分短篇小说论评》；晓华、汪政的《新小说家们》；蒋登科的《略谈唐大同的散文诗》；夏志华的《诗歌形式的自我劳动》；冯源的《生活的馈赠——田樾诗集〈情依然〉解读》；曹家治的《读泰昌》；吴周文的《走出旧范式困扰——论郭保林的散文》；冯宪光的《最后的山民——读克非新作〈牛魔王的后代们〉》；王跃的《走向21世纪的四川新写实小说——兼论盆地中青年作家的文学创作眼光》；毛毛的《细微的故事与平易的动机——读裘山山的两部中篇小说》；吴义勤的《超越世俗——鲁羊论》；唐云的《对两部女性文本的阐释》；葛红兵的《文化乌托邦与拟历史——毕飞宇小说论》；邓宾善的《欣赏张承志》；欧阳友权的《呼唤归岸文学》；卜一的《末日或晖光——读孙建军诗集〈时间之岛〉》；彭斯远的《全方位地表现孩提——读钟代华〈纸船〉有感》；宋奔的《“一首歌，一条通天大路”——读曾鸣〈蜀地〉、〈河流〉组诗》。

《芙蓉》第2期发表萧元的《两间余一卒——作为一个女性作家的残雪》。

《湖南文学》第3期发表萧元的《形而下的迷失》。

6日，《羊城晚报》发表陈俊年的《“样板”笑泪录》；饶芃子的《〈心影〉自序》。

7日，《人民日报》发表张江明的《爱国主义与中华民族光荣传统》；雷达的《“回到自身”与活力之源——对当前文学发展的一点思考》；袁济喜的《审美的雅与俗》；范伯群的《人格精神的展现——评长篇小说〈无梦谷〉》；前作的《长篇小说〈孙武〉研讨会》。

《天津文学》第3期发表曹式哲的《贴近生活底蕴　折射百态人生——评〈天津文学〉1994年中短篇小说》。

黎巴嫩总统授予冰心黎巴嫩国家级雪松骑士勋章，以表彰她在中黎文化交流事业中所作出的贡献。

8日,《中国文化报》第27期发表记者刘燕的《针对问题　采取措施　繁荣创作——中国作协今年将抓六件实事》;李先锋的《滔滔商海　谁主沉浮——读毕四海的长篇小说〈东方商人〉》;郁中华的《谫论文化产业》;乐黛云的《中国学术文化发展的回顾与前瞻》。

《光明日报》发表韩小蕙的《随笔版缘起》。

《羊城晚报》发表宋其蕤的《浓得化不开的乡情——评于最的〈子规曲〉》;辛民的《余秋雨要告香港明报》;吴全的《文学女界》。

9日,《人民日报》发表向兵的《'95中国电影——向质量进军》;王洪应的《现代戏创作的新收获——评河南入选"五个一工程"的几台现代戏》。

《文学报》发表本报记者饶明华的《深化改革　繁荣创作　拓展文化市场》;本报记者徐春萍的《文学是应多元的——与作家冯骥才一席谈》;李其纲的《发财的时髦与文人的时髦》;本报记者江振新的《"世纪末中国文学与批评"研讨会举行》;黄毓璜的《文坛三爷》。

《羊城晚报》发表珠珠的《抽样说说文学男界》(简评伊始、雷铎、何继青、张波、叶曙明、殷国明)。

10日,《文学家与企业家报》发表谢冕的《我读〈我的菩提树〉》。

《小说林》第2期发表张一、杨秋琛的《在尴尬中寻觅》。

《中篇小说选刊》第2期发表池莉的《再谈写作的意义》。

《电影艺术》第2期发表潘若简的《电视剧的叙事神话》;林黎胜的《"视点镜头"电影叙事的立足点》;马德波的《影运环流(上)——九十年间"载道"与"娱乐"之争》;韩小磊的《对第五代的文化突围——后五代的个人电影现象》;何志云、陈丹晨、顾骧、钟艺兵、张永经、侯克明、曹其敬、刘诗兵、曹奕明、汪晖、史建全、冯小刚的《直面人生电视连续剧〈一地鸡毛〉座谈》;古榕的《电影不是遗憾的艺术——写在电影诞生100周年之际》。

《花城》第2期发表萌萌的《我的"初始经验"的记忆和描述——语言问题何以对我成为问题》;南帆的《话语与影象——书写文化与视觉文化的冲突》;赵毅衡的《为什么没有"新留学生文学"?——海外中国大陆文学研究提纲》。

《河南师范大学学报(哲学社会科学版)》第2期发表李海山、于华的《为微型小说讨个说法》。

全国政协委员、香港作协会长朱连芬女士拜会中国作协党组书记翟泰丰，就加强两作协之间的联系事宜进行了交谈。

11日，《文艺报》第9期发表翟泰丰的《努力创作无愧于我们伟大时代的文学作品——在全国作协工作会议上的讲话》；本报记者邵璞的《严肃作家的命运——访人大代表、作家航鹰》；兴安的《新体验小说：作家卷入当代生活的一种尝试》；郭风的《以散文反映时代——读何少川散文集〈高山含笑〉》；朱辉军的《当代大众文化的痼疾与生机》；郭淑梅的《“明星”情结——关于当前大众文化对中国人的影响》。

中国作协为纪念中国人民抗日战争和世界反法西斯战争胜利50周年，邀请一批老作家对中国作协编辑的“抗日战争作品选”的篇目在京进行了座谈。

12日，《文汇报》发表徐俊西的《也谈“高雅文艺”》。

《中国文化报》第29期发表严昭柱的《对“大众文化”的反思》；陈伯齐的《文化产业中的五种关系》。

《光明日报》发表戴燕的《“五个一工程”入选作品选评征文颁奖》。

《中流》第3期发表臧克家的《我所想到的　我所希望的——在中国毛泽东诗词研究会上的发言》；逄先知的《在中国诗史上达到了一个崭新的高度——在中国毛泽东诗词研究会上的发言》；罗竹风的《漫谈〈闯王进京〉》；赵宝山的《以忠诚“报告”忠诚——致报告文学〈忠诚〉的作者》。

13日，《人民日报》发表卢文的《〈走向天堂〉、〈凤鸣梧桐〉受欢迎》。

14日，《光明日报》发表陈锡文的《农村带头人之歌——读长篇报告文学〈走向天堂〉〈凤鸣梧桐〉》；李炳银的《山吟风鸣作劲声》；秦晋的《〈世纪贵族〉与商界文学》；李师东的《一个值得关注的新作家群》（“六十年代出生的作家群”）。

《羊城晚报》发表娅子的《被〈红粉〉涮了一回》。

诗人、翻译家、中央文史研究馆馆员荒芜因病在北京逝世，享年80岁。

《昆仑》编辑部、解放军艺术学院文学系联合主办的军营现实题材作品研讨会在北京召开。

15日，《人民日报》发表贾春峰的《文化研究的新拓展》；姜文兆的《专栏与文思》。

《上海文学》第3期发表李锐的《虚无之海，精神之塔——对鲁迅先生的自白》；王鸿生、耿占春、何向阳、曾凡、曲春景的《现代人文精神的生成》。

《中国文化报》第30期发表朱辉军的《中国女性形象的银幕塑造》。

《北方论丛》第2期发表时春雨的《“暗杀”：一具沉重的历史之轭——读王蒙新作〈暗杀——3322〉》。

《当代作家》第2期发表冯天瑜、王武子的《从“人文精神”说“义利原则”》。

《当代电影》第2期发表弘石的《第一次浪潮——默片期中国商业电影现象述评》；谭春发的《长期被误读被冷落的一页——早期的中国电影》；李少白的《兴起与高涨——论中国电影文化运动初期的成就》；贾磊磊的《乱世出豪侠　神话造英雄——中国武侠电影(1931—1949)》；翟建农的《“样板戏电影”的兴衰——“文革电影”：20世纪特殊的文化现象(一)》；陈墨的《新时期中国电影与文学》，[美]威廉·吕尔著，杨彬译的《中国大陆电影：1949—1985》；郦苏元的《对左翼影评的再认识》；胡克的《现代电影理论在中国》；饶朔光的《走向多元分化的中国电影理论批评——新时期电影理论批评回顾》；郑国恩的《中国电影摄影艺术历史描述(1905—1949)》。

《江南》第2期发表王自亮的《文学：一种更好的存在方式》；王彪的《伤痛与拯救》；洪治纲的《重塑人格的丰碑》；王旭烽的《我和我居住的地方》。

《求是学刊》第2期发表任永堂的《生态文化：现代文化的最佳模式》；李春泰的《生态文化与现代化》；王裕毛的《关于生态问题的哲学思考》；彭放的《纯文学的危机与出路——提出几个问题来讨论》。

《文学评论》第2期发表於可训的《九十年代：对当代文学史的挑战——兼论当代文学史的时间、空间与观念诸问题》；邹平的《转型期文学：对九十年代文学的一种概括》；王光明的《作为散文文体家的郭风》；阎晶明的《消解、幻灭与终极内涵——对成一近期中篇小说的解析》；许文郁的《走向深处——雷建政创作述评》；赵玥的《圆与线：方敬诗歌的艺术世界》；孙文宪的《现代批评的策略》；张清华的《认同或抗拒——关于后现代主义在中国的思考》；马龙潜的《对文艺学的性质和发展趋势的认识——与金元浦同志商榷》。

《文艺争鸣》第2期发表孙绍振的《病态的牺牲惨重的二十世纪文学》；唐晓渡的《时间神话的终结》；王光明的《重建个人的话语空间——新诗潮新论》；范钦林的《民族自尊的误区与现代文化的选择——对一种东方怀古情结的批判》；秦晋的《文学批评答问录》；王彬彬的《再谈过于聪明的中国作家及其他》；曾镇南的《知人论世的聪明》；李小山的《与自己争论》；咏枫的《深刻的“老生常谈”》；谢有

顺的《精神困境的寓言——格非〈傻瓜的诗篇〉的意蕴分析》；王科的《哲理美：对人生与世界的感悟和升华——王充闾散文印象一论》；王培元的《以新的方式“和自己的过去诀别”——王蒙〈失恋的季节〉的喜剧类型和语言》；逄增玉的《胡子与英雄：东北作家创作中独特的历史与文化景观》。

《中国图书评论》第 3 期发表李洁非的《1994 小说扫描》；孙郁的《话说孙犁》，张宗刚的《丽的毒花——〈英儿〉随感》；王蒙的《骄人的“红罂粟”》。

《华侨大学学报（哲学社会科学版）》第 1 期发表黄万华的《论马来西亚华文文学的本土特色》；岳玉杰的《生机与危机并存——浅论马来西亚华文文学的现状和前景》；朱立立的《对沙城的颠覆与解构——马华女作家戴小华及其剧作〈沙城〉论》；郭建军的《砂朥越的日子与人心——评砂华作家梁放的小说》；陈旋波的《〈奇岛〉：充满生命狂欢的文化史诗》；倪金华的《散文语言的艺术考察——海峡两岸散文比较》；刘小新的《崇高美的热望——陈千武诗歌创作的精神追求》。

《钟山》第 2 期发表戴锦华的《救赎与消费——九十年代文化描述之二》。

《徐州师范学院学报（哲学社会科学版）》第 1 期发表王艳芳的《卓然独步的史家意识——评邓星雨先生著〈中国当代散文史〉》；葛红兵的《对本体的规范与沉迷——读陈剑晖〈文学的本体世界〉》；鸣凤的《“社会主义市场经济条件下的人文精神”学术研讨会综述》；陈清的《林语堂中西合璧文化观成因管窥》。

《重庆师院学报（哲学社会科学版）》第 1 期发表吴向北的《寥落晨星——重庆女性作家片论》；吴红英的《通俗文学的审美特征》。

16 日，《人民日报》发表《首都研讨儿童文学创作，时代呼唤儿童文学大家》；田耒的《精美而睿智的散文世界——梁衡〈只求新去处〉品读》。

《文学报》发表本报记者李连泰的《上海市文联探索工作新思路：“文”“经”联姻　共建两个文明》；李风情的《诗韵与理论的结缘——记中年作家龙彼德》（诗人）；胡德培的《对作家“大转舵”的思索》；王纪人的《文学的“文化关怀”》；孙光萱的《“名作求疵”又何妨》；龙长吟的《努力表现人与自然的亲和感——评罗长江武陵源系列散文》；洪治纲的《寻找生命的力度与深度——读杜文和的小说集〈牧野津古渡〉》。

《中国人民大学学报》第 2 期发表周晓燕的《文学：孕育着新机》。

《求是》第 6 期发表成志伟的《在沉浮中向人民公仆回归——评电影〈留村察看〉》。

17日，《中国文化报》第31期发表王洪波、陈世旭、刘航鹰的《说说作家》；巴毅的《老而弥坚　志在千里——访著名老作家马识途》。

《羊城晚报》发表何龙的《一部小说　千人创作》。

《南方周末》发表王立中的《出资5万买小说，张艺谋与述平共入都市》。

《作品与争鸣》第3期发表范咏成的《一篇拷问灵魂的力作》；雪洁的《真实而复杂的人性世界》；傅华的《对性欲的神化与礼赞》；朱邦国的《爱的差错》；卢君的《“这个悲剧谁也不怪”？》；寒梅的《怎样评价〈金光大道〉？》；丁尔纲的《闻茅盾被〈大师文库〉除“名”有感》；殷同的《作家在文化消费时代的定位》。

18日，《文艺报》第10期发表冯立三的《拜倒在大地的女儿面前——读〈走向天堂〉、〈凤鸣梧桐〉》；刘锡诚的《关于〈冯牧散文选粹〉》；康士昭的《试论培育和发展社会主义文化市场》；黄国荣的《韩静霆历史小说〈孙武〉研讨会在京召开》；《陈源斌〈世纪访谈〉在京获关注》；张德祥的《文学四心态》。

《羊城晚报》发表蔡运桂的《“电子新星”的文学之光》；邵燕祥的《街上流行“跨世纪”》。

《中国戏剧》第3期发表《京剧舞台上的一曲希望之歌——首都戏剧界专家座谈京剧现代戏〈黄荆树〉》；褚伯承的《一出好戏催发一棵新苗——谈顾奇军在沪剧〈明月照母心〉中的表演》；廖全京的《西南话剧的当代社会剧倾向》。

19日，《中国文化报》第32期发表魏若的《集中展示女作家作品——河北教育出版社将推出〈红罂粟丛书〉》；洪声的《张承志其文》。

20日，《羊城晚报》发表叶延滨的《文坛新潮滚滚来》。

《小说评论》第2期发表张韧的《突围与误区——94年“新”字号诸家小说述评》；陈辽的《’94中短篇小说中的市场经济与人》；孙绍振的《小说内外之六——小说与故事》；雷达的《小说见闻录之四——先锋小说的新思路》；孟繁华的《名作重读之一　小说之外：那个单身鏖战的人——重读〈骑手为什么歌唱母亲〉》；畅广元、李继凯、屈雅君、吴进、田刚的《关于当前文学批评的对话》；刘春的《若有所失——读三部小说的感想》；俞立的《“误区”未必都误》；冬雨的《小说看“小”》，黄景忠的《重读旧作二题》；水天戈的《寻觅精神的家园》；冯立三的《寒冰凛冽自当然——评寒冰长篇小说〈女记者〉》；阎纲的《关于两部长篇小说的评论　惊悚之余的美感——读长篇小说〈饥饿的山村〉》；《华年逝矣信史可鉴——读王松雪的长篇小说〈依然香如故〉》；刘树元的《人性之梦的纠缠——评张波的小说创作》；

王光明的《人与时间脱节的世界——吴尔芬和他的小说》;张德明的《永别了,温柔家族——再读长篇小说〈家贼〉》;王利芬的《理想主义的风景画已经退色后——读申力雯小说集〈女性三原色〉》;李大鹏的《论汤吉夫的"学校知识分子小说"》;梁新俊的《有性格的作品才算美的——读长篇小说〈有情人〉》;李文的《一部直面现实的力作——读文兰长篇小说〈丝路摇滚〉》;临春的《长篇创作的新收获——文兰长篇小说〈丝路摇滚〉研讨会纪要》;小雨的《〈天荒〉:李康美的新追求——长篇小说〈天荒〉研讨会纪要》;南丁的《老百姓自己的故事——读〈金三角夜话〉》。

《昆仑》第2期发表朱向前、曾凡华等的《关于〈寻找驳壳枪〉的对话》;刘晓江的《努力创造军事题材长篇小说新的繁荣》;管卫中的《咀嚼不尽的青春》。

《学术月刊》第3期发表杨春时的《乌托邦的建构与个体存在的迷失——李泽厚〈第四提纲〉质疑》。

《清明》第2期发表贺绍俊的《走进超现实世界——读半岛小说》;许春樵的《物化世界的终极关怀——钱玉亮小说解读》。

21日,《人民日报》发表艾斐的《关于振兴文学的几点思考》;文边的《来自北京、天津、上海等地的作家编辑等参加了太原日报社、中国作协创研部等单位举办的"文艺副刊研讨会"》;云德的《文学要体现时代精神——读报告文学〈走向天堂〉、〈凤鸣梧桐〉》;文一的《国家外国专家局、〈当代〉杂志社编辑部、中国报告文学、〈中华文学选刊〉、〈国际人才交流〉编辑部联合组织的〈中国之约〉研讨会在京举行》;肖云儒的《黄土地上的"信天游"——读刘成章的散文》。

《文艺研究》第2期发表张涵的《中华美学的基本精神及其当代意义》;滕守尧的《艺术中的边缘地带》;曹明海的《意象解读艺术论》;刘秀梅的《艺术鉴赏的审美思维机制》。

中国作协、中华文学基金会、作家出版社、《文艺报》等单位联合举办的夏萍《曾宪梓传》作品研讨会在北京召开。

21—24日,全国文联工作座谈会在北京召开,中国文联主席曹禺、党组书记高占祥作了讲话。会议就如何建立社会主义市场经济条件下围绕全国工作大局,进一步做好文联的工作,改革文联的体制,发挥文联的桥梁纽带作用,以及开创文联工作的新局面进行了讨论。

22日,《人民日报》发表朱冬菊的《〈曾宪梓传〉研讨会在京举行》;文一的《展现世界妇女风貌,’95世界妇女电影周将举行》。

《中国文化报》第33期发表洪治纲的《生命的诗园——读叶文玲长篇新作〈无梦谷〉》。

《光明日报》发表邵燕君的《高品位刊物与通俗文化争地盘》;记者肖海鹰的《文联拟办十件事》。

23日,《文学报》发表本报记者的《全国文联工作座谈会在京召开,中国文联今年办十件实事》;纯儿的《或许写作刚刚开始——记青年作家墨白》;本报编辑部的《"城市文学"亟待拓展》;杨扬的《是什么使文学变得如此亲切——读南妮〈一个梦撑一生〉》;本报记者江振新的《诗歌批评家杨匡汉指出——诗坛迫切呼唤"史诗"》。

《羊城晚报》发表王蒙的《欢乐的文学联欢——〈都市迷情〉序》;明亮的《文学吞下了生活》;余龙的《书商"吃"作家　作家讨"说法"——李晴状告四川一书商侵权》。

江泽民总书记在湖南视察期间,支持在长沙创建毛泽东文学院,并题写了院名。

24日,《光明日报》发表记者肖海鹰的《曹禺寄语同行:借企业之力,创优秀之作》。

《中国文化报》第34期发表孙小宁、方鸣、白烨的《"用文化包装文化"》;刘宗武的《一九九四:孙犁没有离开文学》。

《羊城晚报》发表陈旭、舒克的《影片优劣榜上看,第三届金陵影评人公映影评优劣榜揭晓》。

《文史哲》第2期发表张清华的《新时期文学的文化境遇与策略》。

《文艺理论与批评》第2期发表于逢的《还是要讲讲毛泽东文艺思想》;胡可的《关键在于加强作家自身的思想修养》;荀春荣的《弘扬人间正气的新作——看〈人间正道〉有感》;胡可的《市场与话剧》;石城子的《两种大众文艺与大众文艺观》;吕世民的《论当代文学评论家胡采》;严昭柱的《忠诚于党和人民的文艺理论家——徐非光同志文艺理论研究的评述》;栾保俊的《刘绍棠的辩证思维与他的文学创作》;朱兵的《雪狮吟啸的神韵——论藏族诗人伊丹才让的诗歌》;鲁煤的《〈古树的花朵〉常开不谢——在"臧克家作品研讨会"上的发言》;王一桃的《香港暨海外的"臧克家研究"》;瞿维的《丹心如砥柱——简论晓星的歌与诗》;曾焕鹏

的《他吹着清丽柔婉的叶笛——论郭风50年的散文创作》;刘川鄂的《新的综合 新的突破——读〈郭沫若评传〉》;尚文的《长篇小说创作研究的可喜收获——评胡良桂的〈史诗特性与审美观照〉》;闻礼萍的《高扬爱国主义的优秀历史画卷——〈新战争与和平〉第二次研讨会侧记》;康洪兴的《在困境中奋斗 于拼搏中发展——'94全国话剧交流演出巡礼》;潘亚暾的《南洋儒商及儒商文学初论》。

25日,《人民日报》发表记者韩振军的《刘忠德在全国文联工作座谈会上说,文联要搞好服务繁荣文艺创作》;米青的《沪举行赵孟国际研讨会》。

《文艺报》第11期发表《面向未来世纪的主人——中国少年儿童出版社在京召开儿童文学创作》;马识途的《借题发挥写序言——序〈情系高原〉》;国立的《"真诚的爱和被爱——读席小平散文集〈梦里千回〉印象》;王先霈的《对"石油人"炽烈的爱——读曹建勋长篇新著〈大漠烟〉》;程代熙的《从"Mass Culture"一词的翻译想到的》;宁逸的《"大众文化"研究概述》。

《光明日报》发表记者韩振军的《全国文联工作座谈会闭幕》。

《大家》第2期发表陈晓明的《爱欲、自我与诗性的跨越——关于〈双鱼星座〉的随想》;陈晓明的《生动的空想:特定时期的精神轮廓——评王坤红的〈空中楼阁〉》。

《艺术家》第2期发表李尔葳的《〈风月〉:从文学到电影——与陈凯歌〈风月〉谈》;孟固、敬劳坂的《电视剧创作面面观》。

《上海师范大学学报(哲学社会科学版)》第1期发表陈娟的《嬉笑中的清醒——王朔小说论》;黎跃进的《制约与超越:文学与文化关系的考察》。

《文艺理论研究》第2期发表庞朴、夏中义的《学术反思与文化"着陆"》;钱谷融的《真诚、自由、散淡——散文漫谈》;李扬的《结局或开始:世纪之交的文学处境——论我们时代的价值迷失》。

《台港与海外华文文学评论和研究》第1期发表白舒荣的《新加坡微型小说的繁荣及特色》;王宗法的《冷嘲热讽见真情——读黄孟文的〈安乐窝〉》;亚超的《再掀'梁凤仪热'》;陆士清的《站在坚实的大地上——略论曾敏之散文的传统血脉》;华文的《上海"海外华文文学沙龙"连续举行活动》;洛夫的《台湾现代诗的发展与风格演变》;钟晓毅的《拔剑四顾心茫然——从金庸作品看中国知识分子孤独心态的一脉相承》;钦鸿的《华文文学已经走向世界——第七届世界华文文学国际学术讨论会会议综述》;陈旋波的《西方典律的瓦解与海外华人文学》;刘红

林的《弗洛伊德主义和台湾现代派小说》；曹明的《赖声川及其表演工作坊》；赵朕的《同根异株的花朵——〈生死场〉与〈松花江的浪〉之比较》；熊国华的《门住永恒和不朽：重读张默的名诗〈贝多芬〉》；吴其盛的《"海洋精神"的诗歌实践意义——兼论朱学恕的海洋文学理论》；孙观懋的《创新，小说生命所在——读刘以鬯作品札记》；曹惠民、张涛甫的《三维艺术空间：人间、炼狱、天堂——析颜纯钩〈天谴〉的主题意蕴》；林承璜的《漫谈世界华文文学》；吴奕琦的《赵淑侠散文漫论》；曾心的《一幅幅热带现实农村图景——刘扬的创作结晶与心路》；彭金燕的《情系南洋——记巴人在南洋的文学活动》；王一心的《徐訏与巴人的笔墨官司》；柯原的《王一桃诗作片论》；王玉树的《王一桃的诗观》；鲁藜的《湄公河的深情永难忘》；林林的《〈热带诗抄〉序》；邹荻帆的《热带风雨不了情——读〈热带诗抄〉》。

《社会科学战线》第 2 期发表公木的《〈海外华人作家名作系列〉序》。

《甘肃社会科学》第 2 期发表朱铁志的《艺术的政论　政论的艺术——牧惠杂文创作散论》；刘洁的《论赵树理笔下人物形象的文化底蕴》。

《北京师范大学学报(社会科学版)》第 2 期发表李复威的《雅与俗：从疏离走向合流——论 90 年代我国文学演进的新走向》；姜志军的《中国当代新近散文勃兴的原因》。

《安徽大学学报(哲学社会科学版)》第 2 期发表马连芬的《情感宣泄与通俗文学》；李金荣的《二十世纪中国女性文学的发展》。

《当代作家评论》第 2 期发表丁进的《从"父慈子孝"到"家变"——王文兴〈家变〉与王朔〈我是你爸爸〉之比较》。

《海南大学学报(哲学社会科学版)》第 1 期发表周伟民的《评王春煜的〈尤今评传〉》。

《绥化师专学报》第 1 期发表罗振亚的《试论台湾现代诗的西化与回归》。

《贵州师范大学学报(社会科学版)》第 1 期发表陈昌丽的《文艺的作用　作家的职责——兼谈〈废都〉》。

《晋阳学刊》第 2 期发表欧阳明的《历史的眼睛在这里格外明亮——新历史小说略论》。

《湖北大学学报(哲学社会科学版)》第 2 期发表柳成荫的《太阳意象与再生文化——对张承志小说的文化解析》。

《解放军外国语学院学报》第 2 期发表朱青的《高晓声的语调——读〈陈奂生

上城出国记〉》。

25—27日，中国作协第四届主席团第九次会议在上海举行，中国作协主席巴金主持开幕式并请王蒙代读了讲话稿，中宣部副部长、中国作协党组书记翟泰丰作了讲话，会议学习了邓小平同志的文艺理论和江泽民总书记关于繁荣文艺的重要讲话，并围绕“团结、鼓劲、活跃、繁荣”的主题展开了讨论。

26日，《人民日报》发表记者曲志红、李战吉的《作协第四届主席团第九次会议强调：团结作家　繁荣文学——巴金要求珍惜来之不易的稳定局面》。

《中国文化报》第35期发表欣文的《作家直接切入生活，陈源斌〈世纪访谈〉受好评》；记者梁溪虹的《全国文联工作座谈会召开，中国文联今年将办十件实事》；冉利华的《深切地关注人间——评孙春平的小说集〈逐鹿松竹园〉》。

《文汇报》发表沈敏特的《何必非此即彼：文人的选择》。

《光明日报》发表记者肖海鹰的《中国作协主席团召开第九次会议，团结作家繁荣文学》；本报记者郑笑枫的《热情歌颂时代英雄人物，老作家座谈〈托起生命的太阳〉》；记者黄永涛的《全国电视剧题材规划会提出，把出精品作为繁荣电视剧的重要标志》。

《小说》第2期发表铁凝的《我读关仁山的小说》；《〈叶兆言文集〉作者说明》。

27日，《华中师范大学学报(哲学社会科学版)》第2期发表胡亚敏的《反思与建设同在　危机与机遇并存——近年来文学批评学研究述评》；赖力行的《走向科学：一条艰难的探索之路——近十年文学批评科学性问题研究综述》。

28日，《人民日报》发表记者曲志红、李战吉的《努力开创社会主义文学新局面——作协第四届主席团第九次会议闭幕》、《翟泰丰在作协会议上希望文学界人士团结一致：面向21世纪　站在世界文学前列》。

《四海·台港澳海外华文文学》第2期发表《五专家谈〈海外华文文学史初编〉》；涂文辉的《首届“赵淑侠作品国际研讨会”概述》。

《光明日报》发表本报记者肖海鹰的《作协主席团号召作家：创作精品，无愧时代》、《“我对文学事业充满信心”——记中国作协主席团会议上的巴金》；李洁非的《走出八十年代》；谢冕的《百年反思与文学期待》。

《名作欣赏》第2期发表孙生民的《〈儿歌〉：寻找的哀歌——叶兆言的短篇小说〈儿歌〉赏评》；吴毓生的《孤独者的梦——读苏童的短篇小说〈樱桃〉》。

29日，《光明日报》发表本报记者肖海鹰的《服务为本，人和艺兴——访中国文联新任党组书记高占祥》。

《社会科学辑刊》第 2 期发表李晓虹的《评王充闾散文中的传统艺术精神》。

中国煤矿文化艺术联合会在北京成立，梁东当选为中国煤矿文联主席。

30 日，《文汇报》发表本报记者邓曈曈的《面对现实的思索——来沪参加作协主席团会议的部分作家访谈录》。

《文学报》发表本报记者饶明华的《认真落实江总书记繁荣文艺的指示，以"团结、鼓励、繁荣"为主题，中国作协主席团会议圆满成功》；中宣部副部长、中国作协党组书记翟泰丰的《面向二十一世纪，站在世界文学前列》；肖复兴的《瞬间的艺术——读陶然的散文诗》；本报记者江振新的《散文评论家刘锡庆教授指出——不可忽视散文的文体个性》；子干的《文坛重真情》；朱君的《抵抗物欲主义的诱惑——沈乔生近期小说印象》。

《羊城晚报》发表木木的《"大师座次"再爆冷门》。

《南昌大学学报(社会科学版)》第 1 期发表宗子寅的《亲情：永恒的人生风景——论新时期女性亲情散文》。

《漳州师院学报(哲学社会科学版)》第 1 期发表林丹的《奇、真、爱：三毛作品魅力之奥秘》；万平近的《让炎黄文化走向世界：谈林语堂弘扬炎黄文化的贡献》；王惠廷的《林语堂的故乡情与中国心》。

31 日，《中国文化报》第 37 期发表赵忱、金兆钧的《我们究竟为什么感动》(周末茶座)。

《河南大学学报(社会科学版)》第 2 期发表李素莉的《谈孙犁的文化选择》。

北京市作协在京举行张泽石长篇纪实文学《战俘手记》讨论会。

本月，《小说家》第 2 期发表白烨的《一台好戏》；潘凯雄的《聊以助兴》；夏康达的《五彩缤纷论短处》；滕云的《生活的文学与幻设的文学》；黑子的《没有哨声的裁判》；汪惠仁的《极端状态与当代文学》；张军的《我看擂台赛》；安俊丽的《语言的选择英语作品的优劣》；栾岚的《评〈仅有情爱是不能结婚的〉》。

《剧本》第 3 期发表章诒和的《戏剧文学中哲学根柢的确立》；杨建波的《真实自然质朴平淡——观话剧〈同船过渡〉》；龚政文的《贪欲的生成和人性的毁灭——评〈孽梦〉》；李平、刘锦琳的《悲歌一曲警来人——重观马少波名剧〈闯王进京〉》。

《红岩》第 2 期发表冉隆中的《独特的美感和神奇的魅力——谈沈石溪〈热带

雨林狩猎笔记〉等近作》。

《台湾研究集刊》第1期发表王宗法的《都有一颗中国心——论〈塞纳河畔〉的思想艺术特色》；徐学的《当代台湾散文的生命体验》；朱双一的《赴台马来西亚侨生文学的中华情结和南洋色泽》。

《读书》第3期发表王蒙的《后的以后是小说》；刘皓明的《启蒙的两难》；焦国标的《何谓知识分子》；刘心武的《"大院"里的孩子们》。

《博览群书》第3期发表周涛的《电视为娼书为妻》。

解放军文艺出版社、空军政治部文化部联合举办的韩静霆长篇历史小说《孙武》研讨会在北京召开。

作家出版社在北京召开陈源斌《世纪访谈》作品研讨会。

上海文艺出版社、上海市作协共同举办的海员作家孟侯长篇小说《男人船女人村》讨论会在上海召开。

广东省文学院、花城出版社联合举办的高小莉长篇小说《永远的漂泊》座谈会在广州召开。

《中国作家》编辑部在北京召开一合报告文学《隐匿与搜查》、《黑脸》座谈会。

春季，《文学自由谈》第1期发表冯骥才的《关于乡土小说》；毛志成的《关于文学的"场"》；金梅的《文人的行状及其它》；陈冲的《劝一劝王英琦》；王开林的《文人的骨头》；毛咏棠的《假如茅盾不当部长》；李尚才的《纯文学的梦幻》；朱伐的《请作家不再逃避》；张颐武的《大转型中的抉择：穿越界限》；毕光明的《圆梦，最后的冲刺——世纪末之于纯文学》；王彬彬的《走出困境与丧失自身的"纯文学"》；林宋瑜的《个体经验与创作情绪》；刘雁的《人文精神·作家·新状态》；子干的《把生命的气息吹进作品》；豆官的《理论的沙场》；李继凯的《妄自菲薄与妄自尊大》；宋生贵的《理论本有绿色的生命》；彭荆风的《浓郁的现代都市气息　序〈美方雇员〉》；余岱宗的《寓意分析：快乐的思想突围》；朱向前的《情寄〈硝墙〉出版之际》；王希华的《也说金庸"登堂"》；王一川的《破碎世界的隐秘诗意——读刘恪"诗意现代主义"小说系列》；向云驹的《悟性与感性的艺术——读石英的游记散文》；李少君的《思想的份量——评韩少功的随笔》；赵国泰的《抒情选择：超低空飞行——刘益善诗集〈情在黄昏〉读后》；赵怡生的《董宏猷儿童心理小说的母题》；孙舒凡的《北方的跌宕——对路远三篇近作的想法》；王达敏的《〈当铺〉之我见》，张柱林的《东西和〈商品〉》。

《中外诗歌研究》第1期发表朱徽的《罗门诗歌艺术简论》。

本月，中国文联出版公司出版复旦大学中文系文艺理论教研室编著的《马克思主义文艺理论发展史》。

上海远东出版社出版王晓明的《刺丛里的求索》。

贵州人民出版社出版何锐等著的《画梦与释梦：何其芳创作的心路历程》。

青海人民出版社出版魏威的《人性的幻影：魏威文学评论集》。

西北大学出版社出版张孝评的《中国当代诗学论》。

4月

1日，《文艺报》第11期发表翟泰丰的《面向21世纪，站在世界文学前列——在中国作家协会第四届主席团第九次会议上的讲话》；张同吾的《文化性格的情感意蕴——1994年诗歌剪影》；徐莉萍的《澳洲风　华夏情——读宗介华的〈访澳旅丝〉》；余秋雨的《江曾培〈说钱集〉序》；冯宪光的《大众文化与文化大众》；陆志宝的《中国的大众文化与美国大众文化》；洪鉴的《'94：四分天下的话剧舞台》。

《大众电影》第4期发表冯湄的《艺术和生命的重合——近访陈凯歌》；方位津的《英雄的真实》；孙宏华的《取舍是为了深化主题——〈亡命天涯〉述评》。

《山西文学》第4期发表杨品的《从独白到对话——新时期创作与阅读关系描述》。

《四川文学》第4期发表吴野的《在亲情与理解中写巴金——读李致记叙巴金的散文》；向宝玉的《文学批评的文化阐释——读廖全京〈绿色的家园感〉》。

《作家》第4期发表王蒙的《小说面面观》；纪众的《此在巡游的探索——论述平的五部中篇小说》。

《海燕》第4期发表耿法的《精神漂泊》。

《冀东学刊》第2期发表赵联的《评析中肯　勇树新见——评林承璜的〈台湾香港文学评论集〉》。

《解放军文艺》第4期发表张志忠的《奇崛的脊梁——阎欣宁小说漫评》；邓先群的《新时代里美的礼赞——序李武兵散文集〈太阳鸟〉》。

2日，《中国文化报》第38期发表本报记者刘燕的《逐渐走出低谷的纯文学和纯文学刊物》；殷崇俊的《关于文化介入经济的宏观认识》；庞旸的《接过文化传递棒——著名学者季羡林访谈》；宋继大的《也谈以文补文的招式》；李德顺、焦国成、杨耕的《改造和发展传统文化——关于传统文化与市场经济关系的对话》。

3日，《文汇报》发表本报记者张新颖的《荟萃古今中外　形成五大系列——"百花"散文香溢文体》。

4日，《人民日报》发表吴秉杰的《90年代小说现象和文学课题》；马识途的《从一家人看一个时代》。

解放军出版社在北京召开曹岩、邢军纪长篇报告文学《锦州之恋》研讨会。

5日，《中国文化报》第39期发表张颐武的《〈年轮〉：寻找身份的认同》；方宁的《〈年轮〉：一个历史神话的悲剧》；刘强的《谁与评说——"三国热"扫描》；霍达的《我和〈海魂〉》。

《光明日报》发表刘晓军的《"老三届"文艺又成热点》；王彬彬的《关于文学奖的东拉西扯》；阎同刚的《近访李准》。

《羊城晚报》发表傅腾霄、左夫的《当代历史的艺术见证——读洪三泰的〈闹市〉》。

《山花》第4期发表翟大炳、何锐的《现代诗与文化精神的先锋》。

《河北师范大学学报(社会科学版)》第2期发表郭文静的《小说的诗化——论现当代小说的抒情艺术》；方道文的《从"无根一代"的烦恼，到"大陆学子"的抗争——海峡两岸的留学生文学》。

《湖南文学》第4期发表《来自边缘的报告》；孟泽的《缺席的英雄》。

6日，《文学报》发表本报编辑部的《中国作协副主席张光年、王蒙、陆文夫接受本报记者采访——文坛，将有一个崭新的局面》；夏克强的《上海掀开辉煌的一页——报告文学集〈地铁情〉序》；常健的《天津推出"津味小说联展"》；孟云的《〈千秋家国梦〉引起关注》；董丽敏的《小说："玄虚"加"现实"?》；老亦的《字里行间的"使命感"——陆天明和他的〈苍天在上〉》。

《光明日报》发表本报记者张鸣的《文化价值：今日社会建构之基础——关于后现代思潮的一次对话》。

《台港文学选刊》第4期发表宋家宏的《华文文学研究小议》;陈德锦的《香港文学困境论述中的心态》;黄维梁的《最具香港特色的文学》。

7日,《中国文化报》第40期发表孙小宁、杨匡汉、吴思敬的《沉寂之中的静观——关于中国当代诗坛对话》;洁泯的《关于重读》;赵珊珊的《冬去春来话荒煤》。

《南方周末》发表《"边缘文化人"悄然出现》。

《天津文学》第4期发表蒋登科的《论新诗散文美的合理性》。

8日,《人民日报》发表安地的《扶植高雅艺术要持之以恒》。

《文艺报》第13期发表《吉林农村现实题材文艺创作出现强劲势头》;《〈中国作家〉主持研讨两部歌颂廉政揭露腐败的纪实作品》(《隐匿与搜查》、《黑脸》);《漫漫创业路　悠悠报国心——〈曾宪梓传〉七人谈》;蒋述卓的《文化眼睛里的文化风景——评也斯新作〈游离的诗〉》;李星的《一部艺术性的人生教科书——读〈死囚车上的采访〉》;杨德华的《再发扬一次鲁迅的批判精神——读林礼明长篇小说〈阿Q后传〉》;《长篇纪实文学〈战俘手记〉讨论会在京举行》。

9日,《文汇报》发表邹平的《崛起中的商战小说》;刘锡诚的《女性文学及其批评》;安波舜的《〈泯灭〉中的"梁晓声"》;倪兴毅的《揭开"诗怪"神秘的面纱——读〈死神唇边的笑——李金发传〉》。

《中国文化报》第41期发表本报记者孙若风的《迎接第三次儿童文学创作高潮——发展我国儿童文学事业座谈会综述》;刘润为的《散文卮言》;杨长勋的《创作优秀的传记文学作品》;廖国伟的《追寻生命的意义——读东西的小说》;金元浦的《在悖论中开辟文化产业的发展之路》。

《光明日报》发表记者谌强的《高阳作品备受瞩目》。

10日,《北京文学》第4期发表兴安的《新体验小说:作家重新卷入当代历史的一种方式》;《新体验小说研讨会发言纪要》。

《读书》第4期发表淋漓的《现代化与心灵拯救》;雷颐的《背景与错位——也谈中国的"后殖民"与"后现代"》;崔卫平的《知识分子和生活》。

《苏州大学学报(哲学社会科学版)》第2期发表范培松的《香港学者散文鸟瞰及评论》。

11日,《光明日报》发表陈骏涛的《"女性文学"刍议》;黄国柱的《军事文学:如何再造辉煌》;王宁的《今日西方的女权主义理论与思潮》;周维强的《一个主题与四部散文集》。

吉林省作协、《人民文学》编辑部、《文艺报》联合举办的乔迈报告文学《世纪寓言》在北京召开。

12日,《文汇报》发表本报记者张新颖的《“与她同活在一个世上,也是幸运”——贾平凹谈张爱玲》。

《光明日报》发表记者苏丽萍的《第12届中国戏剧“梅花奖”在京揭晓》。

《羊城晚报》发表金敬迈的《话说一本书及其握管人》。

应邀来访的葡萄牙总统授予艾青葡萄牙自由勋章,以表彰他为中葡文化交流所作出的贡献。

福建省文联在福州召开全省少儿文艺创作座谈会。

13日,《文学报》发表本报记者饶明华的《通俗文艺有了很大的发展和变化》;潘见独的《毕淑敏: 认真地走向成功》;杨光治的《歌唱丰富多彩的生活——读邱树宏的诗作艺术》;李梅的《笔耕不辍　痴心不改——记著名女作家柳溪》。

《光明日报》发表本报记者张鸣的《文化价值: 今日社会建构之基础——关于后现代思潮的一次对话(续)》。

《羊城晚报》发表谷良的《感觉与理论错位》。

15日,《人民日报》发表陈新的《纪念抗战胜利五十周年,花山社推出长篇小说丛书》。

《上海文学》第4期发表王光明、荒林的《解困: 我们能否作出承诺——关于叶维廉比较诗学的对话》;黄蕴洲的《人文精神何处生根》。

《文艺报》第14期发表《以作家的社会责任感关注农村现实,京城文学界称道乔迈的〈世纪寓言〉》;高占祥的《团结进取　繁荣文艺》;刘忠德的《〈我们的母亲叫中国〉序言》;吴岩的《我们需要健康的科幻文学》;马烽的《“山药蛋派”及其名称的由来——读〈中国当代文学流派论〉想到的》;邹琦新的《文艺的娱乐作用与真善美——新时期文艺得失谈之三》;苗得雨的《关于盲目跟着跑的思考》。

《中国图书评论》第4期发表时雨的《重读〈苦菜花〉》;舒其惠的《我读〈萧军评传〉》。

《广东社会科学》第2期发表钟晓毅的《拔剑四顾心茫然——略论金庸小说中的孤独退隐观》。

《社会科学战线》第2期发表公木的《〈海外华人作家名作系列〉序》。

《唐山师范学院学报》第 2 期发表赵联的《评析中肯　勇树新见——评林承璜的〈台湾香港文学评论集〉》。

《社会科学》第 4 期发表陈立旭的《当代中国文化的双重困境及其克服途径》;俞海宜的《关于电视剧〈孽债〉的讨论综述》。

16 日,《中国文化报》第 44 期发表樊发稼的《繁荣儿童文学的几个环节》;浦漫汀的《儿童文学要有精品意识》;金波的《儿童文学和"成人文学"》;徐莉萍的《接受:一个不该疏忽的问题》。

《光明日报》发表夏振坤的《建构具有中国特色的现代新文化》。

17 日,《人民日报》发表马汝爰的《女性:跟着商业文化走?》;于洪笙的《描绘妇女解放的曲折历程——中外女性文学比较谈》。

《作品与争鸣》第 4 期发表杜元明的《真实感人的预审员形象》;石潭的《新旧"白毛女"异同论》;钱毅的《〈新白毛女传〉的警示意义》;武万里的《真正的埋葬》,霍洪峰的《沉重的赎过》;流水的《我看〈时钟在摆动〉》;戴阿宝的《人需要拯救,人如何拯救?》;刘洪波的《"富了之后"写不写?》。

18 日,《人民日报》发表董学文的《文学期待与社会理想——关于振兴文学的一点思索》;张志忠的《喜见〈创业〉有新篇——〈黄土屋黑土屋〉简评》。

《羊城晚报》发表叶知秋的《诗歌,讲究声韵好》(评易仁寰、李瑛的新作)。

《中国戏剧》第 4 期发表高润祥、陈鹏的《弘扬爱国主旋律高唱奉献英雄歌　江泽民主席观看大型话剧〈甘巴拉〉——刘华清、张震副主席,迟浩田、张万年、于永波、傅全有等领导同志和出席八届人大三次会议的军队代表观看了演出》;思悠的《跨向文明与傅谨先生探讨戏曲的推陈出新》;王颂的《竞折梅花喜且忧——从"中国戏剧梅花奖"看山西戏曲演员的优势与弱势》;林培新的《既要"体验",又要"表现"——试谈如何塑造戏曲人物形象》;周安华的《戏剧需要安贫乐道　痴心不改的批评家》。

19 日,《中国文化报》第 45 期发表王先霈、魏天无的《"人的解放"进程中的文学思潮——〈中国 20 世纪文学思潮论〉》;王玉印的《对文化产业的思考》。

20 日,《文学报》发表卢文丽的《浙江省作协下大力抓长篇》;本报编辑部的《梳理百年文论　寻求批评出路》;邹平的《城市化与文学创作》;金平的《寻找心灵的栖息地》;江曾培的《发光又发热的一团火——读陆天明的长篇小说〈苍天在上〉》。

《中山大学学报(社会科学版)》第 2 期发表王佩娟的《一部反映抗战时期潮

汕人民痛苦生活的力作——论易巩的〈杉寮村〉》。

《首都师范大学学报(社会科学版)》第2期发表吴宗蕙的《中国女性文学发展的多元化趋势》。

《暨南学报(哲学社会科学版)》第2期发表黄耀华的《全国“语言学转向与文学批评”研讨会综述》;潘亚暾的《海华散文之花走俏世界——〈海外华文文学大系·散文卷〉导论》。

《福建论坛》第2期发表易明善的《海峡两岸文学关系一瞥(二十年代至七十年代)》;陈辽的《通俗的形式　独到的见解——读刘济昆》。

21日,《羊城晚报》发表王列生的《我们与读者:谁抛弃了谁?》;蔡翔的《文学批评还是文化批评》;韦轩的《张爱玲“热”起来》;林宁的《萧乾夫妇签名售书爆出新闻——上海:购书凭票》;梅朵的《坚决拥护〈一地鸡毛〉》。

22日,《人民日报》发表刘澜涛的《为〈开国总理周恩来〉序》。

《文艺报》第15期发表《追念陈云同志对文艺工作的关怀》;记者吾忱的《人民拥护张鸣岐这样的共产党员,报告文学〈锦州之恋〉研讨会在京举行》、《长篇纪实文学〈深圳传奇〉研讨会在京进行》;沈太慧的《贴近现实,直面人生——1994年短篇小说创作述评》;高平的《爱心·深意·诗情——读曹杰小说集〈追绿〉》;何开四的《题材的拓展和意蕴的深化——评朱启渝的长篇小说〈梦断源头〉》;王耻富的《殉道者的崇高美和悲壮美——浅谈毕淑敏中篇小说〈教授的戒指〉》;吴奔星的《我的“文学大师”观》;刘永明的《文艺理论成果概括与拓展——喜读〈马克思主义文艺学大辞典〉》;古远清的《评〈湖北当代文学概观〉》;记者午晨的《〈昆仑〉、军艺为部队青年作者召开作品研讨会》。

23日,《羊城晚报》发表钟逸人的《深刻梨剖冷面主题——话剧〈警钟〉观后》。

《学习与探索》第2期发表王慎之的《文化:经济的投影》;张荣翼的《论文艺理论当代视点的建构》;房德胜的《论邓小平的文艺批评标准》。

24日《人民日报》发表吴奔星的《我的“文学大师”观》。

《文汇报》发表巴金的《〈再思录〉序》;蓝翎的《龙卷风》;贾植芳的《狱里狱外》;王晓明的《回到文学中去》;陈明正的《小剧场是一个自由的创作空间》。

25日,《光明日报》发表王必胜、潘凯雄的《小说家散文与随笔热》;冯立三的《短、平、快:开发报纸报告文学——光明日报“’94中国改革潮报告文学大奖赛”述评》;郭宏安的《大作家与好作家》;宗匠的《〈京西第一市〉的启示》。

《山西师大学报(社会科学版)》第 2 期发表段登捷的《民族化大众化的卓越诗人——简论张志民的诗歌创作》。

“《台湾当代文学理论批评史》研讨会”在汉口召开。

《西南民族学院学报(哲学社会科学版)》第 2 期发表王进的《论台湾散文的传统文化情结》。

《华南师范大学学报(社会科学版)》第 2 期发表陈少华的《也论西方现代主义文学的价值取向》。

《学术研究》第 2 期发表王福湘的《时代精神与平民意识》;殷国明的《中国红色古典主义文学的兴起与终结》;王列耀的《挤在边缘的文学》;陈持的《90 年代中国新文学审美趣味的走向》;程文超的《作家心态张力与文学演进》;彭金燕的《新文学女性的婚姻、爱情观与当代社会意识》;罗康宁的《新潮作家的语言实验》。

26 日,《中国文化报》第 48 期发表宗介华的《儿童文学: 你的路在哪里?》;李心峰的《文学还是艺术的中心吗?》;冯牧的《出自责任和良知的报告——读长篇报告文学〈生命之歌〉》。

《光明日报》发表贾宏图的《有这样一个诗人》。

27 日,《文汇报》发表李洁非的《长篇一瞥》;郜元宝的《回到长篇小说的情感本体》;《小资料——全国长篇小说出版概况》。

《文学报》发表川作的《四川作家立志拼搏,积极奋进,长篇小说创作出现新势头》;本报记者李连泰的《守望心灵的〈柏慧〉——访著名作家张炜》;刘金的《一部血写的报告——读〈血染着我们的姓名〉》;可可整理的《民族苦难的心灵史——关于李锐长篇新著〈无风之树〉的交谈》;叶念伦编录的《作家素质及其他——叶君健访谈录》;叶尚志的《战斗、人生与文艺——读杜宣同志的〈芳草梦〉所想到的》;高松年的《传记文学的立足之本——作家薛家柱访谈录》。

《光明日报》发表李登贵的《五四精神与传统文化学术座谈会综述》;记者丰捷的《电影票价别太离谱,中影公司对进口大片票价实行宏观调控》。

《羊城晚报》发表杨子才的《富不思文必思邪》;洪声的《张承志其文》。

28 日,《中国文化报》第 49 期发表张靖的《电视,不要媚俗》。

《羊城晚报》发表张承宪的《文化消费与消费文化》。

《四海 · 台港澳海外华文文学》第 3 期发表赵遐秋的《在〈王者进行曲〉中永生——读〈将军族〉》。

《西南民族学院学报(哲学社会科学版)》发表王进的《论台湾散文的传统文化情结》。

《兰州大学学报(社会科学版)》第2期发表张积礼、秦泗杰的《论张弦小说中的女性形象》。

29日,《文艺报》第16期发表《从根本上加强文艺队伍的思想政治建设》;《叶辛在京签名售〈孽债〉受到欢迎》;记者绍俊的《郭光豹五年磨一剑磨出叙事诗的希望,〈赤子三部曲〉研讨会在潮安举行》;黄伟宗的《"值得大书一笔的长篇小说"——评余松岩的〈地火侠魂〉》;吴然的《寻找"持枪人"的精神世界——评中篇小说〈寻找驳壳枪〉》;苗得雨的《经历得深　才写得深——读〈丁宁散文选〉》。

30日,《中国文化报》第50期发表唐宜荣的《论邓小平文艺思想的现实指导意义》;玉良的《话说文化与经济的"对接"》。

《光明日报》发表艺的《纪实性话剧的可喜突破,专家盛赞话剧〈张鸣歧〉》。

《江海学刊》第2期专栏"文艺理论:世纪之交的思考"发表王长俊的《清理文艺理论概念库》,包忠文的《一点思考》,应启后的《面向世界,善于自处》,陈辽的《文艺理论的过去、现在和未来》,盛思明的《人民是文艺永恒的主题》,赖先德的《回顾与展望》。

《南京大学学报(哲学·人文科学·社会科学版)》第2期发表丁帆、陈霖的《重塑"娜拉":男性作家的期盼情怀、拯救姿态和文化困惑》。

本月,《二十一世纪》4月号发表张颐武的《阐释"中国"的焦虑》。

《当代》第2期发表《报告文学〈中国之约〉讨论会在京举行》;《长篇小说〈无梦谷〉研讨会在京召开》。

《当代作家》第2期发表冯天瑜、王武子的《从"人文精神"说"义利原则"》。

《文艺评论》第2期发表刘文波的《关于文艺中的"等高线"图景——文艺随机性琐议之一》;张景超的《一种新批评的文化品格——关于陈晓明现象》;樊星的《"57族"的命运——"当代思想史"片断》;傅翔的《面对生存:肉体与精神的阐释——串读苏童与北村》;陈剑晖的《论90年代的中国散文现象》;江冰、路文彬、王军的《余秋雨散文漫论》;陈虹的《生命之思:散文的别一种作法》;张抗抗的《〈沙暴〉带给我们的沉思》;孙丽杰的《青山遮不住——评〈要塞〉和他的主人公》;李琦的《忧伤的灵魂》;黄毓璜的《文坛过眼》,宝凤的《后现代话语:沙中之塔》;汉生的《捉襟见肘的"后批判"》;缶力的《闲适与颓废的文学》;黄德烈的《作家应多采掘生活中的活化石》;《影视美学分析——空间蒙太奇》;陆蔚青的《建立立体的剧目生存框架》。

《作家天地》第2期发表晓中的《九十年代的丧失》。

《牡丹江师范学院学报(哲学社会科学版)》季刊第2期发表岳玉杰的《台湾山地文学创作特色浅论》。

《剧本》第4期发表陈骅的《本俗而雅　大雅若俗——李志浦的剧作风格》。

《殷都学刊》第2期发表陈才生的《论李敖杂文的主题及其演变》。

《博览群书》第4期发表汪林的《独特的〈战争和人〉三部曲》;古耜的《斑驳心景与强健人生——长篇小说〈透视灵魂的世界〉》。

中国作协、深圳海天出版社联合举办的倪振良纪实文学《深圳传奇》研讨会在北京召开。

《诗刊》杂志、作家出版社、潮安县政府联合举办的郭光豹叙事诗集《赤子三部曲》研讨会在广东潮安县召开。

《文艺报》在北京举办"新人文精神"问题研讨会,就人文精神的失落或危机、建设或重建等问题展开讨论。

本月,上海三联书店出版刘慧英的《走出男权传统的樊篱》。

中国社会科学出版社出版罗门的《罗门论文集》,周伟民、唐玲玲的《日月的双轨:罗门、蓉子创作世界评介》,余光中等著的《蓉子论》。

北京大学出版社出版陈顺馨的《中国当代文学的叙事与性别》。

华东师范大学出版社出版钱谷融的《艺术·人·真诚:钱谷融论文自选集》。

广东人民出版社出版冷夏的《文坛侠圣——金庸传》。

暨南大学出版社出版江凯波编的《港台精美散文鉴赏》。

5月

1日,《文论报》发表熊元义的《当代文论建设四大误区》。

《大众电影》第5期发表冯湄的《推出精品　冲出困境——'95全国故事片创作会议侧记》；蒋正亚的《还电影于大众》；李百鸣的《中国电影，怎么拍》；陈子堃的《演艺界：能升起几颗“多栖”明星?》。

《山西文学》第5期发表明芳的《关于散文创作中情与理的思考》；张承信的《袅袅青烟载人生》。

《四川文学》第5期发表李累的《难忘的1972年》；陈岚的《裘山山的情感世界》。

《作家》第5期发表刘舰平的《一个人时竟陌生——说说蒋子丹》；刘继明的《时间与虚构》；彭见的《不惑——写在长篇小说〈玩古〉之后》；沈奇、臧棣、陈旭光的《当前诗歌：思考及对策》；郜元宝的《眺望语言——〈开放社会语言批判〉小引》。

《海燕》第5期发表季宇的《妹妹往哪走》。

《解放军文艺》第5期发表丁临一的《从生活的真到艺术的美》。

2日，《人民日报》发表云德的《大力促进儿童文学的健康发展》；王勤的《台湾作家高阳研究座谈会举行》；翟文的《五刊一报召开联网协作会议》；余戈的《军营现实题材作品研讨会召开》；许中田的《努力反映当前农村改革现实——乔迈和他的〈世纪寓言〉》。

《光明日报》发表本报记者肖海鹰的《面对文学界十大流行说法，请看作家们怎样回答》；记者苏丽萍的《三峡工程第一戏演进京城，话剧〈沙洲坪〉受好评》。

3日，《文汇报》发表本报记者谢海阳的《抗战小说创作需要倾注热情》。

《光明日报》发表贾小牧的《当代女性的新形象》；李庸的《余秋雨的两处硬伤》；《中国女性遐思21世纪专版》。

4日，《文汇报》发表任毅的《关于电影剧本创作的几点思考》；托拉克的《专业编剧与作家电影》；李亦中的《电影文学的几种参照》。

《文学报》发表本报记者李连泰的《冷眼挑剔自己——访军旅作家韩静霆》；本报编辑部的《努力塑造新时代军人形象》；林良敏的《电脑文学和互动软件》。

《光明日报》发表孔令昭的《把历史的内容还给历史——评一种观念论的文化史观》。

5日，《中国文化报》第52期发表孙小宁、王培竹的《文化既搭台又唱戏》；毕胜的《作家的名号》。

《羊城晚报》发表毕希的《书价飞涨愁煞书生》。

《广西文学》第5期发表彭洋的《寻找流失的泥土情结——〈广西文学〉'95农村题材专号评鉴》。

《山花》第5期发表欧阳江河、陈超、唐晓渡的《对话：中国式的"后现代"理论及其它(上)》;邵建的《重建人文与知识分子》。

《当代文坛》第3期发表马小朝的《论文学形式的历史实践来源》;谭学纯、唐跃的《小说语言的线状显象和面状显象》;斯城的《当代文学的俗化趋势——诗性超越意向的逃亡与转化》;张建锋的《圆形原型的现代演变——初论新时期小说中的圆形人生轨迹》;路侃的《经济起飞期的文学走向》;吴义勤的《朴素的穿透——评储福金长篇小说〈心之门〉》;沈太慧的《这是一片神奇而迷人的土地——读〈中国西部热土上的移民城〉》;马立鞭的《让诗学走出理论的误区——石天河〈广场诗学〉述评》;洪治纲的《灵魂的跋涉与迁徙——嵇亦工诗歌论》;向宝云的《沉重的诗情——〈徒步红尘〉简评》;晓原的《雪域、民族与诗——龚学敏诗集〈幻影〉漫释》;祁述裕的《文化语境与通俗文艺意义结构的嬗变——90年代初期通俗文艺评估》;王恒升的《新时期域外题材文学的主题倾向》;里沙的《商品性片论》;晓琳、晓燕的《银幕：呼唤电影剧作家》;李继凯的《面对当今文坛的一点思考》;毛志成的《"文学变丑"论》;支宇的《艺术：体验论美学对认识论美学的挑战——评王岳川〈艺术本体论〉》;何开四的《他们在创造奇迹——读陈纪昌〈灿烂时空——绵阳的昨天、今天和明天〉》;黄树凯的《读〈生存之门〉》;肖涌的《关于文明的沉重思考——评余秋雨〈文明的碎片〉》;李怡的《锻造文学的筋骨——读胡润森的小说》;十品的《浮雕与线描的乐章——简评张洪波诗集〈沉剑〉》;刘春水的《告别温柔的乡愁：兼评王燕钧的文化散文》。

《湖南文学》第5期发表吴非的《转型中的姿态》;萧元的《为人生的艺术》。

6日,《文艺报》第17期发表《呼唤社会主义精神文明,本报举行"新人文精神"问题研讨会》;陆文虎的《诗具史笔　史蕴诗心——评长篇小说〈孙武〉兼谈历史小说的创作》;侯建飞的《扶孙武上马》;丁临一的《春秋梦寻——评长篇历史小说〈孙武〉》;王宁的《后殖民主义和文化霸权主义批判——评赛义德的〈文化和帝国主义〉》;特文的《〈特区文学〉举办"新都市文学"笔谈研讨会》;吕中山的《如火的晚霞——读吴越长篇小说〈血染着我们的姓名〉所想起的》;宗匠的《历史江流中的抉择——〈京西第一市〉的启示》(报告文学);邹荻帆的《新风景　新心灵——读东虹的〈新边塞诗诗选〉》;刘媛的《凡有所学　皆有所用——记部队作家王颖》。

《光明日报》发表苏丽萍的《全国黄梅戏艺术研讨会在合肥举行》。

《台港文学选刊》第5期发表林燿德的《文学新人类与新人类文学》;陈仲义的《远山近壑各不同,春去秋来皆风景》。

7日,《天津文学》第5期发表张颐武的《在新的空间中守望》。

8日,《文汇报》发表《把笔触转入名人生活——谭谈谈他的〈光阴〉》。

9日,《人民日报》发表艾斐的《关于"文化环境"》;孙焕英的《文学与积木》。

中国作协、百花文艺出版社联合举办的王慧敏长篇小说《战地黄花》研讨会在北京召开。

10日,《中国文化报》第54期发表冯牧、缪俊杰的《时代的潮汐与历史的回声——对新中国长篇小说的基本估价》;艾斐的《市场经济中的文化生态与精神渴求》;宏甲的《记下历史　记下青春——致长篇报告文学〈啊,军钢〉作者孟繁森》;王学海的《浪漫与冥思——读龙彼德诗集〈魔船〉》。

《人民日报》发表张儒昌的《"嫁接"的误区——有感于某类"戏歌"》。

《光明日报》发表邵振国的《面对世俗化——"变革时代与文学选择"讨论》;林为进的《涌向书摊:长篇小说的当前走向》;丹晨的《说说悄悄话》(黄少云散文集《妹妹天使》);《播火者的颂歌》(陈昌本的长篇小说《痴恋》);金岱的《在绝对的X之上还有一个绝对的X》。

《羊城晚报》发表知言的《电影节上"看"电影》;张作民的《〈红色娘子军〉主角今何在?》。

《小说林》第3期发表王健的《一个自觉的行动——漫议"TV"小说》。

《北京文学》第5期发表张颐武的《新空间的拓扑转换——"新体验"与文化的转型》;罗小东的《"新体验":创作转型的实验》。

《电影艺术》第3期发表罗艺军的《中国电影理论与"洋务派"》;钟大丰的《是谁在为创作指路——从历史的角度看电影批评与实践的关系》;黄仁的《台湾电影事业的昨天和今天——为电影诞生百年纪念而作》;马德波的《影运环流(下)——九十年间"载道"与"娱乐"之争》;孟犁野、罗艺军、王人殷、王得后、马德波、邵牧君、俞小一、朱小鸥、奚姗姗、左舒拉、陆弘石、陈宝光的《传统文化与现代文化的冲突——〈被告山杠爷〉座谈》;王劲松的《试论复杂人物性格的塑造》。

《花城》第3期发表王鸿生的《态度的承诺——语言学转向后的交往价值问题》;王宁的《“后新时期”：一种理论描述》。

《河南师范大学学报(哲学社会科学版)》第3期发表曹书文的《论新时期小说性描写的流变》。

《读书》第5期发表李亦园的《乔家大院的大红灯笼》;董乐山的《自由主义：宽容还是偏执?》。

中国报告文学学会、中国咸阳保健品厂联合举办的中国报告文学“505杯”评选揭晓,22部(篇)作品获奖。

11日,《文汇报》发表周晓的《儿童文学的传统、嬗变和出新》;梅子涵的《描述儿童文学》。

《文学报》发表庞科裴、饶明华的《三千读者评说当今小说》;谢华的《陈建功在鲁迅文学院演讲——“北京平民与小说”》;王蓬的《用自己的眼睛看世界——王蓬之朱鸿》。

《光明日报》发表郭齐勇的《中国文化评价尺度与诠释维度》。

12日,《文汇报》发表本报记者张新颖的《“都市随笔”行销沪上 “小女人散文”引人注目》。

《光明日报》发表钟文学的《长篇小说〈战地黄花〉研讨会在京召开》。

《南方周末》发表林方的《写作的女人》。

《中流》第5期发表王昌定的《杜鹃啼血的乡土之歌——读〈白毛女故乡的风采〉致作者》;栾保俊的《赞刘绍棠的“始终如一”》。

上旬,北京作协在京召开长篇小说创作促进会。

13日,《人民日报》发表冯立三的《〈深圳传奇〉的魅力》;白水的《〈带血的忠诚〉研讨会举行》;岸柳的《金色盾牌耀银屏——公安题材影视创作座谈会侧记》;周行的《爱,还得商量》。

《文艺报》第18期发表《保持冷静 潜心创作——北京作协召开长篇小说创作促进会》;钟文学的《长篇小说〈战地黄花〉研讨会在京召开》;本报特约记者阎延文的《辉煌与忧患：文艺评奖得失谈》;本报记者温金海的《传记文学：现象与思考》;朱寿桐的《充分的艺术自信——评苏子龙的〈荧河泛舟〉》;杨汉池的《大众文化的意识形态性》。

14日,《中国文化报》第56期发表许怀中的《以文化观照历史的小说——陈福郎〈怪味嬉皮士〉读后》。

15日,《人文杂志》第3期发表王西平的《路遥对传统现实主义的突破》。

《上海文学》第5期发表邹平、杨文虎、张国安、杨扬的《城市化与转型期文学》;王晓明、铁舞的《向二十一世纪文学期望什么》。

《文学评论》第3期发表部元宝的《匮乏时代的精神凭吊者——60年代出生作家群印象》;李振声的《诗意:放逐与收复——论"第三代"诗中的"他们"与"莽汉"现象》;昌切的《文学二趋向论》,唐达成的《读〈无梦谷〉散记》;叶文玲的《过时的话语——关于《无梦谷》的倒叙》;李硕儒的《关注时代与时代的观照——彭名燕文学创作漫笔》;董学文的《文艺学:站在世纪之交的高度》。

《文艺争鸣》第3期发表陶东风的《从"王蒙现象"谈到文化价值的建构》;祁述裕的《无法回避的崇高——关于建设新的人文精神的争论及其评价》;余开伟的《王蒙是否"转向"——对〈躲避崇高〉一文的质疑》;熊元义的《反抗妥协》,贺奕的《群体性精神逃亡:中国知识分子的世纪病》;张新颖的《中国当代文化反抗的流变:从北岛到崔健到王朔》;王进的《中国文学的当代命运——论文学的现代性》;张目的《意象:现代主义诗歌的核心之维》;林贤治的《对个性的遗弃:秦牧的教师和保姆角色》;杨扬的《文化批判与自我批判的历史过程——论张承志的文化批判》;范家进的《融铸心灵化的批评话语——关于批评现状的一点反思》;邹定宾的《理解新写实:一种感伤的意义》。

《中国人民大学学报》第3期发表陈传才的《论世纪之交文学的嬗变与走向》;冷成金的《论余秋雨散文的文化取向》。

《中国图书评论》第5期发表李洁非的《小说须好看——一个反思》;严麟书的《余秋雨和他的散文新选本》。

《中州学刊》第3期发表黎辉的《试谈当代文艺形态的演变》。

《西藏文学》第3期发表唐近中的《却怪幽香天上来——一九九四年〈西藏文学〉评议》;张广田的《挽歌的另一种思路——关于嘎子〈红色甲壳虫〉》;白玛的《真诚的邂逅——评杨晞华爱情诗集〈为了你〉》;庶几的《〈西藏文学〉编辑部举办文学评论座谈会》。

《当代电影》第3期发表王兴东的《在生活里充电　到银幕上发光——在全国电影故事片创作会议上的发言》;翟俊杰的《双重自我的震颤》;范咏戈的《〈金

沙水拍〉：电影表现伟人的力作》；张颐武的《感光时代的困惑与寻求》；贾磊磊的《都市影像：斗士的美学与社会的替身——观〈感光时代〉感言》；刘建军的《向人的精神领域开掘》；刘建勋的《情之卜，性之谜》；李星的《揭示人性的迷茫和困惑》；屈雅君的《欲望之链》；宋林生的《意义世界的“埋葬”》。

《戏剧艺术》第2期发表姜节安的《话剧〈陪读夫人〉》；夏写时的《艺术不是答案——〈东京的月亮〉〈上海人在东京〉引起的若干思考》；王晓鹰的《戏剧时空的自由境界》；朱大可的《神话话语识读》；陈世雄的《宗教思维与戏剧思维》；石俊的《表现主义“场景剧”结构系统论》。

《求是学刊》第3期发表傅修延的《关于21世纪文学叙述的展望》。

《华侨大学学报(哲学社会科学版)》第2期发表朱立立的《清新明朗的马华诗景——评〈马华七家诗选〉》；岳玉杰的《多栖性后面的有益探索——论怀鹰的创作兼及新加坡华文文学的一种特色》；王耀辉的《略论黄春安的散文创作》；倪金华的《破解人生密码　剖析生命意境——台湾当代哲理散文选〈灵光照眼〉品评》；刘小新的《论非马诗歌的现实精神》。

《钟山》第3期发表邵建的《知识分子写作：世纪末的“新状态”》；王晓明、吴炫、张宏、杨扬、夏中义、格非、罗岗、陈福民、蔡翔的《否定哲学与90年代知识分子的存在形态》。

《杭州大学学报(哲学社会科学版)》第2期发表张凌聪的《近十年文艺反映论论争概观》。

16日，《文汇报》发表艾青的《谈诗》。

《求是》第10期发表赵国青的《父辈们的成长之路——读〈老红领巾的故事〉》。

17日，《光明日报》发表记者谌强的《第五届文华奖在京颁奖》。

《作品与争鸣》第5期发表阎延文的《理性的觉醒与悲剧的诞生》；李倾之的《一场闹剧的背后》；李万武的《对一种文化选择的警告》；白玄的《现在种种　譬如今日生?》；赵光的《塞翁失马　焉知非福?》；封秋昌的《文学：需要怎样的真实?》；王力平的《〈青城之矢〉，无的之矢》；王一秀的《价值的失落》；闻讯的《宁夏报刊说张贤亮下海》。

18日，《文汇报》发表本报记者谢海阳的《纯文学绝不会消亡——访〈跨世纪文丛〉主编陈骏涛》。

《文学报》发表北作的《北京作协召开长篇小说创作促进会》；朱莲的《她从大山里走来——记青年女作家迟子建》；本报编辑部的《文学在当前社会的定位》；本报记者江振新的《爱情：写不完的主题——“爱情伦理作品研讨会”侧记》；苗振亚的《读刘醒龙〈白雪满地〉》；傅德岷的《发掘山川风物的“神韵”——评李华章的〈湘西，我的梦〉》；黄毓璜的《趁热说“热”》，陈辽的《现实主义需要深化和发展》；安文江的《“文人不应该随和”》；王守德的《困境与突围——读黄涛的〈寻找驳壳枪〉》(中篇小说)。

《羊城晚报》发表左夫的《〈都市迷情〉后记》；戢斗勇的《儒家思想对市场经济有正面价值》。

《中国戏剧》第5期发表薛若邻的《朝政的视野　民间的风趣——谈湖北枣阳曲剧〈刘秀还乡〉》；高义龙的《“硬题材”还应“软处理”——沪剧〈此情深深〉启示录》；余文的《中国京剧研究中心成立》；肖濛的《有歌有舞演话剧——北京军区战友话剧团推出新作〈这里通向天堂〉》；胡文彬的《戏苑新葩　情满人间——观越剧〈金凤与银燕〉感言》；余思的《演名著是提高表演水平的必经之途——电影学院表演进修班演出〈北京人〉》；示其的《中西文化的互补互融》。

山东省委组织部、宣传部、山东出版总社在北京举行郭保林长篇报告文学《高原雪魂——孔繁森》座谈会。

19日，《人民日报》发表苏生的《“宝葫芦”不应再沉默——少儿文学创作与出版现状的思索》。

《中国文化报》第58期发表本报记者徐涟的《对当前若干文艺现象的思考——著名美学家王朝闻访谈》；王镜亮的《发展文化市场　促进文化繁荣》；赵忱、任卫新的《电视：速冻饺子？》。

20日，《文艺报》第19期发表记者李梅的《主旋律和现代题材的作品占较大比重——文化部第五届文华奖在京颁奖》；徐苏民的《话长沙今古　说文化新城——报告文学〈城市与人〉研讨会在京召开》；董旭升的《孙犁的晚近散文》；田树德的《中国女性的风采——李润英和她的〈千姿百态尽风流〉》；彭荆风的《史实与虚构相结合——评宴国珑的〈太白流泉〉》；钟本康的《审美意味的探求——读长篇报告文学〈宗庆后与娃哈哈〉》；晓帆的《尘封的回忆——读长篇小说〈二战飙尘〉》；杨匡汉的《南国有绚丽的雷声——〈赤子三部曲〉读后》；《〈东海〉为振兴“浙军”有新举措》；杜高的《日常性和戏剧性的巧妙结合——电视剧〈热线直播〉的艺术特色》。

《小说评论》第3期发表孙绍振的《小说内外之七——由一篇评论想起的》；白烨的《观潮手记之五——性爱描写的新演进》；张德祥的《话说文场之一——文学的骨头》；孟繁华的《名作重读之二——觉醒与承诺——重读〈乡场上〉》；汪守德的《为了那一片迷人风景——军事题材长篇小说的回眸与前瞻》；陈忠实的《兴趣与体验——〈陈忠实小说选集〉序》；郜元宝的《阅读与想象——致陈思和，再谈王蒙小说的语言与抒情》；李咏吟的《莫言与贾平凹的原始故乡》；朱青的《对生命的达观态度——评毕淑敏的〈生生不已〉和〈预约死亡〉》；田长山的《当代精神和文化追求——由两部长篇引发的思考》；闫焕东的《为奉献者唱赞歌——评陈昌本的〈痴恋〉》；李震的《村俗、都市人和新志怪体小说——海波及其〈烧叶望天笔记〉》；党圣元的《从消费复位于变革——对当前文学观念发展的一个反思》；李洁非的《小说与消费——一个反思》；毛崇杰的《当前小说叙事与阐释的“意义”》；韩子勇的《当代的耐心》；项滨的《愿短篇小说再现辉煌》；亦小强的《欲望的解说》，唐云的《飞翔的女性神话——读林白的长篇小说〈汁液·一个人的战争〉》；尹昌龙、沈芸芸的《记忆与写作：我们时代的个人方式》。

《北京大学学报(哲学社会科学版)》第3期发表敏泽的《论文学的价值中介》。

《西北大学学报(哲学社会科学版)》第2期发表赵俊贤的《文学研究的超越——强化宏观意识与微观意识及其结合》。

《现代台湾研究》第2期发表汪毅夫的《劫后归来两岸情：1895—1923：台湾诗人在福建》；包恒新的《写在秋海棠叶上的爱：台海乡情文学鉴赏之一》。

《河北学刊》第3期发表许明、王岳川、熊元义、靳大成、陈燕谷的《当代人文学者的使命意识——民族文化建设五人谈》；马云的《论新时期乡村小说与民歌的结合》。

《昆仑》第3期发表孔庆汉的《开垦国防科技大学这片沃土》；丁临一的《“满斗”的启示》。

《清明》第3期发表苏中等的《笔谈唐先田杂文》；郑兰英等的《〈丁香街〉三人谈》。

21日，《人民日报》发表元也的《以雅养雅》；陈卫的《通俗文艺前景看好》；旷健理的《历史小说〈汪精卫〉全部面世》。

《文艺研究》第3期发表蒋承勇的《社会的物化倾向与文艺的使命及走向》；戴奇的《大众传媒文化的问题和未来》；杜卫的《审美文化研究新议》；程金城的《中国现代表现主义文艺思潮的嬗变与消退》；胡润森的《现代叙事文学情节的自由程序》；吴秀明的《论历史与诗学的统一性》。

22日，《羊城晚报》发表蔡运桂的《从〈都市迷情〉看文学效应》。

《新文学史料》第2期发表万平近的《林语堂定居台湾前后》。

23日，《人民日报》发表记者王黎、李战吉的《中国文联举行“万里采风”出发式，百余文艺家奔赴第一线，江泽民写信祝采风成功创作丰收》；江泽民的《弘扬民族艺术　振奋民族精神——1994年12月27日纪念梅兰芳、周信芳诞辰100周年时在中南海怀仁堂举行的座谈会上的讲话》。

《羊城晚报》发表程实的《官司缠上贾平凹》。

《武汉大学学报(哲学社会科学版)》第3期发表杜显志、薛传芝的《论“社会剖析派”》。

中国作协在北京举行纪念《在延安文艺座谈会上的讲话》发表53周年座谈会，畅谈了从毛泽东的《讲话》到邓小平建设有中国特色的社会主义理论，到江泽民的《弘扬民族艺术　振奋民族精神》的讲话的学习感想，探讨了繁荣社会主义文艺的路子。

24日，《文汇报》发表记者王黎、曲志红的《纪念〈讲话〉发表53周年，首都文艺界聚会座谈》。

《中国文化报》第60期发表马蓥伯的《奏响时代最强音——魏巍创作谈片》；孙若风的《文化市场管理琐谈》。

《光明日报》发表记者王黎、曲志红的《53载延安文艺座谈会讲话如明灯高悬，首都文艺界分别聚会纪念》；记者韩小蕙的《〈小说选刊〉复活》；朱向前的《散文的“散”与“文”》；王干的《散文是什么》；李锐的《“生存关怀”的文学》；罗源的《文学的寂寞——“社会变革与文学选择”讨论》；贺绍俊的《侃批评》；林炎的《感觉中的“黑洞”》(评吴励生的长篇小说《声音世界的盲点》)；郑福田的《自将大雅与风流》(陶长坤的小说《风流场》)。

《文史哲》第3期发表宛柳的《余秋雨谈文化的地位及趋向》。

《文艺理论与批评》第3期发表张建业的《题材　使命　方法——读〈新战争与和平〉有感》；《谈〈生命呼啸〉——殷白致贾万超》；犁耜的《〈白毛女和她的儿

孙〉读后》；罗源文的《今日黄花分外香——〈黄花湾〉读后》；崔洪勋的《三晋文化的艺术魅力——关于〈昌晋源票号〉美学价值断想》；雷加的《大众旗手——记周文同志》；胡桂林的《谈作家的真诚》；林焕平的《关于文坛重排座次的问题》；杨琴的《真诚关心社会主义文艺的命运——郑伯农文艺理论研究述评》；刘文斌的《女儿河，美丽的河——读陆文杰的诗集〈女儿河〉》；陈朝红的《用生命之火熔铸历史的画卷——论王火新时期的小说创作》；张布琼的《云南风情小说的新境界——评〈李钧龙风情小说选〉》；《关于“人文精神”问题——徐州师院中文系部分师生谈》；文理平的《关于“人文精神”讨论综述(上)》。

25日，《文学报》发表林平的《纪念毛泽东〈讲话〉发表五十三周年，百名文艺家万里采风》；本报记者徐春萍的《上海召开“城市生活长篇小说研讨会”，与会者提出——禀承时代风气，奉献都市文学佳作》；杨景贤的《“我不阔，但我很有骨气”——访著名作家马瑞芳》；蜀君、秋竹的《以微显著——读江曾培的〈微型小说面面观〉》；龙彼德的《大海的歌手——记海洋文学作家庄杰孝》；谢克强的《一个诗人和他的歌——张光年印象》；徐学的《乡愁与精神——余光中访谈录》。

《光明日报》发表马钦忠的《“国学”问题的现代情境》。

《羊城晚报》“社会转型期的人文精神探讨①”栏发表李宗桂的《“穷得只剩下钱”：价值理想的失落》，王则柯的《市场经济绝对不等于见利忘义》。

《文艺理论研究》第3期发表高小康的《文艺与人的生存活动》；陶东风的《文化经典在百年中国的命运》；杨文虎的《“文学中心主义”情结及其它》；烛之的《琐议〈负暄三话〉》。

《当代作家评论》第3期发表刘介民的《茫茫世界的求索——〈沉默之岛〉之秘密与“雌雄同体”的象征》。

《通俗文学评论》第2期发表余万东的《梁羽生论》；陈薇的《一曲人间悲欢歌——看金庸笔下的萧峰》；王明津的《武侠小说的最后辉煌——古龙作品评说》。

《甘肃社会科学》第3期发表胡兆明的《女性诗歌自足性的深层探考》。

《东岳论丛》第3期发表姜振昌的《时代的杂文意识与杂文的时代意识》。

《晋阳学刊》第3期发表金元浦的《论本文——读者的交流与对话》；张必明的《对文艺“二为”方向的再认识》；张炯的《辟蹊拓异　灼理探赜——跋艾斐〈中

国当代文学流派论〉》。

《湖北大学学报(哲学社会科学版)》第3期发表黄嗣的《贾平凹与川端康成创作心态的相关比较》。

《浙江学刊》第3期发表高松年的《从地域文化视角读解范小青小说》;牟正秋的《小说艺术真实美的当代意义》。

26日,《中国文化报》第61期发表本报记者孙若风的《〈讲话〉精神永远指引我们前进——老文艺战士畅谈〈在延安文艺座谈会上的讲话〉》。

《羊城晚报》发表阿晖的《"英儿"自白爱与恨》。

《小说》第3期发表管桦的《在躁动中沉思》;张承志的《〈金草地〉前言与后记》。

27日,《人民日报》发表成志伟的《消闲文化面面观》。

《文艺报》第20期发表记者绍俊的《中国作协举行纪念〈讲话〉发表53周年座谈会》;《中国文联举行纪念〈讲话〉座谈会》;《讴歌民族英魂　树立人格典范——长篇报告文学〈高原雪魂——孔繁森〉座谈会在京举行》;《中国文联:组织百余位文艺家进行"万里采风"》;《中国作协:推荐抗战文学名作百篇》;《文化部:开展"重走长征路"系列文化活动》;商金林的《关于〈叶圣陶传论〉》;蒋述卓的《王一桃诗歌的咏景艺术》;马连芬的《梦之堕落——中篇小说〈首席〉的精神意蕴》;苏效明、陈金山的《对文学梦想的执着追寻——谢春池和他的创作》;陈志昂的《大众文化与"大众文化"在现代》。

《羊城晚报》发表温远辉的《谁来赴文学丰盛的晚宴?》;陈进的《作为观念和意象的文学》;柯汉琳的《文学:追寻新的"意义世界"》;陈少华的《新的整合:文学对话的希望》。

28日,《中国文化报》第62期发表记者徐涟、刘燕的《首都文艺家聚会座谈纪念〈讲话〉发表五十三周年》;熊荧的《回顾抗战文学　激励民族精神——著名作家刘白羽访谈》;梅文的《文学批评的突破与整合——读王先霈〈圆形批评论〉》;于侃的《深化改革　加强管理　促进文化市场健康繁荣发展》。

《名作欣赏》第3期发表叶橹的《宿命的纠缠——牛汉〈三危山下一片梦境〉赏析》;姜宇清的《散文:"停"的艺术——读〈红喜字〉和〈半壁平安〉》。

29日,《人民日报》发表任文的《人民文学杂志社和长沙市委、市人民政府联合举行〈城市与人:都市的话题〉的研讨会》。

30 日，《人民日报》发表黄国柱的《浩劫与辉煌——二战及中国抗日战争文学概评》；王兆胜的《在参照中反思启蒙主题——读〈中日启蒙文学论〉》；文一的《〈心灵的历程〉研讨会在京举行》；李炳银的《时代的呼唤——对报告文学创作现状的问寻》；钟文学的《长篇小说〈战地黄花〉研讨会》。

《文汇报》发表《"我最看重的一部书"——刘白羽谈〈心灵的历程〉》。

《羊城晚报》发表张同吾的《诗化的人生彩图——读郭光豹的〈赤子三部曲〉》。

《戏剧》第 2 期发表谭霈生的《中国当代历史剧与史剧观(下)》；刘平的《关于田汉研究的几点思考》；廖奔的《论中华戏剧的三种历史形态》；葛淑敏的《"情—美"与"善—美"——中日戏剧文化传统的异同》。

《殷都学刊》第 2 期发表陈才生的《论李敖杂文的主题及其演变》。

31 日，《人民日报》发表马立诚的《钱世民作品研讨会在京举行》；木易的《由北京杂文学会和北京日报联合开办的"北京杂文"专版已满一百期，杂文作家、评论家在京进行了专题研讨》。

《中国文化报》第 63 期发表余飘的《爱国壮志惊风雨　抗日英雄泣鬼神——读李尔重的〈新战争与和平〉》；熊元义的《悲壮的涅槃》；大解的《大地深处的根——读刘向东诗集〈谛听或倾诉〉》。

《光明日报》发表《妇女世界》专版。

《羊城晚报》发表关捷的《"朱老忠"之子欲续〈红旗谱〉》。

上海市当代人物研究会、《萌芽》杂志社、中国工人出版社等单位联合举办的报告文学集《献给后代的报告》(第二辑)出版座谈会在北京召开。

山东省作协在济南召开儿童文学创作研讨会。

本月，《人民文学》杂志社在京举办韩作荣报告文学《城市与人》研讨会。

《剧本》第 5 期发表齐鲁的《巧构思，抒深情——沪剧〈此情深深〉的创作特色》；章诒和的《新奇　独特　犀利　深刻》。

《小说家》第 3 期发表贺绍俊的《沉郁·激迫·冷凝·滞重》；张普的《花开四朵》；王必胜的《东鳞西爪说印象》；何镇邦的《小说创作多样化的具体体现》；皇甫风平的《以陌生化效果观》；罗陈霞的《比照之下的感想》；柳若的《以作品主人公的文学价值衡量》；董玉明的《自寻烦恼》；刘雁的《解构时代的先锋》；本刊编辑部的《编后记——叙事的快感》。

《作品》第5期发表罗宏的《莫忘山河——读广东青年文学院作品专辑》；刘锋杰的《巨著意识与随笔意识》；王兵的《审美导向的误区》；西北平原的《文人无聊才妒富》；金岱等的《文学：世纪末与新生代——关于广东青年文学院作品专辑的对话》。

《文学自由谈》第2期发表北乡子的《关于余光中评价问题的论争》。

《中外文化交流》第5期发表张卓辉的《旅欧华人女作家林湄》。

《海南师院学报》第2期发表罗关德的《开拓华夏文学研究的新领地——〈海外华文文学史初编〉评介》；喻大翔的《潘铭燊散文论(上篇)》。

《博览群书》第5期发表刘春水的《丑陋的文人趣味——读某作家小说印象》。

中国青年出版社、中国传记文学学会联合在北京举行刘白羽《心灵的历程》研讨会。

陕西省委宣传部、陕西省文联、作协联合在西安召开全省长篇小说创作座谈会，对陕西近十余年文学创作的态势，特别是进入九十年代后陕西长篇小说创作的成绩和不足进行了讨论。

贵州省文联文艺理论研究室、遵义市作协联合在遵义市举行石永言长篇纪实文学《草地惊变》讨论会。

中国文联研究室、中国文学出版社联合在北京召开王兴仁长篇历史小说《大争霸》研讨会。

本月，河北教育出版社出版辛广伟、李洪岩编的《撩动缪斯之魂：钱钟书的文学世界》。

明天出版社出版张炜的《期待回答的声音：'93张炜文学周》。

湖南文艺出版社出版荒林的《新潮女性文学导引》。

学林出版社出版孔海珠编的《于伶研究专集》。

河北教育出版社出版胡河清编的《真精神与旧途径：钱钟书的人文思想》，李洪岩的《智者的心路历程：钱钟书的生平与学术》。

西南师范大学出版社出版吕进的《吕进诗论选》。

中国电影出版社出版靳树增编的《张藜歌诗评论集》。

南京大学出版社出版龙彼德的《洛夫评传》。

6月

1日,《文汇报》发表《呼唤文学理想及信仰,华艺社出版〈无援的思想〉、〈忧愤的归途〉》;本报记者邓瞳瞳的《令儿童痴迷的"男生贾里"——记作家秦文君和她的儿童文学创作》。

《文学报》发表本报记者饶明华的《"我最好的作品还没写出来"——访著名剧作家吴祖光》;陈放的《记者本色　学人襟怀——读〈心愿〉》。

《羊城晚报》"社会转型期的人文精神探讨②"发表李宗桂的《帝皇气派:理想人格的扭曲》。

《大众电影》第6期发表田聪明的《短片的出路在于影、视、录一体化——在顾泉雄纪录电影作品研讨会上的讲话》;丁鑫发的《新视角　新形象　新开拓——电影〈西门警事〉观感》;彭加瑾的《〈被告山杠爷〉:新世纪的曙光》;夏林的《闲话舞台剧演员的生存状态》;方位津的《鬼的居住权——简评影片〈鬼家园〉》。

《山西文学》第6期发表陈坪的《自我追问的阙如——对中国当代文学缺憾的一种思考》;孙涛的《世纪末的警告——读〈天猎〉走笔》。

《作家》第6期发表燎原的《大花开放——对本时代的生存及一种诗歌理想的描述》。

《海燕》第6期发表朱起予的《读书随笔(三题)》。

2日,《文汇报》发表记者唐斯复的《邓友梅长篇小说〈烟壶〉搬上舞台》;《京、沪、宁等地专家学者聚会南京,研讨电视文学节目》。

3日,《文艺报》第21期发表贝佳的《当代文学的一个重要收获——刘白羽晚年的巨著〈心灵的历程〉深受好评》;记者闻逸的《让电影与文学联姻,"电视文学节目观摩研讨会"在宁举行》;荆成的《困惑与选择——读长篇小说〈广州故事〉》;李炳银的《"稻王"赋——读〈中国杂交水稻之父〉》;扎拉嘎胡的《序〈青青的群山〉》;肖钢的《爱、谦恭、信仰是人最荣耀的情感》;祈念曾的《彭铭燕和〈世纪贵族〉》。

《人民文学》第6期发表张颐武的《幻想的经验》。

4日，《文汇报》发表朱学勤的《也谈激进与保守》；俞吾金的《对激进主义思潮的反思》；思健的《充溢着诗情的诗评——读〈抒情诗的魅力〉》；何西来的《鹏程赋》（评倪振良新作《深圳传奇》）。

5日，《羊城晚报》发表文犁的《寂寞的辉煌——著名作家、诗人雁翼小记》。

《广西文学》第6期发表江建文的《写实求真的回归——评〈广西文学〉近年小说创作》。

《山花》第6期发表欧阳江河、陈超、唐晓渡的《对话：中国式的“后现代”理论及其它（下）》；洪声的《智慧的传灯》；本刊记者的《实力派作家呼之欲出　文学联网面向新世纪　五刊一报文学联网协作会在贵阳举行》。

《北方文学》第6期发表毛志成的《小农式“现代文明”种种》。

6日，《文汇报》发表从维熙的《魂去来兮——文寄友人张贤亮》。

7日，《光明日报》发表邹定宾的《走出非历史化的审美误区》；亦文的《文学的世纪行》（《中国新文学大系》第四、五辑）；张黛芬的《台湾文学民族化的深层内涵》。

《天津文学》第6期发表毛志成的《有感于“丫头文化”——〈文艺卡拉OK〉之六》；郭栋的《当代小说与主题学价值》。

8日，《文汇报》发表记者郑逸文、陈可雄的《〈中国新文学大系〉后50年编纂工作启动》。

《文学报》发表本报编辑部的《〈中国新文学大系〉编纂后五十年卷辑》；王兰英的《陕西研讨长篇小说创作》；刘树生的《“灵”与“性”之旅——读晓剑〈野寨〉有感》；任光椿的《长沙大捷的功勋》；朱莲的《脱颖而出的奔马——记青年作家常新港》。

《光明日报》发表王生平、桂剑国的《对当代新儒家困境的反思》。

《羊城晚报》“社会转型期的人文精神探讨③”发表李宗桂的《及时行乐：现世主义思维的怪胎》。

9日，《文汇报》发表陈晓星、余方的《与苏童谈电影和文学》。

《羊城晚报》发表于二辉的《“我希望自己的作品速朽”》（评社会纪实文学作家方刚）。

中央民族大学蒙古学研究所、辽宁省朝阳市民委、中国社科院少数民族文学研究所联合主办的尹湛纳希研究成果座谈会在北京召开，就新时期尹湛纳希研究和作品出版、翻译方面的成就等问题交换了意见。

10日，《文艺报》第22期发表王兰英的《陕西召开长篇小说创作座谈会，力戒浮躁萎靡，追求时代大气》；黄桂元的《透视岁月的沧桑——读杨润身的长篇新作〈白毛女和她的儿孙〉》；未央的《一则现代寓言——读农鸣的〈美梦〉》；傅活的《希望多些科学家——读〈当代预测宗师〉》；李珺平的《钟情于这方小小的“邮票”——孙伦〈盛世佳人〉三部曲印象》；汤龙发的《中西审美思维同中之异》；陈炳的《对一种“本体论”的异议——艺术美在于思想性与艺术性的统一》；林木森的《“从世界范围来看”——朱辉军〈西方东渐〉读后》；倪明的《尊重历史真实，追求审美创造，遵义举行长篇纪实文学〈草地惊变〉研讨会》；《小说〈大争霸〉研讨会在京举行》；胡颖峰的《江西举行传记文学〈傅抱石传〉》。

《光明日报》发表本报记者黄永涛的《给话剧插上影视翅膀——承德话剧团的兴旺之路》。

《北京文学》第6期发表关仁山的《生存体验》；李洁非的《“态度”的选择》。

《江淮论坛》第3期发表刘小平的《通俗文化与人文精神》。

《诗刊》第6期发表罗门的《读云逢鹤的诗》。

《作家报》发表翁奕波的《简论台湾新诗发展的双轨运行现象》。

11日，《文汇报》发表特约记者李其贵的《自甘寂寞　孜孜笔耕　收获甚丰——陕西作家群队伍大作品多》。

12日，《中流》第6期发表陈漱渝的《给儒学降点温》；陈志昂的《呼唤真正的大众文化》。

13日，《人民日报》发表刘斯奋的《关于社会主义新文化建设的几点思考》；严昭柱的《理论的创新之路》；《“我国少数民族文学与汉文化关系”研讨会召开》；《小说〈大争霸〉研讨会在京举行》。

《羊城晚报》发表李尔葳的《〈阳光灿烂的日子〉终见阳光》。

14日，《光明日报》发表《妇女世界》专版；舒乙的《为作家办展览的喜和忧》。

15日，《上海文学》第6期发表任仲伦、张海翔、苏晓、单虹的《世俗形象与市民理想》；祁述裕的《市场经济中的文化诗学：话语的转换与命名的意义》；王安忆的《无韵的韵事——关于爱情的小说文本》。

《文学报》发表李连泰、周劲松的《重振文学川军雄风　繁荣长篇小说创作》；本报记者徐春萍的《文学：需要新的生长点》。

《台湾研究集刊》第2期发表朱双一的《乡土和庙堂文学的交融——阿盛论》;[日]松永正义著,秦弓译的《台湾新文学运动史研究的新阶段:——林瑞明〈赖和与台湾新文学运动〉》;庄明萱的《一场血浓于水的新文学运动》。

《羊城晚报》“社会转型期的人文精神探讨④”发表李宗桂的《物质主义:伦理精神的背叛》。

《中国图书评论》第6期发表全展的《漂亮旗帜下的媚俗之作——评小说〈新镇〉》;王萍的《振奋·忧虑·期望——重读〈敌后武工队〉有感》。

《中山大学研究生学刊(社会科学版)》第2期发表吴爱萍的《独在异乡为异客:海峡两岸留学生文学的“家园意识”》。

《徐州师范学院学报(哲学社会科学版)》第2期发表张鹰的《论“文化反思剧”》。

《诗探索》第2辑发表陈仲义的《论罗门的诗歌艺术方式》;林耀德的《世纪末台湾现代诗传播情况》。

《重庆师院学报(哲学社会科学版)》第2期发表李敬敏的《文艺批评是一门科学》;董运庭的《关于文艺批评方法论的基本原理》;傅宁、朱丕智的《论文艺批评家的品格与修养》。

16日,《北京晚报》发表纪从周的《〈天网〉作者是否触“网”?》。

《南方周末》发表本报记者谭军波、京民的《〈天网〉〈法撼汾西〉招来官司,“刘青天”为作家鸣不平》。

17日,《文艺报》第23期发表中国作家协会的《关于文学界认真贯彻〈中共中央关于印发《邓小平同志建设有中国特色社会主义理论学习纲要》的通知〉的意见》;《抚今追昔　思往鉴来——〈城市与人〉七人谈》(唐达成、秦光荣、郑佳明、汪光焘、冯立三、雷达、刘白羽);董旭升的《保定作家群》;亦闻的《〈台湾当代文学理论批评史〉研讨会在汉召开》;《全国第二届中外传记文学研讨会召开》;《藏族历史题材长篇〈太阳部落〉引起广泛关注》。

《作品与争鸣》第6期发表刘润为的《暮色苍茫看劲松》;尔龄的《略谈〈向上的台阶〉的意蕴》;王久辛的《温情的伤害》;楚昆的《作家退却到哪里才停步?》;王学海的《怎样看待人生?》;张子开的《可怜的苏童》;袁连法的《我评〈碎砚焚毫〉》,荧子的《文坛危机众人谈》。

18日,《光明日报》发表《刘绍棠推出新作〈地火〉》。

《羊城晚报》发表冯英子的《历史要讲真实》；常江虹的《拨开还是加重历史迷雾?》。

《中国戏剧》第6期发表沈毅的《“做好剧协工作，繁荣戏剧艺术”——记’95全国剧协工作会议》；钟艺兵的《端正党风的一面镜子——看话剧〈张鸣歧〉》；童道明的《写到命运才成戏——〈沙洲坪〉观后》；郭富民的《“话”剧的魅力——〈故意伤害〉说略》；吴乾浩的《激越曲折　气势磅礴——看京剧〈曹操父子〉》；安逊的《鼎·椅子·人性——评〈天之骄子〉》；安志强的《京剧历史的形象资料——读〈京剧史图录〉》。

19日，《文汇报》发表夏雁的《钱谷融在评论给作家排次序时认为：最权威的批评家是时间和人民》。

《羊城晚报》发表张作民的《严肃作品被恶俗包装》。

20日，《人民日报》发表孙占国的《论当前的大众文化形态》；张彦加的《小家碧玉与诗化偏向——关于散文诗现状》；熊荧的《用理想之光照亮世界——读陈昌本的长篇小说〈痴恋〉》；林为进的《云彩国里尽朝晖——读程贤章的长篇小说〈云彩国〉》。

《光明日报》发表本报记者肖海鹰的《从“长篇小说热”看——中国文学怎样走向新世纪?（上）》。

《郑州大学学报（哲学社会科学版）》第3期发表王萍的《谈散文理论的更新》；郑纲领的《奇妙的“迷魂术”：港台武侠小说创作揭秘》。

《学术月刊》第6期发表陶东风的《文化研究的超越之途》。

《首都师范大学学报（社会科学版）》第3期发表王震亚的《在历史与未来的交汇点上——试论新时期表现家庭内部代际关系的作品》。

《福建论坛》第3期发表施文裔的《评叶石涛的“对等阶位文学观”》；古继堂的《雄辩理智　细察深究——评林承璜〈台湾香港文学评论集〉》。

李准、蒋子龙率领大陆文艺家访问团一行16人赴台湾访问。

21日，《文汇报》发表舒乡的《四川当代长篇文学创研会甫建，推出两年创作十部长篇计划》。

《光明日报》发表本报记者肖海鹰的《从“长篇小说热”看——中国文学怎样走向新世纪?（下）》；董之林的《“人文精神”讨论述略》；乾敬的《“精神文明与文学艺术”研讨会在京召开》；李文儒的《〈柏慧〉咏叹调》。

《羊城晚报》发表孙涛的《研讨真情遇假货》。

22日,《人民日报》发表记者王艾生的《弘扬主旋律　提倡多样化　讴歌新时代——山西文艺创作空前繁荣》。

《文学报》发表本报记者赵晓梅的《写不完的男生女生——记儿童文学作家秦文君》;本报记者江振新的《诗评家吴思敬比较女性诗歌与女性散文——缘何一冷一热?》;本报记者徐春萍的《人生和艺术的一部大书——记柯灵先生》。

《羊城晚报》"社会转型期的人文精神探讨⑤"发表李宗桂的《文化垃圾:文人操守的反讽》。

23日,《人民日报》发表《中国作协希望文学界人士,认真学习建设有中国特色社会主义理论》。

《南方周末》发表老愚的《冉平状告张天民,谁是〈武则天〉的真正编剧》。

《四川大学学报(哲学社会科学版)》第2期发表唐正序的《文学批评的美学观点与历史观点》;冯宪光的《论文艺批评的整体把握》;李益荪的《马克思主义文艺批评在当代西方的发展和影响》。

河北省文联、作协等四家单位联合举办的曹继铎散文诗论会在石家庄召开。

24日,《文艺报》第24期以"《心灵的历程》笔谈"为总题,发表山城客的《血与泪写成的书》,敏泽的《恢宏、厚重之美的境界》,王维玲的《〈心灵的历程〉编后感》;同期,发表丁亚平的《视觉的梦幻与超越——关于电影、电视与大众文化的思考》;李道荣的《台港现代诗歌的风景图:评古远清〈台港现代诗赏析〉》。

《光明日报》发表张小燕、卢新宁、张武春的《李铁映强调文艺工作者要拥抱生活服务人民》。

25日,《上海师范大学学报(哲学社会科学版)》第2期发表李延的《论叶永烈的"黑色系列"文学传记》;李任中、伍斌的《塑造健全的文化人格——余秋雨散文一瞥》。

《台港与海外华文文学评论和研究》第2期发表方忠的《自掀底牌的教授风格:论郑明娳的散文创作》;扬大中的《寻找伊甸园——简媜散文基本主题浅论》;胡若定的《字字句句总关情——读赵淑敏短篇小说集〈惊梦〉》;庄若江的《情美理丰,学者风范——林文月散文创作论》;朱立立的《都市女性的情感悲剧和生存境遇》;曹惠民、高洪福的《女性话语中的爱情规则》;石明辉的《一曲人生的歌——

读吴应厦长篇小说《女人啊，女人》；王庆华的《在寂寞中歌唱——读凌叔华自传体小说〈古调〉》；钦鸿的《朵拉近年小说创作片论》；曾志耘的《论〈赛金花〉的女性自我意识》；粟多贵的《东南亚华文女性文学的传统意蕴与嬗变》；杨正犁的《论戴小华的〈沙城〉》；汪义生的《世俗与严肃的契合——重读陈娟〈昙花梦〉》；公仲的《尤今，潇洒的文学人生》；余虹的《文心天然——诗人学者饶芃子一瞥》；王振科的《他的笔名叫"柔密欧·郑"——关于郑远安和他的小说》；柳易冰的《寻找路易士——我和大诗人纪弦的缘份》。

《学术研究》第3期发表陈辽的《"海外华文文学研究"新学科建立的标志——读〈海外华文文学史初编〉》；丁帆、陈霖的《略论近年小说中女性形象的一种"他塑"》。

《贵州师范大学学报(社会科学版)》第2期发表张荣翼的《批评的悖论与反思》；周文萍的《学者机智　女性心情——谈〈洗澡〉对情节高潮的淡化》。

26日，《羊城晚报》发表李小甘的《流连散文世界》。

27日，中华文学基金会、中国作协、内蒙古文联等单位联合在北京举办布和德力格尔长篇小说《青青的群山》研讨会。

28日，《光明日报》发表记者苏丽萍的《山西话剧院热情塑造党的好干部形象，话剧〈孔繁森〉在京受欢迎》；文化周刊版发表齐忠亮的《从余秋雨的遭遇说起》。

《羊城晚报》发表黄伟宗、李红雨、张白尧、肖荣华、颜湘如、刘卫的《值得鼓掌的文学精神和方式——关于〈都市迷情〉的对话》。

28—29日，河北省委宣传部、河北省文联、作协、中国解放区文学研究会联合在河北廊坊市举办田间诗歌研讨会。

29日，《文学报》发表谭好哲的《乡土生活的本色——读修祥明两部长篇小说》(《庄户日子》《庄户人家》)；毛闯宇的《书外的意义》。

《羊城晚报》"社会转型期的人文精神探讨⑥"发表李宗桂的《"三点式"包公：审美情趣的变形》。

30日，《光明日报》发表肖海鹰的《抗日战争与中国文学研讨会提出，借鉴抗战文学的民族特色》。

《同济大学学报(人文·社会科学版)》第1期发表施建伟的《"世界华文文学"学科创始人曾敏之——兼谈他的"组合式"散文》；应宇力的《世纪末的无

奈——略论梁凤仪小说中的“九七”回归情结》。

《江海学刊》第3期发表蔡尚思的《中国的现代化与全球化——读三篇有关文化的大文章有同感》；张强的《在困惑与选择间的思考——评〈市场·文化与文人〉》。

《华文文学》第1期评论专号发表陈辽的《“海外华文文学”新学科建立的标志——读〈海外华文文学史初编〉》；古远清的《拓荒性的贡献——评陈贤茂等著〈海外华文文学史初编〉》；王一桃的《山外有山　天外有天——〈海外华文文学史初编〉评介》；钦鸿的《海外华文文学史研究的新成果：读〈海外华文文学史初编〉》；潘亚暾等的《五专家谈〈海外华文文学初编〉(摘录)》；米军的《〈跳珑玲恋歌〉序》；黄曼君《〈台港澳暨海外华人散文名作鉴赏〉序》；刘秋得的《唤醒美的一切——谈罗门的诗艺观》；刘志松的《情系香港文学——读〈香港文学概观〉》；庄园的《精巧·动感·新颖——评王一桃〈热带诗抄〉的审美意象》；陈贤茂的《痴恋文学的人——香港作家陈少华印象》；萧村的《功垂竹帛三文翁——记三届“马华文学奖”获得者》；沈振煜、吴奕锜的《“一次超越了本身意义的学术会议”——“赵淑侠作品国际研讨会”综述》；张炯的《加强世界华文文学的研究和交流》；黄孟文的《新加坡今日散文的特色》；徐侠的《生存的困扰——华文文学寻根之一》；王丹群的《戴小华游记散文论》；吴奕锜的《所来各有自　因由两相异——“乡土文学”与“寻根文学”比较之一》；周可的《困境中的生命追寻：马森独幕剧创作的价值取向》；刘登翰的《香港文学研究的几个问题》；梁凤莲的《意纳风情　笔写春秋——忠扬创作纵横谈》；向明的《不朦胧，也朦胧——评古远清的〈台湾朦胧诗赏析〉》；古远清的《两岸文学交流不应存在“敌意”——兼评向明先生的〈不朦胧，也朦胧〉》；南乡子的《诗评家的邪路——读〈两岸文学交流不应存在“敌意”〉》；古远清的《关于“大批判情结”、政治敌意、诗的诠释诸问题：对南乡子〈诗评家的邪路〉一文的答辩》；葛乃福的《我们期待怎样的交流——海峡两岸诗歌交流之检讨》；依闻的《两岸诗评家关于“大陆的台湾诗学”论战综述——90年代前期台湾十大诗事之一》。

《南方周末》发表本报记者张京民、谭军波的《〈天网〉官司爆出内情》。

本月，《小说界》第3期发表陈思和的《逼近世纪末小说选1990——1993序》。

《台声》第6期发表徐学的《走不尽的厦门街——余光中与台湾的文学缘》。

《文科教学》第1期发表张锦贻的《梁凤仪女性小说的意义及其它——香港女性小说谈》。

《作品》第6期发表杨干华的《提倡"速递批评"》；王林书的《难解的〈校园情结〉》；陈海的《为何要走向低层次？》；张柠的《小说与故事》；殷国明、陈文超、王宾、蒋述卓、金岱的《路在何方？——关于世纪之交文学理论走向的笔谈》。

《读书》第6期发表王蒙、陈建功、李辉的《精神家园何妨共建——谈话录之一》；余岱宗的《超越文化难局》；凌晨光的《立足现实的文化关注》。

《剧本》第6期发表马进强的《戏曲艺术家丢掉了什么》；李晓青的《"非历史的历史剧"——〈西施归越〉编后》；劲芝的《与戏曲创作共命运的理论家——读安葵同志三本书印象录》。

《文艺评论》第3期发表刘文波的《文艺研究与掷铜板——文艺随机性琐议之二》；傅翔的《文坛的祭礼》；毛峰的《活着进入21世纪——九十年代文化眺望》；谢有顺的《重写爱情的时代》；李运抟的《当代小说政治意识漫论》；张同吾的《寻找精神的家园——一九九四年诗的分流与整合》；马风的《闲聊张抗抗随笔》；关登瀛的《童年宝库的开掘者》；苗欣的《幼忱，你是一个强者——读孙幼忱自传体小说〈山连着山〉》；管振喜的《尺水波澜诗情浓郁》；黄毓璜的《文坛过眼》；李琦的《文字中的面孔》；黄书泉的《文人太多的悲哀》；户晓辉的《从大众批评的缺席说起》；邢海珍的《文学就是无病呻吟》；沙鸥的《关于主体外化》；杨汝钧的《从阿西莫夫的创作观看科幻创作》。

《博览群书》第6期发表谭宗远的《严文井的〈一个人的烦恼〉》。

广东省作协在肇庆市举行长篇小说创作规划会议，围绕"多出精品、多出力作"的议题，认真规划选题，落实重点作家、重点作品的组织和扶持工作。

中国社科院文学研究所、少数民族文学研究所联合在北京召开抗日战争与中国文学研讨会，就抗日战争对中国文学发展产生的重大影响展开讨论。

《中国故事》杂志社、连云港国际文化艺术交流中心联合在连云港召开"'95当代通俗文学研讨会"。

北京师范大学中文系中文系儿童文学教研室在北京召开跨世纪儿童文学研讨会。

夏季，《文学自由谈》第2期发表李国文的《皇帝与作家》；贺星寒的《九四断想》;陈忠实的《文学无封闭》;何立伟的《马原这个人》;皮皮的《关于昆德拉王朔的自言自语》;张颐武的《张承志神话: 后新时期的人间喜剧》;冯立三的《再论中年评论家》;何西来的《文学批评的动力》;李炳银的《新时期文学的促生与护卫者》;秦晋的《我看“会议评论”》;贺兴安的《稳实的批评品格》;王宁的《“东方主义”与东方视角》;王岳川的《中国后现代文化批评的转型》;学正的《新世纪文学的新主角》;刘火的《随笔热勃兴的根由》,潘凯雄的《“看不懂”》;吴崇厚的《假如柳青还活着》;叶海声的《从劳伦斯和张贤亮说起》;王蒙的《美丽的红罂粟》;赵玫的《太阳和峡谷》;李星的《独对心灵的风景》(讨论邢小利的创作);刘江滨的《疏影照窗的情致》(讨论伍立杨随笔集《时间深处的孤灯》);王力的《印象之印象——读〈印象的描述〉》;《文学理论的跨世纪建树》。

本月,远方出版社出版李廷舫、肖兰英主编的《赵纪鑫戏剧作品评论集》。

华艺出版社出版肖夏林主编的《忧愤的归途: 张炜〈九月寓言〉》,《无缘的思想: 张承志〈心灵史〉》。

百花文艺出版社出版黄泽新的《文艺的新潮汐》。

中国文联出版公司出版涂光群的《中国三代作家纪实》。

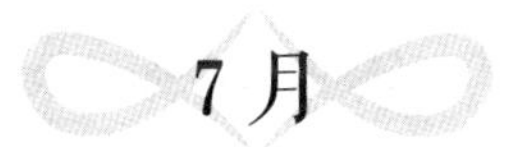

7月

1日,《文艺报》第25期发表伊始的《广东召开长篇小说创作规划会议》;卢瑞华的《程贤章文学作品中的时代感》;郝国建的《一部反映当今农民问题的现实主义佳作》;张为的《一本小女人的书》(黄茵的散文集《闲着也是闲着》);朱晖的《〈运河滩上儿女情〉读后》;邹琦新的《向思想深度和历史内容开掘——〈曾国藩〉现象引起的思考》;阎延文的《挥斥书生意气,探寻文化热点——当前青年与当代文化研讨会发言纪要》;陆贵山的《评〈中西典型理论述评〉》;洪治纲的《拒奖与猜奖》;阿丹的《95当代通俗文学研讨会举行》;《曹继铎散文研讨会在石家庄举行》。

《大众电影》第7期发表丁帆的《亲情昊天　母爱瀚海——看影片〈中国妈

妈〉》；赵天明、尹建中的《最重要的是加强制度建设——电影〈天网〉观感》；周伟良的《二十一世纪的全息电影》。

《山西文学》第7期发表董大中的《创造“唯一的形式”》。

《书与人》第4期发表袁仁标的《沉默或者不沉默的写作》。

《百科知识》第7期发表张学正的《王朔从文坛匆匆走过》。

《作家》第7期发表张颐武、周亚琴、贺桂梅、谭五昌、张洁、吕幼筠、王军的《后新时期的文化空间——商品化、消费化一席谈》；陈晓明的《本土的神话：一种不断被遮蔽的叙事》。

《解放军文艺》第7期发表周政保的《警世的焦灼——从〈好梦将圆时〉说到军旅文学创作》；本刊记者的《好梦先觉绘新图——中篇报告文学〈好梦将圆时〉作品研讨会纪要》。

《海燕》第7期发表毛志成的《小说心态解剖》；赵光的《文学的尴尬与定位》。

2日，《文汇报》发表王安忆、王雪瑛的《形象与思想——关于近期长篇小说创作的对话》；刘金的《纪实，纪实？纪实！》；吴锦生的《校园诗歌中的一朵新花——评诗集〈少女的心〉》；洁泯的《发现自我》。

《羊城晚报》发表谢冕的《我读〈赤子三部曲〉》。

3日，《人民日报》发表《西川当代长篇文学创作研究会成立》。

《羊城晚报》发表周集的《缺了权威奖，文学无坐标》。

5日，《山花》第7期发表胡宗健的《新状态的概念》；刘湛秋的《华文诗歌的定位与畅想》；程光炜的《〈诗探索〉：寂寞中的坚执》。

《当代文坛》第4期发表景秀明的《九十年代散文精神向度摭谈》；王辽南的《散文的话语形态及其优化选择》；吴秀明、周保欣的《历史的文化寻绎——评陈福郎的历史题材小说创作》；曹家治的《午荫清圆——张放散文论》；张德明的《忧郁的人生风景线——论南翔的创作兼评长篇小说〈无处归心〉》；潘亚暾的《杂文小品化初探》；刘月新的《文学阅读与隐含作者》；张泉的《世界舞台上的中国新时期文学——试析国际文学交流“逆差”说》；陈朝红的《展现时代风貌　讴歌奋进人生——王治安报告文学的审美追求》；刘中桥的《风雨人境中的世相图——评刘继安小说集〈都市隐居〉》；唐云的《土地的角色——论傅恒的“鸿雁坝系列”小说》；陈骏涛的《〈红辣椒女性文学丛书〉序言》；陈尚信的《可贵的幽默诙谐——读少年儿童诗集〈初开的蔷薇〉》；宋家惠、朱安玉的《缪斯走进市场——对当前部分文化市场的调查与思考》；王定天的《自尊的城市——〈一路狂奔〉的话语特点》；廖全京的《理解那颗心——读李致的亲情散文》；蒋登科的《儿童视角下的诗歌探索——钟代华儿童诗研讨会综述》。

《芙蓉》第4期发表毛志成的《随笔二篇》；丁玲的《情、胆、识、文与文艺创作》；蔡测海的《不必圣贤——评〈黑白〉》。

《河北师范大学学报(社会科学版)》第3期发表马云的《男性叙事话语中的孕妇情境——铁凝小说〈孕妇和牛〉引起的话题》。

6日，《文学报》发表王晓晖的《当今文坛旗号多》；特约记者陈志强的《周而复长篇系列小说〈长城万里图〉在京研讨》；本报记者李连泰的《更多考虑创作的未来——访著名作家叶兆言》；本报记者江振新的《评论家杨匡汉建议中国当代文学史——换一种写法》；杨守松的《十年一觉——我写报告文学》；王晓晖的《〈天网〉、〈法撼汾西〉引出诉讼，文学如何与法律牵手》。

《羊城晚报》"社会转型期的人文精神探讨⑦"发表李宗桂的《"鬼文化"：反文化现象的泛滥》。

7日，《文艺报》第26期发表谢昌余的《改革精神的热情礼赞——评陈德宏的报告文学〈铜城交响乐〉》；陈登科的《深入生活　贴近人民——读李群的报告文学集〈西淝河笔记〉》；朱珩青的《多种文明的交错——读汤世杰的长篇新作〈情死〉》；盛子潮的《〈禹风〉，寻找古老的南方神话——陈军新作印象》；刘荫柏的《武侠小说创作贵在创新——评浩川野老的〈名剑少侠〉》；袁济喜的《论传统审美文化中的批评精神》；贺金祥的《但得能为天下雨，白云原自一身轻——缅怀萧军先生》；曹连观的《探寻文学美的内涵和根源——〈文学美探源〉简评》；《山东省新时期农村现实题材文学作品评奖揭晓》；记者午晨的《乡土与人民的颂歌——长篇小说〈青青的群山〉研讨会在京举行》。

《羊城晚报》发表朽木的《文坛"窝里戏"》。

《天津文学》第7期发表凌鼎年的《方兴未艾的小小说——小小说创作活动扫描》。

8日，《人民日报》发表张炯的《我国抗战文学中的爱国主义精神》；李兆忠的《"中国当代历史小说研讨会"综述》。

10日，《人民日报》发表卢新宁的《文化部"重走长征路"活动追记——理想主义：接续60年历史的文化桥梁》；徐城北的《当京剧的剧场艺术尚未走出低谷的时候——京剧电视剧大有可为》。

《羊城晚报》发表陈国凯的《"玩"又如何？——从〈都市情迷〉说开去》。

《小说林》第4期发表蒋魏的《火狐狸与电脑时代——"火狐狸长篇小说系列"序言》。

《中国社会科学》第4期发表敏泽的《文学价值论中的主体性原则》。

《电影艺术》第4期发表李迅的《电影观念：制作、评论和教育》；尹鸿的《八十年代以后的中国电影美学思潮》；颜纯钧的《张艺谋巩俐合论》；吴琼的《作为话语的叙述与作为故事的叙述——从小说到电影看〈红粉〉的叙事策略》；生民、肖丽的《〈红粉〉在哪里失落?》；王兴东的《用电影的眼睛察看生活——〈留村察看〉写作笔记摘录》；何群的《追求与选择》。

《花城》第4期发表王一川的《从单语独白到杂语喧哗——90年代审美文化新趋势》。

《河南师范大学学报(哲学社会科学版)》第4期发表谭瑞生的《论"荒诞派"的美学发展》。

《读书》第7期发表阿朋的《科学，无界但有限》；陈建功、王蒙、李辉的《时代变化与感觉调整——"精神家园何妨共建"谈话录之二》；刘康的《全球化"悖论"与现代性"歧途"》；汪晖的《秩序还是失序？阿明与他对全球化的看法》；赵柏田的《知识分子与生活》。

12日，《中流》第7期发表亦小强的《众说纷纭话文坛》。

13日，《文学报》发表阿丹的《95当代通俗文学研讨会召开》；周斌的《梅开二度分外香——评刘振小说集〈魂葬恋湖〉》；曹志培的《作家的谨慎》。

《北京青年报》发表《"恕我直言"——'95文坛"新时尚"》。

《光明日报》发表《田间诗歌研讨会在河北举行》。

《羊城晚报》"社会转型期的人文精神探讨⑧"发表李宗桂的《只发(8)不死(4)：封建迷信的沉渣泛起》；王生平的《更重要的是心理转型》；虎生的《给"电视文学"一席之地》。

14日，《文艺报》第27期发表《周而复长篇系列小说〈长城万里图〉研讨会在京举行》；周成建的《试论长篇报告文学〈高原雪魂——孔繁森〉的艺术特征》；饶芃子的《借鉴·思考·探索》；叶延滨的《宇翔的诗》；毕胜的《一座城市的神话——读倪振良的〈深圳传奇〉》；石一宁的《读〈文坛侠圣——金庸传〉》；郭志刚的《再谈“荷花淀派”》;曾永成的《综合,为更高的分析寻求起点——夏之放〈文学意象论〉读后》;喻晓的《艺术心灵的净化与升华——文化部“重走长征路”系列文化活动综述》;王兰英的《陕西召开〈中国当代文学发展史〉学术研讨会》;晓照的《〈汉商路〉座谈会在汉召开》;老塔的《柯云路创作近况》。

15日,《人民日报》发表吴元迈的《精神文明建设与洋为中用》;吴然的《努力于宏观与求实之间——评长篇纪实文学〈荡匪大湘西〉》;曹顺庆的《对中国文论话语的探寻》;文一的《抗日战争与中国文学研究研讨会举行》;文山的《〈长城万里图〉研讨会召开》。

《上海文学》第7期发表《文学:需要新的生长点》;张炜的《怀疑与信赖》;《创作中的虚实——残雪与日野启三的对话小说中的现实》;昌切的《我们时代的一种群体精神结构——刘继明小说提要》。

《羊城晚报》发表游焜炳的《皆大欢喜——观七日小说接力赛〈都市迷情〉感受》。

《人文杂志》第4期发表曾艳兵、陈秋红的《新时期戏剧结构的转换与变形》。

《文学评论》第4期发表毛崇杰的《文化视野与马克思主义阐释学》;金元浦的《意义:文学实现的方式》;杨匡汉的《在多重空间里沉潜与运思——中国当代文学学科建设进言》;王列生的《世界文学格局中的中国文学选择》;王一川的《传统性与现代性的危机——“寻根文学”中的中国神话形象阐释》;程文超的《走向彼岸后叙事——何继青的小说世界》;沈奇的《痖弦诗歌的语言艺术》;王保生的《台湾文学研究深入的标志——评〈台湾文学史〉》。

《文艺争鸣》第4期发表邴正的《崇高的位置——生活多样化与民族精神的更新》;陶东风的《人治模式的诱惑与误区——由电影〈被告山杠爷〉说开去》;季广茂的《南辕与北辙之间——从两篇文章略窥保守主义与激进主义的讯息》;祁述裕的《逃遁与入市:当代知识分子的选择和命运》;黎风的《呼唤“浪漫”——关于新时期浪漫文学的忧思》;吴炫的《悬空:90年代知识分子的存在形态——否定主义哲学社会透视之一》;孙中田的《文学解读与误读现象》;崔卫平的《诗歌与日常生活——对先锋诗的沉思》;张德祥的《“神话”的创造与破产——“金光大道”现象及其他》。

《中国图书评论》第7期发表应为众的《让我们一道仰望星空——读史铁生、张承志、韩少功散文集》;方鸿儒的《欣赏潘虹——读〈潘虹独语〉》。

《西藏文学》第4期发表唐近中的《历史与自我——中国“后现代”文论的解读和思考》；张慧的《在风与醉意中倾诉——散论贺中的诗》。

《当代电影》第4期发表王得后的《一部出色的政治文化寓言——看〈被告山杠爷〉》；刘桂清的《现实主义的力作——漫评〈被告山杠爷〉》；陈航的《为了告别的惆怅——与范元谈〈被告山杠爷〉》；马德波的《正气与良知的胜利——评影片〈天网〉》；彭加瑾的《在逆境中再度崛起——看影片〈留村察看〉》；李怀亮、陶东风的《新文化语境中的文明/野蛮主题——从电影〈香香闹油坊〉说开去》；陈墨的《村长走上被告席——农村题材影片一面观》；尹鸿的《当前中国电影策略分析》；小非的《高清晰度电视与电影》；张卫、应雄的《走出定势——与李少红谈李少红的电影创作》；罗艺军的《议论纷纷说〈红粉〉》；王得后的《〈红粉〉印象》；童道明的《淡得化不开》；张同道的《从命运悲剧到性格悲剧》；张法的《〈红粉〉的双重叙事》；王富仁的《由〈红粉〉所想到的》；吴迪的《〈孽债〉：讨债与还情》；陈同艺的《风格和题材》；王稼钧的《〈孽债〉效应及其它——关于“老三届”和“知青”题材的政治学批评》；葛菲的《真实世界经验和通俗剧模式——对一部电视剧〈孽债〉的分析》。

《华东师范大学学报(哲学社会科学版)》第4期发表戴翊的《穿透人生的黑洞——评长篇小说〈紫藤花园〉》。

《求是学刊》第4期发表王岳川的《90年代大众传媒的审美透视——由政治意识形态到消费意识形态转型》；姚文放的《大众文化语境中的美学话语》。

《社会科学研究》第4期发表吴兴明的《主题还是尾巴——语言学转向与文学批评中的形上性问题》。

《钟山》第4期发表北村的《神圣启示与良知的写作》；刘雁的《新状态：否定式和将来时——新状态文学综述》。

16日，《文汇报》发表贺嗣承的《良知催逼下的声音——关于长篇小说〈柏慧〉及其引起的争论》；郑体武的《真假诗人之辨》。

《光明日报》发表《全国各地诗人学者聚会提出，中华诗歌传统可实现创造性转化》。

《求是》第14期发表赵光的《情满京九——电视连续剧〈京九情〉观后》。

17日，《光明日报》发表王岳龙、秦杰的《“十部大片”的是是非非——来自电影院的报告》。

《作品与争鸣》第7期发表严昭柱的《深情抒写时代的史诗》；羊羊的《为〈此人与彼人〉遗憾》；亦小强的《冲突　尴尬　沦落》；龚小凡的《语言图景与现实生存》；范东峰的《贫瘠的呼唤》；园艺的《关于作家“聪明”的话题》。

17—18日，福建省文联第四次代表大会在福州召开，徐怀中当选为省文联主席。

18日，《中国戏剧》第7期发表马少波的《深入学习、努力贯彻江泽民同志〈弘扬民族艺术　振奋民族精神〉的讲话——以优秀作品鼓舞人》；王辉的《留下真情从头说——看晋剧现代戏〈油灯灯开花〉》；蓝纪先的《人性与王权的较量——浅说〈风雨行宫〉鉴赏的美学价值》；童道明的《轻信与坚信——看广东话剧院儿童剧团演出的〈狼孩〉》；丁尔纲的《用心灵美熏陶下一代——评济南儿童剧团儿童神话剧〈小白龟〉》；范克峻的《重视传统戏的发掘——谈豫剧〈日月图〉的新风采》；章诒和的《亲缘文化的揭示——评〈唐太宗嫁女〉》；黄在敏的《好看与耐看——浅析越剧〈莲花湖〉》；拙庵的《近三十年来海上剧场之变迁记》。

19日，《羊城晚报》发表何立伟的《我的散文观》。

20日，《文汇报》发表记者邓瞳瞳的《李子云在妇女文学研讨会上提出：女作家应关注女性生存状况》。

《文学报》发表本报记者陆梅的《期盼更多的新人和力作——上海儿童文学创作现状综述》；莫鸣的《切准当代都市的脉搏》；本报编辑部的《散文创作亟待大手笔》；叶文玲的《只要你深深爱过——读斯舜威〈人间随笔〉》；杨帆的《传主个性的写真——评戴光中〈胡风传〉》；曾绍义的《散文——不能缺钙》；叶中强的《理性价值观念的失落与重建》；艾斐的《文化的两极飘散与市场选择》；唐纪如的《文人世相的历史折照——读长篇小说〈怪味嬉皮士〉》。

《羊城晚报》“社会转型期的人文精神探讨⑨”发表李宗桂的《游戏人间：假黄色新闻的背后》。

《小说评论》第4期发表孙绍振的《小说内外之八——小说与时代》；雷达的《小说见闻录之五——为文学而活的作家》；孟繁华的《名作重读之三——爱的神话和它的时代——重读〈爱，是不能忘记的〉》；邹琦新的《封建末世理学名臣的悲剧形象——评长篇历史小说〈曾国藩〉》；鲁枢元的《文学中的蒋子丹——女妖·乌托邦·虚掩的门及其他》；牛玉秋的《对妇女解放问题的痛苦思考——张洁小说论之一》；贾羽的《陈村小说创作漫议》；陈忠实的《关于陕西长篇小说创作的回顾与展望》；于夏的《在反思中寻求新的突破——陕西长篇小说创作座谈会纪要》；党圣元的《平面化：当前王蒙文化心态的价值特征》；张德祥的《王蒙的误区》；张志忠的《对文学的轻慢与失态——评王蒙近作〈失态的季节〉》；王春林的《在历史的重构中勘探人性——评王蒙长篇新作〈暗杀〉》；汤学智的《感悟与深思——读张德祥三篇评论有感》；刘翔的《开拓小说研究的新领域——评盛子潮的〈小说形态学〉》；刚健的《小说研究的新思路——〈刘路文论选〉读后》；姜静楠的《后现代主义：人类的别一种智慧》；韩鲁华的《重读与赶写》；张侯的《灵魂的回归》；朱鸿的《小说就是虚构——小说断想》。

《昆仑》第4期发表丁临一的《听唱新翻杨柳枝》。

《暨南学报(哲学社会科学版)》第3期发表饶芃子的《"女儿国"里的文化精神——菲华女作家作品管窥》；傅莹的《论黄孟文散文的"理性化"倾向》；费勇的《孤绝的中国人与漂泊的中国人——论马森〈生活在瓶中〉与〈夜游〉》。

《福建论坛》第4期发表王金城的《生命悲剧的现代寓言——论李昂的"寓言小说"》。

21日，《文艺报》第28期发表荒煤的《一部具有真实、力量和美的文学作品——致〈林则徐〉作者穆陶的一封信》；冯牧的《禾苗在生活沃土中萌发——为赵辉所著〈山妮儿〉作序》；曾敏之的《以爱心看世界——吴瑞卿〈没有天使的天使岛〉》；刘树元的《生活在惊醒——读高深的组诗〈爱在其中〉》；吴越的《赞〈苏州小说15年〉》；曾镇南的《珍惜和发展创作的才能——漫读偶拾之二》；浩明的《呼唤严肃而科学的文艺论争——从马克思恩格斯的一次论争谈起》；杨天喜的《领袖形象塑造应"突破"什么?》。

《文艺研究》第4期发表曾艳兵的《西方现代派作家的异化观与马克思异化观之比较》；《傅道彬的〈烛光灯影里的中国诗〉》。

24日，《羊城晚报》发表黄助的《蒋子龙再写工业题材》。

《文史哲》第4期发表吴秀明的《中国当代文学中的"五四情结"》。

《文艺理论与批评》第4期发表瞿维的《实践〈讲话〉的成果　人民智慧的结晶——纪念歌剧〈白毛女〉诞生50周年》；《人民心上的花朵——电影〈白毛女〉改编者杨润身谈歌剧〈白毛女〉》；《让战争告诉和平——〈南京的陷落〉座谈会纪要》；山城客的《有感于王蒙的处世哲学》；杨柄的《刘白羽散文的美学思想——读〈心灵的历程〉兼及〈散文四集〉》；穆霖森的《为新一代公仆塑像——观话剧〈张鸣

岐〉》;朱子奇的《飞向世界的诗文——序纪鹏〈献给真纳祖国的花环〉》;文理平的《关于"人文精神"讨论综述(下)》;江北的《紧扣阶级斗争的主线是〈白毛女〉成功的关键——纪念歌剧〈白毛女〉诞生五十周年学术研讨会侧记》。

25日,《人民日报》发表董其中的《木版上的战斗诗篇——读〈太行木刻选集〉》。

《大家》第4期发表张闳的《听与说:汉语文学言说的问题史》。

《甘肃社会科学》第4期发表刘俐俐的《论小说作家的创作间歇》。

《文艺理论研究》第4期发表施蛰存、夏中义的《漫谈七十年来上海的文学》;《对二十一世纪小说的期待》,《关于作家的素质》,徐行言的《艺术方法新论》,《现代批评的策略》;《何时超越"第3种语言"?》;祁述裕的《文化语境与通俗文艺意义结构的变异——90年代初期通俗文艺评估》;《中国学术界出现了国学热》;《王蒙谈人文精神》;《关于〈金光大道〉的思考》;《如何评价"神秘文化"》;《三千读者评说当今小说》;《当前先锋小说的变化》;罗岗的《读〈叶兆言文集〉(五卷本)》;徐虹北的《又是一例"学案"》;《作家的做人与作文》;吴福辉的《城乡、沪港夹缝间的生命回应——从徐訏后期小说看一类中国现代作家》。

《当代作家评论》第4期发表刘强的《大入大出　大即大离——论洛夫诗的"当代性"》。

《社会科学战线》第4期发表张恒春的《风雨行程四十年——论台湾"创世纪"诗社》,张默的《诗的随想》。

《华南师范大学学报(社会科学版)》第3期发表赖相桓的《市场经济与人生价值观的"双重效应"》。

《安徽大学学报(哲学社会科学版)》第4期发表王达敏的《论批评的艺术化——对新时期文学批评的批评》。

《南京师大学报(社会科学版)》第3期发表冯云青的《在自我调适中发展——对未来小说的期待》。

《解放军外国语学院学报》第4期发表李迎丰的《〈白鹿原〉的空间设计与意义追寻》。

中宣部、中国作协联合主办的全国文学创作工作会议在长沙召开,贯彻江泽民总书记关于繁荣文艺的重要指示,落实中宣部1995年工作要点,学习湖南省委加强领导繁荣文艺的工作经验,落实中国作协主席团四届九次会议的决议和繁荣长篇小说、影视文学及儿童文学的三大任务。

26日,《光明日报》发表肖海鹰的《中国文联“万里采风”活动成果丰硕,百余名文艺家联名向江总书记回信汇报》。

《羊城晚报》发表赵大年的《京味作家》。

《小说》第4期发表储福金的《〈心之门〉序》;小彭的《弥足珍贵的历程——〈心灵的历程〉座谈会纪要》。

27日,《文学报》发表毛志成的《有感于名家的“后质量”》;陆思梁的《一曲爱的颂歌——张平访谈录》;老高的《他,一直没回过头——记青年作家刁斗》。

《文学自由谈》第3期发表吴小如的《读〈苏青文集〉》;梦侠的《初见韩素音》。

《羊城晚报》“社会转型期的人文精神探讨⑩”发表李宗桂的《现代化不等于物化:人是要有一点精神的》;同期,发表张振金的《躁动中的抉择——读广东首届秦牧散文奖获奖作品》;孔无忌的《广告与文学》。

《华中师范大学学报(哲学社会科学版)》第4期发表刘安海的《通俗文学的美学特征》;宋晓萍的《把玩旧瓶的游戏——“新历史小说”之我见》。

28日,《人民日报》发表本报记者高渊的《国产影片呼唤大制作》;本报记者田泓的《沙叶新:为人生写作》;本报记者娄靖的《走出“侃剧”沙龙　扎根生活土壤——与尤小刚一席谈》。

《文艺报》第29期发表记者贺绍俊的《把繁荣长篇小说、影视文学、儿童文艺“三大任务”落到实处,全国文学创作工作会议在长沙开幕》;《中国文联举行万里采风归来座谈会》;吴光华的《一部反映抗日战争全貌的长篇小说——推荐柳溪的〈战争启示录〉》;马识途的《从一家人看一个时代》(陈文的小说《秦吴芳一家》);隋岩的《漫议〈张锲散文选〉》;程大钊的《偶尔——生命过程中的必然现象——读邹传礼〈偶尔集〉》;江厚松的《纯朴之中的丽质——张庆和其人其诗》;邢可的《生活中的哲理——评小小说〈天上有一只鹰〉》;《刘克宽新著〈新方法——新时期小说批评探险〉最近由百花文艺出版社出版》;厚墙的《俗文学理论的新探索——读陈钧的〈通俗文学散论〉》;董旭升的《玲珑剔透的〈钱钟书传〉》;《〈中国新文艺大系〉50卷问世》。

《四海·台港澳海外华文文学》第4期发表万登学的《痖弦诗探》。

《名作欣赏》第4期发表阮温凌的《菲华文学史上的丰碑——著名华人作家林健民及其现代史诗〈菲律宾不流血的革命〉》。

《厦门大学学报(哲学社会科学版)》第3期发表朱双一的《当代台湾文学的人文主义脉流》。

第四届"中国人民解放军文艺奖"在北京揭晓,庞天舒的长篇小说《落日之战》等作品获奖。

29日,《光明日报》发表《进一步落实江泽民总书记的重要指示,繁荣长篇小说影视文学儿童文学,全国文学创作工作会议确定八十六部作品为重点选题,在六省区市建立首批文学创作中心,促进精品力作产生》。

《社会科学辑刊》第4期发表蒋秀英的《编撰中国20世纪文学史余谈》。

30日,《人民日报》发表记者曲志红、李战吉的《全国文学创作工作会议强调:把繁荣文艺的"三大件"落到实处》。

《文汇报》发表《爱情故事——从小说到生活》;思晴的《关于人文与文人的佳构新篇——新读〈上海文化〉之所得》;雨子的《寻找失落的精神家园——长诗〈蓝鸟〉浅析》。

《理论与创作》第4期发表江鸥的《诗情浓郁的时代恋曲——评蔡洪声小说集〈情缘〉》。

《光明日报》发表沈卫星的《广州设立文化艺术最高奖——广州文艺奖》;梁若冰的《纪念中华全国文艺界抗敌协会座谈会举行》。

《南京大学学报(哲学·人文科学·社会科学版)》第3期发表周安华的《苦难与反抗的卓然超升——论当代先锋悲剧形态》。

31日,《光明日报》发表苏丽萍的《第四届中国戏剧节将在成都举行》。

《河南大学学报(社会科学版)》第4期发表李建东的《超越自我:从清纯走向澄明——追寻李洪程的诗艺历程》。

本月,《小说家》第3期发表艾云的《关于我们的处境》;何向阳的《穿过》;宋遂良的《叙述的兴趣高于对意义的追求》;刘乐群的《人物灵魂的价值审视》;刘伏初的《文学的阐释与读者的挑剔》。

《作品》第7期发表王干、南樵、林舟的《美丽痴迷与欲的消解——关于〈校园情结〉的对话》;殷国明的《面对咒语的伊甸园——对张旻中篇小说〈校园情结〉的一种解读》。

《剧本》第7期发表吴乾浩的《追寻与呼唤——评话剧〈张鸣岐〉》;廖全京的《"爆炸"与"潜沉"——大后方戏剧历程简论》;本刊记者的《'95全国戏剧创作理

论研讨会召开》。

中国报告文学学会、人民文学出版社、《文学评论》杂志社等单位联合主办的周而复长篇系列小说《长城万里图》研讨会在北京举行。

本月，人民文学出版社出版冯牧的《但求无怨无悔》，陈荒煤的《点燃灵魂的一簇圣火》，何西来的《文学的理性与良知》，缪俊杰的《审美的感悟与追求》，朱寨的《感悟与沉思：一个当代文学研究者的手记》，顾骧的《海边草》，洁泯的《今天将会过去》，唐达成的《南窗乱弹》，江晓天的《文林察辨》，秦晋的《演进与代价》，谢永旺的《当代小说闻见录》。

百花文艺出版社出版古远清的《恨君不似江楼月——梦莉散文鉴赏》。

大众文艺出版社出版李准的《繁荣与选择》。

8月

1日，《大众电影》第8期发表吴京安的《平原歌声——写在电影〈敌后武工队〉拍竣之日》。

《山西文学》第8期发表王祥夫的《文章似茶》；王祥夫的《写完〈蝴蝶〉之后》。

《作家》第8期专栏“九十年代文学批评走向六人谈”发表张未民的《文化诗学：寻找新的生长点》，王一川的《走向修辞论诗学——90年代中国文学理论和批评的新状态》，张颐武的《新状态诗学：批评理论的转型》，王岳川的《九十年代中国的“后现代主义”批评》，陈晓明的《历史与位置——一次批判性的自我读解》，张法的《有限性意识的自觉——一种批评观念》。

《求是》第15期发表刘润为的《暮色苍茫看劲松——读中篇小说〈无花季节〉》。

《海燕》第8期发表毛志成的《小议“小说家的敏感”》；王正春的《“文化散文”小识》；曲胜文的《知识分子的精神蜕变与救赎——高书堂〈谢顶〉编后》。

2日，《文汇报》发表《长篇小说〈白领丽人〉受欢迎》；本报记者张新颖的《小说背后的故事——几位小说家谈自己的创作》。

《光明日报》发表王岳川的《精神价值定位：语言学转向之后》；李国文的《站着看世界》；斯英琦的《青山秀水间的残缺之梦——读梁晴小说赏评》；胡德培的《呼唤新一代》，胡平的《人生的制高点》；百生的《传记：跨世纪的课题》；记者谌强的《中国艺术博览会将首次在京举办》；文化周刊发表云德的《莫把文学变成"遗憾艺术"》。

3日，《人民日报》发表雷达的《儒商的文化意味——看〈东方商人〉有感》。

《文学报》发表本报记者的《繁荣社会主义文学创作的重要举措：首批创办六家文学创作中心》。

《光明日报》发表樊浩的《概念诠释系统与文化难题的突破》。

4日，《文艺报》第30期发表《全国文学创作工作会议认真学习江泽民繁荣文学的指示：以积极姿态去营造一种出精品力作的氛围》；《湖南、上海、广东、山东、山西、内蒙古六省市区成为首批全国文学创作中心》；《中宣部副部长翟泰丰在全国文学创作工作会议上指出：文学创作出现好势头》；《湖南省委书记王茂林在全国文学创作工作会议上强调：文艺的发展水平是一个地区文明程度的重要标志》；魏巍的《生活在工人中——钱小惠著〈独臂厂长〉序》；左夫的《策划意识和一种文学精神——〈都市迷情〉编后杂感》；钱谷融的《关于李鹏翥著〈濠江文谭〉》，李鹏翥的《〈濠江文谭〉后记》；周靖波的《一部富于个性的文学史著作——读〈中国当代文学艺术主潮〉》；袁振葆的《文艺：迎接高科技的时代性挑战》；赵太和的《当代西方文论翻译中的讹误》；高少锋的《冰心作品前所未有的大展示——喜读〈冰心全集〉》；方卫平的《让儿童文学更多一些快乐——80年代以来中国幽默儿童文学发展一瞥》。

《南方周末》发表刘佑思、宋全京、郑彤云的《"〈天网〉官司"为什么会打起来?》。

5日，《广西文学》第8期发表张燕玲的《自己塑造自己——〈广西文学〉女性文学专号印象》。

《山花》第8期发表储福金的《关于"先锋意义"的问答》；王彬彬的《当代中国的道德理想主义》；章仲锷的《徐坤漫议》。

《湖南文学》第7、8期(合刊)发表陈晓明的《真实的迷失：从现实主义到后现代主义》；刘锡庆的《当代人的"情感史"和"心灵史"》。

6日,《文汇报》发表《读〈长城万里图〉》;吴学安的《商品大潮激起文化纷争》。

中国作协儿童文学委员会、《文艺报》社联合主办的儿童文学座谈会在河北省北戴河召开。

《台港文学选刊》第8期发表袁勇麟的《香港杂文纵横谈》。

文化部党史汇集工作委员会、中国文化报等单位共同主办的"抗战文艺"座谈会在北京举行。

7日,《人民日报》发表记者陈雁的《谱写时代英雄的颂歌——以孔繁森事迹为题材的文艺创作综述》。

《光明日报》发表记者肖海鹰的《老文艺家回顾抗战文艺,刘白羽欧阳山尊表示要继续深入生活》。

《天津文学》第8期发表张德林、孙先科、胡彦、曹先勇的《关于当前文学批评的若干意见》;刘文中的《文艺批评的蜕化与回归》。

8日,《人民日报》发表康士昭的《喜看"文华"五度花——第五届"文华奖"漫笔》;张同吾的《烽火和热血冶铸的诗魂》。

《光明日报》发表李尔重的《写在〈新战争和和平〉之后》;张德祥的《听到了一种悲壮》;"妇女世界"专版发表刘晓丽的《从陆文婷到阿春——转型期女性形象笔谈》,林丹娅的《为探索女性奥秘的真实存在——〈当代中国女性文学史论〉后记》,朱军的《妇女与媒介研讨会在京召开》。

《羊城晚报》发表《作家艺术家请客　记者评论家捧场——作品研讨会"串味"了》。

9日,《文汇报》发表本报记者谢海阳的《担心被曲解　偏偏被曲解——迟子建进入"新状态"?》;本报记者凌云的《好书下酒　妙笔生花——陆文夫"老苏州茶酒楼"文化氛围浓郁》。

10日,《人民日报》发表王炎的《恢宏博大　独具特色——读〈中国当代散文史〉》。

《光明日报》发表李连科的《文化雅俗谈》;任天舒的《新女性　新形象　新人格　新精神——评"当代中国杰出妇女丛书"》。

《文学报》发表本报记者陆梅的《〈苍天在上〉赢得影视话剧界青睐》;李平整理的《传统与先锋》(朱立元、吴中杰、张德兴、徐中玉、方克强、徐辑照、杨文虎的谈话录);程树森的《面对社会转型期……——致文学青年》。

《北京文学》第8期发表《本刊召开散文创作研讨会》。

《江淮论坛》第4期发表刘锋杰的《从政治走向文学的探索与启示——论周扬的文学批评》。

《读书》第8期发表易水的《告别主义？——世纪之交的回首与沉思》；李辉、陈建功、王蒙的《道德乌托邦和价值标准——“精神家园何妨共建谈话录”之三》；王天兵的《非梦文学和王朔》；晓华、汪政的《南方的写作》；李锐的《飘流的故事》；朱怀江的《怀慕逍遥》。

11日，《文艺报》第31期发表《从跨世纪的历史高度去抓好儿童文学创作——中国作协儿童文学委员会与本报联合举行座谈会》；《走正路出好书出人才——姜孟之作品研讨会在伊春举行》；翟泰丰的《适应时代要求　繁荣文学创作——在全国文学创作工作会议上的讲话》；温金海的《在历史与现实之间徘徊——关于历史小说的调查笔记》；刘宗武的《孙犁的文学写照——读〈孙犁的人品和作品〉》；刘士杰的《创新精神是艺术的生命——评〈浮想的流星〉》；原强的《首都文学界人士聚会研讨禾波诗歌》；段丽娜的《潘连英作品讨论会在贵阳召开》；于敏的《六部农村影片观感》；杜寒风的《〈黑骏马〉：回归精神家园》；张守仁的《漂在心河里的灵魂——跋赵翼如散文集〈倾斜的风景〉》。

《南方周末》发表秦立德的《〈白夜〉：贾平凹的又一把火》。

《羊城晚报》发表成盛的《撑死拍片的　饿死办刊的》；周集的《柯云路在京受批评》。

12日，《文汇报》发表托拉克、张东的《民族战争与民族精神——关于新时期抗战题材故事片的对话》；毛时安的《激情与意义共舞——评长篇小说〈不是忏悔〉》；范培松的《解读乡镇工业发展史的形象脚本——读唐晓玲的报告文学〈男儿当立〉》。

《光明日报》发表刘润为的《姜孟之作品研讨会在伊春举行》。

《羊城晚报》发表垂真的《扣人心弦的〈天夜惊雷〉——〈都市迷情〉之后又一接力小说》。

《中流》第8期发表艾农的《文艺与政治“离婚”的虚伪性——从邓丽君之死谈起》。

15日，《上海文学》第8期发表刘心武、邱华栋的《在多元文学格局中寻找定位》。

《中国现代文学研究丛刊》第3期发表宋剑华的《读〈海外华文文学史初编〉》。

《光明日报》发表记者肖海鹰的《长篇小说〈弹痕〉研讨会在京举行》。

《安徽师大学报(哲学社会科学版)》第3期发表张应中的《论苏童小说的叙事模式》。

《汕头大学学报(人文社会科学版)》第4期发表周可的《林语堂中西文化比较观的内在理路及其矛盾论析》。

《戏剧艺术》第3期发表王振鸣的《当代史诗剧〈孔繁森〉》;顾晓鸣的《"玩"的解构和戏剧的文化学分析——以"侃涮风格"电视剧为例的论述》;王昆的《演员、角色、观众三者关系的转化》;刘颖的《高行健剧作的历史定位》。

《台声》第8期发表朱双一的《大角度研究台湾文学——读刘登翰〈文学薪火的传承与变异〉》。

《社会科学》第8期发表马大康的《文本与"寄生文本"》;丘峰的《裸露的知识分子人生百态——陈世旭长篇小说〈裸体问题〉的写作特色》。

16日,《求是》第16期发表郑伯农的《当代文学创作的重要收获——读刘白羽的〈心灵的历程〉》;温幸的《努力塑造孔繁森的崇高形象——评话剧〈孔繁森〉》。

《光明日报》发表子林的《"当代历史小说创作研讨会"纪要》;丁临一的《正视历史　温故图新——评〈中国抗日战争纪实〉丛书》;石兴泽的《感人肺腑　催人泪下——读长篇报告文学〈高原雪魂——孔繁森〉》。

17日,《人民日报》发表田末的《把乐观和智慧留给生活——读散文集〈本来面目〉》。

《文学报》发表李连泰的《著名散文评论家林非最近提出——提高散文审美境界　升华读者精神品位》。

《作品与争鸣》第8期发表蔚蓝的《直面生活的沉疴》;封秋昌的《从迷惘中觉醒》;王万举的《净土剥蚀中精神的伟大呻吟》;赵光的《润物细无声》,铁珠的《错位的婚姻》;蔡源煌等的《会评〈如何测量水沟的宽度〉》;古继堂的《仅仅是测量一条水沟吗?》;余开伟的《王蒙是否"转向"——对〈躲避崇高〉一文的质疑》;李涛的《文艺,请站直身子》。

18日,《文艺报》第32期发表《前事不忘　后事之师——全国各地以文艺形式纪念抗战胜利50周年》;徐玉戴、刘向东的《河北研讨电视剧和长篇小说创作》;吴励生的《虔诚地把精神火炬点燃——读王炳根〈永远的爱心·冰心〉》;李下的《一个播火者的动人颂歌》(陈昌本的长篇小说《痴恋》);曾镇南的《人比月光更美丽——读乌力吉的散文集〈月出之光〉》;张中莉的《在历史文学中塑造改革者群像》;栾昌大的《电视与大众艺术》;涂途的《千金难觅赤诚心——读〈管窥集——文艺理论与批评〉》;京英的《文化研究:中国与西方国际研讨会在大连举行》;夏雨的《"山庄文学"之花独具芳香——"山庄文学"研讨会在承德召开》;丁军的《乔良的"近未来幻想"〈末日之门〉受好评》。

《中国戏剧》第8期发表余林的《心灵的最高旨趣——话剧〈孔繁森〉和〈人民公仆——孔繁森〉观后》;姜志涛的《矗立在人民心中的丰碑——观话剧〈鸣岐书记〉》;杜建华的《怎一个情字了得——有感于同州梆子大型现代戏〈继母情〉》;王硕的《情动心弦声隽永——程(砚秋)派〈三击掌〉唱腔赏析》;吕忠文的《举重若轻出情出新——高甲戏〈大汉魂〉导演构思》。

20日,《当代》第4期发表洪治纲的《记忆的价值》。

《羊城晚报》发表何玉峰的《我和一本书的故事》。

《西北大学学报(哲学社会科学版)》第3期发表一丁的《〈中国当代文学发展综史〉学术研讨会纪要》。

《现代台湾研究》第3期发表包恒新的《写在秋海棠叶上的爱:台海乡情文学鉴赏之二》。

《郑州大学学报(哲学社会科学版)》第4期发表杜田村的《扫描:中国新文学语言的大走势》;高有鹏的《"文革"10年文学探微纲要》。

《学术月刊》第8期发表张弘的《存在论美学:走向后实践美学的新视界》。

《首都师范大学学报(社会科学版)》第4期发表易新鼎的《魏润身小说之我见》。

中旬,山西省作协、山西省老文艺家协会、中国赵树理研究会联合在太原举办"抗战文学研讨会",追忆、总结和探讨抗战文学的发生、发展和成就。

22日,《人民日报》发表艾斐的《"文化消费"漫议》。

23日,《光明日报》发表仲韬的《王朔不写小说要当导演了》。

《羊城晚报》发表忆影、红宇的《冯小刚主演〈我是你爸爸〉 王朔导演梦成真》;何龙的《隐私大拍卖》。

《学习与探索》第4期发表郭世尘的《长篇小说《年轮》群体形象评析》。

中宣部文艺局、《人民日报》、中国作协、吉林省委宣传部、吉林省作协联合主办的农村题材文艺创作会议在长春举行。中宣部副部长、文化部部长刘忠德发表讲话，会议总结了新时期农村题材文艺创作，分析了现状，研讨了新形势下农村题材文艺创作的诸多问题。

24日，《人民日报》发表韩瑞亭的《丹青堪绘旧史魂——当代历史小说琐议》；云德的《呼唤长篇小说的精品意识》；张炯的《中国抗战文学的可贵收获——读〈长城万里图〉第六卷〈雾重庆〉》；何崇文的《文学语言与语言文明》；汪闻的《〈中国女杰〉研讨会召开》；王闻的《中外文化文艺理论国际学术讨论会召开》。

《文学报》发表本报记者饶明华的《贯彻落实江泽民总书记繁荣文艺的指示精神，全国农村题材文艺创作会议在长春举行》；《青年女作家迟子建投诉本报——一本面目皆非的书——关于〈晨钟响彻黄昏〉出版的前前后后》；王周生的《在电脑冲击下——文学将如何变化?》；陈俊的《中国作家离 internet 尚有多远?》；夏仲翼的《世纪末的审视——关于现代主义文学的思考》；王蓬的《卓越、优秀与平庸——浅谈作家的修养问题》。

25日，《人民日报》发表记者王力军的《强化精品意识　促进创作繁荣——全国农村题材文艺创作会议召开》。

《文艺报》第33期发表尹一之的《不忘过去是为了未来——读阮章竞的〈夏雨秋风录〉》；夏立君的《现实的观照　人生的关怀——读卞卡散文集〈大地风流〉》；戴方的《犁青的生活与创作》；蒋守谦的《对古老传统的现代观照——读梅卓的长篇小说〈太阳部落〉》；安昕的《内蒙古研讨乌力吉散文集〈月初之光〉》；《〈杨志军荒原系列〉研讨会暨青海长篇小说创作座谈会在西宁召开》；张昆华的《军旅·文学·情结》(评吴锐长篇小说〈情缘〉)。

《南方周末》发表李晓东的《柯云路司马南狭路相逢》。

《羊城晚报》发表吴平的《也谈留学生文学》。

《通俗文学评论》第3期发表王耀辉的《高阳的可读性》；孙文宪的《高阳历史小说的语境》；江少川的《高阳历史小说品格三议》；周敬的《三毛是伪善的吗？——"三毛现象"刍议》。

27日，《文汇报》发表许纪霖的《后现代：独白还是对话?》；王晓明的《太阳消失之后——谈当前中国文化人的认同困境》；丘峰的《独树一帜的微型小说理论研究——评江曾培的〈微型小说面面观〉》。

《羊城晚报》发表邬和镒的《也说书评》；甘文清的《想起了赵树理、柳青》。

28日，《上饶师专学报》第4期发表陈才生的《试论李敖杂文的艺术特色》。

29日，《光明日报》发表记者蔡毅的《全国农村题材文艺创作会议提出，大力反映农村改革和农民实践》。

30日，《光明日报》发表王干的《放逐评论：文学找回失落的草帽》；程正民的《想起了俄罗斯文学》；郭宏安的《随笔与随笔习气》；丁尔苏的《符号学在国外》；沙琳的《军队作家吹响幻想作品号角》。

《江海学刊》第4期发表金燕玉的《两部长篇小说给女性文学的启示——兼论90年代中国女性文学的风貌》。

《戏剧》第3期发表高景文的《新时期表演学的学科形象及其学科价值》；黄定宇的《“创造意识”的无限生命力》；孔瑾的《痴情才子　血性男儿——谈谈汤显祖〈牡丹亭〉中的柳梦梅》；杨健的《文化大革命中的红卫兵戏剧》；吴涤非的《戏剧与真实性》；张晓果、钟大丰的《用当代人的眼光比较电影与戏剧》；丁涛的《艺术之真(中)——情感生命之意义》。

中国作协、天津市作协、天津市社科院文学所等单位联合在天津举行柳溪《战争启示录》研讨会。

31日，《文学报》发表何锐、翟大炳的《高原上的现代人——读李泽华的诗集〈海韵〉》。

本月，《小说界》第4期发表王安忆的《情感的生命——我看散文》。

《作品》第8期发表江波的《探求与救赎——评张旻的〈校园情结〉》；于万东的《小说的“读者”策略——读张旻的〈校园情结〉》。

《文艺评论》第4期发表刘文波的《文化艺术的多元态势——文艺随机性琐议之三》；傅翔的《让灵魂栖息大地——文学新状态研究》；季广茂的《唯“新”主义何时了？——从一篇文章看一种世纪流行病》；樊星的《面对民众——当代中国作家的民众观研究》；陈虹的《中国当代文学：女性主义·女性写作·女性本文》；任一鸣的《女性文学美学风貌的现代嬗变——女性文学艺术追求的现代衍进之一》；楼肇明的《关于散文本体性的思考》；马风的《汪曾祺与新时期小说——一次文学史视角的考察》；刘树声的《读刘相如〈半世情〉札记》；黄毓璜的《文坛过眼》；李琦的《寂寞中的诗人》；杨春时的《中国文人的四种境界》；汤学智的《爱情·文学·解读》。

《剧本》第 8 期发表沈尧的《漫议戏曲创作的个性》；刘鹏春的《走出平庸——关于农村题材戏曲现代戏的一些思考》；胡应明的《摭谈历史真实与艺术真实》。

《文艺报》、黑龙江省伊春市委宣传部联合在伊春市召开姜孟之作品研讨会。

青海省委宣传部、省作协等单位联合在西宁召开《杨志军荒原系列》研讨会暨青海长篇小说创作座谈会。

中国当代文学研究会、河北《女子文学》杂志社、首都师大当代中国文学研究中心联合主办的当代中国女性文学研讨会在北京举行，就女性文学的性质及其在当代文坛的定位、西方女性主义话语与中国当代女性文学、中国当代女性文学创作态势与评估及前景展望等话题进行讨论。

中国解放区文学研究会、湖北省解放区文学研究会、河北省老区建设促进会联合在石家庄召开抗战文学研讨会，肯定了解放区文艺在团结和教育人民、推进抗战胜利进城中所发挥的巨大作用。

本月，湖南教育出版社出版吴福辉的《都市旋流中的海派小说》。

武汉大学出版社出版於可训的《新诗体艺术论》。

人民文学出版社出版陈丹晨的《在历史的边缘》，雷达的《文学活着》，何振邦的《文体的自觉与抉择》。

重庆出版社出版郭志刚的《孙犁评传》。

湖南教育出版社出版逄增玉的《黑土地文化与东北作家群》，朱晓进的《“山药蛋派”与三晋文化》。

河南人民出版社出版刘明鑫、赵金忠主编的《二十世纪中国文学论纲》。

四川大学出版社出版钟仕伦的《南北文化与美学思潮》。

中国人民大学出版社出版刘康的《对话的喧声：巴赫金的文化转型理论》。

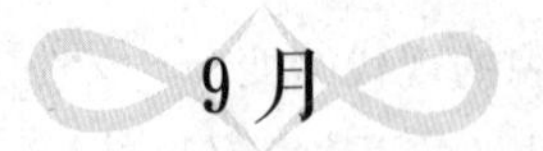

9月

1 日，《文艺报》第 34 期发表《农村题材文艺创作会议在吉林召开》；《当代中国女性文学研讨会在京举行》;《京津文学界赞誉〈战争启示录〉》;陈荒煤、冯牧的《〈文学评论家丛书〉总序》;顾传菁的《读〈中国少年抗战记〉》;纪学的《女性眼中的世界——读彭鸽子〈倾斜的雪山〉》;张育瑄的《奋勇登攀者必然走向成功——喜读青年诗人甘臻诗集〈青春的玫瑰〉》;贾漫的《芳草韵连天——读川之诗集〈花野情韵〉》;余飘、李洪程的《周恩来论文艺作品中的妇女形象》;林树明的《男性对女性主义文学批评的介入》;黄泽新的《为女性文学树立一座丰碑——读〈二十世纪中国女性文学史〉》。

《大众电影》第9期发表何东的《减法人生——电影〈阿甘正传〉的启示》;邵牧君的《关于中国电影前途的匹夫之见》;于守山的《严肃艺术——走近电视还是远离电视》;瘦马的《空洞下的等待》;如黛的《为300 000亡灵超度——郑全刚谈〈南京大屠杀〉》。

《山西文学》第9期发表阎晶明的《粗鄙与狂欢:精神狂舞者的深渊》。

《四川文学》第9期发表邓洪平的《〈碑魄〉序》;黄剑华的《追求崇高》。

《作家》第9期发表乔迈的《话说张笑天》。

《求是》第17期发表余飘、王连登的《抗日战争的宏伟史诗——读〈新战争与和平〉》;王敏的《大树与大地——评话剧〈鸣岐书记〉》。

《海燕》第9期发表毛志成的《提高"流"的成色》;陆文采、初玉省的《让青春和生命在"敬业精神"中闪光》。

2日,《人民日报》发表本报记者李战吉的《"文学湘军"重振雄风》。

《人民政协报》周末版发表钱虹的《香港是不是文化沙漠?》。

5日,《羊城晚报》发表朱幼棣的《第四次世界妇女大会在京开幕》。

《山花》第9期发表沈奇的《1995:散落于夏季的诗学断想》;石虎的《传统与现代》;祖康的《诗坛的焦灼——红枫湖现代诗学术研讨会综述》;丁聪的《五光十色的社会景观——'95年第5期〈山花〉文学月刊印象》;杨志元的《贵州省作协召开潘年英作品讨论会》。

《当代文坛》第5期发表任一鸣的《从理想彼岸的追寻到此岸存在的确认——论现代女性文学的衍进轨迹兼评池莉》;黎风的《走出混沌——新时期文学的"矛盾论"》;易光的《非女权主义文学与女权主义批评——兼读铁凝》;龙迪勇的《寻找意义——对〈小城之恋〉及其批评的再批评》;李正西的《在艺术自由的道路上跋涉前进——王英琦散文论》;李林荣的《寻觅者心迹的歧变——韩小蕙

散文艺术探微》；胡彦的《所指·能指·元叙事——论现代小说的艺术嬗变》；李祥林的《误读与创造》；冉云飞的《〈衣冠似雪〉的三种面貌》；梦舟的《历史中的人——评长篇历史小说〈逐鹿金陵〉》；余杰的《知、行、游的智性显示——重读杨绛》；周晓风的《现代诗歌的文化使命——读任洪渊〈女娲的语言〉》；周德利的《一座瑰丽的精神城堡——读张烨的诗集〈绿色皇冠〉》；冯学全的《爱情、生命与诗的交响——雨田散文诗创作初探》；郭彦的《缺席和在场》；皮朝纲的《开拓地域美学研究新领域的一部力作——评钟仕伦著〈南北文化与美学思潮〉》；白航的《微笑着读〈微笑的风景〉》；彭斯远的《我读邢秀玲》。

《芙蓉》第5期发表王蒙的《文化性格漫谈》。

《陕西师大学报(哲学社会科学版)》第3期发表李继凯的《新时期文学心理批评论》。

《湖南文学》第9期专栏"湖南作家七人谈"发表谢璞的《要吃透这一本"经"》，张扬的《"湘中子弟独燃犀"》，彭见明的《走进本土　走进心灵》，聂鑫森的《楚文化传统的弘扬与现代神话意识的强化》，何顿的《关于写作》，王开林的《关于当前散文的一些思考》；专栏"九十年代中国文学笔谈"发表谢冕的《90年代：回归本位或继续漂流?》，孟繁华的《我看近年来的文学创作》，沈奇的《"空心喧哗"的文学》，旻乐的《裂变与分流：90年代写作状况》，尹昌龙的《史传笔法与历史姿态》，徐文海的《我看当前的文学》，陈旭光的《90年代：缅怀先锋文学》，张慧敏的《请君多一些理解》，杨鼎川的《关于聊天式散文》，孟泽的《"有对"与"绝对"的文学》。

5—7日，郑州《小小说选刊》举办的首届当代小小说作家作品讨论会在北京召开，对小小说作家作品及小小说的特征和优势等问题展开讨论。

6人，《人民日报》发表记者邵建武的《首届中国优秀传记文学作品评奖，〈我的父亲邓小平〉等12部获奖》。

《羊城晚报》发表陆军的《〈阳光灿烂的日子〉高价首映》。

7日，《文学报》发表山左豹的《检阅我国第一代小小说代表作家及作品，小小说作品讨论会在京进行》；夏一鸣的《人性的放逐与回归——读陆文夫长篇小说〈人之窝〉》；黄璋尊的《作家的人格力量》；徐王戴、刘向东的《河北电视剧与长篇小说会议提出——肩负时代使命　增强精品意识》；范培松的《乡镇工业发展的形象展示——读唐晓玲的报告文学〈男儿当立〉》；以"《天网》官司纵横谈"为总题，发表王锉的《良知：文学与法律的共同准则》，魏永征的《小说的特定指向》，伊人的《期望很难乐观》，王周生的《感情不能代表法律》，生民的《此类笔墨官司多》。

《羊城晚报》发表周穗明的《"市场经济新文化"：1995新景观》。

《天津文学》第9期发表王锡渭的《撩开多彩人生的帷幕——当代亲历性散文特点探幽》；毛志成的《伪"开放"与"恶性美"——〈文艺卡拉OK〉之七》。

8日，《人民日报》发表立木的《文艺评论怎么了》。

《文艺报》第35期发表《我们为中国作家的强烈历史感和责任感而自豪——中国作协为三部反映抗战的长篇巨著举行座谈会》；《冯牧同志逝世》，《著名诗人邹荻帆逝世》；张炯的《评高恩才的长篇叙事诗〈渤海湾〉》；张同吾的《耕耘历史与放牧灵魂——朱曾泉和〈世纪风暴〉》；谷野的《文化美餐》；古远清的《"明朗、健康、中国"的创作路线的实践——读台客的〈故乡之歌〉》；唐利群的《在现代文学史研究的纵深处追寻——评〈中国现代文学史研究概论〉》；本报记者晓贺的《为了填补"伟大的空白"——记〈新战争与和平〉作者李尔重》；晓绍的《这是作家的神圣责任——记〈长城万里图〉作者周而复》；盛源的《中国中外文艺理论学会成立大会暨首届国际学术研讨会在济南举行》；文海的《长篇小说〈成吉思汗〉研讨会在通辽举行》；亦点的《在更新的层次上突破——读刘绪源的〈儿童文学的三大母题〉》；《作家出版社热烈祝贺第四届世界妇女大会召开》。

9日，《人民日报》发表刘忠德的《努力繁荣农村题材文艺创作》；张炯的《反映农村的伟大变革》；孙占国的《时代精神的高扬》；潘凯雄的《题材：强化与超越》；关仁山的《乡村的叙事》；韩志君、韩志晨的《走向生活　深入灵魂》；王兴东的《在生活的土地上开镰》。

10日，《文汇报》发表部元宝的《"自己说话"及其限度——读李锐长篇新作〈无风之树〉》。

《小说林》第5期发表王健的《"TV"小说的文体考察》；胡平的《1994年的革新与短篇小说(节选)》。

《中国社会科学》第5期发表李鹏程的《论市场经济作为文化伦理现象》；周宁的《从金庸作品看文化语境中的武侠小说》。

《北京文学》第9期发表陈建功的《〈新体验小说选〉序》；白烨的《意义大于行动的文学实验——"新体验小说"之观感》；北溟的《体验生活与虚构故事——关

于“新体验小说”的随想》。

《电影艺术》第5期发表宋杰的《新中国第一部故事片〈桥〉诞生琐忆》；孟犁野的《1949—1952私营制片厂电影及其历史地位》；吕晓明的《关于电影的“后话”数则》；葛菲的《在新的一百年多媒体时代的电影》；韩世华的《现代科技衍化下的电影和电影思维》；黄式宪的《中国影坛：文化转型与艺术生机》；李约拿的《电影走麦城备忘录》。

《花城》第5期发表刘舰平的《醒时复混沌——解读韩少功及其我们共同面对的世界》；赵毅衡的《“后学”，新保守主义与文化批判》。

12日，《光明日报》发表记者李树喜的《第五届中国电影表演艺术学会奖颁奖》。

《羊城晚报》发表蔚明的《真实：纪实文学的灵魂》。

13日，《光明日报》发表牛玉秋的《精神家园：在多元价值并存的现实中》；宗杰、晓英的《殷鉴兴废　表微盛衰——读〈焦裕禄传〉》；斯义宁的《文化研究：中国与西方——’95大连国际研讨会述要》；艾若的《寻找红豆——〈无土流浪〉的奉献》。

《羊城晚报》发表谢明洲的《阅读细节》(读航鹰、陈世旭、铁凝)；张久英的《“巨著”不少　佳作不多》；《张爱玲在美逝世，享年七十五　愿骨灰撒归原野》；保静的《梁晓声剖析刘晓庆》。

《中国社会科学院研究生院学报》第5期发表张炯的《论文学艺术与社会主义文化建设》。

14日，《文汇报》发表潘旭澜的《咀嚼世味》；邹荻帆的《〈苦涩的罗曼史〉小记》。

《光明日报》发表邹定宾的《儒学价值的内在悖论与观念诠释的误区》；王建辉的《当代出版的人文精神》；张慧敏的《世纪末的女性如是说》；陈小雅的《知识分子角色调整的探索——读〈走出囚徒困境〉》；张耀辉的《农村儿童生活的真实写照》。

《羊城晚报》发表张江明的《社会现代化与人的现代化的一致性》。

15日，《文艺报》第36期发表《各地积极行动　努力繁荣“三大件”》；《首届小小说作家作品讨论会在京举行》；陈美兰的《“中国女性”的风采——读索峰光的〈大写的东方女性〉》；周克玉的《后勤题材军事文学大有可为》；贺抒玉的《梅花香自苦寒来——读〈火焰〉》；张德祥的《怀念古典爱情——评小说〈永恒的梦〉》；《〈花城〉为林白长篇新作组织座谈》；王浩的《荧屏之后的女性们》。

《文汇报》发表记者谢海阳的《推动中国女性文学发展——云南人民出版社筹建女性文学研创中心》。

《上海文学》第9期发表罗岗、摩罗的《记忆与遗忘——对文学中的"暴力"的思索》。

《华侨大学学报(哲学社会科学版)》第3期发表黄万华的《微型小说与海外华人社会》；朱立立的《写在读者心版上的人格芬芳——论马华诗人田思及其诗作》；岳玉杰的《小黑、朵拉创作论——东南亚华文夫妇作家的一个取样分析》；郭建军的《怀念理想——评新华作家柳舜的创作》；张亚萍的《台湾女性文学的历史和特征简论》；刘小新的《论"笠"诗社的美学追求》；倪金华的《静观自得，制新出奇：张晓风散文集〈步下红地毯之后〉品评》；钟帜的《走向世界的华文文学研究》；黄万华的《著名海外华文作家简介——王润华》。

《淄博师专学报》)第3期阎开振的《论林语堂小说创作的多元化追求》。

《中外文化交流》第5期发表张卓辉的《旅欧华人女作家林湄》。

《南方周末》发表衣渐宽的《"旷代才女"张爱玲仙逝洛杉矶》；杨生华的《触摸网络时代》。

《中国图书评论》第9期发表古远清《华文诗坛的盛举——评〈台港澳暨海外华文新诗大辞典〉》。

《羊城晚报》发表陈显涪的《〈红岩〉署名起硝烟》。

《人文杂志》第5期发表王岳川的《中国"后现代"文化批评检视》。

《文学评论》第5期发表董之林的《叩问历史　面向未来——当代历史小说创作研讨会述要》；陈国恩的《张承志的文学和宗教》；韩瑞亭的《华采流溢的心灵咏叹——读刘白羽〈心灵的历程〉》；张颐武的《新时期小说与"现代性"》；李锐的《重新叙述的故事》；钱中文的《文学艺术价值、精神的重建——新理性精神》；徐贲的《美学·艺术·大众文化——评当前大众文化批评的审美主义倾向》；杨俊亮的《认识、情感、价值范式的整合》；林筱芳的《人在边缘——杨绛创作论》；王逢振的《女权主义批评数面观》。

《文艺争鸣》第5期发表童庆炳的《精神之鼎与文学的当代任务》；毛崇杰的《交织在梦魇中的乌托邦》；钱竞的《争论使人想起了顾准》；罗筠筠的《社会转型

期的文学与道德》;《知识分子的价值定位》,祁述裕的《无定性的主体——80年代中期的中国作家人生态度和文学态度》,郑敏的《何谓"大陆新保守主义"?》;陈旭光的《凝望世纪之交的前夜——"当代女性诗歌:态势与展望"研讨会述要》;郜元宝的《学会在"不思"和"无言"中生存》;蔡翔的《随笔6—10——有关批评的一些随想》;逄增玉的《"老家在山东"——东北作家创作中的"文化恋母"和"寻根"现象》;余开伟的《名家与批评》。

《当代电影》第5期发表刘桂清的《提高电影剧作质量　繁荣电影文学创作——电影文学创作研讨会综述》;刘怀舜的《突破自我的重围》;高尔纯的《面对电影剧作现状的思考》;胡克的《转型期的电影剧作——当前中国大陆与香港、好莱坞电影剧作概要比较》;饶朔光的《关于电影文学及其创作的断想》;陈墨的《电影文学:ABC与XYZ》;王宁的《后殖民语境与中国当代电影》;颜纯钧的《经验复合与多元取向——兼论"后殖民语境"问题》;余纪的《夜读偶感——关于"后现代主义"的札记》;王志敏的《如何理解夏刚电影中的非理性》;翟效元的《看〈与往事干杯〉感言》;张延继的《生命中不能承受之爱》;黎胜的《用画面讲故事》;郭小橹的《一个作者文本:关于现代情感的话语》;黄蜀芹的《女性,在电影业的男人世界里》;田卉群的《现状与探索——第三届大学生电影节参赛影片类型分析》;远婴的《在电视符号背后——电视研读笔记》;吴迪的《历史题材与"当代意识"》。

《华东师范大学学报(哲学社会科学版)》第5期发表黄裳裳的《寻求与超越:刘心武现象追踪》;曾镇南的《徐芳的诗漫评》。

《求是学刊》第5期发表曾艳兵的《论后新时期小说叙述方法的变革》;杜桂萍的《"全国文学史研究高级研讨班"在吉林市举办》。

《社会科学研究》第5期发表王廷科的《高扬人文精神,走向21世纪》;杨从荣的《社会主义文学的价值观论纲》。

《复旦学报(社会科学版)》第5期发表桂勇的《论当代文化的消费主义化》。

《徐州师范学院学报(哲学社会科学版)》第3期发表旻乐的《世纪之交诗学家的沉思与喷发——谢冕和他的文学研究》;王烟生的《"十七年"文学中的女性形象》。

16日,《人民日报》发表蒋孔阳的《建立具有中国特色的文艺理论》;李星的《长篇小说创作的艺术定位》;张志忠的《历史的庄严》;雷于蓝的《关于特区文化建设》;江帆的《不能忘却的历史》;白崇人的《读〈多重选择的世界〉》;阿丹的《由

〈中国故事〉杂志社与连云港国际文化艺术交流中心联合举办的“’95 当代通俗文学研讨会”，日前在连云港市召开》；《第五届〈十月〉文学奖评选活动揭晓》；钟卓的《中国作家协会近日举行三位老作家抗战题材长篇小说研讨会》（李尔重的《新战争与和平》、周而复的《长城万里图》、王火的《战争和人》）；文的《部队作家乔良的长篇小说〈末日之门〉讨论会近日在北京举行》、《由〈小小说选刊〉举办的“首届当代小小说作家作品讨论会”近日在北京举行》。

《中国人民大学学报》第 5 期发表赵遐秋的《评“陕军”笔底性狂潮》；武宝瑞的《无奈的流浪　痛苦的回归——从“陕军”近作看当代作家的自主意识》。

《求是》第 18 期发表古耜的《抗日战火中谱写的国际歌——读长篇传记〈恒河黄河情丝〉》。

17 日，《羊城晚报》发表周迅、蒋蓉的《荒唐岁月的重新审视——“反思文革”作品一瞥》；董上德的《漫说“经典热”》。

《作品与争鸣》第 9 期发表寿静心的《面对无敌的岁月》；黄彩文的《并非盛世危言》；吴格言的《一个耐人寻味的农民形象》；肖艺的《令人惊醒的城市生活图》；杨琴的《不知廉耻的妓女文学》。

17—20 日，中国社会主义文艺学会、中国艺术研究会、浙江省文联等单位联合在杭州举办中国抗日反法西斯文学研讨会。

18 日，《人民日报》发表本报记者杨明方的《人文精神与现代科技对话》；梅知的《首届中国旅游文学优秀作品奖揭晓》。

《光明日报》发表晓霍的《三读〈青春之歌〉》。

《中国戏剧》第 9 期发表郭建光的《抗战题材话剧的新视野——〈平顶山中午 12 点〉、〈虎头要塞〉、〈大山情仇〉观后》；朱旭辉的《发扬抗战传统　开创戏剧创作新局面》；原静，牛学武的《谈新编历史剧〈七擒孟获〉的艺术特色》；程志坚的《霸业与爱情：难以调和的矛盾——评越剧〈吴王悲歌〉》；焦菊隐的《论民族化（提纲）（续一）》；安志强的《曲调新颖　构思奇巧——京剧〈赵氏孤儿〉魏绛唱腔赏析》。

19 日，《文汇报》发表本报记者谢海阳的《长篇〈都市放牛〉面世，先拍电视后写小说》。

中国作协、作家出版社、福建省作协、福建省莆田县委县政府联合主办的福建作家陈章汉长篇报告文学《江口风流》研讨会在北京召开。

20 日，《小说评论》第 5 期发表谢有顺的《小说的可能性之一——小说：回到当代》；孙绍振的《小说内外之九——小说与语言》；张德祥的《话说文场之二——人文精神与当代文学》；孟繁华的《名作重读之四——回望"新写实"》；李建军的《坚定地守望最后的家园——评张炜的〈柏慧〉》；赵洪明的《自然·生命·艺术——论张炜的自然哲学》；钟本康的《贾平凹小说的民性意识——评系列小说〈逛山〉》；林为进的《一部"清明上河图"式的文学长卷——读〈长城万里图〉》；吴义勤的《性爱和死亡：对于生命的两种阐释——洪峰长篇小说〈东八时区〉解读》；许文郁的《逃离情结——张存学小说解读》；李继凯的《走向批判和民间的文学》；陶东风的《当代中国的伪平民文化及小说中的伪平民意识》；李西建的《中国文学需要什么——关于世纪之交重建文学精神的思考》；李运抟的《历史为证——当代农村小说历史意识批判》；季广茂的《错把"人文"作"神文"——世纪末文人的自新、自大与圣化》；邹忠民的《历史的失语症——"文革"题材创作论》；南帆的《反讽：结构与语境——王蒙、王朔小说的反讽修辞》；夏雨的《重复与固执的意味》；方英文的《烛照灯座——读白烨的〈批评的风采〉》；建西的《审美理论研究的新收获——读常智奇的〈整体论美学观纲要〉》。

《北京大学学报(哲学社会科学版)》第5期发表张法的《20世纪小说：模式及其沉浮》。

《昆仑》第5期发表吴然的《选择中的"农家军歌"及其面临的挑战——对军事文学创作的一种现象的思考》；高五一的《思往鉴来之间》；陈先义的《切近90年代士兵的心灵世界——读〈当兵生活〉》。

21日，《文学报》发表本报记者徐春萍、刘颖的《张爱玲的一生是个悲剧》；王彬彬的《某种思维方式》；徐春萍的《小小说期待理论的关注》；韩耀旗的《雅曲乡音凤凰琴——近访刘醒龙》；李师东的《写作与实力》；刘颖的《张爱玲：繁华世界的孤独女子》；陈思和的《乱世才女的心境》；李子云的《废墟之上的罂粟花》；王安忆的《人生戏剧的鉴赏者》。

《文艺研究》第5期发表吴秀明、周保欣的《历史追忆中的多层次掘进——论近年国内"反法西斯主题"的抗战文学创作》；邢煦寰的《艺术本质、价值与市场经济》；涂途的《商品的美学形象》；王钦韶的《美的规律与企业形象》；王元骧的《文艺是认识与实践的统一》；杨俊亮的《道德与文艺的关系及意义》；孙子威的《艺术的辉煌与艺术家的痛苦》。

22日，《文艺报》第37期发表《评论家称赞报告文学〈江口风流〉是作家热情关注改革生活的成功之作》；张圣康的《战争文学的进展步伐——〈战争启示录〉读后》；李野、王世一的《胸怀乾坤正气　笔写时代风云——贾漫近几年诗文》；朱珩青的《读戴光中的〈胡风传〉》；农鸣的《赶鸭子下河的那个少年——读〈于沙诗选〉一得》；王达敏的《换个角度看缺陷——并论20世纪西方文学理论发展规律》；金声的《辅弼政教与表现历史——中西现实主义文学的本质区别》；王兆胜的《轻弹异域的悲歌——刘盛亚的反法西斯文学创作》；何文梅的《从〈金水长流〉联想到主旋律》；张宏森的《对电视剧创作现状的忧患和思考》。

24日，《文汇报》发表方清的《对激进主义思潮反思之我见》；陈思和的《张爱玲现象与现代都市文学》。

《羊城晚报》发表张欣的《漫话余秋雨》。

《文艺理论与批评》第5期发表《论"弘扬主旋律、提倡多样化"》；欧阳山的《参加〈金水长流〉研讨会有感——〈广语丝〉第一百零四》；冯宪光的《新潮小说的文体演化》；宋垒的《关于武侠小说和"义"的思考》；王燎荧的《人的"同嗜"和阶级性（仿对话录）》；李保初的《为平凡英雄立传的宏伟史诗——评叶君健〈寂静的群山〉及其世界性影响》；刘江的《对一种批评模式的异议——以评论界对老作家陆地的评论为例》；唐德亮的《主旋律与"沙漠化"》；朱双一的《现实主义理论和批评的新世代视域——略论台湾文学批评家吕正惠》；杨剑龙的《影响与开拓——论鲁迅对赖和小说的影响》；王淑秧的《史的真实　诗的裁决——读王一桃长诗〈马来亚：三年八个月〉》。

《文史哲》第5期发表杨守森的《试论我国文艺学研究的价值取向》；陆文采的《新时期丁玲研究的回顾与展望》。

25日，《上海师范大学学报（哲学社会科学版）》第3期发表吴澄的《挑战与突围：近期中国先锋小说流变论》。

《文艺理论研究》第5期发表任继愈、林在勇的《学术界要自重、自爱、自强》；徐贲的《评当前大众文化批评的审美主义倾向》；周宪的《当前文化趣味的社会学分析》；朱桦、陈庆蕙的《论市场意识与文化艺术的发展》；《重估秦牧》；孙先科的《当代文学历史话语的意识形态特征》；《优秀作品都有批评精神》；《生命的形而上是艺术》；《余秋雨的"生产流水线"》；张寅彭的《工具理性、忧患意识与学术研究——读王元化〈清园论学集〉》；《恢复"批判"的本来面目》；《鼓励艺术创造　繁荣学术研究》。

《北京师范大学学报(社会科学版)》第5期发表刘象愚的《类后现代主义或当代中国的文化逻辑》。

《台港与海外华文文学评论和研究》第3期发表朱双一的《台湾中青年作家有关日本侵华和中国抗战历史题材的创作》;萧村的《新马文艺界:抗日救亡活动回顾》;凌永康的《文学的苦行僧——台湾老作家陈火泉》;梦花的《战争·童年·童心——重读何紫〈童年的我〉》;俞兆平的《维多利亚海湾上的三翼船——评〈香港当代文学精品·诗歌卷〉》;春华的《谈谈〈散文卷〉》;蒋述卓的《文学情缘与艺术才气的大展示——〈香港当代文学精品〉长、中、短篇小说卷读后》;伊莲的《评介〈香港当代文学精品——儿童文学卷〉》;应宇力的《罗门深深,深深罗门:浅析罗门诗歌的孤独主题》;荒岛的《一幅淡雅素朴的水墨——读麦穗诗集〈荷池向晚〉》;王天权的《行吟者的风景线——高戈〈感觉的雕刻〉印象》;王剑丛的《学院派诗人的艺术风貌——读黄国彬九三年出版的四部诗集》;张新的《灵魂超越俗世的渴求——梦如诗歌的人文精神》;许道明的《也说施叔青》;王淑秧的《从五本散文看赵淑敏的创作》;孙永超的《第三只眼,或者别一种角度——西西作品的一个视角》;毛宗刚的《"乡野传说"说〈红丝凤〉》;黎湘萍的《没有浪漫时代的台湾文学》;黄万华的《陈政欣小说的创新锐意》;潘亚暾的《赤道华文现绿洲——喜读印尼华文集〈沙漠上的绿洲〉》;毛乐耕的《读文三札》;刘登翰、叶恩忠的《把寒冰提升为火焰——刘登翰剪影》;陈辽的《我国第一部写台湾的长篇小说》;王盛的《许地山研究五十年(待续)》。

《东岳论丛》第5期发表朱德发的《新文学史研究:选择式收敛思维的优势》。

《晋阳学刊》第5期发表降大任的《论文化扬弃律》;斯城的《由情爱到性爱——当代爱情小说透视》;宋若云的《谈近年小说中的神秘色彩》。

《湖北大学学报(哲学社会科学版)》第5期发表彭卫鸿的《一个童话的终结——顾城诗歌散论》。

25—28日,中国人民大学主办的"面向21世纪的华人文化"国际学术研讨会在北京召开。

26日,《小说》第5期发表荒煤的《莫然商战言情小说序》;李国文的《新都市·新市民小说〈爱又如何〉序》;从维熙的《新乡土小说〈乡殇〉序》;陈建功的《新体验小说〈预约死亡〉序》;包永新、张宝泉的《〈世纪行〉、〈中国行〉、〈东方行〉——走向东方魅力的世纪之诗》。

27日,《光明日报》发表《努力创造无愧于我们伟大时代的文学——翟泰丰答本报记者问》;潘凯雄的《故事内与故事外》(评冯苓植的《狐说》与蒋韵的《红殇》);王蒙的《我百分之九十的精力仍然是写小说》。

28日,《文学报》发表本报记者李连泰的《把握小说发展态势　促进精品力作诞生》、《冯骥才对文坛热点畅述己见》;陈俊的《散文出版热引出的思考》;刘晓玲的《创作,他的生活常态——访军旅作家阎连科》;陆梅的《创作的"诀窍"是生活》;张蜀君的《程贤章和他的"前沿小说"》;云德的《辉煌的历史画卷——评周而复长篇系列小说〈长城万里图〉》;李国涛的《别出心裁的编法——跋〈矮纸集〉有感》。

《名作欣赏》第5期发表汪政、晓华的《追怀与抵抗——张承志〈清洁的精神〉读解》;吴周文的《生命的焦虑与渴望——冰心〈我的家在哪里?〉赏析》;楼肇明的《在沙滩上留下一行通向树丛的脚印——重读蔡根林的〈东阳江〉》;沈泽宜的《沧桑作证——评〈东阳江〉》;谢冕的《重读〈东阳江〉》;黄灵庚的《诗二首——重读〈东阳江〉有感》。

29日,《文艺报》第38期发表《各地采取措施抓好"三大件"》;绍俊的《首都全面反映治黄事业的〈黄河魂〉受到好评》;刘锡诚的《理想之光——评周纲的报告文学〈东非,半个月亮和半个太阳〉》;王耻富的《猛士如云唱大风——浅谈周纲报告文学的阳刚美》;黄茵的《巧手为文章——黄爱东西随笔〈花妖〉》;李保初的《长篇双璧　文坛盛事——记叶君健、苑茵的新作〈冬草〉、〈白霞〉》;黄桂元的《人在旅途的"诱惑"——孙晶岩〈女作家眼中的世界〉印象》;《文学豫军的实力不可低估,张宇的〈疼痛与抚摸〉列为"探索者丛书"之一确有特殊性》;准淮的《作家何需"追星"》。

30日,《人民日报》发表志今的《创作也应重视资源配置》。

《羊城晚报》发表向明的《迈向更高的空间层次——读野曼新著〈浪漫的风〉》。

《西北师大学报(社会科学版)》第5期发表李静的《拯救与逍遥——当前文学的两种审美倾向及创作表现》。

《韶关大学学报(社会科学版)》第3期发表罗可群的《遗文永在,浩气长存:读〈丘逢甲文集〉》。

《河南大学学报(社会科学版)》第5期发表鲁峡的《叙述体结构与中国小

说》；王文平的《春在溪头荠菜花——王奎山小说艺术赏析》；庄向阳的《艺术与美学的精美建筑——论冯杰的诗歌创作》。

本月，《小说家》第5期发表朱晖的《巴望文学再添点儿什么》；罗强烈的《故事的缠绕》；李星的《各有各的好》；耿占春的《沉重与轻逸》；本刊编辑部的《编后记——叙事的个性》。

《北京第二外国语言学院学报》第4期发表倪金华的《宗教与文学的文字缘——台湾佛教文学考察》。

《剧本》第9期专栏“发扬抗日战争时期戏剧工作的优良传统，开创新时期戏剧创作的新局面”发表胡可的《抗战八年是戏剧迅猛发展的时期》，杜烽的《革命理想万岁》，严正的《让戏剧艺术适应时代》，所云平的《今天仍应坚持“三大法宝”》，王一达的《继承发扬延安戏剧创作的优良传统》，夏淳的《抗日战争时期戏剧创作亟待总结、研究》，魏敏的《战争题材仍需大力开掘》，李紫贵的《用戏剧当武器》，石维坚的《完善革命历史题材的作品》，刘厚生的《应宽泛地理解爱国主义精神》，胡沙的《文艺“大众化”的意义》，傅铎的《继承抗战时期戏剧创作优良传统》，蓝光的《提高当代革命历史题材戏剧创作质量》；同期，发表韩玉峰的《托起满天星辰的“油灯灯”——评大型现代戏曲〈油灯灯开花〉》；陆军的《小戏曲的优势及其选材》；冯继唐的《戏剧小品的两个审美特征》。

《海南师院学报》第3期发表喻大翔的《潘铭燊散文论(下篇)》。

《作品》第9期发表刘斯奋的《朝阳文化、巨人精神与盛世传统——关于社会主义新文化建设的几点思考》。

《青春》第9期发表浩岭的《写你最感兴趣的——小说创作体会实谈》。

《影视文学》第4期发表王军的《影视美学思考》。

人民文学出版社、河南《莽原》杂志社联合在北京举办张宇长篇小说《疼痛与抚摸》研讨会。

北京市杂文学会主办的高扬杂文作品研讨会在北京举行。

北京作协在京举办戴振宇儿童文学作品研讨会。

秋季，《文学自由谈》第3期发表李国文的《诗人的感觉误区》；何满子的《作家替自己做广告》；迟子建的《自觉与被动》；童庆炳的《陌生化与审美体验》；鲍云峰的《新民谣：老百姓的文学选择》；王干的《服错了药的“大话主义”》；姚育明的《侠与情》；韩静霆的《走出历史的隧洞》(谈其小说《孙武》)；余小惠、鲍震培的《当代某些男性作家的落后妇女观》;关颖的《文学作品中的婚姻家庭现象》;乔以纲的《纪实文学中的妇女问题》;吴励生的《赵玫的文学景观》;蓝翎的《远近之间——读周熠散文》;朱珩青的《朱苏进的从容与〈清晰度〉》;石舒清的《必然的骂——读〈后新时期的人间喜剧〉后》。

本月,上海书店出版社出版杨剑龙的《放逐与回归:中国现代乡土文学论》。

广东高等教育出版社出版沈涌的《激扬与沉思:当代文学评论集》。

上海远东出版社出版郭在精的《秋水与火焰:作家访谈录》。

甘肃文化出版社出版西北师范大学西北文化研究所主编的《西北军旅作家论集》。

四川大学出版社出版易明善的《香港文学简论》。

中原农民出版社出版方忠的《台港散文四十家》。

河南人民出版社出版李安东、朱文华的《台港杂文精品鉴赏》。

10 月

1 日,《山西文学》第 10 期发表蒋文倩的《关于散文的一点思索》。

《大众电影》第 10 期发表方位津的《高科技与犯罪——评影片〈电脑侠盗〉》。

《四川文学》第 10 期发表刘中桥的《也说文学批评的"叙事角"》。

《百科知识》第 10 期发表孙政惠的《文学中的模糊美》。

《求是》第 19 期发表黄式宪的《全民族抗战的丰碑——评影片〈七·七事变〉》。

《作家》第 10 期发表齐红、林舟的《王安忆访谈》;张颐武、王宁、秦晋的《关于文学批评的对话》;王干的《走向自我阅读的新状态》;王干的《寻找一种南方文体》。

2 日,《羊城晚报》发表林海音的《四位女作家》(谢冰心、谢冰莹、凌叔华、苏雪林,四人共分 4 期,到 10 月 5 日续完)。

3 日,《人民文学》第 10 期发表田中禾的《莴笋搭成的白塔》。

4 日,《光明日报》发表闻一的《纪实性电视剧研讨会在晋举行》;记者韩小蕙的《文学评论界活跃的 1995》。

5 日,《人民日报》发表严昭柱的《谈谈大众文化研究的深化》;董学文的《爱国主义与文学传统》;吴秀明的《历史小说寻求超越的突破点》;乔迈的《文学应关注乡镇企业》;钟文的《由作家出版社出版的陈章汉长篇报告文学〈江口风流〉研讨会近日在北京举行》;惠文的《人民文学出版社与河南〈莽原〉杂志社联合举办的长篇小说〈疼痛与抚摸〉研讨会近日在京召开》;任闻的《人民文学出版社最近推出一套〈文学评论丛书〉》。

《文汇报》发表季季的《张爱玲的晚年生活》。

《文学报》发表本报记者的《上海作家评论家称赞〈苍天在上〉——直面人生 高扬主旋律》;刘颖的《苍天在上,正气在胸——访作家陆天明》;王周生的《在电脑冲击下——文学将如何变化》;唐谟金的《期望更适合作家们的软件》;高瞻的《换笔的尴尬》;本报记者李连泰的《在天津举行的中国小说学会第二届年会上——王蒙谈对小说的价值判断》。

《山花》第 10 期发表陈晓明的《回到生活现场的叙事——何顿小说简论》;王干的《世纪末的风景——90 年代文化心理描述》。

《小说月报》第 10 期发表池莉的《行动的魅力》(《化蛹为蝶》创作谈)。

《河北师范大学学报(社会科学版)》第 4 期发表郭宝亮的《王朔现象思考》;石杰的《贾平凹创作中的禅的超越》。

《湖南文学》第 10 期发表刘锡庆的《迎接新世纪的辉煌——男性散文家一瞥》。

6 日,《文艺报》第 39 期发表黄国柱的《为"铁的新四军"立传——读〈江淮出师〉〈铁血 N4A〉》;孙兴民的《写出大河的魂魄——评长篇纪实文学〈黄河魂〉》;余秋雨的《文风是世风的投射——读〈套话几百句〉》;林为进的《永远的乡情与乡思——读岑献青小说集〈裂纹〉》;唐金海的《巴金与冰心》;刘友宾的《青春情结——〈青春之歌〉新论〉》;王一桃的《香港艺术——主流与支流》。

7 日,《光明日报》发表记者苏丽萍的《首届中国京剧节 11 月在津举行》。

《天津文学》第 10 期发表李运抟的《没有规范的经济游戏——论当代小说对国民个体经济活动的描述》;刘乐群的《短篇小说的规格》。

8日,《文汇报》发表《一部反腐倡廉的文学力作——长篇小说〈苍天在上〉座谈纪要》;俞吾金的《从历史题材作品谈传统文化的精华与糟粕》。

9日,《光明日报》发表记者胡骁的《鲁迅文学院举行文学普及教育研讨会》。

10日,《光明日报》发表记者肖海鹰的《探索繁荣文艺和发展经济双向受益新途径,中国文联"宝中宝"文化艺术促进会成立》。

《江淮论坛》第5期发表陈慧娟的《后新时期小说叙事人称的几点异变》。

《读书》第10期发表张民权的《解读公刘》;屈长江的《"后"与"前"》。

林语堂诞辰一百周年学术讨论会在厦门大学召开,会议就"林语堂与中外文化"这一课题展开探讨。

全国近200位文学界人士在北京庆祝《文学遗产》杂志创刊40周年暨复刊15周年,薄一波、卢嘉锡、布赫、呼声等分别题词祝贺。

中国作协在北京举办香港著名作家刘以鬯作品讨论会,对作家在香港物质社会里始终坚守文人品行,坚守严肃文学阵地的执着和信念表示敬意和钦佩。

11日,《文汇报》发表宗仁的《第四届茅盾文学奖评选启动》。

《光明日报》发表朱青君的《影视:新媒介的花朵——写作电影诞生一百周年之际》;张志忠的《一枝一叶总关情——读〈在地球的那一边〉》;黑马的《艺术家的快乐——关于电影〈混在北京〉》。

12日,《文汇报》发表记者张新颖的《上海研讨小说〈长恨歌〉》。

《文学报》发表本报记者饶明华的《本报举行作者、读者、编者大型研讨会——为进一步办好〈文学报〉献计献策》。

《羊城晚报》发表野曼的《为了诗人的手稿》;谢连波的《情似流溪水长流——悼华棠》。

13—15日,马克思主义文艺学会、中国人口文化促进会、国家教委社科中心、河北省文联、石家庄市文联等单位联合在河北省西柏坡召开马克思主义与文化艺术遗产学术讨论会,就当前的文化建设,尤其是民族文化传统的继承与发展革新问题展开讨论。

15日,《文汇报》发表兴平的《呼唤文学艺术的"血性"》。

《上海文学》第10期发表《当代文学的第三"范式"——编者的话》;陈思和的《民间和现代都市文化——兼论张爱玲现象》;李天纲的《近代上海文化与市民意识》。

《羊城晚报》发表黄道培的《张爱玲的心理悲剧》。

《社会科学》第10期发表王国伟的《当前散文出版热评述》。

《中国图书评论》第10期发表郭银星的《新时期文学中知识女性的困境》；张国文的《耿林莽散文诗中的"梦"与"风"》；张文刚的《悲歌一曲　蕴味深长——读新编历史故事剧〈夫人令〉》。

16日，《人民日报》发表《弘扬主旋律　反映时代精神——1994年度"五个一工程"入选作品揭晓》(120种优秀作品榜上有名)；《1994年度精神文明建设"五个一工程入选作品"名录》；段功伟的《书生四顾心悠然——北大中文系陈平原教授素描》。

17日，《人民日报》发表敏泽的《关于"古为今用"的问题》；张魁星的《力戒浮躁写春秋》(谈92—94年的长篇小说热)；潘凯雄的《缘何不见文学》；童庆炳的《文学价值论的研究》；周政保的《回首春秋看到了什么？——读韩静霆的长篇小说〈孙武〉》；木子的《长篇小说〈碑魂〉研讨会举行》(李太银)。

《羊城晚报》发表石娃的《南方才有的——说说章以武，说说〈南国有佳人〉》。

《作品与争鸣》第10期发表罗宏的《浮蝇之思》；欧阳明的《重弹偶然　呼唤良心》；梁进的《再创"新写实小说"辉煌》；王佃启的《"房子"与"彩云"的背反》；郭宝亮的《一个只爱自己的男人》。

香港作家访问团一行15人应中国作协邀请来京访问。

18日，《光明日报》发表王林的《警惕后殖民主义》(冷战以后的世界)；王干的《随笔即人》。

《中国戏剧》第10期发表方同德的《戏曲流派——分割性的审美思维》；梁胜明、泰汉洋的《化干戈为玉帛　开金石销锋镝——评新编历史剧〈西域情〉》；魏子晨、徐城北的《不戴"镣铐"，怎创"逍遥"?》；萧曼的《第二十六届国际戏剧协会双年会上的热烈讨论》。

19日，《人民日报》发表甘泉的《焦裕禄注视着今天——读〈焦裕禄传〉》；钟怀的《一个真正的人　一本可信的书》(《一个真正的人——彭德怀》)；宋应离的《展现茅盾编辑业绩的新作》(《编辑家茅盾评传》)。

《文学报》发表本报记者李连泰的《描绘辉煌灿烂的历史画卷——记周而复和他的〈长城万里图〉》；段崇轩的《"山药蛋派"后继有人》；德耘的《时代主旋律的多彩乐章——1994年度"五个一工程"入选文艺作品述评》；饶明华的《老百姓为

张平鸣不平》；刘砚田的《“纪实”怎么能虚构？》。

20日，《文艺报》第41期发表《120部作品入选1994年度“五个一工程”》；张扬的《追求法制文学的新境界——记青年军官、作家李诗学（中府河）》；杨克的《黄河清：由浊至清的变异流程》（诗人）；高深的《诗人应有一点傻气》；胡德培的《纪实文学的品格》；客人的《200万深圳女性的苦痛与尊严——评〈深圳的维纳斯之谜〉》（长篇报告文学）；颜雄的《一个真实人的“不幸”与“有幸”的记录——读〈丁玲文集〉第十卷（书信卷）》；《1994年度精神文明建设“五个一工程”入选作品篇目》；《1994年度“五个一工程”获提名的作品篇目》；刘扬体的《艰难跋涉：为了战胜命运——评电视连续剧〈趟过男人河的女人〉》。

《当代》第5期发表李洁非的《圣者之诗——对〈家族〉的体味》；杨亮的《我所看到的〈家族〉的创作》；李昕的《悠悠飞天梦　拳拳赤子心——评〈走出地球村〉》。

《羊城晚报》发表[美]季子的《想起张爱玲》。

《新疆师范大学学报（哲学社会科学版）》第4期发表任一鸣的《香港女性文学概观——中国女性文学现代行进的分支之一》。

《福建论坛》第5期发表吴晟的《台湾现代诗与禅》。

21日，“冰心文学馆”在福建长乐市举行奠基典礼。

22日，《人民日报》发表本报记者李战吉的《精神文明精神的“龙头工程”——“五个一工程”建设五年回顾》。

《文汇报》发表王元化的《谈谈我的反思》；李洁非的《“心”如止水》；熊扬志的《取精用宏　探本求真——〈中国文学批评方法探源〉读后》。

《羊城晚报》发表张同吾的《梦绕魂萦总是情——楚明和她的散文》。

第四届中国金鸡百花电影节在闭幕式上举行了第18届《大众电影》百花奖、第15届中国电影金鸡奖颁奖典礼。

23日，《人民日报》发表峭岩的《诗情·诗理·诗美——读诗集〈路〉》。

《文汇报》发表《“五个一工程”今起在沪颁奖》；《一九九四年度精神文明建设“五个一工程入选作品”简介》。

《光明日报》发表记者苏丽萍的《中国京剧院举行系列活动庆祝建院四十周年》。

《学习与探索》第5期发表王慎之的《市场文化论》；张炯的《关于建设有中国

特色的社会主义文化的思考》;许苏民的《人文精神论纲》;朱立元的《命名的“情结”——“新状态文学”论刍议》。

《羊城晚报》发表吴华的《小说,走向边缘》。

23—24日,中宣部举办的1994年度精神文明建设“五个一工程”工作会议暨颁奖大会在上海召开,强调宣传思想文化战线要认真贯彻党的十四届五中全会精神,切实抓好精神产品生产,百花齐放,多出精品。

24日,《人民日报》发表记者吕网大的《上海精心构建“五个一工程”,中宣部“五个一工程”工作会议在沪召开》;李桦的《仁者之爱——读〈女性的极地〉》;张爱萍的《繁荣长篇小说创作　弘扬爱国主义精神——谈〈新战争与和平〉的成功经验》;志今的《坚持理论与实践的统一——读李准的〈繁荣与选择〉》;牛玉秋的《家族史与长篇小说》;海梦的《走近“深圳的维纳斯”——评长篇报告文学〈深圳的维纳斯之谜〉》;肖文的《当代杂文创作研讨会在蔚县召开》。

《文汇报》发表本报记者谢海阳的《出精品、出人才创出更优异成绩,进一步加强精神文明建设,“五个一工程”工作会议在沪举行》。

《光明日报》发表《一九九四年年度“五个一工程”获奖作品简介》;记者李春利的《中国电影发行放映协会在京成立》。

25日,《人民日报》发表记者陈杰的《“一把手”两手抓　出精品创一流——天津“五个一工程”再获“满堂红”》;周溯源的《现代新儒学的发展和儒学作用的讨论近况》。

《文汇报》发表本报记者谢海阳、张新颖的《强化精品意识　再上新的台阶——“五个一工程”工作会议侧记》。

《光明日报》发表梁晓声的《昨日风》(评《文学评论家丛书》);曹继军的《茅盾文学奖开评在即,候评作家争闯决赛圈》。

《羊城晚报》发表邵燕祥的《“好事之徒”写杂文》(评河满子的杂文集《绿色呐喊》)。

26日,《人民日报》发表《中宣部召开精神文明建设“五个一工程”会议强调:把最好的精神食粮贡献给人民》;本报记者吕网大的《收获在金秋——“五个一工程”工作会议侧记》;记者娄靖的《按艺术规律抓精品,上海将建戏剧影视创作公司》;李妍的《欣览1994年度“五个一工程”好文章》;赵书月的《彪炳青史昭后人——读〈聂荣臻传〉》。

《文汇报》发表本报评论员的《精神文明建设的一大创举——热烈祝贺1994年度“五个一工程”颁奖大会在沪举行》;记者张新颖、谢海阳的《中宣部在上海召开汇报座谈会,提出——努力抓好“三大件”,促进文艺整体繁荣》,《繁荣文艺的重要课题》。

《文学报》发表高松年的《“一方水土养一方人”——地域特色与时代精神漫议》;何青志的《色彩斑斓的农村生活画卷——评刘醒龙农村题材小说创作》;张德林的《故事链与场面流——浅谈陆文夫新作〈人之窝〉》。

《光明日报》发表《1994年度“五个一工程”获奖作品简介》。

《羊城晚报》发表火鸟的《文学要靠电影“打分”?》。

中宣部在上海召开繁荣电影长篇小说少儿作品创作座谈会,强调要把“三大件”的创作和生产放在重要位置,采取切实有效的措施,尽快拿出一批高质量的作品。

27日,《人民日报》发表《中宣部召开座谈会提出:繁荣电影长篇小说少儿作品创作》。

《文艺报》第42期发表《〈小说选刊〉研讨文学期刊与市场》;柯岩的《八九点钟的太阳——序丹阳〈友人书简〉》;章平的《苦难历程中寻找美的辉煌》;黄力之的《“本体”的滥用及其文化意义》;丽雯的《〈时代文学〉组织理论争鸣:现实主义重构论引起关注》。

《文汇报》发表记者张新颖的《中国作协确立“三大件”重点工程目标:两年内将完成作品逾千部》、《抓好儿童剧　努力出精品——文化部确立今后三年儿童剧创作规划》;记者谢海阳的《上海文艺家座谈繁荣文艺创作》。

《光明日报》发表《中宣部召开座谈会提出,繁荣电影长篇小说少儿作品创作》。

《南方周末》发表蔡翔的《千古悲哀为文人——读〈胡风回忆录〉》。

28日,《厦门大学学报(哲学社会科学版)》第4期发表赖干坚的《中心的拆毁与当代中西小说的叙事形态》。

29日,《羊城晚报》发表高健的《崇高的品格　感人的真情——〈高原血魂——孔繁森〉读后》;杨周行的《〈白夜〉何以成‘黑夜’?》;陈天助的《我读张爱玲》。

以严昭柱为团长的中国作家代表团一行4人赴斯洛伐克、克罗地亚访问。

30日，《江海学刊》第5期发表李志明、周堃的《从新时期小说的人物关系看当代作家的深层文化意识》。

30—31日，由复旦大学台港文化研究所与宝山钢铁集团联合举办的“首届世界华文女作家创作研讨会”在上海召开。

31日，《文汇报》发表余秋雨、王国伟的《文化的实验性——关于都市文化建设的对话》。

本月，《作品》第10期发表蔡翔的《国家·个人与“市民社会”》；陈清侨的《为了文化的抉择与游离——答蔡翔君并说乌托邦》。

《时代文学》第5期发表李广鼐的《拓宽现实主义文学之路——现实主义重构论之缘起》；王光东的《现实精神·现代意识·叙述话语——现实主义重构论》。

《海内与海外》第10期发表崇理的《新加坡的“三毛”——尤今》。

《青春》第10期发表陈辽的《要传世之作，不要泡沫文学》。

《文艺评论》第5期发表李咏吟的《故事的颠覆与重建》；樊星的《精英的凯旋——文学思想录》；兰爱国的《到民间去——九十年代文学的主潮》；季广茂的《这文学，怎一个“女”字了得？——给女性主义批评泼点凉水》；傅翔的《边缘与守望——从吴尔芬看当前小说创作前景》；代迅的《世纪末的回眸与前瞻——中国当代战争文学散论》；马风的《〈赤彤丹朱〉AB谈》；鲁琪的《残片》；黄秋实的《吉光片羽——〈挪亚方舟的残片〉后记》；张春宁的《一部动人心魄的作品——喜读长篇小说〈老爷岭传奇〉》；张生筠的《人物·冲突与戏剧场面——评杨宝琛的话剧〈大青山〉》；郭淑梅的《客观精神托起的“履痕”——评王毅人的散文集〈天涯履痕〉》；黄毓璜的《文坛过眼》；黄书泉的《文学的不可替代性》；张同的《“旁观者”的感动——对一种审美心理的剖析》；王卫平的《也说重排大师座次》。

《剧本》第10期发表安葵的《发现·激情·灵感》；王俭的《血与火的心灵体验》。

《影视文学》第5期发表管恩森的《小与大的辩证及艺术的现实功用——评〈小兵张嘎〉兼论百部爱国主义影片的现实性》；鼎鼎的《人性与魔鬼的较量——〈那年，在北海道……〉读后》。

北京师范大学、清华大学中文系、北京大学新诗研究中心、中国友谊出版公司、北京作协等单位联合在北京举办任洪渊诗作研讨会。

辽宁省作协第六次会员代表大会在沈阳召开，王充闾当选为作协主席。

中国通俗文艺研究会法制文艺委员会、公安部政治部宣传局联合主办的'95敦煌公安法制文学研讨会在甘肃敦煌召开。

北京大学比较文学与比较文化研究所、中国比较文学学会共同主办的“文化对话与文化误读”国际学术研讨会在北京举行，就文化相对主义、东西方文化的多元性、文化转型期的价值重建等热点问题进行研讨。

本月，学林出版社出版马以鑫的《接受美学新论》。

11月

1日，《羊城晚报》发表黄伟宗的《学者型的杂文家》。

《大众电影》第11期发表高军的《观众构成发生巨变　知识层次大幅提高》；宫楠的《与王朔谈电影〈我是你爸爸〉》。

《山西文学》第11期发表张志忠的《我所理解的人文精神》。

《百科知识》第11期发表李复威的《中国当代的俗文学》。

《作家》第11期发表蔡翔的《理想主义者成为批判知识分子的可能》。

《求是》第21期发表艾斐的《时代精神与文学的价值追求》。

《海燕》第11期发表侯德云的《后文学》。

《解放军文艺》第11期发表但复旦的《强化“三趣”提高品位——漫评1995年部队小品创作》。

2日，《人民日报》发表艾斐的《用文学为未来铺设新绿——论繁荣和发展儿童文学创作》；荒煤的《囊括文艺精品的世纪工程》(《中国新文艺大系》)；杨鹏的《让儿童文学走出“贫民窟”——当前儿童文学创作一瞥》；何楚雄的《对现实生活的把握与透视——读长篇小说〈闹市〉》；肖晓的《心灵之桥》(宗仁发、林建法主编《真爱，小说卷》)。

《文学报》发表刘忠德的《抓好“三大件”，促进社会主义文艺的更大繁荣》；本报记者赵晓梅的《陆文夫首部长篇小说在沪讨论〈人之窝〉备受好评》;本报记者饶明华的《上海部分作家和评论家讨论王安忆新作〈长恨歌〉》;张守仁的《苦难结出的硕果——〈从维熙文集〉编辑随感》;本报记者徐春萍的《面对21世纪——两个开放省市的文化思考——沪粤两地文化研讨会摘记》。

《光明日报》发表笑枫的《首届中国优秀传记文学作品奖颁发》;王连登整理的《张爱萍谈〈新战争与和平〉》。

《羊城晚报》"新时期国人的文化心理①"发表景怀斌的《中国人,人生中你看重什么?》。

中国作协、中华文学基金会、华艺出版社联合在北京举办"纪念刘白羽从事文学创作60周年暨《刘白羽文集》首发式"。

2—16日,以李国文为团长的中国作家代表团一行八人赴泰国访问。

3日,《文艺报》第43期发表《中宣部召开座谈会强调:繁荣电影长篇小说少儿作品创作》;张立行的《上海重点文艺作品选题确定》;段崇轩的《农村题材小说的危机与新生》;车冠光的《现代都市文学与〈漂人〉》;(香港)戴方的《晴空一鹤排云上,便引诗情到碧霄——王一桃作品读后》;邹静之的《诗意的扩展——读张弛诗的心得》;丁永淮的《对人格美的热烈讴歌——读清子的诗集〈涅槃〉》;周可的《丁玲与新时期文学批评问题》;刘道生的《世俗风情画,人生百味图——试比较方方、池莉、毕淑敏的小说》。

《人民文学》第11期发表李洁非的《窥》。

4日,《人民日报》发表王建辉的《关于新一轮丛书热》。

5日,《人民日报》发表刘亚洲的《文化交流与作家修养——记冯牧关于文化交流的几次谈话》。

《文汇报》发表徐俊西的《继往开来的新批评——序〈"火凤凰"新批评文丛〉》;王彬彬的《文学在写什么》;刘绪源的《不要误读鲁迅》。

《羊城晚报》发表周迅的《"小女人散文"长短录》。

《山花》第11期发表昌切、刘继明的《〈柏慧〉与当下精神境况》;张颐武的《此时此地:重新追问我们的"位置"》;姜耕玉的《现代诗意的方式和审美趋向》;牟牛的《寓雅于俗更臻上乘——罗大胜作品讨论会在贵阳举行》;文山的《贵州青年作家笔会在贵阳召开》。

《当代文坛》第6期发表边言的《举起双手,迎接灿烂的21世纪》;黄书泉的

《走向俗文学的自觉——试论后新时期通俗文学兴起的内在机制与特征》；孙先科的《"新历史小说"的意识形态特征》；古耜的《平心静气话秋雨》；夏一鸣的《陆文夫笔下的苏州和民间社会——兼评长篇小说〈人之窝〉》；李林荣的《游牧心态的裸露与隐匿——周涛散文艺术探微》；陈朝红的《踏遍青山人未老——马识途文学创作60年》；张洪德的《林斤澜小说叙事的新策略》；吴周文的《走向内心的真实——略谈当今散文发展的趋势》；裘山山的《话说女性散文》；秋随的《味道好极了——读张放〈家园的味道〉随感》；晓原的《生活　真情　哲理——读怀理的散文兼谈当代四川散文》；彭斯远的《诗人型的学者　学者型的诗人——蒋登科的新诗研究和他的散文诗创作》；王火的《关于〈战争和人〉答读者问》；毛志成的《有感于"文人"文化》；严肃的《读孔祥友的〈演出，现在开始〉》；陈吉猛的《喧嚣时代的温情与愤怒——长篇小说〈柏慧〉随谈》；陈瘦民的《幽默种种——读白航〈蓝色的幽默〉》；杨希之的《一部催人泪下的作品》。

《芙蓉》第6期发表毛志成的《有一伙人叫作家》；龙长吟的《现实悲剧与精神理想——读翁新华的〈痴虎〉》；丘峰的《真情与真实——致翁新华》；张方的《理想国的梦幻与诗意——读长篇小说〈黑白〉》。

《湖南文学》第11期发表刘锡庆的《女性散文已开始辉煌——当代散文答客问之三》。

《文艺报》、广东省作协、广东省博罗县委县政府联合在京举办程贤章长篇小说研讨会。

6日，《羊城晚报》发表林红的《从心中流出的歌——女作家斯好访谈录》。

7日，《文汇报》发表本报记者谢海阳的《经济腾飞给儿童文学带来什么?》。

《羊城晚报》发表景双、晓黎的《主编浩叹利难办　平凹无奈去"公关"》。

《天津文学》第11期发表毛峰的《论文学的死亡与新生》。

《太原日报·文艺副刊》发表钱虹的《也谈香港的文化与文学——与马建先生商榷》。

中国文联在京召开"世纪之星工程——王占君作品研讨会"，肯定了作品中的爱国主义内容和为群众喜闻乐见的艺术魅力。

宁夏作协、宁夏自治区党委宣传部、自治区妇联联合在银川举办余光慧报告文学《创作平等》讨论会，认为作品提出了当代中国西部女童教育的急迫性和重要性。

8日，《人民日报》发表力平的《波澜壮阔的一生——读〈叶剑英传〉》。

《光明日报》发表记者肖海鹰的《被推荐为中国文联"世纪之星工程"候选人，残疾作家王占君作品研讨会召开》；张志忠的《批评的时代与批评的歧途》；郭宏安的《批评家的进退失据》。

9日，《人民日报》发表郭风的《具有时代气势的散文》。

《文学报》发表本报记者李连泰的《儿童文学面对经济腾飞的挑战》。

《羊城晚报》"新时期国人的文化心理②"发表景怀斌的《中国人，辛勤劳作为哪般？》。

山东省作协、北京十月文艺出版社、枣庄市委宣传部联合在济南主办倪景翔长篇小说《龙凤旗》研讨会。

10日，《人民日报》发表本报记者薛建农的《为时代留一份文学档案》。

《文艺报》第44期发表《文学界内外盛赞刘白羽60年创作成就——10卷本〈刘白羽文集〉出版》；晓雪的《云南女性文学的崛起》；王定天的《重庆本土作家的"黑马"系列小说》，张培林的《传统文化：扬与弃》；周溯源的《关于"国学"研究和讨论中的几个问题》；蒋述卓的《香港评论界的第一飞燕：评〈现代中文文学评论〉》。

《文汇报》发表《陈丹燕小说〈九生〉海外获好评》；记者张新颖的《三联书店也出武侠小说，一些学者就〈舞叶惊花〉座谈交流》；本报记者谢海阳的《囊中羞涩初衷仍不改——〈收获〉坚持高品位》。

《南方周末》发表萧关鸿的《寻找张爱玲》。

《羊城晚报》发表《巴金新作三篇》；《钱钟书拒当"东方之子"电视台编导望洋兴叹》。

《电影艺术》第6期发表余纪的《论电影的生态及其环境——兼说电影观念之一种》；吴迪的《文化工业、品味文化与文化阶层——西方大众文化研究管窥》；王文宾的《关于电影视觉注意的节奏》；聂欣如的《纪录电影——一个逐渐扩大的概念》；托拉克、张东的《从历史灾难中寻找民族自尊　关于新时期抗战题材影片的对话》；辛加坡的《阶级，人与民间叙事抗战题材影片的一种规范》。

《花城》第6期发表林舟的《清醒的文学梦——韩东访谈录》；萌萌的《谁来救治人生的残缺》；王鸿生、曲春景的《祈祷、反讽与默想——1994年《花城》小说的叙事问题》；《本刊在京召开林白长篇小说〈一个人的战争〉、〈守望空心岁月〉讨论会》。

《读书》第11期发表唐小兵、张东明的《历史经验的转折——〈中国城市小说精选〉读后漫议》;郭春林的《寻找生命的意义》;张玮的《关于"知识分子"》;汪丁丁的《知识社会与知识分子》;陶洁的《对批评理论的批评》。

中国作协、内蒙古作协等单位联合在北京举办"草原歌手"王忠范作品研讨会。

11日,《羊城晚报》发表韩石山的《文人间的驳难》。

《作家报》发表朱双一的《台湾新世代诗人论札——陈克华论》。

12日,《羊城晚报》发表吴晓明的《报刊流行家庭版》。

《中流》第11期发表刘润为的《青云高处秋鹤唳——在高扬杂文讨论会上的书面发言》;成志伟的《战地黄花分外香——长篇小说〈战地黄花〉读后》。

13日,《文汇报》发表《"大家文学奖"评出提名奖》。

《光明日报》发表记者谌强的《曹禺戏剧文学奖在京颁发》。

《羊城晚报》发表叶中仁的《明年报业新景观——有减版也有"扩张"凭广告更凭发行》;朽木的《随笔"泛滥"祸及"愤慨"》。

13—22日,以陈建功为团长的中国作家代表团一行5人赴越南访问。

14日,《人民日报》发表朱向前的《近察其态　远观其势——简论几部长篇军旅小说新作》;孙荪的《散文的意象》;戴翊的《质朴真切的〈人之窝〉》;任文的《王蒙长篇小说研讨会》;叶录的《王占君作品研讨会》。

《羊城晚报》发表《莫言新作书名引起争议》。

15日,《上海文学》第11期发表南帆的《个案与历史氛围——真、现实主义、所指》;薛毅、金定海、詹丹的《知识分子与市民意识形态》。

《台湾研究集刊》第3、4期发表朱双一的《近年来台湾文学中的新人文主义倾向》。

《光明日报》文化周刊版发表记者韩小蕙的《树起探索的旗帜——我国新闻出版界的一个新动向》。

《羊城晚报》发表刘丽明的《贾平凹的文化》。

《山西大学学报(哲学社会科学版)》第4期发表高圣林的《赵树理运用熟语的特色》。

《人文杂志》第6期发表雪浩、陈世夫的《一份庄严崇高的人生答卷——读

〈雪域十年〉》。

《文学评论》第6期发表谢永旺的《写出历史人物的精神世界》;唐浩明的《历史人物的文学形象塑造》;刘斯奋的《一孔之见》;南帆的《故事与历史》;穆陶的《倾听历史的回声》;戴锦华的《池莉:神圣的烦恼人生》;马蓥伯的《魏巍创作谈》,牛玉秋的《高岸小说的文化品格》。

《文艺争鸣》第6期发表谢冕的《值得纪念的一个事件》;洪子诚的《"人文精神"与文学传统》;李书磊的《"人文精神"的真实含义》;旷新年的《对"人文精神"的一点考查与批评》;孟繁华的《精神传统与文化焦虑》;韩毓海的《活力与困境——作为组织形式的现代性:西方与中国》;杜书瀛的《市场经济与文学艺术和精神文明——市场经济条件下的人文状况》;张清华的《返观与定位:20世纪中国文学的文化境遇》;祁述裕的《时间和历史的重新解释——近些年中国文学中时间和历史观的变异》;戚廷贵的《论文艺理论的"空悬"现象——新时期理论话语的滞后与重构》;邵建的《重建"人文"——人文杂志之一》;许行的《活跃于文坛的小小说创作》。

《中国社会科学》第6期发表韩民青的《文化的转移》。

《中国图书评论》第11期发表浙轩的《深入火热生活　讴歌时代英雄——评长篇报告文学〈生命之歌〉》;云德的《步入"天堂"的真实写照——评报告文学〈走向天堂〉、〈凤鸣梧桐〉》。

《中州学刊》第6期发表梅蕙兰的《寻找女人——周大新小说创作的潜在精神向度》。

《西藏文学》第6期发表张治维的《丰硕成果的展示》。

《北方论丛》第6期发表周晓燕的《论新时期文学的多元化格局》。

《当代电影》第6期发表陈播的《伟大时代中的中国抗战电影》;谷时宇的《视像艺术的本体特性与载体演进(续)》;黄俊杰的《电影流变轨迹与未来命运》;胡克的《〈黑骏马〉及电影文化》;托拉克的《〈秦颂〉剧本的题旨传达及"狞厉之美"》。

《戏剧艺术》第4期发表舒畅的《"欢乐"——永恒的艺术人生》;金长烈的《艺术人格:第四、五代电影导演的批评札记》;张仲年的《电视剧导演创作谈》;朱国庆的《戏剧冲突的最高本质》;曹雷的《语言艺术在表演中的功能》。

《华东师范大学学报(哲学社会科学版)》第6期发表夏中义的《"文学主体论"批判》。

《求是学刊》第 6 期发表陈辽的《谈文学批评的话语》。

《社会科学研究》第 6 期发表李苓的《文化传媒中的编辑角色》。

《广东社会科学》第 6 期发表刘炎生的《林语堂——现代中国幽默的拓荒者》；陶原珂的《由薄到厚的两部海外华文文学整体研究著作》。

16 日，《人民日报》发表苏学文的《“作家走入影视圈”座谈会在京召开》。

《文汇报》发表朱安平的《有关专家在“西方电影与中国当代电影”座谈会上认为：电影艺术性与商品性并不矛盾》。

《文学报》发表本报记者徐春萍的《积极与京派、海派文化对话，岭南新文化呈现蓬勃活力》；王兰英的《陕西规划今后十五年文艺创作：抓精品，出大作，培养跨世纪人才》；本报记者饶明华的《扎根于浦东热土——访作家陈继光》；任晓鹏的《荒诞的真实——读安黎小说〈痉挛〉〈天意〉》；张浩文、陈海燕的《解读韩少功》。

《中国人民大学学报》第 6 期发表冷成金的《金庸小说与民族文化本体的重塑》。

《羊城晚报》“新时期国人的文化心理③”栏发表景怀斌的《中国人，什么让你受不了？》；“社会转型期的道德观职业道德①”栏发表吴灿新的《职业道德：市场经济在呼唤》；“市场经济与社会伦理”栏发表王则柯的《市场竞争具有强大的社会净化力》。

17 日，《文艺报》第 45 期发表《热情拥抱现实　讴歌改革开放——本报与广东联合举行“程贤章长篇小说研讨会”》；中国文联召开“世纪之星——王占君作品研讨会”；记者李梅的《抓“物质”以“精神”引导　抓“精神”以“物质”保证——张家港：文化产业兴旺，文化事业繁荣》；广东省新闻出版局调研组的《读者沟通　让大众参与——〈佛山文艺〉怎样做到社会效益与经济效益统一》；李保初的《论叶君健的儿童文学观》；朱向前的《我读熊正良》；崔志远的《深沉的思考，澎湃的激情——评郑恩波〈刘绍棠传〉》；张庆田的《华北联大生活的写真——读〈同路人〉》；王连仲的《杂文的历史职责与艺术生命》；李洁非的《关于“小说文体史”研究》；董大中的《文学批评与哲学领悟——评郝亦民著〈走出混沌〉》；《赵琪小说创作给当代军事文学注入一股清新》；《严丽霞小说研讨会在京举行》；《温金海推出“黑玫瑰”小说系列》。

《羊城晚报》发表孙涛的《小说的非艺术促销》（“创作随想”）；刘渊源的《作家

签名为买穷》；顾土的《也该保护文化消费》。

《作品与争鸣》第11期发表杨立元的《直面人生的图景》；寿静心的《立足于现实，执著于人生》；李世涛的《不真何以动人?》；宋铁志的《灵魂与尊严的放逐》，孙珉的《青春的赌博》；第五建平的《以小见大　情真意骇》；呼延兰雨的《枪声告诉读者什么?》；吴春燕的《〈武则天〉征服不了专家》。

首届京剧艺术节在天津举行。

18日，《中国戏剧》第11期发表康式昭的《曲剧艺术跃上了新台阶——看〈烟壶〉有感》；陈大鹏的《大气势　大场面　大写意——观大型话剧〈最危险的时候〉》；童道明的《新的屈原——看〈春秋魂〉》；孙浩的《镌刻在苍莽荒原上的英雄史诗——评歌剧〈苍原〉》；杨砚耕的《只有一个角色的大戏——观话剧〈勾魂唢呐〉》；李小六的《求新、求美、求精——秦腔折子戏〈杀嫂〉导演手记》；焦菊隐的《论民族化(提纲)(续二)》；曲六乙的《中国戏曲史里一种怪观象——说唱文学输入戏曲的独特形态》；安志强的《"念就是唱，唱就是念"京剧〈萧何月下追韩信〉唱腔赏析》。

《外国文学评论》第4期发表陈旋波的《从林语堂到汤婷婷：中心与边缘的文化叙事》。

19日，《文汇报》发表梅朵的《电影一百年的伟大传统》；以"关于'呼唤文学艺术的血性'讨论之三"为总题，发表程新国的《找回文学的"意味"》，赵长天的《文学的本元》，方非的《我们不能失去文学》，范浦的《与兴平同志商榷》，《关于"呼唤文学艺术的血性"讨论综述》，张民权的《"小巷"深处天地宽——读陆文夫新作〈人之窝〉》。

20日，《光明日报》发表吴广生的《女导演李小龙谈"影视撞车"现象》。

《小说评论》第6期发表谢有顺的《小说的可能性之二——小说：回到抒情性》；张德祥的《话说文场之三——汉语遭遇种种》，孙绍振的《小说内外之十——〈柏慧〉：不成立的写作》；孟繁华的《名作重读之五——体验自由——重读〈走向混沌〉〈我的菩提树〉》；费秉勋的《追寻的悲哀——论〈白夜〉》；韩鲁华的《平平常常生活事　自自然然叙述心——〈白夜〉叙事态度论》；韩石山的《阿爹无妻子无娘——杨干华和他的"天堂"》；陈炎的《〈狂鸟〉的结构、手法和语言》；丁临一的《当代文学理想与"人的解放"》；黄国柱的《理想境界与现实可能》；黄献国的《关于小说困惑》；张志忠的《当代文学的理想》；王光明的《侦探文学与城市》；水天戈的《陷入泥淖里的自拔及其他》；方英文的《关于文学作品的可读性》；刘春的《转型期的中国小说——中国小说学会第二届年会会议纪要》；孙豹隐的《繁荣陕西长篇小说创作放谈》；张毓书的《黄土地的骚动——评蒋金彦小说集〈断肠人在天涯〉》；肖云儒的《一部起点较高的新作——致长篇小说〈西府游击队〉的作者杨岩》；李星的《生命和青春的沉思——刘谦小说漫评》。

《现代台湾研究》第4期发表包恒新的《江南好，一曲唱断肠：台湾乡情文学鉴赏之三》。

《昆仑》第6期发表徐佑生的《业余创作也要出精品》；薛胜利的《军旅文学新生代追求：从生活层面或理想层面走进士兵》；黄国柱的《生活的艰辛与精神的升华——品读〈老大〉》。

《学术月刊》第11期发表胡伟希的《科学理性与人文精神——三论清华学派的文化观》；史建的《90年代中国艺术的后现代倾向》。

21日，《人民日报》发表李衍柱的《世纪之交的马克思主义文艺学》；吴秉杰的《长篇的课题》；贺文的《程贤章长篇小说研讨会召开》。

《文艺研究》第6期发表郭外岑的《世界文艺大背景中的中国文艺》；周来祥的《荒诞和荒诞的后现代主义》；彭立勋的《城市空间环境美与环境艺术的创造》；蔡子谔的《重叠：一种被忽略了的形式美形态》；王宁一的《雅俗观念：一对恒久不灭的文化范畴》；田青的《新旧嬗替　雅俗互换》；曾田力的《大众传媒带来了新的审美需要》；张颐武的《"后新时期"中国女性小说的发展》；宋生贵的《走向21世纪：艺术与当代审美文化学术研讨会综述》。

22日，《光明日报》发表朱向前的《我看当前的"长篇热"》；戴翊的《深化对现实的体悟》(评陆天明的长篇新作《苍天在上》)；莫言的《〈丰乳肥臀〉解》。

《羊城晚报》发表丁明的《文艺界出现两极分化　有人富得流油　有的穷得干瘪》。

中国青年出版社、山东德州市委宣传部联合在北京召开刘金忠长篇小说《故渎》研讨会，认为作品从历史文化的角度切入抗日题材，有较为深厚的历史内蕴。

《新文学史料》第4期发表徐小玉的《〈从军日记〉、汪德耀、罗曼·罗兰》、《"女兵"阿姨——女作家谢冰莹印象》；孟华玲的《谢冰莹访问记》。

23日，《文汇报》发表冯骥才的《疾进的东方与返回的西方——从〈廊桥遗梦〉的畅销说起》；赵丽宏的《两种声音的融合》(评江曾培)；丘峰的《"我为生活传精神”——致程贤章》;张承志的《我的愿望》。

《文学报》发表本报记者陆梅的《上海“广场文化”方兴未艾》;本报编辑部的《讴歌改革开放　展示客家风情——“程贤章长篇小说研讨会”在京举行》;本报记者饶明华的《贾平凹接受本报记者书面采访,他说——“我需要开拓视野”》;石楠的《真情之歌——冯慧莲和她的〈今晚,我与青春有约〉》;赵孝思的《于细节中出形象——读〈竞争〉等三篇小小说》;郜元宝的《世纪末中国文坛的主角——关于90年代青年作家的一份备忘录》;李洁非的《城市化进程与城市文学》。

《光明日报》发表王余光的《荧屏时代谈读书》。

《羊城晚报》“新时期国人的文化心理④”栏发表景怀斌的《中国人,你在中西文化坐标上的位置在哪里?》;“社会转型期的道德观　职业道德②”栏发表吴灿新的《制假售假:卑鄙的“经济行为”》,陈恩的《儒家文化与东亚经济腾飞有何联系?》。

23—25日,浙江省文联第四次代表大会在杭州召开,顾锡东当选为该文联主席。

24日,《文艺报》第46期发表明照的《审美象征的风景——读陆文夫长篇小说近作〈人之窝〉》;蒯天的《读陆建华〈不老的歌〉》;李瑛的《求索者之歌——读报告文学〈跨越苍茫〉》;张德祥的《我所理解的浩然》;刘增杰的《静悄悄地行进——近年来“山药蛋派”研究一瞥》;范志忠的《读金健人新著〈文学:作为语言艺术〉》,孙昌熙、明铭的《评〈周恩来文艺思想新论〉》;《“草原歌手”王忠范作品研讨会在京召开》;绍俊的《改革风吹得〈山花〉越开越红艳》;陈中华的《山东研讨倪景翔长篇小说〈龙凤旗〉》。

《文汇报》发表本报记者蒲建平的《上海少儿文学创作不容乐观》;刘侃的《推崇高雅艺术　引导精神生活》。

《文艺理论与批评》第6期发表《关于〈心灵的历程〉——陈祖美致刘白羽》;朱兵的《戎马倥偬驰神州　呕心沥血著华章——刘白羽文学生涯60年》;曾镇南的《评魏巍的政论、杂文作品》;田海蓝的《女性笔下的男人世界——评草明的工业题材创作》;《从〈金水长流〉联想到主旋律》;梵杨的《与人民命运相连的作品——评于逢的〈冶炼〉》;王广湖的《写平平凡凡的人　叙平平常常的事——从〈金水长流〉看文艺创作的题材选择》;骆寒超的《〈涅槃·永恒的热爱〉序》;魏家骏的《小说艺术形态的价值转移》;李荣启的《文艺学理论的新探索——评〈文艺认识论〉》;《关于“文艺创作中的英雄主义”问题——山东大学中文系部分师生谈》。

《文史哲》第6期专栏“面向21世纪的人文学科(笔谈)”发表王岳川的《知识分子与人文科学的命运》,许明的《人文研究的逻辑是什么?》,尤西林的《人文学科特性与中国当代人文学术规范》,谭好哲的《需要从认清学科特性着手》,陈炎的《作为一种科学的人文学科如何可能》。

25日,《人民日报》发表《努力使“五个一工程”再上新台阶——部分宣传部门领导谈组织实施精神文明建设“五个一工程”》。

《大家》第6期发表傅翔的《技术主义时代的写作话语》。

《文艺理论研究》第6期发表季羡林、林在勇的《东方文化复兴与中国文艺理论重建》;林继中的《文化选择及其从俗趋势——文学演进的文化动力讨论》;李扬的《论作为一种文人生存模式的“曹禺现象”》;彭会资的《中国古代文艺思想的现代转换》;林焕平的《当前的通俗文艺与高雅文艺》。

《通俗文学评论》第4期发表严家炎的《论金庸武侠小说的生活化趋向》;白莹的《生存的智慧与“药”——梁凤仪小说〈花魁劫〉闲说》。

《山东师大学报(社会科学版)》第6期发表肖菡的《徘徊在这棵文明大树之下——海峡两岸女性文学中女性意识的比较考察》。

《浙江学刊》第6期发表吴秀明、陈建新、范志忠、李杭春的《文学共时态:从现实主义到后现代主义——转型期文学四人谈》;卢敦基的《回应现实和历史的召唤——1994年的浙江报告文学》;裘本培的《散文写作艺术论》。

26日,《文汇报》发表周介人的《让文学吸引市民》。

《光明日报》发表本报记者肖玉华的《出精品　促繁荣》。

《小说》第6期发表张韧的《争议与文学》;朱正琳的《梦无代用品》(《敦煌遗梦》序);张志忠的《现代巫女的“蝴蝶梦”》(《迷幻花园》跋)。

27日,《羊城晚报》发表蒋言礼的《历史剧热闹火爆　现实戏平庸乏味》;张久英的《作品“城市化”作家“农转非”》。

《华中师范大学学报(哲学社会科学版)》第6期发表魏天真的《论中国报告文学的悲剧情结》。

28日,《人民日报》发表草月的《王忠范作品研讨会在京举行》。

《文汇报》发表毛志成的《文学三吊》。

《四海：台港澳海外华文文学》第6期发表马相武的《“面向21世纪的华人文化”国际研讨会》；应红的《繁荣香港文学　迎接“九七”回归——“香港作家访京团”侧记》；《香港著名作家刘以鬯作品讨论会在京举行》。

《羊城晚报》发表安文江的《文艺批评与刘晓庆的脸》。

《名作欣赏》第6期发表葛红兵的《向何处安妥你的灵魂——读韩小蕙〈有话对你说〉》；沈爱明的《精神家园的追问与救赎——读王英琦〈乡关何处〉》；王澄霞的《当痛苦已成为往事——评张立勤〈痛苦的飘落〉》。

29日，《人民日报》发表《摄影文学理论研讨会举行》。

中国青年出版社在北京举办商泽军、耿立的长诗《孔繁森之歌》首发式暨研讨会。

30日，《人民日报》发表林文的《报告文学〈一个普通村干部的情怀〉座谈会，日前在北京召开》。

《文学报》发表张宇峰的《部分散文作家、评论家研讨九十年代散文趋向，认为——散文以前所未有的自主意识走向繁荣》；江鸟的《西南理论家聚会春城，研讨文艺创作地域特色》；本报记者李连泰的《创作是情感的燃烧——访著名作家刘白羽》。

《光明日报》发表本报记者苏丽萍的《首届中国京剧艺术节述评，精新：引活水葆京剧活力》。

《羊城晚报》“新时期国人的文化心理⑤”栏发表景怀斌的《中国人，你以什么方式排除心中的苦恼？》；“社会转型期的道德观　职业道德③”栏发表吴灿新的《劣质商品：损人害己的职业行为》，梁渭雄的《确立现代大科学观》，张勇的《两岸四地专家学者探讨中国传统文化与现代社会的关系》。

《戏剧》第4期发表边文彤的《走入小剧场的困惑》；李世敏的《想象与导演创造思维》；王定欧的《试析四川目连戏的形态特征》。

本月，《红岩》第6期发表胡德培的《创作深化与艺术特色——艺术规律探微》；王本朝的《中国农村教育困境的审美观照——〈教工之家〉的意义读解》。

《作品》第11期发表部元宝的《再论“无话可说”》。

《青春》第11期发表朱明雄的《象征性与抒情性的融合——〈永远的蝴蝶〉的艺术表现》。

《剧本》第11期发表李胜英的《走出“人情”误区——浅析话剧〈血亲〉》；胡可

的《在'94曹禺戏剧文学奖授奖大会上的发言》;李斌的《试论转型期的戏曲发展形态》。

中国作协、中国铁路文联、江西省作协青年创作委员会联合在北京举行严丽霞小说研讨会。

解放军文艺出版社、广州军区创作研究室联合在北京举办赵琪小说创作研讨会,肯定了作者在军事文学领域的艺术追求和风格。

长江六市电影发行公司主办、南京大学中文系主持的"西方电影与当代中国电影"研讨会在南京召开,从西方电影对于当代中国电影的影响、市场经济对于中国当代电影的影响、二十世纪人类文明对于中国当代电影的影响三个层面展开讨论。

本月,百花文艺出版社出版周申明、苗雨时的《燕赵诗人论稿》。

中国和平出版社出版赵光的《文学守望者》。

首都师范大学出版社出版卜庆华的《郭沫若研究新论》。

新疆人民出版社出版黄鸣奋的《需要理论与文艺创作》。

百花洲文艺出版社出版王剑丛的《香港文学史》。

12月

1日,《人民日报》发表《时代呼唤精品　人民需要精品——部分"五个一工程"获奖艺术家谈创作体会》。

《文艺报》第47期发表《"洋"名号泛滥引发一次思想学术讨论,知识文化界针砭"文化殖民主义"》;李如鸾的《读王森然〈近代二十家评传〉》;李今的《并非"时髦"的海派研究——读吴福辉〈都市漩流中的海派小说〉》;扎拉嘎胡的《大漠上升起的圣光》;李一信的《雅俗共辉煌——读〈狼草坪〉感言》;李国平的《当代文学史研究的新探索——读〈中国当代文学发展综史〉》;《应如实描写中国人民的抗战历史——作家王火就某些影视作品中有关抗战的描写发表看法》;杨永圣的

《报告文学〈创造平等〉讨论会在银川召开》;《中国首届摄影文学理论研讨会在京举行》;记者王山的《长篇小说〈故渎〉研讨会在京召开》;钟艺兵的《纪实性电视剧的回顾与展望》。

《文汇报》发表记者许前伟的《〈小说月报〉百花奖颁奖,19 篇佳作获奖》。

《大众电影》第 12 期发表朱晶的《〈九香〉: 母爱与牺牲》;陈剑雨的《"华侨旗帜,民族光辉"——大型文献纪录片〈陈嘉庚〉观后》;马夫的《〈武则天〉——尴尬的屏幕流沙》。

《山西文学》第 12 期发表朱凡的《一个不可忽视的领域——读〈春寒〉、〈今天雷雨大风〉有感》;薄子涛的《寄至味于淡泊——评宋剑洋的思小说创作》;杜学文的《"太行山最高的山尖"——评张承信长篇叙事诗〈左权将军〉》。

《书与人》第 6 期发表周而复的《读〈长城万里图〉》。

《四川文学》第 12 期发表李明泉的《中国脊梁的颂歌——谈周纲长篇报告文学〈东非,半个月亮和半个太阳〉》。

《作家》第 12 期发表黄桂元的《超越现世的寓言纠葛——王筠小说文本及其边缘断想》;王彬彬的《文人: 文与人》。

《海燕》第 12 期发表代一的《妙笔挥洒一片情——读〈海燕〉征文》。

《新疆大学学报(哲学社会科学版)》第 4 期发表任一鸣的《台湾女性文学的现代衍进——从女性文学到"新女性主义"文学》。

《解放军文艺》第 12 期发表范咏成的《携笔从戎唱"大风"——姚远剧作论》;翁亚尼的《照亮我们的光芒——〈七根火柴〉写作前后》。

2 日,《人民日报》发表郭启宏的《呼唤崇高——话剧〈这里一片绿色〉观后》。

中国现代文学馆、中华文学基金会等单位主办的晓雪作品研讨会在北京举行,肯定了晓雪在诗歌散文创作和文学评论特别是诗歌美学研究方面所取得的成就。

3 日,《文汇报》发表陈伯海的《"失语"和"失题"——关于"文化霸权"和"民族话语"》;王周生的《王安忆的上海心——谈长篇小说〈长恨歌〉》;周晓的《新声·绝唱——说任大霖和他的童话》;陈墨的《尽可对号入座——读吴海民长篇纪实系列》。

《羊城晚报》发表吴晓明的《"老三届"无梦》。

《人民文学》第 12 期发表蒋原伦的《经典·谎言·裂缝》。

以黄宗江为团长的中国作家代表团一行十人参加在巴基斯坦举行的“文学、文化、民主”国际会议。

5日，《文汇报》发表辛斤的《从家族兴衰折射社会变迁——张炜和他的长篇新作〈家族〉》。

《山花》第12期发表毛志成的《“末日文学”和“文学末日”》；西川的《关于诗学中的九个问题》；洪治纲的《失位的悲哀：面对九十年代先锋文学》。

《广西文学》第12期发表何浩深的《海洋文明的颂歌——读林宝的〈大海·女人·我〉》。

《北方文学》第12期发表刘成的《密泊瓦的猫头鹰——说说新时期中国散文》；叶伯泉的《读〈唤头〉所唤起的》。

《湖南文学》第12期发表孟繁华的《重新发现理论——我们的精神处境与新理想主义》；沈奇的《作为常识的提示——在现代诗以及一切现代艺术面前不要再纠缠“懂”或“不懂”的问题》。

6日，《光明日报》发表杜高的《时代性与艺术性的结合——“五个一工程”获奖电视剧印象》；何西来的《智慧的痛苦——评王蒙〈失态的季节〉》；彭程的《会挽雕弓如满月——读王久辛诗集〈狂雪〉》；杨鹏的《斯好小说：一种新素质》，杨启刚的《〈大家〉给大家开了个头，主持人进驻文学期刊》。

由北京大学中国语言文学研究所、海南大学等联合举办的“罗门、蓉子文学创作座谈会”在北京大学召开。

7日，《文汇报》发表记者张新颖的《〈家族〉研讨会在沪举行》。

《文学报》发表本报记者陆梅的《一颗依然朴实的心——访作家高玉宝》；王晓晖的《晓雪还小，仍是苍山一只鸟——记晓雪作品研讨会》；地矿作的《新时期文学中的独特景观：山野作家群异军突起》；本报记者陆梅的《“我只想用作品讲话”——王安忆谈她的新作〈长恨歌〉》。

《羊城晚报》“新时期国人的文化心理⑥”栏发表景怀斌的《中国人，国家的份量在你心里有多重?》；“社会转型期的道德观　职业道德④”栏发表吴灿新的《敬业：职业道德的基本精神》。

《天津文学》第12期发表卢风的《情绪·意象·情境——散文诗的艺术》。

8日，《文艺报》第48期发表《温柔诚挚中见风骨　明白晓畅中见深情——晓雪作品研讨会在京举行》；《读者评出〈小说月报〉第六界“百花奖”，主办单位给十九位编辑颁发优秀编辑奖》;牧云的《“西方电影与当代中国电影”研讨会在南京召开》;《对反英雄倾向的一种反拨——长篇战争小说〈穿越死亡〉研讨会在京举行》;《在程贤章长篇小说研讨会上》;荀春荣的《纪实性电视剧要增强可视性》,严阵的《关于散文》。

《文汇报》发表长岭的《历史小说创作缘何兴盛?》。

《南方周末》发表王光明的《大海的风暴——读〈冰心全集〉》。

第八届庄重文文学奖在广州颁发。从1996年起该奖将从以往的分地区颁奖改为全国性评奖,并将扩大奖金数额。

9日,《光明日报》发表记者盛一平的《第八届庄重文文学奖揭晓》。

10日,《羊城晚报》发表易征的《记者的敏锐和作家的文笔——在北京听“程贤章长篇小说研讨会”杂想》;陈辽的《给“通俗文学”一个说法》。

《北京文学》第12期发表安民的《新生代散文取向》。

《江淮论坛》第6期发表刘小平的《“人文纵横”专栏座谈会综述》;甘竞存的《幽默大师林语堂新论》。

11日,中国作协主席团成员、北京市文联主席、著名作家杨沫因病在北京逝世,享年81岁。

12日,《羊城晚报》发表何龙的《好像回到文学的故乡》。

《中流》第12期发表宁士敏的《希望文学满足社会发展的需要——在〈马齿苋苦斗记〉研讨会上的讲话》;李万武的《难得一曲正气歌——读姜孟之的长篇小说〈马齿苋苦斗记〉》。

13日,《人民日报》发表云德的《“五个一工程”与精品生产》;刘治平的《人生高原——读〈毕淑敏作品精选〉》;松子的《〈当代〉杂志“汇通杯”文学奖揭晓》;白烨的《观感与期望——也谈长篇小说创作现状》;苏策的《充满诗情画意的〈太阳树〉》;来的《长篇小说〈故渎〉研讨会召开》;龚的《长篇小说〈超越死亡〉研讨会召开》;边的《长篇小说〈龙凤旗〉研讨会召开》;木子的《严丽霞作品研讨会举行》;文一的《晓雪作品研讨会举行》。

中国作协、中国社会主义文艺学会、广东省作协、文联、广东现代革命作家研究学会等单位联合在广州举办欧阳山《一代风流》典型性格座谈会,并就典型问题进行了理论探讨。

14日,《人民日报》发表傅活的《多彩的商旅散文》;靳全成的《总后举办军事文学创作笔会》;孟繁森的《长篇小说〈瓮镇弟兄〉讨论会召开》。

《文汇报》发表张炜的《我写〈家族〉》。

《文学报》发表本报记者江振新的《首届炎黄文化学术研讨会在沪举行》;本报记者李连泰的《张炜第四部长篇新著〈家族〉在沪研讨》、《纪实须对历史负责——访著名纪实文学作家黄济人》;来阳的《木青长篇〈五爱街〉座谈会在沈阳举行》;本报记者陆梅的《陆平长篇小说〈古城堡的儿女们〉在苏州讨论》。

《羊城晚报》"新时期国人的文化心理⑦"栏发表景怀斌的《中国人,你推崇什么样的品德?》;"社会转型期的道德观　职业道德⑤"栏发表吴灿新的《发财有道:急需确立的新观念》,詹小美的《中华爱国传统是化解文化冲突的纽带》。

15日,《文艺报》第49期发表《21名青年作家装点南方文体星空,第八届庄重文文学奖在穗颁发》;《著名作家杨沫逝世》;叶楠的《军事文学的逾越——读朱秀海长篇小说新作〈穿越死亡〉》;江晓天的《喜读长篇历史小说〈冒顿王子〉》;郭风的《〈攀登〉和〈深藏的挚爱〉——读万振环的两册新作》;黄力之的《社会主义文化的整体性和相对独立性》;陈跃红的《一个令人关注的课题——文化与大众误读》;肖鹰的《明星崇拜与大众文化》;边月波的《"纪实"浅论》。

《上海文学》第12期发表《让文学吸引市民——编者的话》;薛毅的《日常生活的命运》;许纪霖的《崇高与优美》;张柠、程文超、杨苗燕、文能、单世联、陈虹的《此岸诗情的可能性——"寻找第三种声音"讨论之二》。

《广东社会科学》第6期发表刘炎生的《林语堂——现代中国幽默的拓荒者》;陶原珂的《由薄到厚的两部海外华文文学整体研究著作》。

《社会科学》第12期发表戴翊的《来自现实的反腐力作——〈苍天在上〉》。

16日,以束沛德为团长的中国作家代表团一行五人赴意大利参加第21届蒙德罗国际文学奖颁奖及参观访问活动。

《人民政协报》周末版发表钱虹的《香港的文化机构和艺术活动》。

17日,《人民日报》发表张魁星的《纵情高奏主旋律——获奖农村题材影视戏剧作品扫描》。

《文汇报》发表许纪霖的《人文精神的多元意义》;曾兆亿的《随笔的"前提"》;倪文尖的《"海派",当下性的历史与未来——〈都市漩流中的海派小说〉简介》(吴福辉著)。

《作品与争鸣》第12期发表余开伟的《无法回避的社会良知》;刘祯的《甚深

的生活开掘》;周玉宁的《谁是最大的获利者?》;梁秀辰的《天空有云才真实》,张魁星的《〈这里的天空〉,笼罩着阴云》。

18日,《文汇报》发表本报记者谢海阳的《当代童话——为什么难以赢得小读者?》。

《羊城晚报》发表国鹰的《创作自由　小心触“雷”》。

《民族文学》杂志社邀请在北京作者召开座谈会,就《民族文学》杂志和少数民族文学创作的现状和未来进行了探讨。

《中国戏剧》第12期发表廖全京的《杜兰朵东归:两种戏剧的磨合过程——关于川剧〈中国公主杜兰朵〉的札记》;成志伟的《一出思想与艺术完美结合的优秀现代沪剧——评上海沪剧院〈今日梦圆〉》;曲六乙的《琵琶声声诉真情——越剧〈琵琶记〉赏析》;李庆成的《先天下之忧而忧　后天下之乐而乐——京剧〈范仲淹〉观后》;梁冰的《新的开掘　新的飞跃——评南京市京剧团〈醒醉记〉》;李佩伦的《〈也兰公主〉的独特视角》;庞家声的《导演胸中有团火——话剧〈国魂〉观后》;李远强的《倾听那幽悠的历史颤音——评滇剧〈爨碑残梦〉》;王育生的《一群鲜活的生命——彩调剧〈哪嗬咿嗬嗨〉观后》;余思的《具有时代特点的军旅喜剧——看〈空港故事〉》。

19日,《人民日报》发表刘习良的《提高质量　多出精品——关于目前的电视剧创作》;李师东的《时代生活和文学新生面》;陈墨的《情感与心灵的歌者——读汤世杰长篇新作》;闻边的《〈时代文学〉讨论“现实主义重构论”》;宋来的《1995年度“庄重文文学奖”揭晓》;前文的《王晋康科幻作品讨论会召开》;木易的《“文学与道德及创作研讨会”举行》;木子的《〈大家〉举办“红河文学奖”》;刘力的《〈小说月报〉第6届“百花奖”揭晓》,君的《赵琪小说创作讨论会》;一文的《长诗〈孔繁森之歌〉在京首发》。

《文汇报》发表本报记者陈晓黎的《中国电影改革路在何方?》。

20日,《文汇报》发表本报记者付庆萱的《既琳琅满目　又难尽人意——95荧屏热点话题多》。

《光明日报》发表周政保的《收获季节的随想——评九十年代的中国散文》;李师东的《新潮:好一个幌子》;斯英琦的《春衫不从秋风剪》;邵燕祥的《跋涉与沧桑——读钟鸿诗选〈梦来了〉》;曾华鹏的《潘旭澜的散文》。

《羊城晚报》发表施沛霖的《作家侃文坛》。

《天津师大学报(社会科学版)》第6期发表赵焕星的《文学艺术创作的"情感状态"与理性内容》;李大鹏的《"神秘文化"小说漫论》。

《学术月刊》第12期发表王惟苏、朱存明的《审美与文化的人类学还原》。

《首都师范大学学报(社会科学版)》第6期发表荒林的《中国当代女性文学一体化简述》。

21日,《文汇报》发表本报记者张新颖的《外行可看热闹　内行已见门道——95文坛新景观》。

《文学报》发表本报记者陆梅的《对人生的一种眼光——访青年女作家唐颖》;徐兆淮的《文学的多元化与〈钟山〉的定位——写于〈钟山〉创办一百期之际》;陈思和、逸菁的《逼近世纪末的回顾和思考:九十年代中国小说的变化》;韩耀旗的《他为人类祈祷和平——记老作家许行》。

《羊城晚报》"新时期国人的文化心理⑧"栏发表景怀斌的《中国人,你的现代化程度有多高?》;"社会转型期的道德观　职业道德⑥"栏发表吴灿新的《守信:当代职业道德的"第一美德"》;同期,发表文敬志的《何必专一诺贝尔》。

中国文联出版公司等单位联合在北京召开沈大力长篇小说《夜空流星》研讨会。

22日,《文艺报》第50期发表《文学要给人留下典型形象——欧阳山〈一代风流〉典型性格座谈会在穗召开》;《赵本夫长篇新著〈逝水〉引起关注》;《〈大家〉10万巨奖在文学刊物中引起反响》;张同吾的《苍山洱海的情韵——晓雪的诗论和诗》;孙武臣的《"两个世界"的有机融合——简评程贤章的两部长篇新作》;晓晴的《随语成韵,意致深婉——读李华〈想起老家〉系列组诗》;夏杏珍的《关于1975年评〈水浒〉运动的若干问题》;刘树元的《作家:好自为之》;《新作〈龛镇弟兄〉〈雪线女兵歌〉受好评》;石一宁的《潇水河畔崛起的文学——读零陵地区五位作家作品》;林为进的《明日落红应满径——读赵妙晴的〈阳光〉》;徐炼的《出世的温情——谈赵妙晴作品》;丁临一的《绿色的颂歌——评散文集〈山居笔记〉》。

《文汇报》发表《〈中国电影改革路在何方?〉引起热烈反响,影视界人士各抒己见献良策》;晓林的《女性电影卷土重来》。

《光明日报》发表记者肖海鹰的《正确认识文学艺术的消闲作用,专家研讨精神文明与文艺的消闲性》。

湖北省作协、文联副主席、著名作家鄢国培在宜昌因车祸遇难,享年61岁。

23日,《人民日报》发表本报记者卢新宁的《重现中国文化的美丽精神》;高飞的《文化的担当》。

《学习与探索》第6期发表陈晓明的《电视艺术批评视野与“二度创作”》;张松泉、于森、连秀丽的《评王忠瑜对长篇革命历史传记小说的新开拓》。

《文汇报》发表钱维华的《世界正在进入网络化时代》。

《羊城晚报》发表董上德的《创作历史小说态度应严谨》。

24日,《文汇报》发表文怀沙的《不单单要“直面现实”》。

《羊城晚报》发表樊星的《城与城——当代城市文学一瞥》;刘介民的《意重形轻的象征意象——读陈国凯的短篇小说〈当官〉》;施爱东的《广州请亮出你的文化自豪感》。

25日,《光明日报》发表宏的《北京杂文学会为弘扬正气发挥重要作用》;言文的《书评不要沦为“托儿”》。

《上海师范大学学报(哲学社会科学版)》第4期发表戴翊的《巴金与人道主义》;朱振武、孙逊的《中国通俗小说批评的四次勃兴》。

《台港与海外华文文学评论和研究》第4期发表翁奕波的《在传统的树桩上嫁接现代——论泰华新诗的美学特色》;赵朕的《心灵世界的辉光——评泰国华文诗人子帆的诗》;谭君强的《“我要付出瞬息”——读李少儒诗集〈未到冰冻的冷流〉》;胡凌芝的《散广?深邃?高雅——司马攻散文格局之我见》;邵德怀的《大家闺秀之气——谈阿谁的散文创作》;曾心的《写景状物荡着心灵的浪花——读姚宗伟先生的游记散文》;大壑的《“让世界充满爱　对万物皆有情”——读曾心散文小说集〈大自然的儿子〉》;斐人的《别一种乡情——岭南人诗歌浅读》;曹明的《台湾戏剧界关于“后现代剧场”的论战》;周可的《马森戏剧理论的内在思路及观念系统》;张文彦的《漫话香港话剧》;钟晓毅的《虚构与现实——再论钟晓阳的小说》;方忠的《诗人气质　壮夫胸襟——论洛夫的散文创作》;忆水的《女性文学研讨大放异彩》;田惠刚的《论台湾当代女诗人诗作的艺术境界》;李正西的《诗,爱情的使者——梁实秋诗歌创作论之一》;刘红林的《探索人生的存在意义——台湾现代派小说研究之二》;钟晓毅的《虚构与现实——再论钟晓阳小说》;周宁的《寻梦　寻根　诗人　文人——风沙雁创作论》;何龙的《“凉眼”看世界——梁锡华散文中的调侃意味》;钱虹的《此山此鸟见真情——读梁锡华的山水散文》;易明善的《文友情谊——〈刘以鬯传〉中的一章》;汪义生的《志存高远　胸怀坦荡——潘亚暾素描》；白坚的《两岸诗词比较观》；单汝鹏、陈南的《散文化评论的艺术美——读梦花〈海外文坛星辰〉》；王盛的《许地山研究五十年（续完）》。

《华侨大学学报（哲学社会科学版）》第 4 期发表黄华的《椰风蕉雨话诗坛——从十年〈蕉风〉看当代马华诗坛》；黄万华的《陈政欣小说的创新锐意——同马华文学的一种坦诚对话》；岳玉杰的《马华诗坛的一种独特风姿——江天诗歌创作论》；朱立立的《论新加坡诗人郭永秀的诗歌创作》；黄万华的《著名海外华文作家简介——云里风》。

《学术研究》第 6 期发表黄新康的《鲁迅文艺思想与中国当代文学运动之一瞥》；郑炜明的《八十年代至九十年代初的澳门华文文学活动》。

毛泽东文学院在湖南长沙奠基。

27 日，《文汇报》发表本报记者张立行的《“基础建设”遭忽视　总将旧戏翻“新篇”——京剧新剧目创作现状堪忧》；《全国最早创刊的军事文学刊物〈解放军文艺〉出刊五百期》。

28 日，《文汇报》发表记者许前伟的《各地京剧名家、学者汇聚津门，研讨京剧优秀剧目》。

《文学报》发表韩瑞亭的《在整个长篇小说家族中活跃生息着颇具潜力的族类——历史小说近作观览》；阿超的《武侠与童话的“桃花源情结”》。

《光明日报》发表记者杨振武、张宿堂的《世界电影百年风云，中国电影九十年辉煌，首都隆重举行纪念大会，江泽民李鹏乔石朱镕基刘华清荣毅仁等会见电影工作者代表，朱镕基等出席纪念会》；本报评论员的《增加精品意识　再铸电影辉煌——纪念世界电影诞生一百周年、中国电影诞生九十周年》；本报记者李春利的《中国电影如何面对新世纪——首都部分影评家、专家、领导谈电影》。

《羊城晚报》“新时期国人的文化心理⑨”栏发表景怀斌的《中国人，你认为什么可以宽容？》；“社会转型期的道德观　职业道德⑦”栏发表吴灿新的《医道：是人道还是钱道？》。

29 日，《文艺报》第 51 期发表《陈荒煤谈长篇小说创作》；《中国报纸副刊研究会成立》；张振金的《秦牧与艺术独创》；刘征的《诗道和书道——沈鹏〈三余吟草〉序》；默斋的《鲁南风云——读长篇小说〈龙凤旗〉》；程文超的《时代冶炼的修辞——读杨苗燕〈别等我在老地方〉》；鲁之洛的《在他那一方水土中——姜贻斌小说印象》；杨桂欣的《秦兆阳的文学理论和批评》；木弓的《散文随想二题》；王干的《小说的新变种种》；苏冀的《旅游与旅游文学》；周而复的《塑造典型人物是衡量长篇小说得失的重要标尺》；记者云倩的《首都文学界人士研讨李斌魁长篇新作》；《长篇小说〈夜空流星〉研讨会在京召开》。

《羊城晚报》发表成盛的《王朔自认"江郎才尽"》。

30日，《人民政协报》周末版发表钱虹的《香港的传播媒体》。

《台港与海外华文文学》第2期发表戴小华的《海外华文文学的前途》；骆明的《新华文学的过去、现状及其方向》；陶里的《越南华文文学的发展扩散及现状》；翁奕波的《在传统的树桩上嫁接现代——论泰华新诗的美学特色》；钦鸿的《新马华文文学及其90年代的发展》；陈贤茂的《云里风小说漫论》；王润华的《走向整合的世界的诗歌——读陈剑诗选〈无律的季节〉》；赵朕的《"心中的潮汐"——梦莉散文的审美品格》；钟晓毅的《故园·历史·审美——读江天的〈神州如此多娇〉》；彭迎春、庄向阳的《新诗之绝句——评白灵五行诗作》；赵国泰的《人生诗侣　青春偶像——席慕容·轻派诗论札》；柯振中的《"文学成香港必需化"之思》；陈少华的《漫谈香港都市散文——在香港市政局文学月会上的讲演》；陈丽虹的《在热闹与静寂的边缘：对澳门诗歌的艺术思考》；黄耀华的《高戈诗歌的文化巡礼——读〈梦回情天〉》；傅莹的《都市里的人生——读林中英的散文集〈人生大笑能几回〉》；杨振昆的《微型小说的结构艺术——新加坡微型小说管窥》；胡凌芝的《妙在小大之间——微型小说艺术探微》；潘亚暾的《南洋微型小说初探》；王振科的《两种文化背景下的海外华文微型小说》；原甸的《陈松沾（陈剑）其人其诗——〈无律的季节〉代序》；王一桃的《关于〈热带诗钞〉的创作》；余心乐的《杂谈我的侦推创作》。

31日，《文汇报》发表史中兴的《闯海者的悲喜剧——读长篇小说〈海口干杯〉》；以"《混在北京》纵横谈"为总题，发表顾晓鸣的《混——知识打工仔的生存处境》，毛时安的《选择理想还是选择现实》。

本月，《小说家》第6期发表张颐武的《在此时此地阅读》；管卫中的《一个职业读者的胡思乱想》；胡平的《四篇不知名作者的小说》；爿臣戈的《过把瘾后说短长》，《编后记——叙事的羞赧》。

《小说界》第6期发表陆天明的《后记〈苍天在上〉》；史铁生的《墙下短记》。

《文艺评论》第6期发表辛晓征、郭银星的《艺术的合法性问题——知识分子的艺术宗教观及其政治性》；傅翔的《艺术：回到源头——论二十世纪艺术精神》，正达的《随机性的历史审视》；于淼的《略论日常文化的审美判断》；吴义勤的《绝望中诞生——论新潮长篇小说的崛起》；郭宝亮的《“历史亡灵”复活的意味及其批判——近年历史》；杨天松的《世纪末：散文的走向》；隋琳的《与〈孤独女子〉同行》；韩子勇的《雪与火的印象——读潘虹莉诗作》；韩梦杰的《多一分真诚多一分诗情——序周艾民散文集“界河的梦”》；黄毓璜的《文坛过眼》；李琦的《创作中的四季》；黄书泉的《随笔：透视作家的一扇窗口》；代迅的《中国文人：学术与思想》；于万东的《“包装”与媚俗》；朱伟的《期待与障碍》(论艺术审美)。

《语文学习》第12期发表徐学的《苦涩蜕变中织云锦——王鼎均散文精神》。

《诗探索》第4辑发表五昌、旭光的《新加坡诗人槐华作品研讨会在京举行》。

《北京第二外国语言学院学报》第6期发表倪金华的《小乾坤寓大世界——论台湾散文“掌上小札”的艺术表现》。

《作品》第12期发表南帆的《文化动力·人文学科·解释体系》；宗鄂的《对现实和人性的关注与切入——读郭玉山〈世纪末大酒店〉》。

《海南师院学报》第4期发表古远清的《论黄维梁的“实际批评”——兼谈〈香港文学初探〉的评价问题》。

《时代文学》第6期发表孔范今的《一个通往文学新世纪不可逾越的话题》，王干的《现实主义无需重构》。

《河北大学学报(哲学社会科学版)》第4期发表张永泉的《走向鲁迅的本体世界——评〈鲁迅和中国文化〉兼谈鲁迅研究的新路向》。

《杭州大学学报(哲学社会科学版)》第4期发表吴秀明、陈一辉、苏宏斌、郑淑梅的《文学现代化与道德的现代化——转型期文学四人谈》。

《读书》第12期发表阮波的《关于文人的心态》。

《剧本》第12期发表高占祥的《剧本要上去　作家要下去——在'94曹禺戏剧文学奖颁奖会上的讲话》；何孝充的《“弘扬主旋律，提倡多样化”的一次实践——在第四届中国戏剧节闭幕式的讲话(摘要)》。

《现代中文文学评论》第4期发表李小良的《稳定与不定——李碧华三部小说中的文化认同与性别意识》。

李乔文学创作65年研讨会在昆明举行。

广东省第四次文联代表大会在广州召开，刘斯奋当选为省文联主席。

中国社科院文学研究所、中国文学出版社、兰州军区政治部等单位联合在北京举办李斌奎长篇小说《欲壑》研讨会。

安徽省文联、马鞍山钢铁公司文联、安徽文艺发展基金会联合主办的马鞍山钢铁公司作家工业题材作品讨论会在合肥举行。

冬季，《文学自由谈》第4期发表何顿的《写作维生》；毛志成的《“负文学”刍议》；叶君健的《“后现代主义”》；安黎的《我们为什么写作》。

本月，中国华侨出版社出版张筱强、吴素玲编著的《文学漫步》。

海天出版社出版深圳市文学艺术界联合会主编的《春华秋实：深圳文艺发展理论与思考》。

武汉大学出版社出版王泽龙的《中国新文学思潮研究》。

百花文艺出版社出版朱兵的《刘白羽评传》。

北岳文艺出版社出版张志忠的《天涯觅美》。

海南出版社出版毕光明的《文学复兴十年》。

甘肃人民出版社出版陈德宏的《文艺观潮：文艺评论自选集》。

北京大学出版社出版张德厚的《新时期诗歌美学考察》。

中国戏剧出版社出版李涵的《儿童戏剧艺术的魅力》。

本年

《牡丹江师范学院学报（哲学社会科学版）》季刊第2期发表岳玉杰的《台湾山地文学创作特色浅论》。

《文学自由谈》第2期发表北乡子的《关于余光中评价问题的论争》。

《海峡》第1期发表[美]索今台的《山魂，不屈民族的画卷——读冯国仁的长篇小说〈遥远的车帮〉》。

《海峡》第2期发表高少锋的《严肃的态度伴随着无穷的戏谑——读陈福郎的长篇新作〈怪味嬉皮士〉》。

《海峡》第3期发表朱小燕的《没有答案的人生——〈红尘里的黑尊〉》。

《中外诗歌研究》第1期发表朱徽的《罗门诗歌艺术简论》;《台湾老诗人薛林》。

《中外诗歌研究》第2—3期发表高缨的《噩梦诗篇——读王一桃〈马来西亚三年八个月〉组诗》。

《文教资料》第2期发表古远清的《台湾当代文学研究的三个阶段》。

《文教资料》第3期发表吉士云的《林语堂研究概述》。

《文科研究通报》第1期发表朱双一的《祖国大陆的台湾文学研究述评》。

《文学与文化》创刊号发表胡德才的《面对他的"背影":关于朱自清散文的价值定位与余光中对话》。

图书在版编目(CIP)数据

中国当代文学批评史料编年. 第七卷，1993—1995/吴俊总主编；周述波本卷主编. —上海：华东师范大学出版社，2016.5

ISBN 978-7-5675-5255-5

Ⅰ.①中… Ⅱ.①吴…②周… Ⅲ.①中国文学—文学批评史—1993-1995 Ⅳ.①I206.7

中国版本图书馆 CIP 数据核字(2016)第 114091 号

中国当代文学批评史料编年

第七卷：1993—1995

总主编 吴 俊
总校阅 黄 静 肖 进 李 丹
本卷主编 周述波
策划编辑 王 焰
项目编辑 庞 坚
特约审读 洪昱珩
装帧设计 崔 楚

出版发行 华东师范大学出版社
社 址 上海市中山北路 3663 号 邮编 200062
网 址 www.ecnupress.com.cn
电 话 021-60821666 行政传真 021-62572105
客服电话 021-62865537 门市(邮购)电话 021-62869887
地 址 上海市中山北路 3663 号华东师范大学校内先锋路口
网 店 http://hdsdcbs.tmall.com

印刷者 上海中华商务联合印刷有限公司
开 本 787×1092 16开
印 张 26.25
字 数 429千字
版 次 2017年10月第1版
印 次 2017年10月第1次
书 号 ISBN 978-7-5675-5255-5/I·1535
定 价 128.00元

出版人 王 焰